Abraham Stoker nació en Dublín, Irlanda, en 1847. Tras realizar sus estudios en la universidad de dicha ciudad, trabajó durante diez años como funcionario y crítico teatral hasta que se marchó a Inglaterra en 1876. Allí trabajó como secretario y representante del actor sir Henry Irving, con quien dirigió el Lyceum Theatre de Londres. Escribió numerosos libros, entre los que se cuenta su novela *La dama del sudario* (1909), así como varios relatos. *Drácula* (1897), su clásica novela de terror, creó el personaje del vampiro de Transilvania, que al día de hoy ha inspirado incontables versiones, continuaciones y películas. Bram Stoker falleció en 1912.

BRAM STOKER

Drácula

Traducción de
MARIO MONTALBÁN

PENGUIN CLÁSICOS

Papel certificado por el Forest Stewardship Council®

Título original: *Dracula*

Primera edición: octubre de 2022
Segunda reimpresión: enero de 2024

PENGUIN, el logo de Penguin y la imagen comercial asociada son marcas registradas
de Penguin Books Limited y se utilizan bajo licencia.

1897, Bram Stoker
© 2022, Penguin Random House Grupo Editorial, S. A. U.
Travessera de Gràcia, 47-49. 08021 Barcelona
© Mario Montalbán, por la traducción
Diseño de la colección: Penguin Random House Grupo Editorial
basado en la colección Penguin English Library, original de Penguin UK
Diseño e ilustración de la cubierta: Penguin Random House Grupo Editorial / Claudia Sánchez

Printed in Spain – Impreso en España

ISBN: 978-84-9105-634-8
Depósito legal: B-13.843-2022

Compuesto en Comptex & Ass., S. L.
Impreso en Liberdúplex
Sant Llorenç d'Hortons (Barcelona)

PG 5 6 3 4 A

A mi querido amigo, Hommy-Beg*

---

* Apelativo cariñoso, muy común en la Isla de Man y que significa «Pequeño Tommy», que Stoker utiliza para su amigo íntimo el novelista Thomas Henry Hall Caine. *(Todas las notas son de la traducción)*

La forma en que han sido ordenados estos documentos se hará patente a lo largo de la lectura. Todo asunto superfluo ha sido eliminado, de tal modo que una historia que casi desafía las posibilidades de las creencias modernas pueda presentarse como meros hechos. No hay en ningún momento exposición alguna de sucesos pasados en los que la memoria pueda ir errada, pues todos los relatos escogidos son estrictamente contemporáneos a los hechos y se ofrecen desde la perspectiva y con el grado de conocimiento de sus autores.

1

DIARIO DE JONATHAN HARKER (EN TAQUIGRAFÍA)

Bistritz, 3 de mayo. Salí de Munich a las ocho de la tarde, el primero de mayo, y llegué a Viena temprano, al día siguiente por la mañana. Habríamos debido llegar a las seis y cuarenta y seis minutos, pero el tren llevaba una hora de retraso. A juzgar por lo que pude vislumbrar desde la ventanilla del vagón, y por algunas calles por las que me paseé, Budapest, adonde llegué mucho después, es una ciudad muy hermosa. Sin embargo, temí alejarme demasiado de la estación, ya que a pesar del retraso debíamos partir a la hora señalada. Tuve la impresión de haber abandonado Occidente para penetrar en el mundo oriental. Tras haber franqueado los magníficos puentes del Danubio, modelos de arquitectura occidental (el Danubio es allí especialmente ancho y profundo), se entra inmediatamente en una región donde prevalecen las costumbres turcas.

Tras haber salido de Budapest sin demora, llegamos por la tarde a Klausemburgo, donde me dispuse a pasar la noche en el hotel Royal. Para cenar me sirvieron pollo con pimentón... un plato delicioso que da una enorme sed. (Pedí la receta para mi querida Mina.) El camarero me dijo que el plato se llamaba *paprika hendl*, que era un plato nacional y que lo encontraría en toda la región de los Cárpatos. El poco alemán que sé me resultó muy útil en aquella ocasión, puesto que de otra forma ignoro cómo hubiese salido del lance.

En Londres, unos momentos de ocio me habían permitido ir al Museo Británico y a la Biblioteca Nacional, donde consulté mapas y libros relativos a Transilvania; puesto que debía mantener tratos con un caballero natural de allí, me parecía interesante ponerme al corriente de ciertos datos respecto al país.

La región de que hablaba en sus cartas dicho caballero estaba situada al este del país, en la frontera de tres estados, Transilvania, Moldavia y Bukovina, en los Cárpatos. Se trata de una de las partes de Europa menos conocidas y más salvajes. Pero ningún libro ni ningún mapa pudo indicarme el lugar exacto donde se alzaba el castillo del conde Drácula, puesto que no existe ningún mapa detallado de la región. No obstante, mis investigaciones me hicieron saber que Bistritz, desde donde el conde Drácula me había escrito que debía coger una diligencia, era un pueblecito bastante conocido. En este diario iré anotando mis impresiones, lo cual me refrescará la memoria cuando le cuente a Mina mis viajes.

En Transilvania hay cuatro razas: al sur, los sajones, con los que se mezclaron los valacos, descendientes de los dacios; al oeste, los magiares; y, por fin, al este y al norte, los szeklers. Yo debía vivir entre estos últimos. Esta raza afirma descender de Atila y los hunos. Tal vez sea verdad, ya que, cuando los magiares conquistaron el país en el siglo XI, hallaron a los hunos ya establecidos allí. Por lo visto, todas las supersticiones del mundo se han reunido en los Cárpatos, como si fuera el centro de una especie de remolino de la imaginación popular. Si esto es cierto, mi estancia allí resultará sumamente interesante. (He de consultar al conde respecto a las numerosas supersticiones.)

Dormí mal, no por falta de comodidad en la cama, sino por culpa de unos extraños sueños. Durante toda la noche estuvo ladrando un perro bajo mi ventana. ¿Quizá fuera esta la causa de mi insomnio? O el *paprika*, puesto que tuve que beberme toda el agua de la jarra, ya que la sed parecía agostar mi garganta. Por fin me dormí profundamente hacia el amanecer, pues me desperté cuando llamaron a la puerta, y me pareció que llevaban ya bastante rato llamando.

Desayuné otra vez *paprika*, junto con una especie de sopa de harina de maíz, llamada *mamaliga*, y berenjenas rellenas, plato excelente que se denomina *impletata*. (También he anotado la receta para Mina.) Comí apresuradamente, ya que el tren partía unos minutos antes de las ocho, o, con más exactitud, habría debido partir antes de las ocho, pues, después de llegar a la estación a toda prisa a las siete y media, tuve que aguardar más de una hora en mi compartimiento, antes de que el tren se pusiera en marcha. Por lo visto, cuanto más se interna uno en Oriente, menos puntualidad tienen los ferrocarriles. ¿Qué ocurrirá, pues, en China?

Avanzamos toda la jornada a través de un paisaje tan bello como ameno. Tan pronto divisaba aldehuelas como castillos agazapados en la cima de escarpadas colinas, semejantes a los que se ven en los grabados antiguos. A veces seguíamos riachuelos o ríos que, a juzgar por los guijarros de sus orillas, deben de sufrir grandes crecidas. En todas las estaciones donde nos deteníamos, los andenes estaban repletos de gente que mostraba toda clase de atavíos. Unos parecían simplemente aldeanos como los de Francia o Alemania, con chaquetillas cortas encima de unos pantalones burdos, y sombreros redondos; otros grupos eran más pintorescos. Las mujeres eran bonitas cuando se las miraba desde lejos, pues la mayoría eran tan gordas que carecían de talle. Todas lucían unas mangas blancas muy voluminosas y amplios cinturones adornados con tejidos de otros colores, que flotaban a su alrededor por encima de la falda. Los eslovacos eran los más extraños, con sus enormes sombreros de vaquero, sus pantalones ahuecados de un color blancuzco, sus camisas de lino blanco y sus gruesos cinturones de cuero, claveteados de cobre. Calzaban botas altas que recogían los bajos de sus pantalones, y sus cabellos negros y espesos, así como sus negros bigotes, añadían pintoresquismo a su aspecto, por lo demás no muy agradable, en verdad. De haber viajado yo en diligencia, los habría tomado por bandoleros. Sin embargo, me han asegurado que son incapaces de causar el menor daño, ya que son muy pusilánimes.

Era ya de noche cuando llegamos a Bistritz que, como ya anoté, es una población bastante interesante. Situada casi en la frontera (en efecto, después de Bistritz solo hay que franquear el collado de Borgo para estar en Bucovina), ha conocido períodos tormentosos, cuyas señales ostenta aún. Hace cincuenta años, diversos y grandes incendios la destruyeron casi por completo. A principios del siglo XVII soportó un asedio de tres semanas y perdió trece mil de sus habitantes, sin hablar de los que perecieron víctimas del hambre y las epidemias.

El conde Drácula me había hablado en sus cartas del hotel la Corona de Oro y me encantó ver que se trataba de un edificio muy antiguo, puesto que ansiaba, como es natural, conocer las costumbres del país. Quedó de manifiesto que ya me aguardaban, pues al llegar a la puerta me di de manos a boca con una mujer de cierta edad, de rostro placentero, ataviada como las aldeanas de la comarca con un corpiño blanco y un delantal largo de color, que envolvía y modelaba su cuerpo.

—¿Es usted el caballero inglés? —preguntó con una leve reverencia.

—Sí —respondí—. Jonathan Harker.

Sonrió y le murmuró algo a un hombre en mangas de camisa que se hallaba detrás de ella. El hombre desapareció para volver casi al instante. Me entregó una carta. He aquí lo que decía:

Mi querido amigo:

Sea bienvenido a los Cárpatos. Le aguardo impaciente. Duerma bien esta noche. La diligencia para Bucovina sale mañana a las tres de la tarde; he reservado su pasaje. Mi carruaje le esperará en el collado de Borgo, para conducirle al castillo. Espero que su viaje desde Londres le haya resultado grato, y que disfrute de una feliz estancia en mi país.

Amistosamente,

Drácula

4 de mayo. El propietario del hotel también recibió una carta del conde, pidiéndole que me reservase el mejor sitio de la diligencia, pero cuando intenté formularle ciertas preguntas se mostró reticente y fingió no entender mi alemán; lo cual era mentira, puesto que hasta entonces me había entendido perfectamente, a juzgar por la conversación que habíamos mantenido cuando llegué al hotel. Él y su esposa intercambiaron una mirada de inquietud, y al cabo el hotelero me contestó con unos balbuceos, explicándome que el dinero para el pasaje de la diligencia había llegado por correo, junto con una carta, y que no sabía nada más. Al preguntarle yo si conocía al conde Drácula y si podía hablarme del castillo, los esposos se santiguaron, declararon no saber nada, y me dieron a entender que no conseguiría arrancarles ni una sola palabra. Como se acercaba la hora de la partida, no tuve tiempo de interrogar a nadie más, pero todo aquello me pareció muy misterioso y poco reconfortante.

Cuando ya iba a marcharme, la dueña del hotel subió a mi habitación.

—¿Tiene que ir verdaderamente allá? —me preguntó con voz alterada—. ¡Oh, pobre joven! ¿De veras tiene que ir allá?

Estaba tan trastornada que apenas podía expresarse en el escaso alemán que sabía, y que mezclaba con unas palabras totalmente incomprensibles para mí. Al contestarle que debía partir al instante, y que se trataba de un negocio de suma importancia, volvió a preguntarme:

—¿Sabe a qué día estamos?

—A cuatro de mayo —respondí.

—Sí —asintió ella—, a cuatro de mayo. Pero el día...

—No entiendo…

—Es la víspera de San Jorge. ¿Ignora usted que esta noche, cuando den las doce, todos los maleficios reinarán sobre la Tierra? ¿No sabe acaso a quién va a visitar y adónde va?

Parecía tan asustada que intenté, aunque en vano, tranquilizarla. Finalmente se arrodilló y me suplicó que no partiese o, al menos, que aguardase un par de días. La situación no podía ser más ridícula, pero yo no estaba tranquilo. Sin embargo, me esperaban en el castillo y nada impediría mi viaje. Traté de levantarla del suelo, asegurándole con tono grave que le agradecía su interés por mí, pero que mi presencia en el castillo era absolutamente necesaria. La mujer se incorporó, se enjugó las lágrimas, y cogiendo el crucifijo que llevaba colgado al cuello, me lo entregó. Yo no supe qué hacer ya que, educado en la religión anglicana, consideraba tales objetos como reliquias idólatras. Sin embargo, habría dado muestras de falta de educación y de cortesía si hubiera rechazado el ofrecimiento de una anciana, que me demostraba tan buena voluntad y que vivía, por mi causa, unos instantes de verdadera angustia. Sin duda, leyó en mi semblante la indecisión que me embargaba y me pasó el rosario por encima de la cabeza, colgándomelo del cuello.

—Por el amor de vuestra madre —me rogó sencillamente. Tras lo cual, salió de la habitación.

Escribo estas páginas del diario mientras espero la diligencia que, como cabía esperar, lleva retraso; la crucecita aún pende de mi cuello. Ignoro si es a causa del miedo que agitaba a la anciana, de las supersticiones del país, o de la misma cruz, pero el caso es que me encuentro menos tranquilo que de ordinario. Si alguna vez llega este diario a manos de Mina, antes de volver a verla en persona, al menos hallará en él mi despedida. ¡Ah, aquí está la diligencia!

5 de mayo. En el castillo. La palidez gris del amanecer se ha disipado lentamente, y el sol ya está alto en el lejano horizonte, que parece recortado no sé si por los árboles o las lomas, ya que el panorama es tan vasto que todo en él se confunde. No tengo sueño y, como mañana podré levantarme a la hora que me apetezca, escribiré hasta que me entre sueño. Porque realmente he de escribir muchas cosas... cosas extrañas, y para que no se piense que he comido demasiado antes de salir de Bistritz y que todo se debe a los efectos de una mala digestión, detallaré el menú. Me sirvieron lo que aquí llaman un «filete de bandido», es decir, unos pedazos de tocino acompañados de cebollas, buey y *paprika*, todo enrollado en unos bastoncitos y asado sobre las llamas directamente, como se hace en Londres con los despojos. Bebí mediasch dorado, vino que cosquillea ligeramente en la lengua, sin que su gusto sea desagradable en absoluto. Solo tomé dos vasos.

Cuando subí a la diligencia, el conductor todavía no estaba en el pescante, y le vi conversando con la dueña del hotel. Sin duda hablaban de mí, ya que de vez en cuando volvían la cabeza en mi dirección; varias personas, sentadas en el banco situado junto a la entrada del hotel, se levantaron y se les acercaron para escuchar la conversación, y después, a su vez, me contemplaron con muestras de auténtico pesar.

Por mi parte, solo logré captar unas palabras repetidas hasta la saciedad, palabras que no entendí; además, se expresaban en diversos dialectos. Por tanto, sacando mi diccionario políglota de mi maletín de viaje, lo abrí tranquilamente y me puse a buscar el significado de aquellas palabras. Confieso que no sirvieron para darme valor, ya que, por ejemplo, vi que *ordog* significaba «Satanás»; *pokol*, «infierno»; *stregocia*, «bruja»; *vrolok* y *vlkoslak*, algo semejante a «vampiro» u «hombre-lobo,» en dos dialectos distintos. (Debo interrogar al conde acerca de estas supersticiones.)

Al ponerse la diligencia en marcha, el grupo reunido delante del hotel era más numeroso, y todo el mundo hizo la señal de la cruz y luego dirigió hacia mí el índice y el pulgar. No sin cierta dificultad, conseguí que uno de mis compañeros de viaje me explicase lo que significaban tales gestos: pretendían defenderme contra el mal de ojo. Una noticia bastante desagradable para mí, puesto que partía hacia lo desconocido. Por otro lado, aquellos hombres y mujeres parecían testimoniarme tanta simpatía, compadecerse tanto de las desgracias en las que ya me veían sumergido, que me sentí profundamente emocionado. Jamás olvidaré la última visión de aquella multitud agrupada delante del hotel, persignándose medrosamente, mientras yo dejaba vagar mi mirada por el patio, donde crecían laureles y naranjos en tiestos pintados de verde. El postillón, cuyos amplios pantalones ocultaban casi todo el pescante, que en aquel dialecto se llama *gotza*, hizo restallar el látigo sobre los cuatro caballos del tiro, y el carruaje se puso en marcha.

La belleza del paisaje me hizo olvidar muy pronto todas mis inquietudes, aunque seguramente no me habría despojado de ellas con tanta facilidad de haber captado el significado de las frases que intercambiaban mis compañeros de viaje. Ante nosotros se extendían bosques y selvas con diversas colinas escarpadas, en cuyas cimas aparecían grupos de árboles, o algunos caseríos con los lisos hastiales orientados hacia la carretera. Por todas partes había una apabullante explosión de árboles frutales en flor —manzanos, ciruelos, perales y cerezos—, y a medida que avanzábamos pude ver que la hierba de los prados se hallaba alfombrada con los pétalos caídos. Contorneando o escalando las colinas, la carretera se perdía entre meandros de hierba verde, o quedaba encajonada entre los bosques de pinos. El camino era muy malo, pese a lo cual viajábamos a gran velocidad... circunstancia que no dejó de extrañarme. Sin duda, el postillón deseaba llegar a Borgo Prund lo antes posible. Me explicaron que aquella senda era excelente en verano, pero que tras la nieve del invierno, aún no la habían arreglado. A este respecto, se diferencia de todos los demás caminos de los

Cárpatos; en efecto, desde tiempo inmemorial, nadie ha cuidado nunca los senderos y veredas de aquellas regiones por temor a que los turcos se imaginen que preparan una invasión, y declaren la guerra, que en realidad siempre está a punto de estallar.

Más allá de aquellas colinas se divisaban otros bosques y los elevados picos de los Cárpatos. Los veíamos a derecha e izquierda, mientras el sol de mediodía les sacaba espléndidos matices, púrpura y azul oscuro en las grietas de los peñascos, verde y pardo donde la hierba recubría ligeramente las piedras, puesto que, en realidad, se trataba de un paisaje completamente rocoso que se perdía en lontananza, mientras en el horizonte se destacaban unas cimas coronadas de nieve. Cuando el sol empezó a declinar, vimos en las grietas rocosas diversos regatos de agua. Acabábamos de rodear una loma y tuve la impresión de estar en la falda de un pico cubierto de nieve. De pronto, uno de mis compañeros de viaje me tocó el brazo y exclamó, santiguándose con fervor:

—¡Mire, *Istun Szek,* el Trono de Dios!

Proseguimos el viaje, que parecía no tener fin. El sol, a nuestras espaldas, descendía cada vez más sobre el horizonte; las sombras de la noche empezaron a deslizarse a nuestro alrededor. La sensación de oscuridad era tanto mayor cuanto que, en las alturas, los picos nevados aún reflejaban la luz del sol y brillaban con una tonalidad delicadamente rosa. Aquí y allá nos cruzábamos con checos y eslovacos, ataviados con sus famosos trajes nacionales, si bien observé que casi todos sufrían bocio. Junto al camino se alzaban varias cruces, de trecho en trecho, y siempre que pasábamos por delante de una, todos los ocupantes de la diligencia se persignaban. Vimos también aldeanos y aldeanas arrodillados delante de capillas, y ni siquiera volvían la cabeza al aproximarse la diligencia, tan absortos se hallaban en sus devociones, sin ojos ni oídos para el mundo exterior. Todo era nuevo para mí: los montones de bálago hacinados hasta en los árboles, los innumerables sauces llorones, con sus ramas brillantes como plata por entre el verde pálido de sus hojas… A veces nos cruzábamos con una carreta campesina, larga y sinuosa como una serpiente, sin duda para superar los accidentes del camino. En ellas iban los aldeanos que retornaban a sus lares: checos cubiertos con pieles blancas de cordero, y eslovacos con pieles de cordero teñidas; estos llevaban unas hachas largas como lanzas. La noche se anunciaba fría, y la oscuridad parecía hundirse en una niebla espesa entre las encinas, hayas y pinos, mientras que, en el valle que vislumbrábamos a medida que ascendíamos hacia el paso de Borgo, los negros abetos se destacaban sobre un fondo de nieve caída recientemente. A veces, cuando el camino atravesaba un abetal que en la oscuridad parecía enclaustrarnos, grandes bancos de niebla nos ocultaban los árboles, lo que producía un efecto extraño y solemne, que traía de nuevo los pensamientos y fantasías que mi imaginación había engendrado al atardecer. En los Cárpatos, el sol poniente presta fantásticas formas a las nubes que cruzan por encima de las hondonadas y los valles. Las colinas, en ocasiones, eran tan escarpadas que, a pesar de la prisa que mostraba nuestro postillón, los caballos refrenaban el paso. Yo manifesté el deseo de apearme y seguir a pie al lado del carruaje, como suele hacerse en Inglaterra en casos semejantes, pero el cochero se opuso a ello con firmeza.

—¡No, no! ¡No hay que andar nunca por estos parajes! ¡Los perros son muy peligrosos en esta región! —Y añadió lo que seguramente consideraba una broma, ya que consultó con la mirada a los demás pasajeros, para obtener una sonrisa de aprobación—. Créame, cuando se acueste esta noche, ya tendrá bastante diversión.

Solo detuvo el coche cuando se vio obligado a encender los faroles. Entonces, los pasajeros se mostraron muy excitados, sin dejar de suplicarle, por lo que pude entender, que apresurase la marcha. El postillón comenzó a restallar infatigablemente el látigo sobre los caballos y, con ayuda de gritos y juramentos, les obligó a subir la cuesta con mayor rapidez. De repente creí distinguir en la oscuridad una luminosidad pálida ante nosotros, aunque debía de tratarse únicamente de una anfractuosidad de las rocas. Sin embargo, mis compañeros estaban cada vez más excitados.

La diligencia avanzaba alocadamente, todas sus ballestas crujían, y se balanceaba a ambos lados como una barca sorprendida en una tempestad. Tuve que aferrarme a un madero. No obstante, el camino pronto empezó a ser más llano y tuve la sensación de que todo terminaría bien. Pese a esto, la senda se iba estrechando, las montañas se aproximaban más a cada lado y parecían una constante amenaza: estábamos atravesando el collado o paso de Borgo. Mis compañeros de viaje, uno tras otro, fueron haciéndome obsequios a cual más extraño: dientes de ajo, rosas silvestres secas... Comprendí que no podía rechazar tales presentes, pues me los daban con tanta sencillez que resultaba emocionante; al mismo tiempo, repetían los gestos misteriosos de la muchedumbre reunida delante del hotel de Bistritz: el signo de la cruz y los dos dedos extendidos para protegerme contra el mal de ojo.

El postillón se inclinó hacia delante, y en los dos bancos interiores de la diligencia, los viajeros alargaron el cuello para examinar lo que ocurría fuera. Era evidente que todos esperaban ver surgir algo en medio de la noche; pregunté de qué se trataba, pero nadie quiso darme ninguna explicación. Esta viva curiosidad duró unos minutos, y por fin estuvimos ya en la vertiente oriental del collado. En el cielo se iban acumulando unas nubes negras, y la atmósfera pesaba como si estuviera a punto de estallar una tormenta. Era como si a ambos lados de la colina la atmósfera fuese distinta, y acabáramos de llegar a una región peligrosa. Comencé a buscar con la vista el carruaje que debía conducirme al castillo del conde. Esperaba percibir sus luces de un momento a otro, pero la noche continuaba sumida en profundas tinieblas. Solo los faroles de la traqueteante diligencia proyectaban unas luces por entre las cuales se elevaba el aliento humeante de los caballos. Dichos faroles permitían distinguir la ruta blanca del camino, mas no había ningún rastro del carruaje anunciado por el conde en su carta. Mis compañeros, con un suspiro de alivio, adoptaron posturas más cómodas, burlándose de su falta de valor. Estaba reflexionando respecto a lo que debía hacer en situación tan embarazosa, cuando el postillón consultó su reloj y pronunció, dirigiéndose a los demás pasajeros, unas palabras cuyo sentido no logré captar, aunque intuí su posible significado:

—Una hora de retraso.

Después, se volvió hacia mí y en un alemán aún peor que el mío me aconsejó:

—No se ve ningún coche; por tanto, nadie aguarda al señor. Continúe con nosotros el viaje hasta Bucovina, y ya volverá aquí mañana, o pasado... Sí, esto será mucho mejor.

Mientras hablaba, los caballos empezaron a relinchar y a encabritarse, y su dueño tuvo grandes dificultades para dominarlos. Luego, mientras todos mis vecinos de diligencia se persignaban y lanzaban exclamaciones de espanto, una calesa tirada por cuatro caballos se acercó por detrás a la diligencia, pasó por su lado y se detuvo instantáneamente. A la luz de sus faroles vi que los caballos eran espléndidos, de un color tan negro como el carbón. Los conducía un individuo de aventajada estatura, provisto de una larga barba oscura y tocado con un amplio sombrero negro que le ocultaba las facciones. Cuando se dirigió a nuestro postillón pude distinguir sus ojos, tan brillantes que, a la luz de los faroles, me parecieron rojos.

—Has llegado muy pronto esta noche, amigo —exclamó.

—Este caballero, que es inglés —tartamudeó nuestro cochero—, tenía prisa y...

—Supongo que es por esto —le atajó el recién llegado— por lo que tú deseabas llevarlo hasta Bucovina... No, amigo mío, sabes que no puedes engañarme. Sé demasiado y mis caballos son muy veloces...

Aunque sonreía al hablar, la expresión de su rostro era dura. Se hallaba muy cerca del carruaje, por lo que pude distinguir perfectamente sus labios, muy rojos, y sus puntiagudos dientes, tan blancos como el marfil. Uno de los pasajeros de la diligencia murmuró al oído de su vecino el famoso verso de *Leonore*, de Burger:

Denn die Toten reiten schnell... *

El extraño cochero de la calesa debió de oírlo, ya que contempló al que había recitado el verso con una sonrisa siniestra. El viajero volvió la cabeza, extendió los dos dedos y se presignó.

—Dame las maletas del señor —pidió, casi exigió, el cochero, y en menos tiempo de lo que se tarda en decirlo, mi equipaje pasó al otro coche.

Después, me apeé de la diligencia, y como la calesa se hallaba a su lado, el cochero me ayudó a subir con una mano que parecía de acero. Aquel hombre debía de poseer una fuerza extraordinaria. Sin volver a pronunciar palabra, tiró de las riendas, los caballos dieron media vuelta, y me encontré viajando de nuevo a toda velocidad por el collado de Borgo.

Mirando hacia atrás, todavía percibí, a la luz de los faroles de la diligencia, las fauces humeantes de los caballos, y ante mis ojos volvieron a desfilar una vez más las siluetas de los que hasta aquel momento habían sido mis compañeros de viaje. Todos se estaban persignando.

El postillón hizo restallar el látigo y los caballos emprendieron el camino de Bucovina. A medida que nos íbamos internando en la negra noche, sentía terribles escalofríos y la sensación de estar espantosamente solo; de pronto colocaron un capote sobre mis espaldas y una manta de viaje en mis rodillas.

* «Ya que los muertos van deprisa...»

—Mal tiempo, *mein Herr* —comentó el adusto cochero en un alemán excelente—, y el conde, mi amo, me pidió que hiciera lo posible para evitarle a usted un enfriamiento. El frasco de *slivovitz* (el aguardiente de la región) se halla debajo del asiento, por si le apetece echar un trago.

No probé ni una sola gota, aunque me sentí reconfortado por la presencia del frasco. Sin embargo, mi inquietud iba en aumento. Creo que, de haber podido, habría puesto fin de manera inopinada a tan misterioso viaje. La calesa rodaba cada vez más deprisa, siempre en línea recta; de repente, efectuó un rápido giro y tomó otra carretera, recta también. Me pareció que pasábamos una y otra vez por el mismo sitio, así que empecé a fijarme en el camino con el fin de poder dar con algún punto de referencia; no tardé en advertir que no me había engañado. Habría querido pedirle explicaciones al cochero tan extraña conducta, pero preferí callar, sabiendo que, en la situación en que me hallaba, de nada me habría servido protestar si el auriga había recibido la orden de obrar de ese modo. Muy pronto, no obstante, quise saber la hora y encendí una cerilla para consultar mi reloj. Faltaba muy poco para la medianoche. Me estremecí de horror. Sin duda, las supersticiones referentes a lo que ocurría a aquella hora me habían impresionado desfavorablemente después de los sucesos que acababa de vivir. ¿Qué ocurriría entonces?

Un perro comenzó a aullar en alguna granja lejos de la carretera; era un gemido largo y desesperado… Otro perro le contestó, luego otro y otro, de forma que, transportados por el vendaval, los ladridos siniestros y salvajes parecían proceder de los cuatro rincones de la Tierra. Se prolongaban en la noche y ascendían tan alto que ni la misma imaginación podía concebir nada más espantoso. Al momento, los caballos se encabritaron, pero el cochero los tranquilizó con palabras suaves; se calmaron, aunque continuaron temblando y sudando como si hubieran hecho una larga carrera al galope. Fue entonces cuando de los montes más lejanos oímos unos aullidos aún más impresionantes, más agudos y más fuertes: los aullidos de los lobos. Estuve a punto de saltar de la calesa y huir de allí, mientras los caballos relinchaban de forma lastimera y volvían a encabritarse. El cochero necesitó emplear toda su fuerza para contenerlos. Sin embargo, mis oídos no tardaron en acostumbrarse a aquellos gritos, y los caballos dejaron que el cochero descendiera de la calesa y se plantase delante de ellos. Los acarició, los tranquilizó, murmuró junto a sus oídos toda clase de frases amistosas, y el efecto fue extraordinario, ya que, si bien no dejaron de temblar, obedecieron al conductor, que volvió a subir al pescante, donde cogió las riendas; el coche reanudó la marcha a toda velocidad. Al llegar a la otra vertiente del collado cambió de dirección y tomó por un sendero que se internaba hacia la derecha.

No tardamos en hallarnos entre dos hileras de árboles que, en ciertos lugares, formaban una bóveda por encima del camino, de modo que tenía la impresión de atravesar un túnel. De nuevo, a una parte y otra de la senda, nos protegían, o nos encerraban, grandes peñas de aspecto amenazador. Pese a esta protección, oíamos perfectamente el silbido del viento, que gemía entre las rocas, mientras que las ramas de los árboles se agitaban con suma violencia. El frío crecía de intensidad, y empezó a caer una fina nevisca… y pronto, a nuestro alrededor, todo estuvo blanco como un sudario. El viento llevaba hasta nuestros oídos los aullidos de los perros, más débiles a medida que nos alejábamos de aquel paraje. En cambio, los de los lobos sonaban cada vez más cerca, hasta terminar por rodearnos completamente. Confieso que estaba muy asustado, y notaba que la inquietud volvía a apoderarse de los caballos. El cochero, no obstante, conservaba toda su calma, mirando a derecha y a izquierda, como si no ocurriese nada. Y por más que yo traté de distinguir algo en la oscuridad, no lo conseguí.

De golpe, muy lejos hacia la izquierda, percibí una llamita azul que vacilaba. El cochero debió de verla en el mismo instante que yo, ya que detuvo el tronco de caballos, saltó a tierra y desapareció en la noche. Yo no sabía qué hacer. Los lobos seguían aullando, muy cerca ya de la calesa. Vacilaba aún cuando reapareció el cochero y, sin dar la menor explicación, subió al pescante y espoleó a los caballos. Quizá me dormí y, en mis sueños, debió de obsesionarme aquel raro incidente, ya que me pareció que se repetía indefinidamente. Sí, pensándolo ahora fríamente, tengo la sensación de haber tenido una pesadilla horrible. En un momento dado, la llama azul brilló tan cerca de la calesa que pese a la oscuridad reinante pude seguir atentamente todos y cada uno de los movimientos del cochero. Este se dirigió con paso rápido hacia el lugar donde brillaba la llama, muy débilmente, ya que su luz apenas permitía distinguir el terreno a su alrededor, y recogió varios guijarros que amontonó de manera muy rara. Otra vez se produjo un extraño efecto óptico: estando el cochero situado entre la llama y yo, no me la ocultó en absoluto, ya que continué viendo la luz misteriosa y oscilante. Me quedé estupefacto; luego me dije que a fuerza de querer penetrar la oscuridad, mis ojos me habían engañado. Después, seguimos viajando bastante rato sin distinguir más llamas azules; los lobos continuaban aullando, como si nos rodearan y como si el círculo se estrechara en torno a nuestro vehículo.

El cochero volvió a saltar al suelo, y en esta ocasión se alejó más que en las precedentes. Durante su ausencia, los caballos temblaron mucho más y empezaron a encabritarse y a relinchar. En vano busqué la causa de su espanto, ya que los lobos habían cesado de aullar; de repente, la luna, que parecía navegar por entre gruesas nubes, apareció detrás de la dentada cumbre de un alto pico y, a su luz tamizada, divisé los lobos que nos rodeaban, con sus blancos dientes y sus lenguas rojas… y el pelo erizado. En aquel silencio amenazador, resultaban mucho más espantosos que cuando aullaban. Empecé a calcular el enorme peligro que estaba corriendo. El temor me tenía paralizado.

De repente, los lobos volvieron a lanzar sus terribles aullidos, como si el claro de luna surtiese en ellos algún efecto especial. Los caballos pateaban de impaciencia, mirando a su alrededor con verdadero pánico; el círculo viviente, el círculo de horror, permanecía cerrado en torno a nosotros. Llamé al cochero, suplicándole que viniera. Luego me pareció que la única posibilidad que tenía de facilitar su retorno era romper aquel cerco de los lobos. Grité, pues, con todas mis fuerzas y golpeé los cristales del vehículo, esperando asustar a los lobos que se hallaban en aquel lado y así permitir que el cochero pudiera regresar. Ignoro cómo apareció tan de repente, pero de pronto oí su voz autoritaria y, al mirar en la dirección de donde procedía aquella voz, le vi en medio del camino. Mientras movía sus largos y musculosos brazos, los lobos retrocedían poco a poco. En aquel momento, un nubarrón ocultó la luna, y reinó una completa oscuridad.

Cuando mis ojos se hubieron acostumbrado nuevamente a las tinieblas, vi cómo el cochero subía al pescante y que los lobos habían desaparecido. Todo resultaba tan extraño, tan inquietante, que no me atreví a hablar ni a moverme. A partir de entonces, el viaje me pareció interminable sin la compañía de la luna. Seguimos ascendiendo durante largo tiempo, aunque a veces, en algunos trechos, la calesa descendía brevemente para volver a escalar una nueva cuesta. De pronto me di cuenta de que el cochero guiaba los caballos hacia el patio de un gran castillo en ruinas. De sus altísimos ventanales no salía ni un solo rayo de luz, y las viejas almenas se recortaban contra el cielo donde la luna, en aquel momento, triunfaba sobre las nubes.

2

5 de mayo. Sin duda me dormí, de lo contrario, ¿cómo no me habría sorprendido por el espectáculo que ofrecía aquel antiguo castillo? En la noche, su patio resultaba inmenso y, además, como del mismo partían varios pasadizos oscuros, bajo grandes arcadas seguramente parecía mayor de lo que era en realidad. Todavía no he podido verlo de día.

La calesa se detuvo, el cochero echó pie a tierra, y me dio la mano para ayudarme a descender. Volví a observar su prodigiosa fuerza. Su mano era como un clavo de acero que, de haberlo querido, habría podido triturar la mía. Cogió mi equipaje, que depositó en el suelo a mi lado, junto a un portal muy antiguo, claveteado de hierro y montado en un marco de piedra maciza que sobresalía. A pesar de la oscuridad, pude observar que la piedra estaba esculpida, pero la inclemencia del tiempo había destruido los relieves. El cochero subió otra vez al pescante, empuñó las riendas, los caballos arrancaron al trote ligero y el coche desapareció por uno de aquellos oscuros y lóbregos pasadizos.

Me quedé allí, sin saber qué hacer. No había ninguna campanilla que agitar, ningún aldabón para llamar, y resultaba inverosímil que alguien pudiera oír mi voz a través de aquellos muros tan gruesos y aquellas ventanas tan negras. Esperé un tiempo bastante largo, durante el cual volvieron a mí todas mis aprensiones, todas mis angustias. ¿Dónde me hallaba y con qué clase de gente tenía que enfrentarme? ¿En qué siniestra aventura me había embarcado? ¿Se trataba de un incidente ordinario en la vida de un pasante de procurador que llegaba a este castillo para ser consultado respecto a la compra de un inmueble situado en los alrededores de Londres? Pasante de procurador... No, esto no le gustaría a Mina. ¡Procurador! Ya que unas horas antes de salir de Londres me habían comunicado que había superado las pruebas. Por tanto, ya era todo un procurador. Comencé a frotarme los ojos y a pellizcarme por todo el cuerpo para convencerme de que no soñaba, de que no estaba teniendo una espantosa pesadilla y que, de un momento a otro, abriría los ojos para comprobar que estaba en mi casa y que la aurora iluminaba poco a poco mis ventanas; puesto que no sería mi primera noche de sueño agitado después de una jornada de trabajo excesivo. ¡Oh, no! Mis pellizcos me dolieron intensamente, y la vista no me engañaba. ¡Estaba completamente despierto, en medio de los Cárpatos! Solo podía hacer una cosa: tener paciencia y esperar la salida del sol.

Apenas llegué a esta conclusión, oí unos pasos pesados detrás del gran portal, y al mismo tiempo divisé, por una ranura, un rayo de luz. Luego hubo el ruido de cadenas y de unos enormes cerrojos al descorrerse. El girar de una llave en la cerradura, produjo un sonido chirriante y largo, pues sin duda hacía tiempo que no se usaba, y la gran puerta quedó entreabierta.

Ante mí se hallaba un caballero anciano, recién afeitado, excepto por el bigote blanquecino, ataviado de negro de pies a cabeza, sin la menor nota de color en parte alguna. Sostenía en la mano una lámpara antigua de plata, cuya llama ardía sin ninguna pantalla protectora de vidrio, vacilando por la corriente de aire y proyectando unas sombras alargadas y oscilantes a su alrededor. Con un cortés ademán de su mano derecha, el anciano me rogó que entrase en el castillo, exclamando con un acento inglés impecable, aunque provisto de un tono extraño:

—¡Sea bienvenido a mi morada! ¡Entre en el castillo por su propia voluntad!

No avanzó hacia mí, sino que permaneció más allá del umbral, semejante a una estatua, como si el saludo le hubiera petrificado. Sin embargo, apenas hube franqueado el umbral, vino hacia mí, casi precipitándose a mi encuentro, y con su mano tendida asió la mía con una fuerza tal que me estremecí de dolor... tanto más cuanto que aquella mano tan poderosa estaba helada como la nieve, por lo que semejaba más la mano de un muerto que la de un vivo.

—¡Sea bienvenido a mi morada! —repitió—. Entre por su propia voluntad, entre sin temor y deje aquí parte de la felicidad que lleva consigo.

La fuerza de su apretón de manos, además, me recordó la del cochero, a quien no había logrado ver el rostro, hasta el punto de que me pregunté si no se trataría de la misma persona.

—¿El conde Drácula? —pregunté para asegurarme.

El anciano se inclinó cortésmente.

—Sí, soy el conde Drácula —repuso—, y le doy la bienvenida a mi casa, señor Harker. Entre, entre. La noche es fría, y ciertamente, usted necesitará descansar, y comer algo...

Mientras hablaba, depositó la lámpara sobre una repisa de la pared y, tras cruzar el umbral, cogió mis maletas. Antes de que yo pudiera impedirlo, ya las había dejado en el comedor. Abrí la boca para protestar.

—No, señor. Es usted mi huésped —insistió Drácula—. Es tarde y mi servidumbre ya se ha retirado. Permítame preocuparme por su comodidad.

Insistió en llevar las maletas. Subimos por una escalera de caracol y después atravesamos un corredor, sobre cuyas losas resonaban con fuerza nuestros pasos. Al final del pasillo, el conde abrió una puerta muy pesada. Me alegré al divisar una habitación bien iluminada, en la que había una mesa dispuesta para la cena, y en cuya inmensa chimenea ardía un gran fuego.

El conde se detuvo y dejó mi equipaje en el suelo. Cerró la puerta y, tras cruzar el aposento, abrió otra puerta que daba a una estancia más pequeña, de forma octogonal, iluminada por una sola lámpara, sin ninguna ventana. Entró en ella y abrió otra puerta aún, y luego me indicó que entrara. El espectáculo del cuarto era muy grato, ya que el dormitorio estaba bien alumbrado y el ambiente era cálido. El conde dejó mi equipaje allí y se retiró; antes de cerrar la puerta, dijo:

—Después de un viaje tan pesado necesitará usted adecentarse. Confío que hallará aquí todo cuanto necesite. Cuando termine, pase a la otra habitación, donde encontrará dispuesta la cena.

La luz, el calor y las corteses palabras del conde disiparon todos mis temores. Al recobrar la normalidad, descubrí que estaba medio muerto de hambre, por lo que, tras un rápido aseo, pasé a la otra habitación.

La comida ya estaba servida. Mi anfitrión, apoyado en la repisa de la chimenea, me señaló la mesa con gesto amable.

—Le ruego que tome asiento y cene a gusto. Espero que me perdone por no compartir su cena; pues ya he comido, y nunca ceno.

Le entregué la misiva sellada que el señor Hawkins me había confiado para él. La abrió, la leyó con aspecto grave, y, con una sonrisa encantadora, me la devolvió para que yo pudiera leerla a mi vez. Un pasaje de la carta me colmó de alegría.

> Lamento vivamente que un nuevo ataque de gota me impida viajar de momento, y seguramente por algún tiempo, según temo; sin embargo, tengo la dicha de enviarle en mi lugar a una persona de toda mi confianza. Se trata de un joven de gran energía y que conoce perfectamente su oficio. Repito que puede usted confiar

en él, ya que es la discreción en persona, y casi puedo afirmar que se ha hecho hombre en mi bufete. Durante su estancia en el castillo, estará a su disposición en cuantas ocasiones usted desee, siguiendo en todo sus instrucciones.

El conde se apartó de la chimenea para levantar él mismo la tapadera de un plato y, un instante después, yo me deleitaba con un pollo asado que estaba realmente delicioso. Añádase un poco de queso, una ensalada y dos vasos de viejo tokay, y quedará enumerada la primera comida que hice en el castillo de Drácula. Mientras cenaba, el conde me formuló numerosas preguntas respecto a mi viaje, y le conté, uno tras otro, los incidentes que había vivido.

Al terminar mi relato, también había acabado mi cena, y tras haber expresado el conde tal deseo, acerqué una butaca a la chimenea para fumar cómodamente un cigarro que él me ofreció, excusándose por no fumar. Era la primera ocasión que tenía de observarle a placer, y sus facciones marcadas me asombraron.

Su nariz aquilina le daba decididamente un perfil de águila; tenía la frente alta y abombada, y el pelo ralo en las sienes pero abundante en el resto de la cabeza; las espesas cejas se juntaban casi encima de la nariz, y sus pelos daban la impresión de enmarcarla, por lo largos y espesos que eran. La boca, o al menos lo que de la misma percibí bajo su enorme bigote, tenía una expresión cruel, y los dientes, relucientes de blancura, eran extraordinariamente puntiagudos y sobresalían de los labios, cuyo color rojo escarlata revelaba una sorprendente vitalidad en un hombre de su edad. Solo las orejas, muy puntiagudas, eran pálidas; el ancho mentón anunciaba una gran fuerza, y las mejillas, aunque enjutas, eran firmes. El efecto general era el de una palidez extraordinaria.

Había observado el dorso de sus manos, que mantenía cruzadas sobre sus rodillas, y, a la claridad del fuego, me parecieron más blancas y finas; no obstante, al verlas más de cerca, comprobé que, por el contrario, eran muy groseras, anchas, con dedos cortos y gruesos. Y por muy extraño que parezca, el centro de las palmas estaba cubierto de vello. En cambio, las uñas eran largas y finas, acabadas en punta. Una vez que el conde se inclinó hacia mí, no pude reprimir un estremecimiento. Tal vez fuese su mal aliento... no lo sé, pero lo cierto es que mi estómago se revolvió, y no lo pude disimular. El conde se dio cuenta, ya que retrocedió esbozando una sonrisa lúgubre, sonrisa que me permitió ver de nuevo sus prominentes dientes. Entonces, regresó junto a la repisa de la chimenea. Estuvimos más de un minuto sin hablar y cuando, al mirar a mi alrededor, levanté la vista hacia un ventanal, vi que se iluminaba con los primeros albores del amanecer.

Un pesado silencio se extendía sobre todo el castillo. Y sin embargo, al aguzar el oído, tuve la impresión de que los lobos aullaban en el valle. Los ojos de mi anfitrión destellaron emocionados.

—¡Escúcheles! —exclamó—. ¡Son los hijos de la noche! ¡Sus aullidos son como música para mis oídos! —Naturalmente, debió de leer en mis pupilas mi gran extrañeza ante sus palabras, ya que añadió—: ¡Ah, amigo mío! Los hombres de la ciudad como usted jamás podrán experimentar los sentimientos que agitan a un buen cazador.

De pronto, se apartó nuevamente de la chimenea y añadió:

—Debe de estar fatigado. Su dormitorio está a punto, y mañana puede dormir hasta la hora que desee. Yo he de ausentarme hasta el atardecer. Duerma, pues, lo que el cuerpo le pida... ¡y que sus sueños sean felices!

Hizo una cortés inclinación, abrió la puerta de la pequeña pieza octogonal, y yo entré en mi dormitorio.

Me encuentro sumido en un mar de dudas, de temores... Me asaltan unas ideas muy extrañas... rarísimas, que no me atrevo a formular con toda claridad. ¡Que Dios me proteja, aunque solo sea en favor de mis seres queridos!

7 de mayo. La mañana, de nuevo. Me encuentro descansado por completo, y las últimas veinticuatro horas han transcurrido, en conjunto, estupendamente. Me levanté cuando quise. Ya vestido, y por ser el primer día, me dirigí a la pieza donde cené ayer, y donde encontré servido el desayuno. Para que el café se conservase caliente, se había dejado la cafetera en el hogar. En la mesa hallé una nota: «Tengo que ausentarme. No me espere».

Almorcé magníficamente. Cuando terminé, busqué con la vista una campanilla para advertir a la servidumbre que podían retirar la mesa, pero no vi ninguna. Si se consideran las pruebas evidentes de riqueza que hay por todas partes, resulta extraño comprobar que faltan varios objetos sumamente sencillos. El servicio de mesa es de oro, admirablemente cincelado, y, sin duda alguna, de gran valor. Los cortinajes están confeccionados con los más valiosos tejidos, los más suntuosos, así como la ropa de cama y las tapicerías de los muebles. Estos, aunque tienen varios siglos de antigüedad, se conservan en muy buen estado; he visto algunos parecidos en Hampton Court (Londres), pero los de allá están, en su mayor parte, muy usados y roídos por la carcoma. Sin embargo, en todo el castillo no hay ni un solo espejo… ni siquiera en las habitaciones. Ni tan solo en mi tocador, y cuando quiero afeitarme o peinarme, he de servirme del espejito de mi maletín de viaje. Tampoco hay servidumbre… por lo menos, no he visto ningún criado; además, no he oído el menor ruido desde mi llegada, aparte de los aullidos de los lobos.

Después de comer, no sé si debo llamarlo almuerzo o comida, ya que eran casi las seis de la mañana, dejé transcurrir unos momentos; luego decidí buscar algo para leer, pues no quise recorrer las dependencias del castillo sin obtener el correspondiente permiso del conde. Pero en la estancia donde me hallaba no había ningún libro, ni periódico, ni siquiera papel de escribir. Abrí una puerta y me encontré precisamente en una especie de biblioteca. Intenté abrir otra puerta, en la dirección opuesta de aquella por la que acababa de entrar, pero estaba cerrada con llave.

¡Qué agradable sorpresa! Allí había un buen número de libros ingleses, en varias estanterías, así como colecciones de revistas y periódicos. Una mesa situada en el centro de la estancia se hallaba también atestada de revistas y diarios ingleses, aunque ningún ejemplar era de fecha reciente. Los libros, por su parte, trataban de los más diversos temas: historia, geografía, política, economía política, botánica, geología, derecho... y todos se referían a Inglaterra, a la vida y a las costumbres inglesas.

Me hallaba examinando los títulos cuando se abrió la puerta y apareció el conde, que me saludó con toda cordialidad y me preguntó si había pasado bien la noche.

—Me alegro de que haya entrado usted en esta biblioteca —continuó—, ya que estoy convencido de que aquí hallará cosas muy interesantes. Esos libros —paseó la mano por el lomo de algunos volúmenes— siempre han sido para mí amigos preciados; y desde hace unos años, es decir desde que tuve la idea de trasladarme a Londres, me han procurado horas de verdadero placer. Me han ayudado, en efecto, a conocer su bello y magnífico país; y conocer Inglaterra es amarla. Me gustaría poder pasearme entre la muchedumbre de las calles londinenses, esas viejas calles de una capital tan imponente; perderme entre la multitud de hombres y mujeres, compartir la existencia de su pueblo y de cuanto sufre y goza... ¡hasta la misma muerte! Mas, ¡ay!, hasta ahora solo conozco su lengua gracias a estos libros. Espero, amigo mío, que usted me enseñará a dominar su idioma.

—¡Pero conde —repliqué—, si usted sabe y habla perfectamente el inglés!

Se inclinó hacia mí, con el rostro muy grave.

—Gracias, amigo mío, sus palabras son muy halagadoras, pero temo estar todavía muy lejos de mi objetivo. Cierto que conozco el vocabulario y la gramática, pero de ahí a expresarme con toda corrección...

—Repito que habla usted un inglés perfecto.

—No, no... Sé muy bien que si estuviera en Londres, nadie me tomaría por un auténtico inglés. Por esto no me bastan mis conocimientos de inglés. Aquí soy un gentilhombre, un noble; la gente sencilla me conoce, y para ellos soy todo un señor. Pero ser extranjero en un país extranjero es como no existir. Nadie te conoce ni se ocupa de ti. Lo único que pido es ser considerado como un hombre semejante a los demás, que nadie se pare al verme ni que interrumpa su discurso para exclamar al oírme: «¡Ah, es un extranjero!». He sido amo durante tantos años que deseo seguir siéndolo... al menos, quiero que nadie sea amo mío. Usted ha llegado a mi castillo, no solo como digno representante de mi amigo Peter Hawkins, de Exeter, a fin de ponerme al corriente de todo lo referente a mi nueva propiedad londinense, sino que, según espero, su estancia aquí se prolongará y, de conversación en conversación, podré familiarizarme con el acento inglés; le suplico, por tanto, que me corrija todos los fallos de pronunciación. Lamento haber tenido que ausentarme hoy tanto tiempo, pero supongo que sabrá perdonarme si le aseguro que he tenido que ocuparme de asuntos importantísimos.

Contesté que, naturalmente, estaba perdonado y le pedí autorización para entrar en la biblioteca siempre que lo desease.

—Ciertamente —asintió, y añadió—: Puede usted recorrer todo el castillo, si tal es su deseo, excepto las habitaciones cuya puerta encuentre cerrada con llave, en las que, como es de suponer, usted no deseará entrar. Existe una razón para que todo esté como está, y si usted lo viese como yo, si supiese todo lo que yo sé, tal vez lo comprendería mejor.

Repuse que no lo dudaba en absoluto.

—Nos hallamos en Transilvania —prosiguió el conde—, y Transilvania no es Inglaterra. Nuestros usos y costumbres no son los de allí, por lo que muchas cosas le parecerán insólitas. Por lo demás, nada podrá extrañarle después de los incidentes del viaje que usted tuvo la amabilidad de relatarme.

Esta alusión cambió el tema de la conversación. Como era evidente que el conde deseaba hablar, solo por el placer de dialogar, le planteé diversas cuestiones relativas a todo lo que había observado en aquella región, y a lo que ya había experimentado. A veces, eludía el tema o cambiaba de charla, fingiendo no comprender mis preguntas; pero en general me respondió con franqueza. Al cabo de unos instantes, sintiéndome ya más seguro de mí mismo, le hablé de la famosa noche de mi llegada al castillo, y le rogué que me explicara, entre otras cosas, por qué el cochero descendía de la calesa siempre que veíamos una llama azul y por qué se dirigía hacia ella. Me contestó que, según una creencia popular, cierta noche del año, la noche en que la gente supone que los genios del mal se posesionan del mundo, se ve una llama azulada en cada uno de los lugares donde hay un tesoro escondido bajo tierra.

—Sin duda —continuó—, hay algún tesoro enterrado en la región que usted recorrió la otra noche, ya que se trata de un territorio objeto de largas disputas entre los valacos, los sajones y los turcos. En realidad, no existe un solo palmo de este terreno que no se haya enriquecido con la sangre de todos esos hombres, patriotas o invasores. Fue una época extraordinaria. Las hordas austríacas y húngaras nos amenazaban, y nuestros antepasados iban valerosamente a su encuentro, las mujeres igual que los hombres, los niños igual que los ancianos. Todos esperaban al enemigo, ya encaramados en lo alto de un pico, ya tras unas peñas, y provocaban aludes artificiales, que se tragaban al invasor. Cuando, pese a todo, el enemigo conseguía avanzar victorioso, apenas hallaba nada ni a nadie en el país, pues todos los habitantes huían, tras enterrar cuanto poseían.

—Sin embargo —objeté—, ¿cómo es posible que tales tesoros lleven tantos siglos ocultos, cuando las llamitas azules indican, a todo aquel que quiera tomarse la molestia de mirar, el lugar donde están enterrados?

El conde esbozó una sonrisa que descubrió sus puntiagudos dientes y sus rojas encías.

—¡Ah! —exclamó—. Esto se debe a que los hombres de este país son unos imbéciles y unos holgazanes. Esas llamas solo aparecen, como he dicho, durante una sola noche del año, una noche únicamente, y en la misma no hay ni un solo individuo de la región, ni uno solo, que se atreva a salir de su casa, a menos que esté obligado a ello. Y, mi querido amigo, créame, si salieran de sus casas, no sabrían qué hacer. Cualquiera de esos campesinos, aunque divisara el lugar donde brilla una llama, no sabría encontrar después el punto de referencia. Incluso juraría que ni usted mismo sería capaz de encontrar de nuevo los lugares donde vio brillar las llamitas.

—Es cierto —admití—, lo mismo que no sabría encontrar un muerto, si empezase a buscarlo.

A continuación, charlamos de otros temas.

—Bien —dijo el conde finalmente—, deme noticias de Londres, y cuantos detalles pueda respecto a la mansión que ustedes han adquirido en mi nombre.

Le rogué que disculpase mi negligencia y salí de la estancia para ir en busca de los documentos que tenía en el dormitorio. Mientras los ponía en orden, oí ruido de porcelana y platería en la estancia vecina, y al regresar, observé que habían quitado la mesa y encendido la lámpara, ya que era casi de noche. También habían sido encendidas las lámparas de la biblioteca, y hallé al conde tendido en el sofá, leyendo. Entre los muchos libros, había elegido la *Guía inglesa*, de Bradshaw. Pero, tras dejarla a un lado, se levantó para apartar los volúmenes y las revistas que atestaban la mesa, y juntos, nos pusimos a examinar mis planos y mis cifras. Se interesó por todos los detalles; me planteó muchísimas preguntas respecto a su casa, al lugar donde estaba situada y los alrededores. Esto último, sin duda, ya lo había estudiado minuciosamente, porque estaba enterado de ellos mucho mejor que yo. Cuando se lo comenté él replicó:

—Amigo mío, ¿no es algo necesario para mí? Allí, en Londres, estaré solo, y mi querido Harker Jonathan... Oh, perdón, en mi país tenemos la costumbre de poner el apellido antes del nombre. Mi querido Jonathan Harker no estará a mi lado para ayudarme con sus consejos y sus conocimientos. No, usted, mientras tanto, estará a muchos kilómetros de distancia, en Exeter, ocupándose de los asuntos de la notaría con mi otro amigo, Peter Hawkins.

Cuando estuvo al corriente de todos los detalles referentes a la compra de la residencia de Purfleet y hubo firmado los documentos necesarios y escrito una misiva para el señor Hawkins, que debía salir con el mismo correo, quiso saber cómo habíamos descubierto tan magnífica mansión. Entonces, ¿qué mejor pude hacer que leerle las notas que tenía en mi poder y que transcribo ahora?

Siguiendo un camino que se aparta de la carretera, en Purfleet, llegué delante de una propiedad que me pareció muy conveniente para nuestro cliente; allí, un cartel viejo anunciaba que la propiedad estaba en venta. Se halla rodeada de viejas tapias construidas con gruesas piedras, que es evidente que nadie ha tocado en muchos años. Las puertas, cerradas, son de añosa encina maciza, y los goznes están completamente enmohecidos.

La mansión se denomina Carfax, nombre que probablemente se deriva de la antigua expresión *quatre faces*, ya que la casa posee cuatro lados, que corresponden a los cuatro puntos cardinales.

La superficie es de unos veinte acres y la propiedad se halla totalmente rodeada, como he dicho, por grandes tapias de piedra. Los árboles crecen allí en cantidad tan grande que en algunos sitios la sombra es muy densa. El estanque, muy hondo, debe de estar alimentado por manantiales muy profundos, pues el agua es muy clara, y más lejos discurre en forma de riachuelo. La casa es enorme y data seguramente de la Edad Media; en efecto, una parte está formada por piedras muy gruesas, y las escasas ventanas están situadas muy altas y defendidas por barrotes de hierro; tal vez fue una antigua fortaleza... al menos tiene una capilla adosada a la casa. Como no tenía la llave de la puerta que permite entrar en la residencia propiamente dicha, no pude penetrar allí. Pero fotografié la casa desde todos los ángulos. La casa fue construida más tarde, y no logré apreciar sus dimensiones, que son considerables. Esto es todo cuanto puedo afirmar. Por los alrededores existen muy pocas casas, entre las cuales hay una grande y reciente, convertida en manicomio. Sin embargo, este edificio no es visible desde Carfax.

Cuando hube terminado, el conde me dijo:

—Me encanta que sea grande y antigua. Yo también pertenezco a una familia muy antigua, y me moriría muy pronto si me viese obligado a residir en una mansión moderna. Una casa no se torna habitable en un solo día... y un siglo se compone de muchos días y años. También me alegra saber que hay allí una capilla, ya que a nosotros, los nobles de Transilvania, no nos agrada pensar que nuestros huesos habrán de mezclarse con los de la plebe. En lo que a mí concierne, no busco ni la alegría ni la diversión, y menos aún la felicidad que obtienen los jóvenes por un bello día de sol y el murmullo del agua. ¡Ah, ya no soy joven! Mi corazón, que ha pasado muchos años llorando a los muertos, ya no se siente atraído por el placer. Por otra parte, los muros de mi castillo se desmoronan, hay muchas sombras y el viento helado se cuela por sus almenas y los resquicios de puertas y ventanas. Me gustan las sombras y la oscuridad, y nada me complace tanto como estar a solas con mis pensamientos.

Sus palabras contradecían la expresión de su rostro... ¿O eran sus rasgos los que daban a su sonrisa algo siniestro y sombrío?

Poco después se excusó por tener que dejarme, y me pidió que recogiera los documentos. Al ver que no regresaba a la biblioteca, comencé a hojear un libro y después otro… Mis ojos se posaron en un atlas, abierto naturalmente por el mapa de Inglaterra, mapa que, al parecer, había sido consultado numerosas veces. Me fijé, incluso, en que estaba señalado con varios pequeños círculos; al examinarlos mejor, comprobé que uno de ellos estaba trazado al este de Londres, donde se hallaba situada la nueva residencia del conde; otros dos círculos indicaban el emplazamiento de Exeter y de Whitby, en la costa de Yorkshire.

Transcurrió más de una hora antes de que reapareciese el conde.

—¡Ah! —exclamó—. ¿Todavía leyendo? ¡Magnífico! Pero no hay que estar trabajando constantemente. Venga, acaban de advertirme que su cena está servida.

Me cogió del brazo y pasamos a la estancia contigua donde, efectivamente, habían servido una cena deliciosa. El conde volvió a excusarse por haber cenado fuera. Sin embargo, lo mismo que en la velada anterior, se sentó a mi lado y conversamos mientras yo comía. Al terminar, fumé, igual que el día anterior, en tanto él no cesaba de formularme una pregunta tras otra. Transcurrieron las horas, y pensé que la noche debía de estar ya muy avanzada, pero no dije nada, presintiendo que mi deber consistía en complacer en todo a mi anfitrión.

No tenía sueño, ya que mi largo descanso me había restablecido completamente; no obstante, experimentaba los escalofríos que todo el mundo siente ante la proximidad del alba, que en este sentido es como el cambio de marea. Se afirma que los moribundos exhalan frecuentemente el último suspiro cuando nace el día, o al cambiar la marea. Todos cuantos hayan vivido este instante, en que se pasa de la noche al día, comprenderán mis palabras. De pronto, oímos el canto de un gallo que rasgó el aire de una forma poco natural. El conde Drácula se puso en pie de un salto.

—¡Vaya, ya es de día! —gritó—. ¡Oh, perdóneme por haberle obligado a velar tanto tiempo! A partir de ahora, cuando me hable de Inglaterra, mi nuevo país tan querido ya por mí, procure que sus explicaciones sean menos interesantes, a fin de que no olvide que el tiempo transcurre.

E, inclinándose delante de mí, salió con paso apresurado.

Al llegar a mi habitación, aparté los cortinajes, pero no vi nada digno de mención; mi ventana daba al patio del castillo y solo observé que el cielo se iba coloreando lentamente. Tras correr las cortinas, empecé a escribir estas líneas.

8 de mayo. Al iniciar este diario, temí mostrarme confuso; pero ahora me alegro de haberme detenido en todos los detalles, ya que este castillo, así como cuanto se ve y pasa en él, resulta tan extraño que no puedo sino sentirme a disgusto.

Quisiera salir de aquí (salir sano y salvo), o no haber venido jamás. Es posible que mis nervios estén excitados por las largas veladas nocturnas; pero si fuese eso solo... Tal vez podría soportar mejor esta existencia si hablara con alguien más, porque, aparte del conde, en el castillo no hay nadie en absoluto. Y si he de expresar mis verdaderos pensamientos, creo que soy el único ser viviente del castillo. Sí, si puedo exponer los hechos tal como son; ello me ayudará quizá a sufrirlos con más paciencia, a refrenar mi imaginación. De lo contrario, me veo perdido. Los hechos, tal como son, o al menos, tal como creo que son...

Al acostarme dormí solo unas horas y, al ver que no lograba conciliar de nuevo el sueño, me levanté. Había colocado mi espejito de mano en el marco de la ventana y empezaba a afeitarme cuando, de repente, sentí una mano en el hombro y reconocí la voz del conde.

—Buenos días.

Me sobresalté, muy extrañado de no haberle oído entrar, ni haberle visto, ya que, por el espejito, veía reflejada toda la habitación a mis espaldas. Con el movimiento de sorpresa, me arañé ligeramente la cara, cosa que no observé en aquel instante. Cuando hube contestado al saludo del conde, me puse a mirar otra vez por el espejo, tratando de comprender cómo había podido engañarme. No había el menor error: sabía que el conde se hallaba detrás de mí, casi a mi lado, y solo tenía que volver la cabeza para verle. Pues bien, ¡el espejo no reflejaba su imagen! El espejo reproducía todo cuanto había a mi espalda, pero ahí no había el menor signo de un ser humano… aparte de mí. Este hecho tan sorprendente, que se añadía a los demás misterios, acentuó, como es natural, mi sensación de malestar, sensación que experimento siempre que el conde se halla cerca de mí. Fue entonces cuando me di cuenta de que me sangraba la barbilla. Dejando a un lado la navaja, me volví ligeramente para buscar con la vista un poco de algodón. Cuando el conde vio mi rostro, chispearon sus pupilas con una especie de furor diabólico y, de repente, me asió por la garganta. Retrocedí bruscamente y su mano tocó la cadenita de la que colgaba el crucifijo. En el mismo instante, se produjo en él un cambio súbito, y su furor se disipó tan rápidamente que apenas pude creer que hubiera estado encolerizado poco antes.

—Tenga cuidado —me advirtió—, tenga cuidado cuando se corte. En este país, esto es más peligroso de lo que cree… —Después, descolgando el espejito de la ventana, añadió—: ¡Si se ha herido, ha sido a causa de este objeto maldito! Solo sirve para halagar la vanidad humana… Es mejor deshacerse de él.

Abrió el ventanal con un solo gesto de su terrible mano, y arrojó fuera el espejo, que se rompió en mil pedazos sobre las losas del patio. Luego, salió del dormitorio sin pronunciar una palabra. ¿Cómo me afeitaré a partir de ahora? Solo veo un medio: servirme, a guisa de espejo, de la tapa de mi reloj o del fondo de mi bacía, que es de metal, afortunadamente. Cuando entré en el comedor, hallé servido el desayuno. Mas no vi al conde por ninguna parte; por tanto, desayuné solo. Todavía no he visto comer ni beber al conde. ¡Qué personaje tan singular! Después del desayuno, sentí deseos de examinar más a fondo el castillo. Me dirigí hacia la escalinata, y muy cerca hallé abierta la puerta de una estancia, cuya ventana daba al lado sur. La vista era magnífica, y desde donde estaba podía ver todo. El castillo está edificado al borde mismo de un precipicio impresionante. Si se arrojase un guijarro desde un ventanal, descendería durante más de cien metros sin tocar nada en su recorrido. En lontananza se divisa un verdadero océano de copas de árboles, entrecortadas en algunos sitios por las grietas de las montañas. También se distinguen algunos hilillos plateados; se trata de riachuelos que se deslizan por las profundas gargantas de esta inmensa selva.

No, no me hallo de humor para describir todas las bellezas naturales de la región, ya que cuando hube contemplado el panorama decidí reemprender la exploración del castillo. Puertas, puertas..., puertas por todas partes, y todas cerradas con llave y cerrojos. Es imposible salir de aquí, salvo tal vez por los ventanales de los altos muros.

El castillo es una verdadera cárcel... ¡y yo un prisionero!

3

¡Prisionero! Cuando lo comprendí, creí volverme loco. Subí y bajé corriendo la escalinata varias veces, tratando de abrir todas las puertas existentes y mirando ansiosamente todos los ventanales. Muy pronto, la sensación de impotencia anuló en mí toda voluntad. Cuando pienso en ello, transcurridas ya varias horas, me digo que verdaderamente estaba loco puesto que, ahora lo comprendo, me debatí como una rata en su ratonera. Sin embargo, tan pronto como me di cuenta de que por desgracia no podía escapar del castillo, me senté tranquilamente, con tanta calma como nunca había sentido en mi vida, para reflexionar sobre mi situación, tratando por todos los medios de hallar una solución. En estos momentos sigo meditando sin haber llegado a ninguna conclusión. Solo estoy seguro de una cosa: que es absolutamente inútil que hable de esto con el conde. Él sabe mejor que nadie que soy su prisionero; él lo ha querido y, sin duda, tiene motivos; por tanto, si me confiase a él, me ocultaría la verdad. Por poco que entrevea la conducta a seguir, sé que he de callar lo que acabo de descubrir y no permitir que se traduzca ninguno de mis temores… conservar los ojos bien abiertos. O estoy dejándome engañar como un niño por mis propios miedos o me encuentro en una situación desesperada; en el último caso sé que necesito, y necesitaré, toda mi inteligencia para superarla.

Me hallaba en este punto de mis reflexiones cuando oí que cerraban la puerta de la entrada. El conde acababa de regresar.

No se presentó de inmediato en la biblioteca, y yo, de puntillas, volví a mi habitación. ¡Cuál no fue mi sorpresa al hallarle en ella, haciéndome la cama! En efecto, mi asombro fue grande; pero tal hecho solo sirvió para confirmarme en lo que pensaba desde el principio: en el castillo no hay servidumbre. Y cuando algo más tarde, por un resquicio de la puerta, le vi poner la mesa, ya no dudé más, pues si el conde se encarga de estas tareas es porque nadie más puede hacerlo.

Me estremecí de terror al pensar que, si no hay nadie más en el castillo, fue el propio conde quien condujo la calesa la noche de mi llegada. Si esto es así, ¿qué significa el poder que tiene de hacerse obedecer por los lobos, como lo hizo levantando simplemente una mano? ¿Por qué los habitantes de Bistritz y mis compañeros de viaje experimentaron tales temores por mí? ¿Por qué me dieron la cruz, las rosas silvestres y los ajos? ¡Bendita sea la buena mujer que colgó el crucifijo de mi cuello! Cada vez que lo toco me siento más fuerte y valeroso. Me extraña que un objeto que siempre he considerado inútil y de pura superstición, pueda socorrerme en mis angustias. ¿Posee este crucifijo alguna virtud intrínseca, o solo es un medio para reavivar queridos recuerdos? Supongo... espero que algún día podré examinar la cuestión más despacio, para formarme una sólida opinión. Mientras tanto, he de tratar de informarme tanto como me sea posible con respecto al conde Drácula; esto tal vez me ayude a comprender todo cuanto aquí sucede. Quizá esta noche me hable de forma espontánea, si logro desviar la conversación en esa dirección. De todos modos, necesitaré mostrarme muy prudente para que no advierta mis temores.

Medianoche. He sostenido una larga charla con el conde. Le he formulado diversas preguntas sobre la historia de Transilvania, y se ha dignado contestarme. ¡Este tema parece complacerle sobremanera! Mientras hablaba de las costumbres y la gente, sobre todo al referirme varias batallas, se hubiera dicho que había presenciado todo cuando relataba. Después se justificó afirmando que para un noble la gloria de su nombre y su casa constituye su orgullo personal, que el honor de estos es su honor, y el destino familiar su propio destino.

Al referirse a su familia decía «nosotros» y, casi siempre empleaba el plural, como suelen hacer los reyes. Quisiera ser capaz de reproducir exactamente todo lo que me ha contado, ya que para mí resultó terriblemente fascinante. Creí estar escuchando toda la historia de su país. El conde se excitaba a medida que hablaba, paseándose por la estancia, y tironeando su blanco bigote o jugueteando con algún objeto, que siempre acababa por apretar como si quisiera aplastarlo. De todas formas, intentaré transcribir parte de lo que me ha contado, puesto que en ello es fácil encontrar la historia de su linaje.

—Nosotros, los szeklers, tenemos derecho a sentirnos orgullosos, ya que por nuestras venas circula la sangre de muchos pueblos valientes y bravos que se batieron como leones para conseguir la supremacía. En este país donde convivían diferentes razas europeas, los guerreros venidos de Islandia aportaron el espíritu belicoso insuflado en ellos por Thor y Odín, y desplegaron tal furia sobre los territorios de Europa, y también de Asia y África, que los pueblos nativos creyeron que eran invadidos por lobos. Al llegar aquí, esos temibles guerreros encontraron a los hunos, que habían extendido por doquier el fuego y el acero; de modo que sus víctimas afirmaban que, por sus venas corría la sangre de las viejas hechiceras que, expulsadas de Escitia, se aparearon con el diablo en el desierto. ¡Imbéciles! ¿Qué demonio, qué bruja habría podido ser jamás tan poderoso como Atila, cuya sangre corre por nuestras venas? —gritó el conde, arremangándose la levita para enseñar los brazos—. Desde entonces, no es de extrañar que seamos una raza conquistadora y altiva, y que cuando los magiares, los lombardos, los ávaros y los turcos intentaron traspasar nuestras fronteras por millares, siempre consiguiéramos derrotarles. ¿Es extraño acaso que, cuando Arpad y sus legiones trataron de invadir nuestra madre patria nos hallaran ya en la frontera? Luego, cuando los húngaros fueron hacia el este, los victoriosos magiares se aliaron con los szeklers, y a nosotros se nos confió la vigilancia de la frontera turca; bien, esta vigilancia no ha concluido todavía, ya que según una expresión turca, «El agua duerme, mas el enemigo acecha». ¿Quiénes, pues, entre las Cuatro Naciones recibieron con más alegría que nosotros la «espada sangrienta», o se reunieron más pronto en torno al estandarte del rey cuando resonó la llamada a la guerra? ¿Y cuándo quedó lavada la gran vergüenza de Cassova, cuando las banderas de los válacos y los magiares se abatieron bajo la Media Luna? ¿No fue uno de los míos el que atravesó el Danubio para batir al turco en su propio suelo? ¡Sí, fue un Drácula! ¡Maldito sea el hermano indigno que vendió acto seguido el pueblo a los turcos, e hizo pesar sobre este la vergüenza de la esclavitud! ¡Fue este mismo Drácula el que legó su ardor patriótico a uno de sus descendientes que, más tarde, cruzó de nuevo el río con sus tropas para invadir Turquía! Y que, tras haber tenido que replegarse, volvió varias veces a la carga, solo, y dejando detrás el campo de batalla, donde yacían sus soldados, sabedor de que al fin él triunfaría. ¡Dicen que, al obrar así, solo pensó en él! Pero ¿de qué servirían las tropas sin un jefe? ¿En qué pararía una guerra si, para conducirla, no hubiese un corazón y un cerebro? Nuevamente, cuando después de la batalla de Molhacs, conseguimos rechazar el yugo húngaro, nosotros, los Drácula, estuvimos otra vez entre los caudillos que lograron tal victoria. ¡Ah, mi joven amigo, los szeklers y los Drácula han sido la sangre, el cerebro y la espada del país…! ¡Los szeklers pueden ufanarse de haber logrado lo que esos intrusos, los Habsburgo y los Romanov, jamás consiguieron! Mas ha pasado ya la época de las guerras. La sangre se considera algo demasiado precioso en nuestra época de paz deshonrosa y humillante; y toda la gloria de nuestros antepasados ya no es más que una bella historia.

Cuando calló se acercaba la mañana y nos separamos para ir a acostarnos. (Mi diario se asemeja extraordinariamente a *Las mil y una noches,* ya que todo cesa al primer canto del gallo... y sin duda también recuerda la aparición del fantasma del padre de Hamlet.)

12 de mayo. Pido que se me permita exponer los hechos en toda su desnudez, en toda su crudeza, a fin de que sea posible verificarlos en los libros y no sea posible ponerlos en duda. Debo tratar de que no se confundan con lo que he podido observar por mí mismo, ni con mis recuerdos. Ayer noche, cuando el conde salió de su habitación para acudir a mi encuentro, comenzó a interrogarme sobre cuestiones de derecho y el modo de tratar ciertos asuntos. Precisamente, como no sabía en qué pasar el tiempo y mantener la mente ocupada, había estado todo el día consultando varios volúmenes y refrescando diversos temas que estudié en Lincoln's Inn. Como en las preguntas del conde existía cierto orden, cierta ilación, trataré de respetar dicho orden al reproducirlas. Lo cual, seguramente, me será útil algún día.

Para empezar, me preguntó si en Inglaterra era posible tener a la vez dos abogados, o varios. Le contesté que, si tal era su deseo, podía tener una docena, aunque era más prudente tener uno solo para un solo negocio, al menos, ya que si recurría a varios a la vez, el cliente podía estar seguro de obrar contra sus intereses. El conde apreció mi respuesta y me preguntó si habría alguna dificultad de orden práctico a que, por ejemplo, un abogado o procurador velase por sus operaciones financieras, y otro se encargase de recibir las mercancías expedidas por mar, en caso de que el primer abogado habitase lejos del puerto. Le rogué que se explicase con más claridad, con el fin de no inducirle a una apreciación errónea con mis respuestas.

—Pues bien —continuó—, supongamos esto: nuestro común amigo Peter Hawkins, que vive a la sombra de la hermosa catedral de Exeter, que se halla lejos de Londres, compra para mí, por su intervención, una morada en dicha ciudad. Bien, ahora permita que le diga con toda franqueza (ya que usted hallaría extraño que me haya dirigido para este negocio a un procurador que vive tan lejos de Londres, y no a uno de la capital) que no deseaba que ningún interés particular pudiera interponerse en mis propósitos. Un abogado londinense tal vez habría intentado, en esta transacción, conseguir cierto beneficio personal o favorecer a un amigo; por esto preferí buscar un intermediario que, repito, serviría mejor a mis propios intereses. Supongamos ahora que yo, que llevo entre manos diversos negocios, quiero enviar unas mercancías, digamos a Newcastle, a Durham, a Harwich o a Dover. ¿No gozaré de mejores facilidades sirviéndome de un intermediario que viva en uno u otro de esos puertos?

Contesté que, ciertamente, sería más simple, aunque los abogados y procuradores habían creado entre sí un sistema de agencias que les permitían solucionar cualquier asunto de acuerdo con las instrucciones de otro abogado; de modo que un cliente puede confiar sus intereses en un solo abogado sin tener que preocuparse por nada más.

—Pero —replicó—, en mi caso, ¿podría dirigir yo personalmente el asunto?

—Naturalmente. A menudo, los hombres de negocios no desean que otros entren en conocimiento de las transacciones en curso.

—Perfecto —replicó.

Acto seguido se informó de la manera en que debía realizarse una expedición, me preguntó cuáles eran las formalidades exigidas, y a qué dificultades se exponía si antes no se adoptaban todas las precauciones. Le di toda clase de explicaciones, y cuando nos separamos tuve la impresión de que el conde lamentaba no haber ejercido la carrera de abogado, ya que ciertamente tenía buenas condiciones para ello, puesto que en todo había pensado y todo lo había previsto. Por tratarse de un hombre que jamás había estado en Inglaterra y que carecía, evidentemente, de práctica en los asuntos legales, sus conocimientos y su perspicacia al respecto resultaban sorprendentes. Cuando se sintió satisfecho con las explicaciones que había recibido y, por mi parte, hube consultado algunas cláusulas en los libros que tenía a mi disposición, se levantó bruscamente.

—Después de su primera carta —me preguntó—, ¿ha vuelto a escribir a nuestro amigo Peter Hawkins, o a alguien más?

Con cierto pesar le contesté que no, ya que todavía no había tenido ocasión de enviar ninguna carta a nadie.

—Bien, escriba ahora —me aconsejó, apoyando su pesada mano en mi hombro—. Escriba al señor Hawkins y a quien quiera, anunciando que usted se quedará aquí todavía un mes a partir de hoy.

—¿Tanto tiempo he de estar aquí? —indagué, estremeciéndome.

—Sí, tal es mi deseo, y no aceptaré ninguna negativa. Cuando su amo, su jefe (poco importa la forma de llamarle), se comprometió a enviarme a alguien en su nombre, quedó bien entendido que emplearía los servicios de su agente como mejor me conviniese. ¿No hay negativa? ¿Está de acuerdo?

¿Qué podía hacer sino aceptar? Se trataba de los intereses del señor Hawkins, no de los míos, y era en aquel en quien debía pensar y no en mí. Además, mientras el conde Drácula hablaba, no sé qué en su mirada y en su conducta me recordó que yo era solo un prisionero y que, al negarme, tampoco habría abreviado mi estancia en el castillo. Por la forma como me incliné, comprendió su victoria, y vio, por la turbación que se pintó en mi semblante, que él era el amo. Por tanto, explotó este poder, pero empleando su tono dulzón habitual, al que yo no sabía resistirme.

—Ante todo, le ruego, mi joven y querido amigo, que no mencione en sus cartas más que lo referente a los negocios. Sin duda, a sus amigos les complacerá saber que usted goza de buena salud y que sueña ya en el día de volver a su lado. También a este respecto puede decir algo.

Mientras hablaba, me entregó tres hojas de papel y tres sobres. Se trataba de un papel muy delgado y, cuando mi mirada pasó de las cuartillas y los sobres al semblante del conde, que sonreía tranquilamente con sus largos dientes afilados descansando sobre su rojo labio inferior, comprendí con tanta certeza como si lo hubiese expresado con palabras que debía tener mucho cuidado con lo que escribiese, ya que él vigilaría desvergonzadamente mi correspondencia. Por tanto, decidí no redactar aquella noche más que unas notas breves e insignificantes, pensando escribir más extensamente en un futuro y en secreto, tanto al señor Hawkins como a mi querida Mina. A Mina podía escribirle en taquigrafía, lo cual, estoy seguro, pondría al conde en apuros si veía tan extraños garabatos. Escribí, pues, dos cartas, y después me senté a leer tranquilamente, mientras el conde se hallaba igualmente ocupado en su correspondencia, dejando a veces la pluma para consultar ciertos libros que tenía sobre la mesa. Cuando concluyó su tarea, cogió mis dos cartas, que unió a las suyas, las dejó todas junto al tintero y las plumas y salió de la estancia. Tan pronto se cerró la puerta a sus espaldas, me apresuré a examinar sus cartas. No experimenté ningún remordimiento, pues sabía que, dadas mis circunstancias, debía buscar mi salvación a cualquier precio.

Una carta estaba dirigida a Samuel F. Billington, The Crescent número 7, en Whitby; otra a un tal Herr Leutner, de Varna; la tercera a Coutts & Co., de Londres, y la cuarta a Herren Klopstock Billreuth, unos banqueros de Budapest. La segunda y la cuarta misivas no estaban cerradas. Iba ya a leerlas cuando vi moverse el tirador de la puerta. Volví a sentarme, sin haber tenido tiempo más que para dejar las cartas tal como estaban antes y coger de nuevo el libro, cuando el conde reapareció en la biblioteca con otra carta en la mano. Acto seguido, cogió una a una las de encima de la mesa, las selló con todo cuidado y se volvió hacia mí.

—Supongo que me perdonará, pero esta noche estoy agobiado de trabajo. Naturalmente, hallará aquí, según espero, todo cuanto necesite. —Fue hacia la puerta, se volvió e hizo una pausa antes de agregar—: Y ahora, permítame que le dé un consejo, mi joven amigo, o mejor una advertencia: si alguna vez abandona usted estos aposentos, no conseguirá conciliar el sueño en ninguna otra ala del castillo. Sí, se trata de una mansión muy vieja y está poblada de antiguos recuerdos, y solo pesadillas aguardan a quienes duerman donde no está permitido. Si, en cualquier momento, siente sueño, si ve que está a punto de dormirse, regrese a su dormitorio lo antes posible, o a uno de estos aposentos, donde podrá dormir con total seguridad. Mas, si no sigue mis consejos…

El tono con que pronunció la última frase, que dejó flotando en el aire, me estremeció de horror; al mismo tiempo, indicó con un ademán que se lavaba las manos. Lo entendí perfectamente. Por el momento, solo una duda subsistía en mí: ¿era posible que un sueño, fuese cual fuese, llegara a ser más terrible que la red sombría y misteriosa que parecía cerrarse a mi alrededor?

Un poco más tarde. He releído las últimas frases escritas, y las apruebo; sin embargo, ya no albergo ninguna duda. No temeré dormirme en ninguna parte, con tal que el conde no se halle presente. He colgado el crucifijo encima de mi cama; supongo que de este modo descansaré tranquilo…, sin pesadillas. Y el crucifijo ya no se moverá de aquí.

Cuando el conde se separó de mí, me retiré también a mi habitación. Transcurrieron unos instantes, y al no oír ningún rumor, salí al corredor y subí la escalera de piedra hasta el lugar desde donde había divisado la parte sur de la región. Aunque aquella vasta extensión me era inaccesible, al compararla con el estrecho y oscuro patio del castillo, experimenté una sensación de libertad. Por el contrario, cuando mis ojos se posaron en el patio, tuve verdaderamente la impresión de estar prisionero, y solo deseé aspirar una fresca bocanada de aire, aunque fuese el aire de la noche. Estar en vela gran parte de la noche, como me veo obligado en este castillo, me desquicia terriblemente. Me sobresalto ante mi propia sombra, y unos pensamientos, a cual más terrible, me asaltan de continuo. ¡Dios sabe bien que mis temores tienen fundamento!

Contemplé, pues, el magnífico paisaje que, iluminado por la luna, casi parecía verse con la misma claridad que de día. Bajo aquella luz suave y tamizada, las colinas más lejanas parecían fundirse en el horizonte, y las sombras de los valles y barrancos mostraban un negro aterciopelado. Toda aquella belleza sirvió para sosegarme; cada soplo de aire me traía la paz y el bienestar que tanto necesitaba. Al asomarme a la ventana, mi atención se vio atraída por algo que se movía en el piso inferior, hacia mi izquierda; por lo que sabía de la disposición de las habitaciones, me pareció que los aposentos del conde se hallaban por aquella parte. El ventanal donde yo estaba asomado era alto, tenía un vano profundo y columnitas de piedra, y aunque estaba muy desgastado por los años y la intemperie, no le faltaba nada esencial. Procurando no ser observado, continué al acecho.

La cabeza del conde pasó por la ventana del piso inferior; sin ver su rostro, le reconocí por el cuello, por su espalda, por los movimientos de sus brazos. Además, aunque solo viese sus manos, que tantas veces había podido estudiar, no habría podido engañarme. Al principio, me sentí interesado y un poco divertido, ya que se precisa muy poco para interesar y divertir a un hombre cuando está preso. Sin embargo, tales sentimientos no tardaron en convertirse en la repulsión y el asombro más espantosos cuando vi salir lentamente al conde por la ventana de su habitación, y arrastrarse por el muro del castillo, cabeza abajo. De este modo, descendió hacia el tenebroso abismo, con su capa desplegándose en torno suyo, como si fueran dos grandes alas. No daba crédito a mis ojos. Pensé que tal vez se trataba de un efecto del claro de luna, de un juego de las sombras; pero al mirar con más atención, comprendí que no me engañaba. Veía perfectamente los dedos de las manos y de los pies asiéndose a las grietas y rebordes de aquellas piedras desgastadas por los siglos, y, utilizando cualquier saliente, el conde descendió con rapidez, exactamente igual que un lagarto al desplazarse a lo largo de un muro.

¿Quién es este hombre? Mejor dicho, ¿qué clase de bestia inmunda se oculta bajo su apariencia humana? Más que nunca, el terror de este antro de maldad me domina... Tengo miedo... tengo mucho, muchísimo, miedo... y no puedo... ¡oh, no puedo huir de aquí!

15 de mayo. He vuelto a ver al conde deslizándose como un lagarto. Descendió por el muro, ligeramente en zigzag. Recorrió más de veinte metros, en dirección a la izquierda. Después, desapareció por un agujero o por una ventana. Cuando dejé de distinguir su cabeza, me incliné más en mi observatorio para intentar comprender mejor el significado de todo esto; pero no lo logré, ya que el agujero o ventana estaba demasiado lejos de mi posición. Sin embargo, estaba seguro de que el conde había salido del castillo, lo cual aproveché para explorarlo mucho más extensamente que en las demás ocasiones. Retrocediendo unos pasos, me hallé en el centro de la estancia. Cogí una lámpara y traté de abrir todas las puertas, una tras otra; todas estaban cerradas con llave, tal como ya había previsto, y las cerraduras, según advertí, eran bastante nuevas. Bajé por la escalinata y tomé el corredor por cuya puerta había entrado en el castillo la noche de mi llegada. Me di cuenta de que era posible abrir los cerrojos de la puerta y levantar las cadenas, pero la puerta también estaba cerrada con llave, y esta no se hallaba a la vista. La llave debía de estar en el aposento del conde; por tanto, necesitaría aprovechar el instante en que estuviese abierta la puerta de dicha estancia a fin de penetrar en ella, apoderarme de las llaves y escapar. Seguí examinando con todo detalle los oscuros corredores y las diferentes escalinatas, tratando de abrir cuantas puertas hallaba a mi paso. Estaban abiertas las de un par de cuartos que daban a aquel corredor, mas en ellas no vi nada de interés, solo viejos muebles cubiertos de polvo y varios sillones roídos por la carcoma. Al fin, pese a todo, encontré una puerta en lo alto de la escalera que, aunque creí que estaría cerrada con llave, cedió un poco cuando la empujé. Al empujar con más fuerza, me di cuenta de que no estaba cerrada y que la resistencia se debía simplemente a que los goznes estaban un poco salidos y a que la pesada puerta descansaba sobre el suelo. Era la ansiada ocasión que tal vez no volvería a presentarse, por lo que era imperioso que la aprovechara. Al cabo de nuevos esfuerzos, abrí la puerta. Me hallaba en un ala del castillo más a la derecha que los aposentos que conocía, y en un piso más abajo. Al mirar por los ventanales, vi que la habitación se extendía a lo largo de la parte sur de la tétrica morada, y que otras ventanas de una habitación contigua, última, de aquel lado, daban a la vez al sur y al oeste. A ambos lados había un enorme precipicio. El castillo había sido edificado sobre la cima de un enorme peñascal, de modo que era inexpugnable por tres lados; asimismo, los altos ventanales practicados en aquel muro, imposibles de alcanzar por ningún medio, tornaban clara y agradable aquella ala. Hacia el este se divisaba un profundo valle y, elevándose a lo lejos, se veían unas montañas muy escarpadas, tal vez albergue de bandidos, y unos picos abruptos. No me cupo la menor duda de que en el pasado aquellos aposentos habían estado ocupados por unas damas, pues todos los muebles eran más cómodos que los de las restantes estancias. No había cortinajes en las ventanas, y el claro de luna, al penetrar por los cristales en forma romboidal, permitía distinguir los colores, mientras que suavizaba en cierto modo la abundancia de polvo que lo cubría todo, y atenuaba un poco los estragos causados por el tiempo y la carcoma. Con el claro de luna mi lámpara no me servía de nada, y, no obstante, me alegraba de haberla cogido, ya que la soledad que me rodeaba me helaba el corazón y me provocaba temblores. Sin embargo, esto era preferible a estar solo en una de las estancias que la presencia del conde me había hecho odiar, y, tras intentar dominar mis nervios, observé que en mi espíritu renacía la tranquilidad. Me quedé allí, sentado ante una mesita de encina, donde sin duda una dama debió de sentarse también en otros tiempos, soñando y ruborizándose a la par, para escribir una carta de amor con cierta torpeza; me quedé allí, consignando con signos taquigráficos en mi diario todo lo que me había sucedido desde mis últimas anotaciones. ¡Sí, la taquigrafía representa el progreso del siglo XIX! Y pese a ello, a menos que me equivoque, los siglos anteriores tenían, y tienen todavía, unos poderes propios, que el «modernismo» no consigue extinguir.

16 de mayo, por la mañana. Quiera Dios que conserve mi equilibrio mental, puesto que es lo único que me queda. La seguridad, o la sensación de seguridad, es algo que para mí pertenece al pasado. Durante las semanas que aún he de vivir en el castillo solo me cabe esperar una cosa: no enloquecer... si es que no estoy loco ya. Y si estoy cuerdo, resulta espantoso imaginar que, de todas las amenazas que me rodean, la presencia del conde es la menor. Solo de él puedo aguardar mi salvación, aunque sea sirviendo fielmente sus designios. ¡Gran Dios! ¡Dios misericordioso! ¡Haz que conserve la calma, ya que si esta me abandona, será remplazada por la locura!

Algunas cosas que hasta ahora fueron para mí confusas, se van ya aclarando. Por ejemplo, nunca había entendido bien lo que pretendió decir Shakespeare cuando le hizo exclamar a Hamlet:

> ¡Mis tablillas! ¡Mis tablillas!
> Este es el instante de escribir en ellas...

Ahora que tengo la impresión de que mi cerebro está desquiciado o que ha recibido un golpe fatal, yo también me refugio en la redacción de mi diario; me servirá de guía, y el hecho de explicar con todo detalle cuanto voy descubriendo será para mí apaciguador.

La misteriosa advertencia del conde tuvo la virtud de aterrarme; y cuanto más la medito más aterrado me siento, puesto que comprendo que ese monstruo tiene sobre mí un terrible ascendiente. He de tomarme todas sus palabras, aun las más nimias, con la máxima seriedad.

Después de escribir las últimas líneas de mi diario, y guardar las hojas y la pluma en mi bolsillo, sentí sueño. No había olvidado en absoluto la advertencia del conde, pero quise darme el placer de desafiarle. El claro de luna era dulce, bienhechor, y el vasto panorama que divisaba me consolaba, como ya dije, dándome una gran sensación de libertad. Decidí no volver a mi habitación ni a las estancias contiguas, de las que quería huir por conocerlas demasiado bien, y dormir aquí, donde en el pasado las damas se habían sentado y quizá habían cantado y pasado dulcemente sus monótonas existencias, mientras sus corazones se entristecían cuando sus esposos partían para la guerra. Acerqué un diván a un ventanal a fin de que, tendido en él, pudiera seguir viendo el paisaje, y sin hacer caso del polvo que recubría la tapicería, me dispuse a dormir.

Supongo que debí de dormirme; eso espero, pero me temo no haber dormido en absoluto, ya que lo que sucedió me pareció terriblemente real..., tanto que, ya de día y en mi dormitorio iluminado por el sol matutino, no consigo creer que haya ocurrido.

No estaba solo. En la estancia no había cambiado nada desde que entré en ella. En el suelo iluminado por la luna veía el rastro de mis pasos sobre el polvo. Pero ante mí se hallaban tres jóvenes, tres damas a juzgar por sus atuendos y sus modales. Tan pronto como las divisé, creí soñar, ya que, aunque el claro de luna entraba por una ventana situada a sus espaldas, no proyectaban ninguna sombra sobre el suelo ni los muros. Avanzaron hacia mí, me contemplaron unos instantes, y después cuchichearon entre sí. Dos tenían el cabello moreno, la nariz aquilina como el conde, y grandes ojos negros muy penetrantes que, bajo la palidez de la luz lunar, daban la sensación de sendas hogueras. La tercera era extraordinariamente hermosa, con una larga y ondulada cabellera dorada, y unas pupilas semejantes a pálidos zafiros. Creí reconocer aquel semblante y me pareció que su recuerdo se hallaba unido a una pesadilla, pero me resultó imposible acordarme del momento o la circunstancia en que lo había visto. Las tres poseían unos dientes de resplandeciente blancura, brillantes como perlas entre unos labios muy rojos y sensuales. Había algo en ellas que me provocó un gran malestar, un deseo intenso y al mismo tiempo un temor mortal. Sí, ardía en deseos de besar aquellos labios tan rojos o de que ellos besasen los míos. Tal vez sería preferible no escribir estas frases, ya que si Mina lee este diario experimentará un gran pesar; sin embargo, es la pura verdad. Las tres jóvenes murmuraban entre sí, y reían con una risa musical, argentina, que, no obstante, contenía una nota de dureza, un sonido que parecía casi imposible que surgiese de una garganta humana. Era como el tintineo, dulce pero intolerable, de unos vasos entrechocados por una mano diestra. La rubia levantó la cabeza con aire provocativo mientras que las otras la animaban.

—Sí —exclamó una de las dos morenas—. Tú serás la primera y nosotras te seguiremos.

—Es joven y fuerte —añadió la otra morena—. Podrá besarnos a las tres.

Sin moverme, yo contemplaba la escena a través de mis párpados entornados, en medio de una impaciencia y un suplicio exquisitos. La rubia se aproximó, y se inclinó sobre mí hasta que pude percibir su respiración agitada. Su aliento, en cierto sentido, era dulce... dulce como la miel, y producía en mis nervios la misma sensación que su voz, pero con esa dulzura se mezclaba un deje amargo, como el olor que desprende la sangre fresca.

No me atreví a levantar los párpados, aunque seguí observando la escena a través de mis pestañas, y vi perfectamente cómo la joven, arrodillada, se inclinaba cada vez más hacia mí. Sus facciones revelaban una voluptuosidad emocionante y repulsiva a la par, y, mientras arqueaba el cuello, se relamió los labios como un animal, de tal forma que, a la luz de la luna, conseguí distinguir la saliva que resbalaba por sus labios rojos y su lengua, que se movía por encima de sus dientes blancos y puntiagudos. Su cabeza descendía lentamente, sus labios llegaron al nivel de mi boca, luego de mi barbilla, y tuve la impresión de que iban a pegarse a mi garganta. Pero no, la joven se detuvo y yo oí el ruido, semejante a un chasquido, que hacía su lengua al relamer sus dientes y sus labios, al tiempo que sentía su cálido aliento sobre mi cuello. Entonces, la piel de mi garganta reaccionó como ante una mano cosquilleante, y sentí la caricia temblorosa de unos labios en mi cuello, y el leve mordisco de dos dientes muy puntiagudos. Al prolongarse aquella sensación, cerré los ojos por completo en una especie de lánguido éxtasis. Después... esperé con el corazón palpitante.

Pero, en aquel mismo instante, experimenté otra sensación, veloz como el relámpago. El conde estaba allí, como surgido de una tormenta. En efecto, al abrir los ojos a mi pesar, vi su mano de hierro asir el delicado cuello de la joven y echarla hacia atrás con una fuerza hercúlea; las pupilas de la joven rubia chispearon de cólera, sus dientes rechinaron de furor, y sus bellas mejillas se encendieron de indignación. ¡Y el conde…! Jamás hubiese imaginado presenciar una tal demostración de diabólico furor. Sus ojos destellaban verdaderas llamaradas, como si en su interior se hallase el infierno; su rostro tenía una palidez cadavérica y sus duras facciones permanecían extraordinariamente tensas; las espesas cejas que se juntaban encima de su nariz eran como una barra de metal calentada al rojo vivo. Con un brusco movimiento de su brazo, envió a la joven casi al otro extremo de la habitación, y luego se limitó a hacer un ademán hacia las otras dos jóvenes, que retrocedieron al instante. Era el mismo ademán que le había visto hacer con los lobos… si era él el cochero de aquella noche fatídica.

—¿Cómo se ha atrevido a tocarlo una de vosotras? —exclamó con voz tan baja que era solo un murmullo, aunque dio la impresión de ser un látigo restallando en el aire—. ¿Cómo os habéis atrevido a poner en él vuestros ojos, después de habéroslo prohibido? ¡Fuera de aquí! ¡Este hombre me pertenece! No oséis inmiscuiros, de lo contrario os las veréis conmigo.

—¡Tú no amaste jamás! —replicó la joven rubia, con su sonrisa provocativa—. ¡Nunca amaste!

Las otras dos se acercaron a la que había hablado y las tres se echaron a reír con unas carcajadas alegres, pero tan duras, tan implacables, que estuve a punto de desvanecerme. Aquellas risas resonaban como las de unas diablesas. El conde, después de inspeccionar atentamente mi semblante, se volvió hacia ellas y contestó en un murmullo:

—Sí, también yo sé amar. Y lo sabéis perfectamente. ¡Acordaos! Bien, os prometo que cuando haya terminado con él podréis abrazarlo tanto como os plazca. Y ahora dejadnos. Debo despertarle, pues nos aguarda el trabajo.

—¿No tendremos nada esta noche? —preguntó una de las jóvenes, riendo ligeramente, en tanto que con el dedo señalaba el saco que el conde había arrojado al suelo, y que se movía como si dentro hubiera un ser vivo.

Por toda respuesta, el conde sacudió la cabeza. Una de las jóvenes saltó hacia delante y abrió el saco. Creí oír un débil gemido, como el de un niño ahogado. Las jóvenes rodearon el saco, al tiempo que yo temblaba de horror. Sin embargo, mientras las miraba, desaparecieron, y el saco con ellas. No había ninguna puerta cerca de ellas, y de haber pasado ante mí las habría visto. No, debieron de esfumarse simplemente en los rayos de la luna, saliendo por la ventana, pues, durante una fracción de segundo, distinguí fuera sus vagas siluetas. Después, desaparecieron por completo.

Entonces, vencido por el horror de la escena, caí en la inconsciencia.

4

Me desperté en mi cama. Si verdaderamente no lo había soñado todo, entonces, sin duda, el conde me había conducido hasta allí. Quise asegurarme, pero no conseguí llegar a ninguna conclusión definitiva. Contaba con algunas pequeñas pruebas, por ejemplo, mis ropas estaban dobladas y colocadas sobre una silla de un modo diferente a como solía hacerlo. Mi reloj estaba parado, cuando yo jamás dejo de darle cuerda antes de acostarme. Había otros detalles aún… Sin embargo, todos ellos no demostraban nada, pues podían constituir evidencias de que había estado distraído la víspera o, por algún motivo olvidado, excesivamente turbado. Necesitaba pruebas más consistentes. De todos modos, me felicitaba de una cosa: si era el conde el que realmente me había conducido a la cama y me había desvestido, se había apresurado en su cometido, ya que el contenido de mis bolsillos estaba intacto. Estoy seguro de que mi diario le habría resultado un misterio que no habría podido tolerar. Así que se lo habría llevado para destruirlo. Al mirar a mi alrededor, en esta habitación donde tantas angustias he conocido, me pareció que estaba al abrigo de peligros, pues nada era más espantoso que aquellas tres horribles mujeres que deseaban chuparme la sangre.

18 de mayo. He querido volver a visitar aquella estancia a pleno día, ya que a toda costa necesito saber la verdad, pero cuando llegué a su puerta la encontré cerrada. Alguien ha intentado reajustar los goznes. Me he apercibido de que la puerta estaba cerrada con llave por dentro. Ahora, por tanto, temo no haber soñado, por lo que desde este instante tendré que actuar partiendo de esta certidumbre.

19 de mayo. Estoy atrapado en las redes, sin duda. Ayer por la noche el conde me pidió, con su tono más encantador, que escribiera tres cartas, diciendo en una que ya había terminado mi labor en el castillo y que regresaría al cabo de unos días; asegurando en otra que partiría al día siguiente, y afirmando en la tercera haber dejado ya el castillo, y llegado a Bistritz. Quise rebelarme contra esta imposición, pero por otra parte comprendí que habría sido una locura discutir la voluntad del conde, puesto que estoy absolutamente en su poder, y negarme a obedecerle habría suscitado sus sospechas y le habría enfurecido. Sabe que estoy enterado de muchas cosas y que no debo vivir, pues podría ser peligroso para él. Mi única posibilidad, si existe alguna, consiste en tratar de prolongar la situación actual. Quizá se presente una ocasión que me permita, pese a todo, huir de este castillo maldito. En un momento dado vi cómo sus pupilas centelleaban con el mismo furor que cuando apartó a las tres jóvenes de mi lado. Me explicó que el servicio de correos es muy irregular en la región y que mis cartas tranquilizarían a mis amigos; luego, al referirse a la última carta, añadió que la guardaría en Bistritz hasta la fecha en que yo partiese verdaderamente, suponiendo que mi estancia en el castillo aún fuese a prolongarse. Lo expresó todo con tanta convicción que oponerme a él solo habría servido para despertar sospechas. Por tanto, fingí aprobar todo el plan y le pregunté qué fechas debía poner en las cartas. Tras reflexionar un momento, contestó:

—La primera debe llevar la fecha del doce de junio, la segunda el diecinueve y la tercera la del veintinueve.

Ahora ya sé el tiempo que me queda de vida. ¡Que Dios me proteja!

28 de mayo. Tal vez consiga el medio de escapar o al menos de enviar noticias a Inglaterra. Al castillo han llegado unos gitanos, que están acampados en el patio. Escribiré varias cartas y trataré de dárselas, para que las echen al correo. Ya les he hablado desde mi ventana y hemos trabado cierto conocimiento. Se han descubierto ante mí, inclinándose profundamente y ejecutando otros movimientos que no entiendo en absoluto, he de confesarlo.

Las cartas están ya listas. La de Mina va en taquigrafía, y al señor Hawkins me limito a manifestarle que se ponga en contacto con ella. A Mina la pongo al corriente de la situación sin hablarle de los horrores que, en realidad, solo sospecho. Se moriría de miedo si le revelara todos mis temores. De este modo, si mis cartas no llegan a su destino, el conde ignorará hasta qué punto he penetrado en sus intenciones.

Ya he entregado las cartas; las he arrojado al patio, junto con una moneda de oro y, mediante signos les he dado a entender a los gitanos que las echasen al correo. El que las ha recogido las ha puesto sobre su corazón, inclinándose aún más que de costumbre, y después las ha guardado bajo su sombrero. ¿Qué más podía yo hacer? Ya solo me queda aguardar. Fui a la biblioteca, donde me puse a leer. Luego, al ver que el conde no aparecía, redacté las últimas líneas de mi diario.

Sin embargo, no estuve solo mucho tiempo. El conde se sentó a mi lado y me dijo con voz dulzona, al tiempo que desdoblaba dos cartas:

—Los gitanos me han entregado estos pliegos; aunque ignoro de dónde proceden, me ocuparé de ellos, naturalmente. Fíjese —debía de haberlas examinado ya—, esta es de usted dirigida a mi amigo Peter Hawkins, y la otra —abrió la segunda carta, y al observar aquellos signos insólitos, adoptó una expresión siniestra y sus ojos chispearon de furor e indignación—… la otra representa a mis ojos una odiosa ofensa, que traiciona una amistad hospitalaria. Además, no está firmada. Por tanto, no puede presentar ningún interés.

Con la mayor tranquilidad, acercó el papel y el sobre a la lámpara y lo quemó todo, hasta haberlo convertido en cenizas.

—Claro está, enviaré la carta a Peter Hawkins —continuó luego—, puesto que usted la escribió. Sus cartas son sagradas para mí. Y espero que sabrá perdonarme el haberla abierto. Ignoraba de quién era. Supongo que querrá meterla en otro sobre, ¿verdad?

Inclinándose cortésmente, me entregó la carta y un nuevo sobre. No tuve más remedio que escribir nuevamente la dirección y entregarle la carta y el sobre, sin efectuar la menor observación. Cuando salió de la estancia, cerró la puerta y oí girar suavemente la llave en la cerradura. Dejé transcurrir unos instantes y traté de abrir la puerta; sí, estaba cerrada con llave.

Cuando, dos horas más tarde, el conde, siempre sereno, entró en la biblioteca, me desperté sobresaltado, pues me había quedado traspuesto en el sofá.

—¿Está fatigado, amigo mío? —inquirió con tono risueño y cortés a la vez—. Por favor, acuéstese. Estará mejor en la cama. Además, esta noche no tendré el placer de charlar con usted, puesto que estoy abrumado de trabajo. Acuéstese, se lo ruego.

Fui a mi dormitorio, me acosté y, por extraño que parezca, me dormí apaciblemente, sin soñar. La desesperación lleva en sí su propio calmante.

31 de mayo. Esta mañana, mi primera idea al despertarme fue sacar unas hojas de papel y unos sobres de mi maletín y metérmelo todo en el bolsillo, a fin de escribir si se presentaba la ocasión durante el día. ¡Mas, sorpresa, un nuevo golpe!

Todos mis papeles habían desaparecido, con todas mis notas, mi memorándum, donde tenía apuntados los trenes y los datos del viaje, mi carta de crédito, y en realidad todo lo que me sería útil una vez estuviera fuera del castillo. Me senté y reflexioné un momento, y luego me sobrevino un pensamiento y abrí mi maleta y el armario donde guardo mis trajes.

En el armario no estaba el traje que había llevado en el viaje, ni el abrigo ni la manta. Por más que lo busqué todo, no lo hallé en parte alguna. ¿Qué nueva maquinación se esconde en este misterio?

17 de junio. Esta mañana, sentado al borde de mi cama devanándome los sesos, oí unos latigazos fuera y el sonido de unos cascos de caballo en el sendero rocoso que conduce al patio del castillo. Con el corazón palpitando de júbilo, me precipité hacia la ventana y vi dos grandes carretas que entraban en el castillo, ambas tiradas por ocho caballos muy robustos, y guiadas por dos eslovacos ataviados a usanza nacional, incluso con la piel de cordero y el hacha. Corrí hacia la puerta con intención de bajar y salir al patio, pues pensé que había paso libre debido a las carretas. Nueva sorpresa: ¡mi puerta estaba cerrada con llave desde fuera!

Regresé a la ventana y grité. Levantaron la cabeza y me contemplaron estupefactos, señalándome con el dedo. Pero en aquel instante apareció el jefe de los gitanos y al ver que la atención general estaba fija en mi ventana, murmuró algo y todos se echaron a reír. Desde entonces, todos mis esfuerzos fueron en vano, así como toda súplica de piedad; ya nadie volvió a fijar su vista en mí.

Las carretas estaban cargadas de unas grandes cajas de forma cuadrada, cuyas asas eran de cuerda muy gruesa. Al observar la facilidad con que los eslovacos las manejaban y el ruido que hacían cuando las dejaban caer al suelo, adiviné que estaban vacías. Cuando todas estuvieron amontonadas en un rincón del patio, los gitanos les pagaron a los eslovacos y estos, tras escupir sobre las monedas a fin de atraerse la suerte, volvieron lentamente a sus carretas. A medida que se alejaban, oí cada vez más débilmente el restallido de los látigos y el ruido de los cascos de los animales.

24 de junio, antes del amanecer. El conde me dejó anoche muy temprano y fue a encerrarse en su aposento. Cuando creí posible hacerlo sin correr graves riesgos, trepé por la escalera de caracol, con la intención de acechar a Drácula por el ventanal que da al sur; en efecto, estoy seguro de que ocurre algo. Los gitanos acampan en el interior del castillo, ocupados en alguna labor misteriosa. Lo sé, ya que de vez en cuando oigo un rumor lejano ahogado, como de un pico, tal vez de una azada, y estoy asimismo seguro de que se trata de un asunto criminal.

Estuve asomado media hora aproximadamente, cuando vi moverse una sombra en la ventana del conde, que luego empezó a salir. Era Drácula, que no tardó en estar fuera. Mi sorpresa volvió a ser grande; llevaba mi traje de viaje y al hombro el saco horrible que vi desaparecer al mismo tiempo que las tres jóvenes. No tuve ninguna duda respecto al objetivo de aquella expedición nocturna; además había adquirido mi aspecto. Es decir, se trataba de una jugarreta sumamente malvada: al hacer que la gente lo tomase por mí, podría demostrarse que era yo quien había echado al correo mis cartas, ya en Bistritz, ya en alguna otra aldea, y todas sus villanías me serían atribuidas a mí.

Me enfurezco al pensar que sus maldades continúan libremente, mientras yo estoy aquí encerrado, como un verdadero prisionero, sin la protección que la ley concede a los mismos criminales.

Decidí aguardar el regreso del conde y estuve largo tiempo asomado a la ventana, ya que por nada del mundo me habría apartado de ella. En un momento dado, observé unas manchas muy extrañas que danzaban en los rayos de la luna. Eran como minúsculas motas de polvo, girando en torbellinos, que se iban reuniendo en una especie de nube. Cuando mi mirada se fijó en aquel fenómeno, experimenté un gran sosiego. Me apoyé en el marco de la ventana, tratando de hallar una postura más cómoda para gozar de tan grato espectáculo.

Me sobresalté al oír los aullidos sordos y dolorosos de unos perros, que ascendían desde el valle, aunque no logré divisar a ningún animal. Poco a poco fueron percibiéndose con mayor claridad, y me pareció asimismo que las motas de polvo adoptaban nuevas formas en consonancia con aquel rumor lejano, danzando débilmente en los rayos lunares.

Por mi parte, me esforzaba por despertar en mí los instintos amortiguados; era mi alma la que luchaba y trataba de rechazar aquella llamada. ¡Oh, estaba hipnotizado! Las motas de polvo danzaban más deprisa cada vez, yendo a perderse luego en la oscuridad. Se reunían, adoptando formas fantasmales. De repente, volví a sobresaltarme, ya despierto y dueño de mí, y huí de allí gritando. Aquellas formas fantasmales que lentamente se separaban de los rayos de la luna eran conocidas mías; se trataba de las tres jóvenes a las que estaba ligada mi suerte. Huí hacia mi dormitorio, donde me sentí algo más tranquilizado; allí no penetraban los rayos de la luna y la lámpara alumbraba hasta el mínimo rincón.

Unas dos horas más tarde oí en la cámara del conde un gemido agudo prestamente ahogado. Luego… un silencio atroz, profundo, que me heló el corazón. Me precipité a la puerta, pero volvía a estar encerrado, prisionero y completamente impotente. Me senté en el lecho y me eché a llorar.

Entonces, oí un grito fuera, en el patio, el grito doloroso exhalado por una mujer. Fui a la ventana y, efectivamente, distinguí a una mujer con la cabellera en desorden, y las dos manos cruzadas sobre el pecho, como alterada por haber corrido. Estaba apoyada contra la verja y cuando me vio en la ventana, corrió hacia mí, chillando con una voz preñada de amenazas:

—¡Monstruo! ¡Devuélveme a mi hijo!

Después, arrodillándose y levantando ambos brazos, repitió las mismas palabras con un tono desgarrador. Se arrancaba los cabellos, se golpeaba el pecho y hacía movimientos extravagantes inspirados por el dolor. Al final, se acercó a los muros del castillo, arrojándose casi contra ellos, y, aunque no logré verla, oí cómo aporreaba la puerta con los puños.

Por encima de mí, procedente sin duda de lo alto del torreón, resonó la voz del conde. Era un murmullo ronco, que tenía una nota metálica. A lo lejos, parecieron contestarle los aullidos de los lobos. Unos minutos más tarde, una manada de lobos invadió el patio con la fuerza impetuosa de un torrente.

La mujer no gritó y los lobos no tardaron en dejar de aullar. Poco después, la manada se retiró, con las fauces ensangrentadas.

No me compadecí de la pobre mujer ya que, comprendiendo la suerte reservada a su hijito, era preferible que estuviera muerta.

¿Qué haré? ¿Qué puedo hacer? ¿Cómo escapar a esta larga noche de terror?

25 de junio, por la mañana. Para que se comprenda hasta qué punto puede la mañana ser grata al corazón y a los ojos, es preciso que se haya pasado una noche cruel. Cuando esta mañana los rayos del sol han acariciado la parte alta de la verja, delante de mi ventana, tuve la impresión de que era la paloma de la paz la que allí se posaba. Mis temores se disiparon como un ropaje vaporoso que se fundiera con el calor. Debo actuar en tanto la luz del día me infunda valor. Anoche partió una de mis cartas, la primera de la serie fatal que debe borrar de la Tierra hasta las huellas de mi existencia. Bien, es mejor no pensar en ello y obrar rápidamente.

Ha sido siempre por el atardecer o por la noche cuando he sentido pesar las amenazas sobre mí, experimentando los peores peligros. Por otra parte, desde mi llegada al castillo jamás he visto al conde de día. ¿Duerme cuando los demás velan, y está en vela cuando duermen los demás? ¡Ah, si pudiese entrar en su habitación! Pero es imposible. Su puerta está siempre bien cerrada, y no hay ningún medio...

Sí, hay uno... aunque sea muy atrevido emplearlo. ¿Por qué no ha de pasar otra persona, por donde pasa el conde? Le he visto arrastrarse desde su ventana. ¿Por qué, pues, no he de imitarlo yo y entrar por su ventana? La empresa sin duda es desesperada, pero la situación en que me hallo aún lo es más. He de arriesgarme. Lo peor que puede ocurrirme es morir. Mas la muerte de un hombre no es como la de una bestia, y tal vez se me conceda la vida eterna. ¡Que Dios me ayude! Adiós, Mina, si no volvemos a vernos; adiós, mi amigo fiel, que has sido un segundo padre para mí; adiós a todos y, otra vez más, ¡adiós, Mina, adiós!

El mismo día, algo más tarde. Estuve allí abajo y, con la ayuda de Dios, he vuelto sano y salvo a mi dormitorio. Lo explicaré con todo detalle. Sintiéndome animado de un súbito valor, me dirigí al ventanal que da al lado sur y me situé en el estrecho reborde de piedra que, por aquella parte, corre a lo largo de todo el muro. Las piedras son enormes, talladas groseramente, con argamasa en los intersticios, aunque esta ha desaparecido en gran parte. Una vez me hube quitado los zapatos, partí a la aventura... Durante un instante bajé la mirada para asegurarme de que no sufriría de vértigo al mirar al vacío, pero después tuve buen cuidado de mirar ante mí. Sabía perfectamente dónde se hallaba la ventana del conde, que alcancé enseguida. No sufrí vértigo en ningún momento (sin duda, estaba demasiado excitado para ceder al mismo), y en un tiempo sumamente corto a mi entender, me hallé sobre el alféizar de la ventana de guillotina, tratando de levantar el cristal. Lo conseguí y me sentí muy excitado cuando, encorvándome, me deslicé dentro de la cámara, penetrando con los pies por delante. Tras buscar al conde con la vista, hice un feliz descubrimiento: ¡no estaba allí! El aposento carecía casi de mueblaje, y los escasos muebles, muy antiguos, no parecían haber servido jamás; estaban cubiertos de polvo, y algunos pertenecían al mismo estilo que los de la parte sur. De pronto pensé en la llave, pero no la vi en la cerradura ni en parte alguna. Mi atención se vio atraída por un inmenso montón de monedas de oro en un rincón: piezas romanas, inglesas, austríacas, húngaras, griegas… cubiertas de polvo, como si su presencia allí datase de muchos años. Las más modernas contaban cuando menos tres siglos. Observé igualmente cadenas, adornos, y hasta varias piedras preciosas, todo muy ajado.

Me dirigí hacia una puerta muy pesada que divisé en un rincón; como no hallé ni la llave del aposento ni la de la puerta de entrada al castillo que, no hay que olvidarlo, era el motivo principal de mis pesquisas, tuve que continuar la exploración, de lo contrario, todas mis dificultades habrían sido en vano. Aquella puerta estaba abierta y daba acceso a un corredor de muros de piedra que conducía a otra escalera de caracol, muy inclinada. Descendí, tomando toda clase de precauciones, ya que no estaba iluminada más que por dos aberturas practicadas en la espesa piedra. Al llegar abajo, me encontré en un nuevo corredor oscuro, un verdadero túnel donde reinaba un olor acre que evocaba la muerte… el olor de tierra vieja que acaban de remover. En tanto avanzaba, el hedor resultaba insoportable. Finalmente, empujé otra puerta, que se abrió de par en par. Me encontré en una vieja capilla en ruinas donde, sin duda, habían sido enterrados algunos cadáveres. En algunos sitios, el techo se había venido abajo, y en dos lugares de la capilla, unos peldaños conducían a unas cuevas, cuyo suelo había sido removido recientemente, colocando grandes montones de tierra en diversos cajones repartidos por doquier; naturalmente, se trataba de los cajones traídos al castillo por los eslovacos. No había nadie por allí, por lo que proseguí mi investigación. ¿Habría alguna salida secreta del castillo? No, ninguna. Procedí a un examen más minucioso de aquel lugar. Descendí incluso a las cuevas, adonde llegaba una débil luminosidad, aunque mi propia alma rechazaba la idea de bajar allí. En las primeras solo vi fragmentos de antiguos ataúdes y montañas de polvo. Sin embargo, en la tercera efectué un descubrimiento.

¡En un enorme cajón colocado sobre un montón de tierra yacía el conde! No supe si dormía o estaba muerto, ya que tenía los ojos abiertos, petrificados, mas no vidriosos como los de los muertos, y sus mejillas, a pesar de su palidez, conservaban el calor de la vida; en cuanto a los labios, seguían tan rojos como siempre. Pero su cuerpo carecía de movimiento, sin ninguna señal de respiración, y el corazón había cesado de latir. Me incliné, esperando, pese a todo, percibir algún signo de vida... pero en vano. No debía llevar tendido allí mucho tiempo, ya que el olor de la tierra era fresco, y al cabo de unas horas no se habría percibido. La tapa del ataúd, si tal era, estaba en el suelo, atravesada por varios agujeros. Tal vez el conde guardase las llaves en algún bolsillo; pero cuando me aprestaba a registrarle, vi en sus ojos, aunque extintos e inconscientes de mi presencia, tal expresión de odio que huí de allí al instante, volví a su habitación, salí por la ventana y trepé por el muro. Ya en mi dormitorio, me arrojé sobre la cama, jadeante, y traté de ordenar mis ideas.

29 de junio. Hoy es la fecha de mi tercera carta, y el conde ha debido procurar que no exista ninguna duda con respecto a la misma, ya que anoche volví a verle salir del castillo, ataviado con mi traje.

Mientras descendía por el muro como un lagarto, solo deseaba una cosa: tener a mano un fusil o cualquier otra arma mortífera para aniquilarle. Aunque ignoro si un arma, fabricada por un ser humano, habría obrado sobre él el menor efecto. No me atreví a acechar su retorno, ya que temí volver a ver aquellas tres parcas. Entré en la biblioteca, cogí un libro y no tardé en dormirme.

Me despertó el conde, que me observaba con la mirada más grave que un hombre puede tener, y me dijo:

—Mañana, amigo mío nos despediremos. Usted partirá hacia su bella Inglaterra, y yo a una ocupación, cuyo resultado tal vez impida que volvamos a vernos nunca más. Ya se ha echado al correo su tercera carta. Mañana yo no estaré aquí, mas todo estará dispuesto para su marcha. Los gitanos llegarán por la mañana, puesto que han de proseguir su labor, igual que los eslovacos. Cuando se hayan marchado, mi carruaje vendrá a buscarle y le conducirá al collado de Borgo, donde usted tomará la diligencia para Bistritz. Pese a todo, espero volver a tener el placer de recibirle en el castillo de Drácula.

Resolví poner a prueba su sinceridad. ¡Su sinceridad! Tuve la impresión de profanar esta palabra aplicándola a tal monstruo.

—¿Por qué no puedo marcharme esta noche? —le pregunté de repente.

—Porque, mi querido amigo, mi coche y mi cochero están fuera.

—Oh, puedo irme a pie. En realidad, me gustaría marcharme ahora mismo.

Sonrió, con una sonrisa tan dulce y diabólica que adiviné que tal dulzura escondía un siniestro propósito.

—¿Y su equipaje? —inquirió.

—No importa. Haré que lo recojan más adelante.

Se levantó y me replicó, inclinándose con tanta cortesía que estuve a punto de restregarme los ojos de tan sincera como parecía:

—Ustedes, los ingleses, poseen un refrán que expresa sobradamente la conducta por la que nos regimos nosotros, los nobles de Transilvania: «¡Bienvenida al huésped que llega! ¡Buen viaje para el huésped que se va!».Acompáñeme, mi buen amigo. Oh, no, no estará usted ni una hora más en mi casa contra su voluntad, aunque me sienta consternado por su partida tan precipitada. ¡Venga!

Cogió la lámpara y, con majestuosa gravedad, me precedió en el descenso de la escalinata, dirigiéndose acto seguido a la puerta de entrada. De pronto, se detuvo en pleno corredor.

—¡Escuche! —exclamó.

No lejos del castillo aullaban los lobos. Él levantó la mano y a este gesto los aullidos redoblaron de intensidad, lo mismo que los músicos de una orquesta obedecen a la batuta del director. Al cabo de un momento, reanudó la marcha, siempre majestuoso, y, al llegar a la puerta, descorrió los enormes cerrojos, desunió las gruesas cadenas, y abrió lentamente el batiente.

Para mi asombro, vi que la puerta no estaba cerrada con llave. Miré a mi alrededor con suspicacia, pero no vi la llave por ninguna parte.

A medida que se abría la puerta, los aullidos de los lobos resonaban con mayor furia. Los animales, con las fauces entreabiertas, dejando divisar sus rojas encías y sus rechinantes dientes, aparecieron frente al umbral. Comprendí que era vano pretender oponerme a la voluntad del conde. ¿Qué podía contra él, asistido por tan fieros aliados? Sin embargo, la puerta seguía abriéndose lentamente y solo el cuerpo del conde se interponía en el umbral. Una idea me cruzó por la imaginación, como un relámpago: ¡iba a ofrecerme a los lobos, por mi expresa voluntad! Se trataba de una de aquellas jugarretas que tanto complacían al maldito conde. Finalmente, decidí tentar mi suerte una vez más.

—¡Cierre la puerta! —le supliqué—. ¡Aguardaré! ¡Partiré mañana! —Y me cubrí el rostro con las manos a fin de ocultar mis lágrimas y mi amargo desaliento.

Con un solo gesto de su poderoso brazo, el conde cerró la gruesa hoja de madera, colocó los cerrojos... y el rechinar de cadenas resonó por todo el corredor.

Sin pronunciar la menor palabra, regresamos a la biblioteca desde donde, casi al momento, me marché a mi dormitorio. Vi por última vez al conde Drácula enviándome un beso con la mano. Sus pupilas resplandecían de triunfo y sus facciones estaban distendidas en una sonrisa que hubiese envidiado el propio Judas.

Iba a acostarme cuando me pareció oír que alguien murmuraba junto a mi puerta. Me acerqué a ella de puntillas y me pareció reconocer la voz del conde.

—No, no —decía la voz—, volveos a donde estabais. Todavía no ha llegado el momento para vosotras. ¡Aguardad! Un poco de paciencia. ¡Esta noche me pertenece, la próxima será para vosotras!

Le respondieron unas risitas ahogadas y burlonas. Abrí bruscamente la puerta y divisé a las tres arpías que se relamían los labios. Cuando ellas me vieron, desaparecieron juntas exhalando otra carcajada siniestra.

Ya en mi dormitorio, me hinqué de rodillas. ¿Tan próximo estaba mi fin? ¡Mañana! ¡Mañana! ¡Oh, Dios mío! ¡Sálvame y salva a los míos!

30 de junio, por la mañana. Tal vez sean estas las últimas líneas que trazo en este diario. Desde que me desperté, un poco antes de amanecer, estoy arrodillado, pues ha llegado mi hora, y quiero que la muerte me encuentre bien dispuesto.

En primer lugar, noté aquella transformación sutil del aire que ya describí… y supe que había amanecido. Al primer canto del gallo, comprendí que estaba salvado. Con el corazón alegre abrí la puerta y bajé. Al momento, vi que la puerta de entrada no estaba cerrada con llave. Por tanto, podría huir. Con las manos temblorosas por la impaciencia, quité cadenas y cerrojos.

Pero la puerta se negó a abrirse. Fui presa de la desesperación. Continué tirando de la puerta, esperando que cediese. Todo fue en vano. Comprendí que el conde debió de cerrarla con llave por la noche.

Era preciso, a toda costa, encontrar la llave, aunque para procurármela debiera volver a deslizarme por el muro y penetrar en la habitación del conde. Sin duda me mataría al verme en su aposento, mas, de todos los males, la muerte me parecía el menor.

Sin perder un momento, corrí hasta la ventana y bajé con dificultad por el muro, como en la ocasión anterior, hasta llegar a la cámara del conde. Esta se hallaba vacía. No hallé la llave por parte alguna, aunque el montón de monedas de oro continuaba en el mismo sitio. Por la escalera de caracol y el oscuro corredor de la otra vez, volví a la capilla. Ya sabía, por desgracia, dónde encontrar al monstruo que buscaba.

El enorme ataúd estaba en el mismo lugar, adosado contra el muro, pero esta vez tenía puesta la tapa... aunque no clavada, si bien los clavos estaban colocados de tal suerte que solo eran necesarios unos martillazos. Tenía que registrar el cuerpo para encontrar la llave, para lo cual levanté la tapa del ataúd, apoyándola contra el muro... ¡y lo que vi me llenó de horror! Sí, el conde yacía allí, pero rejuvenecido, ya que sus cabellos blancos y su blanco bigote mostraban un color gris acerado; sus mejillas estaban más llenas, y bajo la palidez de su piel aparecía cierta coloración carmínea. En cuanto a los labios, eran más rojos que nunca, y unas gotas de sangre aún manaban por las comisuras de su boca, deslizándose por el mentón y la garganta. Los ojos, profundos y brillantes, desaparecían en su rostro abotagado. Era como si aquel horrible ser estuviese relleno de sangre. Me estremecí cuando me incliné para tocar su cuerpo; todo mi ser repudiaba aquel contacto, pero tenía que encontrar lo que buscaba... ¡o estaba perdido! Tal vez a la noche siguiente, mi propio cuerpo fuese el festín de aquel macabro terceto de arpías. Registré todos los bolsillos, pero la llave no apareció. Incorporándome, contemplé al conde con más atención. En sus facciones hinchadas se esbozaba una sonrisa burlona que me enfureció. Pensar que yo había ayudado a instalarse cerca de Londres a aquel monstruo, y que, a partir de entonces, tal vez durante siglos, satisfaría allí su sed de sangre, creando un nuevo círculo de criaturas semidemoníacas que se alimentarían con la sangre de los más débiles... Esta idea me resultó insoportable. Tenía que librar al mundo de aquel monstruo. No tenía ninguna arma a mano, pero sí un azadón que los obreros habían empleado para rellenar de tierra los ataúdes y, blandiéndolo en alto, golpeé por su filo el odioso semblante. En el mismo instante, la cabeza giró rápidamente y sus ojos, con odio venenoso, buscaron los míos. Me quedé paralizado, el azadón se aflojó en mis manos y solo toqué aquel rostro de refilón, produciéndole un corte en la frente. Luego, el azadón se escapó de mis manos, cayendo sobre el ataúd, y cuando traté de retirarlo, el filo de la hoja se enganchó con la tapa, que cayó encima, ocultándome la espantosa visión. Lo último que vi del conde fue su rostro abotagado, cubierto de sangre, esbozando aquella sonrisa malvada que procedía de las profundidades del infierno.

Reflexioné... reflexioné sobre lo que debía hacer, mas no era capaz de pensar, y esperé, cada vez más desalentado. Me quedé allí. Y de repente, oí un canto lejano entonado por varios gitanos, canto que se aproximaba, junto con el ruido de ruedas y restallar de látigos. Llegaban los gitanos y los eslovacos. Tras echar una mirada a mi alrededor, y luego al cajón que contenía el odioso cuerpo, regresé corriendo a la cámara del conde, decidido a huir tan pronto como se abriera la puerta de entrada. Escuché atentamente, y oí abajo rechinar la llave en la enorme cerradura y abrirse el grueso batiente. O bien existían otras puertas de acceso al castillo, o alguien tenía la llave de una de ellas. Luego, oí crecer y disminuir el ruido de numerosos pasos en un corredor. Di media vuelta, dispuesto a regresar al sótano o tal vez a una salida que hasta aquel momento me había pasado inadvertida. Pero en aquel momento una violenta corriente de aire cerró la puerta que daba acceso a la escalera de caracol y, de pronto, se produjo una nube de polvo. Cuando quise abrir la puerta, la encontré cerrada con llave. Volvía a ser un prisionero, y las redes del destino se iban cerrando más estrechamente en torno mío.

Mientras escribo, oigo en el corredor de abajo unos pasos muy pesados y algo que cae... Sí, se trata de los cajones llenos de tierra. Luego, unos martillazos; están clavando la tapa del famoso ataúd. Ahora oigo pasos en el corredor, seguidos de otros más ligeros.

Cierran la puerta, sujetan las cadenas, giran la llave en la cerradura; la retiran del agujero; abren y cierran otra puerta; oigo girar otra llave y correr el cerrojo.

Escucho... En el patio, y más allá, en el sendero rocoso, oigo cómo se alejan las carretas; y hasta mí llegan los latigazos. El canto de los gitanos se extingue lentamente.

¡Estoy solo en el castillo, solo con las tres arpías! ¡Con aquellas mujeres! ¡Mujeres! Mina es una mujer y, entre ellas y Mina nada hay en común. Naturalmente, las tres jóvenes son tres diablos.

No estaré solo con ellas por mucho tiempo. Trataré de deslizarme por el muro, hasta donde no me he atrevido jamás, y cogeré algunas monedas de oro... que más adelante podrán servirme. Es absolutamente preciso que abandone este lugar espantoso.

Entonces, ¡regresaré junto a los míos! El primer tren, el más rápido, me conducirá velozmente lejos de este sitio maldito, lejos de esta tierra siniestra, donde el demonio y sus criaturas viven como si fuesen de este mundo.

Felizmente, la misericordia de Dios es preferible a la muerte bajo los colmillos de esos monstruos, y el precipicio es alto y escarpado. Allá abajo, un hombre puede dormir... como un hombre. ¡Adiós a todos! ¡Adiós, Mina!

5

CARTA DE MINA MURRAY A LUCY WESTENRA

9 de mayo

Queridísima Lucy:

Perdona, ante todo, mi largo silencio, aunque es la explicación bien sencilla: me he visto literalmente abrumada de trabajo. La vida de una maestra no siempre es cómoda. Anhelo estar a tu lado, al borde del mar, para charlar como siempre y construir nuestros castillos en el aire. Sí, he trabajado mucho, pues quiero poder colaborar con Jonathan. Estudio taquigrafía asiduamente; de esta forma, cuando nos hayamos casado, podré ayudarle tomando todas sus notas en taquigrafía, y pasarlas a máquina, ya que también he aprendido a escribir con este nuevo sistema... en el que paso horas enteras. En ocasiones, escribimos nuestra correspondencia en taquigrafía, y sé que, estando de viaje, él lleva un diario taquigráfico. Cuando esté en tu casa, haré lo mismo; empezaré un diario, y escribiré en el mismo siempre que sienta necesidad de hacerlo, confiando al papel todo lo que me pase por la imaginación. No creo que tenga interés para los demás, y solo lo escribiré para mí. Tal vez un día se lo enseñe a Jonathan, si hay algún párrafo que merezca la pena, pero para mí será ante todo como un cuaderno de ejercicios. Me gustaría hacer lo mismo que las mujeres que se dedican al periodismo: hacer entrevistas, redactar descripciones y tratar de recordar conversaciones. Dicen que con un poco de práctica es fácil recordar lo que se ha escuchado y visto a lo largo del día. En fin, ya veremos... Cuando nos veamos te contaré todos mis proyectos. Precisamente, acabo de recibir una carta de Jonathan, que sigue en Transilvania. Se encuentra muy bien y regresará aproximadamente dentro de una semana. Ardo ya en deseos de oír el relato de su viaje. ¡Debe de ser maravilloso ver tantos países! Me pregunto si llegará el día en que podamos —me refiero a Jonathan y a mí— viajar allí juntos.

Dan las diez. ¡Hasta la vista!

Afectuosamente tuya,

Mina

P. D.: Cuando me escribas, cuéntamelo todo. Hace mucho tiempo que no me cuentas nada. Hasta mí han llegado ciertos rumores... Se habla de un joven muy guapo, de cabellos rizados...

CARTA DE LUCY WESTENRA A MINA MURRAY

Miércoles, calle Chatam, 17

Queridísima Mina:

La verdad es que tus reproches no tienen fundamento; te he escrito dos veces desde que nos separamos, y tu última carta solo es la segunda que me envías. Además, no tengo ninguna novedad que contarte... de veras, nada que te pueda interesar. Salimos mucho, bien para visitar exposiciones de cuadros, bien para pasear a pie o a caballo por el parque.

Respecto al joven guapo de cabello rizado, supongo que aludes al que me acompañó al último concierto. Sí, creo que han corrido ciertos rumores... Se trata del señor Holmwood. Nos visita a menudo, y mamá y él congenian mucho, y parecen interesarse por las mismas cosas. Ah, últimamente hemos conocido a alguien que te vendría pintiparado si no fuera porque ya estás prometida a Jonathan. ¡Se trata de un partido excelente! Un joven guapo, elegante, rico y de buena familia. Imagínate que tiene veintinueve años y ya es director de un manicomio muy importante. Me lo presentó el señor Holmwood, y ese doctor también suele visitarnos a menudo. Creo que es el hombre más firme, más resuelto que conozco y, al mismo tiempo, el más sereno. Su carácter es imperturbable. Me imagino el extraño poder que debe de ejercer sobre sus enfermos. Siempre te mira fijamente a los ojos, como si quisiera leer los pensamientos de una. Conmigo suele obrar de esta forma, aunque me ufano de poderte asegurar que todavía no ha logrado su objetivo. Me basta con mirarme en el espejo. ¿Has intentado alguna vez leer en tu propio rostro? Yo lo he hecho y te aseguro que no se pierde el tiempo, aunque es mucho más difícil de lo que la gente cree. Este médico afirma que yo soy para él un caso psicológico bastante curioso y, humildemente, pienso que tiene razón. ¡Oh, la psicología…! Como sabes, no estoy lo bastante interesada por la ropa como para poder describir la moda actual. La ropa es una lata. Es una expresión del argot, pero no hagas caso, Arthur lo dice todo el tiempo.

Y estas son todas mis noticias. Mina, desde niñas, siempre nos hemos confiado todos nuestros secretos, hemos dormido juntas, comido juntas, reído y llorado juntas… y ahora que estoy hablando contigo, quisiera seguir haciéndolo más aún. Oh, Mina, ¿no lo has adivinado? ¡Le amo! Me ruborizo al confesarlo, si bien tengo motivos para creer que él también me quiere, aun cuando todavía no se haya atrevido a decírmelo. Mina… ¡le amo! ¡le amo! Oh, sí, escribirlo me desahoga. Qué pena no estar a tu lado, querida, junto a la chimenea, como solíamos hacer… De este modo, hablaríamos incesantemente de este amor y procuraría hacerte comprender lo que siento. Oh, no sé cómo me atrevo a escribir estas confidencias, ni siquiera a ti. Temo dejar de escribir, pues tal vez acabe por romper esta carta y, por otro lado, desearía seguir escribiendo para contarte todo lo que experimento dentro de mí. Contéstame inmediatamente, y dime con franqueza lo que piensas. Oh, Mina, es preciso que concluya. Buenas noches. Reza por mí, Mina, por mi felicidad.

Lucy

P. D.: No es necesario que te diga que se trata de un secreto, ¿verdad? Otra vez buenas noches. L.

CARTA DE LUCY WESTENRA A MINA MURRAY

24 de mayo

Mi querida Mina:

Gracias, gracias, gracias mil por tu amable carta. Soy tan feliz al confiarme a ti y saber que me comprendes… Querida, siempre llueve sobre mojado. ¡Ah, cuánta razón tienen los viejos refranes! En septiembre cumpliré veinte años, y hasta hoy nadie me había pedido en matrimonio, al menos seriamente; pues bien, he aquí que hoy he recibido nada menos que tres proposiciones en tal sentido. ¡Sí, tres proposiciones en un solo día! ¿No es terrible? Y me apeno, me apeno sinceramente por dos de los galanes. ¡Oh, Mina, soy tan feliz que no sé qué hacer ni qué decir! ¡Tres peticiones de matrimonio! Por favor, no se lo cuentes a nuestras amigas, ya que empezarían a imaginarse una multitud de cosas extravagantes, o se creerían ofendidas, desdeñadas, si durante el primer día de vacaciones no recibieran al menos seis. ¡Algunas jóvenes son tan vanidosas! Mientras que nosotras, querida Mina, que estamos ya prometidas y casi a punto de entrar a formar parte prudentemente de la legión de casadas, despreciamos semejante vanidad.

Oh, es preciso que te hable de los tres galanes. ¿Me prometes guardar el secreto? Evidentemente, puedes poner a Jonathan al corriente de todo… pero solo a él, puesto que si se tratase de ti, yo también se lo contaría a Arthur. Una mujer debe contárselo todo a su marido, ¿no crees? Y yo debo ser honesta. A los hombres les gusta que las mujeres, sobre todo la suya, sean honestas; pero temo que las mujeres no siempre somos tan honestas como deberíamos. Bien, querida, el número uno llegó a mediodía, en el momento en que íbamos a sentarnos a la mesa para almorzar. Ya te he hablado de él: se trata del doctor John Seward, el director del manicomio, un sujeto de mentón cuadrado y frente muy despejada. Aparentemente, estaba muy tranquilo, mas yo adiviné su nerviosismo. Por lo visto, se había ya trazado una línea de conducta, de la que no olvidó nada; sin embargo, estuvo casi a punto de sentarse encima de su sombrero... cosa que los hombres suelen hacer, en general, cuando pierden su sangre fría. Luego, a fin de aparentar tranquilidad, se puso a juguetear con un bisturí... ¡Oh, no sé cómo no chillé de espanto al verlo! En fin, Mina, me habló sin ambages. Me contó cuánto me apreciaba, aunque nos conociésemos desde poco tiempo atrás, y que su existencia sería maravillosa si yo estaba a su lado para ayudarle, animarle, para consolarle. Deseaba hacerme comprender que sería el ser más desdichado de la Tierra si le rechazaba, pero cuando vio mis lágrimas, proclamó que era un bruto y que no quería aumentar mis pesares. Solo me preguntó si, en un futuro, podría amarle. Sacudí la cabeza, sus manos empezaron a temblar y, tras algunas vacilaciones, me preguntó si amaba a otro. Naturalmente, se expresó con gran gentileza, asegurando que de ninguna manera quería arrancarme una confesión; solo me preguntaba si mi corazón estaba libre, porque, añadió, cuando el corazón de una mujer está libre, el que la ama puede albergar siempre un esperanza. Entonces, Mina, pensé que era mi deber confesarle que, efectivamente, amaba a otro. Se puso de pie al instante, con la expresión más grave y firme que haya visto en mi vida, y me cogió ambas manos, deseándome toda la felicidad de este mundo. Añadió que si necesitaba un amigo muy devoto y fiel, podía contar con él. ¡Oh, mi querida Mina, mientras trazo estas líneas estoy sollozando! Me perdonas, ¿verdad?, que manche el papel con mis lágrimas... Es encantador que te pidan en matrimonio; sin embargo te aseguro que no se siente una dichosa cuando ve a un pobre joven que te quiere marchar con el corazón destrozado, sabiendo perfectamente que, diga lo que diga él, una desaparecerá completamente de su existencia. Querida, detengo aquí mi pluma, porque no soy capaz de continuar... ¡Ah, me siento tan triste... y tan feliz, al mismo tiempo!

Por la noche. Arthur acaba de marcharse y estoy mejor, mucho mejor que cuando interrumpí esta carta. Por tanto, continuaré enumerándote los sucesos del día. El número dos llegó después del almuerzo. Es un joven muy seductor, americano, de Texas, y parece tan joven que una se pregunta cómo es posible que haya visitado ya tantos países y visto tantas cosas. Comprendo a la pobre Desdémona y lo que debió de experimentar al escuchar historias tan maravillosas, incluso de labios del negro.

Nosotras, las mujeres, tememos tanto todas las cosas que cuando pensamos que un hombre nos protegerá, nos casamos con él. De ser yo hombre, sé perfectamente qué haría para conseguir el corazón de una joven... No, en realidad no lo sé, ya que mientras el señor Morris, el norteamericano, relata todas sus aventuras, Arthur jamás cuenta nada, y no obstante... Querida, corro demasiado. El señor Quincey P. Morris me encontró sola. Parece que un hombre siempre encuentra a una mujer a solas. No, esto no es cierto, ya que Arthur, por dos veces, ha tratado de estar a solas conmigo... y yo le he ayudado a ello, o sea que la casualidad no contó para nada, lo cual declaro sin rubor. Para empezar, te diré que el señor Morris no se expresa siempre en argot; en realidad, jamás lo hace delante de los desconocidos, ya que está demasiado bien educado y sus modales son muy distinguidos. En cambio, se ha dado cuenta que a mí me gusta su jerga americana, y cuando estamos solos dice cosas deliciosas... Incluso me pregunto si no inventará algunas expresiones, pues siempre significan exactamente lo que quiere expresar. Pero hay que habituarse a hablar en argot. No sé si yo llegaré a conseguirlo alguna vez. Además, ignoro si esto le gustaría a Arthur, ya que jamás le he oído emplear una palabra que no fuese correcta. Bien, el señor Morris se sentó a mi lado, con expresión alegre y feliz, aunque muy nervioso, de lo que me di cuenta al instante. Me tomó una mano y, apretándola largamente, me dijo con gran dulzura: «Señorita Lucy, sé que no soy digno ni de atarle los lazos de sus preciosos zapatitos, pero pienso que si usted espera encontrar un hombre que lo sea, tendrá que aguardar largo tiempo. ¿No desea, pues, que juntos recorramos el camino? Sí, que ambos descendamos por la senda de la vida, lado a lado, unidos por el mismo yugo?».

Parecía de tan buen humor que tuve la impresión de que si rechazaba su ofrecimiento no quedaría tan afectado como el pobre doctor Seward; por tanto, le contesté con tono juguetón, que nada sabía en materia de yugos y que todavía no deseaba tirar de ningún carro. Se excusó por haberse expresado tan a la ligera, y me rogó que le perdonase tan grave error, en una ocasión particularmente grave e importante para él. Al pronunciar tales palabras, estaba tan alicaído y tan serio que me fue imposible no experimentar la misma gravedad. ¡Oh, Mina, sé que dirás que soy una coqueta incorregible… Aun cuando no pueda apartar de mi mente la idea de que el señor Morris era ya el segundo solicitante de mi mano en un solo día! Entonces, querida, antes de poder responderle, el señor Morris comenzó a murmurar un verdadero torrente de palabras tiernas y amorosas, depositando a mis pies su alma y su corazón. Me afirmó su amor con tal seriedad que jamás volveré a pensar que por el hecho de que un hombre se muestre alegre en ocasiones, tiene que estarlo de continuo, sin demostrar nunca su seriedad. Sin duda leyó en mi semblante algo que le inquietó, pues se interrumpió de pronto para manifestarme con un fervor viril que yo podría haberlo amado en caso de haber estado libre: «Lucy, es usted una muchacha sincera consigo misma. Yo no estaría hablándole aquí en estos términos de no conocer su sinceridad. Confiéseme, pues, como a un verdadero amigo, si ama a otro. En cuyo caso, jamás volveré a importunarla, aunque continúe siendo para usted, si me lo permite, su más fiel amigo».

Mi querida Mina, ¿por qué los hombres poseen tanta grandeza de alma, cuando nosotras, las mujeres, somos indignas de ellos? Hacía más de una hora que yo me estaba divirtiendo a costa de este hombre generoso y sincero. Me puse a llorar —me temo, querida, que pensarás que esta es una carta muy lacrimosa en más de un sentido— y me sentí fatal. ¿Por qué no puede una mujer casarse con tres hombres a la vez, o tantos como desee, y evitarse estos problemas? Pero esto es una herejía, y no debo decirlo. Bien, a pesar de mis lágrimas, tuve la entereza de mirarle a los ojos y contestarle con la franqueza que tanto había alabado en mí: «Sí, amigo mío, amo a otro, aunque él no me haya confesado su cariño».

Al momento comprendí cuánta razón había tenido para hablarle tan sinceramente, ya que su rostro se iluminó; me tendió ambas manos, asió las mías (creo, en verdad, que fui yo quien tomó las suyas entre las mías), y contestó con su tono más cordial: «¡Oh, es usted sincera y leal! Es mejor llegar tarde para conseguir su corazón, que llegar a tiempo de ganar el de cualquier otra chica. No llore, mi querida Lucy; por mí no tema; estoy acostumbrado a los golpes crueles y sabré soportar este. Mas si ese otro joven no conoce aún su felicidad, deberá actuar pronto a este respecto o se las tendrá que ver conmigo. Querida, su honestidad, su valor, su sinceridad, acaban de conquistar un verdadero amigo, lo cual es mucho más raro que un enamorado… y mucho más desinteresado. Mi querida Lucy, me veo obligado a recorrer un camino largo y solitario antes de abandonar este mundo para ir al reino eterno. ¿No quiere, por tanto, darme un beso… uno solo? Para que pueda llevar en mi corazón un recuerdo que ilumine mi eterna noche de vez en cuando. Sé que, si quiere, puede dármelo, puesto que ese otro joven, que debe de ser un individuo excelente (de lo contrario usted, Lucy, no le amaría), todavía no le ha declarado sus sentimientos».

Estas últimas palabras, Mina, me enternecieron realmente. ¿No era admirable hablar así de un rival, cuando él, por su parte, estaba tan dolido? Me incliné hacia él y le besé. Entonces, él se levantó, con mis manos aún entre las suyas, y en tanto escrutaba largamente mi semblante (sentí que me ruborizaba a pesar mío), afirmó: «Lucy, nuestras manos están unidas ahora y acaba usted de besarme; si esto no sella nuestra amistad, nada lo logrará. Gracias por haber sido tan buena y sincera conmigo... ¡y hasta la vista!».

Soltó mis manos, cogió el sombrero y se dirigió con paso enérgico a la puerta, sin mirar hacia atrás, sin derramar una lágrima, sin vacilar, sin detenerse... Y yo estoy ahora aquí, llorando como una niña... Oh, ¿por qué un hombre como él ha de ser tan desdichado, cuando en el mundo existen tantas muchachas que besarían el suelo que pisa? Yo misma lo haría si estuviese libre... ¡pero no deseo estarlo! Querida, todo esto me ha trastornado mucho y ahora me siento incapaz de describirte mi felicidad, de la que ya tanto te he hablado. Por consiguiente, nada te diré del número tres hasta que mi dicha sea completa.

Tu amiga de siempre,

Lucy

P. D.: ¡Oh, el número tres...! ¿Necesito hablarte del número tres? Además, todo es tan confuso para mí... Me parece que apenas han transcurrido unos instantes desde el momento que él entró en el salón y me estrechó entre sus brazos, cubriéndome de besos. ¡Soy tan... tan dichosa! No sé qué he hecho para merecer esta felicidad. Solo trataré a partir de ahora de demostrarle a Dios que le estoy sumamente reconocida por haberme concedido, con su infinita bondad, un enamorado, un marido y un amigo fiel.

Hasta siempre.

DIARIO DEL DOCTOR SEWARD (REGISTRADO EN FONÓGRAFO)

25 de mayo. Estoy muy deprimido hoy. Sin apetito... imposible incluso descansar. Por tanto, retorno a mi diario... Desde que fue rechazada mi petición de matrimonio, en el día de ayer, tengo la sensación de vivir en el vacío, y nada me parece bastante importante para ocuparme de ello. Como sé que, en este estado, el único remedio es el trabajo, he reunido las escasas fuerzas restantes, y he ido a visitar a mis pacientes. He examinado uno cuyo caso resulta muy interesante. Su comportamiento es tan extraño que estoy decidido a realizar todos los esfuerzos necesarios para intentar comprender qué sucede en su ánimo. Aunque pienso que, al fin, empiezo a penetrar su misterio.

Le he formulado más preguntas que de costumbre para saber a qué clase de alucinaciones está sujeto. Me doy cuenta de que, al obrar de esta forma, me he conducido con cierta crueldad. Como si quisiera impulsarle a hablar de su locura, cosa que siempre evito con mis enfermos, exactamente como evitaría la boca del infierno. (¿En qué circunstancias podría no evitar la boca del infierno?) *Omnia Romae venalia sunt!* ¡El infierno también tiene su precio! *Verb. sap.* Si existe algo real detrás de este comportamiento instintivo, vale la pena indagar exactamente de qué se trata; por tanto, mejor es empezar la indagación ahora.

R. M. Renfield, cincuena y nueve años. Temperamento sanguíneo; gran fuerza física; excitación; períodos de abatimiento, que conducen a ideas fijas que todavía no me explico. Tengo la impresión de que un temperamento sanguíneo, cuando se desequilibra, puede llegar a aniquilar completamente la razón; un hombre posiblemente peligroso, probablemente peligroso aunque nada egoísta. Entre los egoístas, el instinto de conservación es como un escudo que protege tanto a sus enemigos como a ellos mismos. Creo que cuando el yo es firme y sólido, la fuerza centrípeta está equilibrada con la fuerza centrífuga; cuando el deber, o cualquier causa, constituyen el punto fijo, la fuerza centrífuga domina, y solo una casualidad o una serie de casualidades pueden restablecer el equilibrio.

25 de mayo

Mi querido Art:

Nos hemos contado mutuamente un sinfín de cosas, sentados en la pradera, cerca de la fogata del campamento, y recíprocamente, hemos curado nuestras heridas después de tratar de abordar las islas Marquesas; también bebimos a la mutua salud junto al lago Titicaca. Tengo otras historias que contarte, otras heridas que curar, otra salud por la que brindar. ¿Podría ser mañana por la noche, junto a la fogata de mi campamento? No siento escrúpulos al pedírtelo, ya que sé que cierta gran dama está invitada a una cena, por lo cual eres libre. Solo seremos tres, siendo el tercero nuestro amigo Jack Seward. Él y yo derramaremos nuestras lágrimas en nuestro vaso de vino y, de todo corazón, beberemos a la salud del hombre más feliz del mundo, que ha sabido conquistar el corazón más noble de la creación, el más digno de ser conquistado. Te prometemos una recepción calurosa, una acogida más que fraternal y velar por ti como tu brazo derecho. Juramos que los dos te trasladaremos a tu domicilio si bebes excesivamente a la salud de cierta damita de ojos maravillosos. ¡Te aguardamos!

Tuyo sinceramente, ahora y siempre,

Quincey P. Morris

TELEGRAMA DE ARTHUR HOLMWOOD A QUINCEY P. MORRIS

Contad conmigo. Os llevaré un mensaje que durante largo tiempo resonará en vuestros oídos.

Art

6

DIARIO DE MINA MURRAY

Whitby, 24 de julio. Lucy, más bonita y encantadora que nunca, me ha venido a esperar a la estación, y juntas nos hemos trasladado rápidamente al hotel Crescent, donde se hospedan ella y su madre.

Es un paraje maravilloso. Un riachuelo, el Esk, discurre por un profundo valle, ensanchándose lentamente cerca del puerto. Por encima pasa un gran viaducto, sostenido por altos pilares; al mirar a través de ellos, el paisaje parece más amplio de lo que es en realidad. El valle es bellísimo, de un verde magnífico, y las montañas son tan escarpadas que desde la cumbre de una de ellas apenas se distingue el fondo del valle, por el que serpentea el río, a menos que una esté al borde del precipicio. Las casas del viejo pueblo tienen todas el tejado rojo, y parecen asentadas una sobre otra, tal como se ve en los grabados de Nüremberg. Al otro lado del pueblo, se hallan las ruinas de la antigua abadía de Whitby, saqueada por los daneses, y escenario de una parte de *Marimon*, el lugar donde la joven fue emparedada en vida. Esas inmensas ruinas producen una sensación de intensa grandeza, siendo muy pintorescas en más de un aspecto. La leyenda afirma que a veces aparece una dama ataviada de blanco en una de las ventanas.

Entre las ruinas y el pueblo se eleva el campanario de la iglesia parroquial, rodeada de un vasto cementerio. A mi entender, se trata del lugar más hermoso de Whitby; desde allí, la vista del puerto y la bahía, donde el cabo llamado Kettleness avanza hacia el mar, es estupenda. En el puerto, ese cabo desciende de un modo tan abrupto que parte de la orilla se ha desmoronado y, como el cementerio llega hasta la costa, algunas tumbas han sido destruidas.

En el cementerio hay caminos con bancos y los paseantes se sientan en ellos horas enteras, contemplando el paisaje y abandonándose a la caricia de la brisa marina. Yo me instalo allí muchas veces para trabajar. En efecto, en este momento estoy aquí sentada, y escribo con el cuaderno sobre mis rodillas, sin dejar de escuchar la conversación de tres viejecitos que, sin duda, no tienen otra cosa que hacer en todo el día que reunirse aquí para charlar.

A mis pies se halla el puerto y, más allá, una muralla de granito que se extiende mar adentro dibujando una curva en cuyo extremo se alza un faro. Un pesado espigón se abre camino desde allí. En este lado ese muro se dobla en un codo en cuyo extremo hay también un faro. Entre los dos muelles hay una abertura muy estrecha, que de pronto se ensancha.

El paisaje es admirable, pero, cuando el mar se retira, solo se ve el agua del Esk que discurre a través de los bancos de arena con rocas aquí y allí. Más allá del puerto, de este lado, se eleva, durante casi un kilómetro, un arrecife, que parte de detrás del faro; al final hay una boya con una campana que suena lúgubremente cuando la mar está gruesa. Una leyenda local asegura que, cuando se extravía un barco, los marineros oyen esta campana desde alta mar. He de preguntarle si es cierto al anciano; ahora viene hacia mí.

Es un hombre extraordinario y debe de tener muchísimos años, pues tiene la cara tan arrugada y rugosa como una corteza de árbol. Me ha contado que tiene casi cien años, y que se hallaba en Groenlandia, a bordo de un pesquero, cuando tuvo lugar la batalla de Waterloo. Temo que sea un escéptico, ya que cuando le he hablado de la campana que oyen los marineros en alta mar, y de la dama de blanco de la abadía, me ha contestado bruscamente:

—Oh, señorita, yo no hago caso de tales cuentos. Antaño, bien estaba… Fíjese bien que no digo que nunca hayan existido tales cosas, pero sí afirmo que ya no existían en mis tiempos. Esto está bien para los extranjeros, los turistas y demás, pero no para una bella damita como usted. La gente que viene aquí a pie desde York y Leeds, para hartarse de arenques amargos, beber té y adquirir artículos baratos, tal vez crean esas historias. Pero yo me pregunto de qué puede servir contarles tales patrañas. Y que incluso los periódicos relaten esas historias increíbles…

He aquí un hombre, me he dicho, que podría contar cosas muy interesantes. Entonces, le he pedido que me hablara de la pesca de la ballena, tal como se practicaba en el pasado. Cuando iba a empezar su relato dieron las seis y se interrumpió para decirme, al tiempo que se levantaba trabajosamente:

—He de volver a casa, señorita; a mi nieta no le gusta que la haga esperar cuando el té está a punto, y pierdo mucho tiempo cojeando entre las tumbas, pues hay muchísimas, y, créame, a esta hora estoy hambriento…

Se fue arrastrando la pierna y le seguí con la vista, en tanto se apresuraba a bajar la escalinata del cementerio, con sus escasas fuerzas. Esta escalinata constituye una de las características más acusadas de la localidad. Conduce desde el pueblo a la iglesia, y tiene centenares de peldaños (en realidad, ignoro cuántos), que ascienden ligeramente en caracol. No es muy empinada, al contrario, y hasta un caballo podría subirla o bajarla fácilmente. Sin duda, en otros tiempos debía de conducir hasta la abadía. También yo me marcho a casa. Esta tarde Lucy ha salido con su madre de visita, y como era una visita de cumplido, he preferido no acompañarlas. Probablemente, ya habrán regresado.

1 de agosto. Desde hace una hora aproximadamente estoy aquí, con Lucy, y hemos sostenido una conversación muy interesante con mi mi viejo amigo, y sus dos compañeros, que todas las tardes se reúnen con él. De los tres, él es el Oráculo, y pienso que en sus tiempos debía de ser una autoridad. Siempre quiere tener razón y contradice a todo el mundo. Cuando no puede, injuria a los demás, y si estos callan, cree haberles convencido. Lucy lleva un vestido blanco que le sienta de maravilla, y desde que está en Whitby tiene un color de tez admirable. He observado que los tres ancianos no dejan jamás pasar la ocasión de sentarse a su lado cuando venimos aquí. Cierto que ella se muestra muy amable con los ancianos, quienes no pueden resistir su encanto. Mi viejo amigo ha quedado prendado de ella, hasta el punto de no contradecirla jamás. He vuelto a llevar la conversación hacia el tema de las leyendas, y me ha dado todo un sermón. Voy a tratar de recordarlo y escribirlo aquí.

—Ya le dije, señorita, que todo eso son tonterías, fábulas. Nada, nada mas que eso. Todas esas historias de encantamientos, de hechicería, solo se las creen los niños y las viejas quejicas. No son más que burbujas de aire. Estas historias, así como todo lo referente a los fantasmas, los presagios y los avisos son inventos de curas, pedantes malintencionados y gentes a la caza de clientes para asustar a los niños y para hacer que la gente haga cosas que de otro modo no haría. Cuando pienso en ello me pongo furioso. Y no les basta con imprimirlo en papeles o propagar tales cuentos como si fuesen verdad, sino que llegan a grabarlos en piedra. Mire a su alrededor, por todas partes; todas esas losas que yerguen su cabeza con orgullo, en el fondo, se ven aplastadas bajo el peso de las mentiras grabadas en ella. «Aquí yace fulana…», o bien «A la venerada memoria…». Y bajo la mayoría de estas losas, no hay nadie. A nadie le importa un ardite la memoria de tal o cual persona. Oh, todo son mentiras, de una especie o de otra, pero solo mentiras. ¡Dios del cielo! Será estupendo cuando, el día del Juicio Final, lleguen todos, tropezando entre sí y arrastrando penosamente sus losas sepulcrales para demostrar que ellos estaban debajo. Algunos no lo lograrán, ya que sus manos habrán estado demasiado tiempo en el agua del mar para poder agarrar su losa.

Por su aspecto satisfecho y por la forma en que buscaba la aprobación de sus compañeros, comprendí que deseaba ser halagado, por lo que me atreví a dispararle otra pregunta.

—Oh, señor Swales, no habla usted en serio. Casi ninguna de estas tumbas está vacía, ¿verdad?

—¡Necedades, digo y repito! —exclamó—. Hay muy pocas que no lo estén. Pero… la gente es demasiado buena y cree todo aquello que se le cuenta. ¡Todo mentiras! ¡Bah…! Óigame bien: usted ha llegado aquí como una forastera, sin saber nada, y ve esta…

Asentí con la cabeza, pues pensé que era mejor mostrar conformidad, aunque en realidad no entendía del todo su dialecto. Creí que estaba hablando de la iglesia.

—¿Cree usted —continuó— que todas estas piedras descansan sobre gente enterrada cómoda y ordenadamente?

Volví a asentir con la cabeza.

—¡Pues aquí reside la mentira! Hay docenas, docenas y docenas de… ataúdes tan vacíos como la caja de tabaco del viejo Dun un viernes por la noche. —Buscó de nuevo la aprobación general, y todos se echaron a reír—. ¡Gran Dios! ¿Podría acaso ser de otro modo? Mire allí… donde señalo… y lea. Vamos, vaya.

Me acerqué a la tumba que indicaba con el dedo y leí: «Edward Spencelagh, capitán de marina, asesinado por unos piratas frente a la cordillera de los Andes, a la edad de treinta años. Abril de 1854».

Cuando regresé al banco, el señor Swales continuó:

—¿Quién pudo traerlo aquí para enterrarlo? ¡Asesinado en alta mar, frente a la cordillera de los Andes! ¿Y su cadáver está allí? ¡Bah…! Podría citarle una docena que se hallan descansando en el fondo del mar, en Groenlandia o por allí —señaló el norte—, a menos que las corrientes los hayan arrastrado. Y sus tumbas, en cambio, están aquí, a nuestro alrededor. Desde donde está puede leer claramente todas esas mentiras grabadas en las losas. Por ejemplo, ese Braithwaite Lowrey, yo conocí a su padre. Pereció en el naufragio del *Belle Vie*, frente a Groenlandia, en el año veinte…

O este Andrew Woodhouse, que se ahogó casi en el mismo sitio en mil setecientos setenta y siete. Y John Paxton, ahogado al año siguiente en el cabo Farewell. Y el viejo John Rawlings, cuyo abuelo navegó conmigo. Se ahogó en el golfo de Finlandia en el cincuenta. ¿Cree que todos esos personajes correrán hacia Whitby cuando suenen las trompetas anunciando el Juicio Final? Yo tengo mis dudas a este respecto. Y le aseguro que se empujarán tanto que creeremos asistir a un combate sobre hielo de los viejos tiempos, y que durará desde el amanecer hasta la noche, cuando los combatientes tratarán de curarse las heridas a la claridad de la aurora boreal.

Sin duda, era una chanza corriente en el país, ya que mi interlocutor estalló en otra risotada, lo mismo que los otros dos ancianos.

—Creo que se equivoca —repliqué—, si piensa que toda esa pobre gente, mejor dicho, sus almas, tendrán que presentarse con su losa sepulcral en el Juicio Final. ¿De verdad cree que ello será necesario?

—Bueno, si no, ¿de qué servirían estas losas?

—Son para complacer a los familiares.

—¿Para complacer a los familiares? —repitió en tono burlón—. ¿Cree también que a los familiares ha de gustarles que en estas losas solo se graben mentiras, mentiras que todo el mundo conoce? —Con el índice señaló una piedra situada a nuestros pies, colocada como una losa, sobre la que descansaba el banco, junto al borde del precipicio—. Lea esta mentira —me indicó.

Desde donde estaba podía ver las palabras al revés, pero Lucy, situada más cerca, se inclinó a leer: «Consagrado a la venerada memoria de George Canon, que murió, con la esperanza de la gloriosa resurrección de la carne, el 29 de julio de 1873, al caer desde lo alto del promontorio. Esta tumba fue erigida por su madre, inconsolable ante la pérdida de su hijo bienamado. Era hijo único, y ella era viuda».

—Realmente, señor Sales —comentó Lucy—, no veo en esto nada gracioso.

Efectuó la observación con tono grave.

—¿No ve que haya nada gracioso? ¡Ja, ja! Porque no conoce a la madre inconsolable… Una arpía, que odiaba a su hijo porque estaba tullido, mientras él, por su parte, la odiaba tanto que se suicidó para que ella no pudiera cobrar su seguro de vida. Se levantó la tapa de los sesos con el viejo fusil que le servía para espantar a los cuervos. Aquel día el fusil no sirvió para alejar a los cuervos, sino todo lo contrario. Y a esto le llaman caerse desde el acantilado… En cuanto a la esperanza de la resurrección, le oí decir a menudo que deseaba ir al infierno ya que su madre, tan piadosa, seguramente iría al cielo, y no quería volver a verla. Bien, dígame, pues, si esta piedra —y le daba pataditas—, no está llena de mentiras, y si Gabriel no se sentirá francamente enojado cuando nuestro George llegue allá arriba, jadeante después de haber arrastrado su losa sepulcral, y al ofrecérsela, quiera hacerle creer todo cuanto aquí está escrito.

No supe qué contestar, y Lucy, poniéndose de pie, desvió la conversación.

—Oh, ¿por qué nos cuenta todo eso? Se trata del banco donde me siento siempre, y a partir de ahora, ya no dejaré de pensar que estoy sentada encima de la losa de un suicida.

—No tema nada, hijita; el pobre George se sentirá muy orgulloso de tener sobre sus rodillas una joven tan encantadora. No, no tema nada… Hace veinte años que vengo a sentarme aquí, y nada me ha ocurrido. No hay que pensar demasiado en los que ya duermen el sueño eterno. Tiempo habrá de asustarse cuando sean arrastradas todas las piedras, y el cementerio se quede tan pelado como un campo de rastrojos. Ah, ya suena la campana. Tengo que irme. Siempre a su servicio, señoritas.

Y el viejo se alejó arrastrando la pierna.

Permanecimos algún tiempo sentadas en el banco, y nos cogimos de la mano, absortas en la contemplación del hermosísimo paisaje. Después, Lucy empezó a hablarme de Arthur y de su próxima boda. Yo tengo el corazón en un puño, ya que hace más de un mes que estoy sin noticias de Jonathan.

El mismo día. He vuelto aquí, muy triste. Ninguna carta en el correo de la tarde. Espero que no le haya sucedido ninguna desgracia a Jonathan. Acaban de dar las nueve. Las luces brillan en el pueblo, a veces aisladas, a veces alumbrando las calles de trazado regular; remontan el Esk y desaparecen en la curva del valle. A mi izquierda, el paisaje queda cortado por la línea que forman los tejados de las viejas mansiones cercanas a la abadía. En los prados balan las ovejas y los corderos, y abajo oigo los cascos de un asno que sube por la cuesta. La orquestina del puerto toca un vals y, en el muelle, en un callejón algo retirado, el Ejército de Salvación celebra una reunión. Naturalmente, en la reunión toca otra orquestina, y aunque interpretan las piezas al aire libre, no se molestan entre sí. Desde aquí, oigo y veo a los dos. ¿Dónde estará Jonathan? ¿Pensará en mí? Me gustaría que estuviera aquí conmigo.

DIARIO DEL DOCTOR SEWARD

5 de junio. El caso de Renfield se hace más interesante a medida que voy comprendiendo mejor al individuo. Tiene ciertos rasgos, muy desarrollados: el egoísmo, la obstinación y el disimulo. Espero llegar a saber por qué se muestra tan obstinado. Creo que tiene un objetivo, pero ¿cuál? No obstante, ama a los animales, aunque en dicho amor haya también una gran crueldad. Por el momento, tiene la manía de cazar moscas. Tiene tantas que me ha parecido indispensable hacerle una observación a este respecto. Ante mi enorme extrañeza, no montó en cólera como temía, sino que, tras meditar unos instantes, me preguntó simplemente en tono muy grave:

—¿Me concede tres días? En ese tiempo, las haré desaparecer.

—Sí —le contesté, como es natural.

Me dispongo a vigilarle como nunca.

18 de junio. Por el momento, solo piensa en las arañas; ha atrapado varias de gran tamaño, que ha encerrado en una caja. Para alimentarlas les da sus moscas, que han disminuido mucho, aunque continúa cazando otras al dejar en el alféizar de la ventana, como cebo, la mitad de las comidas que le sirven.

1 de julio. Sus arañas resultan tan molestas como sus moscas, y hoy le he ordenado que se desprenda de ellas. Ante su expresión desolada, le he precisado que, al menos, debía hacer desaparecer parte de las mismas. Con el rostro radiante, me ha prometido obedecer. Igual que en la ocasión anterior, le he dado un plazo de tres días. Mientras estuve en su celda, he observado con asco que una mosca muy gruesa, hinchada por no sé qué podredumbre, se ha echado a volar por la estancia; Renfield la ha atrapado y, con expresión extasiada, la ha sostenido un instante entre el índice y el pulgar y, antes de darme cuenta de lo que hacía, se la ha metido en la boca y se la ha tragado. Le he dado a entender, sin tardanza, mi forma de pensar, pero me ha contestado tranquilamente que se trataba de un alimento bueno y sano, que la mosca estaba llena de vida y que así ella se la transmitía. Entonces, me ha asaltado una idea... mejor dicho, un esbozo de idea. Tengo que enterarme de qué forma piensa desembarazarse de sus arañas. Evidentemente, le preocupa un problema muy grave, ya que sin cesar hace anotaciones en un cuaderno. Tiene páginas enteras llenas de números, de cálculos muy complicados.

8 de julio. En su locura existe cierto método, y la idea que me asaltó va tomando cuerpo día a día. Pronto estará perfectamente clara y la actividad mental inconsciente tendrá que ceder el paso a otra consciente. Hace varios días que no he visitado a mi paciente; por tanto, estaba seguro de observar algún cambio en su estado, de haberse producido. Pero no parece haberse efectuado ninguno, a no ser que consista en la otra manía que le posee. Ha logrado atrapar un gorrión y lo tiene ya amaestrado; las arañas son menos numerosas. Sin embargo, las que quedan están bien alimentadas, ya que sigue cazando moscas, dejando cerca de la ventana gran parte de su comida.

19 de julio. Estamos progresando. Renfield posee ya una colección de gorriones, y las moscas y las arañas han desaparecido casi por completo. Cuando entré en su celda, vino precipitadamente hacia mí, diciendo que quería pedirme un gran favor, un grandísimo favor, y al hablarme, trataba de halagarme como un perro a su amo. Le rogué que me dijese de qué se trataba y replicó, en voz baja, y modosamente, en una especie de éxtasis:

—Quisiera un gatito, un gato pequeño, con el que poder jugar; lo amaestraré, y le daré de comer... ¡oh, sí!, le daré de comer.

La verdad es que jamás hubiese esperado semejante petición, puesto que, a pesar de que he observado que sus preferencias se inclinan cada vez más hacia animales más grandes, no podía admitir que su colección de gorriones desapareciese de la misma forma que han desaparecido sus moscas y sus arañas; por tanto, contesté que reflexionaría y estudiaría su solicitud. No obstante, antes de abandonar su celda, le pregunté con tono indiferente si no le gustaría más un gato que un gatito.

—¡Oh, sí, claro! —exclamó con un entusiasmo que le traicionó—. ¡Me gustaría tener un gato! Si le he pedido un gatito ha sido por miedo a que me negase un gran gato. Porque nadie se atrevería a negarme un gatito, ¿verdad?

Incliné la cabeza y contesté que, por el momento, no era posible y que ya veía… Su semblante se ensombreció y leí en sus ojos la advertencia de un peligro, pues de repente me dirigió una feroz mirada, como la de un asesino. Estoy seguro de que este paciente es un asesino en potencia. Quiero ver hacia dónde le lleva su actual obsesió; entonces sabré más.

10 de la noche. He vuelto a su celda y le he hallado sentado en un rincón, muy entristecido. Al verme, se ha arrojado de rodillas a mis pies y me ha suplicado que le conceda el gato, añadiendo que de ello dependía su salvación. Me he mantenido firme, negándoselo, tras lo cual, sin decir nada, ha vuelto a su rincón, mordiéndose las uñas. Le visitaré nuevamente mañana temprano.

20 de julio. Visité a Renfield muy pronto, antes de que el celador pasara por las celdas. Le hallé levantado y tarareando; estaba distribuyendo azúcar sobre el alféizar de la ventana, para volver a cazar moscas, lo cual hacía con evidente alegría. Busqué con la vista los gorriones y, al no divisarlos, le pregunté dónde estaban. Me contestó, sin volver la cabeza, que habían volado. En el suelo vi varias plumas y, sobre su almohada, una mancha de sangre. No contestó nada más; al salir le ordené al celador que me avisara al instante si ocurría algo anormal durante el día.

11 de la mañana. Me acaban de comunicar que Renfield está muy enfermo y que ha vomitado un montón de plumas.

—¡Creo, doctor —ha añadido el vigilante—, que se ha comido vivos a todos sus gorriones!

11 de la noche. Le he administrado a Renfield un narcótico y, durante su sueño, he cogido su cuaderno, ansiando enterarme de su contenido. No me había engañado en mis suposiciones: se trata de un loco homicida muy especial. He de clasificarle en una categoría que aún no está catalogada, llamándole tal vez maníaco zoófago, que solo se alimenta de seres vivos; su obsesión consiste en engullir tantas vidas como le sea posible. Le dio a comer moscas a una araña, arañas a un pájaro, y habría querido un gato para alimentarlo con todos los gorriones. ¿Y después? Casi estoy tentado de ir hasta el final del experimento. Mas para esto necesitaría una razón poderosa. La gente sonríe con desdén al oír hablar de la vivisección... ¡y sin embargo, ahí estamos! ¿Por qué no dejar que progrese la ciencia en lo que tiene de más espinoso y más vital, el conocimiento del cerebro, del mecanismo del razonamiento humano? Si yo penetrase el misterio de ese cerebro, si tuviese la clave de la imaginación de un solo enfermo mental, adelantaría en mi especialidad hasta un punto en el que la fisiología de Burdon-Sanderson o el estudio del cerebro humano llevado a cabo por Ferrier no serían nada. ¡Si al menos existiese una razón poderosa! Mas no he de pensar en esto, ya que la tentación es grande. Una razón poderosa podría hacer caer el platillo de la balanza de mi lado, pues, ¿no soy yo también, congénitamente, un cerebro excepcional?

¡Qué bien razona ese individuo! Los locos, cierto, siempre razonan bien, de acuerdo con sus posibilidades. ¿En cuántas vidas evaluará a un hombre, si acaso le concede una? Ha concluido correctamente sus cálculos, y hoy ha iniciado otros. ¿Quién es, de entre nosotros los cuerdos, aquel que a diario no inicia nuevos cálculos? En lo que a mí atañe, me parece que fue ayer cuando mi vida entera y mis esperanzas zozobraron, y tuve que volver a empezar desde cero. Y esto será así hasta que el Juez supremo me llame a su presencia y salde las cuentas de mi vida con el equilibrio de mis pérdidas y mis ganancias. ¡Oh, Lucy, Lucy! No puedo acusarte de nada, ni tampoco a mi amigo, que comparte tu felicidad. Solo me resta dedicar toda mi vida al trabajo, sin esperanzas. ¡Sí, trabajar, trabajar, trabajar!

Si al menos lograra encontrar una causa tan poderosa como la de mi pobre enfermo, que me impulsara al trabajo, hallaría en él, ciertamente, alguna felicidad.

DIARIO DE MINA MURRAY

20 de julio. Estoy sumamente inquieta y la escritura me alivia un poco; es como si conversara conmigo misma, y me escucharía a la vez. Además, el hecho de llevar este diario en taquigrafía me produce una impresión distinta a si escribiese en él de forma normal. Estoy tan inquieta con respecto a Lucy como en relación con Jonathan. Llevo ya algún tiempo sin noticias suyas; pero ayer, ese querido señor Hawkins, siempre tan amable, me envió una carta que había recibido de mi prometido. Solo unas líneas, escritas en el castillo de Drácula, anunciando su retorno. Esto no encaja con el carácter de Jonathan. No comprendo qué ocurre... y eso me preocupa. Lucy, por otra parte, aunque parece gozar de buena salud, vuelve a sufrir crisis de sonambulismo. Su madre me habló de ello y hemos decidido que, a partir de ahora, por la noche cerraré con llave la puerta de nuestra alcoba. La señora Westenra afirma que las personas sonámbulas, inevitablemente, trepan a los tejados, se pasean por el borde de los precipicios más escarpados y se despiertan de pronto y caen al vacío, al tiempo que exhalan un grito horrible, capaz de oírse en toda la región. La pobre se pasa la vida temblando por Lucy, y me contó que su marido, el padre de mi amiga, también sufría estas crisis. Se levantaba en plena noche, se vestía y, si nadie se lo impedía, salía. Lucy va a casarse el próximo otoño, y ya está ocupada en su traje de novia, en su ajuar, en el arreglo de su casa. La comprendo muy bien, ya que hago lo mismo, con la diferencia de que Jonathan y yo iniciaremos nuestra vida conyugal de manera más sencilla, y ante todo tendremos que conseguir juntar los dos extremos. El señor Holmwood, el honorable Arthur Holmwood, hijo único de lord Godalming, llegará pronto, tan pronto como pueda abandonar la ciudad, pues su padre está enfermo, y Lucy cuenta los días y las horas. Me ha dicho que desea sentarse con él en el banco del cementerio, y enseñarle desde lo alto del acantilado el bello paisaje de Whitby. Para mí que esta espera está minando su salud, y creo se repondrá cuando llegue su prometido.

27 de julio. Sin noticias de Jonathan… ¿Por qué no me escribe, aunque solo sea una palabra? Lucy se levanta más a menudo por la noche y, siempre que la oigo andar por la habitación, me desvelo. Por suerte, hace tanto calor que es imposible que coja un resfriado; pero, en cuanto a mí respecta, la constante inquietud y el hecho de pasar las noches casi en blanco me están destrozando los nervios. Aparte de esto, ¡y gracias a Dios!, Lucy está bien. El señor Holmwood se ha marchado súbitamente a Ring, pues el estado de su padre se ha agravado. Naturalmente, Lucy está inconsolable por no poder verle tan pronto como pensaba, y a veces sufre accesos de mal humor, pero su salud no se resiente por ello; ahora está más fuerte y hay color en sus mejillas. ¡Con tal que esto dure…!

3 de agosto. Ha transcurrido otra semana y no hay carta de Jonathan… Ni siquiera ha escrito al señor Hawkins, según me dice este último. ¡Oh, espero que no esté enfermo! En este caso, me habría escrito con toda seguridad. Acabo de repasar su última carta y me ha asaltado una duda. No le reconozco en lo que dice, ni tampoco en su escritura. No me cabe la menor duda de que Lucy ha padecido menos crisis de sonambulismo esta semana, pero hay en ella algo que me intranquiliza; incluso cuando duerme tengo la impresión de que me vigila. Trata de abrir la puerta y cuando ve que está cerrada con llave, busca esta por todo el dormitorio.

6 de agosto. Otros tres días, y sin noticias. Esta espera resulta verdaderamente angustiosa, terrible. Si al menos supiese a quién escribir, o a quién visitar, me tranquilizaría. Ninguno de los amigos de Jonathan ha recibido últimamente carta suya. Solo puedo rogar a Dios que me dé paciencia. Lucy se muestra más irritable que nunca, a pesar de hallarse bien. Hubo tormenta por la noche, y los pescadores afirman que se acerca una tremenda tempestad. He de observar y aprender a reconocer las señales del tiempo.

Hoy, el día está gris y, en este momento en que escribo, el sol está escondido detrás de gruesos nubarrones que se han ido acumulando encima del cabo Kettleness. Todo está gris, absolutamente todo, salvo la hierba, de un verde esmeralda. Grises son las rocas y las nubes, cuyos bordes ilumina débilmente el sol, y que se extienden lúgubremente sobre el mar gris, donde los bancos de arena, que sobresalen por doquier, semejan largos dedos grises. Las olas se estrellan contra la playa produciendo un estruendo ensordecedor, medio ahogado por las capas de niebla que son empujadas hacia tierra. Esta niebla, gris como todo lo demás, oculta el horizonte. Todo da la impresión de inmensidad; las nubes se amontonan unas sobre otras como enormes rocas, y un sordo rumor surge sordamente de esta sabana infinita que es el mar, como un presagio sombrío. En la playa se distinguen figuras envueltas por la niebla, y se diría que hay «hombres que andan como árboles». Las barcas de pesca se apresuran a volver al puerto, empujadas por el embate de las olas. Veo al viejo señor Swales y, por la forma de levantar su gorra, comprendo que desea hablarme.

El pobre hombre ha cambiado tanto en pocos días que estoy asombrada.

—Quisiera pedirle una cosa, señorita —ha balbuceado, tan pronto se ha sentado a mi lado.

Al verle turbado, he cogido su vieja mano, tan arrugada, en la mía y le he rogado que hablara francamente.

—Supongo, jovencita —me ha manifestado, sin retirar la mano—, que no la habré molestado con todo lo que dije de los muertos. En realidad, hablé más de lo que quería, y quisiera que usted lo recordase cuando yo ya no exista. Ah, sí, los viejos tememos a la muerte. Estamos ya con un pie en la tumba... No nos gusta pensar en la muerte, y queremos aparentar que no la tememos. Por mi parte, prefiero hablar de la muerte con ligereza, a fin de tranquilizarme. Y no obstante, señorita, Dios sabe bien que quisiera vivir, aunque no temo morirme... No lo temo en absoluto. Solamente desearía vivir todavía un poco más. Bien, mi momento está cerca, ya que cumplir cien años es más de lo que un hombre puede esperar, y yo estoy ya tan cerca de esa edad, que la muerte debe de estar ya afilando su guadaña. Oh, sí, ya sé que estoy blasfemando. Sí, sí, el ángel de la Muerte no tardará en llamarme con su trompeta. Oh, no se apene, jovencita —añadió, al observar mis lágrimas—. Aunque me llame esta noche, contestaré gustosamente a su llamada. Ya que, al fin y al cabo, vivir es esperar siempre algo más de lo que ya poseemos, algo más de lo que hacemos, y la muerte es lo único en que podemos confiar. Sí, pequeña, que venga y cuanto antes mejor. Tal vez el viento que sopla en el mar es quien la está trayendo ya hacia aquí, con todos sus náufragos y todas sus calamidades, con sus aflicciones y tristezas. ¡Fíjese! ¡Fíjese! —gritó de repente—. ¡En el viento y en la bruma hay algo que huele a muerte! ¡Está en el aire! Llega ya, llega, lo sé... ¡Dios mío, haz que responda sin pensar a su llamada!

Con suma devoción, elevó los brazos al cielo y se quitó el sombrero. Sus labios se movieron como si estuviera rezando. Tras unos instantes de silencio, se levantó, me estrechó las manos y, tras haberme bendecido, se marchó con su penoso paso. Durante unos momentos me sentí trastornada. Por tanto, me alegré de ver llegar al guardacostas con su anteojo bajo el brazo. Según su costumbre, se detuvo a charlar conmigo, sin dejar de contemplar un buque que, por lo visto, pasaba por unos momentos difíciles.

—Seguramente es un buque extranjero —me comunicó—. Ruso, tal vez. Aunque maniobra de un modo raro, ¿verdad? Como si fuese a la deriva... como si presintiese la tormenta, y no supiera decidirse a poner rumbo hacia el norte o entrar en el puerto. ¡Fíjese! Cualquiera diría que no hay nadie en el timón. Cambia de dirección a cada ráfaga de viento... ¡Créame, mañana tendremos más de una noticia respecto a ese barco!

7

RECORTE DEL *DAILYGRAPH* (PEGADO AL DIARIO DE MINA MURRAY) DE NUESTRO CORRESPONSAL EN WHITBY

Whitby, 8 de agosto. Una de las tormentas más formidables y más súbitas jamás presenciadas, acaba de tener lugar aquí, con unas consecuencias extraordinarias. La atmósfera estaba muy cargada, cosa nada excepcional en el mes de agosto. Ayer por la tarde, sábado, hacía un buen tiempo insólito y muchos veraneantes salieron a pasear y visitaron el bosque de Mulgrave, la bahía de Robin Hood, Rig Mill, Runsivick, Straithes, o hicieron algunos de los recorridos por el vecindario de Whitby. Los dos vapores, el *Emma* y el *Scarborough*, navegaban como de costumbre por la costa; en resumen, había una gran animación en Whitby y sus contornos. El tiempo continuó espléndido hasta el atardecer, pero entonces, unos viejos habitantes de la localidad que suelen ir al cementerio, situado en lo alto de un acantilado, y que desde allí observan el mar, atrajeron la atención general hacia unas nubes en forma de «cola de gato» que se iban acumulando al noroeste. En aquel momento, el viento soplaba del sudoeste, lo que en lenguaje barométrico equivale a: «Número dos: brisa ligera.» El guardacostas redactó su informe, y un viejo pescador que desde hace más de cincuenta años vigila los signos que presagian el cambio de tiempo, anunció que iba a estallar una repentina tempestad. Pese a todo, la puesta de sol fue magnífica; el astro iluminó las enormes nubes y ofreció un espectáculo admirable a cuantos se paseaban por el viejo cementerio. El sol desapareció lentamente tras la sombría mole del cabo Kettleness, que destacaba contra el cielo, y su lento declinar fue acompañado por un abigarramiento multicolor, transparente a través de las nubes, de matices purpúreos, rosados, violetas, verdes y dorados, con diversas sombras de diferentes formas, cuyos contornos hacían pensar en gigantescas figuras irreales. Nada de esto debió de escapárseles a los pintores que se hallaban entre la multitud y, con toda seguridad, telas tituladas, por ejemplo, «Preludio a la Gran Tormenta», no tardarán en adornar las paredes de algunas exposiciones. Entonces, más de un patrón decidió no salir con su barca del puerto hasta que hubiese pasado la presagiada tormenta. Durante el anochecer, el viento cesó por completo y reinó la calma y el bochorno que preceden a la tempestad y que enervan a las personas más sensibles.

En el mar había pocas luces, ya que incluso los vapores del servicio costero, que normalmente no se despegan de la costa, se hallaban en alta mar; en cuanto a las barcas de pesca, eran muy escasas. El único barco que se divisaba netamente era una goleta extranjera que, con todas las velas desplegadas, se dirigía al oeste. Mientras estuvo a la vista, las imprudencias, las torpezas y la evidente ignorancia de sus oficiales fueron ampliamente comentadas por la muchedumbre, y desde el puerto trataron de darles a entender el peligro que les amenazaba, por lo que debían arriar todas las velas. Antes de ser completamente de noche, vimos aún al barco navegar tranquilamente, «como una embarcación pintada en un mar pintado».*

Poco antes de las diez, la atmósfera se puso tan oprimente y el silencio era tan profundo que se oía claramente, en lontananza, el balido de un cordero o el ladrido de un perro. La orquestina del puerto, que con tanta alegría interpretaba sus valses franceses, era

---

* Cita de Coleridge, *El poema del viejo marinero*, parte II, versos 115-118.

la única que perturbaba la armonía de la naturaleza. Tan pronto como dieron las doce de la noche, se oyó un estruendo singular, procedente de alta mar, que se iba aproximando rápidamente, al mismo tiempo que un sordo clamor estallaba por encima de las nubes.

De repente, estalló la tempestad. Con una rapidez que en el momento pareció increíble y que hasta ahora nadie ha logrado entender, toda la naturaleza cambió de aspecto en unos momentos. El mar se transformó en un rugiente monstruo, con las tumultuosas olas cabalgando unas sobre otras. El oleaje, cargado de espuma reluciente, se estrellaba de forma enloquecida contra la playa, o se abalanzaba sobre el acantilado. Otras olas se quebraban contra el muelle, y su espuma azotaba los fanales de los dos faros que se elevan en cada uno de los muelles del puerto de Whitby.

El viento bramaba como un trueno, soplando con tanta violencia que los hombres más robustos difícilmente podían desafiarle. Pronto hubo necesidad de dispersar a la muchedumbre que, hasta entonces, se había obstinado en permanecer en el muelle, puesto que el peligro crecía por momentos. Para que todo resultase más siniestro aún, grandes masas de espuma eran proyectadas hacia el interior de la comarca, y las nubes blancas, cargadas de humedad, parecían fantasmas helados, que envolvían a la gente de manera tan desagradable que solo se necesitaba un pequeño esfuerzo imaginativo para tomarlas por los espíritus de los marinos desaparecidos en alta mar que deseaban tocar con sus manos muertas a los seres vivos, y más de uno se estremeció al verse envuelto por la bruma. Esta, a veces, se disipaba y entonces era posible distinguir el mar a la luz de un relámpago, al que inmediatamente seguía un terrible trueno, de modo que toda la inmensidad del cielo temblaba bajo su impacto.

El paisaje, visto a través de la sucesión de relámpagos, ofrecía el aspecto de una grandeza impresionante. El mar, que se elevaba en altas montañas con el oleaje, arrojaba al cielo gigantescos manantiales de espuma blanca que el vendaval parecía arrebatar para lanzarlos al espacio; en algunos parajes, una barca de pesca, un botecito, con solo una raquítica vela, no sabía cómo ni adónde dirigirse para guarecerse; de vez en cuando, aparecían sobre la cresta de las olas las blancas alas de un ave marina, desorientada por la tormenta. Sobre la cima del acantilado del este, el nuevo reflector iba a ser utilizado por primera vez. Los encargados del mismo lo hicieron funcionar y, cuando logró penetrar las capas de niebla, barrió con su haz de luz la superficie del mar. En un par de ocasiones prestó buenos servicios; por ejemplo, una barca de pesca, con la borda casi bajo el agua, al verse guiada por aquella luz, consiguió llegar a puerto sin estrellarse contra el rompeolas. Y cada vez que un bote o barca conseguía entrar en el puerto, la muchedumbre gritaba de alegría, dominando por un instante a la borrasca que enseguida absorbía aquel tumulto. Poco después el reflector descubrió, a cierta distancia en alta mar, una goleta con todas las velas desplegadas, probablemente la misma que había sido observada ya por la tarde. En aquel momento, el viento soplaba del este, y los viejos lobos de mar que estaban en el puerto empezaron a temblar al comprender el terrible peligro que corría aquella embarcación. Entre la misma y el puerto se extendía un arrecife en el que se habían aplastado ya muchos barcos, y como el vendaval soplaba, repito, del este, parecía imposible que la goleta pudiera arribar al puerto. Había marea alta, pero las olas ascendían a tanta altura que, al descender, dejaban ver el fondo del mar. La goleta avanzaba a todo el velamen desplegado y a tanta velocidad que, como comentó un viejo lobo de mar, «llegaría a alguna parte, aunque fuese al infierno». Empujadas hacia la orilla, se acumularon nuevas capas de niebla, más espesas que las anteriores, como si quisieran separar el puerto del mundo entero y no dejar a la gente más que el sentido del oído. En efecto, el estrépito de la tempestad, los truenos y el estruendo de las olas lograban atravesar aquella muralla de bruma, ensordeciendo a los espectadores. El haz de rayos del proyector se mantenía fijo en la entrada del puerto, exactamente sobre el muelle este, donde seguramente debía de producirse el choque, y todo el mundo contenía el aliento. De repente, el viento giró al nordeste y disipó la niebla; entonces, *mirabile dictu*, la goleta extranjera pasó a través de los dos muelles, saltando de ola en ola, en su rápido curso, y alcanzó la seguridad. En su entrada, fue seguida por las luces del proyector... ¡y cuál no sería el horror de la multitud cuando, atado a la rueda del timón, se divisó un cadáver con la cabeza colgante, oscilando de un lado a otro según el movimiento de la embarcación! Y sobre el puente no se veía ninguna otra forma humana. ¡La muchedumbre se sobrecogió cuando comprendió que la goleta, como en un milagro, había conseguido llegar al puerto conducida por la mano de un muerto! Naturalmente, todo esto sucedió en menos tiempo del necesario para contarlo. La goleta no se detuvo sino que siguió su carrera hasta embarrancar en un banco de arena y grava, acumulado por las mareas y las tempestades, en el extremo sudeste, cerca del muelle que termina bajo el acantilado este y que en la región llaman Tate Hill.

El choque fue considerable. Los mástiles y el cordelaje cedieron y, cosa inesperada, tan pronto como la proa de la goleta tocó la arena, surgió de la cala un perrazo enorme, que saltó sobre el puente, como impulsado por el choque, y se precipitó a la orilla. Dirigiéndose a toda velocidad hacia lo alto del acantilado, donde se halla el cementerio en un terreno tan escarpado que algunas losas sepulcrales están en parte suspendidas en el vacío por el lento desgaste de las rocas, desapareció en la noche, que parecía aún más negra más allá de la luz del reflector.

El azar quiso que no hubiera nadie en aquellos instantes en el muelle Tate Hill, ya que todos los habitantes de las casas de alrededor o estaban acostados o se hallaban fuera en las cimas que circundan el puerto. Inmediatamente, el guardacostas corrió hacia allí y fue el primero en subir a bordo. Los encargados del proyector, tras haber iluminado unos segundos la entrada del puerto sin divisar nada raro, volvieron a proyectar el haz de rayos sobre el naufragio y ya no lo movieron. Entonces, todos vimos al guardacostas correr hacia popa, inclinarse hacia el timón para examinarlo, y retroceder al momento como si hubiera sufrido una fuerte conmoción. Esto excitó la curiosidad general, y fueron muchos los que, deseando acercarse también a la goleta encallada, echaron a correr hacia allí. Este humilde corresponsal fue uno de los primeros que, bajando por el acantilado, llegó al muelle. Sin embargo, otros me habían precedido, y el guardacostas, así como la policía, se las vieron y se las desearon para impedir que el gentío invadiese la embarcación. A mí, sin embargo, en mi calidad de periodista, me permitieron subir hasta el puente y compartí, junto con algunas otras personas, el triste privilegio de contemplar de cerca el cadáver atado al timón.

La sorpresa y el terror que había expresado el guardacostas eran comprensibles. El marinero estaba atado por una cuerda al timón, con las manos amarradas una sobre otra. Entre la palma de una mano y la madera del timón se hallaba un crucifijo. El rosario al que aquel pertenecía rodeaba a la vez ambas manos y la cuerda del timón y todo estaba atado con otras cuerdas. El pobre hombre debía de haber estado sentado, pero las velas, maltratadas por la tormenta, habían movido el gobernalle a uno y otro lado de modo que las cuerdas que lo ataban le habían lacerado la carne hasta el hueso.

Hicieron un detallado informe del suceso y un médico, el doctor J. M. Caffin (plaza East Elliot, 33), que llegó inmediatamente después de mí, declaró, tras el primer examen, que el difunto había fallecido dos días antes. En un bolsillo encontraron una botella cuidadosamente tapada, que solo contenía un pequeño rollo de papel que, como se averiguó acto seguido, constituía la agenda del diario de a bordo. Según el guardacostas, el marinero debió de atarse las manos él mismo, estrechando los nudos con la ayuda de los dientes. El hecho de que el guardacostas fuese el primero en subir a bordo habría podido dar lugar a ciertas complicaciones ante un tribunal marítimo, puesto que los guardacostas no pueden reivindicar el rescate, pues este es el derecho del primer ciudadano que llega a un barco derrelicto. Por tanto, hay muchos comentarios de personas competentes en la materia, y un estudiante de derecho afirma que el propietario del barco no tiene el menor derecho a reivindicarlo, ya que su buque se hallaba contraviniendo los reglamentos de «manos muertas», puesto que la barra como emblema, sino como prueba de derechos transmitidos, era sostenida por la mano de un muerto. Es inútil añadir que retiraron al desdichado de aquel lugar, donde tan valerosamente permaneció hasta el fin, y que fue trasladado al depósito con objeto de abrir una investigación.

La tempestad se va calmando; la gente regresa a sus casas, y el sol del amanecer ilumina ya alegremente el valle del Yorkshire. Enviaré, a tiempo para la próxima edición del diario, nuevos detalles respecto a la goleta naufragada, que pese a la tempestad, tan milagrosamente arribó a puerto.

Whitby, 9 de agosto. Las consecuencias de la inesperada llegada del buque extranjero durante la tempestad de la noche anterior son casi tan sorprendentes como el hecho en sí mismo. Actualmente, sabemos que esa pequeña embarcación es rusa, que procede de Varna y que se llama *Demeter*. Se halla casi por entero lastrada con arena, y lleva solo un cargamento de poca importancia, unos cajones llenos de tierra, dirigidos a un abogado de Whitby, el señor S. F. Billington, del 7 de The Crescent, que esta mañana ha subido a bordo para tomar reglamentariamente posesión de las mercancías a él consignadas. El cónsul de Rusia, por su parte, tras haber firmado la contrapartida, tomó oficialmente posesión de la nave y cumplió con las demás formalidades. Hoy, en Whitby, no se habla más que del extraño suceso. También existe un gran interés por el perro que saltó a tierra cuando la goleta embarrancó, y casi todos los amigos de la Sociedad Protectora de Animales, aquí muy influyentes, querrían tener el perro en su casa. Pero para la decepción general, nadie ha logrado localizarlo. Tal vez estaba tan asustado que huyó hacia las marismas, ocultándose allí. Algunos temen esta eventualidad y presienten un gran peligro, ya que al parecer el animal es muy feroz. Esta mañana, muy temprano, han hallado muerto en la carretera un enorme perro propiedad de un traficante de carbón, que habita cerca del puerto. El perro ha aparecido justo delante de la casa de su amo. Por lo visto, se peleó terriblemente con un adversario tan poderoso como cruel, pues tenía la garganta horriblemente desgarrada, y el vientre abierto como por unas garras salvajes.

Unas horas más tarde. Gracias a la amabilidad del inspector del Ministerio de Comercio, se me ha permitido examinar el cuaderno de bitácora del *Demeter*, que estaba en regla hasta tres días antes, pero no contenía nada de interés, salvo los detalles referentes a los hombres desaparecidos. Lo más interesante es el papel hallado en la botella del muerto, que hoy se ha leído en la investigación. Jamás he escuchado narración más extraordinaria que la que el diario de navegación y dicho papel revelan.

Como no hay ningún motivo para ocultarlo, se me ha permitido divulgarlo, y en consecuencia le envío una copia del original, en las que omito simplemente algunos detalles técnicos de la navegación y el sobrecargo. Es como si el capitán hubiera sido dominado por una obsesión antes del viaje y que esta hubiese ido creciendo a lo largo de la travesía. Esta declaración, por supuesto, debe entenderse *grosso modo*, pues transcribo al dictado de un dependiente del Consulado ruso, que tuvo la bondad de traducírmelo.

Hasta hoy, el 18 de julio, se han desarrollado unos acontecimientos tan extraordinarios que voy a llevar un diario hasta que lleguemos a Whitby.

El 6 de julio dimos por concluido el cargamento del buque: cajones llenos de tierra y arena. A mediodía nos hicimos a la mar. Viento del este, bastante fresco. La tripulación se compone de cinco hombres, dos oficiales, el cocinero y yo, el capitán.

El 11 de julio, al amanecer, entramos en el Bósforo. Los empleados de la aduana turca subieron a bordo. *Bakchich*, propinas. Todos muy correctos. Partieron a las cuatro de la tarde.

El 12 de julio, paso de los Dardanelos. Más agentes de aduana y nuevo *bakchich*. Todo se llevó a cabo velozmente. Deseaban que partiésemos lo antes posible. Por la noche pasamos los Dardanelos.

El 13 de julio llegamos al cabo Matapán. La tripulación estaba descontenta, como si temiesen algo, aunque nadie decía qué.

El 14 comencé a inquietarme a mi vez. Sabía que podía contar con los tripulantes, pues he navegado con ellos a menudo. El primer oficial no comprendía tampoco lo que pasaba, y mis hombres se limitaron a manifestarle, al tiempo que se persignaban, que había algo. El segundo de a bordo se enfadó con uno de ellos y le golpeó. Después, ningún incidente.

El 16 por la mañana, el primer oficial me comunicó que faltaba Petrof, uno de los hombres. Cosa inexplicable. Petrof estuvo de guardia a babor a las ocho, ayer por la noche, y fue relevado por Abramoff, pero, nadie le vio acostarse. Los demás estaban más abatidos que nunca; según ellos, hacía tiempo que temían una desaparición así, pero al ser interrogados, continuaron contestando solamente que a bordo había algo. Finalmente, el segundo se enfadó de nuevo, temiendo un motín.

El 17 de julio, ayer, Olgaren, marinero, vino a verme y me confió con espanto que estaba seguro de que a bordo se hallaba un hombre que no pertenecía a la tripulación. Añadió que durante su cuarto de guardia se refugió tras la cámara de cubierta, ya que llovía. De pronto, vio a un individuo alto y delgado, que no se parecía en absoluto a nadie de la dotación del barco, subir la escalera y dirigirse al extremo de la cubierta, por donde desapareció. Olgaren le siguió cautelosamente, pero al llegar a proa no encontró a nadie, y las escotillas estaban completamente cerradas. Olgaren estaba completamente dominado por un temor supersticioso. Temo que el miedo se propague. Para apaciguar a la gente, hoy registraré el barco de proa a popa.

Más tarde reuní a toda la tripulación.

Les dije que, como creían que había a bordo un polizón, registraríamos el barco. El segundo se puso furioso, asegurando que era una locura, y que tal acción desmoralizaría a los hombres; afirmó que se comprometía a meterlos en cintura. Le dejé en el timón, mientras los demás iniciábamos el registro. No dejamos el menor rincón por escrutar. Como solo había cajas de madera, los rincones donde pudiera esconderse un hombre eran pocos. Los hombres exhalaron un suspiro de alivio cuando terminamos el registro y retornaron a sus labores. El segundo estaba ceñudo; sin embargo, no hizo el menor comentario.

22 de julio. Mar gruesa los tres últimos días. Toda la tripulación ocupada con las velas. No hay tiempo para estar asustado. Los hombres parecen haber olvidado su miedo. El primer oficial vuelve a estar de buen humor. Elogió a los hombres por el trabajo efectuado. Pasamos frente a Gibraltar y luego atravesamos el Estrecho. Todo va bien.

24 de julio. Decididamente, la fatalidad se cierne sobre este barco. Falta un marinero más, y entraremos en la bahía de Vizcaya con un tiempo endiablado. Anoche nos apercibimos de que faltaba otro hombre. Desaparecido. Igual que el primero, concluyó su cuarto de guardia y nadie volvió a verle. El resto de la tripulación se halla materialmente acobardada y exige hacer la guardia por pa-

rejas, pues teme quedarse a solas. El primer oficial se enfureció. Temo que haya incidentes, pues él o los hombres pueden recurrir a la violencia.

28 de julio. Cuatro días en el infierno, zarandeados por un remolino. Viento tempestuoso. Nadie duerme. Hombres agotados. No sé cómo montar las guardias, porque nadie se halla en las condiciones físicas adecuadas. El segundo oficial se ofreció a hacer de timonel y vigilar, con objeto de que los demás durmieran algunas horas. El viento amaina. El mar más terrible aún, pero no lo sentimos tanto, ya que el barco se balancea menos.

29 de julio. Nueva tragedia. Esta noche montó guardia un hombre solo, ya que la tripulación estaba demasiado cansada para hacerlo de dos en dos. Cuando la guardia del amanecer llegó a cubierta, solo se encontró al timonel. Gritó y todos subieron. Registro minucioso. No se halló a nadie. Ahora ya no tenemos segundo oficial. La tripulación aterrada. El primer oficial y yo hemos convenido en ir armados a partir de ahora.

30 de julio. Última noche, sin duda. Nos alegramos al aproximarnos a las costas de Inglaterra. Tiempo espléndido. Juego de velamen. Me retiré rendido. Dormí profundamente. El segundo me despertó diciéndome que el hombre de guardia y el timonel habían desaparecido. Solo quedamos el primer oficial, dos marineros y yo.

1 de agosto. Dos días de neblina, sin ver una vela. Creí que al penetrar en el Canal de la Mancha podría hacer señales pidiendo socorro o entrar en algún puerto. Al no tener hombres para los trabajos más necesarios, me veo obligado a navegar viento en popa. No me atrevo a amainar velas, puesto que no podríamos volver a izarlas. Vamos a la deriva, sentenciados a la destrucción. El segundo se halla ahora más desmoralizado que los demás. Los marineros ya no tienen miedo, trabajan pacientemente, resignados a una catástrofe. Son rusos, claro; el primer oficial, rumano.

2 de agosto. Medianoche. Hacía escasos minutos que dormía cuando me despertó un chillido procedente de fuera. Salí corrien-

do a cubierta y tropecé con el segundo. Dijo que oyó gritar y corrió, pero no hay rastro del hombre de guardia. Uno más que ha desaparecido. Que el Señor nos proteja. El oficial cree que hemos pasado el estrecho de Dover, ya que cuando, por unos instantes, se despejó la niebla, vio North Foreland. En cuyo caso, nos hallamos en el mar del Norte y solo la Divina Providencia puede guiarnos a través de la niebla. No quisiera pensar que Dios nos ha abandonado.

3 de agosto. A medianoche fui a relevar al timonel, pero cuando llegué no hallé a nadie. El viento era fresco y, como navegábamos con viento de popa, no hubo guiñada. Al no atreverme a dejar el timón, llamé a gritos al segundo. Subió corriendo a cubierta unos segundos más tarde. Su aspecto era macilento, demacrado. Temo que esté perdiendo la razón. Se me aproximó.

—Está aquí, lo sé —murmuró roncamente, acercándose—. Lo encontraré. Anoche le vi cuando estaba de guardia. Es un hombre alto y delgado, terriblemente pálido. Estaba a proa, escrutando el océano. Me acerqué con cautela y le clavé mi cuchillo, pero este lo atravesó como si fuese aire. —Mientras hablaba, blandía el cuchillo, gesticulando con él y hendiéndolo en el aire con furia—. Está aquí y lo encontraré —prosiguió—. Tal vez esté en la cala, en uno de aquellos cajones. Los abriré uno a uno y los examinaré todos. Usted ocúpese del timón.

Con una mirada de inteligencia y un dedo sobre los labios, se marchó.

Soplaba el viento, por lo que no pude abandonar el timón. Le vi subir de nuevo a cubierta con un cajón de herramientas y una linterna, y volvió a desaparecer por la escotilla de proa. Naturalmente, es inútil que trate de impedirle lo que intenta hacer. No puede estropear esos cajones; los facturaron como arcilla y arrastrarlos de un lado a otro no puede causarles ningún daño. Ya únicamente me resta confiar en Dios y en que la niebla se disipe de un momento a otro. Después, si no consigo arribar a ningún puerto, arriaré velas y haré señales de socorro.

Casi todo ha terminado. Esperaba precisamente que mi oficial regresase a cubierta algo más sosegado, pues le oí golpear en la cala, y el trabajo ayuda a encontrar la calma, cuando de la escotilla surgió un grito de terror que me heló la sangre. Luego, el oficial subió a cubierta como disparado, con la mirada extraviada y el rostro convulso por el terror.

—¡Sálvese! ¡Sálvese! —gritó mirando en torno suyo. Su horror se había transformado en desesperación, en una angustia sin límites—. Capitán, es preferible que me imite usted antes de que sea demasiado tarde. Él está allí. Ahora conozco el secreto. El mar me librará de su maldición. ¡Es nuestra única salvación!

Y antes de que pudiese yo pronunciar una sola palabra o dar un paso para detenerlo, saltó por la borda y se arrojó al mar. Creo que también yo conozco ya el secreto. Este pobre loco fue el que se deshizo de todos los tripulantes, uno tras otro, y ahora se ha hecho justicia. ¿Cómo explicaré todos esos horrores cuando llegue a puerto? ¿Cuándo llegaré a puerto? ¿Acaso llegaré?

4 de agosto. Más niebla. El sol no consigue penetrarla. Sé que está amaneciendo por mi instinto de marino. No me he atrevido a bajar. Ni tampoco a dejar el timón. Por lo tanto, he estado aquí toda la noche, rodeado por la oscuridad. ¡Lo he visto! El oficial tuvo razón al arrojarse al agua. Era mejor morir como un hombre, morir como un marino, en aguas azules, donde nadie puede profanarte. Pero yo soy el capitán y no puedo abandonar el barco. Engañaré a ese demonio o monstruo, pues me ataré las manos al timón cuando sienta flaquear mis fuerzas, y en ellas sostendré algo que él no se atreverá a tocar. Y luego, con buen o mal tiempo, salvaré mi alma y mi honor de capitán. Me estoy debilitando por momentos. La noche se echa encima. Si él vuelve a mirarme a la cara, tal vez no pueda ya hacer nada por salvarme. Si naufragamos, quizá hallen la botella. Bien, quienes la encuentren… ¡ojalá comprendan! De lo contrario… Bien, el mundo entero sabrá que fui digno de la confianza depositada en mí. Dios, la Virgen y los santos

ayudarán, sin duda, a una pobre alma que solo ha cumplido con su deber.

Como era de esperar, no pudieron determinarse las causas del fallecimiento. No era posible averiguar si fue el propio capitán quien cometió o no los crímenes. La gente de la región afirma que el capitán era un héroe y quieren organizarle funerales solemnes. Ya se ha dispuesto que se traslade el cadáver en una caravana de botes, río arriba, y que lo lleven de nuevo al muelle de Tate Hill y que después lo suban por la escalinata de la abadía, en cuyo cementerio será enterrado, en lo alto del arrecife. Más de cien propietarios de barcas se han inscrito ya para acompañarle a su última morada.

No se ha hallado rastro del gigantesco perro. La gente lo siente mucho, pues creo que la ciudad deseaba adoptarlo. Mañana asistiremos al funeral del capitán. De este modo concluirá otro «misterio del mar».

DIARIO DE MINA MURRAY

8 de agosto. Lucy estuvo toda la noche muy agitada, y yo tampoco logré conciliar el sueño. La tormenta fue terrible y cuando el viento soplaba por la chimenea parecía que tronaba dentro de la habitación. Cosa extraña, Lucy no se despertó, aunque por dos veces consecutivas se levantó y se vistió. Por suerte, yo la oí en ambas ocasiones y conseguí desnudarla sin despertarla, y la obligué a acostarse de nuevo. Esas crisis de sonambulismo son muy raras, porque tan pronto como se la detiene en sus intenciones, renuncia a su intento, si puede hablarse de intento, y reemprende una vida aparentemente normal.

Ambas nos levantamos temprano, y bajamos al puerto, deseosas de enterarnos de lo ocurrido durante la noche. No hallamos casi a nadie, y aunque el sol brillaba en todo su esplendor y la atmósfera era fresca y transparente, las enormes olas de aspecto amenazador, cuyos abismos resultaban muy sombríos en contraste con la espuma blanquísima que las coronaba, se precipitaban salvajemente contra el puerto. Me alegré al pensar que Jonathan no estaba en alta mar con tan mal tiempo. Aunque... ¿verdaderamente no estaba en el mar? ¿Estará en tierra? ¿Dónde? ¿Cómo se encuentra? Estoy tan angustiada por su suerte... ¡Si al menos supiese qué puedo hacer... si puedo hacer algo...!

10 de agosto. Hoy, los funerales del pobre capitán resultaron muy emotivos. Todas las barcas, todos los botes del puerto se reunieron para la triste ceremonia. Unos oficiales de marina llevaron a hombros el féretro desde el muelle de Tate Hill. Lucy iba conmigo, y cuando el cortejo de barcas remontó el río hasta el viaducto para regresar al muelle, y de allí al acantilado, nosotras fuimos a sentarnos a nuestro banco predilecto, sin perder de vista un solo instante la procesión. Descendieron los restos del desdichado capitán a una tumba cercana a nuestro banco, de modo que, estando de pie encima de este, pudimos seguir todos los detalles de la ceremonia. La pobre Lucy estaba muy emocionada, casi angustiada; en mi opinión, las agitadas noches que pasa y los sueños que sin duda la asaltan están minando su salud. Pero, cosa extraña, cuando le hablo de este asunto, se niega a reconocer que exista una causa para su nerviosismo, o finge no saber nada. Hoy, tal vez, su inquietud era mayor, debido a que el desgraciado señor Swales fue hallado muerto sobre nuestro banco, con el cuello roto. Según manifestó el forense, el señor Swales cayó en el banco de espaldas agarrotado por el espanto, pues en su rostro se reflejaba el horror hasta un punto que los hombres que le encontraron se estremecieron. ¡Pobre viejo! Quizá vio a la misma muerte con sus ojos moribundos. Lucy es tan sensible que estas cosas la emocionan de un modo antinatural. Durante el entierro estuvo muy agitada por algo en lo que yo no había reparado, a pesar de amar a los animales. Uno de los propietarios de barcas que subieron al cementerio iba seguido, como de costumbre, por su perro. Durante la ceremonia, el perro no quiso aproximarse a su dueño, que se hallaba en nuestro banco, sino que se quedó un poco apartado, aullando lúgubremente. Su amo le habló con dulzura, después con firmeza y por fin con tono colérico, pero todo fue en vano. El animal continuó ladrando, enfurecido, con sus ojos relucientes con un furor salvaje, y el pelo erizado como la cola de un gato cuando pelea contra otro. Finalmente, el amo saltó del banco y le pegó al perro un puntapié; después, lo cogió por el cuello y lo arrastró hasta la losa sepulcral sobre la cual descansa el banco. En el mismo instante en que tocó la piedra, el animal se sosegó, aunque temblando terriblemente. Sin querer ya huir, se tendió a nuestros pies, con tal expresión de terror que intenté, sin conseguirlo, tranquilizarle. Lucy también estaba compadecida del pobre animal, pero no trató de acariciarlo y no dejó de mirar al perro con expresión angustiada. Temo que su naturaleza sea demasiado delicada para soportar todo lo que haya de depararle la existencia. ¡Oh, qué noche le espera! Con todo lo ocurrido, el barco que entró en el puerto con un muerto atado al timón y que llevaba un rosario entre las manos, la ceremonia del funeral; el perro, ya furioso, ya aterrado… Sí, todo ello se fundirá esta noche en una de sus terribles pesadillas.

Lucy debería acostarse, está agotada físicamente; por tanto, la llevaré a dar un largo paseo por el acantilado hasta la bahía de Robin Hood, y luego volveremos. Después, supongo que no deseará levantarse y andar dormida durante la noche.

8

DIARIO DE MINA MURRAY

El mismo día, a las once de la noche. ¡Yo sí que estoy fatigada! De no haberme prometido a mí misma llevar puntualmente este diario, no escribiría esta noche. El paseo fue delicioso. Lucy, después de un rato, estaba de mejor humor debido, creo, a unas vacas adorables que se acercaron a husmear en un campo cerca del faro, y que nos dieron un buen susto. Creo que esto sirvió para que ambas olvidásemos nuestros tristes pensamientos, para que lo olvidásemos todo, aparte del temor que nos inspiraban las vacas. En la bahía de Robin Hood, en un pequeño albergue desde donde divisábamos las rocas cubiertas de algas, nos sirvieron un té verdaderamente extraordinario. Sin duda, la «nueva mujer» se habría sorprendido al vernos comer con tanta voracidad. Afortunadamente, los caballeros son más tolerantes. De regreso, nos hemos detenido a menudo para descansar, y con nuestros corazones sobrecogidos por un constante temor hacia los toros salvajes.

Ya en el hotel, Lucy confesó hallarse fatigada, por lo que proyectamos acostarnos más temprano. Pero el joven vicario estaba allí de visita, y la señora Westenra le rogó que nos acompañase a cenar. Lucy y yo tuvimos que efectuar grandes esfuerzos para no caer dormidas, debo decir que por mi parte el combate fue duro, y eso que soy bastante heroica. Creo que los obispos deberían congregarse para decidir la creación de una nueva raza de vicarios que no aceptasen jamás una invitación a cenar, por mucho que se les insistiera, y que siempre se diesen cuenta del cansancio de unas señoritas. Bien, Lucy está durmiendo y respira apaciblemente. Sus mejillas están más sonrosadas de lo habitual, y resulta, oh, realmente encantadora. Si el señor Holmwood se enamoró de ella con solo verla en la sala de estar, me pregunto qué diría si la viera ahora. Tal vez esas «nuevas mujeres» escritoras lanzarán un día la idea de que debería permitirse que los jóvenes de ambos sexos pudieran contemplarse dormidos antes de casarse. Aunque supongo que en el futuro la «nueva mujer» ya no consentirá en que su papel se ciña solamente a ser pedida en matrimonio, sino que será ella la que pida la mano del hombre. Y seguro que lo hará muy bien. Lo cual no deja de constituir cierto consuelo. Esta noche soy feliz al ver que Lucy se encuentra mejor. Opino que ya ha pasado lo peor y que sus problemas de sonambulismo están superados, y que pasará una noche tranquila. Sería muy feliz si solo supiera que Jonathan... Que Dios le bendiga y le proteja.

11 de agosto, 3 de la madrugada. Reanudo el diario. Como no tengo sueño, prefiero escribir. Estoy demasiado nerviosa para dormir. Hemos vivido una aventura, una experiencia tan angustiosa... Me dormí tan pronto como cerré el diario. De repente, desperté sobresaltada, llena de inquietud, sin saber por qué. Además, tenía la impresión de no estar sola en el dormitorio, que estaba tan oscuro que no distinguía la cama de Lucy. Me aproximé a la misma a tientas, y comprobé que estaba vacía. Encendí una cerilla, y no vi a Lucy por ningún sitio. La puerta estaba cerrada, pero no con llave, pese a haberla yo cerrado con una vuelta antes de acostarme. No quise despertar a la señora Westenra, que no se ha encontrado muy bien últimamente, y me vestí apresuradamente para ir en busca de su hija. Al ir a salir, pensé que tal vez la ropa que Lucy se hubiese puesto me indicaría sus intenciones de sonámbula. Si llevaba el peinador, no debía de haber salido de la casa; un vestido equivalía al exterior. Toda su ropa, incluido el peinador, estaba allí. «¡Dios mío! —pensé—. ¡No creo que haya ido muy lejos en camisón!» Bajé la escalera y entré en el salón. ¡Lucy no estaba en él! Entonces miré en todas las habitaciones abiertas de la casa. Cada vez más angustiada. Al final llegué a la puerta de entrada, que encontré abierta. No estaba abierta de par en par, pero no tenía echado el pestillo. Y como en esta casa tienen mucho cuidado en cerrar la puerta con llave todas las noches, temí que Lucy hubiera salido, a fin de cuentas, en camisón. No podía perder el tiempo pensando en lo que habría podido pasar; me sentía dominada por un vago temor que oscurecía todos los detalles. Tras coger un chal, salí corriendo. Cuando llegué a Crescent, el reloj daba la una, y no había nadie a la vista. Corrí a lo largo de North Terrace, pero no pude ver ni rastro de la blanca figura. Al llegar al borde del acantilado oeste, por encima del puente, miré el acantilado este con la esperanza o el temor —ni yo misma lo sé— de divisar a Lucy sentada en nuestro banco. Hacía un claro de luna magnífico, aunque de vez en cuando el cielo se cubría por gruesos nubarrones que lo dejaban todo envuelto en la oscuridad más impenetrable. Durante unos instantes nada distinguí, pues una nube inmensa oscurecía la iglesia de St. Mary y sus alrededores. Sin embargo, la luna no tardó en hacerse visible de nuevo, iluminando las ruinas de la abadía primero y después la iglesia y el cementerio. Fuesen cuales fuesen, mis esperanzas no quedaron defraudadas, ya que allí, en nuestro banco alumbrado por la luna argentífera, se hallaba una figura blanca como la nieve, medio acostada. La siguiente nube, impelida por el fuerte viento, cubrió demasiado pronto la luna para que yo pudiera divisar algo más, pero tuve la sensación de que algo sombrío se hallaba de pie detrás del banco, inclinándose sobre la blanca figura. No supe si se trataba de un hombre o una bestia. No esperé a ver más y descendí hasta el puerto, pasé junto a la lonja del pescado y así llegué al puente, único camino que conduce al acantilado este. La ciudad estaba desierta, y me alegré, puesto que no quería que la gente viese a la pobre Lucy en el estado en que se encontraba. El tiempo y la distancia me parecieron interminables; me temblaban las piernas y me sentía cada vez más agotada mientras subía trabajosamente la escalinata que lleva a la abadía. Debí de ir rápido, aunque, me parecía que mis piernas eran de plomo y que tenía oxidadas las articulaciones. Cuando por fin alcancé mi objetivo, divisé el banco y la blanca figura; estaba lo bastante cerca para distinguirla incluso en la oscuridad. No cabía la menor duda posible: inclinada sobre mi amiga se hallaba una silueta alta y negra.

—¡Lucy! ¡Lucy! —grité al momento.

Entonces vi cómo se erguía un semblante sumamente pálido, con unos ojos rojos y llameantes. Lucy no me contestó. Luego corrí hasta la entrada del cementerio. Allí, la iglesia me ocultaba la vista del banco, de modo que durante unos segundos dejé de ver a Lucy. Rodeé el edificio de la iglesia, y el claro de luna, libre por fin de nubes, me permitió distinguir con rara perfección a Lucy recostada en el banco, la cabeza apoyada en el respaldo. Estaba completamente sola, y a su alrededor no había el menor rastro de un ser viviente.

Al inclinarme sobre ella vi que aún estaba profundamente dormida. Con los labios entreabiertos, no respiraba normalmente, sino que, a cada inspiración, se esforzaba por hacer penetrar la mayor cantidad posible de aire en sus pulmones. De repente, aún dormida, se levantó el cuello del camisón, cerrándolo en torno a su garganta. Al mismo tiempo se estremeció de pies a cabeza, por lo que comprendí que tenía frío. Rodeé sus hombros con el chal de lana, pues, desvestida como estaba, temía que cogiera un mortal resfriado por culpa del aire nocturno. Dado que me daba miedo despertarla bruscamente, se lo anudé en torno a la garganta con un alfiler, a fin de poder tener yo las manos libres para ayudarla; pero, en medio de mi angustia, sin duda efectué un gesto brusco, pinchándola ligeramente, ya que, si bien su respiración se iba calmando, Lucy se llevó una mano a la garganta y empezó a gemir dolorosamente. Tan pronto estuvo envuelta en mi chal, le calcé mis zapatos y traté de despertarla suavemente. Al principio no reaccionó en absoluto. Poco a poco, no obstante, su sueño se tornó más ligero. Volvió a sollozar, exhaló varios suspiros y, al comprender que era ya hora de llevarla al hotel, la sacudí con más fuerza. Abrió los ojos y se despertó. Al verme, no pareció sorprendida, si bien, como es natural, en el primer instante no supo dónde estaba. Lucy siempre se despierta con gracia, e incluso en ese momento, pese a que debía de tener el cuerpo helado y tenía que estar asustada por encontrarse en camisón en un cementerio en plena noche, no perdió su encanto. Tembló un poco más y se aferró a mí.

Cuando la conminé a que me acompañara a casa enseguida, se levantó sin protestar, tan dócil como una niña. Nos pusimos en marcha; los guijarros del camino me lastimaban los pies, lo cual observó Lucy. Se detuvo e insistió en devolverme mis zapatos. Naturalmente, me negué. Pero, tan pronto estuvimos fuera del cementerio, procuré hundir mis pies en el barro para que si nos tropezábamos con alguien no viera que iba descalza.

La suerte nos fue propicia: llegamos el hotel sin haber visto a nadie. Cierto que en un momento dado divisamos a un tipo que estaba bebido, pero nosotras nos guarecimos bajo un porche hasta que hubo desaparecido. Es inútil insistir en que yo me hallaba sumamente angustiada por Lucy, no solo por su salud, que podía verse quebrantada por la salida nocturna, sino por el temor de ver comprometida su reputación si el caso llegaba a conocerse. Tan pronto entramos en la casa y después de lavarnos los pies, y rezar una oración de gracias, la metí en la cama. Antes de dormirse, Lucy me suplicó que no le contara a nadie su aventura, ni siquiera a su madre. Al principio vacilé, no quería hacer esa promesa; luego, por fin, me decidí a secundar sus deseos, al pensar en la poca salud de que goza la señora Westenra y en cómo se inquietaría al conocer semejante historia, y, además, cómo esta podría llegar a deformarse —y seguro que se deformaría— en caso de que acabara por filtrarse. Espero haber obrado cuerdamente. Acabo de cerrar la puerta con llave y he atado esta a mi muñeca; espero no tener más sustos. Lucy duerme profundamente y el reflejo del alba se eleva sobre el mar.

El mismo día, a mediodía. Todo va bien. Lucy ha dormido hasta que la desperté, y creo que ni se ha movido. Al parecer, la aventura de anoche no le ha sentado mal, sino todo lo contrario, pues tengo la impresión de que desde esta mañana está mucho mejor que en los días anteriores. Sin embargo, lamento haberme mostrado tan torpe al herirla, aunque levemente, con el alfiler. Creo que se trata de algo más que un simple arañazo, ya que tiene la garganta perforada. Debí de pincharle un trozo de piel suelta, y la traspasé, pues tiene dos pequeños puntos rojos, y hay una mancha de sangre en el camisón. Al decirle cuánto me entristecía mi torpeza, se ha reído y, dándome una palmadita en la mejilla, ha dicho que no tiene ninguna importancia. Afortunadamente creo que no quedará cicatriz.

11 de agosto, por la noche. El día ha sido excelente. Buen tiempo, sol, brisa ligera. Hemos almorzado en Mulgrave Woods, adonde la señora Westenra fue conduciendo por la carretera, en tanto que Lucy y yo caminamos por el sendero de los acantilados. A pesar de todo, yo tenía el corazón muy oprimido pensando en mi querido Jonathan. Necesito armarme de paciencia. Por la tarde hemos paseado por los jardines del casino Terrace, donde hemos escuchado buena música, y nos hemos acostado muy temprano. Lucy, mucho más calmada, se ha dormido casi al instante. Cerraré la puerta con llave, y haré con esta lo mismo que anoche, aunque no creo que hoy suceda nada.

12 de agosto. Estaba equivocada. En dos ocasiones me ha despertado Lucy, al intentar salir del dormitorio. Incluso dormida, he adivinado que estaba irritada al encontrar la puerta cerrada, y ha vuelto a acostarse con señales de protesta. Por fin, al despertarme esta mañana por el canto de los pájaros, me he alegrado al ver que Lucy, ya despierta también, mostraba mejor semblante aún que la víspera. Ha recobrado su alegría natural, y ha venido junto a mi cama para hablarme largamente de Arthur. Por mi parte, le he contado todas las angustias que experimento a causa de Jonathan; ha querido tranquilizarme y confieso que lo ha logrado hasta cierto punto, puesto que si la simpatía de los amigos no altera los hechos, por lo menos los hace más soportables.

13 de agosto. Otro día apacible, y por la noche me he acostado dejando la puerta cerrada y con la llave atada a la muñeca. Volví a despertarme durante la noche; vi a Lucy dormida, pero sentada en la cama y señalando la ventana. Me levanté con cautela y, descorriendo la persiana, me asomé. La luna brillaba, y el mar y el cielo se confundían en aquella luz plateada, en medio del misterioso silencio de la noche. Ante mi vista, pasó y volvió a pasar un murciélago enorme, describiendo amplios círculos. Un par de veces casi me rozó, pero supongo que se asustó, ya que echó a volar hacia el puerto y, luego, hacia la abadía. Al apartarme de la ventana, vi a Lucy tendida de nuevo en la cama, durmiendo profundamente. No se ha movido más en toda la mañana.

14 de agosto. Hemos pasado casi todo el día en lo alto del acantilado este, leyendo y escribiendo. A Lucy, como a mí, le gusta mucho este lugar y cuando regresamos a casa siempre abandona el cementerio con gran pesar. Esta tarde ha hecho una observación muy rara. Regresábamos para cenar y, al llegar a lo alto de la escalinata, sobre el muelle oeste, nos detuvimos a contemplar el panorama, como hacemos a menudo. El sol poniente, que descendía tras Kettleness, teñía con una luminosidad rojiza, muy bella, el acantilado y la antigua abadía. Permanecimos calladas unos instantes, y al cabo, Lucy murmuró, como para sí:

—¡Otra vez sus ojos rojos! ¡Iguales, siempre iguales!

Sumamente extrañada, sin comprender a qué se referían tales palabras, me incliné ligeramente hacia mi amiga, a fin de escrutar mejor su semblante sin que ella se diera cuenta; entonces, me pareció que estaba medio dormida, con una asombrosa expresión en su rostro que no supe interpretar. Así que no dije nada pero seguí su mirada. La tenía fija en nuestro banco, donde se hallaba sentada una sombría figura. Me asusté un poco, pues por un instante tuve la impresión de que aquel individuo poseía, en efecto, unos ojos centelleantes como llamas ardientes. Cuando volví a mirarlo, la visión se había disipado. El sol iluminaba las vidrieras de la iglesia de St. Mary de detrás de nuestro banco, que aparecía aún envuelto en el crepúsculo. Llamé la atención de Lucy sobre aquel juego de luces y sombras, y ella se recobró al momento, aunque no perdió su expresión de tristeza y abatimiento. Tal vez recordaba la noche que había pasado allá arriba. No hemos vuelto a hablar de aquella aventura; tampoco yo aludí a ella, y reemprendimos la marcha. Después de cenar, Lucy, aquejada de un fuerte dolor de cabeza, subió a acostarse enseguida. En cuanto se durmió, volví a salir, pues deseaba pasearme por los acantilados; yo también estaba triste, lo confieso, puesto que solo pienso en Jonathan. Al regreso, la luna brillaba tanto que, aunque la fachada que da a Crescent estaba sumida en la sombra, se distinguían los menores objetos; levanté la vista hacia nuestra ventana y percibí a Lucy asomada a ella. Pensé que me buscaba con la mirada y agité mi pañuelo. No me vio; al menos no dio señales de haberme visto. En aquel momento, la luna iluminó otra esquina del edificio y, por consiguiente, nuestra ventana. Entonces vi que Lucy, con los ojos cerrados, mantenía la cabeza apoyada en el alféizar. Estaba dormida, y a su lado, posado sobre el alféizar, creí divisar un enorme pájaro. Temiendo que cogiera frío, subí corriendo la escalera y al entrar en el dormitorio me la encontré volviendo hacia su cama, profundamente dormida y respirando con dificultad. Con una mano se cubría la garganta, para protegerla del frío. Sin despertarla, la tapé bien con las mantas. Después cerré la puerta con llave, y también cerré la ventana.

Oh, qué bonita es Lucy, con su cabeza apoyada en la almohada... Aunque está muy pálida y sus facciones tienen señales de fatiga. Temo que la inquiete o turbe algo que ignoro. ¡Si pudiese saber de qué se trata...!

15 de agosto. Nos hemos levantado más tarde que de costumbre. Lucy, muy cansada, ha vuelto a dormirse después de que nos llamaran. Hemos tenido una agradable sorpresa en el desayuno: el padre de Arthur se encuentra mejor y desea que la boda se celebre pronto. Lucy está loca de alegría, y su madre está triste y satisfecha al mismo tiempo. Más tarde, me ha explicado sus sentimientos. Está pesarosa por tener que separarse de Lucy, pero se alegra de que su hija tenga pronto un marido que vele por ella. ¡Pobre señora Westenra! Sabe que no le queda mucho tiempo de vida, y como no ha hablado con su hija de ello, me ha obligado a prometerle que yo tampoco diré nada. Para la señora Westenra la más pequeña emoción podría ser fatal. ¡Ah, qué bien hice en no contarle la aventura de Lucy, de la otra noche!

17 de agosto. Hace dos días que no escribo ni una sola línea en este diario. Me falta valor... Sí, todo se confabula para desanimarme. No hay noticias de Jonathan, y Lucy está más débil. No entiendo nada. Come bien, por la noche duerme profundamente, y pasa gran parte del día al aire libre. Sin embargo, cada vez está más pálida y, por la noche, respira con dificultad. No me acuesto jamás sin tener la llave de la puerta atada a la muñeca. Lucy se levanta a menudo, da unas vueltas por la habitación, o se sienta junto a la ventana abierta; anoche la encontré asomada, y no conseguí despertarla, por más esfuerzos que hice: estaba desvanecida. Cuando por fin logré reanimarla, mostraba una extremada debilidad y sollozó en silencio entre intensos y dolorosos esfuerzos para poder respirar. Al preguntarle por qué estaba asomada a la ventana, inclinó la cabeza y se apartó de mi lado. Ojalá su debilidad no se deba a aquel pinchazo del alfiler. Cuando duerme, examino a veces su garganta; las dos pequeñas incisiones todavía no han cicatrizado, sino que los bordes están separados y hasta creo que las heridas se han agrandado; los bordes, además, ostentan un color sonrosado, casi blanco. Si dentro de un par de días Lucy no ha mejorado, le pediré que visite al médico.

CARTA DE SAMUEL F. BILLINGTON E HIJOS, ABOGADOS DE WHITBY, A LOS SEÑORES CARTER, PATTERSON Y COMPAÑÍA, DE LONDRES

17 de agosto

Muy señores nuestros:

Nos complace anunciarles la llegada de las mercancías enviadas por los Grandes Ferrocarriles del Norte. Las mercancías serán entregadas en Carfax, Purfleet, tan pronto lleguen a la estación de King's Cross. En este momento, la mansión está desocupada, y ustedes hallarán, junto con el envío, las llaves con sus correspondientes etiquetas.

Deberán dejar las cincuenta cajas en la parte del edificio que está en ruinas, señalada con una «A» en el plano adjunto. Su agente reconocerá el lugar, puesto que se trata precisamente de la antigua capilla de la residencia. El tren de mercancías saldrá de Whitby esta noche a las nueve y media, y llegará a King's Cross exactamente a la hora fijada, o sea, mañana a las cuatro y media de la tarde. Como nuestro cliente desea que las cajas lleguen cuanto antes a su destino, les agradeceremos que las recojan en la estación a la hora mencionada, conduciéndolas inmediatamente a Carfax. Además, a fin de evitar cualquier demora en el pago, hallarán adjunto un cheque por valor de diez libras, del que deberán remitirnos el correspondiente acuse de recibo; si los gastos no alcanzan dicha suma, ustedes nos devolverán el saldo restante; en caso contrario, nosotros les enviaremos un segundo cheque por la diferencia. Dejen, por favor, las llaves en el vestíbulo de la casa, con el fin de que su dueño las encuentre tan pronto como abra la puerta de entrada con su propia llave.

Confiando en que no nos encuentren excesivamente exigentes en este asunto, les rogamos una vez más que actúen con la mayor diligencia posible. Les saluda atentamente

Samuel F. Billington e Hijos

CARTA DE LOS SEÑORES CARTER, PATTERSON Y COMPAÑÍA,
DE LONDRES, A LOS SEÑORES BILLINGTON E HIJOS, EN WHITBY

21 de agosto

Muy señores nuestros:

Acusamos recibo de su cheque de diez libras, remitiéndoles otro por valor de una libra, diecisiete chelines y nueve peniques, resto sobrante de los gastos efectuados. Las cajas han sido ya entregadas de acuerdo con sus precisas instrucciones, y las llaves, unidas entre sí por un llavero, han sido dejadas en el vestíbulo de la casa. Les saludamos atentamente.

Carter, Patterson y Compañía

18 de agosto. Escribo estas líneas sentada en el banco del cementerio. Lucy se encuentra mucho mejor. Esta noche no se ha despertado ni una sola vez. Aunque está muy pálida y débil, sus mejillas van recobrando su antiguo color. Si estuviese anémica, su palidez podría comprenderse, pero no lo está. Está de muy buen humor y llena de vida y alegría. Ya ha abandonado su enfermiza reticencia, y me ha recordado (como si yo necesitase que me refrescase la memoria) aquella horrible noche, cuando la hallé dormida en este mismo banco. Mientras hablaba, Lucy golpeaba de modo juguetón la losa sepulcral con el tacón.

—Aquella noche, mis pobres pies no hacían tanto ruido... Supongo que el señor Swales habría dicho que era porque yo no quería despertar a Georgie.

Al verla de tan buen humor, le he preguntado si había soñado aquella noche. Antes de contestarme, ha fruncido el ceño de aquella manera tan deliciosa que entusiasma a Arthur —lo llamo Arthur según acostumbra a hacer Lucy—, cosa que no me extraña en absoluto. Luego, me ha contestado como saliendo de un ensueño, tratando de recordar lo acontecido.

—No, no soñé. Todo era real. Deseaba estar aquí, en este lugar, pero no sé por qué, pues algo me daba miedo... No sé qué. Lo recuerdo muy bien y, no obstante, tenía que estar dormida. Recuerdo haber cruzado las calles, haber atravesado el puente; oh, en aquel momento, un pez saltó y me asomé para verle; luego, al empezar a subir la escalinata, los perros se pusieron a ladrar; era como si el pueblo entero estuviese lleno de perros. También tengo la vaga sensación de algo muy largo y oscuro con ojos rojos como los que vimos el otro día al ponerse el sol; al mismo tiempo, gocé de la sensación de estar rodeada de una dulzura inefable y una tristeza sin límites, todo a la vez. Después... fue como si me hundiese en un mar verde y profundo; y oí una canción, como he oído decir que ocurre con los ahogados. Creí dejar de existir, como si mi alma abandonara mi cuerpo flotando en el aire. Recuerdo que el faro oeste se hallaba por debajo de mí, y tuve una sensación de dolor, como si estuviese en medio de un temblor de tierra; por fin volví en mí... gracias a tus sacudidas. Vi tus movimientos antes de sentirlos.

Se echó a reír de una forma extraña, inquietante; al escucharla contuve la respiración. Me apenó verla en tal estado, y pensé que era mejor olvidar todo el asunto, por lo que llevé la conversación hacia otro tema y Lucy volvió a ser la de siempre. Al regresar al hotel, la brisa la había reanimado, y sus pálidas mejillas estaban algo sonrosadas. Su madre se ha alegrado al verla en tan buen estado, y las tres hemos pasado una velada muy alegre juntas.

19 de agosto. ¡Alegría, alegría, alegría! Aunque no todo es alegría. Por fin he tenido noticias de Jonathan. El pobre ha estado enfermo. Por esto pasó tanto tiempo sin escribir. Ahora me siento más tranquila, sabiendo a qué atenerme. El señor Hawkins me ha remitido la carta que le ha dirigido la religiosa que atiende a Jonathan, y él mismo también me ha enviado una nota muy amable, como siempre. Mañana partiré al encuentro de Jonathan para ayudar a cuidarlo si es necesario, y regresaremos juntos a Inglaterra. El señor Hawkins me aconseja que nos casemos allí. He llorado tanto al leer la misiva de la buena hermana que la noto aún mojada contra mi pecho, donde la tengo guardada. Es de Jonathan, y yo he de conservarla junto a mi corazón, puesto que es ahí donde él está. Mi viaje ya está dispuesto y el equipaje a punto. Claro que, aparte del vestido que llevo, solo me llevaré otro. Lucy expedirá mi baúl a Londres y lo guardará en su casa hasta que envíe a buscarlo, ya que quizá... Bien, no debo decir nada más. Antes tendré que hablar con Jonathan, mi marido. Esta carta que él ha visto y tocado con sus manos será para mí un gran consuelo hasta que esté a su lado.

12 de agosto

Querida señorita:

Le escribo a ruego del señor Jonathan Harker, quien no se halla con fuerzas suficientes para hacerlo él mismo, aunque mejora mucho, gracias a Dios, a San José y a la Virgen María. Ha estado a nuestro cuidado cerca de seis semanas, aquejado de una violenta fiebre cerebral. Me ruega que le transmita su amor y le comunique que por el mismo correo escribo de su parte al señor Hawkins, de Exeter, para comunicarle que lamenta su tardanza, pero su misión ha concluido. El señor Harker necesita todavía algunas semanas de convalecencia en nuestro sanatorio de la montaña; después de ese período regresará a Londres. Me ruega que le manifieste que dispone de poco dinero y que desea pagar su estancia aquí para que otros más necesitados no se hallen sin ayuda.

La saluda con toda clase de bendiciones,

Sor Agatha

P. D.: Como mi paciente duerme, abro la carta para comunicarle algo más. Me ha hablado mucho de usted, y me ha confesado que en breve la hará su esposa. ¡Dios les bendiga a ambos! El señor Harker ha sufrido una gran impresión. En su delirio, sus desvaríos siempre eran los mismos: hablaba de lobos, de veneno, de sangre, de fantasmas, de demonios, y de otras cosas que no me atrevo a repetir. Procure que ningún asunto lo trastorne en el futuro. Los vestigios de la enfermedad que ha sufrido no se desvanecen fácilmente. Tendríamos que haberle escrito antes, pero lo ignorábamos todo de sus amistades, ya que no llevaba encima ningún documento comprensible. Llegó en tren desde Klausenburg y el jefe de estación le dijo al guarda que el señor Harker llegó corriendo a la estación, pidiendo a gritos un billete para volver a casa. Al comprender por su comportamiento violento que era inglés, le entregaron un billete para la estación más lejana a la que llegaba el tren.

Tenga la seguridad de que su novio está bien atendido. Con su bondad y su cariño se ha ganado el corazón de todos nosotros. Y está ya mucho mejor. No dudo de que dentro de unas semanas habrá vuelto a su estado normal. Pero cuídelo para mayor seguridad. Pido a Dios, a San José y a la Virgen María que les den a ambos muchos años de felicidad.

DIARIO DEL DOCTOR SEWARD

19 de agosto. Cambio súbito y extraño en Renfield, ayer por la noche. A las ocho, se excitó muchísimo y empezó a gruñir como un perro enfurecido. El vigilante, sorprendido por este cambio y sabiendo cuánto me interesa este paciente, trató de obligarle a hablar; por lo común, Renfield le tiene mucho respeto, y hasta se comporta servilmente ante él. Pero el guardián me ha contado que esta noche se comportó con arrogancia y no se dignó hablar con él. Lo único que dijo fue:

—No quiero hablar más con usted. Usted ya no existe para mí. El Maestro está cerca.

El vigilante cree que ha caído en un estado de locura mística. En cuyo caso, nos aguardan penosas escenas, pues un hombre tan robusto como Renfield, aquejado de esta clase de locura, puede ser peligroso, muy peligroso. A las nueve fui a visitarle. Hacia mí mostró la misma actitud altiva y reservada que con el carcelero. Por lo visto, en su estado actual no distingue entre el vigilante y yo. Sin duda, esto es efecto de su locura mística, y no tardará en creerse Dios mismo. Naturalmente, en su mente, la mezquina distinción entre dos seres humanos no es digna de un Todopoderoso. ¡Cómo se delatan estos locos! El Dios verdadero vela hasta por un simple gorrión, y protege su existencia. Pero el Dios creado a partir de la vanidad humana no sabe distinguir entre un gorrión y un águila.

Durante media hora o más, Renfield mostró síntomas crecientes de excitación. Mientras fingía no observarle, no perdía de vista ni uno de sus movimientos. De pronto leí en sus pupilas aquella expresión maliciosa que los locos siempre muestran cuando se hallan consumidos por una idea fija; al mismo tiempo, sacudía la cabeza... cosa que los celadores de un manicomio conocen bien. Después se calmó y, con aspecto resignado, se sentó al borde del camastro, mirando al vacío.

Quise saber si su apatía era real o simulada, y le induje a hablar de sus animales... tema que hasta entonces siempre había despertado su atención. Al principio no me contestó.

—¡Al diablo los pájaros! —ha exclamado por fin—. Me importan un bledo...

—¿Cómo? —pregunté, fingiendo sorpresa—. ¿Ya no le importan sus arañas?

Desde hace unos días, su manía principal son las arañas y su cuadernito está lleno de números.

—Las damas de honor —ha respondido enigmáticamente— alegran la vista de los que aguardan la llegada de la novia; pero, cuando llega esta, las damas de honor pierden toda importancia a los ojos de los invitados.

No quiso explicar sus palabras y continuó obstinadamente sentado en su cama mientras yo estuve en la celda.

Esta noche estoy muerto de cansancio y abatido. No puedo quitarme de la cabeza a Lucy y que todo habría podido ser diferente. Si esta noche, una vez me haya acostado, no concilio pronto el sueño, tomaré un poco de cloroformo, este moderno Morfeo, cuya fórmula es $C_2HCL_3.H_2O$. He de procurar no contraer el hábito. No, esta noche no lo tomaré. He pensado mucho en Lucy y no quiero faltar a esa joven buscando su olvido en una droga. Si es preciso, esta noche no dormiré.

Me alegro de haber tomado esta decisión… y sobre todo de haberla mantenido. Estaba dando vueltas en la cama, y eran ya las dos… ¡solo las dos!, cuando vinieron a informarme de que Renfield se había escapado. Me vestí apresuradamente y bajé. Mi paciente es demasiado peligroso para contentarse con dar vueltas por los alrededores. Sus ideas fijas podrían representar un grave peligro para la gente a la que encontrara. El vigilante me estaba esperando. Unos diez minutos antes, todavía había visto por la ventanilla de la puerta de la celda a Renfield tendido en el camastro, aparentemente dormido. Poco después, su atención se vio atraída por el ruido de una ventana al ser arrancada, y, al correr hacia la celda, vio cómo los pies de Renfield desaparecían por el antepecho de la ventana. Sin dudar un momento, me hizo llamar. Como llevaba solo su camisa de noche, Renfield no podía ir muy lejos; por tanto, era preferible vigilar hacia donde se dirigía que intentar seguirle inmediatamente, ya que mientras salía del edificio por la puerta podía perderle de vista. Pero como el vigilante es fuerte y robusto, no podía pasar por la ventana, que es estrecha. Como soy delgado, salté al patio con su ayuda y sin magullarme. El vigilante me indicó que el fugitivo había doblado hacia la izquierda y luego había continuado en línea recta, así que corrí en aquella dirección, a la mayor velocidad posible. Al llegar a la arboleda, divisé una figura blanca que escalaba la alta tapia que separa nuestro jardín del de la casa contigua, que está deshabitada.

Sin dejar de correr, volví para ordenarle al vigilante nocturno que llamara a tres o cuatro hombres, a fin de acompañarme a la residencia Carfax; por si Renfield se tornaba peligroso y teníamos que reducirle entre varios. Cogí una escalera y, subiendo a mi vez a la tapia, me dejé caer al otro lado. En el mismo instante, divisé a Renfield, que desaparecía detrás de una esquina de la casa, y corrí hacia allá. Cuando llegué al otro lado del edificio, le hallé apoyado contra la vieja puerta de encina de la capilla.

Parecía estar hablando con alguien, pero no me atreví a acercarme para oír sus palabras, pues temía que al verme se pusiera a correr. ¡Perseguir un enjambre de abejas no es nada en comparación con la tentativa de atrapar a un loco medio desnudo, que tiene la idea fija de escapar! Sin embargo, al cabo de unos instantes vi que no se daba cuenta de nada de cuanto ocurría a su alrededor; por tanto, avancé hacia él, sobre todo porque vi que mis ayudantes habían saltado la tapia y le estaban rodeando.

—Estoy a tus órdenes, Maestro —le oí exclamar—. Soy tu esclavo y sé que me recompensarás, ya que te seré fiel. Hace tiempo que te adoro desde lejos. Y ahora que estás tan cerca, aguardo tus órdenes. Sé que no me olvidarás, ¿verdad, Maestro?, en el reparto de tus bondades.

No es más que un mendigo viejo y egoísta. Piensa en el pan y los peces aun cuando cree hallarse ante la Divina Presencia. Sus manías se combinan de un modo alarmante. Cuando le rodeamos se debatió como un tigre. Posee una fuerza increíble, y parece más una fiera que un hombre. Nunca había visto un loco tan enfurecido, y ojalá sea la última vez. Por suerte, nos hemos dado cuenta a tiempo de su fuerza y del peligro que representaba. No quiero pensar en las barbaridades que hubiera podido cometer de no haberle atrapado. Por el momento, gracias a Dios, se halla en lugar seguro. El propio Jack Sheppard no conseguiría desprenderse de la camisa de fuerza que le hemos puesto, y además está atado al muro por unas gruesas cadenas. De vez en cuando, suelta unos chillidos espantosos, pero el silencio en que se sume después es aún más inquietante, toda vez que en cada uno de sus ademanes y movimientos expresa su instinto asesino.

Por primera vez ha pronunciado unas frases coherentes:

—Tendré paciencia, Maestro... Sabré esperar... esperar... esperar...

También yo sabré esperar. Ahora estoy demasiado excitado para dormir; sin embargo, escribir estas páginas me ha sosegado y tal vez logre conciliar el sueño esta noche.

9

CARTA DE MINA HARKER A LUCY WESTENRA

Budapest, 24 de agosto

Mi querida Lucy:

Sé que estás impaciente por saber todo lo ocurrido desde que nos despedimos en la estación de Whitby. Bien, llegué a Hull, me embarqué en dirección a Hamburgo, y allí tomé el tren con el que llegué aquí. Apenas recuerdo los detalles del viaje; como sabía que iba al encuentro de Jonathan y que debería cuidarle, solo deseaba dormir mucho... Encontré a mi amado muy delgado, pálido y en un estado de suma debilidad. En su mirada no se veía ya aquella resolución de antaño, ni en sus rasgos el dominio sereno de que te he hablado tan a menudo. No es más que una sombra de sí mismo, y no recuerda nada de cuanto le ha sucedido en los últimos tiempos... Al menos, esto quiere hacerme creer, y por nada del mundo le interrogaré a este respecto. Al parecer, sufrió una conmoción terrible y temo que, al recordarlo, su cerebro no resista esta nueva prueba. Sor Agatha, esa excelente hermana, me ha repetido que, en su delirio, Jonathan decía cosas realmente asombrosas. Me hubiese gustado obtener de ella más detalles, pero, tras persignarse, contestó que era imposible, que los desvaríos de un enfermo son un secreto entre él y Dios, y que, por su propia profesión, una enfermera queda obligada a respetar tales secretos.

Al día siguiente, no obstante, adivinando mis preocupaciones, volvió a sacar el tema.

—Solo puedo asegurarle que en ningún momento se refirió a que hubiera cometido alguna falta. Y usted, que pronto será su mujer, nada tiene que ver con su estado ni con sus delirios. Sus angustias proceden de algo terrible; tanto, que ningún ser humano podría aplacarlas.

Sin duda, la buena hermana temía que yo tuviese celos pensando que mi pobre Jonathan se hubiera enamorado de otra. ¡Yo, celosa de otra mujer! ¡Yo, que tanto confío en su amor! Y sin embargo, querida, tengo que reconocer en voz baja que me estremecí de dicha cuando supe que el origen de sus problemas no tenía nada que ver con una mujer. Te escribo sentada a su cabecera, y le contemplo mientras duerme. Ah, ahora despierta. Ya despierto, me ha pedido su chaqueta, y de uno de sus bolsillos ha sacado su cuaderno. Iba a suplicarle que me dejara leer sus notas, ya que en ellas tal vez hallaría algún indicio de la causa de su enfermedad, pero creo que en mi mirada ha leído mi afán, pues me ha suplicado que fuese a cerrar la ventana. Por lo visto, quería estar solo un momento. Después me ha llamado, y al acercarme a su lecho, con la mano sobre el cuaderno, me ha dicho con tono muy grave:

—Wilhelmina —lo que iba a confiarme debía de ser muy serio, pues es la primera vez que me llama por mi nombre completo desde el día en que pidió mi mano—, Wilhelmina, querida mía, ya sabes lo que pienso de la confianza que debe reinar entre una mujer y su esposo. Los dos no deben ocultarse nada mutuamente, no han de tener ningún secreto entre sí. Te confieso, por tanto, que sufrí una gran conmoción y que, cuando intento comprender lo ocurrido, me sobrecoge como un vértigo, de modo que aún no sé si sucedió realmente o si se trata solo de un sueño. Te han contado que padecí de fiebre cerebral, lo que equivale a una forma de locura. El secreto de lo que me ocurrió se halla en estas páginas, pero no quiero conocerlo. Deseo que mi vida, junto con nuestro matrimonio, empiece desde cero. —Oh, sí, querida Lucy, nos casaremos tan pronto se hayan cumplido todas las formalidades—. ¿Quieres, Wilhelmina, compartir mi ignorancia? Aquí está mi cuaderno. Cógelo, guárdalo, y si quieres, léelo, pero no me hables jamás de ello, a menos que algún deber sagrado me obligue a volver sobre esas horas amargas, de sueño o de vigilia, de cordura o locura, que aquí se registran.

Se recostó agotado, y tras besarle, deslicé el cuaderno bajo su almohada y le besé. Le he pedido a sor Agatha que ruegue al padre superior que permita celebrar nuestra boda esta misma tarde y estoy aguardando su respuesta…

Sor Agatha ha vuelto y me ha notificado que han ido a buscar al capellán de la iglesia anglicana. Dentro de una hora nos habremos casado, o antes si Jonathan se despierta pronto.

Lucy, han transcurrido varias horas desde que dejé la pluma. ¡Qué momento tan solemne! Sin embargo, estoy muy contenta. Cuando Jonathan despertó, todo estaba dispuesto y, apoyado en varias almohadas, se incorporó en el lecho. Con tono firme y resuelto pronunció el sagrado «sí». Por mi parte, apenas logré articular una sílaba. Tenía el corazón tan oprimido que creí que las palabras me ahogarían. ¡Esas religiosas son tan atentas! Ojalá no las olvide jamás, ni olvide tampoco las dulces, pero pesadas, responsabilidades que he contraído. Voy a hablarte ahora de mi regalo de bodas. Cuando el limosnero y las hermanas me dejaron a solas con mi marido… ¡Oh, Lucy, es la primera vez que escribo la palabra «marido»!, cogí el cuaderno de debajo de la almohada, lo envolví en una hoja de papel blanco, lo até con una cinta azul, y sellé el nudo con cera, sirviéndome del emblema de mi alianza. Luego, lo besé, y aseguré a mi marido que siempre conservaría así este paquete, que sería para nosotros, durante toda la vida, el signo exterior de nuestra confianza recíproca; que jamás lo abriría, a menos que fuera en su interés, u obedeciendo a una necesidad imperiosa.

Me ha cogido la mano —¡oh, Lucy, es la primera vez que coge la mano de su mujer—, y ha dicho que era el gesto más valioso del mundo, y que estaba dispuesto a revivir el pasado para ser merecedor de él. Seguramente, se refería a una parte de su pasado, aunque no puede aún calcular el tiempo transcurrido, y no me extrañaría que confundiese los meses y aun los años.

¿Qué podía decirle yo? Murmuré que era la mujer más dichosa del mundo, que le entregaba mi vida entera, mi fe, mi amor y mi corazón. Luego, al besarme y estrecharme entre sus débiles brazos, tuve la impresión de que intercambiábamos una solemne promesa.

Mi querida Lucy, ¿por qué te cuento todo esto? No solo porque me resulta grato, ya lo adivinas, sino porque siempre has sido, y sigues siendo, muy querida para mí. Fue un privilegio ser amiga tuya y casi tu guía desde que saliste del colegio y te preparaste para enfrentarte con la existencia.

Me gustaría que vieras, con los ojos de una esposa muy feliz, a donde me ha conducido el sentido del deber, a fin de que tú, a tu vez, seas tan dichosa como yo cuando te cases. ¡Ojalá tu existencia sea lo que promete: un bello día de sol, sin vendavales, sin deberes olvidados, sin desconfianza alguna! No, no deseo que jamás sufras pesares, ya que esto es imposible, pero sí espero, repito, que algún día seas tan feliz como yo lo soy ahora. Hasta la vista, querida. Echaré inmediatamente esta carta al buzón, y no tardaré en volver a escribirte.

Termino, ya que Jonathan se despierta. ¡Y debo atender a mi marido!

Tu amiga de siempre,

Mina Harker

Whitby, 30 de agosto

Mi querida Mina:

¡Océanos de amistad, millones de besos y que pronto estés en tu propia casa, con tu marido! Si volvéis dentro de poco a Inglaterra, aún podréis venir, tu marido y tú, a pasar unos días a Whitby. El aire del mar le sentaría muy bien a Jonathan; en cuanto a mí, me ha curado por completo; tengo un apetito voraz, estoy llena de vitalidad y duermo muy bien. Supongo que te alegrará saber que no he vuelto a pasearme dormida. Hace más de una semana que no he dejado la cama... bueno, durante la noche. Arthur afirma que he engordado. A propósito, olvidaba decirte que Arthur está aquí. Damos paseos a pie o en coche, montamos a caballo, remamos, jugamos al tenis y pescamos juntos. Cada día le quiero más. Él me dice lo mismo, que me quiere mucho más que antes, aunque yo lo dudo, pues al principio dejó bien sentado que ya nunca podría amarme más de lo que entonces me amaba... Ah, me está llamando. De modo que nada más por el momento de tu amiga

Lucy

P. D.: Mamá te envía sus recuerdos. Se encuentra un poco mejor.
P. P. D.: Nos casaremos el 28 de septiembre.

DIARIO DEL DOCTOR SEWARD

22 de agosto. El caso Renfield se vuelve cada vez más interesante. En la actualidad, goza de grandes períodos de calma. Pero durante unos días, después de su última crisis, se comportó con suma violencia. Luego, una noche, al salir la luna, se apaciguó y murmuró para sí varias veces: «Ahora, ya puedo esperar, ahora puedo esperar...».

El vigilante ha venido a llamarme y he bajado de inmediato para echarle un vistazo. Encerrado en su celda acolchada y llevando la camisa de fuerza, Renfield ya no estaba enfurecido, y en sus pupilas brillaba de nuevo su mirada suplicante, casi diría servil. He ordenado que lo soltaran. Mis ayudantes vacilaban, pero al fin me han obedecido. Resulta raro que el paciente haya comprendido esta vacilación del personal, ya que, aproximándose a mí, ha murmurado en mi oído, en tanto miraba a los otros a hurtadillas:

—Sin duda piensan que deseo herirle a usted... ¡Herirle yo a usted! ¡Idiotas!

En realidad, es bastante tranquilizador saber que, para el trastornado cerebro de ese pobre demente, yo soy distinto de mis subalternos; sin embargo, no he comprendido del todo su pensamiento. ¿Debo entender que poseo algo en común con él? ¿Que los dos vamos, en cierto modo, en la misma barca? ¿O aguarda obtener de mí un favor tan formidable que considera mi bienestar indispensable? Trataré de penetrar este nuevo misterio. De todos modos, esta noche se ha negado a hablar. Ni siquiera se ha dejado tentar por el ofrecimiento de un gatito o un gato grande.

—Los gatos ya no me interesan —ha contestado con firmeza—. En este momento, me preocupan cosas mucho más importantes y puedo esperar... puedo esperar...

El vigilante me comunica ahora que, cuando yo salí de la celda, Renfield continuó tranquilo hasta el amanecer; que después empezó a agitarse, hasta entrar en una crisis tan violenta que ha acabado por desmayarse, y que actualmente se halla en una especie de coma.

Ya van tres noches que ocurre lo mismo: crisis violentas durante el día, largas horas de calma por la noche, y nuevas crisis al amanecer. He de hallar la razón de estos períodos de calma que siguen regularmente a las crisis. Tal vez Renfield esté sujeto a alguna influencia. ¡Feliz idea!... Esta noche enfrentaremos la cordura con la demencia. La otra noche, Renfield huyó sin nuestra ayuda; esta noche, le ayudaremos a escapar. Le concederemos una oportunidad, y, como es natural, todo el personal estará presto a seguirle...

23 de agosto. ¡Siempre sucede lo inesperado! ¡Cuánta razón tenía Disraeli! Cuando nuestro pájaro halló abierta la jaula, no quiso volar, de forma que todos nuestros sutiles preparativos no sirvieron de nada. Sin embargo, una cosa quedó demostrada: los períodos de calma duran cierto tiempo. A partir de ahora, he decidido dejarle libre algunas horas diarias. Le he ordenado al celador que no lo meta en la celda acolchada cuando esté tranquilo, y sí solo una hora antes del amanecer. Gozará físicamente de esta libertad relativa, aunque su espíritu sea incapaz de apreciarla. Me llaman... Diantre, otra vez lo inesperado: el paciente se ha escapado.

El mismo día, más tarde. Esta noche, otra aventura.

Renfield aguardó a que el vigilante entrara en la celda, y aprovechó un instante en que aquel estaba ocupado para escabullirse hacia el vestíbulo. Le di orden al guardián de seguirle. Como la primera vez, se dirigió a la casa deshabitada donde le hemos hallado apoyado contra la puerta de la antigua capilla. Al verme acompañado del guardián se ha enfurecido terriblemente y, de no haberle cogido mis hombres a tiempo, quizá habría intentado matarme. Mientras lo teníamos bien sujeto, se ha mostrado más agitado que nunca y luego, de repente, se ha sosegado. Esto me ha parecido muy extraño e, instintivamente, he mirado a mi alrededor, pero no he visto nada anormal. Entonces, he seguido la mirada de Renfield;

pero tampoco había nada raro en el cielo, donde brillaba la luna, aparte de un murciélago enorme que volaba hacia el oeste, silencioso y fantasmal. Los murciélagos suelen revolotear y pasar una y otra vez por el mismo sitio, pero aquel parecía tener un objetivo bien definido.

—Es inútil que me sujeten —ha dicho Renfield con gran tranquilidad—. Regresaré solo a mi celda.

En efecto, hemos vuelto al edificio con toda placidez; pero estoy seguro que debo desconfiar de la aparente calma de mi paciente.

DIARIO DE LUCY WESTENRA

Hillingham, 24 de agosto. Empiezo a llevar un diario, igual que Mina. Después, cuando volvamos a estar juntas, comentaremos ampliamente todo lo que yo anote aquí. Pero, ¿cuándo será eso? ¡Cuánto siento que no esté aquí, pues soy muy desdichada! La noche anterior tuve la sensación de sufrir de nuevo las pesadillas que tenía en Whitby; quizá se deba al cambio de aires, o por haber regresado a casa… Lo peor es que nada recuerdo, pero me tortura un vago temor, y me siento débil y exhausta… Cuando Arthur ha venido a almorzar, se ha entristecido al verme, y por mi parte, no he tenido valor para fingir alegría. Esta noche me gustaría dormir en la habitación de mamá. Bien, buscaré un pretexto para pedírselo.

25 de agosto. Otra noche terrible. Mi proposición no le gustó a mamá. No se encuentra muy bien y, sin duda, temió molestarme a menudo si dormíamos en la misma habitación. Por tanto, procuré no dormirme, lo cual conseguí durante un rato, pero de repente me despertaron las doce campanadas de medianoche, o sea que, a pesar de todos mis esfuerzos, me había vencido el sueño. Tuve la sensación de que alguien o algo arañaba la ventana... o tal vez fuese un aleteo... De todos modos, no hice caso y, como no recuerdo nada más, supongo que volví a dormirme enseguida. Nuevas pesadillas. Si al menos pudiera recordarlas... Esta mañana volví a encontrarme extrañamente débil. Mi tez ha adquirido una palidez espantosa, y me duele la garganta. También debo de estar aquejada de los pulmones, ya que respiro con dificultad. Procuraré estar más alegre delante de Arthur, ya que no quiero entristecerle.

CARTA DE ARTHUR HOLMWOOD AL DOCTOR SEWARD

Hotel Albermale, 31 de agosto

Mi querido Jack:

Desearía pedirte un favor. Lucy está enferma, es decir, no sufre una dolencia definida, pero tiene mal semblante y su condición empeora día a día. Le he preguntado a ella misma qué le ocurría, pues no me atrevo a hablar con su madre, ya que sería fatal para la pobre señora inquietarla respecto a Lucy. La señora Westenra me confesó que no vivirá mucho tiempo —sufre del corazón—, si bien Lucy lo ignora todavía. Estoy seguro de que la pobre muchacha está perturbada por algo que yo ignoro. Sí, estoy muy inquieto, ya que contemplarla se ha convertido para mí en un triste pesar. Le conté que iba a pedirte este favor, a lo que finalmente consintió. Sé que para ti será muy penoso, amigo mío, pero se trata de su salud, y no debemos vacilar en tal caso. ¿Quieres almorzar mañana a las dos en Hillingham? De esta manera, la señora Westenra no sospechará nada y, terminado el almuerzo, Lucy hallará la forma de estar un momento a solas contigo. Yo iré a la hora del té y nos marcharemos juntos. Estoy muy angustiado y ansío saber qué opinas de su estado. ¡No faltes, por favor!

Arthur

1 de septiembre

Corro a ver a mi padre. Ha empeorado. Escribiré. Escríbeme esta noche a Ring. Telegrafía, si es necesario.

Arthur

CARTA DEL DOCTOR SEWARD A ARTHUR HOLMWOOD

2 de septiembre

Mi querido y viejo amigo:

Permíteme que te diga, ante todo, que la señorita Westenra no se halla aquejada de ningún trastorno funcional, de ninguna dolencia. Sin embargo, me sentí extraordinariamente sorprendido al verla; no es ya la misma criatura de nuestra última entrevista. Por supuesto, no debes olvidar que no he podido reconocerla como habría querido; incluso nuestra amistad ponía trabas a ello. Te contaré exactamente cómo ha sido la entrevista y de mis explicaciones podrás sacar tus propias conclusiones. Solo entonces te pondré al corriente de lo que he hecho y de lo que aún me propongo hacer.

Cuando llegué a Hillingham, la señorita Westenra daba la impresión de estar muy contenta. Su madre estaba con ella y no he tardado mucho en darme cuenta de que la muchacha hacía todo lo posible por disimular su verdadero estado, pues estoy seguro de que sabe que es necesario mostrar mucha prudencia con respecto a su madre. Almorcé con ambas y como los tres tratamos de mostrarnos alegres, nuestros esfuerzos se vieron recompensados, porque, al menos durante una hora, lo pasamos muy bien. Después, la señora Westenra subió a descansar y yo me quedé solo con Lucy. Hasta el momento en que me hizo pasar a su gabinete, fingió buen humor, pues la servidumbre rondaba cerca. Pero, tan pronto se hubo cerrado la puerta, Lucy se quitó la máscara y, dejándose caer en un sillón, suspiró y se cubrió los ojos con la mano. Le pregunté qué le ocurría.

—¡Si supiese, querido doctor, cuánto me disgusta hablar de mí misma! —murmuró.

Le recordé que la discreción de los médicos era sagrada, pero que tú estabas muy preocupado por ella. Lucy entendió de inmediato a qué me refería y contestó:

—Puede comunicarle a Arthur lo que sea. Al fin y al cabo, si sufro no es por mí, sino por él.

De modo que me siento bastante libre.

Comprendí al punto que Lucy estaba anémica, aunque no presentase ninguno de los síntomas inherentes a esta enfermedad. Además, gracias a la casualidad, pude examinar la calidad de su sangre, porque un instante más tarde, cuando fue a abrir una ventana que se resistía, el cordón cedió y se cortó ligeramente la mano con un cristal roto. No era nada grave, solo un arañazo, pero de este modo tuve ocasión de recoger unas gotitas de sangre que analicé más tarde. Este análisis cualitativo ofrece una condición bastante normal y muestra, debería colegir, una salud vigorosa. Por otra parte, no hallé ningún síntoma físico inquietante. Sin embargo, como esta condición de anemia es evidentemente resultado de una causa específica, he llegado a la conclusión de que dicha causa debe de ser de carácter mental. La señorita Westenra se queja de dificultades para respirar, de sueño pesado, casi letárgico, acompañado a menudo de terribles pesadillas, de las que su memoria no guarda el menor rastro. Añadió que, de niña, sufría frecuentes crisis de sonambulismo y que, en Whitby, dichas crisis volvieron a aparecer; incluso, una noche, salió de su casa, dormida, y subió al acantilado, donde la halló la señorita Murray; sin embargo, me aseguró que desde hace algún tiempo se ha visto libre de tales crisis. Como aún no sé qué pensar de todo esto, he hecho lo que me ha parecido más indicado: le he escrito a mi viejo amigo y maestro, el profesor Van Helsing, de Amsterdam, gran especialista en este género de enfermedades. Le he rogado que viniera a visitar a la paciente y, como en tu última carta decías que todos los gastos corrían a tu cargo, te he mencionado en la misiva, presentándote como el prometido de Lucy. No he hecho sino obedecer tus deseos, mi querido amigo, pues por mi parte me sentiré muy orgulloso y feliz de hacer lo que pueda para ayudar a Lucy. Sé que por razones personales Van Helsing hará cuanto pueda para complacerme, de modo que cuando llegue tendremos que someternos a su sabio dictamen. A veces el profesor parece despótico, pero es porque sabe de lo que habla mejor que nadie. Es, al mismo tiempo, filósofo y metafísico; en realidad, es uno de los sabios más grandes de nuestra época y su espíritu está abierto a todas las posibilidades. Además, sus nervios son de acero, su temperamento de hierro forjado; con su voluntad resuelta consigue siempre el fin que se propone; es admirable el dominio que tiene sobre sí mismo y su bondad no tiene límites: tales son sus cualidades, que siempre pone en práctica cuando se ocupa del bien de la humanidad. Te he contado todo esto para que comprendas la confianza que tengo depositada en él. Le he pedido que venga lo antes posible. Mañana volveré a visitar a Lucy, pero no en su casa, puesto que no quiero preocupar a su madre con excesivas visitas.

Siempre tuyo,

John Seward

CARTA DE ABRAHAM VAN HELSING, DOCTOR EN MEDICINA, DOCTOR EN FILOSOFÍA, DOCTOR EN LITERATURA, ETCÉTERA, ETCÉTERA... AL DOCTOR SEWARD

2 de septiembre

Querido amigo y discípulo:

¡Recibo tu carta y parto al instante! Puedo hacerlo sin tardanza, sin perjudicar a ninguno de aquellos que confían en mí. Les compadecería si fuese de otro modo, ya que nada ni nadie me impediría volar al encuentro de mi amigo, que me llama para que ayude a un ser que aprecia. Comunícale a tu joven amigo que el día en que te abalanzaste sobre mi herida para chupar el veneno de la gangrena causada por el cuchillo que, por torpeza, nuestro amigo dejó resbalar, le diste a ese joven, mucho más de lo que pueda suponer, el derecho a recurrir a mis cuidados. Por tu parte, sabes que puedes disponer de mi tiempo en favor suyo, sin que en esto intervenga en absoluto su gran fortuna, sino por ser amigo tuyo. Ten la bondad de reservarme una habitación en el Great Eastern Hotel, cerca de donde vive la enferma, y advierte a la joven que la veré mañana por la mañana, pues es posible que tenga que regresar la misma noche. Aunque, si es preciso, volveré a Londres dentro de otros tres días, y me quedaré más tiempo.

¡Hasta muy pronto, amigo mío!

Van Helsing

CARTA DEL DOCTOR SEWARD AL HONORABLE ARTHUR HOLMWOOD

3 de septiembre

Querido Arthur:

Van Helsing ha venido y ya se ha marchado. Me acompañó a Hillingham. Como la señora Westenra almorzaba fuera, pudimos estar a solas con Lucy. Van Helsing la examinó a conciencia. Todavía me ha de comunicar el diagnóstico, pues no estuve presente en toda la entrevista. Sin embargo, creo que está inquieto, aunque me dijo que ante todo tenía que reflexionar. Al hablarle de nuestra amistad y de la confianza con que me honras, contestó:

—Es absolutamente preciso que tu amigo sepa todo lo que tú piensas y lo que pienso yo, si puedes adivinarlo. No, no bromeo; se trata de una cuestión de vida o muerte, y tal vez de algo más aún...

Le rogué que se mostrase más explícito, ya que había hablado con un tono muy grave. Esto ocurrió al regresar a la ciudad, y se estaba tomando una taza de té antes de su partida para Amsterdam. No me dio ninguna explicación más. No te enfades conmigo, Arthur, pues ese silencio solo significa que toda su inteligencia está ocupada en buscar el bien de Lucy. Estoy seguro de que se expresará con más claridad cuando sepa lo que busca. Le manifesté que, por mi parte, me limitaría a relatarte nuestra visita, igual que si transcribiese un artículo especial para el *Daily Telegraph*; pero, sin prestar atención a mis palabras, ha observado que el aire de Londres no estaba tan cargado de hollín como en su época de estudiante. Espero recibir mañana mismo su informe; o por lo menos, una carta.

Bien, ahora te describiré la visita. Lucy estaba más alegre que el primer día que la vi, y su semblante había mejorado. Ya no miraba con esos ojos que tanto te asustaron, y respiraba con normalidad. Se mostró muy amable con el profesor (como con todos cuantos la conocen), y se esforzó por estar muy natural ante él, aunque para lograrlo tuvo que luchar penosamente consigo misma. Van Helsing se dio cuenta de ello como yo, pues vi que la estudiaba, por debajo de sus espesas cejas, con el vistazo rápido y penetrante que tan bien conozco de antaño. Él se puso a conversar de distintos temas, sin mencionar ninguna enfermedad ni referirse a nosotros, y demostró tan buen humor en sus observaciones que la fingida animación que Lucy había mostrado al principio se transformó en verdadera alegría. Luego, continuando aparentemente la conversación y con gran tacto y suavidad, el profesor aludió al verdadero objeto de su visita.

—Mi querida señorita, al gran amor que unos amigos míos sienten por usted debo el placer de esta grata visita. ¡Oh, un gran placer, en efecto! Me dijeron que estaba usted muy pálida y abatida. Y yo contesto: «Bah...» —hizo, hacia mí, un leve ademán. Luego continuó—: Usted y yo les demostraremos a esos amigos que están equivocados. ¿Qué sabe este? —y me señaló con el dedo y el gesto, exactamente igual que un día había hecho en clase a raíz del incidente que nunca deja de recordar—, ¿qué sabe, repito, respecto a las jovencitas? Se ocupa de sus pacientes, los cuida, les ayuda a recobrar la salud y la felicidad, y los devuelve a sus familiares. Es mucho trabajo, pero hay recompensas en el hecho de que podamos dar tanta felicidad. En cuanto a las jovencitas... John no tiene esposa ni hijas, y las muchachas no se confían jamás a otras personas jóvenes, sino a los viejos como yo que han conocido muchos sufrimientos y sus causas. Por tanto, mi querida amiga, enviaremos a John a fumar un cigarrillo al jardín y mientras nosotros seguiremos charlando aquí unos instantes.

Obedecí y fui a dar una vuelta alrededor de la casa. Van Helsing no tardó en llamarme desde la ventana.

—La he examinado bien —me comunicó cuando estuvimos solos—, pero no encuentro ninguna deficiencia funcional. Pienso, lo mismo que tú, que ha debido de perder mucha sangre, antes, pero ya no. Sin embargo, no presenta ningún síntoma de anemia. Le he pedido que llamara a su camarera, a fin de formularle un par de preguntas, aunque ya sé lo que me contestará. Y, no obstante, existe una causa para esta condición enfermiza. Siempre existe una causa para un efecto. Por tanto, regresaré a Amsterdam y reflexionaré. Telegrafíame a diario y, si es necesario, volveré. Esta enfermedad —pues no estar bien del todo es una enfermedad—, me interesa mucho, así como la encantadora paciente. Oh, sí, es realmente encantadora y volvería de buena gana solo por ella, aun sin tu amistad, y aun cuando no estuviese enferma.

Como ya te he contado, se negó a decir nada más, a pesar de que estábamos solos. Bien, ya sabes tanto como yo. Ten confianza en mí, pues vigilaré desde cerca a nuestra enferma.

Espero y deseo que tu padre se encuentre mejor. Me pongo en tu lugar, pobre amigo mío: ha de ser terrible saber que están en peligro los dos seres que más quieres en este mundo. Comprendo perfectamente el sentimiento del deber que te obliga a estar junto a tu padre pero, si el estado de Lucy se agravase, te llamaría al instante; por lo tanto, si no recibes noticias mías, no te inquietes.

John

DIARIO DEL DOCTOR SEWARD

4 de septiembre. Nuestro enfermo zoófago todavía mantiene nuestro interés en él. Solo ha sufrido una nueva crisis, la de ayer a mediodía. Poco antes de dar las doce, empezó a mostrar signos de inquietud. Al reconocer los síntomas habituales, el vigilante pidió ayuda. Por suerte, esta llegó inmediatamente, ya que al dar las doce el enfermo sufrió tal acceso de cólera que los subalternos apenas lograron contenerle. Al cabo de cinco minutos empezó a calmarse y por fin cayó en un estado de profunda melancolía, que todavía le dura. El vigilante me contó que en el paroxismo de la crisis profería unos gritos desgarradores. Cuando llegué me encontré con mucho trabajo, pues tuve que atender a otros pacientes a quienes sus gritos habían excitado peligrosamente. Lo cual no me extraña, pues dichos chillidos me parecieron insoportables incluso a mí, que me hallaba muy lejos de la celda. Es la hora de después de comer en el manicomio, pero Renfield no se ha movido hasta ahora de su rincón, donde medita… ¿qué? No entiendo nada.

Más tarde. Otro cambio en mi paciente. A las cinco volví a verle y parecía conformado con su suerte. Atrapaba moscas, que devoraba, y anotaba todas sus capturas efectuando, con una uña, una marca en el marco de la puerta. Al verme, vino hacia mí y se disculpó por su mala conducta, y me suplicó que lo llevaran a su habitación, donde podría escribir en su libreta. Creí oportuno satisfacer esta petición. Así, pues, ahora está en su habitación, cuya ventana tiene abierta. Ha distribuido azúcar por el antepecho, y las moscas acuden en gran cantidad. Pero no se las come, sino que las mete en una caja, igual que antes, y está ya examinando los rincones de la celda en busca de arañas. He tratado de hacerle hablar de los días pasados, ya que el menor indicio puede ayudarme considerablemente en mi labor. Pero no ha salido de su mutismo. Durante un instante, ha estado muy triste, y ha murmurado, más para sí que para mí:

—¡Se acabó! ¡Se acabó! Me ha abandonado… Ahora, ya nada puedo esperar, a menos que actúe por mi cuenta. —Acto seguido, se ha vuelto hacia mí, con resuelto ademán—. Doctor, ¿quiere hacerme un favor? Necesito un poco más de azúcar. Me sentará bien.

—¿Y a las moscas?

—Oh, sí, también les gusta, y a mí me gustan las moscas. Por eso me gusta el azúcar.

¡Y pensar que aún existen personas ignorantes que dudan de que los locos sepan hilvanar sus ideas! Le hice servir doble ración de azúcar, con lo cual se quedó sumamente satisfecho. Ojalá pudiera comprender su mente.

Medianoche. Nuevo cambio en Renfield. Volvía de ver a la señorita Westenra, a la que he hallado mucho mejor, y me detuve en el umbral del asilo, deseando contemplar la puesta de sol, cuando oí que Renfield volvía a gritar, muy claramente puesto que su habitación da a la parte delantera del edificio. Con el corazón oprimido dejé de contemplar el maravilloso espectáculo del sol poniente iluminando Londres a través de una bruma dorada, y me volví hacia esta fachada de piedra, de aspecto severo y triste, que oculta tantas miserias humanas. Llegué a la celda de Renfield en el momento en que, desde su ventana, podía verse el sol ocultándose tras el horizonte. La cólera del enfermo se iba ya calmando, pero en el mismo instante en que el disco rojo desapareció, resbaló de las manos del celador que le sujetaba, y cayó al suelo como una masa inerte. Resulta asombroso observar con cuánta facilidad los locos pueden recuperarse intelectualmente, aunque solo sea de un modo pasajero, ya que, en pocos minutos, Renfield se incorporó tranquilamente y miró a su alrededor. Di a entender a los vigilantes que debían permitirle actuar a su antojo, pues deseaba saber qué pasaría. El loco se dirigió súbitamente a la ventana, barriendo con la mano el azúcar que quedaba en el antepecho; después, cogió la caja de sus moscas y, abriéndolas, las dejó volar, arrojando también la caja al exterior; tras lo cual, cerró la ventana y fue a sentarse en su camastro.

—¿Ya no quieres más moscas? ¿Ya no te gustan? —le pregunté.

—No, esos bichos ya me tienen harto.

¡No consigo comprender la causa de sus crisis! Naturalmente, tal vez hallaría la causa si supiera por qué hoy el paroxismo alcanzó su grado máximo a mediodía, y después al ponerse el sol. ¿Cabe pensar, pues, que el sol ejerce una influencia maligna que, como la luna, afecta en ciertos momentos a seres sensibles? Ya veremos...

4 de septiembre

La paciente mucho mejor hoy.

5 de septiembre

Enferma mejorando. Excelente apetito, sueño apacible, buen humor, nuevos colores.

6 de septiembre

Grave empeoramiento. Venga inmediatamente, sin perder un minuto. Aplazaré telegrama a Holmwood hasta que usted la vea.

10

CARTA DEL DOCTOR SEWARD AL HONORABLE
ARTHUR HOLMWOOD

6 de septiembre

Mi querido Arthur:

Hoy no son buenas las noticias. El estado de salud de Lucy ha vuelto a agravarse. No obstante, este empeoramiento ha producido un resultado positivo; la señora Westenra me ha preguntado qué pensaba yo, profesionalmente, de la salud de su hija, ocasión que he aprovechado para manifestarle que mi viejo maestro, el profesor Van Helsing, pasaría unos días en mi casa, y que iba a rogarle que examinase a Lucy conmigo; de modo que a partir de ahora, siempre que lo creamos necesario, podremos ir a casa de la señora Westenra sin inquietarla demasiado ni producirle unas emociones que podrían causarle una muerte repentina que, en la débil situación en la que se halla Lucy, sería desastrosa para ella. Nos encontramos ante unas dificultades casi insuperables, pero espero que con la ayuda de Dios las resolvamos finalmente. En caso necesario, volveré a escribirte; por lo que, si durante algunos días nada sabes de mí, piensa que estoy esperando el desarrollo de los acontecimientos.

Siempre tuyo,

John Seward

7 de septiembre. Lo primero que me espetó Van Helsing cuando nos encontramos en la calle Liverpool, fue:

—¿Has avisado a nuestro joven amigo, su enamorado?

—No —contesté—. Esperaba verle antes a usted, tal como le manifesté en mi telegrama. Solo le escribí unas líneas, explicándole sencillamente que usted venía, que la señorita Westenra no estaba muy bien, y que le escribiría si era necesario.

—Perfectamente, amigo mío. Es mejor que por el momento lo ignore. Quizá jamás llegue a saber la verdad, cosa que deseo de todo corazón. Aunque, en caso de necesidad, se lo revelaremos todo y, amigo mío, deja que te advierta. Todos estamos locos, de un modo u otro; y del mismo modo que tratas a tus locos con discreción, deberías tratar a los locos de Dios, o sea el resto del mundo. En el caso que ahora nos ocupa, guardarás para ti el secreto hasta que nuestras convicciones sean más sólidas. Sí, lo que sabemos lo guardaremos en nuestro corazón... por el momento. —Se llevó una mano al corazón, después a la frente, y luego, la colocó sobre mi corazón y mi frente—. Por mi parte —prosiguió—, ya he llegado a ciertas conclusiones que te revelaré más adelante.

—¿Por qué no ahora? —inquirí—. Tal vez fuese útil, y nos ayudaría a tomar una determinación.

Hizo un gesto con la mano como para imponerme silencio y, mirándome fijamente a los ojos, replicó:

—Amigo John, cuando sale el trigo de la tierra pero aún no está maduro, mientras la leche de la madre tierra continúa alimentándole, y el sol no ha empezado a dorarlo, el labrador arranca una espiga que aplasta entre sus manos rugosas y sopla sobre el verde grano, murmurando: «Ah, bueno es el grano; la cosecha será buena».

Le confesé que no veía la relación entre esa alegoría y nuestro tema principal. Antes de contestar, me tiró del lóbulo de una oreja, tal como solía hacer cuando yo asistía a sus clases, muchos años atrás.

—El buen labrador habla así —me explicó finalmente—, porque sabe ya que la cosecha será buena, pero antes de ver la espiga lo ignoraba. Un labrador jamás desenterrará el trigo que ha sembrado para ver si crece. Los niños que juegan a ser labradores sí obran de este modo; no lo hacen nunca en cambio, quienes viven de la tierra. ¿Lo comprendes, amigo John? Yo he sembrado el grano y la naturaleza tiene que hacerlo germinar. Si germina, tanto mejor, aguardaré a que crezca la espiga.

Calló, seguro de mi comprensión. Mas no tardó en proseguir con tono grave:

—Tú fuiste uno de mis mejores discípulos. A la sazón, solo eras un estudiante; hoy día eres ya un maestro y supongo, y deseo, que hayas conservado tus hábitos de estudio. Recuerda, amigo mío, que el saber es más importante que la memoria, y que no debemos confiar ciegamente en las nociones adquiridas por el estudio. Y aunque hayas perdido tus antiguos hábitos, permíteme decirte que el caso de esa jovencita podría convertirse (fíjate que he dicho: «podría convertirse») en un interés real para nosotros y otros. Un consejo: toma nota de todas tus dudas y hasta la menor de tus hipótesis. Te serán útiles más tarde para poder verificar hasta qué punto tus suposiciones eran exactas. Siempre es el fracaso lo que nos sirve de lección, no el éxito.

Al enumerarle los síntomas que había observado en Lucy, los mismos de antes pero más pronunciados, me pareció muy preocupado, pero conservó su mutismo. Luego cogió la cartera que contenía sus instrumentos y medicamentos: «el espantoso instrumento de nuestra profesión salvadora», como lo llamó, en una clase donde nos enseñó todo lo que necesitaba un médico para ejercer su profesión. La señora Westenra nos recibió amablemente. No estaba tan angustiada como temía. La naturaleza, inspirada por uno de sus humores caritativos, ha decretado que incluso la amenaza de la muerte lleve en sí el antídoto contra el terror que inspira. En el caso de la señora Westenra, por ejemplo, se diría que todo lo que no es para ella estrictamente personal (incluido el cambio espantoso que observamos en su hija, a la que adora), la deja casi indiferente. En esto hay que ver la mano de la diosa naturaleza, que rodea los cuerpos humanos con una envoltura insensible que los protege de todo mal. Si en esto hay un egoísmo saludable, tenemos que precavernos contra la tentación de condenar con premura a quien creemos culpable de egoísmo, ya que a veces, como en este caso, las causas son más misteriosas de lo que suponemos.

Mis conocimientos respecto a la patología espiritual me hicieron adoptar una línea de conducta definida: decidí que dicha dama no estaría jamás presente cuando examinásemos a Lucy y que no debería preocuparse por la enfermedad de esta más de lo que fuese absolutamente necesario. La señora Westenra aceptó esta decisión con tal fervor que vi en ello, una vez más, un artificio de la naturaleza que lucha para salvaguardar la vida contra la muerte. Van Helsing y yo fuimos introducidos en la habitación de Lucy. Si el día anterior me quedé impresionado cuando la vi, esta vez me sentí horrorizado. Lucy mostraba una tez cenicienta, y hasta sus labios y sus encías estaban exangües; su semblante se hallaba contraído, flaco, de forma que los huesos se transparentaban bajo su piel. Su respiración era sumamente dificultosa. La expresión de Van Helsing quedó petrificada, y su frente se arrugó tanto que los extremos de sus cejas parecieron juntarse por encima de su nariz. Lucy no efectuó el menor movimiento, ni siquiera tenía fuerzas para hablar, de modo que los tres permanecimos unos instantes en silencio. Luego, Van Helsing me hizo una seña con la cabeza y ambos salimos de puntillas de la habitación. Una vez cerrada la puerta, apretamos el paso hasta la estancia contigua, donde el profesor exclamó:

—¡Dios mío, es terrible! No podemos perder un momento. Se muere por falta de sangre; ni siquiera tiene la suficiente para que le funcione el corazón. Es preciso efectuar una transfusión al instante. ¿Cuál de los dos…?

—Yo soy el más joven y más fuerte, profesor. Por tanto, me toca a mí.

—Entonces, ¡rápido, por favor! Prepárate. Voy a buscar el maletín.

Descendí con él y cuando llegábamos abajo llamaron a la puerta. Abrió la doncella; era Arthur, el cual se precipitó hacia mí; la emoción casi le impedía hablar.

—Jack, estoy muy inquieto —murmuró—. Tu carta, que he leído entre líneas, me ha angustiado como nunca. Como mi padre está mejor, he decidido venir para saber exactamente qué sucede. El doctor Van Helsing, ¿verdad? Caballero, le agradezco en el alma que haya venido.

Al verle entrar, el profesor no pudo ocultar una mueca de mal humor por verse interrumpido en su tarea en un momento tan crítico; mas, en el instante siguiente, comprendiendo la resolución valerosa que impulsaba a mi amigo, brillaron sus pupilas y exclamó, extendiendo su mano:

—Llega a tiempo, joven. Usted es el prometido de la muchacha, ¿verdad? Oh, está mal, está muy mal… Pero no debe sentirse usted tan abatido… —Arthur, muy pálido al escuchar aquellas palabras, se había dejado caer sobre una silla—. Debe mostrarse valiente. Tiene que ayudarla. Puede hacer por ella más que nadie de este mundo y es su valor el que la ayudará ahora.

—¿Qué debo hacer? —preguntó Arthur con voz débil. Tras una corta pausa, añadió—: Dígalo, y no vacilaré ni un momento. Mi vida pertenece a Lucy y para salvarla daría hasta mi última gota de sangre.

El profesor evidenció su sentido del humor, jamás desmentido, en su respuesta:

—Mi joven amigo, no pido tanto. ¡No le pido hasta la última gota de su sangre!

—¿Qué debo hacer, pues?

Las pupilas de Arthur llameaban y las aletas de su nariz palpitaban de impaciencia. Van Helsing le palmoteó la espalda.

—Venga —le indicó—. Necesitamos un joven como usted. Servirá mucho mejor que yo, y mucho mejor que mi amigo John.

Evidentemente, Arthur no captaba el sentido de estas palabras, por lo que el profesor le explicó con dulzura:

—Sí, su prometida se encuentra muy mal. Apenas le queda sangre en el cuerpo, y si no la obtiene, morirá. Mi amigo John y yo ya estábamos de acuerdo en hacerle lo que se llama hoy día una transfusión de sangre, es decir, pasar sangre de unas venas llenas a otras casi vacías que la necesitan con urgencia. John estaba ya dispuesto a dar su sangre, puesto que es más joven y fuerte que yo —Arthur me estrechó la mano y la apretó con fuerza en silencio—, pero —continuó Van Helsing—, puesto que ha llegado usted, es usted más indicado que nosotros dos, sea viejo o joven, pues trabajamos muy duro en el mundo del pensamiento. Además, nuestros nervios no están tan sosegados como los de usted, y nuestra sangre, por lo tanto, no es tan roja como la que circula por sus venas.

—Si usted supiera —tartamudeó Arthur— qué feliz sería muriendo por ella, comprendería…

Le falló la voz y calló.

—¡Buen chico! —aprobó Van Helsing—. Llegará un día que, en el fondo de su corazón, se regocijará usted de haber hecho todo lo posible por su novia. Y ahora, venga y cállese. Podrá besarla una vez antes de la transfusión, pero después nos dejará tranquilos; tan pronto como yo le haga una seña, usted saldrá de la habitación. ¡Y ni una sola palabra a la señora Westenra! Creo que no le digo nada nuevo, asegurándole que es preciso mantenerla en la ignorancia de todo. Bien, vamos.

Subimos los tres, pero el profesor no quiso que Arthur entrara en el dormitorio junto con nosotros. Y mi amigo se quedó en el pasillo. Cuando ella nos vio, volvió la cabeza y nos miró en silencio. No dormía, pero se hallaba demasiado débil. Su mirada hablaba por ella; eso fue todo. Van Helsing abrió el maletín y sacó parte del instrumental, que depositó sobre una mesita, de modo que la enferma no viese nada. Preparó un narcótico y se aproximó a la cabecera de la cama.

—Vamos, jovencita —exclamó con fingida alegría—, ahora se tomará esta medicina. Beba el contenido de este vaso, como una niñita buena. Ajá… yo sostengo el vaso para mayor comodidad suya… ¡Estupendo!

Me extrañó el tiempo que la droga tardaba en obrar sus efectos. Esto demostraba la suma debilidad de la joven. Pareció transcurrir una eternidad hasta que el sueño empezó a pesar sobre sus párpados. Sin embargo, acabó por dormirse profundamente. Cuando el narcótico hubo producido su efecto, Van Helsing introdujo a Arthur en la habitación y le suplicó que se quitase la chaqueta.

—Ahora —añadió—, puede besarla, tal como le dije; mientras tanto, acercaré la mesa a la cama. ¡Ayúdame, John!

Y así ninguno de los dos miró cómo se inclinaba sobre Lucy. Van Helsing se volvió hacia mí y dijo:

—Es joven y fuerte y estoy seguro de que su sangre es tan excelente que no tendremos que desfibrinarla.

Con gestos rápidos, pero precisos y metódicos, Van Helsing realizó la transfusión. Lentamente, la vida volvió a reanimar las mejillas de Lucy, en tanto que el semblante de Arthur, cada vez más pálido, contradecía su alegría. De pronto me asusté, ya que, si bien mi amigo era muy robusto, temí que no soportase bien la pérdida de tanta sangre. Calculé, de esta forma, la prueba que el organismo de Lucy había sufrido, puesto que toda aquella sangre que le transmitía Arthur sin dejar de debilitarse apenas la reanimaba. La expresión del profesor era grave, en tanto que, reloj en mano, su mirada iba desde Arthur a la paciente. Y oía los latidos de mi corazón.

—Ya basta —susurró de repente Van Helsing—. Ocúpese usted de él, mientras yo me cuido de la enferma.

Solo cuando todo hubo terminado me di cuenta de hasta qué extremo se había debilitado Arthur. Vendé la herida y, cogiéndole por el brazo, iba a llevármelo de allí cuando Van Helsing habló sin volverse. ¡Cualquiera diría que el profesor tiene ojos en la nuca!

—Creo que el valiente novio bien se merece otro beso. Puede dárselo a su prometida ahora mismo —agregó, acomodando la cabeza de la paciente sobre la almohada.

Pero al efectuar Lucy un leve movimiento, ayudada por el profesor, ya que la joven se hallaba aún inconsciente, el cintillo de terciopelo negro que ella llevaba siempre en torno a la garganta, cerrado con un antiguo broche de diamantes que Arthur le regaló, se subió un poco y dejó al descubierto una señal roja. Arthur no reparó en ella, pero yo oí el silbido de reprimida sorpresa que siempre emite Van Helsing cuando le traiciona una gran emoción. En aquel momento no dijo nada y se volvió hacia mí para decir:

—Bien, baja con nuestro valeroso amigo; dale un vaso de oporto y haz que se tienda un rato. Luego, irá a su casa a descansar, a dormir muchas horas y a comer mucho, a fin de que se recupere rápidamente. No tiene por qué quedarse aquí. Supongo, caballero —añadió, dirigiéndose a Arthur—, que estará ansioso por conocer el resultado de la transfusión. Pues bien, creo que ha sido un éxito. Ha salvado usted la vida de esta jovencita, y puede volver a su casa con toda tranquilidad. Ha hecho por ella todo cuanto ha podido. Y cuando su prometida esté sana y salva se lo contaré todo. Esto hará que su amor sea aún mayor. Amigo mío, hasta la vista.

Cuando Arthur se marchó, regresé a la habitación. Lucy aún dormía; pero su respiración era más intensa. A la cabecera de su cama, el profesor la contemplaba atentamente. El cintillo de terciopelo negro tapaba de nuevo la señal roja.

—¿Cuál es la explicación de esta señal de la garganta? —le pregunté en voz baja a Van Helsing.

—¿Cómo la explicas tú?

—Todavía no la he examinado —respondí, desabrochando el cintillo.

Exactamente encima de la yugular externa había dos pequeñas señales, como dos pinchazos, de aspecto insano. No había signos de infección, pero los bordes de aquellas minúsculas señales eran blancos y parecían aplastados, como si hubieran sido triturados. Pensé inmediatamente que aquellas heridas, si tal nombre se les podía aplicar, podían haber provocado la pérdida de sangre; no obstante, rechacé tal idea apenas la concebí, ya que me pareció absurda. A juzgar por la extremada palidez de Lucy antes de la transfusión, todo su lecho habría debido quedar empapado de sangre, de haberla perdido por allí.

—¿Y bien? —interrogó Van Helsing.

—Y bien... no entiendo absolutamente nada.

—Tengo que regresar esta tarde a Amsterdam —anunció el profesor, poniéndose de pie. Tras una pausa, continuó—: He de consultar algunos libros, varios documentos. Tú pasarás toda la noche a la cabecera de la enferma.

—¿Llamo a una enfermera?

—Tú y yo somos sus mejores enfermeras. No la pierdas de vista en toda la noche; asegúrate de que se alimenta bien y que nada la trastorna. ¡Y ante todo, no te duermas! Ya dormiremos más adelante. Volveré lo antes posible y entonces empezaremos.

—¿Empezaremos? ¿Qué?

—¡Ya lo verás! —contestó, saliendo apresuradamente.

Pero al cabo de un instante entreabrió la puerta y asomó la cabeza para añadir:

—No olvides que está a tu cargo. ¡Si la dejas sola y le sucede algo, no volverás a vivir tranquilo en toda tu vida!

8 de septiembre. He pasado toda la noche sentado junto a Lucy. Al atardecer, ya disipado el efecto del narcótico, se despertó de forma natural. Parecía una joven distinta a la de antes de la transfusión. Incluso estaba alegre, vivaz, aun cuando daba muestras evidentes del sopor en que había estado inmersa. Cuando le comuniqué a la señora Westenra que el profesor Van Helsing me había ordenado velarla toda la noche, casi se rió de la idea, afirmando que su hija se había repuesto por completo. Sin embargo, no cedí y me preparé para la larga vigilia.

Cuando la camarera terminó de prepararla para la noche —y yo había aprovechado para cenar—, fui a sentarme junto a su cama. Lejos de oponerse a ello, pude leer en sus pupilas su agradecimiento cuando se encontraban nuestras miradas. Tuve la impresión de que el sueño no tardaría en vencerla, aunque se resistía con todas sus fuerzas. Observé esto varias veces, y a medida que pasaba el tiempo sus esfuerzos eran cada vez más penosos y se mantenía despierta menos rato. Era evidente que no deseaba dormirse y le pregunté la causa.

—Tengo miedo de dormirme —me confesó.

—¡Miedo de dormir! Si todo el mundo considera el sueño como una bendición del cielo.

—Ah, no hablaría usted así en mi lugar, si el sueño significase para usted unas pesadillas llenas de horror.

—¿Llenas de horror? ¿A qué se refiere, Lucy?

—No lo sé, no lo sé… ¡Esto es lo peor! Este agotamiento que padezco me sobrecoge durante el sueño; por esto me estremezco de espanto ante la sola idea de dormirme.

—Pero, mi querida amiga, esta noche puede dormir sin temor. No me moveré de su lado y le prometo que no ocurrirá nada.

—¡Oh, le creo, tengo confianza en usted!

—Le prometo, Lucy, que si observo en usted algunos síntomas de pesadilla, la despertaré al momento.

—¿De veras me despertará? ¡Oh, qué bueno es usted! En este caso, dormiré…

Apenas pronunciadas estas palabras, exhaló un suspiro de alivio y se quedó dormida sobre la almohada.

La velé la noche entera. No se movió ni una sola vez, y durante horas durmió con un sueño profundo, tranquilo, reparador. Sus labios estuvieron siempre entreabiertos, y su pecho subía y bajaba con la regularidad de un péndulo. Una sonrisa dulce confería a su rostro una expresión feliz; con toda seguridad, ninguna pesadilla turbó su reposo.

Por la mañana, muy temprano, su doncella llamó a la puerta; la confié a sus cuidados y volví al manicomio, donde me esperaban varios asuntos de importancia. Después telegrafié a Van Helsing y a Arthur, para ponerles al corriente del buen resultado obtenido con la transfusión. Luego pasé todo el día ocupado en mi trabajo. Caía ya la tarde cuando pregunté por Renfield. Todo iba bien. Desde la víspera se hallaba muy tranquilo. Estaba cenando cuando recibí un telegrama de Van Helsing, en el que me pide que vuelva a Hillingham esta misma noche y me anuncia que al día siguiente llegará él.

9 de septiembre. Cuando llegué a Hillingham estaba agotado. Llevaba dos noches sin pegar ojo y empezaba a experimentar esa modorra que indica el agotamiento cerebral. Encontré a Lucy levantada y de buen humor. Me estrechó la mano y me miró directamente a los ojos.

—No hace falta que me vele esta noche —dijo—. Estoy muy bien, se lo aseguro. Si alguien tiene que velar, seré yo quien lo haga con usted.

No quise contrariarla. Le hice compañía mientras cenaba y, maravillado por su encantadora presencia, pasé una hora deliciosa. Tomé dos vasos de excelente oporto y por fin Lucy subió conmigo, y me mostró una habitación contigua a la suya, en la que ardía un buen fuego.

—Duerma usted aquí —me indicó—, y dejaré las puertas de ambos dormitorios abiertos. No, no se meta en cama. Prefiero que se tienda en el sofá. Ya sé —añadió riendo—, ya sé que ningún médico se metería jamás en cama, estando al lado de un paciente, ni por todo el oro del mundo. Y tenga la seguridad de que si le necesito, por el motivo que sea, le llamaré.

No tuve más remedio que obedecerla, pues estaba agotado y, creo que me habría sido imposible estar toda la noche en vela. Por tanto, tras haberle hecho prometer nuevamente que me despertaría en caso necesario, me tumbé en el sofá y no tardé en conciliar un profundo sueño.

DIARIO DE LUCY WESTENRA

9 de septiembre. Esta noche estoy muy contenta. Era tal mi debilidad en los días pasados que, solo ser capaz de pensar y de pasearme de nuevo por la casa, me produce la sensación de vivir en pleno sol, tras haber pasado una temporada expuesta al viento de levante y bajo un cielo plomizo. No sé por qué, pero Arthur me parece más próximo, mucho más que de ordinario; tengo incluso la impresión de sentir su cálida presencia a mi lado. Sin duda la enfermedad, con la debilidad que entraña, es egoísta y vuelve nuestra mirada y nuestra simpatía hacia nosotros mismos, en tanto que la salud y las energías dan al Amor completa libertad para que pueda vagar en pensamiento y sentimiento por donde le plazca. ¡Ah, si Arthur lo supiera! Cariño, cariño, cuando duermes deben de zumbarte los oídos, como lo hacen los míos al despertar. ¡Oh, bendito reposo el de la noche pasada! Qué bien dormí, tranquilizada por la presencia del querido doctor Seward. Y esta noche tampoco temeré dormir, puesto que se halla en la estancia vecina y, si es necesario, podré llamarle. ¡Son todos tan buenos conmigo...! ¡Gracias por ello, Dios mío! ¡Buenas noches, Arthur!

10 de septiembre. Sentí que una mano se posaba sobre mi cabeza; comprendí al instante que era el profesor y abrí los ojos. En el manicomio nos habituamos a despertar sobresaltados.

—¿Cómo está nuestra paciente?

—Estaba muy bien cuando nos separamos... o, mejor dicho, cuando ella me dejó.

—Bien. Vamos a visitarla.

Los dos pasamos al dormitorio de Lucy.

La persiana estaba bajada y para subirla me dirigí de puntillas hacia allí, mientras Van Helsing, con su paso felino, se aproximaba a la cama.

Mientras subía la persiana y el sol matutino iluminaba la habitación, oí el silbido característico del profesor, y al conocer esa rareza, se me encogió el corazón. Cuando fui hacia él, el profesor se apartó del lecho, y su exclamación ahogada, llena de horror (¡Dios del cielo!) me hubiera hecho comprender la situación, aun cuando no hubiese visto al mismo tiempo el dolor impreso en su semblante. Me señaló la cama con la mano. Sentí que me temblaban las piernas.

Sobre el lecho, la pobre Lucy parecía desmayada, más pálida, y más débil que nunca. Hasta los labios estaban blancos y solo se veían los dientes, sin encías, como a veces sucede en los cadáveres de quienes han sufrido una larga y penosa enfermedad. Van Helsing levantó un pie para golpear el suelo con rabia, pero el instinto y su larga experiencia le detuvieron y posó el pie en tierra con suavidad.

—¡Deprisa, coñac! —me ordenó.

Bajé corriendo al comedor y subí con la botella. Van Helsing humedeció los labios de la pobre muchacha y después le frotamos las palmas de las manos, las muñecas y el corazón. Luego la auscultó y, tras unos instantes de expectación angustiada, anunció:

—No es demasiado tarde. Su corazón late todavía, aunque muy débilmente. Hemos de empezar de nuevo. Y Arthur no está aquí para ayudarnos. Amigo John, tendré que apelar a tu generosidad.

Cogió su maletín y extrajo del mismo el instrumental necesario para una transfusión; por mi parte, me quité la chaqueta y me arremangué la camisa y, sin perder un momento, procedimos a la operación. Al cabo de unos momentos, que no me parecieron cortos, pues es penoso sentir cómo la sangre sale de las propias venas, aunque sea de forma voluntaria, Van Helsing levantó un dedo.

—No te muevas… Espera. Temo que al recobrar las fuerzas se despierte, y esto sería peligroso… muy peligroso. Hemos de adoptar toda clase de precauciones. Le pondré una inyección de morfina.

El efecto de la droga resultó satisfactorio, y el desvanecimiento de Lucy se fue transformando en un sueño debido al soporífero. Con cierta sensación de orgullo, vi cómo sus mejillas y sus labios, antes tan lívidos, recuperaban parte de su color. Hasta que no lo experimenta, ningún hombre sabe lo que significa sentir su sangre y su vida alejarse hacia las venas de la mujer que ama.

El profesor me estaba observando.

—Ya basta —declaró.

—¿Ya? —me extrañé—. El otro día usted le sacó mucha más a Arthur.

Sonrió tristemente antes de contestar.

—Arthur es su prometido. Tú, en cambio, tienes mucho trabajo por delante; no solo has de ocuparte de Lucy sino de tus pacientes.

Atendió a Lucy mientras yo apretaba con los dedos mi propia incisión. Me tendí sobre un diván, esperando que el profesor me concediera unos momentos de descanso, ya que me encontraba débil y algo mareado. Al poco rato, me aplicó un vendaje sobre el pinchazo y me aconsejó que bajara a tomar un vaso de vino. Al abrir la puerta, se me acercó y murmuró a mi oído:

—De esto, ni una palabra a nadie. Si ese joven enamorado llegara de improviso, tampoco ha de saber nada. Tal vez se asustaría o sentiría celos, cosa que hay que evitar a toda costa. ¡Anda, baja!

Cuando unos momentos más tarde regresé, el profesor me contempló con atención.

—Ahora —ordenó—, tiéndete un par de horas en el sofá de la habitación de al lado. Y después de un copioso almuerzo, puesto que tienes que comer en abundancia, ven a buscarme.

Obedecí, pues sabía que tenía razón y que sus consejos eran prudentes. Por mi parte, había hecho cuanto estaba en mi mano, y ahora mi deber consistía solo en recuperar fuerzas. Mi estado de debilidad me impidió asombrarme de lo que acababa de ocurrir. Sin embargo, al tenderme en el sofá, me pregunté qué había podido provocar la recaída de Lucy. ¿Cómo explicar la ausencia de manchas de sangre, tras haber perdido tanta? Sin duda, continué haciéndome las mismas preguntas incluso dormido, pues mis pensamientos volvían sin cesar a aquellas dos pequeñas incisiones de la garganta de Lucy, y a sus bordes blanquecinos, y de aspecto desgarrado y machacado, a pesar de su tamaño minúsculo.

Cuando se despertó, ya muy tarde, se encontró mucho mejor, aunque no tanto, ni mucho menos, como la víspera. Después de examinarla, Van Helsing salió a respirar un poco de aire puro, tras recomendarme que no la dejase sola ni un instante. Oí cómo, una vez abajo, preguntaba dónde estaba la estafeta de telégrafos más cercana.

Lucy conversó conmigo largamente, y no parecía haberse enterado de nada. Yo traté de distraerla e interesarla en cien temas intrascendentes. Cuando su madre subió a verla, no pareció notar ningún cambio en su hija, pero me dijo agradecida:

—¿Cómo podremos pagarle todo lo que ha hecho usted por nosotras, doctor? Ahora debe cuidarse y no trabajar tanto. Está muy pálido. Créame, debería casarse; necesita una mujer que le cuide y tenga con usted las atenciones que se merece.

Lucy se ruborizó, aunque solo una fracción de segundo; sus venas, tan empobrecidas, no pudieron proporcionarle más tiempo tal aflujo de sangre a la cabeza. Al volver hacia mí sus implorantes ojos, sus mejillas estaban de nuevo muy pálidas. Sonreí y me llevé un dedo a los labios. La joven suspiró y se dejó caer sobre la almohada.

Van Helsing regresó dos horas más tarde.

—Vuelve a casa—me indicó—. Toma una buena comida y bebe bien, para restaurar fuerzas. Yo me quedaré esta noche aquí, junto a nuestra enfermita. Tú y yo tenemos que estudiar este caso, pero nadie debe estar al corriente de nuestras investigaciones. Tengo para ello razones de peso. No te diré nada todavía. Piensa lo que quieras, hasta lo imposible. ¡Buenas tardes!

En el vestíbulo, dos sirvientas me preguntaron si ambas, o al menos una de ellas, podían pasar la noche junto a la cama de Lucy. Me suplicaron que las dejase subir y, cuando les comuniqué que el profesor deseaba que solo nosotros dos velásemos a la enferma, me pidieron, casi con lágrimas en los ojos, que intercediese por ellas ante el «caballero extranjero». Esto me emocionó en grado sumo, ya fuera porque estaba muy débil en aquel momento, ya fuera porque ambas muchachas demostraban de ese modo su devoción hacia Lucy. Llegué al hospital a tiempo de cenar y después visité a mis pacientes. Todo está en orden. Ahora escribo estas líneas aguardando el sueño, que no tardará en llegar.

11 de septiembre. Volví a Hillingham esta tarde. Lucy estaba mucho mejor, y el profesor parecía satisfecho. Poco después de mi llegada, le entregaron a Van Helsing un grueso paquete procedente del extranjero. Lo abrió con apresuramiento —fingido, por supuesto— y se volvió hacia Lucy para entregarle un gran ramillete de flores blancas.

—Para usted, querida Lucy.

—¿Para mí? ¡Oh, doctor Van Helsing!

—Sí, jovencita, para usted, pero también para adornar su alcoba. Se trata de un medicamento. Oh, no —añadió el viejo profesor al observar la mueca de desilusión de Lucy—, nada de infusiones ni de brebajes desagradables. No ponga esa cara, muchachita, de lo contrario ya verá cuánto sufrirá Arthur si le cuento lo fea que se pone con esas muecas. ¡Ah, eso está mejor! Sí, se trata de una medicina que no tendrá usted que tomar. Algunas flores las colocaré en su ventana, y con otras confeccionaré una preciosa guirnalda que usted se colgará del cuello para poder dormir tranquilamente. Sí, lo mismo que la flor del loto, la ayudarán a olvidar. El perfume es semejante al agua del Leteo y de la fuente de la juventud que los conquistadores fueron a buscar a Florida, y encontraron demasiado tarde.

Mientras hablaba, Lucy contemplaba las flores, aspirando su perfume. De pronto, las rechazó riendo, con expresión de disgusto.

—Oh, profesor, se burla usted de mí. ¿Estas flores? Si son simplemente flores de ajo.

Me sorprendió ver cómo Van Helsing se ponía de pie y asentía gravemente, frunciendo el entrecejo.

—Jamás me burlo de nadie, jamás —observó—. Al contrario, cuanto hago es con la mayor seriedad. Deseo, por tanto, que no se oponga a mis intenciones, ni contraríe las medidas que voy a adoptar. Al menos piense que, si no lo hace en interés suyo, ha de obedecerme en interés de quienes tanto la aman. —Luego, al darse cuenta del espanto impreso en el rostro de la joven, continuó con más dulzura—: ¡Oh, mi querida Lucy, mi buena jovencita, no me tenga miedo! Lo que le digo es por su bien. Estas flores poseen una virtud que contribuirá a su curación. Yo mismo las colocaré por su habitación, y trenzaré la guirnalda que usted se pondrá al cuello. Mas… ¡chist! de esto ni una palabra a nadie, ni tiene por qué contestar a las preguntas que le formulen. Usted solo ha de obedecer en silencio, y callar ya es obedecer; así recuperará las fuerzas y no tardará en estar entre los brazos de quien tanto la quiere. Ahora, descanse y no se agite. Vamos, amigo John, ayúdame a adornar la alcoba con estas flores que pedí directamente a Harlem, donde mi buen amigo Vanderpool las cultiva en invernaderos durante todo el año. Si no llego a telegrafiarle ayer, hoy no estaría aquí.

Subimos, pues, con las flores al dormitorio de Lucy. Todo lo que hacía el profesor resultaba insólito, y no aparecen descritas en ninguna farmacopea existente. Para empezar, cerró las ventanas, les echó el cerrojo; después, cogiendo un puñado de flores, las restregó contra marcos y cristales como si deseara que el menor soplo de aire que penetrara por algún intersticio quedase impregnado del olor a ajo. Por fin, frotó también el marco de la puerta, de arriba abajo, y a ambos lados, así como la repisa de la chimenea y su campana. Yo ignoraba a qué obedecía todo aquello y al cabo de un rato dije:

—Oiga, profesor, ya sé que todas sus acciones obedecen a un motivo, mas esto, verdaderamente, no lo comprendo. Al verle, cualquiera diría que está preparando un hechizo para impedir el acceso a esta alcoba de un espíritu maligno.

—Sí, es posible —respondió el profesor tranquilamente. Y acto seguido empezó a trenzar la guirnalda.

Esperamos a que Lucy estuviera dispuesta a acostarse, y cuando nos comunicaron que estaba ya en la cama, el propio Van Helsing colocó la guirnalda en torno a su cuello.

—¡Cuidado! —le advirtió antes de abandonar la habitación—. No toque esas flores y, aunque esta noche la habitación huela fuertemente a ajo, no abra la puerta ni las ventanas.

—Se lo prometo —asintió Lucy—, y mil gracias a los dos por su amabilidad. Oh, ¿qué habré hecho para que Dios me conceda tan buenos amigos?

—Por fin —me confesó Van Helsing cuando salíamos de la casa—, esta noche podré dormir tranquilo… ¡y bien que lo necesito! Dos noches viajando; en medio, un día de conferencias e investigaciones; gran inquietud al regresar aquí, y otra noche en vela, sin pegar ojo… ya está bien. Mañana, temprano, volveremos a visitar a nuestra encantadora enfermita, a la que hallaremos mucho mejor a causa de mi «hechizo». ¡Ja, ja!

Ante su confianza, que me pareció inquebrantable, me acordé de la que yo había experimentado dos días antes, que acabó en una terrible decepción, y empecé a temer lo peor. Debió de ser a causa de mi debilidad por lo que vacilé en comunicarle mis temores a mi amigo pero los sentí con más fuerza, como lágrimas contenidas.

11

DIARIO DE LUCY WESTENRA

12 de septiembre. ¡Qué buenos son todos conmigo! Aprecio mucho al profesor Van Helsing, aunque todavía me pregunto por qué se empeñó tanto en disponer de este modo las flores. Realmente, casi me dio miedo... ¡Se mostró tan autoritario! Y no obstante, debía de tener razón, ya que me encuentro mejor, más aliviada. De noche ya no temo quedarme sola y duermo tranquilamente. No me molestan los aleteos contra la ventana... ni me inquietan. ¡Oh, cuando pienso en mis luchas anteriores para no dormirme!

Si se sufre al no poder conciliar el sueño, es mucho peor el temor a dormirse, con todos los horrores que esto me producía. ¡Qué felices los que nada temen, los que pueden dormir todas las noches con un sueño reparador, soñando cosas dulces! Bueno, esta noche espero dormir bien, y yacer, como Ofelia en la obra, entre «guirnaldas de virgen y flores de doncella» y entregarme de buena gana al sueño. ¡Nunca me había gustado el ajo, pero hoy me parece delicioso! Su olor contiene paz; siento que me asalta ya el sueño... Buenas noches a todos...

13 de septiembre. Cuando llegué a Berkeley, el profesor ya estaba levantado, aguardándome. El carruaje pedido por el hotel se hallaba delante del portal. Van Helsing cogió el maletín, que últimamente siempre le acompaña.

A las ocho estábamos ya en Hillingham. La mañana, muy soleada, era deliciosa, y toda la frescura del principio del otoño presagiaba la conclusión perfecta de la obra anual de la naturaleza. Las hojas de los árboles adquirían tonos distintos, unos más delicados que otros, pero aún no caían.

En el vestíbulo, encontramos a la señora Westenra. También ella se levanta pronto. Nos acogió cordialmente.

—Supongo que les alegrará saber que Lucy está mucho mejor —nos anunció—. La pequeña duerme aún. Me he asomado a su alcoba, pero al ver que descansaba tranquilamente, no he entrado por temor a despertarla.

El profesor sonrió; evidentemente, se felicitaba por dentro.

—¡Ah, mi diagnóstico era exacto! —exclamó, frotándose las manos—. Y el tratamiento ha obrado en consecuencia.

—La mejora de mi hija, profesor, no se debe solo al tratamiento prescrito por usted. Si Lucy está bien esta mañana es, en parte, gracias a mí.

—¿Cómo, señora?

—Verá: como estaba un poco inquieta, durante la noche entré en su dormitorio. Mi hija dormía tranquilamente y ni siquiera me ha oído. Pero el cuarto no estaba ventilado. Además, había por todas partes esas horribles flores con su insufrible olor... ¡y ella misma llevaba una guirnalda al cuello! Temiendo que, en su estado de debilidad, las flores la perjudicasen, se las quité y entreabrí la ventana para ventilar la habitación. Oh, estoy segura de que quedará usted satisfecho de su aspecto.

Se dirigió a la puerta de su tocador, donde siempre se hacía servir el desayuno. Mientras ella hablaba, yo observé el semblante de Van Helsing, y le vi palidecer. Sin embargo, delante de la señora Westenra conservó la sangre fría para no asustarla; incluso sonrió al sostener la puerta para dejarla salir. Pero tan pronto hubo desaparecido, me empujó bruscamente hacia el comedor, cerrando la puerta.

Por primera vez en mi vida, vi al profesor venirse abajo. Levantó las manos, en una especie de muda desesperación y después las golpeó una contra otra, como si comprendiera que toda tentativa sería vana. Finalmente, se dejó caer en una butaca y, hundiendo el rostro entre las manos, empezó a llorar, a gemir... con unos sollozos que procedían de lo más hondo de su corazón. Volvió a levantar las manos como tomando por testigo de lo ocurrido al universo entero.

—¡Dios mío! —exclamó—. ¡Dios mío! ¿Qué ha hecho esa pequeña para sufrir tanto? ¿Es acaso un efecto de inexorable destino, venido del antiguo mundo pagano? Esa pobre madre, inocentemente, animada de las mejores intenciones, pone sin querer a su hija en peligro, tanto en cuerpo como en alma; y no obstante, nada podemos decirle ni reprocharle, ni aun adoptando las mayores precauciones, porque podría morirse y su muerte significaría también la de su hija. ¡Oh, qué difícil es todo! ¡Cómo nos acosan los poderes del infierno!

De pronto, se levantó con resolución.

—¡Vamos, tenemos que actuar! Aunque un diablo, aunque todos los diablos del infierno se hayan conjurado contra nosotros, no importa. Lucharemos, combatiremos...

Cogió el maletín del vestíbulo y subimos a la alcoba de Lucy.

De nuevo, levanté la persiana, mientras Van Helsing iba hacia la cama. Esta vez no se asustó al distinguir la extremada palidez de la joven. Sus facciones reflejaban una grave tristeza unida a una profunda compasión.

—¡Lo esperaba! —murmuró, con su respiración sibilante de los momentos trascendentes.

Sin añadir nada más, cerró la puerta con llave y dispuso todo lo necesario para efectuar una tercera transfusión. Yo, que había reconocido la urgencia del momento, iba ya a quitarme la chaqueta cuando Van Helsing me lo impidió.

—No, hoy seré yo quien dé la sangre. Tú estás demasiado débil.

Mientras, se quitó la chaqueta y se arremangó la camisa.

Otra transfusión, otra inyección de morfina, y las pálidas mejillas volvieron a colorearse lentamente, en tanto que la respiración regular retornaba a la muchacha, cuyo sueño recobró su normalidad. En esa ocasión fui yo quien velé mientras Van Helsing reponía fuerzas.

Durante una conversación que sostuvo luego con la señora Westenra, le dio a entender que no debía tocar nada de la habitación de su hija, fuese lo que fuese, sin antes consultar con él; que las flores en cuestión poseían una virtud medicinal y que el tratamiento que recibía Lucy consistía parcialmente en la respiración de aquel perfume. Después me dijo que deseaba saber cómo evolucionaba la enferma, por lo que se quedaría dos noches a su cabecera. Ya me avisaría con una nota cuando mi presencia fuese necesaria.

Un par de horas más tarde, Lucy se despertó, tan fresca como una rosa, sonriente y de buen humor. En resumen, estaba como si no hubiese tenido que soportar una nueva prueba.

¿Qué dolencia es la suya? Empiezo a preguntarme si, a fuerza de vivir entre locos, no estaré yo también perdiendo la razón.

DIARIO DE LUCY WESTENRA

17 de septiembre. Cuatro días y cuatro noches tranquilas… Sí, cuatro días y cuatro noches de calma absoluta. Estoy tan fuerte que apenas me reconozco. Tengo la impresión de haber vivido una larga pesadilla y que acabo de despertarme en una habitación iluminada por el sol y aireada por la fresca brisa de la mañana. Recuerdo vagamente unos momentos de angustia, de espera, de opresión; momentos llenos de tinieblas, carentes de toda esperanza; después... momentos de olvido y un resurgir a la vida, como el buceador que asciende por aguas profundas y tumultuosas.

La verdad es que, desde que el doctor Van Helsing está a mi lado, las pesadillas son cosa del pasado. Los rumores que me asustaban, los aleteos contra los cristales de la ventana, por ejemplo, o las voces lejanas, que se iban aproximando lentamente, las llamadas procedentes de no sé dónde, que me obligaban a hacer no sé qué... todo esto ha cesado. Cuando me acuesto ahora por la noche, ya no temo dormirme. No hago ningún esfuerzo por mantenerme desvelada. Además, el olor de ajo ha acabado por gustarme, y el profesor hace que todos los días me envíen una caja de Harlem. Esta noche, el profesor Van Helsing me dejará sola, ya que debe pasar un día en Amsterdam. Pero me encuentro tan bien que puedo quedarme sola sin temor alguno. Doy gracias a Dios por mamá, y mi querido Arthur y todos los amigos que han sido tan amables conmigo. No me importa que esta noche nadie me vele, puesto que la noche pasada, que me desperté dos veces, vi al profesor dormido en su sillón, pese a lo cual no temí dormirme de nuevo, a pesar de que unas ramas de árbol o unos murciélagos o lo que fuesen pegaban furiosamente a cada instante contra la ventana.

THE PALL MALL GAZETTE. 18 DE SEPTIEMBRE. EL LOBO HUIDO

Peligrosa aventura de nuestro corresponsal. Entrevista con el guarda del Parque Zoológico.

Después de varias tentativas, sirviéndome del nombre del *Pall Mall Gazette* como de un talismán, conseguí conversar con el guarda del sector del Parque Zoológico donde se hallan los lobos. Thomas Bilder vive en un apartamento próximo al edificio reservado a los elefantes, y llegué allí en el momento en que se disponía a tomar el té. Él y su esposa practican las leyes de la hospitalidad; se trata de un matrimonio ya maduro, sin hijos, que vive de forma muy agradable. El guarda se negó a hablar de «negocios», como dijo, antes del té, y no quise contrariarle.

Una vez terminada la merienda, encendió su pipa y se arrellanó en su butaca.

—Bien, caballero, le escucho. Pregunte cuanto quiera. Y perdone no haber querido hablar antes del té, pero también a los lobos, los chacales y las hienas siempre les doy de comer antes de plantearles las preguntas que suelo formularles.

—¿Usted les plantea preguntas? —inquirí, para volverlo comunicativo.

—O les acaricio la cabeza con un palo, o les rasco las orejas para complacer a los chicos que vienen con sus amiguitas y desean ver un buen espectáculo a cambio de su dinero. Todo esto lo hago con gusto; y siempre les pego con una vara antes de darles la pitanza. Y espero a que hayan tomado café y coñac —fueron sus sorprendentes palabras— antes de atreverme a rascarles las orejas.

»Fíjese bien —añadió filosóficamente—, nosotros nos parecemos mucho a los animales. Usted ha venido a indagar sobre mi trabajo y me ha encontrado tan gruñón que si no es por su propina no le hago caso. Sin ánimo de ofender, ¿le dije que se fuera al cuerno?

—En efecto.

—Y cuando me amenazó con denunciarme por usar palabras groseras, fue como si me diera con la vara en la cabeza; pero la propina lo solucionó todo. No me peleé con usted sino que aguardé a comer, y aullé como los lobos, los leones y los tigres. Bien, ahora que tengo la panza llena, puede rascarme las orejas, y no gruñiré. Pregunte. Sé a qué viene. A que le hable del lobo que huyó.

—Efectivamente. Quiero su opinión. Cuénteme primero lo que sucedió y, cuando ya conozca los hechos, podrá decirme cuál fue la causa, según usted, y cómo cree que terminará el incidente.

—Ese animal, al que llamamos Bersiker, era uno de los tres lobos grises que trajeron de Noruega. Era un animal bueno, que jamás dio problemas. Me sorprende que se haya escapado precisamente él, mucho más que cualquier otro animal del lugar. Pero ya ve, uno no puede fiarse de los lobos más que de las mujeres.

—¡No le haga caso, señor! —exclamó la señora Bilder con una carcajada—. Ha pasado tanto tiempo cuidando animales que no me extraña nada que él haya acabado convirtiéndose en un viejo lobo.

—¿Qué ocurrió?

—Un par de horas después de la comida oí un alboroto. Yo estaba preparando un lecho en el sitio de los monos para un pequeño puma que está enfermo, pero cuando oí los gruñidos y los aullidos fui allí a toda prisa. Me acerqué allá y, al ver que Bersiker se lanzaba enloquecido contra los barrotes como queriendo salir, me alarmé. No había nadie por allí, excepto un hombre alto y flaco, de nariz ganchuda y barba en punta y entrecana. Tenía una mirada dura y fría y unos ojos de color rojo. Como se lo cuento. Al momento, me resultó antipático, pues me pareció que él era el culpable de la agitación del lobo. Llevaba unos guantes de cabritilla y, señalando a los animales, comentó:

»"Guarda, estos lobos están inquietos por algo".

»"Tal vez por usted", repuse, pues no me gustaron sus altivos modales.

»No se enfadó, como suponía, sino que sonrió insolentemente, mostrando una dentadura muy blanca y afilada.

»"Oh, no", replicó, "yo no les gustaría".

»"Oh, sí", le imité, "siempre les gustan un par de huesos para limpiarse los dientes a la hora del té, y usted es un saco de huesos".

»Bueno, fue muy extraño, pues cuando los animales nos vieron conversar, se tendieron en el suelo, y cuando me aproximé a Bersiker, como era mi costumbre, permitió que lo acariciase en las orejas. Y aquel individuo se acercó... ¡y que me ahorquen si no metió la mano y acarició también las orejas de la fiera!

»"Ándese con ojo", le advertí. "Bersiker es muy fiero".

»"No tema", contestó. "Estoy acostumbrado a los lobos".

»"¿Se dedica a este negocio?», indagué, quitándome la gorra, ya que un comerciante en lobos es buen amigo de los guardas.

»"No, pero he domesticado a varios."

»Tras estas palabras se quitó el sombrero y, más empingorotado que un duque, se alejó. Bersiker le siguió con la mirada hasta que se perdió de vista y luego se echó en un rincón, del que no se apartó en toda la tarde. Cuando salió la luna, los lobos se pusieron a aullar a coro. Fui a echar una ojeada para ver si todo estaba en orden, y al fin cesaron los aullidos. Poco antes de las doce eché otra ojeada, y al llegar a la jaula de Bersiker observé que los barrotes estaban retorcidos y la jaula vacía. Y eso es todo cuanto sé.

—¿Vio algo o a alguien?

—Uno de los guardas que regresaba de un concierto afirma que distinguió a un perrazo gris que salía del parque.

—Amigo Bilder, ¿puede explicar de alguna forma la huida del lobo?

—Tal vez, pero ignoro si mi teoría le satisfará.

—Seguramente. Si un guarda tan competente como usted, que tan bien conoce a los animales, no puede aventurarse a dar una explicación, ¿quién podría hacerlo?

—Bien, oiga usted: el lobo se escapó porque quería salir.

A esta aseveración, Thomas y su mujer se echaron a reír, y comprendí que no era la primera vez que daba esa respuesta.

—Estupendo, Bilder. En este momento, ya se ha ganado la propina que le di; ahora, puede ganarse otra si me cuenta su opinión particular sobre el caso.

—De acuerdo, otra propineja no me vendrá mal —sonrió Bilder—. Mi opinión es esta: el lobo está escondido en alguna parte. El otro guarda afirma que le vio a todo correr, más veloz que un caballo, hacia el norte. Yo no lo creo, porque los lobos no galopan de ese modo. Se han escrito muchas tonterías respecto a esos animales, pero en la vida real un lobo es un bicho vil, ni tan listo ni tan valiente como un buen perro. Bersiker no está acostumbrado a pelear, ni siquiera a buscarse la comida. Lo más probable es que esté en algún rincón del parque, escondido, temblando y suspirando por su desayuno. Tal vez se halle en una carbonera. ¡Vaya susto se llevarán cuando vayan a buscar carbón y vean los ojos verdes y chispeantes en la oscuridad! Si no logra obtener comida, la buscará y quizá irá a una carnicería. Si no, mientras una nodriza charla con su soldadito… tal vez más tarde eche en falta al niño del cochecito. Así es como veo la historia.

Estaba dándole la segunda propina cuando algo se aproximó a la ventana, y se reflejó a través del vidrio.

—¡Cielo santo! —exclamó Bilder, muy asombrado—. ¡Ya ha vuelto Bersiker!

Fue a abrir la puerta.

El maligno lobo, que durante medio día había paralizado de espanto todo Londres, haciendo temblar a los niños de la ciudad, estaba allí arrepentido, y fue recibido y acariciado como un hijo pródigo.

El guarda lo examinó con tierna solicitud y al terminar exclamó:

—¿Ve? Ya sabía que este animalito no se metería en ningún jaleo. Fíjese, tiene la cabeza llena de cortes y cristales rotos. Seguramente ha escalado una tapia. Es vergonzoso que permitan colocar botellas rotas en lo alto de los muros. ¿Ve el resultado? Bien, vámonos, Bersiker.

Se llevó al lobo, lo metió en su jaula y le dio un pedazo de carne, tras lo cual fue a dar parte de su regreso.

Por mi parte, me marché para redactar esta información exclusiva sobre la extraña huida del lobo del parque zoológico.

17 de septiembre. Después de cenar me hallaba en mi despacho, ocupado en poner al día mis apuntes, ya que no había podido hacerlo antes a causa de mis pacientes y de mis frecuentes visitas a Lucy, cuando de repente se abrió la puerta y Renfield, convulso por la cólera, se precipitó hacia mí. Me quedé literalmente petrificado, pues no es corriente que un paciente, sin pedir permiso, vaya al despacho del médico en jefe. Empuñaba un cuchillo y comprendí que, en su furor, podía ser peligroso; retrocedí y me coloqué detrás de la mesa, y de esta forma quedé separado del loco. Pero, al observar mi maniobra, dio un salto y me asestó una cuchillada bastante grave en la muñeca. Sin embargo, no le di tiempo a repetir la acción y le asesté un puñetzo que le hizo caer de espaldas al suelo. Mi muñeca sangraba abundantemente y la sangre formó pronto un pequeño charco en el suelo. Como me pareció que Renfield no planeaba un segundo ataque, al menos de inmediato, procedí a vendarme la herida, mientras vigilaba al loco tendido en tierra. Cuando llegaron los vigilantes nos inclinamos sobre él para levantarle y devolverle a su celda, y vimos que estaba ocupado en algo que me removió el estómago. Boca abajo, lamía la sangre caída de mi muñeca como si fuera un perro. Sin embargo, me quedé estupefacto al ver que se dejaba conducir sin protestar, repitiendo una y otra vez:

—¡La sangre es la vida! ¡La sangre es la vida!

No puedo perder sangre, ni aun una ínfima cantidad, pues en los últimos días ya he perdido bastante para mi salud; además, la prolongada tensión de la enfermedad de Lucy y sus terribles fases está empezando a afectarme. Estoy sobreexcitado y agotado, y necesito descansar, descansar, descansar. Afortunadamente, el profesor no me ha llamado; por tanto, gozaré de las horas de sueño necesarias.

(Enviado a Carfax, Sussex, sin indicación del condado; entregado con veintidós horas de retraso.)

17 de septiembre. No dejes de ir esta noche a Hillingham. Si no vigilas toda la noche, entra a menudo en el dormitorio procurando que nadie toque las flores. Muy importante. Me reuniré contigo lo antes posible, cuando regrese a Londres.

DIARIO DEL DOCTOR SEWARD

18 de septiembre. Voy a tomar el tren para Londres. El telegrama de Van Helsing me ha dejado consternado. Una noche entera perdida, y sé muy bien lo que puede suceder en una noche. Es posible que todo haya ido bien, pero han podido ocurrir tantas cosas… Seguramente, nos persigue alguna maldición, puesto que todos nuestros esfuerzos se ven siempre contrariados. Me llevo este cilindro a Hillingham y completaré el registro en el fonógrafo de Lucy.

MEMORÁNDUM DEJADO POR LUCY WESTENRA

17 de septiembre, de noche. Escribo estas líneas en unas hojas sueltas, para que las encuentren y sean leídas, pues quiero que sepan exactamente qué ha pasado esta noche. Sé que me estoy muriendo de debilidad. Apenas tengo fuerzas para escribir, pero es preciso que lo haga, aunque la muerte me sorprenda con la pluma en la mano.

Como de costumbre, me metí en la cama tras haberme puesto la guirnalda, tal como ordenó el profesor Van Helsing, y me dormí casi al instante.

Me despertó un aleteo en la ventana, aleteo que oí por primera vez la noche en que, sonámbula, subí al acantilado de Whitby, donde me encontró Mina y cuya narración de la aventura he oído tantas veces desde entonces. No tenía miedo, pero me habría gustado que el doctor Seward se hallara en la estancia contigua, como me dio a entender el profesor, para poder llamarle. Traté de dormirme de nuevo, pero no lo conseguí. Entonces volví a verme asaltada por mi antiguo temor al sueño, y decidí permanecer despierta. Extrañamente, mientras intentaba combatirlo, ahora que no lo deseaba, el sueño iba apoderándose lentamente de mí. Por tanto, como me daba miedo estar sola, abrí la puerta y grité:

—¿Hay alguien?

Nadie contestó. Como no quería despertar a mamá, cerré la puerta. Entonces, fuera, procedente del bosquecillo, oí algo parecido a un aullido de perro, aunque mucho más espantoso. Fui a la ventana, me asomé tratando de distinguir algo en la oscuridad, pero no vi nada, aparte de un enorme murciélago, probablemente el mismo que había aleteado contra la ventana. Regresé a la cama, decidida a no dormir. Poco después, se abrió la puerta y mamá asomó la cabeza; al ver que no dormía, entró y se sentó en la cama.

—Temí que necesitaras algo, querida —me dijo con su tono suave—, y he querido asegurarme.

Para que no se enfriase, le propuse que se acostase conmigo; cosa que hizo, sin quitarse el peinador ya que, según me indicó, solo estaría unos minutos, y luego volvería a su cama. Mientras me estrechaba entre sus brazos, se produjo otro ruido en la ventana.

—¿Qué pasa? —gritó mamá sobresaltada.

La tranquilicé y volvió a tenderse, más calmada a pesar de que oí los fuertes latidos de su corazón. En una ocasión, oí aullidos entre los árboles, y algo chocó contra la ventana. Se rompió un vidrio, y los fragmentos se desparramaron por el suelo. El viento empujó la cortina hacia el interior y entre los cristales rotos asomó la cabeza de un gran lobo, excesivamente delgado. Mamá lanzó un chillido de espanto, se incorporó en la cama, muy agitada, y trató de asir un objeto cualquiera para defendernos. De este modo, arrancó de mi cuello la guirnalda de flores, que arrojó en medio de la estancia. Durante unos instantes, estuvo sentada en la cama, señalando al lobo con el dedo, y después cayó sobre la almohada, como alcanzada por un rayo, y su cabeza chocó contra mi frente; estuve aturdida un par de segundos; la habitación daba vueltas a mi alrededor, y, no obstante, mis ojos estaban fijos en la ventana. El lobo desapareció, y una serie de manchas, a millares, penetraron tumultuosamente por la abertura de la ventana, en unos remolinos que me recordaron las columnas de arena que el viajero ve elevarse en el desierto cuando sopla el simún. Traté de sentarme en la cama, pero fue en vano; no sé qué fuerza misteriosa me lo impedía; además, el cuerpo de mi pobre mamá, que había empezado a enfriarse, me impedía todo movimiento. Luego, perdí el conocimiento. No recuerdo nada más.

Mi desvanecimiento no duró mucho, si bien los minutos transcurridos me resultaron terribles. Al volver en mí, sonaba una campana, unos perros aullaban alrededor de la casa, y entre los árboles del parque, no lejos de mi ventana, me parecía que cantaba un ruiseñor. El dolor, el miedo, mi enorme debilidad, me produjeron un pesado sopor; sin embargo, escuchando al ruiseñor, tuve la impresión de oír la voz de mamá, su voz que se elevaba en medio de la noche para consolarme. Sin duda, esos diferentes ruidos despertaron a las doncellas, porque las oí andar descalzas por el pasillo. Las llamé, entraron y lanzaron gritos de espanto al divisar el cuerpo de mamá yerto encima de mí. El viento, que penetraba por el cristal roto, hacía batir la puerta a cada instante. Las muchachas cogieron a mamá, a fin de que yo pudiese levantarme y con mil precauciones la tendieron sobre la cama, tapándola con una sábana. Cuando vi lo impresionadas que estaban, las invité a bajar al comedor y beberse un vaso de oporto. Abrieron la puerta, que al momento se cerró tras ellas por el viento, y las oí gritar nuevamente y descender corriendo. Entonces, dispuse todas las flores que tenía sobre el pecho de mamá y, aunque recordé las recomendaciones del profesor Van Helsing, por nada del mundo las hubiera quitado de allí. Esperaba que las doncellas volviesen y me acompañasen a velar el cadáver... pero no subieron. Las llamé y no contestaron. Entonces, decidí bajar al comedor. El espectáculo que se ofreció ante mis ojos fue espantoso: las cuatro yacían sobre la alfombra, respirando con dificultad. La botella de oporto, semivacía, se hallaba sobre la mesa, pero en la estancia había un olor extraño... acre. Examiné la botella: olía a láudano. Abrí el aparador y vi que el frasco de láudano, que a mamá le sirve de medicina, estaba vacío. ¿Qué puedo hacer? ¿Qué he de hacer? He vuelto a subir a la habitación, al lado de mamá; no puedo dejarla, y estoy sola en la casa, aparte de esas pobres chicas dormidas por alguien que les ha dado láudano a beber. ¡Sola con la muerte! No me atrevo a salir ya que, por la ventana rota, oigo aullar al lobo. Esas manchitas siguen danzando por la habitación, arremolinándose a causa del viento, y la lámpara, ya mortecina, no tardará en apagarse.

¿Qué hago, Dios mío? ¡Que Dios me proteja esta noche! Meteré estas hojas en mi corpiño, donde las encontrarán cuando vengan a sacarme de aquí. ¡Mi pobre madre ya me ha abandonado! ¡Es hora de que yo parta a mi vez! Os digo adiós a todos. Adiós, mi querido Arthur, si no sobrevivo a esta noche. ¡Que Dios te proteja, amigo mío, y venga en mi ayuda!

12

DIARIO DEL DOCTOR SEWARD

18 de septiembre. Llegué temprano a Hillingham. Tras dejar el coche junto a la verja, fui a pie hasta la casa. Llamé suavemente, para no despertar a Lucy ni a la señora Westenra si dormían. Esperaba que alguna doncella me oiría. Transcurrieron unos instantes y, al ver que nadie venía a abrirme, volví a llamar, y al final golpeé la puerta. Tampoco hubo respuesta. En mi fuero interno, maldije a la servidumbre por quedarse en cama hasta tan tarde, ya que eran casi las diez, y llamé de nuevo lleno de impaciencia; fue en vano. Hasta entonces había culpado solo al servicio, pero, de pronto, me sentí invadido por el temor. Aquel silencio era una nueva manifestación de la maldición que se cernía constantemente sobre nosotros. ¿Había llegado demasiado tarde y la muerte había entrado antes que yo? Sabía que cada minuto, cada segundo transcurrido, podía suponer horas de peligro para Lucy si su estado se había agravado; por tanto, rodeé la mansión en busca de una entrada lateral.

Todas las puertas estaban cerradas con llave, todas las ventanas bien ajustadas, por lo que tuve que volver sobre mis pasos. Al llegar a la puerta principal, oí el trote rápido de un caballo; el coche que este conducía se detuvo frente a la verja y muy poco después vi a Van Helsing, que corría por la avenida. Al divisarme, exclamó jadeando:

—Ah, ¿eres tú? ¿Acabas de llegar? ¿Cómo está Lucy? ¿Llegamos a tiempo? ¿Recibiste mi telegrama?

Le contesté, con la mayor coherencia posible, que había recibido su telegrama esa madrugada y que había venido lo antes posible. Que había llamado repetidas veces, pero que nadie contestaba.

Guardó silencio un momento y, tras descubrirse, afirmó con tono grave:

—Creo que hemos llegado demasiado tarde. ¡Que sea lo que Dios quiera! —Luego, recobrando todo su valor como siempre, añadió—: Ven, si no hay ninguna puerta ni ventana abiertas, ya hallaremos la forma de entrar.

Volví con él a la parte trasera de la mansión. El profesor sacó del maletín su pequeña sierra de cirujano y, entregándomela, me enseñó los barrotes que protegían la ventana de la cocina. Rápidamente, empecé a aserrarlos, y enseguida tres de los barrotes cedieron a mis esfuerzos. Luego, con un pequeño cuchillo, conseguimos hacer saltar la falleba y abrimos la ventana. Ayudé al profesor a saltar dentro de la cocina, y le seguí. No había nadie allí, ni tampoco en la despensa. En la planta baja y en el comedor, alumbrado por el sol que se filtraba a través de los cortinajes, hallamos a las cuatro doncellas tendidas en el suelo. Al instante temimos que hubieran muerto, pero las oímos roncar, y el fuerte olor a láudano que reinaba en la pieza nos iluminó respecto a su estado.

—Ya nos ocuparemos de ellas más tarde —me indicó Van Helsing cogiéndome del brazo.

Subimos velozmente al dormitorio de Lucy. Antes de entrar nos paramos a escuchar delante de la puerta. No oímos ni el menor rumor. Ambos muy pálidos, con manos temblorosas, empujamos suavemente la puerta.

¿Cómo describir el espectáculo que se ofreció a nuestros ojos? Sobre la cama se hallaban tendidas Lucy y su madre; esta, en el lado más alejado de la puerta, estaba cubierta con una sábana; el borde de la misma, levantado por la corriente de aire que penetraba por un cristal roto, permitía ver su semblante lívido y cansado, desencajado por el espanto. A su lado, Lucy descansaba, con el rostro más desencajado todavía. La guirnalda de flores que debía llevar ella estaba sobre el pecho de la señora Westenra y, al tener la garganta al descubierto, podían observarse las dos pequeñas incisiones ya vistas anteriormente, aunque mucho más blancas y magulladas.

Sin hablar, el profesor se inclinó sobre la cama, tocando casi con la cara el pecho de la pobre Lucy, y tras escuchar atentamente por espacio de un solo segundo, se incorporó y gritó:

—¡Aún no es demasiado tarde! ¡Vive! ¡Rápido, coñac!

Descendí apresuradamente en busca de la botella del comedor y, tras probar el licor por precaución, a fin de asegurarme de que nadie había añadido láudano como en el oporto, advertí que las sirvientas respiraban con cierta agitación, por lo que pensé que el efecto de la droga se iba disipando lentamente. Regresé arriba corriendo, y el profesor, igual que en otras ocasiones anteriores, frotó con el licor los labios y las encías de Lucy, sus muñecas y las palmas de las manos.

—Bien, por el momento, esto es todo. Baja y trata de despertar y atender a las criadas. Golpéales el rostro con un trapo mojado y no temas hacerlo con fuerza. Luego, que enciendan fuego y preparen un baño caliente. Lucy está casi tan helada como el cadáver de su madre. Hay que darle calor antes de continuar.

Logré despertar a tres doncellas con gran dificultad; pero la cuarta era casi una niña, y la droga había actuado en ella con mayor eficacia. La tendí sobre el sofá y la dejé dormir. Las demás permanecieron unos instantes aturdidas pero, a medida que volvían en sí, recordaban lo pasado y empezaron a sollozar, deseosas de contarme el drama que habían vivido. Sin embargo, me mostré firme y severo, y no las dejé hablar; les comuniqué que con una muerte ya era suficiente y que si perdían unos instantes parloteando era probable que la señorita Lucy fuese a hacerle compañía a su madre. Sollozando y a medio vestir, se marcharon a la cocina. Por suerte, el fuego no estaba completamente apagado, y había muchas brasas, por lo que pronto dispondríamos de agua caliente.

En cuanto estuvo el baño preparado, metimos a Lucy en la bañera. Estábamos friccionándole los brazos y las piernas cuando llamaron a la puerta principal. Una doncella fue rápidamente a terminar de vestirse y bajó a abrir. Después, nos avisó de la presencia de un caballero que venía de parte del señor Holmwood. Como en aquellos momentos no estábamos para recibir a nadie, le ordené que hiciera aguardar al visitante; confieso que, al cabo de un momento, ocupado con Lucy, me había ya olvidado de su presencia.

Jamás había visto al profesor luchar tan ferozmente contra la muerte. Ambos sabíamos, por desgracia, que se trataba precisamente de esto: de combatir a la muerte. Y eso fue lo que le dije cuando se incorporó un instante. No capté bien su respuesta, pero la gravedad de su expresión me sorprendió desagradablemente.

—Si solo se tratase de esto, abandonaría todo esfuerzo y dejaría que Lucy descansara en paz, puesto que la existencia no puede darle ya más que pesares.

Sin embargo, redoblando su ardor continuó tratando de reanimar a la muchacha.

No tardamos en darnos cuenta de que el agua caliente empezaba a surtir efecto. Por medio de un estetoscopio, oímos latir de nuevo el corazón, y el jadeo de los pulmones se tornó también más audible. Al sacar a la joven del baño, envuelta en una toalla caliente, Van Helsing murmuró, casi radiante:

—¡Hemos ganado la primera partida! ¡Jaque al rey!

Instalamos a Lucy en otra habitación, y tan pronto estuvo en la cama, echamos entre sus labios unas gotas de coñac. Después, Van Helsing anudó en torno a su cuello un pañuelo de seda. Lucy aún no había aún recobrado el conocimiento y estaba peor que nunca.

Tras llamar a una doncella, el profesor le ordenó que no se moviera del lado de su joven ama, y que no le quitara la vista de encima hasta nuestro regreso; luego me indicó que la acompañase.

—Ahora deberíamos hablar sobre lo que vamos a hacer —observó, mientras bajábamos por la escalinata.

Entramos en el comedor, cuya puerta cerró cuidadosamente a sus espaldas. Ya habían abierto los postigos de las ventanas, pero las persianas permanecían bajadas, con esa obediencia al protocolo de la muerte que observan escrupulosamente las mujeres de las clases inferiores. La habitación, por tanto, estaba sumida en la penumbra, pero no nos hacía falta más luz para nuestro propósito. La gravedad de la expresión del profesor había dejado paso a la perplejidad. Con toda seguridad, estaba tratando de resolver una nueva dificultad.

—Sí, ¿qué hemos de hacer? —repitió—. ¿Quién nos ayudará? Es absolutamente necesaria otra transfusión de sangre… y lo antes posible, de lo contrario esa joven no vivirá ni una hora. Tú, amigo mío, estás agotado, lo mismo que yo. Y temo pedírselo a una de las doncellas, suponiendo que alguna se prestara a la operación. ¿Dónde hallar a alguien que pueda darle sangre?

—¿No estoy yo aquí, acaso?

La voz procedía del sofá, situado al otro extremo de la estancia, y al momento me sentí aliviado, puesto que no podía engañarme: aquella voz pertenecía a Quincey Morris. El profesor esbozó un movimiento de cólera, pero sus facciones no tardaron en suavizarse y una lucecita de alegría brilló en sus ojos, en tanto que yo, yendo hacia él con las manos extendidas, grité:

—¡Quincey Morris! ¿Qué te trae por aquí?

Por toda respuesta me entregó un telegrama: «Sin noticias de Seward hace tres días. Terriblemente inquieto. No puedo irme. Padre sigue enfermo. Escríbeme sin tardanza como está Lucy. Holmwood».

—Creo que llego a tiempo —manifestó Morris—. Por supuesto, saben que solo han de decirme lo que debo hacer.

Van Helsing se aproximó a Morris, le estrechó la mano y le miró fijamente a los ojos.

—Cuando una mujer agotada necesita sangre, solo puede salvarla la sangre de un hombre valeroso. El diablo emplea contra nosotros todo su poder, pero Dios, y esto es una nueva prueba, siempre envía al hombre que necesitamos.

Una vez más llevamos a cabo una transfusión de sangre. Resultó una operación tan penosa que no me atrevo a describir los detalles. Lucy debía de haber recibido un golpe terrible, pues se hallaba peor que las veces anteriores, y no reaccionó de la misma forma. Su lucha para volver a la vida fue un espectáculo insoportable. Poco a poco, no obstante, el corazón latió con más regularidad, la respiración se normalizó, y Van Helsing le administró otra inyección de morfina, que transformó el desvanecimiento en un sueño reparador. El profesor se quedó velando a la joven en tanto yo descendía con Morris y enviaba a una doncella a pagarle al cochero que esperaba junto a la verja.

Tras darle un vaso de vino, hice tender al joven sobre el sofá, y le ordené a la cocinera que preparase una comida sustanciosa. Luego, asaltado por una idea, regresé a la habitación de la enferma. Hallé a Van Helsing con dos o tres hojas de papel en la mano. Comprendí que ya las había leído y que reflexionaba respecto a su contenido. A pesar de su aspecto sombrío, en su semblante había cierta satisfacción, como si acabase de esclarecer una duda. Me tendió las hojas de papel.

—Cayeron del corpiño de Lucy —me explicó— cuando la levantamos para llevarla al baño.

Después de leer lo escrito por la muchacha, contemplé al profesor con estupefacción.

—Por amor de Dios —exclamé—, ¿qué significa esto? ¿Estaba, o está loca? Y si no lo está, ¿a qué clase de peligro nos enfrentamos?

Van Helsing se apoderó de las cuartillas.

—Por ahora, no pienses más en esto —replicó—. Olvídalo. Ya llegará el instante en que lo sepas o lo comprendas todo, pero será más tarde. Bien, ¿por qué has subido? ¿Tienes algo que decirme?

Estas palabras me devolvieron a la realidad.

—Sí, se trata del certificado de defunción. Si no cumplimos con todas las formalidades, habrá sin duda una investigación y tendremos que entregar ese papel. Espero que no haga falta una investigación, puesto que sería tanto como matar a Lucy, si no muere antes por otras causas. Nosotros y el médico de cabecera de la señora Westenra sabemos muy bien cuál era su dolencia, por lo cual podemos certificar que esta ha sido la causa de su defunción al momento y yo mismo lo llevaré al funcionario del registro civil, y después iré a ver al empresario de las pompas fúnebres.

—Perfecto, amigo John. Piensas en todo. Realmente, si a Lucy le persiguen unos enemigos implacables, al menos tiene la dicha de contar con unos amigos muy devotos. Unos se dejan abrir las venas por ella, entre los cuales me cuento yo, pese a mis años. Ah, sí, en todo esto te reconozco, mi buen amigo. Y te lo agradezco en nombre de esta niña. Y ahora, bajemos.

En el vestíbulo hallamos a Quincey Morris, que se disponía a enviar un telegrama a Arthur, anunciándole la muerte de la señora Westenra y comunicándole que Lucy, después de una grave recaída, se recuperaba lentamente; y que Van Helsing y yo no nos apartábamos de su lado.

Cuando le dije adónde iba yo, no me retuvo, pero me preguntó:

—¿Cuándo volverás, John? ¿Podré entonces sostener contigo una pequeña charla?

Le contesté afirmativamente.

El funcionario del registro civil no opuso ninguna dificultad y el empresario de pompas fúnebres dijo que por la tarde se presentaría en la mansión, a fin de tomar las medidas del ataúd y quedar de acuerdo en todos los detalles respecto al sepelio.

Cuando regresé, Quincey me estaba aguardando. Le prometí una conversación tan pronto hubiese visto a Lucy, y subí a su dormitorio. Aún dormía, y al parecer el profesor no se había movido de su lado en todo el día. Al verme, se llevó un dedo a los labios y comprendí que Lucy no tardaría en despertarse, y él quería que este despertar fuese natural y no provocado por un ruido. Fui, pues, a reunirme con Quincey, a quien conduje al salón, donde las ventanas se hallaban aún bien iluminadas, cosa que ponía una nota de alegría en la estancia.

—John Seward —me espetó cuando estuvimos a solas—, no quisiera mezclarme en lo que no es de mi incumbencia, pero esta situación es grave, excepcional... Tú sabes que amo a esta joven y que le pedí la mano. Aunque esto sea ya agua pasada, todavía me inspira un gran sentimiento y experimento, por tanto, una gran inquietud respecto a ella. ¿Qué es lo que tiene? ¿Cuál es su dolencia? El holandés... (al instante me di cuenta de que es un individuo notable), te dijo, cuando ambos entrasteis en el comedor, donde yo me hallaba a la sazón, que era necesaria «*otra transfusión*» de sangre, y añadió que tanto tú como él ya estabais agotados. ¿Debo comprender que Van Helsing y tú ya os habéis sometido a esa prueba, por la que acabo de pasar yo?

—Exactamente.

—Y supongo que Arthur habrá hecho lo mismo. Cuando le vi hace cuatro días, me pareció algo débil. Nunca había visto cambiar a una persona con tanta rapidez desde que en la pampa mi yegua murió una noche, esa en que uno de esos enormes murciélagos del tipo vampiro le abrió una vena de la garganta y le chupó toda la sangre. Ni siquiera tuvo fuerzas para incorporarse, pobre animal, y no tuve más remedio que alojarle una bala en el cráneo. Dime, John, si no se trata de un secreto profesional: Arthur fue el primero que dio su sangre a Lucy, ¿verdad?

Mientras hablaba, el pobre muchacho apenas podía disimular la angustia que le inspiraba el estado de salud de la joven que aún amaba, angustia agravada por su completa ignorancia de ese mal misterioso y terrible que no dejaba el menor respiro a la desventurada. Su dolor era inmenso y tenía que hacer acopio de toda su fuerza de voluntad, cosa que no le faltaba, para no echarse a llorar. Reflexioné un momento antes de contestarle, ya que vacilaba en contarle toda la verdad sin estar autorizado por Van Helsing. Pero sabía ya tantas cosas, y había adivinado tanto, que no podía dejar sin respuesta su pregunta.

—Sí —asentí—, el primero.

—¿Cuándo fue esto?

—Hace diez días.

—¡Diez días! Entonces, esa pequeña, a la que tanto amamos todos, ha recibido en sus venas, en diez días, la sangre de cuatro hombres... ¡Es excesivo para un cuerpo tan frágil!

Luego, aproximándoseme, inquirió con un tono bajo aunque brusco:

—¿Por qué, entonces, aún está exangüe?

—Este es el misterio —repuse, inclinando la cabeza—. No sabemos a qué se debe, ni Van Helsing ni yo. Cierto que hubo algunos incidentes que contrariaron el tratamiento aplicado por el profesor... pero esto ya no volverá a producirse. Actualmente, estamos decididos a quedarnos aquí hasta que todo vaya bien... o hasta que todo haya terminado.

Quincey me tendió una mano.

—Yo os ayudaré —se ofreció—. Tú y ese holandés me diréis qué debo hacer y yo lo haré.

Cuando Lucy despertó, ya por la tarde, se llevó una mano al pecho y, ante mi gran sorpresa, retiró las cuartillas que Van Helsing y yo ya habíamos leído. El profesor había vuelto a colocarlas en aquel lugar, por temor a que, al despertarse la joven y no hallarlas, se alarmara. Entonces, nos contempló a Van Helsing y a mí un instante, y sonrió dulcemente. Recorrió la estancia con la mirada, pero al darse cuenta de que no era la suya lanzó un grito y se tapó el rostro con sus delgadas manitas. Estaba casi tan blanca como las sábanas. Acababa de comprender la realidad que, por el momento, se resumía así: había perdido a su madre. Intentamos consolarla, y si bien conseguimos aliviar en parte su pesar, continuó muy abatida y sollozó largo rato. Cuando le notificamos que uno de nosotros, o quizá los dos, permaneceríamos a su lado constantemente, se tranquilizó en parte. Por la noche se adormeció. Cosa extraña, mientras dormía, cogió las cuartillas de papel y las rompió en dos pedazos. Van Helsing se le acercó y le quitó los fragmentos de las manos. Mas, como si todavía las estuviera sujetando, prosiguió desgarrándolas imaginariamente; por fin, levantando las manos, las abrió como si arrojase lejos de sí los papeles. Van Helsing, con expresión asombrada, reflexionaba, pero no hizo el menor comentario.

19 de septiembre. Durante toda la noche su sueño fue agitado; en varias ocasiones, manifestó su temor a dormirse, y cada vez que se despertaba se sentía más débil. Van Helsing y yo la velamos por turnos y no la dejamos sola ni un momento. Quincey Morris no nos puso al corriente de sus intenciones, pero sé que estuvo paseando en torno a la casa toda la noche.

Por la mañana, Lucy carecía de fuerzas por completo. Apenas lograba mover la cabeza, y los escasos alimentos que tomaba no le hacían el menor provecho. A veces, mientras dormitaba unos segundos, Van Helsing y yo percibíamos el enorme cambio operado en ella. Dormida, parecía más fuerte a pesar de su rostro descarnado, y su respiración era más lenta y regular; su boca, entreabierta, permitía ver sus encías pálidas y retiradas de los dientes, que de este modo se veían mucho más largos y afilados. Cuando se despertaba, la dulzura de sus ojos le daban la expresión que tanto conocíamos, aunque sus facciones fuesen ya los de una moribunda. Por la tarde, pidió ver a Arthur, a quien pusimos un telegrama. Quincey fue a la estación a esperarle.

Ambos llegaron hacia las seis. El sol de poniente todavía prestaba calor y luz, bañando las mejillas de la enferma a través de la ventana. Cuando la vio, Arthur apenas supo ocultar su emoción, y ninguno de nosotros tuvo valor para hablar. Durante las últimas horas, Lucy dormitaba con más frecuencia, y caía en estados comatosos, de forma que nuestras conversaciones, o mejor nuestros esbozos de conversación con ella, eran más breves. Sin embargo, la presencia de Arthur fue un estimulante. La joven recobró algunas energías y habló con su prometido más animada que anteriormente. El joven también se sobrepuso a su impresión y contestaba con todo el ímpetu de que era capaz.

Ahora, es casi la una; Van Helsing y Arthur están a su lado; dentro de un cuarto de hora iré a remplazarles y, mientras tanto, registro todo esto en el fonógrafo de Lucy. Mis dos amigos, entonces, descansarán hasta las seis de la madrugada. Temo mucho que mañana no tengamos ya necesidad de velarla. Esta vez, la pobre muchacha no se recobrará de su extremada debilidad. ¡Que Dios nos ayude!

CARTA DE MINA HARKER A LUCY WESTENRA (NO ABIERTA POR LA DESTINATARIA)

17 de septiembre

Mi querida Lucy:

Hace un siglo que no tengo noticias tuyas, o mejor, un siglo que yo no te escribo. Estoy segura de que querrás perdonarme, cuando sepas todo lo que he de contarte. Ante todo, hemos regresado ya con mi marido. Al bajar del tren en Exeter, nos esperaba un coche en el que, a pesar de padecer un nuevo ataque de gota, se hallaba el señor Hawkins. Nos condujo a su casa, donde nos habían preparado unos aposentos muy confortables, y donde cenamos los tres. Después de la cena, el señor Hawkins nos dijo:

—Amigos míos, bebo a vuestra salud y vuestra felicidad. ¡Ojalá conozcáis grandes dichas! A los dos os he conocido de niños, y os he visto crecer con orgullo y ternura. Ahora deseo que os quedéis conmigo. No tengo hijos, estoy solo en el mundo y, en mi testamento, os dejo todos mis bienes.

No pude reprimir las lágrimas, mi querida Lucy, como comprenderás, mientras Jonathan y el señor Hawkins se estrechaban las manos con emoción. ¡Oh, qué velada tan deliciosa!

Nos hemos instalado en esta antigua mansión y tanto desde el dormitorio como desde el salón diviso los grandes olmos que rodean la catedral, con sus ramas enormes y negras destacándose sobre la piedra amarillenta del monumento y, desde la noche hasta la mañana, oigo los grajos que no cesan de graznar, y parlotear, y chismorrear todo el día, a la manera de los grajos... y los humanos. Me hallo muy ocupada organizado la casa, disponiéndola a nuestro gusto. El señor Hawkins y Jonathan trabajan todo el día, puesto que ahora ambos se han asociado. El señor Hawkins está poniendo a Jonathan al corriente de los asuntos de todos sus clientes.

¿Cómo se encuentra tu querida mamá? Quisiera pasar un par de días en tu casa, pero ahora me resulta muy difícil dejar esta, con el trabajo que tengo; por otra parte, aunque Jonathan ya está bien, aún no se halla completamente restablecido. Todavía está débil, suele sufrir sobresaltos mientras duerme, y se despierta temblando; en tales momentos, necesito echar mano de toda mi paciencia para calmarlo. Gracias a Dios, esas crisis son menos frecuentes día a día, y espero que desaparezcan del todo. Y ahora que ya te he contado todas mis novedades, ha llegado el momento de preguntar por ti. ¿Cuándo te casas y dónde? ¿Quién celebrará la ceremonia? ¿Qué vestido llevarás? ¿Invitarás a mucha gente o se hará todo en la intimidad? Responde a todas estas preguntas, pues sabes cuánto pienso y me intereso por ti y en todo lo que te rodea. Jonathan me pide que te envíe un «respetuoso saludo», pero yo pienso que esto es muy poco por parte del joven asociado a la importante firma de Hawkins y Harker; por tanto, como tú me quieres, yo te quiero de todo corazón y él me quiere, prefiero enviarte todo su «cariño». Adiós, querida Lucy, y que Dios te bendiga.

Mina

INFORME DE PATRICK HENNESEY, DOCTOR EN MEDICINA,
A JOHN SEWARD, DOCTOR EN MEDICINA

20 de septiembre

Mi querido colega:

Tal como me pidió, paso a informarle respecto al estado de los pacientes que he visitado. Respecto a Renfield, hay mucho de que hablar. Sufrió una nueva crisis que, aunque temí lo peor, terminó sin consecuencias penosas. Esta tarde, un carro conducido por dos individuos se dirigió a la mansión abandonada, cuyo jardín linda con el nuestro; se trata de la casa hacia la cual nuestro enfermo huyó dos veces. Los dos individuos se detuvieron junto a la verja del manicomio para preguntarle al portero el camino, pues, según dijeron, son extranjeros. En aquel instante, yo me hallaba apoyado en la ventana del despacho, fumando un cigarrillo después del almuerzo, y vi cómo, al pasar uno de los dos hombres frente a la ventana de Renfield, este empezó a insultarle desde el interior, con los peores epítetos imaginables. El hombre le ordenó callarse. Pero Renfield le acusó de robarle y querer asesinarle, y gritó que lo impediría aunque le ahorcasen por ello. Abrí la ventana y le dije al hombre que no hiciese caso y él, después de echar un vistazo a su alrededor, repuso:

—Diantre, no sabía que esto era un manicomio. Les compadezco a ustedes por tener que convivir junto a una bestia tan feroz como esta.

Entonces me pidió que le indicara cómo podía llegar a la verja de la casa abandonada; yo le señalé el camino y se alejó, seguido de las amenazas y maldiciones de Renfield. Fui a saber la causa de su furia, pues usualmente es hombre de buenos modales, salvo durante sus violentos ataques. Ante mi asombro, estaba tranquilo y cordial. Traté de hacerle hablar del incidente, pero se hizo el tonto, asegurando que lo había olvidado por completo. Lamento afirmar que fue otra demostración de su astucia, pues media hora más tarde le oí gritar de nuevo. Acto seguido, salió por la ventana de su cuarto y echó a correr calle abajo. Ordené a los enfermeros y celadores que me siguiesen y corrí tras él, pues temía que se propusiese alguna diablura. Mi temor quedó justificado al ver la misma carreta de antes que bajaba cargada con varias cajas de madera. Los transportirstas estaban sudorosos y se secaban la frente.

Antes de que pudiera impedirlo, Renfield se abalanzó hacia ellos y, arrastrando a uno fuera del carro, empezó a golpearle la cabeza contra el suelo. De no sujetarle a tiempo, creo que le habría matado allí mismo. Su compañero saltó del pescante y le pegó al loco con el mango del látigo. El golpe fue terrible, pero no surtió efecto alguno, ya que Renfield también lo agarró a él y luchó con nosotros tres, zarandeándonos como si fuéramos gatitos. Al principio luchó en silencio, pero cuando logramos reducirlo y los enfermeros le ponían la camisa de fuerza, empezó a chillar:

—¡Lo impediré! ¡Los burlaré! ¡No me robarán! ¡No me asesinarán! ¡No me matarán poco a poco! ¡Lucharé por mi Amo y Maestro! —Y añadió otras exclamaciones incoherentes.

Con grandes dificultades fue trasladado al manicomio, y lo metimos en una celda acolchada. Hardy, un enfermero, sufrió fractura de un dedo. Lo curé y ya está mejor.

Los dos transportistas amenazaron con exigirnos una reparación por daños y perjuicios. No obstante, sus amenazas se mezclaban con cierta disculpa por haber sido derrotados por aquel loco. Dijeron que, de no hallarse cansados por el traslado de las cajas a la carreta, le hubieran vencido de inmediato. Otra razón que alegaron para su derrota fue que estaban sedientos por el polvo y la enorme distancia que mediaba entre el manicomio y una taberna donde calmar su sed. Comprendí lo que deseaban y, después de dos grandes jarras de cerveza y una propina a cada uno, tomaron a broma el ataque y juraron estar dispuestos a encontrarse con un loco más peligroso todos los días de la semana por el placer de charlar con un caballero tan simpático como yo.

Le informaré de cualquier asunto importante que ocurra y le telegrafiaré inmediatamente si sucede algo de gravedad.

Respetuosamente a sus órdenes,

Patrick Hennesey

CARTA DE MINA HARKER A LUCY WESTENRA (CARTA NO ABIERTA POR LA DESTINATARIA)

18 de septiembre

Mi querida Lucy:

Ha sucedido una terrible desgracia. El señor Hawkins ha fallecido repentinamente. Algunos tal vez no comprendan nuestro profundo dolor, pero los dos lo queríamos tanto que nos parece haber perdido un padre.

Yo no conocí a los míos y Jonathan se halla tan cruelmente afectado por la desaparición de ese anciano bueno y generoso que le consideraba como su propio hijo que este fallecimiento le ha dejado más débil aún. Está nervioso, además, por las responsabilidades que ahora recaerán sobre él, hasta el punto de dudar de sí mismo. Yo le animo en lo que puedo, y mi confianza en él afirma un poco la suya. Pero la grave conmoción que sufrió le afecta sobre todo en este sentido. Oh, es muy duro pensar que una personalidad dulce, sencilla, noble y fuerte como la suya —una personalidad que le permitió, con la ayuda de nuestro querido y buen amigo, pasar de pasante a propietario en pocos años—, haya sido tan dañada que la verdadera esencia de su fortaleza ha desaparecido. Perdona, querida, si turbo tu felicidad hablándote de mis preocupaciones. Pero necesito confiárselas a alguien, puesto que delante de Jonathan trato de estar contenta, lo que resulta agotador, y aquí no tengo a nadie en quien pueda confiar. Me da miedo que llegue pasado mañana, día en que tendremos que trasladarnos a Londres, pues una de las últimas voluntades del difunto fue la de ser enterrado junto a su padre. Y como no hay parientes, ni siquiera lejanos, será Jonathan quien presida el duelo. Intentaré ir a verte, mi querida Lucy, aunque solo sean unos minutos.

¡Perdona estos detalles! Te deseo mil felicidades, tu amiga,

Mina Harker

DIARIO DEL DOCTOR SEWARD

20 de septiembre. Esta noche solo la fuerza de voluntad y la costumbre me fuerzan a proseguir este diario. Me siento desdichado, abatido, descorazonado… Estoy ya cansado del mundo y de todo; sí, de la misma vida… hasta el punto de que si en este momento oyera batir las alas del ángel de la muerte no me importaría. Cierto que en los últimos días ha aleteado muy cerca de nosotros. Primero, la madre de Lucy, después el padre de Arthur, y ahora… Pero no debo precipitar los acontecimientos.

Regresé junto a Lucy para que Van Helsing fuese a descansar. Los dos le aconsejamos a Arthur que hiciese otro tanto, pero se negó a ello. Sin embargo, cuando le hube explicado que quizá tendríamos necesidad de su ayuda durante el día y que era preciso que estuviese descansado, consintió en echarse a dormir. Van Helsing se mostró muy amable con él.

—Está usted agotado por la angustia y el dolor, lo cual se comprende perfectamente —le manifestó—. No debe quedarse solo, ya que la soledad alimenta la ansiedad. Venga conmigo al salón, donde hay un buen fuego y dos divanes. Tiéndase usted en uno, yo lo haré en el otro, y nuestra mutua compañía nos aliviará, aunque no hablemos y no durmamos.

Arthur salió de la habitación con él, no sin antes echar una mirada anhelante al rostro de Lucy, que descansaba sobre la almohada, casi más blanca que la batista. Al mirar a mi alrededor, vi que el profesor no había renunciado todavía a las flores de ajo, y que había frotado con ellas puertas y ventanas, en los dos dormitorios; por doquier se olía aquel fuerte aroma; y en torno al cuello de la joven, bajo el pañuelo de seda con que se envolvía la garganta, descansaba asimismo una nueva guirnalda. Lucy estaba peor que nunca. Su respiración era algo estentórea, su boca entreabierta dejaba ver constantemente sus blancas encías. Sus dientes parecían más largos, más puntiagudos aún que por la mañana y, tal vez a causa de cierto efecto de la luz, sus caninos eran más largos y afilados que los demás dientes.

Acababa de sentarme junto a la cama, cuando ella se movió con inquietud. En el mismo instante, algo chocó contra la ventana. Fui lentamente hacia allí, levanté una esquina de la cortina y miré afuera. Lucía la luna y pude divisar un enorme murciélago que pasó repetidas veces, sin duda atraído por la débil luz del dormitorio; constantemente, sus alas rozaban los cristales. Cuando volví a sentarme, Lucy había cambiado ligeramente de posición, y se había arrancado las flores de ajo que rodeaban su garganta. Las puse en su lugar.

No tardó en despertar; traté de hacerle tomar algún alimento, como Van Helsing había recomendado, pero apenas probó lo que le di. Era como si la fuerza inconsciente que hasta entonces la había obligado a luchar contra la enfermedad, impulsándola a vivir a toda costa, la hubiese abandonado. Me extrañó mucho que, tan pronto como se despertó, estrechó contra sí la guirnalda de flores. Ciertamente era muy raro que cada vez que se sumía en aquel estado letárgico, cuando su respiración se tornaba dificultosa, rechazara las flores; por el contrario, siempre que estaba despierta, las apretaba contra sí. No pude engañarme a este respecto, pues en las horas siguientes se despertó y durmió varias veces, y siempre repitió ambas acciones.

A las seis, Van Helsing ocupó mi lugar. Arthur dormía por fin y el profesor no quiso despertarle.

Cuando vio a Lucy, silbó por lo bajo.

—¡Levanta la persiana! —me ordenó con voz contenida—. ¡Quiero luz!

Se inclinó y, con el rostro casi pegado al de Lucy, la examinó a conciencia. Para ello apartó las flores y desanudó el pañuelo de seda de la garganta. Al momento, profirió un grito, que ahogó de inmediato.

—¡Dios mío!

Me incliné a mi vez, y lo que vi me hizo estremecer. Las incisiones de la garganta habían desaparecido.

Durante cinco minutos, Van Helsing contempló a la desdichada criatura, más consternado, más grave que nunca. Luego, lentamente, se volvió hacia mí.

—Se está muriendo, ya no tardará en llegar el desenlace. Pero, escúchame bien, será muy distinto que muera mientras duerme o lo haga consciente. Ve a llamar a ese pobre joven para que la vea por última vez; él espera que le llamemos y se lo prometí.

Bajé al comedor y desperté a Arthur. Necesitó algunos instantes para recobrar la conciencia de dónde se hallaba pero, cuando divisó los rayos de sol que penetraban por los intersticios de los postigos, pensó que era más tarde, y expresó su temor. Le comuniqué que Lucy dormía, y le confesé que Van Helsing y yo temíamos que el final estaba muy cercano. Cubriéndose el rostro con las manos, cayó de rodillas junto al sofá. Estuvo unos instantes como rezando, con la cabeza entre las manos y la espalda sacudida por los sollozos. Le cogí una mano, para ayudarle a incorporarse.

—Vamos, amigo mío, ten valor... aunque solo sea por ella.

Al entrar en el dormitorio, vi que Van Helsing, siempre tan atento y delicado, había conseguido que todo pareciera natural, casi alegre. Incluso había peinado los cabellos de Lucy, esparciéndolos sobre la almohada con sus hermosos reflejos sedosos.

Tan pronto entramos, ella abrió los ojos y al ver a su prometido, murmuró dulcemente:

—¡Arthur! ¡Amor mío! ¡Cómo me alegra verte!

Él se inclinó para besarla, pero Van Helsing se lo impidió.

—No —murmuró—, todavía no. Cójale una mano; esto la aliviará más.

Arthur obedeció y se arrodilló al lado de la cama. A pesar de todo, Lucy aún estaba bella, y la dulzura de sus rasgos armonizaba con la hermosura angelical de sus ojos. Poco a poco, se cerraron sus párpados y se durmió. Durante algunos momentos, su pecho se levantó y bajó lentamente, con regularidad; viéndola respirar, parecía una niña agotada.

Después, poco a poco, se produjo otra vez aquel cambio extraño que había observado en el curso de las últimas horas. Su respiración se tornó dificultosa, entrecortada; su boca se entreabrió, y las blancas encías, muy retiradas, dejaron ver los dientes más largos y puntiagudos que nunca. En un estado próximo a la inconsciencia, la joven abrió los ojos, con mirada triste y dura a la par, y con tono dulzón y voluptuoso repitió varias veces:

—¡Arthur, amor mío! Qué feliz soy... ¡Cómo me alegra verte! ¡Bésame!

Inmediatamente, él se inclinó otra vez para besarla, y Van Helsing que, como yo, debió de hallar insólito el tono de voz de la enferma, asió a Arthur con ambas manos y lo rechazó de modo tan violento que comprendí la enorme fuerza que poseía y que hasta entonces había ignorado, ya que lo envió al otro extremo de la estancia.

—¡Desgraciado, no la bese! —gritó—. ¡No la bese nunca, por la piedad de su alma y de la de ella!

Arthur permaneció aturdido un momento, sin saber qué decir ni qué hacer y antes de que un impulso violento se apoderara de él, se hizo cargo del lugar y la ocasión y se quedó silencioso y pensativo.

Van Helsing y yo no apartamos la vista de Lucy. Vimos la convulsión de furor que agitó sus facciones, y el rechinamiento de sus puntiagudos dientes, como si deseasen morder algo. Luego, sus ojos volvieron a cerrarse y su respiración se agitó nuevamente.

Sin embargo, no tardó en volver a levantar los párpados, mostrando sus pupilas dulces otra vez, y su pequeña mano, blanca y descarnada, buscó la del profesor; y atrayéndola hacia sí, la besó.

—Mi gran amigo —murmuró con voz débil y temblando con indecible emoción—, mi gran amigo, que también lo es de él... ¡Oh, vele por él, y a mí concédame el descanso!

—¡Se lo juro! —repuso el profesor con gravedad, arrodillándose junto a la cama para prestar juramento. —Luego, Van Helsing se volvió hacia Arthur—. Venga, amigo mío, cójale una mano y deposite un beso en su frente. ¡Pero uno solo!

Las miradas de ambos enamorados se encontraron, en lugar de sus labios. Y así se separaron.

Los ojos de Lucy se cerraron y Van Helsing, que había permanecido observando atentamente en los últimos minutos, cogió a Arthur por el brazo y lo apartó suavemente de la cama.

Entonces la respiración de Lucy se volvió estentórea y de pronto cesó.

—Se terminó —susurró el profesor—, todo ha terminado.

Me llevé a Arthur al salón, donde se dejó caer en una butaca, y con el rostro entre las manos se echó a llorar; ante su vista, también yo perdí gran parte de mi entereza.

Fui a reunirme con Van Helsing, al que hallé junto a Lucy, mirándola con una expresión más dura que nunca. Al momento, me fijé en que la muerte había devuelto a la bella niña toda su hermosura; su frente y sus mejillas ya no estaban tensas, y hasta sus labios habían perdido su palidez cadavérica. Era como si la sangre, que ya no necesitaba del impulso del corazón, hubiese coloreado sus labios para atenuar la severidad de la muerte.

—Cuando dormía, parecía moribunda; ahora que ha muerto, parece dormir.

—Por fin Lucy ha conseguido la paz —murmuré, al lado de Van Helsing—. Para ella se han acabado los sufrimientos.

—¡Por desgracia, no! —replicó el profesor, volviendo hacia mí la cabeza—. ¡Por desgracia, no! No han hecho más que empezar.

Le pregunté cuál era el significado de sus palabras, pero, sacudiendo la cabeza, me respondió:

—Aún es demasiado pronto para actuar. Esperemos y veremos qué pasa.

13

Decidimos que los funerales se celebrasen al cabo de dos días, a fin de que Lucy y su madre fuesen enterradas juntas. Yo me ocupé de todas las tristes formalidades; los empleados de las pompas fúnebres, y el cortés director de la funeraria demostró que sus empleados estaban afectados —o bendecidos— por la misma obsequiosa habilidad que él. Y hasta la mujer que se encargó de preparar los cuerpos adoptó un tono confidencial y profesional cuando al salir del dormitorio de la difunta declaró:

—Señor, es una muerta encantadora; verdaderamente, ha sido un privilegio ocuparme de ella. ¡Oh, sí, hará honor a nuestra empresa!

Observé que Van Helsing no se alejaba demasiado. No conocíamos a los parientes de las difuntas y, como durante el día siguiente Arthur tenía que ausentarse para asistir al entierro de su padre, nos resultó imposible avisar a ningún miembro de la familia. Van Helsing y yo tomamos sobre nosotros la responsabilidad de examinar todos los papeles que hallamos; el profesor quiso, en particular, estudiar todos los de Lucy. Le pregunté la razón, pues temía que, siendo extranjero, ignorase ciertos detalles de las leyes inglesas que podían acarrearnos algunas dificultades.

—Olvidas —replicó—, que soy licenciado en Derecho además de médico. Pero la ley nada tiene que hacer aquí. Ya lo comprenderás más adelante. Es decir, ya lo comprendiste cuando dijiste que era preciso evitar una investigación judicial. ¡Si solo se tratase de evitar una investigación…! Quizá hallemos aún otros documentos… como este.

Mientras hablaba, sacó de su cuaderno las hojas que Lucy había guardado en su pecho, que más tarde rompió mientras dormía.

—En cuanto descubras quién es el notario de la señora Westenra, sella todos sus papeles y documentos y escríbele esta noche. En cuanto a mí, pasaré la noche entera en esta habitación, y en el antiguo dormitorio de Lucy, ya que todavía deseo efectuar un registro más a fondo. Es preciso evitar que, si dejó algo, lo descubran personas extrañas.

Me marché a cumplir con mi parte de trabajo, y media hora más tarde ya había encontrado el nombre y la dirección del notario de la difunta señora Westenra. Todos los papeles de la buena dama se hallaban en orden, y en su última voluntad estaban claramente especificados todos los detalles referentes a sus funerales. Acababa de cerrar el pliego cuando Van Helsing, con gran sorpresa por mi parte, entró en la estancia.

—¿Puedo ayudarte en algo, amigo mío? —me preguntó—. No tengo nada que hacer y, si lo deseas, estoy a tu disposición.

—¿Encontró, pues, lo que buscaba?

—No buscaba nada preciso; solo esperaba hallar algo… y lo he hallado. Unas cartas y un diario empezado. Lo he cogido todo y, hasta nueva orden, no mencionaremos nada de esto. Mañana veré al afligido novio y, si él me autoriza, utilizaremos esos documentos.

»Ahora, amigo John —continuó instantes más tarde—, podemos irnos a la cama. Tanto tú como yo lo necesitamos. Mañana nos espera una tarea muy pesada y enojosa, pero por hoy, todo ha concluido.

Sin embargo, echamos una ojeada a la estancia donde reposaba Lucy. El empresario de las pompas fúnebres, deseando no descuidar el menor detalle, había transformado la pieza en una *chapelle ardente*. Había profusión de flores blancas, y la muerte aparecía en su aspecto menos repulsivo. La mortaja ocultaba el semblante de la difunta; cuando el profesor levantó suavemente una esquina, ambos nos quedamos sobrecogidos ante la belleza de las facciones iluminadas por los cirios. En la muerte, Lucy era tan hermosa como antes de su enfermedad, y las horas transcurridas desde que había exhalado su último suspiro solo habían servido para realzar tan singular hermosura, hasta el punto de que me resultaba difícil creer que realmente me hallaba ante un cadáver.

El profesor estaba muy serio. No la había amado como yo, por lo que sus ojos no estaban arrasados en lágrimas.

—Espera aquí —me dijo de pronto, saliendo de la estancia.

Cuando volvió, llevaba en la mano unas flores de ajo procedentes de una caja que había en el pasillo que aún no habíamos abierto. Colocó aquellas flores por todas partes, en medio de las demás, y alrededor del lecho. Después, se quitó del cuello un crucifijo de oro y lo colocó sobre los labios de la difunta. Una vez la mortaja cubrió de nuevo su rostro, nos retiramos de allí.

Me estaba desnudando en mi habitación cuando llamaron a la puerta y apareció Van Helsing.

—Mañana, antes del anochecer, quiero que traigas todos los instrumentos para practicar una autopsia.

—¿Vamos a practicar una autopsia?

—Sí y no. Quiero, operar, pero no como te figuras. De todos modos, ni media palabra a nadie, ¿entendido? Creo que tendremos que cortarle la cabeza y quitarle el corazón. ¡Ah! ¡Parece que te impresionas, tú, que eres un cirujano! ¿Tú, que has operado con tanta valentía y con mano tan firme a tus enfermos cuya vida pendía de un hilo, en tanto que todos tus colegas temblaban? Oh, perdóname… No olvido, mi querido John, cuánto la amabas. Bien, operaré yo y tú me ayudarás. Habría deseado hacerlo esta noche, pero es imposible a causa de Arthur; él volverá aquí mañana, después de enterrar a su padre, y es natural que quiera verla por última vez. Pero cuando hayan cerrado el féretro y todos duerman, tú y yo lo abriremos de nuevo y llevaremos a cabo nuestro cometido; luego, lo dejaremos todo como estaba, para que nadie sospeche nada.

—Pero ¿a qué viene todo esto? La pobre niña ha muerto. ¿Por qué mutilarle el cuerpo sin motivo? Si es inútil practicarle una autopsia, si de nada ha de servir… ni a la difunta, ni a nosotros ni a la ciencia, ni siquiera al conocimiento humano. ¿Para qué? ¡Si no hay necesidad es monstruoso!

El profesor me puso una mano sobre la espalda y contestó con voz llena de ternura:

—Mi querido John, comprendo tu dolor y te compadezco de todo corazón; y te aprecio más por lo mucho que te duele. Si pudiera, haría mía la carga que tienes que soportar. Sin embargo, hay cosas que ignoras todavía, aunque no tardarás en conocer, y entonces me bendecirás por comunicártelas. John, muchacho, hace años que somos amigos: ¿has visto jamás que hiciera algo sin una buena causa? Puedo engañarme, ya que solo soy un hombre; pero creo que obro bien en esta ocasión. ¿No me llamaste justamente por esto? ¡Sí! ¿No te asombraste, no te escandalizaste, cuando impedí que Arthur besara a su prometida antes de morir, cuando lo aparté bruscamente de la cama? ¡Sí! Sin embargo, ya viste cómo ella me dio las gracias con sus bellos ojos agonizantes y su voz débil y llevándose mi vieja y áspera mano a sus labios. Pues bien, tengo buenas razones para todo esto. Has tenido confianza en mí durante muchos años; has creído en mí durante las últimas semanas, cuando, debido a los extraños sucesos ocurridos, tenías motivos para dudar. Bien, confía un tiempo más en mí. Si te niegas, tendré que comunicarte ahora mismo todas mis suposiciones, aunque me pregunto si esto es conveniente. Por otra parte, si actúo sin la entera confianza de mi amigo, pues debo actuar con confianza o sin ella, lo haré con el corazón oprimido y la sensación de estar solo cuando más necesito toda la ayuda y el coraje posibles.

Calló unos instantes y luego añadió:

—Créeme, amigo John, nos aguardan días terribles. Necesitamos trabajar como un solo hombre para obtener un buen fin. ¿Confiarás en mí?

Le cogí una mano y le prometí que podía contar con toda mi confianza, como en tiempos pasados. Abrí la puerta para dejarle salir, y le seguí con la vista hasta que hubo desaparecido en su habitación y cerró la puerta.

En aquel momento, vi que una de las doncellas avanzaba por el pasillo (ella no me vio, pues me daba la espalda) y entraba en el cuarto donde yacía Lucy. Me sentí profundamente emocionado. La lealtad es tan rara, y siempre nos sentimos tan agradecidos a aquellos que la muestran motu proprio a aquellos que amamos... Esa pobre chica se armaba coraje para desafiar el temor que sin duda le inspiraba la muerte, a fin de velar junto al féretro donde dormía su joven ama, para que el cadáver no estuviese solo antes de ser transportado al lugar de su eterno descanso.

Debí de dormir mucho, puesto que era de día cuando Van Helsing me despertó.

—No es necesario que traigas los instrumentos —me espetó en voz baja—. Renuncio a la autopsia.

—¿Por qué? —inquirí, aún impresionado por sus palabras de la víspera, y sumamente extrañado por aquel cambio de ideas.

—Porque —replicó con tono grave—, porque es ya demasiado tarde... ¡o demasiado pronto! ¡Fíjate! —Me enseñó la crucecita de oro—. La han robado durante la noche.

—¿Cómo pueden haberla robado... si la tiene usted?

—La he recobrado de la desgraciada criatura que la había robado, una mujer que despoja a los muertos y a los vivos. Cierto, tendrá un castigo, pero no servirá ya de nada; ignora lo que ha hecho y, por esto, solo es culpable de un robo.

Se fue sin añadir nada más y me dejó con un nuevo misterio en el que pensar, con un nuevo enigma con que lidiar.

La mañana resultó muy lúgubre y larga. A mediodía llegó el notario, el señor Marquand, del bufete de Wholeman, Hijos, Marquand y Lidderdale. Era un caballero amable, que nos agradeció todo lo que habíamos hecho y se encargó de las últimas formalidades, hasta los menores detalles. Durante el almuerzo repitió que la señora Westenra, antes de morir, había dejado todos sus asuntos en orden, añadiendo que, aparte de una propiedad del padre de Lucy que, por falta de descendencia directa, iría a parar a una rama lejana de la familia, todos los bienes, inmuebles y en efectivo los heredaba Arthur Holmwood.

—A decir verdad —prosiguió—, intentamos impedir estas disposiciones testamentarias, manifestándole a la difunta que algunos sucesos imprevistos podían dejar a su hija sin un céntimo, o impedirle obrar con entera libertad cuando se casara. E insistimos tanto que llegó a preguntarnos si estábamos dispuestos a llevar a cabo sus deseos. Naturalmente, como no nos quedaba otra elección, aceptamos. Pero en principio, nosotros teníamos razón y en un noventa y nueve por ciento de los casos la lógica de los acontecimientos habría demostrado la exactitud de nuestro juicio. Debo admitir, no obstante, que, en este caso particular, cualquier otra forma testamentaria habría hecho imposible que se llevaran a cabo sus últimas voluntades. Puesto que, al morir ella antes que su hija, esta última heredaba todos los bienes y, con solo sobrevivir a su madre cinco minutos, y suponiendo que no hubiese habido testamento (la existencia de uno era prácticamente imposible en un caso como este), se la habría considerado como muerta *intestata*. De este modo, lord Godalming, a pesar de ser el prometido de la joven, no habría tenido derecho a nada; y los parientes, por muy lejanos que fuesen, no habrían dejado en manos de un extraño, por razones sentimentales, lo que legalmente les pertenecía. Créanme, caballeros, que me alegro de este resultado; ciertamente, me alegro de veras.

Era una buena persona, pero alegrarse de esos detalles, muy interesantes para su profesión, cuando el percance ocurrido era tan trágico, constituía un buen ejemplo de las limitaciones de la comprensión humana.

No estuvo mucho tiempo con nosotros, aunque aseguró que volvería al atardecer para ver a lord Godalming. Su visita, pese a todo, nos consoló un poco, ya que afirmó que nadie podría censurar nuestras acciones. Esperábamos a Arthur a las cinco; un poco antes, entramos en la cámara mortuoria. Y de hecho eso es lo que era, pues yacían allí madre e hija. El empresario de las pompas fúnebres se había excedido, y el espectáculo tan lúgubre de la estancia nos sumió en un profundo abatimiento. Van Helsing exigió que todo volviera a estar como antes; afirmó que lord Godalming no tardaría en llegar y que le resultaría menos penoso ver en la cámara a su prometida sola. El empresario de pompas fúnebres fingió escandalizarse por su propia estupidez y se esforzó en dejar la habitación tal como estaba la víspera antes de acostarnos, de modo que cuando Arthur llegara pudiéramos ahorrarle sufrimientos innecesarios.

¡Pobre muchacho! En su desesperación, y después de tantas dolorosas emociones, no parecía el mismo. Sabía que quería mucho a su padre, y que su pérdida, en ese momento, le había supuesto un golpe terrible. Pero nos testimonió, tanto a mí como a Van Helsing, la misma amistad de siempre, si bien lo hallé un poco cohibido con el profesor; este, que sin duda lo percibió, me hizo señas para que lo condujera arriba. Quise dejarle al llegar a la puerta de la estancia, creyendo que preferiría estar a solas con ella, pero me cogió del brazo y ambos entramos al mismo tiempo.

—Tú también la amabas —afirmó con voz ronca—. Lucy me lo contó todo, y sé que eras su amigo más sincero. ¿Cómo podría agradecerte cuanto hiciste por ella? Aun ahora me resulta imposible… —Estalló en sollozos y, abrazándome, dejó caer su cabeza sobre mi pecho—. ¡Oh, John, John! ¿Qué voy a hacer ahora? Lo he perdido todo, ya no me queda en el mundo ningún motivo para seguir viviendo.

Le consolé como pude. Hay momentos en que todas las palabras son inútiles. Un apretón de manos o una mano posada sobre el hombro del amigo afligido, tal vez un sollozo, son expresiones de simpatía y afecto que el corazón reconoce y agradece al instante. Esperé a que se apaciguara su llanto y murmuré suavemente:

—Vamos, ven a verla.

Nos acercamos a la cama y levanté la mortaja del rostro. ¡Dios mío, qué hermosa era! Cada hora transcurrida aumentaba su belleza. Esto no solo me extrañó, sino que me amedrentó un poco; y en cuanto a Arthur, se estremeció, y de repente se puso a temblar como si tuviera fiebre.

—John —murmuró finalmente, tras una larga pausa—, ¿está verdaderamente muerta?

Afirmé que, desgraciadamente, sí que lo estaba, puesto que no deseaba que albergara tan horrible duda demasiado tiempo, y le expliqué que, a menudo, después de morir, las facciones del rostro recobraban una expresión dulce y reposada, tanto más si penosos sufrimientos han precedido a la muerte. Mis palabras le convencieron y, tras haberse arrodillado junto a la cama y haber contemplado largamente a la joven con amor y devoción, volvió la cabeza. Le advertí que había llegado el momento de despedirse de ella para siempre, ya que iban a meterla en el ataúd; entonces, le cogió una mano y se la llevó a los labios, e inclinándose, le besó la frente. Por fin se decidió a salir de la estancia, sin dejar de contemplar a la difunta hasta haber traspuesto el umbral.

Le dejé en el salón y fui en busca de Van Helsing, el cual estaba impartiendo la orden de subir el ataúd y proceder con los preparativos y atornillar el mismo. Le repetí al profesor la pregunta que me había formulado Arthur.

—No me extraña —afirmó—. Por un momento, yo mismo dudé.

En la cena, observé que Arthur trataba de disimular su dolor con inútiles esfuerzos. Van Helsing permaneció callado durante toda la cena, pero cuando hubimos encendido sendos cigarros, se dirigió a Arthur.

—Lord…

—¡Oh, no, no me dé este título, por amor de Dios! Todavía no… Sé que usted no desea herirme, profesor, pero comprenda que el luto es muy reciente…

—Le doy este título —replicó dulcemente el profesor— porque no sé cómo llamarle. No puedo llamarle señor o caballero, pues siento por usted un gran afecto; en fin, para mí, será usted Arthur.

El joven le tendió la mano.

—Espero que me considere siempre un buen amigo suyo. Además, no encuentro palabras con que expresarle mi agradecimiento. ¡Fue usted muy bondadoso con mi querida Lucy! —Calló un momento y continuó—: Sé que ella aún comprendía su bondad mejor que yo, y si no me comporté como debía en aquel momento… ¿Se acuerda, profesor? —El aludido asintió—. Le ruego que me perdone.

La respuesta de Van Helsing testimonió nuevamente su enorme aprecio por el muchacho.

—Sé que fue difícil para usted confiar en mí entonces, pues para confiar en una violencia semejante es preciso comprender antes. Y supongo que no puede tener confianza en mí, puesto que no comprende nada aún. Sin embargo, se darán algunas circunstancias en las que necesitaré toda su confianza a pesar de no comprender nada todavía. Pero llegará el momento en que su confianza en mí sea entera y completa, porque lo comprenderá todo como si el mismo sol lo iluminase. Entonces, me bendecirá por haber obrado por su bien y el de los demás, y por el bienestar de la pobre muchacha a la que juré proteger.

—Sí, sí —asintió Arthur—, me fío completamente de usted. Sé que posee un corazón muy generoso y que es amigo de John, lo mismo que lo era de ella. Obre como crea su deber.

Tras haberse aclarado dos veces la voz, el profesor dijo:

—¿Puedo hacerle una pregunta?

—Por supuesto.

—¿Sabe que la señora Westenra le ha dejado en posesión de todos sus bienes?

—No… ¡Mi querida señora! Jamás lo habría sospechado.

—Bien, como ahora le pertenecen todos sus bienes, tiene derecho de disponer de ellos como mejor le plazca. Por tanto, le pido permiso para poder leer todos los papeles, todas las cartas de Lucy. Debe creer que no es por simple curiosidad. Tengo para ello un motivo grave que, estoy seguro, ella aprobaría. He hallado esos papeles y esas cartas. Lo he cogido todo, antes de saber que le pertenecían, como todo lo demás, para que no cayesen en manos ajenas, para que ninguna mirada extraña pudiese, a través de esas palabras, penetrar en los pensamientos de su prometida. Yo lo guardaré todo, si me autoriza a ello; y si usted no quiere leerlo todo ahora, lo cual es preferible, lo pondré a buen recaudo. Luego, cuando llegue el momento, le devolveré los papeles y las cartas. Sé que es pedirle mucho, pero ¿lo hará por el amor de Lucy?

—Doctor Van Helsing —contestó Arthur con espontánea sinceridad—, obre como mejor le parezca. Sé que, de estar aquí, mi querida Lucy aprobaría mis palabras. No le haré ninguna pregunta hasta que usted se digne darme una explicación.

—Hace bien —afirmó gravemente el viejo profesor, poniéndose de pie—. Nos esperan momentos de dolor, pero no todo será dolor, y este dolor no durará siempre. El doctor Seward, usted y yo, amigo mío, usted más que nadie, los tres viviremos horas muy amargas antes de lograr la paz. Necesitaremos mucho valor, no pensar nunca en nosotros mismos y cumplir con nuestro deber. ¡Solo así todo irá bien!

Aquella noche dormí en un diván, en la habitación de Arthur. Van Helsing no se acostó. Iba y venía, como patrullando la casa, sin alejarse nunca demasiado de la cámara ardiente de Lucy, encima de cuyo ataúd puso flores de ajo que, contrastando con el aroma de los lirios y las rosas, esparcían por el ambiente un olor pesado y detestable.

DIARIO DE MINA HARKER

22 de septiembre. Escribo en el tren que nos conduce a Exeter. Jonathan duerme.

Me parece que fue ayer cuando escribí las últimas líneas de este diario y, sin embargo, cuántas cosas han pasado desde entonces, desde que en Whitby forjábamos nuestros proyectos para el porvenir, cuando Jonathan estaba lejos y yo no tenía noticias suyas. Ahora ya estoy casada con Jonathan, que es procurador, y dueño de su propio bufete; el señor Hawkins está ya enterrado, y Jonathan ha sufrido una nueva crisis que temo que le haga daño. Tal vez un día me interrogará sobre eso... Oh, me doy cuenta de que la mano no me obedece mucho. Tendré que practicar taquigrafía de vez en cuando.

La ceremonia fue muy sencilla y emocionante. Solo estábamos presentes nosotros y la servidumbre, dos o tres amigos de Exeter, su agente en Londres y otro caballero que representaba a sir John Paxton, el presidente de la Incorporated Law Society. Jonathan y yo nos cogíamos de la mano, apesadumbrados al pensar que nuestro protector, nuestro mejor amigo, nos abandonaba para siempre.

Para regresar a la ciudad, cogimos un autobús que nos dejó en Hyde Park Corner. Jonathan, creyendo complacerme, me propuso pasear por la gran avenida del parque, y allí fuimos a sentarnos. Como había muy poca gente, y casi todos los asientos estaban vacíos, resultó un espectáculo muy triste, que nos hizo pensar en el sillón vacío que hallaríamos al volver a casa. No estuvimos allí mucho tiempo y nos dirigimos hacia Piccadilly. Jonathan me tomó del brazo, igual que antaño, antes de que me fuera al colegio; en realidad, entonces esto no me parecía muy conveniente, ya que una no puede estar durante años enseñando las reglas de la etiqueta y el decoro sin que se te pegue un poco de pedantería. Pero ahora Jonathan ya es mi marido, no conocemos a nadie en Londres y poco nos importa ser reconocidos… Bien, íbamos andando en línea recta, cuando me fijé en una bella joven, que lucía un sombrero enorme y estaba sentada en un carruaje abierto parado delante de Giuliano's. En el mismo instante, Jonathan me apretó tanto el brazo que me hizo daño, y murmuró, conteniendo la respiración:

—¡Dios mío!

Todos los días me siento terriblemente preocupada por Jonathan, pues siempre temo que sufra una nueva crisis; de modo que me volví vivamente hacia él y le pregunté qué ocurría.

Estaba muy pálido; tenía los ojos desorbitados y brillantes, fijos en un hombre alto y delgado, de nariz aquilina, bigote negro y barba en punta, que también estaba contemplando a la bella joven. Tanta era su atención sobre ella, que no reparó en nosotros, de modo que pude contemplarle a mi antojo: su rostro no presagiaba nada bueno; era duro, cruel, sensual, y los enormes dientes blancos, que parecían mucho más blancos entre los labios color carmesí, eran tan puntiagudos como los colmillos de una fiera. Jonathan le estuvo mirando largo tiempo, y temí que aquel individuo se diese cuenta al fin del escrutinio; verdaderamente, su aspecto era muy poco tranquilizador. Cuando pregunté a Jonathan la causa de su turbación, me respondió, olvidando que yo no estaba enterada de nada.

—¿Lo has reconocido?

—No, no le conozco. ¿Quién es?

Su respuesta me impresionó, ya que, por su tono, no parecía dirigirse a mí en absoluto.

—¡Es él en persona!

Mi querido Jonathan estaba evidentemente aterrado por algo…, extraordinariamente aterrado; de no haber estado yo a su lado, seguramente se habría caído al suelo. Siguió con la mirada fija; un hombre salió de la tienda llevando en la mano un paquetito que entregó a la joven; el otro no la perdió de vista y cuando el coche arrancó y ascendió por Piccadilly, siguió en la misma dirección, tras parar un coche de alquiler. Jonathan le siguió con los ojos un momento y después murmuró para sí:

—Oh, sí, estoy seguro de que es el conde… ¡pero está rejuvenecido! ¡Dios mío, si fuese él…! ¡Oh, Dios mío, Dios mío! Si al menos supiese… si al menos supiese…

Se atormentaba de tal modo que no me atreví a formularle ninguna pregunta, por temor a excitar aquellos pensamientos torturadores. Callé, pues, y le atraje suavemente hacia mí; se dejó llevar. Reemprendimos el paseo y entramos en Green Park, donde nos sentamos un momento. Era un día caluroso para ser otoño, y elegimos un banco a la sombra. Jonathan fijó la vista en el vacío, luego cerró los ojos y se durmió tranquilamente, con la cabeza recostada en mi hombro.

Segura de que nada podía sentarle mejor, no le molesté. Al cabo de veinte minutos, se despertó y me dijo con tono alegre:

—¡Mina, me he dormido! Oh, perdona, querida… Ven, tomaremos una taza de té en alguna parte.

Comprendí que había olvidado todo sobre el oscuro individuo, lo mismo que durante su enfermedad se había olvidado de cuanto le condujo a ella. No me gustó que perdiese de este modo la memoria, puesto que ello podría perjudicar sus facultades cerebrales. Pero tampoco me atreví a hacerle ninguna pregunta, que le hubiera hecho más mal que bien. Sin embargo, tengo que conocer la verdad de lo sucedido durante aquel viaje. Temo que haya llegado el momento de desatar la cinta azul y leer aquel cuaderno. ¡Oh, Jonathan, sé que me perdonarás, ya que cuanto haga será por tu bien!

Más tarde. Triste regreso a casa, por más de un motivo. Nuestro protector ya no está allí; Jonathan está pálido como un cadáver, después de su ligera recaída, y hemos recibido un telegrama de un tal profesor Van Helsing: «Lamento enormemente anunciarles que la señora Westenra falleció hace cinco días, y su hija Lucy falleció anteayer. Ambas han sido enterradas hoy».

¡Oh, hasta qué punto unas pocas palabras pueden significar unos sucesos tan tristes! ¡Pobre señora Westenra! ¡Desventurada Lucy! ¡Las dos han partido para siempre! Y pobre, desgraciado Arthur, cuya vida se encuentra ahora privada de la dulce presencia de su novia… ¡Que Dios nos ayude a todos a soportar nuestras penas!

DIARIO DEL DOCTOR SEWARD

22 de septiembre. Todo ha concluido. Arthur se ha marchado a Ring, llevándose consigo a Quincey Morris. ¡Qué admirable muchacho ese Quincey! Creo que ha padecido muy sinceramente por la muerte de Lucy, tanto como cualquiera de nosotros, si bien ha sabido conservar su sangre fría de vikingo. Si América continúa produciendo jóvenes como él, se convertirá con toda seguridad en la mayor potencia del mundo. Van Helsing se ha echado, pues debe descansar antes de emprender el viaje de regreso; tiene que volver a Amsterdam esta misma noche, pues ha de ocuparse personalmente de ciertos asuntos; pero espera regresar aquí mañana por la noche, y quedarse una temporada, ya que precisamente un negocio de Londres le reclamará por algún tiempo. Temo que la prueba a que se ha visto sometido haya minado su fortaleza, pese a ser de hierro. Durante los funerales, observé que se contenía. Cuando todo hubo terminado, nos quedamos al lado de Arthur, que hablaba con emoción de la sangre que dio a Lucy, y vi cómo Van Helsing tan pronto enrojecía como palidecía. Arthur afirmó que, desde aquel momento, tuvo la sensación de estar realmente casado con Lucy, y que ante Dios era ya su mujer. Naturalmente, nadie hizo la menor alusión a las demás transfusiones de sangre, de las que jamás diremos ni media palabra. Arthur y Quincey marcharon juntos a la estación, y Van Helsing y yo volvimos aquí. Apenas hubimos subido al coche, el profesor sufrió un ataque de nervios. Más tarde lo ha negado, afirmando simplemente que era su sentido del humor que se manifestaba de esta suerte, en tan penosas circunstancias. Empezó a reír y a reír hasta derramar lágrimas, de modo que tuve que bajar las cortinillas del coche a fin de que nadie le viese en tal estado; después lloró y rió a la vez, igual que una mujer. Y lo mismo que se hace con una mujer, para obligarle a entrar en razón, le hablé con cierta dureza. Pero fue en vano. En situaciones semejantes, las mujeres reaccionan de modo distinto a los hombres. Cuando por fin su semblante recobró la seriedad, le pregunté qué había provocado su regocijo en tan triste momento. Su respuesta fue, a la vez, lógica y sibilina.

—Ah, amigo mío, no entiendes nada. Crees que no estoy triste porque me río. Lloraba mientras me ahogaba de risa. Tampoco creas que solo experimento tristeza cuando lloro. No olvides jamás que la risa que llama a la puerta y que pregunta: «¿Puedo entrar?», no es la verdadera risa. No, la risa es un rey que llega cuando y como le place. No pide permiso, ya que solo el suyo importa. Por ejemplo: yo me he atormentado por esa joven día y noche; di mi sangre para intentar salvarla, a pesar de ser viejo y estar cansado; di mi tiempo, mi ciencia, mi reposo; abandoné a mis demás pacientes para consagrarme a ella. ¡Y no obstante…! No obstante, estuve a punto de estallar en carcajadas delante de su tumba, y me reí cuando el sepulturero arrojó encima la primera paletada de tierra, hasta el punto de que el corazón se me subió a la garganta. Y esto no es todo. Mi corazón sufre al pensar en ese muchacho, en ese querido muchacho. Mi hijo tendría exactamente su misma edad de haber tenido la dicha de que viviera. Incluso tiene sus ojos y su cabello. ¿Comprendes ahora por qué le quiero tanto? Pues bien, a pesar de esto, cuando nos habla de ciertos sentimientos que hacen vibrar mi corazón de esposo, y que hacen que mi corazón de padre suspire por él como por ningún otro hombre (ni siquiera por ti, mi querido John, puesto que todo lo que hemos hecho y vivido nos ha colocado en un plano de igualdad y no en la relación padre hijo), a pesar de esto y tal vez a causa de ello, Su Majestad la Risa ha entrado en mí, gritándome al oído: «¡Estoy aquí, estoy aquí!», lo mismo que un rayo de sol enrojece mis pálidas mejillas.

El profesor carraspeó para aclararse la garganta y continuó:

—¡Oh, amigo John, qué mundo tan extraño el nuestro! Un mundo bien triste, lleno de preocupaciones, de miserias, de desdichas. Y, sin embargo, cuando llega la Risa, todos bailamos al son que toca. Los corazones atormentados, los huesos de los cementerios, y las lágrimas que queman las mejillas, todo danza al son de la música que emite la risa por la boca, en la que nunca se dibuja la menor sonrisa. Créeme, amigo mío, hemos de estarle agradecidos a la Risa. Ya que nosotros, hombres y mujeres, podemos compararnos a cuerdas que soportan una tensión que tira de nosotros hacia extremos opuestos; luego, se vierte el llanto y, como con el efecto de la lluvia sobre los cordajes, estos se endurecen, hasta que la tensión se torna insoportable, y entonces nos rompemos. En ese momento, llega la Risa como un rayo de sol y distiende la cuerda; de este modo, podemos proseguir nuestra labor, sea cual sea.

No quería herirle confesando que no acababa de captar su idea; no obstante, como a pesar de sus explicaciones no comprendía todavía la causa de su risa, se lo pregunté:

—Oh, fue la lúgubre ironía de toda la situación. Una joven tan encantadora tendida entre flores, que se ve tan bella como la misma vida, hasta el punto que uno a uno nos preguntamos si está realmente muerta, ahora descansa en una tumba de mármol, en aquel cementerio donde descansan otros parientes suyos, y su madre que la amaba tiernamente. ¡Y aquella campana que sonaba tan lenta, tan tristemente…! Y todos aquellos sacerdotes con sus vestiduras blancas que parecían ángeles, que fingían leer en sus libros mientras que sus ojos, a cada instante, se apartaban del texto… y todos nosotros, con la cabeza inclinada, la espalda encorvada… ¿Todo esto para qué? Lucy ha muerto, ¿no?

—Pero, profesor —objeté—, no veo qué tiene de risible todo esto. Sus explicaciones me turban cada vez más. Aunque la fúnebre ceremonia contuviese una nota cómica, sufriendo como sufre el pobre Arthur…

—¡Precisamente! ¿No ha dicho que la sangre que le dio a Lucy la convirtió en su esposa?

—Sí, creo que esta idea le ha consolado.

—Exacto. Pero, amigo mío, aquí surge una leve dificultad. Puesto que si él cree tal cosa, si a causa de haberle dado su sangre, Lucy se ha convertido en su mujer, ¿no nos ocurre a nosotros lo mismo? ¡Ja, ja! Lucy, la encantadora Lucy, tiene, pues, varios maridos, y yo, yo que perdí a mi esposa, la cual, según la Iglesia, sigue viviendo, yo, esposo fiel a mi mujer, soy un bígamo.

—No comprendo la broma —repetí, algo molesto.

—Amigo John, perdóname —me suplicó el profesor, poniéndome una mano sobre el brazo—, perdona si te causo pesar. No he querido dar a conocer mis sentimientos a los demás, ya que tal vez se habrían sentido heridos o humillados. Pero a ti, mi querido amigo, me confío sin temor. Si hubieses podido leer lo que ocurría en el fondo de mi corazón cuando sentía ansias de reír, en el momento en que reí… si pudieses todavía ver lo que pasa en mi interior ahora que Su Majestad la Risa se ha quitado la corona y ha plegado su túnica, puesto que se aleja de mí por mucho tiempo, entonces sería a mí a quien compadecerías más que a nadie.

—¿Por qué? —inquirí, muy conmovido por el tono triste de su parlamento.

—¡Porque yo sé!

Y ahora todos nos hemos separado, y la soledad será nuestra compañera inseparable, la soledad que se apoderará de nuestros corazones y de nuestras almas. Lucy descansa en la tumba familiar, una tumba señorial, en ese cementerio al que no llegan los ruidos de Londres, donde el aire es puro, donde el sol se eleva sobre Hampstead Hill, donde crecen flores silvestres.

Puedo dar por terminado, pues, este diario, y solo Dios sabe si empezaré otro. Si lo hago o si reanudo este, será para referirme a otros personajes y otros temas diferentes. Una vez narrada la historia del amor de mi vida, y antes de volver a mi trabajo, pongo tristemente y sin la menor esperanza, la palabra «FINIS».

THE WESTMINSTER GAZETTE, 25 DE SEPTIEMBRE: UN MISTERIO EN HAMPSTEAD

Por los alrededores de Hampstead se conocen actualmente unos sucesos que recuerdan los que en nuestro periódico se titularon ya «El horror de Kensington», «La mujer apuñalada», y también «La dama de negro».

En efecto, desde hace dos o tres días, se han sucedido varios casos de niños desaparecidos, o que no han regresado a casa después de haberse ido a jugar a Hampstead Heath. En todas las ocasiones, se trata de niños demasiado pequeños para poder dar explicaciones satisfactorias de lo que les había sucedido, pero todos han dado como excusa que habían acompañado a la «dama de sangre». Asimismo, en todas las ocasiones las desapariciones han tenido lugar a hora muy avanzada; incluso, hubo dos niños que no fueron hallados hasta la madrugada. Se supone que, como el primer niño desaparecido contó lo de la «dama de sangre», los demás se han contentado con repetir lo mismo; puesto que es bien sabido que los chiquillos gustan de imitarse unos a otros. Uno de nuestros corresponsales afirma que resulta muy gracioso ver a los pequeños imitando a la «dama de sangre». Ciertamente, nuestros mejores caricaturistas podrían aprender algo con tan grotescas imitaciones.

Sin embargo, este asunto plantea un problema muy grave, ya que dos chiquillos, los que no regresaron en toda la noche, fueron mordidos ligeramente en la garganta. Parece tratarse de unas mordeduras debidas a una rata o un perrito y, aunque las heridas no son graves, existe la prueba de que el animal, rata o perro, procede de acuerdo con un sistema o método propio. La policía ha recibido órdenes de vigilar a todos los niños, en especial a los muy pequeños, que vean dentro de los límites y en las inmediaciones de Hampstead Heath, así como cualquier perro extraviado correteando por allí.

THE WESTMINSTER GAZETTE, 25 DE SEPTIEMBRE; EDICIÓN ESPECIAL: EL HORROR DE HAMPSTEAD

Otro niño herido
La dama de sangre

Acabamos de enterarnos de que otro niño, desaparecido anoche, ha sido hallado esta mañana bajo un arbusto de aulaga en Shooter's Hill, una zona de Hampstead Heath muy poco frecuentada. El niño presenta en la garganta las mismas señales que las anteriores víctimas inocentes. Estaba muy pálido y en un gran estado de debilidad al ser descubierto. Cuando volvió en sí y pudo articular las primeras palabras, contó la historia habitual de haber sido atraído por la «dama de sangre».

14

DIARIO DE MINA HARKER

23 de septiembre. Después de una mala noche, Jonathan se encuentra hoy mejor. Prefiero que tenga mucho trabajo; eso le impide pensar incesantemente en cosas terribles. Oh, me alegro tanto al verle abordar sus nuevas responsabilidades, pues sé que se mostrará digno de asumirlas, sean cuales sean. Estará ausente todo el día, ya que anunció que no vendría a almorzar. He terminado ya todos mis quehaceres, de modo que me encerraré en mi gabinete para leer el diario que escribió durante su viaje por Transilvania.

24 de septiembre. Anoche no pude escribir una sola línea a causa del trastorno que experimenté ante un relato tan increíble. ¡Pobre amor mío! Tanto si todo es real como imaginario, debió de sufrir mucho. Y me pregunto: ¿habrá en todo esto algo de verdad? ¿Describió tantos horrores tras su fiebre cerebral, o fueron tales hechos los que le condujeron a aquel estado? Supongo que jamás lo sabré, puesto que nunca me atreveré a preguntárselo. Sin embargo, aquel individuo que vimos ayer… Jonathan creyó reconocerle… Claro que, sin duda, fue el entierro de nuestro protector el que le inspiró unas ideas tan extrañas y lúgubres. Bien, Jonathan cree a pie juntillas todo lo que contiene su diario. Recuerdo lo que me dijo el día de nuestra boda: «… a menos que algún deber sagrado me obligue a

232

volver sobre esas horas amargas, de sueño o de vigilia, de cordura o locura.» Entre todo esto hay algún nexo de unión… Ese temible conde deseaba trasladarse a Londres… Si, en efecto, ha venido con todos sus millones… entonces, nos incumbe un triste deber, ante el que, por nada del mundo, debemos retroceder. Trataré de prepararme; transcribiré el diario de mi marido a máquina, para que, en caso necesario, puedan leerlo otras personas más autorizadas que nosotros. Solo si es absolutamente necesario, claro. Mas, en tal caso, le evitaré toda molestia a Jonathan, ya que seré yo, naturalmente, quien explicará todo el caso. Además, si cura por completo, quizá sea él mismo quien desee comentar el asunto, y entonces podré formularle numerosas preguntas, descubrir lo ocurrido y, ya al corriente de la verdad, reconfortarle del mejor modo posible.

CARTA DE A. VAN HELSING A LA SEÑORA DE J. HARKER
(CONFIDENCIAL)

24 de septiembre

Mi apreciada señora:

Le ruego me perdone la libertad que me tomo al escribirle, pero soy ya un poco su amigo, puesto que fui yo quien se impuso el penoso deber de comunicarle la muerte de su amiga la señorita Lucy Westenra. Con el amable permiso de lord Godalming he leído todos los papeles, toda la correspondencia de Lucy, puesto que me ocupo de ciertos asuntos concernientes a ella, que son de enorme importancia. Entre otras, he hallado varias cartas enviadas por usted, cartas que testimonian la gran amistad que se profesaban ustedes mutuamente. ¡Oh, apreciada señora Mina Harker, en nombre de esa amistad, le ruego que me ayude! Se lo pido por el bienestar de otras personas… Para reparar el mal que se les ha hecho, para poner fin a unos males aún más terribles de los que usted podría imaginar. ¿Me sería permitido ir a verla? Puede tener confianza en mí. Soy amigo del doctor John Seward y de lord Godalming (es decir, de Arthur, el novio de la desdichada Lucy). Pero, al menos por el momento, no quiero ponerles al corriente de lo que le pido a usted. Iré a visitarla a Exeter tan pronto usted me lo indique, en el día y hora que convengamos. Espero que sabrá perdonarme, señora.

He leído sus cartas dirigidas a Lucy y sé cuánta es su bondad y cuánto ha sufrido su esposo. Por tanto, voy a tomarme también la libertad de pedirle que le deje en la ignorancia de todo esto, porque temo que este caso podría perjudicar su salud.

Le suplico de nuevo que me perdone y queda atentamente a sus órdenes,

Van Helsing

TELEGRAMA DE LA SEÑORA MINA HARKER AL DOCTOR VAN
HELSING

25 de septiembre

Venga hoy mismo en el tren de las 10,51, si le es posible. Estaré en casa todo el día.

Wilhelmina Harker

DIARIO DE MINA HARKER

25 de septiembre. A medida que se acerca la hora de la visita del doctor Van Helsing, me pongo más nerviosa, pues, sin saber por qué, creo que arrojará alguna luz respecto a la triste prueba sufrida por Jonathan. Por otra parte, como ese médico cuidó a Lucy en sus últimos momentos, me contará todo lo relativo a su muerte. Pero estoy segura de que desea hablar conmigo de las crisis de sonambulismo de Lucy y no de lo que le ocurrió a mi esposo. ¡Así que nunca sabré la verdad!

¡Qué estúpida soy! El diario de Jonathan se apodera de mi imaginación, y lo tiñe todo de su color. El profesor solo viene a hablarme de Lucy. Sufrió otras crisis de sonambulismo y su escapada al acantilado... ¡terrible recuerdo!, debió de enfermarla. Inmersa en mis inquietudes, casi había olvidado las pesadumbres que me dio la pobre Lucy. Debió de contarle al doctor Van Helsing su aventura en el cementerio y que fui yo quien fue a buscarla allá. Y ahora, con toda seguridad, él desea conocer por mí misma todos los detalles con el fin de completar su estudio del caso. Espero haber obrado bien al ocultarle a la señora Westenra lo ocurrido aquella noche; nunca me perdonaría que, a causa de eso, Lucy hubiera empeorado. Asimismo, espero que el doctor Van Helsing no me culpe; he sufrido últimamente tantos dolores y angustias, que no podría soportarlo.

A veces, las lágrimas consuelan y, como la lluvia, refrescan la atmósfera. ¿Fue la lectura de aquel diario lo que tanto me emocionó ayer? Además, Jonathan se marchó muy pronto hoy y no regresará hasta mañana; desde que nos casamos, es la primera vez que estaremos tanto tiempo separados. Supongo que será prudente, que nada le trastornará... Son ya las dos y el doctor no tardará en llegar. No le hablaré del diario de Jonathan, a menos que desee verlo. En cuanto a mi diario, me alegro de haberlo pasado a máquina; de este modo podré dárselo a leer al doctor si desea conocer nuevos detalles referente a Lucy; esto nos evitará explicaciones penosas.

Más tarde. Ha venido y se ha ido. ¡Qué encuentro más extraño! La cabeza todavía me da vueltas. Tengo la impresión de haber soñado. ¿Es posible que todo esto haya sucedido... o al menos una parte? De no haber leído el diario de mi esposo, jamás habría creído una sola palabra de toda esta historia. ¡Pobre, pobre Jonathan! Debió de sufrir, bien lo veo ahora, más allá de toda explicación. Dios quiera que lo que acabo de saber no sea para él un nuevo calvario; intentaré ahorrárselo. Por otra parte, ¿no sería para él un consuelo, una ayuda, aunque las consecuencias sean difíciles de prever, tener por fin la certeza de que ni sus ojos, ni sus oídos, ni su imaginación le engañaron, que todo ocurrió tal como lo contó en su diario? Es posible que sea la duda lo que le atormenta, que, una vez disipada esa duda, y demostrada la verdad, no importa por qué medios, sea capaz de soportar mejor este golpe. El doctor Van Helsing debe de ser un hombre muy bondadoso y un médico excelente, puesto que es amigo de Arthur y del doctor Seward, y fue este quien le hizo venir desde Holanda para cuidar a Lucy. Además, solo verle, intuí su carácter generoso. Cuando vuelva mañana, seguramente le contaré la terrible experiencia de Jonathan, y quiera Dios que todas nuestras angustias y pesadumbres tengan un buen fin. Siempre pensé que la profesión de periodista era muy agradable. Un amigo de Jonathan, que trabaja en el *Exeter News*, dijo un día que, en ese trabajo lo esencial es tener memoria; ser capaz de reproducir exactamente cada palabra pronunciada por la persona entrevistada, aunque después fuese preciso mejorar algo el estilo. Bien, mi entrevista con el doctor Van Helsing fue muy extraña, y voy a tratar de transcribirla *verbatim*, por lo que intentaré reproducir exactamente todas sus frases.

Eran las dos y media cuando oí sonar la campanilla de la puerta. Tuve la presencia de ánimo de aguardar a que Mary me anunciase al doctor Van Helsing.

Me levanté e hice una reverencia mientras él avanzaba hacia mí. Es un individuo de mediana estatura, bastante robusto y, tanto en su cuerpo como en su semblante y en la expresión de sus rasgos, se distingue un aplomo perfecto. Su frente es elevada, casi recta, con dos protuberancias a ambos extremos; una frente jamás obstruida por los pelos rojizos de su dueño, que lleva exageradamente peinados hacia atrás y a los lados. Los ojos son grandes, de un azul oscuro, y muy separados entre sí; son vivos, penetrantes, y se tornan tiernos o severos según la expresión de los sentimientos que animen al profesor.

—¿La señora Harker?

Incliné la cabeza.

—¿Que antaño era la señorita Mina Murray?

Nuevo asentimiento de cabeza.

—Pues bien, yo vengo a visitar a Mina Murray, la amiga de aquella desdichada criatura, de nuestra querida Lucy Westenra. Sí, señora Harker, deseo hablarle de la muerte de su amiga.

—Caballero —contesté—, no podría usted presentarse ante mí con mejores credenciales que el de haber cuidado y asistido a Lucy en sus últimos momentos.

Le tendí la mano, que cogió entre las suyas, mientras decía dulcemente:

—Oh, amiga mía, y permítame que la llame así, sabía que la fiel compañera de aquella niña había de poseer un corazón muy generoso, pero aún es preciso... en fin, quiero saber...

Se interrumpió, inclinándose cortésmente. Le rogué que continuase y añadió:

—He leído las cartas que usted le escribió a Lucy. Perdóneme, pero pero tenía que empezar a investigar por alguna parte, y no había nadie a quien preguntar. Sé que usted estuvo con Lucy y su madre en Whitby. De vez en cuando, Lucy escribía un diario... no, no se sorprenda, señora Harker, puesto que lo empezó después de irse usted, queriendo, por lo visto, seguir su ejemplo. En el mismo hallé ciertas alusiones a un paseo que realizó ella en estado de sonambulismo y del cual recordaba que usted la había salvado. Comprenderá que acudo a usted lleno de perplejidad, con la esperanza de que tenga la bondad de darme a conocer todos los detalles que usted recuerde de ese asunto.

—Creo, doctor Van Helsing, que lo mejor sería darle a conocer toda la aventura.

—¿Toda? ¿Con todos los detalles? Oh, señora Harker, debe de poseer usted una memoria extraordinaria... Cosa rara entre las jóvenes...

—A decir verdad, doctor, fui anotando todos los hechos a medida que tenían lugar. Puedo enseñarle mis notas, mi diario, si quiere.

—¡Oh, le quedaré enormemente agradecido! Me hará usted un servicio inmenso.

No pude resistir a la tentación de desconcertarlo un poco. Supongo que las mujeres siempre tenemos en la boca el sabor de la primera manzana. Le entregué el diario original, escrito en taquigrafía. El profesor lo tomó con una cortés inclinación y preguntó:

—¿Puedo leerlo?

—Si así lo desea... —contesté con tranquilidad.

Abrió el cuaderno, lo recorrió con la vista, se levantó y volvió a hacer una reverencia.

—Oh, es usted una mujer admirable —exclamó—. Y hace tiempo que supe que el señor Harker era un hombre muy afortunado, pero ahora veo que su esposa tiene grandes virtudes. Pero, ¿quiere hacer el honor, señora, de traducirme esto puesto que yo, por desgracia, no sé leer en taquigrafía?

Juzgué que mi pequeña broma ya había durado bastante. Confieso que me sentí avergonzada. Entonces, le entregué la copia mecanografiada.

—Perdóneme... Sabía que usted venía a hablarme de nuestra querida Lucy y, como ignoraba el tiempo que podría permanecer aquí, me entretuve pasando mis notas a máquina.

Al coger mis cuartillas le brillaron los ojos.

—Es usted muy amable, señora Harker. ¿Puedo leerlo todo ahora mismo, sin demora? Tal vez, después, necesitaré hacerle algunas preguntas.

—Naturalmente, lea mientras yo me ocupo de que preparen el almuerzo. De este modo, podrá usted interrogarme durante el mismo.

Me dio las gracias y se instaló en un butacón, de espaldas a la luz. Al momento, vi que estaba absorto en la lectura y mientras yo fui a la cocina, sobre todo para que nada le distrajera. Cuando regresé al salón, el profesor se paseaba dando grandes zancadas, con el rostro encendido. Al verme, vino hacia mí y me cogió ambas manos.

—¡Oh, señora Harker! ¿Cómo expresarle cuánto le debo? Este diario es tan luminoso como el sol. Estoy deslumbrado, realmente deslumbrado por tanta claridad; sin embargo, se forman nubes a cada instante para cubrirla... Claro que usted no me entiende... no puede entenderme... Sepa solo que le debo mucho, y que es usted una mujer muy inteligente. Señora —continuó con tono grave—, si alguna vez Abraham van Helsing puede hacer algo en favor de usted o alguno de los suyos, espero que acuda a mí. Me gustaría ayudarla como amigo, y poner a su disposición y la de aquellos a los que ama todo lo que he aprendido y todo lo que haré. En la vida reina una gran oscuridad, pero también existen luces; usted es una de estas últimas. Usted será dichosa, verá colmados sus anhelos y su esposo hallará en usted la dicha.

—Doctor, me abruma usted de elogios... si apenas me conoce.

—Que no la conozco... Yo, que soy viejo y he pasado toda mi existencia observando, estudiando a los hombres y a las mujeres... y que he hecho del cerebro mi especialidad, así como de todo lo que es parte de él y se deriva de él y yo acabo de leer su diario, donde cada línea respira verdad... ¡Y dice que yo, que leí la carta que usted le envió a Lucy inmediatamente después de su boda, no la conozco! Oh, señora Harker, las mujeres generosas no necesitan palabras para narrar la historia de su vida, y esta, todos los días, a todas horas, a cada minuto, saben leerla los ángeles; nosotros, los hombres, cuyo deseo más vivo es observar para comprender, tenemos ojos semejantes a los de los ángeles. Su marido posee un carácter generoso; usted también, ya que confía en la vida, y para creer en ella hay que ser muy bueno. Por favor, ahora, hábleme de su marido... ¿Se encuentra mejor? ¿Está ya restablecido? ¿Se curó de su fiebre?

Comprendí que había llegado el momento de preguntarle por Jonathan así que dije:

—Está casi restablecido, pero la muerte del señor Hawkins ha sido para él un duro golpe...

—Oh, sí, lo sé —me interrumpió el doctor—. Lo sé, leí sus dos últimas cartas...

—Supongo —proseguí— que esta muerte le ha trastornado, pues el jueves pasado, en Londres, recibió otra nueva impresión.

—¿Otra nueva impresión? Poco después de una fiebre cerebral... Ah, esto es espantoso... ¿Qué clase de impresión?

—Creyó ver a alguien que le recordaba un hecho terrible, el mismo que provocó su fiebre cerebral.

Y al llegar a este punto toda la situación me superó: la compasión que siento por Jonathan, los horrores que vivió, la espantosa tristeza que se adivinaba en su diario, y el temor que crecía en mi interior desde que lo leí; todo ello me confundió. Supongo que me puse histérica porque me hinqué de rodillas y le supliqué al profesor que curase a mi esposo. El doctor me cogió ambas manos, me ayudó a levantarme y me obligó a sentarme en el sofá, a su lado.

—Mi vida es yerma y solitaria —me confió con voz suave—, y tan dedicada al trabajo que nunca he tenido demasiado tiempo para dedicar a mis amigos. Pero desde el día, no muy lejano, en que mi querido John Seward me llamó a Inglaterra, he conocido a tantas personas de buen corazón, afectuosas y generosas que, ahora más que nunca, lamento mi soledad... que no ha hecho más que crecer con el transcurso de los años. Créame, pues, cuando le digo que vengo aquí lleno de respeto hacia usted, toda vez que sus cartas a la pobre Lucy me daban la esperanza de que todavía existen mujeres capaces de otorgarle un sentido a la vida, mujeres cuya existencia servirá de ejemplo a los niños por nacer. Me siento muy honrado de encontrarme aquí y de poder ayudarla en algo; si su esposo sufre, espero poder remediar sus padecimientos. Le prometo dedicarme a ello con toda mi capacidad, a fin de que su vida se vea para siempre iluminada por el sol de la felicidad. Y ahora, hay que comer. La fatiga la ha agotado, mi querida señora, lo mismo que la inquietud. A su marido no le gustaría verla tan pálida, y lo que no le guste en aquella a la que ama no puede causarle ningún bien. Por tanto, pensando en él, en su completa curación, tiene usted que comer con buen apetito y sonreír con frecuencia. Ahora que ya sé todo lo referente a Lucy, no hablaremos más de esa pobre niña ni de sus sufrimientos; ello no serviría más que para sumirnos en una enorme tristeza. Pienso pasar la noche en Exeter, pues he de reflexionar aún sobre todo lo que acabo de saber, y después, con su permiso, le planteará algunas preguntas. Por el momento, trate de explicarme de qué se queja Jonathan… No, ahora no, primero tiene que comer… Después me lo contará todo.

Terminado el almuerzo, volvimos al salón y al momento me instó:

—Hable ahora, la escucho.

En el momento en que me disponía a contarle a aquel eminente sabio todo lo que sabía, temí que me tomara por una pobre tonta y a Jonathan por loco, ya que su diario es muy extraño. Viendo mi vacilación, el profesor me animó con amabilidad y dulzura y me prometió ayudarme, así que confié en él, y dije:

—Doctor Van Helsing, lo que tengo que contarle es tan extraño, tan incomprensible que le pido que no se burle de mí ni de mi marido. Desde ayer no sé qué debo creer. Sea bueno y no me trate de loca cuando escuche cosas insólitas que han podido parecer reales.

No solo su respuesta, sino su tono de voz, me tranquilizaron por completo.

—Mi querida señora, si supiera hasta qué punto es insólito el asunto referente a mi presencia aquí, sería usted la que se burlaría de mí. He aprendido a no reírme jamás de las creencias de un hombre o una mujer, por inverosímiles que parezcan. Siempre, y ante todo, he tratado de mantener un espíritu abierto y comprensivo, y no son los pequeños sucesos de la vida cotidiana los que me ayudarán a mantenerlo así, sino los hechos extraños, asombrosos, extraordinarios, aquellos que nos obligan a dudar de nuestra cordura.

—¡Oh, gracias, gracias, mil veces gracias! Me acaba de quitar un gran peso de encima. Si me lo permite, le daré un cuaderno para que lo lea, es bastante extenso, y también lo pasé a máquina; esto le ayudará a comprender mis angustias y las de Jonathan. Es la copia de un diario que él escribió durante su estancia en Transilvania. Prefiero no comentarlo ahora con usted; juzgue por sí mismo. Y cuando volvamos a vernos, quizá tenga usted la bondad de darme a conocer su opinión al respecto.

—Se lo prometo —asintió, mientras yo le entregaba las cuartillas. Después, tras ponerse de pie, añadió—: Con su permiso, mañana por la mañana, lo antes posible, vendré a verles a usted y a su esposo.

—Jonathan estará aquí a las once y media. Venga a almorzar con nosotros. De este modo, podrá coger el expreso de las 3,34 y llegará a Londres antes de las ocho.

Se sorprendió de que yo conociese tan bien el horario del ferrocarril; naturalmente, ignoraba que yo lo había estudiado para ayudar a Jonathan, por si tenía que salir de viaje precipitadamente.

El doctor Van Helsing cogió las cuartillas y se las llevó consigo. Una vez sola, empecé a meditar... a meditar... y todavía medito... no sé sobre qué.

25 de septiembre, a las seis de la tarde

Querida señora Harker:

He leído asombrado el diario de su esposo. Esté tranquila, no tenga ninguna duda. Por extraño y terrible que parezca, todo es cierto. Estoy absolutamente seguro. Para otros, esto podría significar lo peor... para él y usted, al contrario, nada hay que temer. Su Jonathan es un hombre valiente, decidido; permítame asegurarle, por mi experiencia con los hombres, que el hombre que se atrevió a descender por el muro y entrar en aquella estancia, como hizo su marido, dos veces, y no una, no sufrirá toda la vida por esa conmoción. Sus facultades mentales y afectivas están intactas; puedo jurárselo a ustedes dos. Por tanto, no sufra en absoluto a este respecto. Sin embargo, quisiera interrogarla a propósito de otras cosas. Me felicito de haber ido hoy a visitarla, puesto que de nuevo me siento deslumbrado; deslumbrado, lo confieso, como nunca. Bien, todavía necesito reflexionar.

Su afectuoso

Van Helsing

CARTA DE LA SEÑORA HARKER A. VAN HELSING

25 de septiembre, a las seis y media de la tarde

Mi querido doctor Van Helsing:

Le agradezco infinitamente su amable carta. Me siento tan tranquilizada... Y no obstante, si todo es cierto, como usted afirma, ¿cómo es posible que existan en el mundo cosas tan abominables, seres tan monstruosos como aquel individuo que vimos en Londres?

¡Esta sola idea me tiene aterrada! En este instante acabo de recibir un telegrama de Jonathan anunciándome que saldrá de Launceston esta tarde, a las 18.25, y que llegará aquí a las 22.18. ¿Quiere, en lugar del almuerzo, venir mañana a compartir nuestro desayuno a las ocho, si no es demasiado temprano para usted? Si tiene usted prisa, podrá coger el tren de las 10.30, que llega a Paddington a las 2.35. No conteste a esta nota. Si no tengo noticias suyas, le esperamos a desayunar.

Le ruego que me acepte como su reconocida y fiel amiga,

Mina Harker

DIARIO DE JONATHAN HARKER

26 de septiembre. Nunca pensé que reanudaría este diario, pero creo que ha llegado el momento de continuarlo.

Cuando ayer por la noche llegué a casa, Mina me esperaba para cenar, y una vez terminada la cena me contó la visita de Van Helsing, diciéndome que le había entregado una copia de su propio diario y del mío; por primera vez me confesó hasta qué punto había estado angustiada por mí.

Acto seguido, me mostró la carta del doctor en la que afirma que cuanto escribí en mi diario es la exacta verdad. Después de haber leído esta afirmación, tengo la impresión de ser otro hombre. La duda sobre la realidad de mi aventura me hundía en un abatimiento del que creí que no saldría jamás. Sentía en mí una especie de impotencia para actuar; todo era oscuridad, me hallaba sujeto a una eterna desconfianza. Pero actualmente sé, y no temo nada ni a nadie, ni siquiera al conde. Al fin y al cabo, este tenía la intención de venir a Londres, y ha venido. Es a él a quien vi el otro día. Ha rejuvenecido. Pero ¿cómo lo consiguió? Si Van Helsing es tal como lo ha descrito Mina, será el hombre que desenmascarará al conde y le dará caza. Mi mujer se está vistiendo y dentro de unos minutos iré a buscar al profesor a su hotel.

Pareció sorprendido al verme. Entré en su habitación y, después de presentarme, me cogió por los hombros, me hizo dar media vuelta sobre mí mismo a fin de poner mi semblante a plena luz y, después de examinarlo seriamente, se extrañó:

—Su esposa me dijo que estaba usted enfermo, que había recibido una gran impresión.

Sonreí al contestar:

—Sí, estaba enfermo. Recibí una fuerte y cruel impresión; pero usted me ha curado.

—¿Cómo?

—Gracias a la carta que usted le envió a Mina ayer por la tarde. Yo dudaba de todo, todo estaba teñido de irrealidad. No sabía qué creer, desconfiaba de todo lo que sentía. Creí que lograría sobreponerme con el trabajo. Pero este dejó de serme beneficioso y empecé a desconfiar de mí mismo. Doctor, usted no sabe lo que es dudar de todo y de uno mismo. No, no lo sabe. Es imposible, se adivina solo con mirar sus cejas.

Pareció divertido y se echó a reír.

—Ah, es usted fisonomista —exclamó—. Desde que he llegado, no dejo de descubrir algo nuevo cada hora que pasa. Será un placer desayunar con ustedes. ¿Me permite que le hable sinceramente? Después de todo, a mis años… Tiene usted suerte de haberse casado con esa mujer.

Habría pasado un día entero escuchando elogios dirigidos a Mina, así que me limité a inclinar la cabeza y callé.

—Verdaderamente, es una hija de Dios. Sí, Dios la hizo con sus propias manos para demostrar a todos los hombres, a todas las mujeres, que existe un paraíso en el que entraremos un día y que su luz se irradia también en la Tierra. Un ser tan fiel a sí mismo y a los demás, tan dulce, tan generoso, que se entrega a cuantos ama totalmente; es algo muy raro, particularmente en nuestro siglo de egoísmo y escepticismo. Y en cuanto a usted, caballero..., he leído todas las cartas que su esposa le envió a la pobre Lucy, y en muchas de ellas hablaba de usted. Por tanto, le conozco desde hace tiempo, a través del conocimiento de otros, pero su verdadero yo solo lo conozco desde ayer. ¿Quiere darme la mano? Seamos amigos para siempre.

Nos estrechamos las manos, y sentí que su cordialidad me emocionaba profundamente.

—Ahora —prosiguió—, deseo pedirle que me ayude. Tengo ante mí una tarea importante que cumplir, para lo cual, antes que nada, necesito saber. Y usted puede ayudarme. ¿Puede contarme qué pasó exactamente antes de que se marchara a Transilvania? Tal vez más adelante recurra a usted otra vez, para una cuestión diferente. Por el momento, me bastará con que conteste a esta pregunta.

—Profesor —repliqué—, no entiendo qué relación puede existir entre el conde y el caso que le mantiene tan ocupado.

—Y sin embargo, existe una relación muy estrecha.

—En tal caso, cuente conmigo.

Después de desayunar, le acompañé a la estación.

—¿Podría venir a Londres en caso de necesidad? —me preguntó al despedirme—. ¿Junto con su esposa?

—Iremos cuando a usted le convenga.

Le compré los periódicos de Londres y los locales para que se distrajese durante el viaje, y, mientras tanto, estuvimos charlando delante de la portezuela de su vagón. El profesor comenzó a hojear los diarios. De repente, su atención se vio atraída por un titular de la *Westminster Gazette*, y al momento palideció. Leyó unas líneas y le oí murmurar con espanto:

—*Mein Gott! Mein Gott!* ¡Tan pronto! ¡Tan pronto!

Creo que debido a la emoción llegó a olvidarse de mi presencia. Sonó el silbato y el tren se movió. Vuelto a la realidad, Van Helsing subió al vagón y se asomó a la ventanilla para despedirse con la mano y gritar:

—¡Mis afectos a su esposa! ¡Escribiré lo antes posible!

26 de septiembre. En realidad, nada concluye jamás. Apenas ha transcurrido una semana desde que estampé la palabra «FINIS», y hoy reanudo ya la grabación, para referirme incluso al mismo asunto. Por lo demás, hasta esta tarde tenía muchos motivos para pensar que todo eso pertenecía ya al pasado. Renfield está más calmado que nunca. Hace algunos días volvió a cazar moscas; ahora, son las arañas las que le mantienen sumamente ocupado; por el momento, por tanto, no me causa ninguna perturbación. Acabo de recibir una carta de Arthur, con fecha del domingo pasado, y, por lo que me dice, llego a la conclusión de que está bien. Quincey Morris está con él, lo cual ayudará a que Arthur recupere la normalidad, después de los terribles trances por los que acaba de pasar, puesto que ese Morris es un joven dinámico y lleno de energía. Quincey también me ha escrito para comunicarme que Arthur está un poco más alegre. Por lo tanto, tampoco ellos me preocupan. En cuanto a mí, todavía no he recobrado el equilibrio, si bien he reanudado mi labor en el manicomio con casi todo el entusiasmo de antes. La herida sufrida por la muerte de la desgraciada Lucy se iba cicatrizando poco a poco. ¡Sin embargo, ay, ha vuelto a abrirse! ¡Solo Dios sabe cómo terminará todo! Creo que el doctor Van Helsing lo sabe, pero no ha querido todavía satisfacer mi curiosidad. Ayer estuvo en Exeter, y hoy ya ha regresado. Hacia las cinco irrumpió en mi despacho y me arrojó el ejemplar de ayer de *The Westminster Gazette.*

—¿Qué opina de esto? —rugió, retrocediendo con los brazos cruzados.

Recorrí con la vista rápidamente el diario mientras me preguntaba a qué podía referirse. Aproximándose de nuevo, me señaló un artículo que trataba de unos niños desaparecidos en los alrededores de Hampstead Heath, a los que, no obstante, se había encontrado al cabo de unas horas. Nada de eso me extrañó hasta que leí que los niños presentaban pequeñas incisiones en la garganta, como si hubiesen sido mordidos. Entonces, me asaltó una terrible idea y miré fijamente al profesor.

—¿Y bien? —me preguntó este.

—Es lo mismo que le ocurrió a Lucy.

—¿Cómo lo explicas?

—Simplemente, la causa es la misma. Lo que la hirió a ella también ha herido a esos niños.

—Es verdad... indirectamente, pero no directamente.

—¿Qué quiere decir, profesor?

Me sentía inclinado a tomarme un poco a la ligera su seriedad ya que, al fin y al cabo, un descanso de cuatro días después de las espantosas experiencias vividas, me había hecho recuperar el buen humor. Pero cuando vi su expresión, cambié de tono; jamás, ni en los momentos álgidos de la enfermedad de Lucy, había visto al profesor tan desolado.

—¿Cuál es su idea? ¡Explíquese! Por mi parte, no sé qué pensar.

—No me harás creer, querido John, que no tienes la menor idea de lo que pudo provocar la muerte de Lucy. No solo los acontecimientos deberían ayudarte a imaginarlo, sino también los comentarios, las observaciones que hice en tu presencia.

—Postración nerviosa debida a grandes pérdidas... de sangre.

—Y las pérdidas de sangre... ¿a qué se debieron?

Sacudí la cabeza negativamente. El profesor se acomodó a mi lado.

—Eres inteligente, querido John. Razonas bien y tienes un espíritu abierto, pero también estás lleno de prejuicios. No permites que tus oídos oigan y tus ojos vean, ni crees en las cosas que no forman parte de tu existencia cotidiana. ¿No piensas que hay cosas que, aunque no las comprendas, existen? ¿Que algunas personas ven lo que los demás no vemos? Existen cosas que los hombres no perciben porque conocen (o creen conocer) otras que se les ha enseñado. ¡Ah! He aquí el defecto de la ciencia; esta quisiera poder explicarlo todo, y, cuando no consigue explicar algo, declara que no hay nada que explicar. Sin embargo, por doquier y a diario vemos aparecer teorías nuevas, mejor dicho, se califican como nuevas, si bien suelen ser más viejas, aunque pretendan ser lo contrario, como las mujeres que asisten a la ópera. Bien, supongo que tú no crees en la transmutación de los cuerpos, ¿verdad? ¿No? ¿Ni en la materialización? ¿No? ¿Ni en el cuerpo astral? ¿No? ¿Ni en la lectura del pensamiento? ¿No? Ni en el hipnotismo…

—Sí, Charcot nos ha dado bastantes pruebas…

—O sea que de eso sí estás convencido —prosiguió, sonriendo—. Naturalmente, entiendes su mecanismo y siguen perfectamente la demostración del gran Charcot… ¡Ay! Así, mi querido John, debo entender que sencillamente aceptas el hecho, el resultado, pero sin ahondar en lo demás. Entonces, dime, y no olvides que soy especialista en enfermedades mentales, dime cómo es posible aceptar el hipnotismo y rechazar la telepatía. Permíteme añadir, amigo mío, que en la actualidad se están llevando a cabo experimentos con la electricidad que los mismos que la descubrieron los habrían juzgado sacrílegos (y esos mismos hombres habrían sido quemados por brujos no mucho antes). La existencia siempre ha estado llena de misterios. ¿Por qué Matusalén vivió novecientos años, mientras que nuestra pobre Lucy, a pesar de que le fue inyectada la sangre de cuatro hombres, no pudo sobrevivir ni un solo día? ¡Si hubiera vivido un día más, la habríamos salvado! ¿Conoces todos los misterios de la vida y de la muerte? ¿Conoces todo lo relativo a la anatomía comparada y por qué algunos hombres tienen cualidades animales y otros no? ¿Puedes explicar por qué, si las arañas mueren todas jóvenes, aquella araña gigante que vivió durante siglos en el campanario de la antigua iglesia española, empezó a aumentar de tamaño, a crecer, hasta que un día pudo bajar a beber el aceite de todas las lámparas del templo? ¿Puedes explicar por qué en la Pampa, y en otros lugares del globo, los murciélagos abren de noche no solo las venas del ganado sino también de los caballos y beben hasta la última gota de su sangre? ¿Y cómo es posible que en ciertas islas de los mares occidentales, los murciélagos, suspendidos durante todo el día de los árboles, ataquen a los marinos que se amodorran a causa del calor sobre los puentes de los navíos de modo que al día siguiente hallan a los pobres marineros muertos, tan faltos de sangre como la pobre Lucy?

—¡Dios mío, profesor! —exclamé—. ¿Pretende darme a entender que Lucy fue víctima de un murciélago? ¿Y que un hecho tan inverosímil puede ocurrir aquí, en Londres, en pleno siglo diecinueve?

Me impuso silencio con un gesto.

—¿Puedes explicarme por qué las tortugas viven más tiempo que generaciones de hombres, por qué el elefante sobrevive a otras tantas generaciones de seres humanos, por qué el loro muere solamente cuando es mordido por un gato o un perro... o si sufre de alguna dolencia? ¿Por qué los hombres, en todo tiempo y lugar, han creído que algunos viven eternamente? Todos sabemos, ya que la ciencia lo ha demostrado, que algunos sapos han vivido durante miles de años en agujeros rocosos. ¿Puedes explicarme, insisto, por qué el faquir de la India puede causar su propia muerte y enterrarse, sellar su tumba y hacer plantar trigo sobre la misma? ¿Por qué siembran más trigo después de la primera cosecha, y por qué, cuando se siega el trigo nuevo, unos individuos rompen el sello de la tumba y hallan al faquir en su ataúd, no muerto, sino vivo, puesto que se levanta al punto y prosigue su existencia como antes?

Yo estaba a punto de perder la razón. Van Helsing me estaba atiborrando el espíritu con una serie de excentricidades de la naturaleza, con tantas imposibilidades que, de repente, parecían posibles, que mi imaginación estaba al rojo vivo. Vagamente, sabía que intentaba demostrarme algo, como antaño en Amsterdam, pero en la universidad él siempre aclaraba por anticipado el tema de sus elucubraciones. Esta vez, yo no me veía ayudado por este punto de partida y, sin embargo, estaba ansioso por seguir sus ideas y el resultado final de las mismas.

—Profesor —observé—, permítame que sea nuevamente su alumno preferido. Acláreme de qué tema se trata a fin de poder aplicar sus teorías a medida que las vaya explicando. Por el momento, trato, con grandes esfuerzos, de entender los ejemplos que me expone, enlazándolos unos a otros, y me estoy volviendo loco. Tengo la impresión de ser un niño chapoteando en una marisma en invierno, y saltando de un matorral a otro, sin saber adónde voy.

—Diantre, buena comparación. Pues bien, te diré al momento hacia dónde apunto: deseo que creas.

—¿Que crea?

—Sí, que creas en cosas en las que hasta ahora no creías. Deja que me explique. Un día, un americano definió así la fe: «Es una facultad que nos permite creer en cosas que sabemos que no son ciertas». Comprendí perfectamente la idea de tal individuo. Es preciso tener un espíritu abierto, no permitir que una pequeña verdad nos impida llegar a una verdad mayor. Al principio, aprendemos la verdad ínfima, la apreciamos en su justo valor, pero no debemos creer que esta es toda la verdad del universo.

—¿Quiere usted decir que las ideas preconcebidas no deben impedir que se acepten otras, más extraordinarias?

—Ah, sigues siendo mi alumno favorito. ¡No se pierde el tiempo explicándote las cosas! Ahora que deseas comprender, que has dado ya el primer paso, lo entenderás todo al instante. Entonces, ¿crees que las pequeñas incisiones de la garganta de aquellos niños tienen el mismo origen que las que vimos en la garganta de Lucy?

—Sí, supongo que…

Se puso de pie.

—¡Te equivocas! —declaró—. Oh, si así fuera… Pero ¡ay! no… La verdad es mucho más terrible, sí, mucho más terrible…

—Por amor de Dios, profesor, acabe de una vez.

Con un gesto desesperado se dejó caer en una butaca y, tras apoyar los codos en la mesa, se cubrió el rostro con las manos y exclamó:

—¡Esos niños han sido víctimas de la pobre Lucy!

15

DIARIO DEL DOCTOR SEWARD (CONTINUACIÓN)

Mi cólera no habría sido mayor si, estando aún viva, el profesor Van Helsing hubiera abofeteado a Lucy. Solté un puñetazo sobre la mesa y me levanté, mientras decía:

—¿Se ha vuelto loco, profesor?

Irguió la cabeza, me contempló tristemente, y la ternura que leí en sus pupilas me calmó al instante.

—Ojalá lo estuviera —dijo—. Sería mucho más fácil soportar la locura que tan terrible verdad. Amigo mío, ¿por qué, según tú, he aguardado tanto tiempo antes de confesarte algo tan sencillo? ¿Porque te odio? ¿Para hacerte sufrir? ¿Por afán de vengarme, al cabo de tantos años, de tu bella acción al salvarme la vida? No, ¿verdad?

—Perdóneme, profesor.

—Al contrario, amigo mío —continuó—, ha sido porque deseaba confesarte esta verdad causándote el menor daño posible, pues sabía que aún amabas a esa joven. Y, no obstante, no espero que me creas al momento. Ya es difícil aceptar inmediatamente una verdad abstracta que, a menudo, nos hace dudar al principio, sobre todo cuando siempre hemos creído lo contrario. Más difícil todavía es aceptar una verdad concreta, especialmente cuando es tan espantosa como esta. Esta noche te lo demostraré. ¿Te atreverás a acompañarme?

Observó mi vacilación.

—El razonamiento es sencillo —continuó—, y no tiene nada que ver con el niño que chapotea en una marisma. Si cuanto afirmo no es cierto, la prueba que obtendremos será un alivio o, por lo menos, no agravará el final de la historia de Lucy, tan penosa ya. Pero ¿y si tengo razón? Ah, esto es lo que temo; y sin embargo, este mismo temor ayudará a mi causa, puesto que, ante todo, necesito que se crea en mis palabras. Bien, he aquí mi proposición. Antes de nada, iremos a visitar a ese niño que, según la prensa, llevaron al North Hospital. El doctor Vincent, de dicho hospital, es amigo mío, y también tuyo, puesto que estudiasteis juntos en Amsterdam. No podrá negarse a que unos médicos estudien su caso. No le contaremos nada, aparte de que deseamos aprender. Luego…

—¿Luego…?

Sacó una llave del bolsillo con la que jugueteó pensativamente.

—Luego, tú y yo iremos a pasar la noche al cementerio donde reposa Lucy. He aquí la llave de su sepulcro. El sepulturero me la entregó para que se la remitiera a Arthur.

Ante la idea de la nueva y terrible prueba que nos aguardaba, sentí que me abandonaban las fuerzas. Sin embargo, necesitaba mostrarme valeroso y declaré que debíamos apresurarnos, pues se hacía tarde.

Encontramos al niño despierto. Había dormido y comido algo, y su estado general era satisfactorio. El doctor Vincent le quitó el vendaje del cuello para enseñarnos las dos incisiones. Eran exactamente iguales a las de la pobre Lucy. Algo más pequeñas, más frescas, pero aquí terminaba la diferencia. Le preguntamos a Vincent de dónde procedían, a su entender, y contestó que algún animal habría mordido al niño, seguramente una rata; aunque, en realidad, él se inclinaba por la teoría de que se trataba de un murciélago, mamífero muy numeroso en las colinas del norte de Londres.

—Entre muchos inofensivos —añadió—, tal vez haya uno de una especie más salvaje, procedente del sur. Quizá un marino lo trajo de algún viaje y se escapó, o se trata de un espécimen huido del Parque Zoológico. Es muy posible, en tal caso, que sea un murciélago perteneciente a la raza de los vampiros. En el zoo los crían. Hace apenas diez días se escapó un lobo y, según tengo entendido, fue visto por aquellos alrededores. Y los niños estuvieron una semana entera jugando a la Caperucita Roja, hasta que hizo su aparición la «dama de sangre». Desde entonces, solo piensan en ella... Este pequeño, al despertarse, le preguntó a la enfermera si podía marcharse y cuando quiso saber el motivo, el niño repuso simplemente: «Para ir a jugar con la "dama de sangre"».

—Espero —observó Van Helsing— que cuando ese niño pueda volver a casa de sus padres usted les aconsejará que le vigilen estrechamente. Esas escapadas con las que sueña son muy peligrosas, y la siguiente podría serle fatal. Aunque seguramente aún estará varios días en el hospital.

—Al menos, una semana; más tiempo si las heridas no cicatrizan al cabo de ocho días.

Como nuestra visita al hospital fue más prolongada de lo previsto, era ya de noche cuando salimos a la calle.

—Es inútil que nos apresuremos —comentó Van Helsing—. Aunque ignoraba que fuese tan tarde. Vamos, cenaremos antes y después continuaremos.

Cenamos en Jack Straw Castle, donde gozamos de la compañía de unos ciclistas y otras personas muy divertidas, y a las diez salimos del restaurante. La noche era muy oscura y pronto dejaron de alumbrarnos incluso los faroles callejeros. Era evidente que el profesor había memorizado el camino, puesto que caminaba sin ninguna vacilación. Por mi parte, no hubiera sabido decir dónde me hallaba. Cada vez nos encontrábamos con menos gente, y finalmente nos extrañó ver policías montados a caballo, patrullando. Al llegar al cementerio, nos pusimos a escalar el muro. Con algunas dificultades, puesto que desconocíamos aquel lugar y estaba muy oscuro, encontramos al fin la tumba de la familia Westenra. El profesor sacó la llave del bolsillo, abrió la rechinante puerta y, cortésmente, aunque sin duda de modo inconsciente, retrocedió un paso para dejarme entrar el primero. Tal amabilidad, en circunstancias tan fúnebres, resultaba irónica. Mi compañero me siguió, cerró el portón con cautela y, tras asegurarse de que la cerradura no era de pestillo, puesto que en tal caso nuestra situación habría resultado muy poco agradable, sacó una caja de cerillas y un pedazo de vela para alumbrarnos.

Adornada de flores frescas y a la luz del día, la tumba ya me había parecido lo bastante lúgubre y espantosa. Pero entonces, transcurridos ya varios días desde los funerales, con todas las flores marchitas, los blancos pétalos caídos en el suelo y las hojas amarillentas, con las arañas y otros insectos en su habitual dominio, las losas cubiertas de polvo y los hierros enmohecidos, así como los adornos de plata empañados que reflejaban la débil luz de la vela, constituía un espectáculo sombrío, cuyo horror superaba a toda imaginación. No podía evitarse la idea de que la vida animal no es lo único que desaparece para siempre.

Van Helsing procedió con método. Levantando la vela para poder leer las inscripciones de cada féretro, de manera que la cera al fundirse y caer encima de las placas de plata formaba manchones blancos, buscó y halló el ataúd de Lucy. Acto seguido, de su cartera extrajo un destornillador.

—¿Qué piensa hacer? —indagué horrorizado.

—Abrir el ataúd. Entonces, tal vez me creerás.

Empezó a desatornillar la tapa, hasta que logró levantarla. Debajo apareció la cubierta de plomo. Aquello era más de lo que yo podía soportar; era como una afrenta a la difunta, semejante a la que hubiesen podido infligirle en vida, desnudándola mientras estaba dormida. Cogí la mano del profesor para detenerle, pero él se limitó a murmurar:

—¡Ahora verás!

De su cartera sacó una sierra. Hundiendo el destornillador en el plomo, con un golpe tan fuerte que retrocedí sorprendido, hizo un agujero bastante grande para poder introducir la punta de la sierra. Pensé que del ataúd saldría el hedor y los gases procedentes de la descomposición de un cadáver de ocho días y retrocedí hacia la puerta. Pero el profesor continuó con su tarea como si estuviera ansioso de acabar cuanto antes. Aserró el plomo por un lado, después de través, y al fin por el otro lado. Tras separar la parte desprendida, acercó la vela a la abertura y me indicó con el gesto que me aproximara.

Avancé unos pasos y miré. El ataúd estaba vacío.

Mi asombro fue enorme, mas Van Helsing permaneció impasible. En aquel momento, estaba seguro de tener toda la razón.

—¿Me crees ya, John? ¿Estás convencido?

Sentí despertarse en mí la inclinación natural a la discusión.

—Estoy convencido de que el cuerpo de Lucy no está en su ataúd. Pero no demuestra más que…

—¿Qué, John?

—Que el cuerpo no está en el ataúd.

—¡Bien razonado! ¿Mas cómo explicas… cómo puedes explicar que no esté aquí?

—Tal vez haya por los alrededores un ladrón de cadáveres… Quizá los empleados de las pompas fúnebres robaron el cadáver…

Sabía que únicamente decía necedades, pero no hallaba ninguna otra explicación plausible. El profesor suspiró.

—Bien, necesitas otra prueba. Ven conmigo.

Volvió a dejar en su sitio la tapa del ataúd, guardó sus herramientas, apagó la vela y la metió también en la cartera.

Abrimos el portón y salimos. Volvió a cerrar con la llave y me la entregó.

—Guárdala. De esta —observó—, no dudarás.

Me eché a reír, con risa muy poco alegre, dándole a entender que era mejor que él guardara la llave.

—¿Qué significa una llave? Pueden existir varias copias y, además, esa cerradura debe ser fácil de forzar.

Sin contestar, se metió la llave en el bolsillo. Después, quiso que yo me ocultase no lejos de allí, detrás de un ciprés, a fin de asistir a lo que ocurriría, mientras él vigilaría la otra parte del cementerio. Desde detrás del ciprés le vi alejarse como una silueta sombría, hasta que los árboles y los monumentos funerarios lo pusieron fuera del alcance de mi vista.

La soledad me impresionó. Oí dar la medianoche en un reloj cercano, después la una, y luego las dos. Tenía frío, y estaba furioso contra Van Helsing por haberme arrastrado a tal lugar, y también conmigo mismo por haber aceptado. Aunque, a pesar del frío y el sueño que me invadían, ni por un momento pensé descuidar la vigilancia que me había encargado el profesor. Indudablemente, aquellas horas fueron las más penosas de mi vida.

De repente, tuve la impresión de distinguir una mancha blanca deslizándose entre los cipreses, al otro lado de la tumba; al mismo tiempo, precipitándose hacia ella, divisé una masa o mole sombría. Quise acercarme a mi vez, pero tuve que rodear varias tumbas y tropecé con algunas losas. El cielo estaba encapotado, y a lo lejos cantó un gallo. A cierta distancia, tras una fila de enebros que bordeaban la avenida que conducía a la iglesia, apareció una figura blanca, bastante borrosa, que avanzaba en dirección a la tumba de la familia Westenra; aunque, debido a la arboleda del lugar, no logré ver por dónde desaparecía la silueta. No tardé, no obstante, en oír el crujido de unos pasos reales en el mismo sitio por donde había pasado la blanca figura y percibí al profesor que sostenía entre sus brazos un niño muy pequeño. Cuando llegó a mi lado me lo mostró, al tiempo que exclamaba:

—Bien, ¿me crees ahora?

—¡No!

—¿No ves a este niño?

—Sí, veo a este niño… pero ¿quién lo ha traído aquí? ¿Está herido?

—Pronto lo sabremos —replicó el profesor.

Rápidamente, de mutuo acuerdo, nos dirigimos hacia la salida del cementerio. Van Helsing sostenía al pequeño dormido.

Nos detuvimos bajo un grupo de árboles donde, a la luz de una cerilla, examinamos la garganta del niño. No había ninguna incisión ni herida.

—Yo tenía razón, profesor —exclamé, con tono de triunfo.

—¡Hemos llegado a tiempo! —me corrigió Van Helsing, sumamente aliviado.

¿Qué debíamos hacer con el niño? Si lo entregábamos a la policía, tendríamos que explicar cómo lo habíamos hallado. Decidimos llevarlo al Heath y, cuando oyésemos acercarse a algún agente, lo dejaríamos donde aquel tuviese que encontrarlo a la fuerza, tras lo cual nos marcharíamos de allí a la carrera. Todo ocurrió según lo planeado. Apenas llegamos a Hampstead Heath, oímos las pisadas de un agente y, después de dejar al niño en el sendero, aguardamos escondidos hasta que una linterna alumbró al niño y el policía lanzó una exclamación de asombro. Tranquilizados ya sobre la suerte del pequeño que acabábamos de salvar, nos alejamos en silencio. Tuvimos la fortuna de hallar casi al momento un coche de alquiler y regresamos al centro de la ciudad.

Puesto que me resultaba imposible conciliar el sueño, he grabado esta entrada; pese a todo, intentaré dormir ahora, ya que Van Helsing vendrá a buscarme a mediodía. Quiere que le acompañe a otra expedición.

27 de septiembre. Eran más de las dos de la tarde cuando, al fin, nos arriesgamos a la segunda tentativa. El entierro, previsto para mediodía, ya había terminado y los rezagados habían franqueado lentamente la verja del cementerio cuando, desde detrás del arbusto que nos servía de refugio, vimos al sepulturero que cerraba la cancela con llave, antes de marcharse. Sabíamos que a partir de aquel momento estaríamos seguros hasta la mañana siguiente, si así lo deseábamos; pero el profesor me advirtió que, a lo sumo, necesitaríamos solo una hora. Como la víspera, experimenté la sensación de la horrible realidad de las cosas en que todo esfuerzo de la imaginación parecía vano; y me daba cuenta de que al llevar a cabo esta sacrílega tarea, me exponía a las iras de la ley. Además, estaba convencido de la inutilidad de todo aquello. Si había sido ya abominable abrir un féretro de plomo para ver si un cadáver estaba realmente muerto, era una verdadera locura querer entrar de nuevo en la tumba, cuando sabíamos que el ataúd estaba vacío. Sin embargo, me guardé de expresar mis pensamientos, porque cuando Van Helsing se obstinaba en una idea era imposible hacerle desistir de la misma. Sacó la llave, abrió la puerta y, como la víspera, se apartó cortésmente para cederme el paso. El triste recinto no resultaba tan lúgubre como la noche anterior; de todas formas, ¡qué aspecto tan desolador le confería el rayo de sol que penetraba por la puerta entreabierta! Van Helsing se acercó al féretro de Lucy, y yo le imité. Inclinándose, retiró de nuevo la parte aserrada de la tapa. Una fuerte impresión de asombro y de horror se apoderó de mí.

Lucy se hallaba dentro del ataúd, exactamente igual a como la habíamos visto el día de su entierro y, cosa extraña, con una belleza mucho más radiante que entonces; apenas pude creer que estuviese muerta. Los labios eran tan rojos... mejor dicho, más rojos que en vida, y sus mejillas estaban delicadamente coloreadas.

—¿Se trata de magia? —pregunté.

—¿Estás ya convencido? —replicó Van Helsing.

Con la mano, me señaló a la difunta. Después, con un gesto que me estremeció, le entreabrió los labios y me enseñó sus encías y sus blancos dientes.

—Fíjate, son más afilados. Con estos dientes —tocó los caninos—, mordió a los niños. Ya no es posible que dudes, querido John.

Quise rechazar lo que parecía imposible. Así que, en un intento por contradecirle del que enseguida me avergoncé, dije:

—Tal vez han devuelto el cadáver la noche pasada.

—¿Sí? ¿Quién, por favor?

—¿Quién o quiénes? Lo ignoro. Pero alguien la ha colocado de nuevo en el ataúd.

—Y, sin embargo, lleva muerta una semana. En ese tiempo, casi todos los cadáveres presentan otro aspecto.

A estas palabras no supe qué responder; sin embargo, Van Helsing no pareció reparar en mi silencio, o al menos no manifestó ni disgusto ni satisfacción. Estudió atentamente el semblante de la muerta, levantó sus párpados, examinó sus pupilas y volvió a entreabrir sus labios para contemplar los dientes.

Después, se volvió hacia mí.

—Sin embargo, existe una diferencia con otros casos. Nos hallamos ante un desdoblamiento de la vida, cosa que se ve muy pocas veces. Esta joven fue mordida por el vampiro en estado de hipnotismo, de sonambulismo… ¿Te sorprendes? Oh, sí, tú lo ignorabas, mi querido John. Te lo contaré más tarde. Y, estando siempre en estado de hipnotismo, el vampiro seguía chupándole la sangre. Murió en estado de trance, y en estado de trance se convirtió en no-muerta. Por esto no se parece a las demás. Ordinariamente, cuando los no-muertos duermen en su casa —con el ademán me indicó que el «hogar» de los vampiros siempre, o casi siempre, es un cementerio o una tumba—, su semblante revela lo que son, pero este, tan dulce antes de que Lucy se convirtiese en no-muerta, solo vuelve a la nada del muerto común. En ella no hay nada maligno, y por esto me resulta tan espantoso matarla mientras duerme.

La sangre se heló en mis venas y comprendí que empezaba a aceptar las teorías de Van Helsing; si Lucy ya estaba realmente muerta, ¿por qué me estremecía ante la idea de matarla?

El profesor levantó la mirada hacia mí, observando mi cambio de ideas.

—¿Me crees ya?

—No del todo —repliqué—. Sí, deseo aceptar su teoría, pero también necesito reflexionar. ¿Qué hará usted?

—Cortarle la cabeza y llenar su boca de ajos. Después, le hundiré una estaca en el pecho.

Me estremecí otra vez ante la idea de mutilar de esta forma el cadáver de la mujer que yo tanto había amado. De todas maneras, mi emoción no era tan terrible como había esperado. Empezaba a sentir escalofríos ante la presencia de aquel ser, de aquella nomuerta, como la llamaba Van Helsing, que ya era para mí algo execrable. ¿Es posible que el amor sea totalmente objetivo, o totalmente subjetivo?

Transcurrieron unos minutos interminables antes de que Van Helsing pusiera manos a la obra; de repente, saliendo de su ensimismamiento, cerró su cartera con un golpe seco.

—He estado reflexionando y he decidido qué será lo mejor. De seguir mis impulsos, ejecutaría inmediatamente, sí, ahora mismo, tan triste tarea, pero hemos de pensar en las consecuencias, que pueden acarrearnos mil dificultades. Es evidente que Lucy todavía no ha matado a nadie, aunque sin duda esto no sea más que cuestión de tiempo. Si actuase ahora, la pondría instantáneamente fuera de todo peligro. Pero, por otra parte, quizá más adelante necesitemos a Arthur, ¿y cómo podríamos contarle esto? Si tú, que viste las incisiones de Lucy y las del pequeño que visitamos en el hospital; si tú, que anoche viste este ataúd vacío, y hoy lo has visto lleno, y ves que, al cabo de una semana de su defunción, Lucy está más bella, más fresca que nunca; si tú, que has comprobado todo esto por ti mismo y que anoche divisaste la figura blanca que llevó al niño hasta el cementerio y, a pesar de todo, apenas das crédito a tus ojos, ¿cómo cabe esperar que Arthur, que nada ha visto, crea todo esto? Ya receló cuando le impedí besar a esta joven en el momento de su muerte. Me perdonó porque cree que le impedí despedirse de su amada a causa de una idea equivocada; ahora tal vez creyese que hemos enterrado a Lucy en vida, y que, por una equivocación nuestra, ha muerto ahora. Afirmará que estamos equivocados de cabo a rabo y que la hemos asesinado, a fuerza de querer tener razón. De forma que cada vez se sentirá más desgraciado, puesto que jamás llegará a tener una certeza absoluta, lo cual será el peor sufrimiento. Quizá pensará que su amada fue enterrada viva, y sus pesadillas serán atroces puesto que verá en ellas lo que la joven debió de padecer; otras veces pensará que, tal vez, tenemos razón, que su amada era, al fin y al cabo, una no-muerta... Ah, ya se lo advertí una vez y ahora estoy seguro: antes de lograr la felicidad, le aguardan momentos muy desdichados. El pobre muchacho vivirá la peor hora de su existencia, pero después nosotros podremos obrar de forma que, hasta la hora de su muerte, conozca la tranquilidad de espíritu. Bien, vámonos. Tú vuelve a cuidar a tus enfermos. Yo pasaré la noche en este cementerio. Y mañana por la noche, a las diez, ve a buscarme al hotel Berkeley. Le escribiré una nota a Arthur para que venga, lo mismo que al joven americano que dio su sangre por Lucy. A todos nos incumbe esta espantosa tarea. Te acompañaré hasta Piccadilly, donde cenaremos, puesto que deseo estar aquí de regreso antes de que caiga la noche.

Cerramos la tumba con llave, nos dirigimos hacia la tapia del cementerio, la escalamos y emprendimos el camino de Piccadilly.

NOTA DEJADA POR VAN HELSING EN SU MALETA EN EL HOTEL BERKELEY, DIRIGIDA AL DOCTOR JOHN SEWARD (NO ENTREGADA)

27 de septiembre

Mi querido John:
Escribo para ti estas líneas, por si acaso me ocurriese algún percance antes de volver a vernos. Regreso al cementerio, para vigilar. Mi intención es que la no-muerta no pueda abandonar su ataúd esta noche para que mañana sea mayor su afán por salir. Por

tanto, ataré a la puerta del sepulcro todo lo que la no-muerta detesta, los ajos y un crucifijo, lo cual bastará para mantenerla quieta. Lucy es una no-muerta reciente y no se resistirá. Además, los ajos y el crucifijo le impedirán salir, pero no sentir el afán de ir en busca de su alimento. Estaré allí la noche entera, desde la puesta de sol hasta el amanecer, de modo que observaré todo lo que ocurra. En lo que concierne a Lucy, no tengo ningún temor, ni por ella, ni procedente de ella; pero, en cuanto al que la ha convertido en no-muerta, tiene ahora el poder de encontrar su tumba y refugiarse en ella. Es extremadamente astuto, pues tengo la prueba de ello, no solo por la narración de Jonathan Harker, sino por las diversas tretas que nos gastó cuando estaba en juego la vida de Lucy. Recuerda que nosotros perdimos la partida. En realidad, el no-muerto siempre es muy poderoso. En su mano tiene la fuerza de veinte hombres, por lo que fue en vano que nosotros cuatro diésemos la sangre por salvar a esa joven. Además, tiene el poder de convocar a los lobos y a otras criaturas infernales. En resumen, si esta noche aparece por el cementerio, allí me hallará; es posible que no lo intente; sus terrenos de caza son más provechosos que el cementerio donde duerme esa joven no-muerta y el viejo profesor que la vigila.

No importa; redacto estas líneas por si acaso… Coge todos los papeles que halles junto con esta carta, el diario de Harker y todo lo demás, y léelo. Después, intenta encontrar a ese famoso no-muerto, córtale la cabeza y quémale el corazón, o atraviésalo con una estaca para que el mundo se vea libre de él.

Por tanto… ¡adiós tal vez!

Van Helsing

28 de septiembre. Una noche de sueño resulta un bienestar increíble. Ayer, casi acepté las monstruosas teorías de Van Helsing; hoy me
parecen un ultraje al sentido común. No dudo de que él cree ciegamente en tales teorías, pero me pregunto si no tendrá el cerebro un poco trastornado. Y, sin embargo, tiene que existir una explicación racional a estos hechos tan misteriosos en apariencia. ¿Es
posible que todo sea obra del propio profesor? Posee una inteligencia
tan extraordinaria que, si alguna vez perdiera la cabeza, cumpliría sus
designios con una obstinación que nada ni nadie podría torcer. Esta
idea me disgusta… pero, ¡qué asombroso sería descubrir que Van
Helsing está loco! De todos modos, le observaré atentamente; es
preciso que obtenga alguna luz en este misterio.

29 de septiembre, por la mañana. Ayer por la noche, poco antes de las
diez, Arthur y Quincey entraron en la habitación de Van Helsing.
El profesor nos dijo todo lo que esperaba de nosotros, aunque se
dirigió especialmente a Arthur, como si nuestras voluntades, hasta
cierto punto, dependiesen de la suya. Empezó expresando el deseo
de que todos le acompañásemos.

—Puesto que —precisó—, tenemos que cumplir con un deber tan sagrado como penoso.

Después le preguntó a lord Godalming:

—Sin duda, le habrá sorprendido recibir mi carta.

—Confieso que sí —asintió Arthur—. He estado tan ocupado en mis angustias, en mi dolor, que desearía no recordar por el
momento nada de lo pasado. Quincey y yo discutimos mucho
respecto a su carta, sin saber exactamente cuál era su significado;
y cuanto más discutíamos, menos la comprendíamos. Por mi parte, a pesar de haber meditado profundamente, no veo…

—Tampoco yo —le interrumpió Quincey.

—Oh —exclamó el profesor—, ustedes dos lo comprenderán con mayor rapidez que mi amigo John, el cual tuvo que retroceder bastante en los sucesos para llegar a entenderlo todo.

Evidentemente, sin que yo hubiera dicho la menor palabra, el profesor sabía que yo volvía a dudar de sus teorías. Acto seguido, se volvió hacia los dos jóvenes.

—Quisiera obtener de ustedes el permiso de cometer una acción… que es absolutamente necesaria —explicó—. Sé que pido mucho. Cuando conozcan mis intenciones se darán cuenta de mi exigencia. ¿Puedo pedir dicha autorización a ciegas, de modo que después, aunque por el momento se enojen conmigo, no se lo reprochen a sí mismos?

—Esto es sinceridad —interrumpió Quincey—. Yo confío en el profesor, y aunque todavía no capto el alcance de sus palabras, sé que sus intenciones son honradas y eso me basta.

—Gracias, amigo mío —repuso Van Helsing—. Yo también le considero como un joven con quien se puede contar en toda ocasión, y jamás lo olvidaré.

Le tendió la mano al americano.

—Doctor Van Helsing —dijo Arthur a su vez—, no quisiera obrar a la ligera, y si se trata de algo que comprometa mi honor o mi fe de cristiano, no podría hacer la promesa que me exige. Pero si, por el contrario, me asegura que sus intenciones no atacarán ninguna de ambas cosas, le concedo al instante entera libertad de acción, aun cuando, juro por mi vida, no entender nada en absoluto.

—Acepto sus condiciones —respondió el profesor—, y solo le pido que, antes de censurar mis actos, reflexione largamente y estudie si se atienen a sus condiciones.

—Comprendido —asintió Arthur—. Ahora, ¿puedo saber qué hemos de hacer?

—Quisiera que, dentro del mayor secreto, me acompañaran al cementerio de Kingstead.

El semblante de Arthur se puso tenso.

—¿Donde está enterrada la pobre Lucy? —inquirió.

El profesor asintió con el gesto.

—¿Y bien? —pidió Arthur.

—Y bien… Entraremos en el panteón.

Arthur se puso de pie.

—Doctor Van Helsing, ¿habla usted en serio o se trata de una pésima broma…? Perdone, veo que habla en serio.

Volvió a sentarse, pero se mantuvo expectante. Hubo un silencio hasta que Arthur preguntó:

—¿Y una vez dentro del panteón?

—Abriremos el féretro.

—¡Esto es demasiado! —gritó Arthur, volviendo a ponerse de pie, colérico—. Estoy dispuesto a ser paciente cuando se trate de algo razonable; pero esta profanación de la tumba de un ser que… —La indignación ahogó sus palabras.

El profesor le contemplaba compasivamente.

—Si pudiese ahorrarle una sola emoción, mi pobre amigo, Dios sabe bien que lo haría —replicó—. Pero esta noche tenemos que caminar por un sendero de espinos; de lo contrario, más tarde y durante toda la eternidad, la que usted ama tendrá que recorrer caminos de fuego.

Con el semblante lívido, Arthur levantó la vista y la clavó en Van Helsing.

—¡Cuidado, caballero, cuidado!

—Quizá sería mejor que lo supieran todo —murmuró el viejo profesor—. Al fin y al cabo, conocerían de este modo mis intenciones. ¿Quieren saberlo?

—Lo creo justo —intervino Quincey.

Van Helsing estuvo silencioso un momento, y continuó con voz velada por la emoción:

—Lucy falleció. Todos lo sabemos, ¿verdad? En cuyo caso, nada puede inquietarla. Pero si no estuviese muerta…

Arthur dio un salto y se levantó.

—¡Dios mío! ¿Qué significan estas palabras? ¿Fue enterrada viva?

—No he dicho que viviese, amigo mío, ni lo pienso. He dicho simplemente que podría ser una no-muerta.

—¡No-muerta! ¡No-viva! ¿Qué significa todo esto?

—Existen misterios que el espíritu solo entrevé, y que con el paso de los siglos solo han podido resolverse en parte. Créame, nos hallamos en presencia de uno de esos misterios. Pero aún no he terminado. ¿Puedo cortarle la cabeza a Lucy?

—¡No, por todos los santos! —gritó Arthur, furioso en sumo grado—. ¡Jamás consentiré que se mutile su cadáver! Doctor Van Helsing, me somete usted a una prueba incalificable, que supera todos los límites de la tolerancia. ¿Qué he hecho yo para ser torturado de este modo? ¿Qué hizo aquella dulce y bella criatura para que usted desee profanar su tumba? ¿Está loco, para proferir semejantes palabras, o estoy yo loco al escucharlas? Bien, no consiento tamaño ultraje contra Lucy. Mi deber es protegerla, y Dios es testigo de que cumpliré con esta obligación.

Van Helsing abandonó el sillón donde había estado sentado y repuso gravemente:

—También yo, lord Godalming, he de cumplir un deber… un deber hacia otros, un deber hacia usted, un deber hacia la difunta. Por el momento, solo le pido que me acompañe allá, con el fin de ver y oír. Si más tarde le dirijo la misma petición… y usted accede a ella, entonces cumpliré con mi deber, sea cual sea. Luego, me pondré a su disposición para darle cuenta de todo.

Su voz se quebró un instante, pero continuó en un tono compasivo:

—Pero le suplico, por favor, que no se enfade conmigo. A lo largo de mi existencia, he tenido que realizar a veces cosas desagradables, ingratas que, incluso, me desgarraban el corazón; pues bien, jamás tuve que cumplir un deber tan doloroso como este. Si llega un día en que sus sentimientos hacia mí cambian, una sola mirada de usted bastará para disipar hasta el recuerdo de esta hora triste, porque, ¡créame!, haré todo cuanto esté en mi mano para ahorrarle sufrimientos. Piénselo: ¿por qué me afanaría yo tanto? ¿Por qué sufrir tantos quebraderos de cabeza, tantas inquietudes? Vine de Holanda para cuidar a una enferma; primero, solamente por amistad hacia John; después, puse toda mi ciencia y mi buena voluntad al servicio de una joven que, poco a poco, llegó a inspirarme un verdadero afecto. Le di, y casi me avergüenza recordarlo, a pesar de la emoción que experimento, diría casi la ternura, mi propia sangre, como ustedes le dieron también la suya. Sí, yo, que no era su prometido como usted, lord Godalming, le di mi propia sangre, a pesar de ser solamente su médico y su amigo. Le consagré días enteros, noches enteras, no solo antes de su muerte, sino también después, y si mi propia muerte pudiese endulzar su triste destino, siendo como es una muerta no-muerta, moriría gustoso por ella.

Había en su acento tanta comprensión, tanto orgullo, que Arthur quedó hondamente emocionado; tomó la mano de Van Helsing y murmuró con voz quebrada:

—¡Oh, qué difícil resulta entender todo esto! Sin embargo, le acompañaré al cementerio. Y ya veremos…

16

DIARIO DEL DOCTOR SEWARD (CONTINUACIÓN)

Eran las doce menos cuarto de la noche cuando escalamos la baja tapia del cementerio. La noche era oscura; solo de vez en cuando asomaba la luz a través de los gruesos nubarrones que avanzaban velozmente por el cielo. Formábamos un grupo apretado, si bien Van Helsing andaba con ligereza, delante, para mostrarnos el camino. Cuando llegamos cerca de la tumba, observé atentamente a Arthur, pues temía que aquel lugar tan lleno de dolorosos recuerdos para él le trastornase profundamente, pero conservaba toda su sangre fría. Supuse que el mismo misterio de nuestra empresa atenuaba en cierto modo su dolor. El profesor insertó la llave en la cerradura, la hizo girar, abrió la puerta, que rechinó sobre sus goznes, y al ver que todos vacilábamos, resolvió la situación pasando adelante el primero. Le seguimos y cerramos la puerta. A continuación, encendió una linterna y con ella iluminó el féretro. Siempre indeciso, Arthur avanzó, en tanto que Van Helsing se aproximaba a mí.

—Tú estuviste ayer conmigo. ¿Se hallaba el cadáver de Lucy Westenra en el ataúd?

—Sí —contesté.

El profesor se volvió hacia los otros dos.

—Ya lo han oído. Sin embargo, ¡todavía hay alguien que no cree en mis palabras!

Sacó el destornillador y levantó la tapa del ataúd. Arthur contemplaba la escena sumamente pálido, pero no habló. Cuando la tapa quedó retirada, se acercó más al féretro. Evidentemente, ignoraba la existencia de la cubierta de plomo; al observar la marca de la sierra sobre el plomo, la sangre le encendió el semblante, pero al instante recobró su lividez. Van Helsing apartó la plancha de plomo. Miramos todos… y nos estremecimos de horror.

¡El ataúd estaba vacío!

Durante varios segundos, nadie dijo una sola palabra. Fue Quincey Morris quien finalmente rompió el turbador silencio.

—Profesor, tengo confianza en usted, como ya dije. Su palabra me basta. Por tanto, en otra ocasión más corriente, no le formularía ninguna pregunta, ni quisiera parecer que dudo de sus palabras o sus actos; pero ahora nos hallamos en presencia de un misterio tan espantoso que creo que se me permitirá la pregunta. ¿Es usted quien ha hecho esto?

—Le juro por lo más sagrado que yo no he sacado a Lucy de aquí, que nada tengo que ver con ello. He aquí lo ocurrido: anteayer vinimos aquí mi amigo John Seward y yo, con un buen propósito, pueden creerlo. Abrí el ataúd, que estaba sellado, y vimos que estaba vacío, lo mismo que ahora. Decidimos aguardar y, en efecto, no tardamos en divisar una figura blanca que se movía entre los árboles. Al día siguiente, ayer, volvimos en pleno día, y Lucy estaba tendida aquí, dentro de su ataúd. ¿No es cierto, John?

—Sí.

—La primera noche llegamos a tiempo. Había desaparecido otro niño. Afortunadamente, lo hallamos entre las tumbas, y observamos que no tenía ninguna incisión. Ayer, como he dicho, vinimos de día, pero yo regresé aquí antes del anochecer, ya que solamente cuando se pone el sol pueden los no-muertos abandonar sus sepulcros. Aguardé la noche entera, hasta el amanecer, pero no vi nada, debido probablemente a que yo había colgado del portón unas ristras de ajo, cuyo olor los no-muertos no pueden soportar.

Anoche, pues, Lucy no salió antes de ponerse el sol, vine aquí para retirar los ajos y el crucifijo. Y por eso ahora hemos hallado el ataúd vacío. Tengan un poco más de paciencia. Hasta ahora, todo resulta muy extraño. Pues bien, escóndanse conmigo cerca de aquí y verán algo mucho más extraño todavía. Bien —añadió, apagando la linterna—, salgamos.

Abrió la puerta y, uno tras otro, salimos. El profesor salió en último lugar, y cerró la puerta con llave.

¡Oh, qué fresca y pura me pareció la brisa nocturna después del horror de la tumba! ¡Qué agradable ver cómo las nubes huían a toda velocidad en el cielo, y la claridad de la luna se filtraba entre ellas, como los instantes de felicidad y de tristeza en la vida del hombre! ¡Qué grato era respirar el aire fresco, libre del hedor a muerte! ¡Qué confortante contemplar las luces del cielo más allá de la colina y escuchar a lo lejos el rumor confuso de una gran ciudad! Todos mostrábamos un aspecto grave; abrumado por la revelación que acababa de oír, Arthur callaba; adiviné que intentaba captar el motivo de todo aquello, penetrar el significado profundo del misterio que nos rodeaba. Por mi parte, yo esperaba pacientemente, dispuesto a rechazar de nuevo mis dudas y aceptar las conclusiones de Van Helsing. Quincey Morris estaba impasible, como el hombre que admite cuanto se le cuenta, aunque no sin espíritu crítico. Como no podía fumar, empezó a mascar tabaco. Van Helsing, por su parte, estaba ocupado en una tarea muy concreta. Al principio, sacó de su cartera un objeto que se asemejaba a una delgada galleta, como una hostia, cuidadosamente envuelta en un pañuelo blanco; después, dos puñados de una sustancia blancuzca... como pasta de harina. Hizo pedazos la hostia y, trabajando con la pasta, lo convirtió todo en una sola masa. Luego, hizo con ella pequeñas tiras que colocó en los intersticios de la puerta del panteón. Naturalmente, esto me extrañó y, como estaba a su lado, le pregunté qué hacía. Arthur y Quincey, curiosos también, se nos aproximaron.

—Cierro la tumba —nos explicó el viejo profesor—, para que la no–muerta no pueda entrar.

—¿Y esta pasta se lo impedirá? —inquirió Quincey—. ¡Si esto parece una chiquillada!

—¿Se lo parece?

—¿A usted no?

Era Arthur quien había formulado la última pregunta. Van Helsing se descubrió respetuosamente antes de contestar.

—Es una hostia. La he traído de Amsterdam. Obtuve una indulgencia.

Esta respuesta nos impresionó profundamente y todos pensamos que ante un designio tan grave como el del profesor (designio que le inducía a emplear lo más sagrado del mundo), era imposible seguir dudando. Sumidos en un respetuoso silencio, nos colocamos cada cual en el sitio previamente designado por el profesor en torno al panteón, donde era imposible ser vistos. Compadecí a mis compañeros, especialmente a Arthur. Respecto a mí, mis anteriores visitas al cementerio me habían acostumbrado a aquel triste y fúnebre lugar; y, no obstante, si una hora antes rechazaba las pruebas de Van Helsing, ahora mi corazón empezaba a flaquear. Nunca las tumbas me habían parecido tan blancas; jamás los cipreses, los tejos, los enebros, habían simbolizado tan bien la melancolía; nunca los árboles, la hierba, se habían doblegado bajo el viento de manera tan siniestra; ni las ramas habían crujido con tanto misterio, ni los aullidos lejanos de los perros habían trasmitido a través de la noche tal presagio de pesadumbre.

Transcurrió un largo rato de silencio, un silencio profundo, doloroso. Por fin, el profesor llamó nuestra atención.

—¡Chist! —y señaló a lo lejos.

Por la avenida de los tejos avanzaba una figura blanca que sostenía contra el pecho algo oscuro. De repente, la figura se detuvo y, en el mismo instante, un rayo de luna asomó entre dos nubes e iluminó la aparición: era una mujer envuelta en un blanco sudario. No le vimos el rostro, ya que tenía la cabeza inclinada hacia lo que llevaba en brazos, que pronto identificamos como un niño rubio. Se detuvo y oímos un chillido agudo, como el que emitiría un niño dormido, o un perro que sueña ante el fuego del hogar. Nos disponíamos a correr hacia ella cuando Van Helsing, al que todos podíamos divisar situado detrás de un tejo, nos detuvo con un movimiento de la mano. La figura blanca siguió avanzando. No tardó en llegar tan cerca de nosotros que la distinguimos con suma claridad, tanto más cuanto que la luna brillaba todavía entre las nubes. Se me heló el corazón y, en el mismo instante, oí el grito de horror ahogado que lanzó Arthur: todos acabábamos de reconocer las facciones de Lucy Westenra. Lucy Westenra… ¡pero tan cambiada…! La dulzura de su rostro había desaparecido y en su lugar había una expresión dura y cruel y, en lugar de pureza, su semblante reflejaba deseos voluptuosos. Van Helsing abandonó su escondite y, junto con él, los demás nos dirigimos a la puerta del panteón, ante la cual nos apostamos los cuatro. Van Helsing levantó la linterna para iluminar el semblante de Lucy; los labios de la joven estaban húmedos de sangre, y unas gotas corrían por su barbilla, manchando su inmaculada mortaja. Nuevamente, nos estremecimos de pavor. A la luz vacilante de la linterna, comprendí que hasta los nervios de acero de Van Helsing estaban cediendo al histerismo. Arthur se hallaba a mi lado y, de no haberle cogido del brazo, habría caído al suelo.

Cuando Lucy (llamo Lucy a aquella forma que se hallaba ante nosotros, puesto que tenía su apariencia) nos vio, retrocedió, profiriendo un furioso gruñido, como un gato pillado por sorpresa. Después clavó sus pupilas en nosotros. Eran los ojos de Lucy por su forma y color; pero los ojos de una Lucy impura, que brillaban con fulgor infernal y no con las cándidas y dulces pupilas que tanto habíamos amado. En aquel instante, lo que quedaba aún de mi amor se transformó en odio y desprecio; de haber tenido que matarla en aquel momento, no habría vacilado ni un segundo… ¡y con qué placer cruel! Mientras ella nos contemplaba con sus pupilas relucientes y perversas, su semblante se iluminó con una sonrisa voluptuosa. ¡Dios mío, qué terrible verla así! ¡Qué visión tan odiosa! Implacable como un demonio, con un brusco movimiento, arrojó al suelo al niño que llevaba en brazos, gruñendo como el perro a quien acaban de quitarle un hueso. El niño gimió, y luego se quedó inmóvil. La dureza y crueldad de ese gesto arrancó un grito de cólera de la garganta de Arthur; cuando ella avanzó hacia él, con los brazos extendidos al frente y con aquella sonrisa lasciva, Arthur retrocedió y ocultó el rostro entre las manos. Ella continuó avanzando, murmurando con tono lánguido y ademanes llenos de gracia y voluptuosidad:

—¡Ven conmigo, Arthur! ¡Abandona a tus compañeros y ven conmigo! ¡Necesito tenerte entre mis brazos! ¡Ven! ¡Reposaremos juntos! ¡Ven, maridito mío! ¡Ven conmigo!

En su voz había una dulzura demoníaca, algo semejante al tintineo de dos vasos al chocar... que resonaba en nuestros cerebros aunque sus palabras fueran dirigidas a otro. En cuanto a Arthur, parecía hechizado y, tras descubri su rostro, abrió los brazos. Iba ya Lucy a refugiarse en ellos cuando Van Helsing, de un salto, se colocó entre ambos, con un crucifijo de oro en la mano. Lucy retrocedió y, con sus facciones descompuestas por el furor, pasó por el lado del profesor hacia el panteón, con la intención de refugiarse en él. Mas, al llegar cerca de la puerta, se detuvo como si una fuerza irresistible le impidiese proseguir su camino. Se volvió hacia nosotros, con el rostro completamente iluminado por la luz de la linterna que Van Helsing sostenía con mano firme. Jamás había observado en persona alguna tal expresión de rencor y despecho, y espero no volver a ver jamás algo parecido. Las mejillas de Lucy, hasta entonces coloreadas, se tornaron lívidas, sus pupilas desprendieron auténticas chispas infernales, las arrugas que aparecieron en su frente semejaban las serpientes de Medusa, y la encantadora boca de labios escarlata se abrió hasta formar un cuadrado, como en aquellas máscaras griegas o japonesas que representan la cólera. Si alguna vez un rostro ha podido expresar la muerte, si una mirada es capaz de matar, aquel rostro, aquella mirada, se hallaban ante nosotros.

Durante medio minuto, que a todos nos pareció una eternidad, Lucy estuvo allí, entre la cruz que Van Helsing seguía empuñando en alto y la tumba, cuya hostia le prohibía la entrada. El profesor puso fin al silencio al preguntar a Arthur:

—Amigo mío... ¿debo continuar mi obra?

El joven se arrodilló y, de nuevo con la cara entre las manos, contestó en un murmullo:

—Profesor, obre como mejor le plazca... Nada puede haber peor que esto.

Gimió, mientras Quincey y yo, de común acuerdo, nos aproximamos a él para sostenerle. Van Helsing dejó la linterna en tierra; después, yendo a la puerta de la tumba, arrancó la pasta de los intersticios. Entonces, una vez terminada esta labor, contemplamos, petrificados por el terror, cómo el cuerpo de la figura, que parecía tan material como los nuestros, pasaba a través de una grieta por la que apenas habría podido pasar la hoja de un cuchillo. Todos experimentamos una sensación de alivio inefable cuando el profesor, con calma inexorable, volvió a colocar en torno a la puerta la sagrada pasta. A continuación fue a levantar al pequeño.

—Ahora, vengan, amigos míos; ya no podemos hacer nada más hasta mañana. A mediodía hay previsto un entierro, de modo que volveremos después. A las dos, todos los parientes y amigos del difunto se habrán marchado, pero, una vez el sepulturero haya cerrado la cancela de entrada, nosotros nos quedaremos. Entonces, seguiremos con nuestra labor, que, sin embargo, no será tan espantosa como lo que acabamos de presenciar. En cuanto a este niño, no ha sufrido mucho y mañana se hallará restablecido. Igual que el otro, lo dejaremos en un lugar donde la policía logre encontrarlo fácilmente.

Calló y se aproximó a Arthur.

—Mi querido amigo, esta prueba ha sido excesiva para sus nervios; pero más adelante, cuando la rememore, comprenderá hasta qué punto era necesaria. Las horas de amargura de que le hablé, las está viviendo ahora; mañana, ¡gracias a Dios!, habrán pasado y usted conocerá la tranquilidad de ánimo, si no la felicidad; por tanto, no permita que el dolor haga presa en su corazón. Hasta mañana, y le ruego que me perdone.

Llevé a Arthur y a Quincey a mi casa y, durante el camino de retorno, intentamos animarnos mutuamente. Habíamos dejado ya al niño en lugar seguro y todos estábamos agotados.

Los tres logramos dormir, mal que bien.

29 de septiembre, por la noche. Poco antes de las dos, Arthur, Quincey y yo fuimos a buscar al profesor a su hotel. Cosa extraña; sin habernos puesto de acuerdo, íbamos todos vestidos de negro. Naturalmente, Arthur llevaba luto riguroso.

Poco después estábamos en el cementerio; nos paseamos por sus avenidas evitando ser observados, y así, cuando los sepultureros terminaron sus tareas y cerraron la cancela con llave pensando que todo el mundo se había marchado, quedamos completamente dueños del lugar.

En lugar de su cartera negra, Van Helsing llevaba otra de forma alargada, como la de un jugador de críquet, que al parecer era muy pesada.

Cuando, tras haber oído los últimos pasos alejarse por la carretera, estuvimos seguros de nuestra soledad, seguimos al profesor hasta el panteón. Abrió la puerta y entramos todos, y a continuación cerró a nuestras espaldas. El profesor encendió la linterna y dos velas que fijó sobre ataúdes mediante la cera fundida, de forma que tuviéramos la luz necesaria para trabajar. Cuando levantó de nuevo la tapa del ataúd de Lucy, todos temblábamos, especialmente Arthur. Entonces pudimos ver a la joven tendida allí dentro, con toda su hermosura muerta. Pero en mi corazón no quedaba ya sitio para el amor; solo el odio lo llenaba, el horror que me inspiraba aquella figura odiosa que conservaba la forma de Lucy sin su alma. Vi cómo el rostro de Arthur se ponía tenso.

—¿Se trata verdaderamente del cuerpo de Lucy —le preguntó al profesor—, o es un demonio que ha adoptado su forma?

—Es su cuerpo y no lo es. Aguarde un momento y volverá a verla tal como era, tal como es aún en realidad.

Lo que teníamos allí delante parecía la pesadilla de Lucy. Los dientes puntiagudos, los labios voluptuosos, manchados de sangre… todo ello era suficiente para producir escalofríos de terror, y su cuerpo sensual, visiblemente carente de alma, era como una burla diabólica de lo que el cuerpo de Lucy había sido en vida.

Metódicamente, según su costumbre, Van Helsing retiró de su cartera diversos instrumentos y los dejó a mano. Primero, sacó un soldador y un poco de soldadura; después, una lámpara de aceite que, una vez encendida, desprendió un gas azulado que daba mucho calor; luego, los instrumentos que debían servir para la operación y finalmente una estaca de madera, cilíndrica, de unos diez centímetros de diámetro y un metro de longitud. Puso al fuego la punta de la estaca, y después la afiló. Por fin, sacó de la cartera un martillo de grandes dimensiones. La visión de un médico que prepara todos los detalles para proceder a una operación siempre me ha resultado satisfactoria, pero aquellos preparativos inspiraron a Arthur y a Quincey una verdadera consternación. No obstante, ambos trataban de conservar su valor y se mantuvieron en silencio.

—Antes de dar comienzo a mi labor —murmuró Van Helsing—, permítanme explicarles en qué consiste; de hecho, este conocimiento nos lo ha transmitido la ciencia y las experiencias de los antiguos y de cuantos han estudiado los poderes de los no-muertos. Este estado de vida en muerte se halla estrechamente ligado a la maldición de inmortalidad. Se niega la muerte a esos seres que deben, de siglo en siglo, causar nuevas víctimas y multiplicar los males en la Tierra; ya que todo aquel que muere después de haber sido la presa de un no-muerto, se convierte en otro a su vez, que también buscará sus víctimas correspondientes. De manera que el círculo se agranda incesantemente, como los círculos provocados por un guijarro arrojado a un estanque. Arthur, amigo mío, de haber besado a Lucy un momento antes de su muerte, como era su deseo, o si anoche la hubiese recibido en sus brazos, a la hora de la muerte, usted se habría convertido en un *nosferatu*, como dicen en la Europa oriental, y se habría dedicado a causar otros no-muertos, como los que ya nos causan pavor. En su calidad de no-muerta, la carrera de esta desdichada joven acaba de empezar. Los niños cuya sangre ha chupado no están aún en trance desesperado; pero si continuase viviendo como no-muerta, dichos niños perderían cada vez más sangre, obedeciendo al poder que ella ejerce sobre ellos, e irían en su busca; con su boca odiosa, esa no-muerta les dejaría finalmente exangües. Por el contrario, si ella muere realmente, cesará todo el mal; las leves incisiones desaparecerán de la garganta de los niños, que volverán a sus juegos, olvidando toda esta aventura; más importante aún: cuando la verdadera muerte se apodere de esta no-muerta, el alma de nuestra querida Lucy volverá a ser libre. En lugar de realizar su obra malvada durante la noche, y envilecerse cada vez más al asimilarla durante el día, ocupará su lugar reservado entre los ángeles. Así, amigo mío, la que le dé el golpe de gracia será una mano que ella bendecirá. Yo estoy dispuesto a ello. Pero ¿no hay entre nosotros alguien con más méritos para este privilegio? Qué dicha poder pensar en el silencio de la noche: «Fue mi mano la que la envió a las estrellas, la mano de quien ella más amaba en este mundo, la mano que ella misma habría elegido para este trance, de poder hacerlo». ¿No hay aquí, entre nosotros, esa persona afortunada?

Todos miramos a Arthur, el cual, como todos, comprendió la generosa intención de Van Helsing al proponer que fuese su mano la que liberase a Lucy. Sí, era Arthur quien debía conservar para nosotros la memoria de Lucy inmaculada, y no impura.

—Desde lo más profundo de mi corazón, amigo mío, mi verdadero amigo —murmuró Arthur, avanzando hacia el profesor—, le agradezco su deferencia. Dígame qué he de hacer y obedeceré sin vacilar.

—¡Bravo muchacho! Solo es preciso un instante de valor ¡y todo habrá concluido! Se trata de clavarle esta estaca en el pecho. Sí, repito que es una prueba terrible, pero será breve y acto seguido su felicidad será mayor que el dolor actual, y cuando usted salga de aquí, creerá tener alas. Pero una vez haya empezado, no podrá vacilar. Piense que todos estamos a su lado, amigo mío, que todos rogaremos por usted durante esos instantes espantosos.

—Adelante —dijo Arthur con la voz ahogada por la emoción—, ¿qué he de hacer?

—Coja la estaca con la mano izquierda, coloque su punta sobre el corazón de Lucy, y empuñe el martillo con la otra mano. Cuando empecemos a recitar la oración de difuntos (yo la leeré, ya que he tenido le precaución de traer el devocionario), golpee en nombre de Dios, a fin de que nuestra querida muerta descanse en paz y que la no-muerta desaparezca para siempre jamás.

Arthur cogió la estaca y el martillo y, ya decidido firmemente a obedecer, sus manos no temblaron en absoluto. Van Helsing abrió el libro de rezos y empezó a leer; Quincey y yo le seguimos como pudimos. Arthur colocó la punta de la estaca sobre el corazón de Lucy y observé que empezaba a hundirla ligeramente en la blanca carne. Después, golpeó con el martillo con toda su fuerza.

La Cosa, dentro del ataúd, tembló, se retorció en pavorosas convulsiones, y un chillido de rabia, que heló nuestros corazones, se escapó de su boca; los afilados dientes se clavaron en los labios, y se cubrieron de una espuma escarlata. Arthur no perdió el coraje. Semejante al dios Thor, su brazo se alzaba y se abatía con firmeza, hundiendo cada vez más la misericordiosa estaca, mientras la sangre manaba y se esparcía por doquier. En su rostro se veía reflejada la resolución, como si estuviese seguro de ejecutar un deber sagrado, y al verlo, nuestras voces también se elevaron con mayor firmeza. Poco a poco, el cuerpo cesó de temblar, las contorsiones disminuyeron, pero los dientes continuaron clavados en los labios, y los rasgos del rostro siguieron estremeciéndose. Finalmente, el cadáver quedó completamente inmóvil. La terrible tarea había terminado.

Arthur soltó el martillo. Se tambaleó y habría caído al suelo si no le hubiéramos sujetado a tiempo. Por su frente resbalaban gruesas gotas de sudor y estaba jadeante. El esfuerzo había sido horrible, y, de no haberse visto obligado por consideraciones de humanidad, jamás lo habría llevado a cabo. Durante unos minutos solo nos ocupamos de él y no prestamos atención al ataúd. Sin embargo, cuando nuestras miradas se posaron en su interior, no logramos reprimir una exclamación de asombro. Contemplábamos el féretro con tanta atención que Arthur, tras incorporarse, se unió a nosotros. En su semblante, la expresión de horror se trocó en otra de alegría.

En el ataúd ya no yacía la horrible no-muerta que habíamos acabado por temer y odiar hasta el punto de considerar su destrucción como un privilegio concedido a quien de entre nosotros poseía más derechos; dentro del ataúd se hallaba ahora Lucy, exactamente igual que en vida, con su dulce rostro, de una pureza sin igual. Cierto, el dolor, los sufrimientos, habían marcado su semblante, pero para nosotros era aún más querido. Todos nosotros intuimos en aquel momento que la santa paz que se retrataba en aquel semblante, en aquel pobre cuerpo, era ya el símbolo del eterno descanso.

Van Helsing puso una mano sobre el hombro de Arthur.

—Amigo mío, ¿me perdona ahora? —inquirió.

Cuando el viejo profesor cogió entre las suyas la mano del joven lord, la tensión de este se disipó y llevó a los labios aquella arrugada mano y la besó con fervor.

—¡Si le perdono…! Que Dios le bendiga, mi querido profesor, puesto que usted le ha devuelto su alma a mi amada, y a mí la paz.

Abrazó a Van Helsing y apoyando la cabeza en su pecho, lloró largamente, en tanto los demás permanecíamos mudos e inmóviles.

—Ahora, amigo mío —replicó el profesor cuando Arthur irguió la cabeza—, ya puede besarla. Puede depositar un beso sobre los labios de la difunta, tal como ella hubiera querido. Puesto que actualmente no es ya un demonio de terrible sonrisa, ya no es una no-muerta, ni lo será nunca más. Es una verdadera muerta en Dios, su alma está ya en el cielo.

Arthur se inclinó y besó aquel apacible rostro y después le enviamos junto con Quincey fuera del recinto. Yo ayudé al profesor a serrar la parte sobresaliente de la estaca, le cortamos la cabeza al cadáver y llenamos su boca de ajos. Después, atornillamos nuevamente la tapa y recogimos las herramientas. Cuando el profesor cerró la puerta con llave, le entregó esta a Arthur.

Fuera, la brisa era suave, brillaba el sol, cantaban los pájaros y parecía que toda la naturaleza estuviera afinada en otro tono. Por todas partes había felicidad, alegría y paz, y también nosotros habíamos hallado la paz, y estábamos contentos, aunque era una alegría algo empañada.

Antes de separarnos, Van Helsing nos dijo:

—Amigos míos, se ha realizado la primera parte de nuestra misión, la más cruel para nosotros. Pero queda aún otra tarea, más importante todavía: descubrir al autor de tantos males y hacer que desaparezca de la faz de la Tierra. Yo poseo ciertas claves que, hasta cierto punto, facilitarán nuestra búsqueda. Esta tarea será larga, llena de peligros y de sufrimientos. ¿Me ayudarán? Actualmente, todos creemos ya. Y siendo así, sabemos cuál es nuestro deber. Prometimos llegar hasta el fin, según creo.

Uno tras otro estrechamos su mano y prometimos ayudarle.

—Mañana por la tarde, a las siete —prosiguió el viejo profesor—, cenaremos juntos en casa de John. Invitaré también a otras dos personas. Por entonces, tendré listos mis planes, que serán claramente explicados. Mi querido John, ven conmigo, he de consultarte algo. Esta noche partiré para Amsterdam, pero volveré mañana por la tarde. Entonces dará comienzo nuestra gran investigación; no obstante, he de contarles muchas cosas antes y ponerles al corriente de lo que haremos y lo que hemos de temer. Pero, una vez emprendida nuestra santa misión, ya no podremos retroceder.

17

DIARIO DEL DOCTOR SEWARD (CONTINUACIÓN)

Cuando llegamos al hotel Berkeley, había un telegrama para Van Helsing: «Llego por tren. Jonathan en Whitby. Noticias importantes, Mina Harker».

El profesor se mostró encantado.

—Ah, esa magnífica Mina —exclamó—. ¡La perla de las mujeres! Pero ella llega y yo no puedo esperarla. Tendrás que ir tú a buscarla a la estación, mi buen John. Antes, empero, le enviaremos un telegrama para que esté advertida.

Hecho lo cual, tomó una taza de té, mientras me hablaba del diario que Jonathan Harker había escrito cuando estuvo en el extranjero; me entregó una copia mecanografiada, así como del diario de la señora Harker en Whitby.

—Llévatelo todo y léelo con atención. Cuando yo vuelva mañana por la tarde, conocerás ya todos los detalles del caso, y podremos iniciar las investigaciones pertinentes. Guarda estas cuartillas en lugar seguro, pues son un auténtico tesoro. A pesar de la experiencia, hoy necesitarás toda tu fe para creer en lo que aquí se contiene. Es la historia más increíble que puedas imaginarte. Esta historia —colocó gravemente una mano sobre el fajo de cuartillas— tal vez sea para ti, para mí y para otros muchos, el principio del fin. Tal vez signifique asimismo el fin del no-muerto que camina por la Tierra. Léelo todo, te lo ruego, sin dejarte nada; y si se te ocurre alguna observación iluminadora, hazla, puesto que todo es importante. Tú también llevas un diario en el que has consignado más de un hecho sorprendente. Bien, dentro de unos días, lo estudiaremos todo conjuntamente.

Se dispuso a partir hacia la estación de la calle Liverpool. Yo me dirigí a Paddington, donde debía encontrarme con la señora Harker. Llegué con un cuarto de hora de antelación. La muchedumbre empezó a dispersarse como siempre después de detenerse el ferrocarril. Empezaba ya a temer no encontrarme con la señora Harker cuando una joven bonita y delicada avanzó hacia mí con paso rápido.

—El doctor Seward, ¿verdad?

—¿La señora Harker?

Me tendió la mano,

—Le he reconocido por el retrato que de usted me hizo la pobre Lucy...

Calló de repente, ruborizándose. Enrojecí a mi vez, y ello nos relajó a los dos, pues mi rubor era como una respuesta tácita al suyo. Cogí su maleta y una máquina de escribir con su estuche, y nos dirigimos al metro, que nos debía dejar en la calle Fenchurch. Antes, había telegrafiado a mi ama de llaves para que dispusiera un aposento para Mina Harker.

Llegamos a mi casa a la hora prevista. Naturalmente, Mina Harker sabía que se trataba de un hospital psiquiátrico, pero no logró reprimir un escalofrío en el momento de franquear el umbral.

Me advirtió que, si yo no hallaba inconveniente alguno, me vería inmediatamente en mi despacho, porque tenía mucho que contarme. Por tanto, registro esto en el fonógrafo mientras la aguardo. Todavía no he tenido tiempo de leer los papeles que me entregó Van Helsing, que aún se hallan encima de mi escritorio, ante mí. Debo hallar la manera de interesarla en algo, de modo que me deje tiempo para leerlos. Ella ignora cuán precioso es el tiempo y cuál es la tarea que tenemos entre manos. Debo tratar de no asustarla. Ah, aquí llega.

29 de septiembre. Después de arreglarme un poco, descendí al gabinete del doctor Seward. Me detuve un instante antes de llamar a la puerta, pues me pareció que el doctor conversaba con alguien. Pero, como me había rogado que fuese a verlo lo antes posible, llamé. Contestó al momento, me invitó a pasar y entré.

Ante mi sorpresa estaba solo, pero vi en su mesa, ante él, un fonógrafo y lo comprendí todo; nunca había visto ninguno, aunque me habían descrito cómo eran. Me sentí vivamente interesada.

—Espero no haberme demorado demasiado —empecé—. Me quedé al otro lado de la puerta, creyéndole acompañado.

—Oh —sonrió el doctor Seward—, estaba registrando mis notas.

—¿Una especie de diario? —me sorprendí.

—Sí —afirmó, poniendo una mano sobre el fonógrafo.

—¡Caramba! —exclamé entusiasmada—. ¡Esto es mejor que la taquigrafía! ¿Podría escuchar algo?

—Por supuesto —respondió con presteza.

Se levantó para poner el aparato en marcha, pero de pronto se detuvo.

—Bueno —vaciló—, hasta ahora solamente ha registrado mi diario… y como solo se refiere a mis pacientes… o poco más… tal vez resultará incómodo… es decir…

Traté de sacarle del atolladero.

—Usted asistió a Lucy en sus últimos momentos —le dije—. Por favor, permítame escuchar lo que se refiere a su muerte, puesto que deseo conocer todos los detalles. Era mi mejor amiga.

Cuando me respondió, me asombró la expresión de horror de su semblante.

—¿Dejarle escuchar lo que ocurrió cuando falleció? ¡Por nada del mundo!

—¿Por qué? —insistí, experimentando una súbita angustia.

El doctor Seward tardó unos instantes en responder y comprendí que, en realidad, estaba buscando un pretexto.

—Bueno —dijo al cabo—, resultaría muy difícil encontrar esa parte... —Mientras hablaba debió de verse asaltado por una súbita idea, ya que prosiguió en tono diferente, con una sencillez de la que él mismo no se daba cuenta y una ingenuidad infantil—. Sí, es verdad... palabra de honor.

Sonreí y él lo vio.

—Esta vez me he traicionado. Pero —añadió— ¿sabe usted que, durante los meses que he registrado las notas de mi diario en el fonógrafo, jamás me he preguntado de qué forma hallaría tal o cual fragmento?

En aquel momento, decidí que el diario de uno de los médicos que habían atendido a Lucy podría añadir algo a lo que ya sabíamos de aquel monstruo, por lo que le propuse sin vacilar:

—En tal caso, doctor, tendrá que dejarme trasladar todo eso a máquina.

Palideció como un muerto.

—¡No, no, no! —exclamó—. ¡Ni por todo el oro del mundo puedo permitirle conocer tan horrible historia!

Por tanto, la historia era horrible. Mi intuición ya me lo había dicho. Me quedé pensando un momento y dejé vagar la mirada por el despacho, buscando inconscientemente algún objeto que pudiese ayudarme, cuando mis ojos se fijaron en un grueso fajo de cuartillas mecanografiadas que había sobre el escritorio. La mirada del doctor Seward siguió a la mía y comprendí que había captado mi intención.

—Usted no me conoce —le dije—. Cuando haya leído usted todo eso, es decir, mi propio diario y el de mi marido copiados a máquina, sabrá quién soy. Nunca he vacilado en entregarme por completo a esta causa; pero, naturalmente, usted no me conoce... y yo no puedo esperar que confíe en mí.

La pobre Lucy tenía razón: el doctor Seward es un hombre admirable. Se levantó, abrió un cajón donde había colocados varios cilindros de metal, recubiertos con cera negra.

—Tiene razón —asintió—. No he confiado en usted porque no la conocía. Pero ahora ya la conozco. Permítame confesarle que en realidad la conozco desde hace tiempo. Sé que Lucy le habló de mí, y ella también me habló de usted. ¿Puedo reparar mi torpeza? Tome esos cilindros y escuche la triste historia. Los seis primeros me conciernen personalmente, y nada hay en ellos que puedan amedrentarla. Sin duda, me conocerá mejor tras haberlos escuchado. Cuando termine, la cena estará servida. Por mi parte, voy a leer esas cuartillas, a fin de comprender mejor ciertos sucesos...

Él mismo llevó el fonógrafo a mi habitación y lo puso en marcha. Estoy segura de que voy a enterarme de algo interesante; la otra cara de una historia de amor de la que ya conozco una versión.

DIARIO DEL DOCTOR SEWARD

29 de septiembre. Estaba tan absorto en la lectura de los dos diarios, el de Jonathan Harker y el de su esposa, que no me di cuenta del paso del tiempo. Como la señora Harker no había bajado cuando la criada anunció que la cena estaba servida, dije que sin duda mi invitada se hallaba fatigada del viaje, y que tardaríamos todavía una hora en cenar. Acababa de leer la última línea de su diario cuando entró Mina. Me pareció tan encantadora como en el andén de la estación, en su semblante se reflejaba una inmensa tristeza y tenía los ojos enrojecidos, como de haber llorado; ojalá hubiese podido llorar yo también, ya que las lágrimas me habrían aliviado, pero este consuelo siempre le fue negado a mi corazón. De todas formas, el ver los ojos relucientes de Mina, como consecuencia de su llanto, me emocionó profundamente.

—Temo haberla apenado —le dije tan amablemente como pude.

—Oh, no, no… —repuso dulcemente—. Me siento trastornada, y comprendo su dolor. Ese aparato es realmente maravilloso… ¡pero resulta tan cruel! Me ha hecho conocer en toda su grandeza todas las angustias que ha padecido. He tenido la impresión de oír a alguien implorando a Dios todopoderoso. ¡Es preciso que nadie escuche de nuevo esta confesión! Vea, he querido serle útil y he pasado su relato a máquina, para que nadie más pueda escuchar, como yo acabo de hacer, los latidos de su corazón.

—Nadie más tiene que saberlo, y nadie más lo sabrá —dije con voz grave.

—Ah, pero deben —replicó ella, cogiéndome una mano.

—¿Por qué?

—Porque todo esto forma parte de la terrible historia de la muerte de Lucy y de los acontecimientos que la precedieron; porque en la lucha que vamos a emprender para desembarazar a la Tierra de ese monstruo, tenemos que contar con todos los elementos y el mayor número de detalles posibles. Escuchando estos registros, creo que me he enterado de mucho más de lo que necesitaba saber, pero también esos datos arrojan nueva luz sobre el sombrío misterio que nos rodea. Me permitirá que le ayude, ¿verdad? Estoy perfectamente al corriente del comienzo de esta historia y adivino, aunque no haya escuchado su diario más que hasta el siete de septiembre, qué desdichas asaltaron a Lucy, y de qué forma se ha cumplido su triste destino. Desde la visita del profesor Van Helsing, Jonathan y yo tratamos de ver con más claridad todo lo ocurrido. Mi marido salió para Whitby con el fin de recoger otros informes, y regresará mañana. No debe haber secretos entre nosotros, sino que hemos de colaborar juntos, confiando plenamente los unos en los otros; solo de este modo seremos más fuertes y lograremos llevar a feliz término nuestra tarea.

Leí en su mirada el anhelo de no verse decepcionada y, al mismo tiempo, mostraba tanto valor y resolución que quise tranquilizarla al respecto.

—Tiene usted razón y ¡que Dios me perdone si me equivoco! Tiene usted derecho a enterarse de todo, aun de lo más espantoso. Además, como ya está enterada de la enfermedad que aquejaba a Lucy, comprendo que desee conocer el resto. A decir verdad, cuando lo sepa todo... se sentirá más sosegado. Ahora, vamos a cenar. Necesitamos de todas nuestras energías. Después, podrá usted escuchar el resto de mi diario y contestaré a todas sus preguntas si algo le parece oscuro, a pesar de que para quienes estuvimos presentes no haya ninguna duda.

DIARIO DE MINA HARKER

29 de septiembre. Después de cenar, acompañé al doctor Seward a su despacho. Había recogido su fonógrafo, y yo bajé mi máquina de escribir. Me instaló cómodamente en una butaca, dispuso el aparato ante mí, de modo que pudiese pararlo y ponerlo en marcha sin levantarme, y me explicó cómo funcionaba. Queriendo que me sintiese a gusto, se sentó de espaldas a mí, y cogió un libro. Puse el fonógrafo en marcha.

Cuando hube escuchado la terrible historia de la muerte de Lucy y de cuanto ocurrió a continuación, me recliné en la butaca, sintiendo que me abandonaban las fuerzas. Por suerte no suelo desmayarme a menudo. El doctor Seward se apresuró a buscar una botella de coñac, y me dio a beber varios sorbos, lo cual sirvió para que me recobrara enseguida. No obstante, seguí algo trastornada y si, entre tantos horrores, no me hubiese consolado en parte la idea de que por fin Lucy había encontrado la paz, habría gritado de indignación; me habría negado a admitir tales horrores de no estar ya al corriente de la aventura que Jonathan había vivido en Transilvania.

—Permítame transcribir este relato, doctor Seward —balbucí—. Es preciso que todo esté a punto cuando llegue el profesor Van Helsing. Ya he avisado por telégrafo a Jonathan y vendrá aquí directamente desde Whitby. En este asunto, las fechas son muy importantes; a mi entender, si reunimos todos los elementos en orden cronológico, habremos adelantado mucho. Dice usted que también espera a lord Godalming y al señor Morris. Entonces, también ellos han de estar al corriente de todo el caso.

El doctor volvió a poner en marcha el fonógrafo, con más lentitud, y yo empecé a transcribir desde el séptimo cilindro. Usé papel carbón, por lo que saqué tres copias del diario, igual que había hecho con los otros documentos. A pesar de la hora avanzada, el doctor Seward se marchó a visitar a sus pacientes; cuando volvió, se sentó ante mí y se puso a leer, y así no me sentí tan sola mientras trabajaba. Verdaderamente, tiene muchas atenciones conmigo; la Tierra parece poblada por hombres muy generosos, a pesar de que existan, sin duda alguna, bastantes monstruos. Antes de retirarme a mi habitación, me he acordado de un pasaje del diario de Jonathan en el que se refiere al espanto que experimentó el profesor al leer un artículo de un diario en la estación de Exeter y, divisando en un rincón un montón de periódicos, he cogido los últimos números de la *Westminster Gazette* y la *Pall Mall Gazette* para leerlas en la cama. Recuerdo que el *Dailygraph* y la *Whitby Gazette* fueron de suma utilidad para comprender los terribles acontecimientos ocurridos en Whitby cuando desembarcó el conde Drácula; por tanto, repasaré esos periódicos, esperando hallar en ellos una nueva claridad.

30 de septiembre. Jonathan Harker llegó a las nueve; recibió el telegrama de su mujer en el momento que salía de Whitby. Su aspecto denota a un hombre extraordinariamente inteligente y enérgico. Si su diario no miente —y a juzgar por las extraordinarias experiencias que he vivido, no lo creo—, también es muy valiente. Puesto que se necesita mucha sangre fría para bajar por segunda vez a aquel subterráneo. Después de leer su relato, esperaba hallarme ante un individuo fuerte, pero no ante este caballero sereno con el aspecto de un hombre de negocios.

Más tarde. Después de comer, Jonathan Harker y su esposa subieron a su habitación y, cuando pasé por delante de su puerta hace un momento, oí el tecleo de la máquina. ¡Vaya si son tenaces ambos! Según ha dicho Mina Harker, están poniendo por orden cronológico todas las notas y datos que poseemos. Jonathan tiene ahora las cartas que intercambiaron los que recibieron los cajones en Whitby y los transportistas de Londres que se hicieron cargo de ellas. Está dispuesto a leer la transcripción mecanografiada de mi diario. Tal vez halle en él algo que arroje más claridad sobre este caso. ¡Ah, aquí llega!

¡Qué extraño que nunca se me ocurriera que la residencia contigua a nuestro jardín pudiera ser un refugio del conde Drácula! Sin embargo, la conducta de Renfield habría debido ponerme sobre aviso. Actualmente, estamos en posesión de todas las cartas relacionadas con la compra del edificio. De haberlas tenido unos días antes, la pobre Lucy habría podido salvarse… ¡Oh, basta ya o voy a volverme loco! Jonathan sigue trabajando. Me ha anunciado que cuando él y su esposa bajen a cenar me entregarán un relato coherente de todo el drama. Mientras tanto, me ha dicho, es preciso que visite a Renfield que, hasta ahora, y sin darnos cuenta, nos ha estado advirtiendo de todas las idas y venidas del conde. Todavía no acabo de verlo claro, aunque tal vez después de comparar las fechas también lo entienda... Me alegro de que Mina Harker haya copiado mi diario a máquina. Sin él, jamás habríamos podido comparar las fechas.

Cuando he entrado en su habitación, he visto a Renfield tranquilamente sentado en un rincón, sonriendo apaciblemente. En aquel momento, parecía totalmente cuerdo. Me senté a su lado y charlé con él de cosas diversas; al contestar, me dio pruebas de un gran sentido común. Luego, espontáneamente, habló de regresar a su casa... tema que, que yo sepa, jamás había abordado desde que está aquí.

Creo que de no haber conversado antes con Jonathan Harker y no haber leído las cartas que posee y repasado las fechas en que Renfield sufrió sus diversas crisis, le habría permitido marchar después de unos días más en observación. Sea lo que sea, me pregunto qué le pasa en realidad. Estoy convencido de que todas sus crisis se presentaron cuando el conde Drácula andaba por los alrededores. ¿Qué significa, pues, su estado de conformidad? ¿Tiene el instinto, la certeza, de que el vampiro triunfará al fin? No olvidemos que Renfield come seres vivos y que, ante la puerta de la capilla de la casa abandonada, llamó siempre al «maestro». Esto podría confirmar nuestras sospechas. De todos modos, al cabo de un rato me marché; estaba demasiado lúcido y hubiese podido mostrarse suspicaz ante mis preguntas demasiado directas. Si sospechase... Sí, le dejé solo. Desconfío de sus períodos de calma. Por tanto, le he recomendado al enfermero que le vigile y tenga siempre a punto una camisa de fuerza.

DIARIO DE JONATHAN HARKER

29 de septiembre. Escribo en el tren que me lleva a Londres. Cuando el señor Bellington me indicó amablemente que estaba dispuesto a darme toda la información que poseía, creí que lo mejor era trasladarme a Whitby personalmente. En efecto, deseaba simplemente conocer a qué dirección de Londres se había expedido el cargamento siniestro. Más adelante, tal vez tengamos que ocuparnos del mismo. Bellington hijo, un muchacho excelente, me esperaba en la estación; me condujo a casa de su padre, donde estaba decidido que yo pasaría la noche. Allí me recibieron con la grata hospitalidad de la gente de Yorkshire, donde el invitado puede hacer cuanto guste. Como sabían que debía ocuparme de bastantes asuntos en muy poco tiempo, el señor Bellington había preparado ya todos los documentos referentes a la expedición de las cajas. Me sobresalté al reconocer una de las cartas que yo había visto sobre la mesa del castillo del conde, en la época en que aún ignoraba sus diabólicos planes. Había pensado absolutamente en todo, obrando con método y precisión. Al parecer, tenía previstas todas las dificultades inherentes a la ejecución de sus proyectos. Empleando una expresión americana, «no podía correr ningún riesgo», y la exactitud con que se habían cumplimentado sus instrucciones, eran solo el resultado lógico de su cuidado al preparar el asunto. Leí la factura y observé particularmente la anotación: «Cincuenta cajones con tierra ordinaria, destinada a ciertos experimentos». El señor Bellington también me enseñó la copia de la carta enviada a Carter, Patterson y Compañía, así como la respuesta de esta empresa; de ambas cartas poseo ahora una copia. Como no pudo darme más información, bajé al muelle a interrogar a los guardacostas, los aduaneros y el capitán del puerto. Todos me contaron varios sucesos relacionados con la arribada insólita del buque misterioso, cuya historia pertenece ya a la tradición local. Sin embargo, nadie supo darme la menor explicación respecto al contenido de los cajones, y tuve que contentarme con la simple indicación de la factura: «Cincuenta cajones con tierra ordinaria». Fui en busca del jefe de estación, quien llamó a los mozos que habían transportado las cajas. Hablaron de cincuenta cajones, y añadieron que eran «muy grandes y pesaban una enormidad». Que levantarlos les dio mucha sed. Uno de ellos observó que era una lástima que en aquel momento no hubiera ningún caballero («como usted, señor, por ejemplo») que mostrara, en forma líquida, su gratitud por todos sus esfuerzos en su justo valor. Otro insistió, alegando que la sed debida al transporte de aquellos cajones fue tal que todavía no la había aplacado a pesar del tiempo transcurrido.

Naturalmente, antes de marcharme tuve buen cuidado de entregarles lo suficiente para que pudieran calmar tan espantosa sed.

30 de septiembre. El jefe de estación me entregó una nota de presentación para su colega de King's Cross, de modo que al llegar esta mañana a Londres le pregunté inmediatamente qué sabía respecto a la llegada de los cajones. Llamó también a los mozos encargados de su transporte, los cuales confirmaron la cifra de cincuenta. Entre ellos no se manifestó la sed de sus colegas de Whitby, aunque también me creí obligado a premiar su buena voluntad. Desde King's Cross fui a la oficina de los señores Carter, Patterson y Compañía, donde me recibieron cortésmente. Después de hallar el expediente relativo a las transacciones de venta, el empleado que me atendió llamó por teléfono a la sucursal de King's Cross, a fin de obtener la información adecuada. Los camioneros que habían transportado las cajas acababan de regresar, y rápidamente pude hablar con ellos; le habían entregado a uno de ellos la carta de embarque y los demás documentos referentes al transporte de las cajas hasta Carfax. El número de cajones era también el mismo de la factura; además, los camioneros se declararon dispuestos a suministrarme detalles suplementarios. Pero esos detalles solo se referían al gran inconveniente de su trabajo, al polvo y a la sed que les dio. Cuando, más tarde, les ofrecí aliviar sus sufrimientos mediante unos billetes con la firma del gobernador del Banco de Inglaterra, uno exclamó:

—¡Patrón, en esa casa solo había polvo! ¡Es la casa más rara que he visto en mi vida! ¡Creo que nadie ha entrado allí en cien años! ¡Y las capas de polvo...! De este espesor... Habríamos podido acostarnos encima y dormir sin que nos dolieran los huesos... Además, el techo se desmorona... ¡Sobre todo, la capilla! ¡La capilla es lo peor del edificio! Mis camaradas y yo creímos morir allí enterrados. ¡Dios mío! ¡No me habría quedado allí por nada del mundo después del anochecer!

Le creí de buena gana; y de haber sabido él lo que yo sabía, todavía habría empleado un lenguaje más expresivo.

En todo caso, de una cosa estoy seguro: todas las cajas que llegaron de Varna a Whitby a bordo del *Demeter* fueron depositadas sanas y salvas en la capilla de Carfax. Tiene que haber cincuenta, a menos que, desde entonces, se hayan llevado algunas... cosa que temo después de haber leído el diario del doctor Seward.

Trataré de hallar a los transportistas que llevaba las cajas de Carfax cuando Renfield le atacó. Siguiendo esta pista, tal vez nos enteremos de algo.

Más tarde. Mina y yo hemos trabajado todo el día, y tenemos ya todos los documentos en orden.

DIARIO DE MINA HARKER

30 de septiembre. Soy tan feliz que apenas logro contener mi alegría; sin duda, se trata de la reacción normal a la extremada angustia que jamás me abandonaba; temía que este asunto, al abrir de nuevo la herida, pudiera perjudicar a Jonathan. Cuando se marchó hacia Whitby parecía realmente muy dueño de sí, si bien yo estaba muerta de miedo. Por el contrario, el ajetreo impuesto por el viaje y todos sus esfuerzos por llegar al meollo del asunto le han ayudado a mantenerse en excelente disposición. Nunca ha estado tan fuerte, tan rebosante de energía, tan resuelto a llegar al fondo de la cuestión. El bueno y querido profesor Van Helsing tenía razón: Jonathan es muy valiente, y cuantas más dificultades se le presentan, más intrépidamente las afronta. Ha regresado lleno de esperanzas y determinación, y hemos puesto en orden todos los papeles y documentos: todo está a punto. También yo me siento fuerte y excitada; quizá habrá que compadecerse de algo. Eso es; pues ese «algo» no es humano, ni siquiera es una bestia. Aunque, por otra parte, tras leer el diario del doctor Seward sobre la muerte de Lucy y los sucesos posteriores, es imposible sentir la menor piedad hacia Drácula.

Más tarde. Lord Godalming y Quincey Morris llegaron antes de la hora prevista. Como el doctor Seward había ido, acompañado de Jonathan, a visitar a sus pacientes, los recibí yo. Confieso que me resultó muy penoso, al recordar las esperanzas que tenía mi amiga Lucy tan solo unos meses antes.

Naturalmente, ella les había hablado de mí, y al parecer también el profesor Van Helsing había hecho de mí un «ardiente elogio», según expresión de Quincey Morris. Ellos ignoran que yo estoy enterada de que ambos pidieron la mano de Lucy. Como, además, piensan que no sé nada respecto a los detalles concernientes a la muerte de Lucy, se han limitado a hablar de la lluvia y el tiempo. Por fin, creí mi deber ponerles al corriente de la situación actual; sabiendo, por el diario del doctor Seward, que ambos asistieron a la muerte de Lucy (me refiero a su verdadera muerte), no debo temer traicionar prematuramente un secreto. Les conté que mi marido y yo habíamos leído todos los diarios y documentos, que los habíamos transcrito a máquina, y los teníamos ordenados por fechas. Les entregué a cada uno una copia para que la leyesen en la biblioteca.

—¿Es usted, señora Harker, la que ha pasado a máquina todo esto? —me preguntó Arthur.

Asentí con la cabeza.

—No comprendo bien su objetivo —prosiguió él—, pero han sido todos tan afectuosos, tan buenos conmigo, me han demostrado tanta devoción desde el comienzo, que solo me resta corresponder con toda mi confianza y tratar de ayudarles. Ya he recibido una lección al aceptar unos hechos que harían que un hombre fuese humilde hasta el final de sus días; además, sé cuánto apreciaba usted a la pobre Lucy...

Escondió el rostro entre las manos y oí varios sollozos. Morris le tocó con delicadeza el hombro y después salió de puntillas del cuarto. Sin duda, las mujeres poseemos el don de lograr que un hombre se abandone ante nosotras a sus emociones, a su dolor, sin temer perder su dignidad, puesto que cuando Arthur estuvo a solas conmigo se dejó caer sobre el sofá y no trató ya de ocultar su pena. Me senté a su lado y le cogí una mano. Espero que no haya considerado mi acción demasiado atrevida, y que, si la recuerda más tarde, no se le ocurra semejante idea. Oh, no, soy injusta con él; es un verdadero caballero y sé que jamás pensará tal cosa.

—Yo apreciaba mucho a Lucy —dije—, sé lo que significaba para usted, y lo que era usted para ella. Nosotras éramos como dos hermanas. Ahora que ella ya no está entre nosotros, ¿no puede usted considerarme como una hermana? Sé que acaba usted de pasar por dos pruebas espantosas, y si mi simpatía puede aliviar un poco su pesar, déjeme que le ayude...

Entonces, el pobre muchacho fue presa de la congoja. Experimenté por él una piedad infinita y, sin pensarlo, le abracé. Sin dejar de sollozar, apoyó la cabeza sobre mi hombro, sacudido por la emoción, y lloró largo tiempo como un chiquillo. En todas las mujeres se despierta el instinto maternal cuando se apela a su protección. Yo sentía sollozar a aquel joven sobre mi hombro, y tuve la impresión de que era el bebé que tal vez tendré un día, por lo que acaricié sus cabellos como si fuera mi propio hijo. En ese momento no pensé lo raro que era todo.

Por fin se calmó y levantó la cabeza, disculpándose, aunque no hizo nada para disimular su dolor, su desesperación. Me confesó que hacía varios días que no podía hablar con nadie... cuando, en realidad, un hombre necesita expansionar su dolor con sus semejantes. No había ninguna mujer que pudiera ofrecerle su simpatía, ni tampoco, dadas las terribles circunstancias, ninguna con la que hablara libremente.

—¡Nadie sabe cómo he sufrido! —exclamó enjugándose los ojos—. Pero el bien que usted acaba de hacerme es tan inmenso que temo no apreciarlo aún en todo su valor; tal vez no llegue a comprenderlo en mucho tiempo. No obstante, sé que llegará el día en que lo comprenderé plenamente y mi reconocimiento hacia usted, créalo, será sincero y profundo. Y ahora, permítame pedirle que me considere como un hermano... por la memoria de Lucy.

—Por la memoria de Lucy —repetí, tomando su mano.

—Y también por usted, por su simpatía, por sus sentimientos —añadió—, puesto que si alguien merece la gratitud, el aprecio de un hombre, es usted. Si, en el futuro, necesita usted la ayuda de un amigo fiel, no apelará a mí en vano. ¡Dios quiera ahorrarle a usted otros días sombríos! Pero si llegara el caso, júreme que acudirá a mí.

Hablaba con gravedad, con el corazón desgarrado como el primer día... y comprendí que esperaba de mí una palabra de consuelo.

—¡Se lo juro! —afirmé.

En el corredor se hallaba Quincey Morris asomado a un ventanal. Cuando oyó mis pasos dio media vuelta.

—¿Cómo está Arthur? —se interesó.

Se fijó en mis ojos enrojecidos y agregó:

—Ah, ya veo que le ha consolado. Lo necesita, pobre chico. Solo una mujer puede aminorar el dolor de un hombre... y la ternura femenina era lo que él necesitaba.

Quincey soportaba su dolor con tanta entereza que me apenó de manera indecible. Vi que llevaba el manuscrito en la mano, y supe que cuando lo hubiera leído sabría que estoy al corriente de todo, así que le dije:

—¡Me gustaría tanto aliviar la pena de ustedes dos! —exclamé—. Considéreme como una buena amiga, una amiga a la que ustedes dos buscarán cuando necesiten ser consolados en su pesar. Más tarde comprenderá por qué le hablo de esta forma.

Se inclinó y me besó la mano.

En el fondo, yo me sentía muy débil; yo, que deseaba consolar a aquel joven generoso y desinteresado. No supe cómo testimoniarle mi admiración y, en un súbito impulso de entusiasmo, le besé en una mejilla. Asomaron lágrimas a sus ojos y, durante una fracción de segundo, la emoción le impidió hablar.

—Joven —murmuró cuando se hubo serenado—, jamás se arrepentirá de haber sido tan amable conmigo, jamás… ¡por mucho que viva!

Luego, entró en el despacho a reunirse con su amigo.

«Joven»… Así creo que solía llamar a Lucy… ¡Oh, sí, qué buen amigo fue él de mi pobre amiga!

18

DIARIO DEL DOCTOR SEWARD

30 de septiembre. Cuando regresé a las cinco, ya habían llegado Arthur y Quincey, y se hallaban al corriente de los diversos diarios y cartas que Jonathan y su esposa habían copiado y clasificado por fechas. Jonathan no había vuelto aún de entrevistar a los transportistas que el doctor Hennesey había mencionado en su carta. La señora Harker, a la que llamaré Mina a partir de ahora, nos ofreció té y, por primera vez desde que fui nombrado director de esta institución, me sentí como en mi propia casa.

Después del té, Mina se dirigió a mí.

—Doctor Seward, ¿puedo pedirle un favor? Quisiera ver a ese enfermo, ese Renfield. Se lo ruego, por favor. ¡Lo que cuenta usted de él en su diario me interesa tanto...!

Me miraba de manera tan seductora, con aire tan suplicante, que me fue imposible negarle el favor, cuanto más que no tenía ningún motivo para no ceder. Por consiguiente, la acompañé a visitar a Renfield. Al entrar en su habitación le comuniqué que una dama deseaba verle.

—¿Por qué? —se limitó a preguntar.

—Es una dama que visita el establecimiento y desea ver a todos los que viven en él.

—De acuerdo, que entre. Eh, un instante, he de poner un poco de orden aquí.

Poner orden en la habitación significaba para él tragarse todas las moscas y las arañas de sus frascos, cosa que hizo antes de que pudiera impedírselo. Evidentemente, temía que otra persona reparara en sus insectos.

—¡Que entre esa dama! —exclamó alegremente cuando hubo concluido su repugnante tarea.

Se sentó al borde del camastro, con la cabeza inclinada, aunque con los ojos levantados, de forma que pudiera divisar a su visitante. Por un momento temí que albergara tendencias homicidas, pues recordé lo tranquilo que había estado aquel día justo antes de atacarme en mi propio estudio. Así que me quedé a su lado a fin de poder sujetarle si intentaba algo. Mina entró en la habitación con la gracia y el encanto que, ineludiblemente, intimidan a los locos, imponiéndoles respeto. Fue hacia él, sonriente y con la mano extendida.

—Buenos días, señor Renfield —le saludó—. Como puede ver, le conozco; el doctor Seward me ha hablado de usted.

Renfield tardó un poco en responder; con el ceño fruncido, la contempló atentamente. Luego, poco a poco, su expresión pasó de la turbación a la duda.

—Usted no es, claro está, la joven con la que quería casarse el doctor, ¿verdad? —preguntó Renfield, ante mi estupor—. No, naturalmente, pues ella ha muerto.

—Exactamente —repuso Mina, sonriendo, con gran aplomo—. Yo ya estoy casada. Me casé antes de conocer al doctor Seward.

—En tal caso, ¿qué hace aquí?

—Mi esposo y yo hemos venido a visitar al doctor Seward.

—¡No se queden en su casa!

—¿Por qué?

Creyendo que esta conversación podía resultar desagradable para Mina, aún más que para mí, traté de intervenir.

—¿Cómo sabe usted que yo tenía intenciones de casarme? —inquirí.

Renfield me contestó con tono desdeñoso, al tiempo que su mirada pasaba de Mina a mi persona.

—¡Vaya pregunta estúpida!

—Creo todo lo contrario, señor Renfield —replicó Mina, tomando inmediatamente partido por mi causa.

Renfield contestó a Mina con tanta cortesía y respeto como desdén había demostrado hacia mí.

—Señora Harker, usted comprenderá muy bien que cuando un hombre es querido y honrado, como el doctor, todo cuanto a él se refiere interesa a la comunidad. No solo sus amigos le aprecian, sino también sus pacientes, aunque algunos de ellos, a causa de un precario equilibrio mental, pueden trastornar la naturaleza de las cosas, las causas y los efectos. Desde que estoy en este manicomio, he observado que la tendencia al sofisma entre mis compañeros de internamiento les inclina a cometer los errores de *non causa* y de *ignoratio elenchi*.

Estupefacto, abrí los ojos de par en par. Caramba, el paciente que más me interesaba de cuantos tenía a mi cuidado, el que caracterizaba mejor que nadie la afección que sufría, empezaba a hablar filosóficamente, como si fuera que un distinguido catedrático. ¿Habría hecho la presencia de Mina vibrar alguna cuerda de su memoria? Si ese despertar inesperado de sus facultades mentales era espontáneo, o procedía del influjo inconsciente de la joven, esta debía de poseer un don, un poder extraordinario.

Conversamos un rato más; Mina Harker, al ver que Renfield parecía bastante razonable, intentó, tras dirigirme una mirada de interrogación, hacerle hablar de su tema favorito. Decididamente, cada vez me asombraba más. Se refirió al tema con la imparcialidad de un individuo en plena posesión de sus facultades mentales; incluso en cierta ocasión se puso como ejemplo.

—Caramba —exclamó—. Yo soy un ejemplo de hombre que tenía extrañas creencias. No es sorprendente, créame, que mi familia se inquietara y me pusiera bajo vigilancia. Yo creía que la vida es una entidad positiva, perpetua; que mediante la ingestión de muchos seres vivos, aunque se hallen en el peldaño más bajo de la escala de la Creación, se puede prolongar la existencia indefinidamente. Llegué a creer en esa teoría hasta el punto que incluso traté de acabar con un hombre. El doctor puede confirmar que quise matarle con la intención de aumentar mis energías vitales asimilando su vida por medio de su sangre, acordándome de las palabras de la Biblia: «La sangre es la vida». Aunque, realmente, el vendedor de cierto remedio haya popularizado esta verdad hasta convertirla en objeto de menosprecio. ¿No es así, doctor?

Asentí con la cabeza, demasiado estupefacto para poder hablar. ¿Era posible que solo cinco minutos antes ese individuo se hubiera tragado sus moscas y sus arañas? Consulté mi reloj; tenía que ir a recoger a Van Helsing a la estación. Por tanto, le indiqué a Mina que ya era hora de retirarnos. Se puso de pie para seguirme, pero antes le dijo a Renfield alegremente:

—Hasta la vista, amigo mío. Espero poder verle a menudo, en circunstancias más favorables.

—Hasta pronto, señora —repuso él, ante mi asombro—. Mejor dicho, ruego a Dios que jamás vuelva yo a ver su bello rostro. ¡Que Él la bendiga y la proteja!

Fui a buscar a Van Helsing a la estación, dejando en casa al pobre Arthur, con aspecto mucho más alegre que en los días precedentes. Quincey, por otro lado, también estaba más animado.

El profesor saltó del vagón con la agilidad de un joven. Tan pronto me divisó, corrió hacia mí.

—John, amigo mío, ¿cómo estás? ¿Bien? ¡Estupendo! Por mi parte, he trabajado mucho con el fin de poder quedarme aquí el tiempo necesario. Tengo que contarte muchas cosas. ¿Está en tu casa Mina Harker? Sí, ¿eh? ¿Y su admirable marido? ¿Y Arthur? ¿Y también el bueno de Quincey? ¿Todos viven en tu casa? ¡Formidable!

De camino, le conté todo lo ocurrido desde su marcha, particularmente lo relativo a mi diario que, por sugerencia de Mina, había servido para algo.

—¡Ah, esa maravillosa señora Harker! —exclamó el profesor—. Posee la inteligencia de un hombre, de un hombre especialmente dotado, y un verdadero corazón femenino. Créeme, Dios tenía un propósito cuando la formó. Mi querido John, el azar ha querido que hasta ahora nos ayudase esta muchacha; pero, después de esta noche, no tendrá ya que involucrarse más en esta terrible historia. Correría un riesgo excesivo. Nosotros estamos decididos, a causa de nuestra promesa, a destruir a ese monstruo; pero esta no es tarea para una mujer. Aunque no resultase herida, todos esos horrores podrían destrozarle el corazón y seguiría sufriendo de una forma u otra, tanto despierta, a causa de un trastorno nervioso, como dormida, por culpa de las pesadillas. Además, es joven y se casó hace poco; pronto, si no ya en estos momentos, tendrá otros motivos de preocupación. Acabas de contarme que ella lo ha pasado todo a máquina; de acuerdo, hoy aún la tendremos a nuestro lado, pero a partir de mañana, ¡se acabó! Continuaremos sin ella…

Aprobé por completo tan prudente medida, y seguí notificándole de lo que habíamos sabido durante su ausencia: que la residencia de Drácula era la que lindaba con la mía. Van Helsing se mostró realmente asombrado y, al mismo tiempo, pareció consternado.

—¡Lástima no haberlo sabido antes! —exclamó—. Así, habríamos podido salvar la vida de Lucy. En fin, la cosa ya no tiene remedio; no pensemos más en ello y tratemos de lograr nuestro objetivo.

Calló y se mantuvo en silencio hasta llegar a casa. Antes de subir a vestirnos para la cena, le manifestó a Mina:

—Mi amigo John me ha comunicado, señora Harker, que usted y su esposo han copiado a máquina y clasificado todos los documentos relativos al conde Drácula.

—Todos los documentos hasta esta mañana, pero no hasta ahora, profesor.

—Pero ¿por qué no hasta ahora? Sobre esos sucesos se ha arrojado toda luz posible, hasta sobre aquellos de apariencia menos importante. Ya nos hemos contado mutuamente todo lo que sabemos, ¿verdad?

La señora Harker enrojeció y, sacando una hoja de papel de su bolsillo, repuso:

—Profesor, ¿quiere leer esto y decirme si hay que añadirlo? Se trata de unas notas que he tomado hoy. Asimismo, me ha parecido útil consignar a partir de ahora todo lo que suceda, hasta el menor detalle, aunque aquí hay pocas cosas que no sean de carácter personal. ¿Hay que añadirlo?

Tras haber leído el texto atentamente, el profesor se lo devolvió.

—Si no lo desea no tiene por qué añadirlo; pero me gustaría que lo hiciera. Su marido le apreciará ese gesto, lo mismo que todos nosotros.

Ella cogió el papel, volvió a ruborizarse y sonrió.

Por tanto, y hasta este momento, tenemos nuestras notas en orden y perfectamente compiladas. El profesor se llevó un ejemplar para estudiarlo después de cenar, mientras aguarda nuestra reunión de esta noche a las ocho. Como los demás ya lo hemos leído, una vez nos reunamos en mi despacho y nos pongamos al corriente de los menores detalles, podremos elaborar nuestro plan de batalla contra ese terrible y misterioso enemigo.

DIARIO DE MINA HARKER

30 de septiembre. Dos horas después de la cena, que tuvo lugar a las seis, nos reunimos en el despacho del doctor Seward; la reunión parecía un consejo de guerra, o una comisión.

El profesor Van Helsing se instaló en la presidencia, a instancias del doctor Seward. Luego, me obligó a sentarme a su derecha, para servirle de secretaria. Jonathan se sentó a mi lado. Delante, se hallaban Arthur y Quincey, junto al doctor Seward. Fue el profesor Van Helsing quien tomó la palabra.

—Si no estoy equivocado, todos nos hallamos al corriente de los hechos relatados en esas cartas y esos diarios.

Asentimos y continuó:

—Entonces me parece oportuno que les cuente algo de la clase de enemigo al que nos enfrentamos. Voy a explicarles algunos datos de la historia de ese monstruo, de los que estoy absolutamente seguro. Luego, examinaremos juntos cuál será la mejor táctica a emplear, y adoptaremos las medidas en consecuencia.

»Sin ningún género de duda, los vampiros existen: algunos de nosotros poseemos la prueba. Aun cuando no hubiésemos pasado, por tan triste experiencia, la historia proporciona suficientes evidencias de su existencia real. Reconozco que al principio también yo me mostré escéptico. Y si, desde hace tantos años, no me hubiera esforzado por conservar un espíritu libre de todo prejuicio, no habría creído en esta historia hasta que los mismos hechos me hubieran bramado al oído: «¡Lo ves! ¡Lo ves! ¡Ahí está la prueba!». Por desgracia, de haber sabido antes lo que ahora sabemos o, al menos, de haber adivinado contra quién luchábamos, la vida preciosa de Lucy podría haberse salvado. La hemos perdido, y ahora todos nuestros esfuerzos han de tender a salvar otras pobres almas. Es preciso saber que ese *nosferatu* no muere como la abeja, una vez ha picado a su víctima. Al contrario, se torna más fuerte y, por consiguiente, más peligroso. El vampiro que se encuentra entre nosotros posee la fuerza de veinte hombres; es más astuto que cualquier mortal, ya que su astucia se ha refinado en el transcurso de los siglos. Se sirve de la nigromancia, arte que, según indica la etimología del vocablo, consiste en invocar a los muertos para adivinar el porvenir, y todos los muertos a los que puede convocar se hallan bajo sus órdenes. Es un bruto y aún peor: es un demonio sin piedad. Dentro de mis limitaciones, puede aparecerse dónde y cuándo quiere, bajo una forma u otra, a voluntad; posee el poder, hasta cierto punto, de mandar a los elementos, la tormenta, la niebla y el trueno, y hacerse obedecer por los seres inferiores, como la rata, el mochuelo, el murciélago, la polilla, el zorro y el lobo; puede aumentar de tamaño o disminuirlo y, en ciertos momentos, llegar a desaparecer por completo. En tales condiciones, ¿cómo podremos destruirlo? ¿Cómo lo encontraremos y lo destruiremos? Amigos míos, la empresa es tan ardua como terrible y, al pensar en sus posibles consecuencias, hasta el hombre más audaz se estremecería ante ella. Ya que si nosotros fracasamos en este combate, él triunfará. ¿Qué ocurrirá en tal caso? A mí no me importa perder la vida. Pero nuestro fracaso significaría algo más que una simple cuestión de vida o muerte; nos convertiríamos en lo mismo que a él, en seres de la noche como él, sin corazón ni conciencia, dando caza a los cuerpos y las almas de nuestros seres más queridos. Las puertas del cielo estarían cerradas para nosotros por toda la eternidad. Todos abominarían de nosotros para siempre jamás. Seríamos una mancha en el sol de Dios, una flecha en el costado de Aquel que murió para salvar a la humanidad. Y, sin embargo, nuestro deber está bien trazado. ¿Podemos retroceder? Por mi parte, me opongo a ello. Pero soy viejo, y la vida, con su sol resplandeciente, sus jardines encantadores, su música y el amor, se halla ya a mis espaldas. Vosotros sois jóvenes. Algunos ya habéis conocido el dolor, pero todavía es posible para todos vosotros alcanzar días felices, de bella armonía. ¿Cuál es vuestra decisión?

Mientras él hablaba, Jonathan me asió una mano. Tan pronto como vi que mi marido alargaba la mano hacia mí, temí que se desanimara ante el espantoso peligro que nos amenazaba. Pero reviví cuando noté el contacto de aquella mano tan fuerte, tan decidida, tan valerosa. Con toda seguridad, la mano de un hombre audaz posee un lenguaje propio, y solo una mujer enamorada sabe descifrarlo.

Cuando el profesor calló, todos nos miramos mutuamente, particularmente Jonathan y yo; no nos hacía falta hablar entre nosotros.

—Yo respondo por Mina y por mí —murmuró Jonathan con firmeza.

—Cuente conmigo, profesor —asintió Quincey Morris.

—Estoy con ustedes —anunció Arthur—, aunque solo sea en memoria de Lucy.

El doctor Seward se contentó con inclinar la cabeza. Nos estrechamos las manos. Nuestro solemne pacto había concluido. Confieso que se me heló el corazón; sin embargo, ni por un instante se me ocurrió renunciar a la empresa. Cada cual ocupó de nuevo su sitio y el doctor Van Helsing prosiguió con sus explicaciones con una especie de animación que mostraba que la labor seria acababa de empezar.

—Bien. Ahora ya sabemos contra quién luchamos. Pero, por nuestra parte, tampoco carecemos de fuerzas. Tenemos la ventaja del número, pues el vampiro siempre está solo y nosotros somos varios; contamos con los recursos de la ciencia; somos libres de pensar y obrar, y podemos actuar a todas las horas del día y de la noche. En realidad, pues, dichas fuerzas nos benefician, y podemos emplearlas en la forma que queramos. Estamos dedicados a una causa y perseguimos un fin que no nos reportará ningún beneficio personal.

»Ahora debemos considerar las limitaciones de los vampiros en general y de este en particular.

»Para esto, habremos de referirnos a las tradiciones y supersticiones. En un principio no parece mucho, cuando se trata de un asunto de vida o muerte… no, mucho más que de vida o muerte. Por tanto, tendremos que cotentarnos con lo poco que sabemos. La humanidad, una gran parte al menos, cree en los vampiros a causa de las tradiciones y supersticiones. Hace un año, ¿quién de entre nosotros habría admitido lo que sabemos ahora, en pleno siglo diecinueve, en este siglo escéptico y positivista, en que el espíritu científico lo es todo? Habíamos rechazado una creencia y más tarde tuvimos ante los ojos la prueba de su realidad. Podemos estar seguros de que el vampiro, y esto explica que esta creencia que los hombres siempre han tenido posea sus poderes y sus limitaciones, ha dado a otros individuos, aparte de nosotros, pruebas manifiestas de su existencia. Sin la menor duda, esta creencia la han conocido muchas razas y países. Se ha manifestado por doquier: en la antigua Grecia, en la Roma de los césares, en Alemania, en Francia, en la India, y hasta en las penínsulas asiáticas; en China, país alejado de nosotros por tantas cosas, todavía existen hoy personas que temen a los vampiros. Estos han seguido a las hordas venidas de Islandia, a los hunos, los eslavos, los sajones y las magiares. Sabemos, por tanto, lo que necesitamos saber, poseemos todos los elementos necesarios para obrar y, permítanme que se lo diga, un gran número de creencias al respecto se han verificado en el transcurso de nuestra malhadada experiencia. El vampiro vive sin que el paso del tiempo lo lleve a la muerte; prospera mientras puede alimentarse con la sangre de los vivos; hemos constatado que se rejuvenece, que se torna más fuerte, que parece rehacerse cuando halla su alimento preferido en la debida cantidad. Pero necesita esa dieta; no se alimenta como los mortales. Nuestro amigo Jonathan, que vivió semanas enteras en el castillo de Drácula, jamás lo vio comer, ¡jamás! Su cuerpo no proyecta ninguna sombra ni se refleja ante un espejo, como también observó Jonathan. Por otra parte, dispone de una fuerza extraordinaria, como el propio Jonathan comprobó cuando el conde cerró la portalada ante los lobos y cuando lo ayudó a descender del carruaje. Puede transformarse en lobo, como hizo cuando llegó en barco a Whitby, cuando atacó y mató a un perro; o en murciélago, forma en que Mina lo vio en el alféizar de la ventana, en Whitby; también de esta guisa lo vio volar John desde la casa contigua, y Quincey lo vio posarse en la ventana de Lucy. Puede aproximarse a la gente rodeado de una espesa niebla que él mismo crea (como contó el capitán que se amarró al timón de su nave); pero también sabemos que esa niebla solo puede extenderse por un espacio muy limitado y únicamente alrededor de sí mismo. El vampiro puede llegar en la forma de motas de polvo en los rayos de la luna; así distinguió Jonathan a las tres mujeres del castillo de Drácula. Puede reducirse de tamaño... todos recordarán de qué forma la pobre Lucy logró introducirse por una finísima grieta del portón de su tumba. Puede salir, cuando conoce el camino, de cualquier sitio, entrar en cualquier parte, ver en la oscuridad, y todo esto representa un poder magnífico en un mundo privado de luz la mitad del tiempo. Pero, compréndanme bien. Puede hacer todo esto, pero no es libre. Está preso, más que un hombre condenado a galeras, más que el loco encerrado en su celda. Tiene prohibido ir a donde quiere. A pesar de no ser un ente de la naturaleza, debe obedecer ciertas leyes naturales... no sabemos por qué. No se le abren todas las puertas; es preciso que antes se le ruegue que entre; solo entonces puede penetrar en una casa cuando lo desee. Su poder, como el de todas las potencias malignas, cesa con las primeras luces del alba. Goza de cierta libertad, pero en momentos muy definidos. Si no se halla en el debido lugar, no puede trasladarse a él más que a mediodía, o al salir y ponerse el sol. Todo esto lo sabemos por los libros y la tradición y los documentos reunidos por nosotros lo han corroborado. De modo que mientras el vampiro puede hacer su voluntad, siempre que respete sus limitaciones y se confine en su dominio, o sea, en su ataúd, su infierno, o en un lugar sin bendecir como, por ejemplo, el sepulcro de un suicida, como el existente en el cementerio de Whitby, no puede desplazarse de un sitio a otro más que en los momentos indicados. Se asegura que no puede cruzar el agua más que en su momento de reposo o pleamar. Hay cosas que le quitan poder, así el ajo, como ya sabemos; lo mismo que este símbolo, una cruz de oro, ante la cual retrocede y huye. Hay otras cosas que todos deben conocer, por si hemos de servirnos de ellas durante nuestra misión: una rama de rosal silvestre dentro de su ataúd le impide salir del mismo; una bala bendecida disparada contra el féretro lo mataría y entonces se convertiría en un verdadero muerto. En cuanto a la estaca hundida en su corazón, sabemos que también le concede el descanso eterno, descanso eterno que también goza cuando se le corta la cabeza. Esto lo hemos comprobado personalmente.

»Por consiguiente cuando encontremos la morada de este que antaño fue hombre podremos confinarle dentro de su ataúd y destruirlo. Pero es astuto, no hay que olvidarlo, y sumamente inteligente. Le he pedido a mi amigo Arminius, de la Universidad de Budapest, que me facilitase la historia de nuestro vampiro. Según él, debe de tratarse del mismo Voivoda de Drácula, que se hizo célebre cuando cruzó el gran río y luchó contra el turco en la misma frontera. Si es así, no se trata de un ser ordinario, pues en su época, y en los siglos siguientes, se habló de él como del hombre más hábil y más audaz, más inteligente y más valeroso del «país más allá del bosque». Esta inteligencia superior, esta voluntad inquebrantable, se las llevó a la tumba, y de ellas se sirve ahora contra nosotros. Los Drácula, según Arminius, pertenecen a una raza noble e ilustre, aunque algunos hijos de generaciones sucesivas, según sus contemporáneos, tuvieran relaciones con el Maligno. Aprendieron los secretos de este en Scholomance, en las montañas que dominan el lago Hermanstadt, donde el diablo reclama un discípulo de cada diez como pago a sus enseñanzas. En los documentos se emplean vocablos como *stregoica* (bruja), *ordog* y *pokol*, que significa Satanás e infierno; uno de esos manuscritos se refiere a nuestro Drácula como un *wampyr*, palabra que todos conocemos bien. De su propia semilla nacieron grandes personajes y mujeres ilustres, y sus tumbas santifican esa tierra, la única en la que el monstruo puede habitar. Ya que entre las características que le tornan tan espantoso, no es la menor que se halla profundamente arraigado en todo lo que es bueno. No podría perdurar en un terreno libre de memorias sagradas.

Quincey Morris llevaba algún rato mirando por la ventana; finalmente, se puso de pie y sin dar ninguna explicación salió del despacho. El profesor hizo una pausa antes de continuar:

—Ahora debemos decidir qué haremos. Disponemos de muchos datos, y con ellos hemos de establecer el plan. Sabemos, por la investigación llevada a cabo por Jonathan, que llegaron, procedentes del castillo Drácula, cincuenta cajones llenos de tierra común, y que desde Whitby fueron todos remitidos a Carfax; mas también sabemos que poco después vinieron a buscar algunos. A mi entender, en primer lugar tenemos que asegurarnos de que los demás están aún en esa casa, o ver si faltan otros. En ese caso, buscaremos…

El profesor fue interrumpido de un modo singular, puesto que en el exterior sonó un pistoletazo. Una bala rompió un cristal de la ventana, rebotó en el marco, y se alojó en la pared opuesta de la estancia. Sin duda, soy muy pusilánime, ya que lancé un chillido. Todos nos pusimos en pie apresuradamente y Arthur se precipitó a la ventana, que abrió. Al momento, oímos la voz de Quincey Morris.

—¡Mil excusas! Les he asustado, ¿verdad? Ahora les contaré lo que ha ocurrido.

Un instante después, estaba en el despacho.

—Ha sido una simpleza de mi parte. Les ruego sinceramente que me perdonen. Creo, señora Harker, que la he asustado sin necesidad. Bien, mientras el profesor hablaba, un murciélago enorme se posó en el alféizar de la ventana. Desde los últimos acontecimientos, siento un extremado horror hacia esos mamíferos voladores, y no puedo ver uno sin desear eliminarlo; esto ya me ha ocurrido en varias ocasiones. Tú solías burlarte de mí por ese motivo, ¿verdad, Arthur?

—¿Le ha dado? —quiso saber el profesor con grave semblante.

—No lo creo, porque ha seguido volando hacia el bosquecillo.

Volvimos a sentarnos y el profesor terminó su disertación.

—Rastrearemos todas y cada una de esas cajas y, cuando estemos preparados, podremos o bien capturar o matar a ese monstruo en su guarida o bien esterilizar, por así decirlo, la tierra, para que no pueda hallar seguridad en ella. Así, lo atraparemos en su forma humana entre mediodía y la puesta del sol y nos enfrentaremos a él en sus horas de mayor debilidad.

»Respecto a usted, Mina, a partir de esta noche ya no intervendrá en este caso hasta que haya concluido. Es usted demasiado valiosa para exponerla a algún peligro. Una vez nos separemos ahora, usted no nos formulará ninguna pregunta más. En el momento oportuno, lo sabrá todo. Nosotros somos hombres que podemos soportar las más duras pruebas; pero usted, nuestra estrella, y nuestra esperanza, permanecerá al margen de esta misión, y sabiéndola a cubierto de todo peligro, nosotros actuaremos con mayor libertad.

Todos, incluso Jonathan, parecieron aliviados de una inmensa inquietud, aunque yo no estoy de acuerdo en que se lancen a esa aventura sin mí, pues ya se sabe que el número hace la fuerza. Pero su resolución estaba tomada y tuve que inclinarme ante ella, y aceptar su caballerosa preocupación por mí.

Entonces intervino Quincey:

—Como no hay tiempo que perder, propongo que vayamos al instante a ver qué sucede en esa mansión. Al tratar con ese monstruo, todos los minutos son preciosos e importantes; si actuamos con rapidez, tal vez impediremos que caiga otra víctima bajo sus garras.

Confieso que me abandonó el valor cuando comprendí que iban a emprender la tarea en aquel momento; sin embargo, no dejé traslucir mis terrores, ya que ello podría ser un obstáculo para el buen fin de su empresa. Ahora se han marchado a Carfax, llevándose consigo todo lo necesario para poder penetrar en la casa.

¡Oh, los hombres, qué ingenuos son! Me han ordenado que me acueste y duerma. Como si una mujer pudiera dormir cuando el ser amado está en peligro. Sí, me acostaré y fingiré dormir para que Jonathan, cuando regrese, no se preocupe por mí.

DIARIO DEL DOCTOR SEWARD

1 de octubre, a las 4 de la madrugada. En el instante en que salíamos me trajeron un mensaje de Renfield en el que preguntaba si podía verle inmediatamente, pues quería comunicarme algo de la mayor importancia. Respondí que, puesto que estaría ocupado toda la noche, le vería por la mañana.

—Parece más impaciente que nunca, doctor —insistió el enfermero—. No quisiera equivocarme pero tengo la impresión de que si usted no le visita enseguida, sufrirá una de sus crisis más violentas.

Confío mucho en la capacidad de ese empleado, por lo que decidí ir a ver a Renfield al momento, y les pregunté a mis amigos si podían aguardarme un minuto.

—Permíteme que te acompañe, querido John —repuso Van Helsing—. Lo que he leído en tu diario respecto a ese loco me ha interesado mucho, y, además, se halla relacionado con el caso que nos ocupa. Me gustaría mucho verle, precisamente cuando le amenaza una crisis.

—¿Podría acompañarles? —preguntó Arthur a su vez.

—¿Y yo? —inquirió también el americano.

Contesté afirmativamente y juntos salimos al corredor.

Encontramos a Renfield muy excitado, aunque jamás le había oído expresarse con tan buen tino, ni mostrar tanto aplomo en sus modales. Dio prueba de una gran comprensión de su propio caso, cosa que nunca había observado en mis demás pacientes; y parecía no dudar de que sus razones convencerían a cualquiera en su sano juicio. Quería pedirme que le dejase regresar a su casa, alegando que estaba completamente curado y que no sufría el menor trastorno mental.

—Apelo a sus amigos —añadió—, que tal vez querrán juzgar mi caso. A propósito, no nos ha presentado…

Estaba tan estupefacto que, en aquel momento, la idea de presentar a un loco en un manicomio no me pareció descabellada. No vacilé, por tanto, en hacer las presentaciones:

—El señor Renfield, lord Godalming, el profesor Van Helsing, el señor Quincey Morris, de Texas, el señor Jonathan Harker.

Estrechó la mano de todos, hablando a cada uno de ellos por turnos.

—Lord Godalming, tuve el honor de ayudar a su padre a entrar en el club Windham, y me entero con hondo pesar de su fallecimiento, puesto que ostenta usted su título. Era muy apreciado y venerado por cuantos le conocíamos. Oí decir que en su juventud inventó un ponche de ron muy apreciado en las tardes del Derby. Señor Morris, tiene usted grandes motivos para sentirse orgulloso de su estado. Su inclusión en la Unión constituye un precedente que tendrá, sin duda, grandes consecuencias en el momento en que el polo y los trópicos se alíen a la bandera estrellada. Se comprenderá el poderío del Tratado cuando la doctrina Monroe ocupe su verdadero lugar como ficción política. Vaya, ¿qué decir del placer que me produce estrechar la mano de Van Helsing? Caballero, no voy a disculparme por haber prescindido de todas las fórmulas de tratamiento convencionales. Cuando un hombre ha revolucionado la terapéutica con sus descubrimientos sobre la evolución continuada del cerebro, toda forma de cortesía banal deja de ser apropiada, ya que, en su caso, sería tanto como rebajarle al nivel de los demás hombres. Caballeros, todos ustedes, que bien por nacionalidad, por herencia o por un don natural, ocupan un lugar prevalente en nuestro mundo en marcha, serán mis testigos: me hallo tan cuerdo como la mayoría de individuos que circulan libremente por la Tierra. Y estoy seguro, doctor Seward, de que usted, humanitario y médico-jurista, a la vez que científico, juzgará que su deber moral consiste en examinar mi caso con especial atención.

Pronunció las últimas palabras con una cortés actitud de convencimiento no desprovista de encanto.

Creo que la extrañeza era general. Por mi parte, estaba persuadido, a pesar de las diferentes fases observadas en el transcurso de su estancia en el sanatorio, de que Renfield había recobrado definitivamente la razón, y estuve tentado a manifestarle que su curación me parecía evidente y que trataría de que se llevasen a cabo todas las formalidades necesarias al día siguiente. Sin embargo, recordando los bruscos cambios a que estaba sujeto, preferí aguardar un poco antes de adoptar una decisión tan temeraria. Me contenté con responder que su estado mejoraba con rapidez, que al día siguiente sostendría con él una nueva conversación más larga y que entonces quizá accedería a su petición.

Esto no le satisfizo.

—Temo, doctor, que no me ha entendido. Lo que desearía es marcharme de aquí inmediatamente… ahora mismo, a ser posible. El tiempo apremia y, en nuestro acuerdo tácito con la Muerte, el elemento tiempo es esencial. Estoy seguro de que, cuando uno se dirige al admirable médico que es el doctor Seward, basta con expresar un deseo tan sencillo, aunque revista tanta gravedad, para asegurar su ejecución.

Me observaba atentamente y, como no parecía dispuesto a aprobar sus palabras, se volvió hacia los demás y les contempló con la misma gravedad. Al no obtener ninguna respuesta ni signo de asentimiento, añadió:

—¿Me habré equivocado en mis suposiciones?

—Sí, se ha equivocado —le contesté francamente, aunque con excesiva brusquedad.

Se produjo una pausa inquietante.

—En tal caso —adujo, cambiando de tono—, tendré que presentarle mi petición bajo otra forma. Permítame suplicarle que se me conceda este favor, este privilegio… llámelo como quiera. Se lo imploro, no por motivos personales, sino por la salvación de otros. No soy libre de contarle las razones que me obligan a hablarle de este modo, pero le aseguro que son sólidas, irrefutables, e inspiradas por un elevado sentido del deber. Si pudiera usted leer en mi corazón, doctor, aprobaría por completo los sentimientos que me impulsan. Además, usted podría contarme entre sus servidores más fieles y devotos.

Volvió a contemplarnos atentamente a todos. Empecé a pensar que su conducta, su brusco cambio, no era más que otra forma de su trastorno mental, otra fase de su locura, por lo que decidí aguardar, puesto que sabía por experiencia que al final, como les ocurre siempre a los locos, acabaría por delatarse a sí mismo. Van Helsing le observaba con un interés creciente, cada vez más perplejo y con el ceño fruncido. Luego le hizo una pregunta a Renfield con un tono que en ese momento no me sorprendió, aunque sí más tarde, pues denotaba que consideraba a mi paciente totalmente cuerdo.

—¿No puede explicarse con toda franqueza? ¿Por qué desea irse esta misma noche? Estoy seguro que si logra convencerme a mí, un extranjero sin prejuicios y con la costumbre de mantener la mente bien abierta, el doctor Seward tomaría sobre sí la responsabilidad de permitirle volver a su casa.

Renfield inclinó tristemente la cabeza, con expresión compungida.

—Vamos, amigo mío —prosiguió el profesor—, reflexione un momento. Usted afirma estar curado, desea demostrarnos que ha recuperado por completo la razón, de lo cual podemos dudar puesto que sigue aquí recibiendo su tratamiento. Si no quiere secundarnos en el esfuerzo que hacemos para comprender su estado, ¿cómo lo lograremos? Por favor, reflexione; todos queremos ayudarle y nos gustaría verle en libertad.

—Doctor Van Helsing —repuso él, tristemente—, no tengo nada que decir. Sus argumentos son irrefutables y los apruebo por entero; pero no estoy solo en este asunto… Solo pido que tengan confianza en mí. Si no me dejan salir de aquí, declino toda responsabilidad por lo que pueda ocurrir.

Consideré que era hora de poner fin a la entrevista, que adquiría ya una gravedad cómica y me dirigí a la puerta.

—Vamos, amigos míos —dije simplemente—, vamos a trabajar. ¡Buenas noches, Renfield!

Sin embargo, al abrir la puerta, el paciente cambió de actitud. Se abalanzó sobre mí, y por un momento creí que deseaba matarme; me equivocaba. Con las manos tendidas, renovó su petición, con un tono conmovedor. Al ver que el exceso de emoción le traicionaba, se volvió más implorante. Miré al profesor y en sus ojos vi reflejada mi propia convicción. Por tanto, aparté a Renfield, dándole a entender que estaba perdiendo el tiempo. No era la primera vez que observaba en él esta excitación creciente cuando deseaba obtener un favor que en ese momento significaba para él lo más importante de su existencia, como, por ejemplo, el día en que me suplicó que le permitiera tener un gato. Como entonces, esperaba que finalmente se resignase a mi negativa con la misma reacción de despecho. No fue así. Cuando comprendió que suplicaba en vano, se puso frenético. Se hincó de rodillas, tendió las manos hacia mí, retorciéndolas con gestos de súplica, y dejó escapar un torrente de ruegos mientras las lágrimas resbalaban por su rostro, y todo su rostro expresaba la mayor de las angustias:

—¡Se lo ruego, doctor Seward, se lo ruego! ¡Permítame abandonar inmediatamente esta casa! Poco importa el modo en que me deje marchar, poco importa adónde me envíe. Haga que me acompañen sus guardianes con látigos y cadenas; que me pongan una camisa de fuerza, esposas en las manos y grillos en los pies, que me lleven a una cárcel… Pero, ¡por amor de Dios!, déjeme salir de aquí. Si me obliga a quedarme, usted ignora el mal que hace, y a quién se lo hace; le hablo desde lo más hondo de mi corazón, de mi alma... ¡Apiádese de mí! Por todo lo más sagrado, por cuanto le sea más querido en este mundo, por el amor que usted ha perdido, por su propia esperanza, por Dios todopoderoso, ¡déjeme salir de aquí y libre a mi alma de pecado! ¿No me entiende, doctor? ¿No me comprende? ¿No quiere rendirse a la evidencia? ¿No ve que estoy completamente cuerdo, que le hablo con toda seriedad? Que no soy un loco en plena crisis, sino un hombre que goza de toda su cordura, de toda su razón y que desea salvar su alma... ¡Compréndame! ¡Déjeme salir de aquí! ¡Déjeme salir de aquí!

Pensé que cuanto más durara esa escena más se excitaría y que entonces se produciría la verdadera y temida crisis.

—Vamos, vamos —repliqué severamente—, ya basta. Métase en la cama y procure calmarse.

Absorto, me contempló unos instantes. Luego, sin añadir una sola palabra, se levantó y se sentó al borde de su camastro. Tal como me esperaba, de acuerdo con las ocasiones precedentes, la exaltación había dado paso a la postración.

Cuando, seguido de mis compañeros, iba ya a salir de la habitación, Renfield agregó con tono tranquilo:

—Espero, doctor Seward, que más tarde se acuerde de que he hecho todo lo que he podido para convencerle.

19

DIARIO DE JONATHAN HARKER

1 de octubre, a las 5 de la madrugada. Fui a registrar la casa muy tranquilo, puesto que nunca había visto a Mina tan valiente, tan segura de sí. Para mí, era una verdadera pesadilla que ella estuviera mezclada a este asunto; ahora que consiente en dejarnos obrar por nuestra cuenta, me hallo más tranquilo; pero ahora que su trabajo ha concluido y que gracias a su energía, inteligencia y previsión contamos con la historia completa donde todos los detalles cuentan, Mina puede muy bien pensar que su contribución ha finalizado, y dejar el resto en nuestras manos. Creo que todos nos sentimos bastante impresionados por la actitud de ese pobre loco, Renfield. Al salir de su habitación, nadie expresó sus sentimientos hasta llegar al despacho del doctor Seward.

—John —profirió entonces Quincey Morris—, si ese individuo no ha fingido, es el loco más razonable que he visto en mi vida. No lo juraría, pero creo que en su cerebro se aloja un designio sumamente serio, y en tal caso, suyo es el mérito por querer salvarse.

Arthur y yo no dijimos nada.

—Mi querido John —observó el profesor Van Helsing—, tú conoces mejor que yo las extrañas fases por las que pasan esos enfermos, y me alegro de ello, puesto que de haber sido mi deber adoptar una decisión, habría puesto en libertad a Renfield antes del último arrebato de histeria. Todos los días se aprende algo nuevo, es cierto y, por otra parte, no podemos correr riesgos ahora, debido a nuestra misión. Bien, las cosas son así y es imposible modificarlas.

El doctor Seward respondió a ambos hombres al mismo tiempo.

—Sin duda, tienen ustedes razón. Si ese hombre fuese como otros pacientes, le habría demostrado, a costa de correr un grave riesgo, que tengo confianza en él. Pero al parecer su comportamiento depende de las idas y venidas del conde, y podría verme abocado a un terrible error. Además, un día, delante de mí, llamó al conde «su dueño y señor», y tal vez ahora pretende ayudarle en sus monstruosos designios. Ese vampiro obliga a los lobos y las ratas a que le presten su ayuda, por no hablar de los otros seres de su propia especie. Entonces, ¿por qué no servirse de un pobre loco? Sí, Renfield hablaba con gran seriedad, lo reconozco, a pesar de conocer su caso. Y espero que hayamos obrado debidamente. Pero todo esto, sumado a la misión que nos disponemos a emprender, contribuye a desalentar a cualquiera.

El profesor se le aproximó y le puso una mano sobre el hombro.

—Mi querido amigo, no temas. Todos nos esforzamos en cumplir nuestro deber en una situación muy arriesgada, y solo podemos hacer lo que creamos mejor, pero debemos confiar en la misericordia de Dios.

Arthur, que había salido del despacho un momento antes, reapareció, llevando en la mano un silbato de plata.

—Es posible que esa mansión esté llena de ratas —explicó—. Esto servirá para ahuyentarlas.

Nos dirigimos a la mansión abandonada, escondiéndonos por entre los árboles de la avenida siempre que la luna aparecía entre las nubes. Cuando llegamos a la puerta, el profesor abrió su cartera y extrajo diversos objetos, que dejó sobre el umbral en cuatro montoncitos separados, evidentemente con destino a cada uno de nosotros.

—Amigos míos —susurró—, estamos afrontando un gran peligro y necesitamos toda clase de armas. La amenaza que el enemigo hace pesar sobre nosotros no es solo de orden espiritual. Acuérdense de que posee la fuerza de veinte hombres. Y aunque un individuo extraordinariamente fuerte o varios hombres vigorosos podrían sojuzgarle, nunca podrían herirle, mientras que él sí podría causarles heridas mortales. Por tanto, hay que evitar que se nos acerque. Pónganse sobre el corazón esto —nos entregó un crucifijo de plata a cada uno—, y cuélguense esas flores del cuello. —También nos entregó sendas guirnaldas de flores secas de ajo—. Tomen el revólver y el cuchillo; tal vez tengamos que enfrentarnos con otra clase de enemigos; además, esa pequeña lámpara que engancharán al forro de la chaqueta; y por encima de todo esto, que no debemos profanar inútilmente.

Sostenía en alto un pedazo de hostia santificada, que metió en un sobre y me dio. Hizo lo mismo con los demás.

—Ahora, John —añadió—, ¿dónde están las ganzúas? Si conseguimos abrir la puerta, no tendremos que penetrar por una ventana como vulgares rateros, como hicimos el otro día en la tumba de Lucy.

El doctor Seward probó un par de ganzúas, sirviéndose de su habilidad como cirujano. No tardó en encontrar la más adecuada y la mohosa cerradura acabó por ceder. Empujamos la puerta, que rechinó al abrirse. Cosa curiosa, esto me recordó el relato del doctor Seward respecto a su entrada en la tumba de la desdichada Lucy. Seguramente, todos tuvieron la misma idea, ya que retrocedieron. El profesor dio el primer paso al frente.

—*In manus tuas, Domine* —murmuró, persignándose al franquear el umbral.

Tomamos la precaución de cerrar la puerta a nuestras espaldas; pues temíamos que nuestras lámparas, una vez encendidas, atrajeran la atención desde fuera. El profesor examinó la cerradura para asegurarse de que era posible abrir desde dentro si debíamos huir apresuradamente. Por fin, encendimos las linternas e iniciamos la búsqueda.

La luz de las linternas prestaba a todos los objetos las más extrañas formas, cuando sus haces se cruzaban o se superponían. Además, nuestros cuerpos proyectaban sombras muy alargadas. No pude evitar la sensación de que no estábamos solos. Sin duda, era el recuerdo de los terribles días que viví en Transilvania, que aquel lugar siniestro reavivaba intensamente. Pensé, no obstante, que todos debían experimentar la misma inquietud y observé que mis compañeros, lo mismo que yo, se volvían al menor rumor, o cuando una nueva sombra se perfilaba en las paredes.

Por todas partes, la capa de polvo era muy espesa. En el suelo tenía una altura de varios centímetros, salvo donde se veían huellas de pasos recientes; abatiendo mi linterna vi la señal de unas suelas con clavos gruesos. También los muros estaban cubiertos de polvo, como un vello sucio; de los rincones colgaban grandes telarañas sobre las que el polvo se había amontonado, de suerte que parecían trapos rotos, desgarrados bajo el peso de tanta suciedad. Sobre una mesa del pasillo había un manojo de llaves, cada una con su etiqueta correspondiente amarilleada por el tiempo. Estaba claro que habían servido varias veces, pues había varios surcos en la capa de polvo que cubría la mesa, semejantes a los que aparecieron cuando el profesor cogió el llavero.

—Usted conoce esta casa, Jonathan —dijo volviéndose hacia mí—. Posee su plano o, al menos, una copia de él, y sin duda lo ha estudiado atentamente. ¿Por dónde se pasa a la capilla?

Creía saber dónde estaba la capilla, a pesar de que en mi primera visita no pude entrar en ella. Mostré el camino a mis amigos y, después de cruzar varios pasillos, llegamos delante de una puerta de encina, baja y abovedada.

—¡Aquí es! —dijo el profesor que, con la linterna, examinaba una copia del plano que me había servido en el momento de adquirir la propiedad.

Tras probar con varias llaves, acertamos con la adecuada y abrimos la puerta. Estábamos preparados para encontrarnos con algo desagradable, pues mientras abríamos la puerta un ligero aire apestoso había parecido colarse por las rendija, pero ninguno de nosotros se esperaba esa pestilencia.

Excepto yo, ninguno del grupo se había acercado jamás al conde, y cuando yo le había visto, o bien se hallaba en su aposento y en período de ayuno, o relleno de sangre fresca en un lugar en ruinas, casi al aire libre. Pero el sitio donde nos hallábamos ahora era pequeño y estaba completamente cerrado, y el largo abandono había vuelto el aire estancado y fétido. Olía a tierra, como si millones de miasmas salieran de la misma. ¿Cómo explicar, además, aquel hedor nauseabundo? No solo parecía capaz de producir toda clase de enfermedades, hasta la muerte, como si la misma corrupción estuviese corrompida. ¡Solo pensar en aquel olor me enferma! Parecía que cada aliento exhalado por el monstruo se hubiera adherido unida a las piedras de aquella capilla.

En otras circunstancias, ese hedor hubiese bastado para poner fin a nuestra misión. Pero el objetivo que nos habíamos propuesto era de tanta importancia, de tal gravedad, que estábamos como impulsados por una fuerza que nos elevaba por encima de toda consideración de orden físico. Después de un retroceso involuntario aunque natural, todos pusimos manos a la obra como si aquel lugar tan repugnante fuese una rosaleda.

—Ante todo —advirtió el profesor—, hemos de contar las cajas. Examinaremos todos los agujeros, todos los rincones, buscando algún indicio que pueda darnos a entender el sitio adonde se llevaron las que falten.

Contamos rápidamente las cajas que, en realidad, eran cofres enormes. ¡De los cincuenta solo quedaban veintinueve! En un momento dado, me estremecí de miedo cuando, al ver que Arthur se volvía bruscamente para mirar por la puerta entreabierta lo que ocurría en el corredor, cuya oscuridad era completa, me volví también. Por un instante, mi corazón dejó de latir. Creí distinguir, destacando en la sombra, los ojos relucientes del conde, su nariz aquilina, sus rojos labios, y la espantosa palidez de su rostro. Solo fue un instante. Arthur murmuró:

—Me ha parecido entrever un semblante. Oh, no, son sombras nada más.

Al momento, reanudamos nuestras pesquisas. Yo dirigí mi linterna hacia el corredor y exploré las tinieblas; pero no vi nada. Como allí no había rincones, otras puertas, ni ninguna clase de abertura, sino solo los espesos muros, tuve que concluir que no existía ningún escondrijo… ni siquiera para él. El miedo me había jugado una mala pasada. No dije nada a mis compañeros.

Unos minutos después, Quincey Morris, que examinaba un rincón de la capilla, se alejó bruscamente. Todos le seguimos con la vista; sin duda alguna, éramos ya presa del nerviosismo. Divisamos una masa fosforescente que brillaba como un grupo de estrellas. Instintivamente, retrocedimos y pronto la capilla estuvo llena de ratas. Quedamos auténticamente aterrados. Solo Arthur conservó su sangre fría, como si hubiera estado esperando algo parecido. Precipitándose hacia la pesada puerta de encina, giró la llave de la cerradura, descorrió el pestillo y abrió ambos batientes. Luego, sacando el silbato de plata del bolsillo, silbó. Los perros que se hallaban detrás del sanatorio del doctor Seward respondieron a la llamada mediante aullidos y unos segundos más tarde, tres perrazos enormes doblaron la esquina de la casa. Retrocedimos inconscientemente, y entonces observé algunas huellas en el polvo; por tanto, por allí se habían llevado las cajas que faltaban. Durante aquellos segundos, otras ratas se habían unido al primer grupo, de modo que nos hallamos ante un espectáculo aterrador. Llenaban toda la capilla, de forma que a la luz de las linternas, que iluminaban sus cuerpecitos en perpetua agitación, con sus pupilas resplandecientes, el interior semejaba una terraza llena de luciérnagas. Iban a entrar ya los perros cuando, al llegar al umbral, se detuvieron de pronto y se pusieron a gruñir sordamente y a levantar el hocico todos a la vez, aullando a la muerte. Las ratas llegaban a millares. Nosotros salimos de allí, sin apartarnos de la puerta. Arthur cogió un perro en brazos y lo introdujo en la capilla. En el momento en que sus patas tocaron el suelo, pareció recuperar su valor y lanzarse contra sus terribles adversarios. Estos huyeron tan velozmente que apenas tuvo tiempo de matar a una veintena, en tanto los otros dos perros, metidos en la capilla de la misma forma, buscaron sus presas en vano, aunque aún consiguieron atrapar algunas ratas.

Desaparecidas las ratas, tuvimos la impresión de que acababa de retirarse una presencia maligna; los perros correteaban por doquier, con el rabo enhiesto y ladrando alegremente, jugueteando cruelmente con los cadáveres de sus víctimas. Asimismo, nosotros nos sentimos alentados. ¿Se habría purificado en parte la atmósfera de la capilla al ser abierta la puerta, o nos sentíamos más aliviados por no estar ya encerrados allí? Lo ignoro, pero la amenaza que pesaba sobre nosotros desapareció como un ropaje que oprime el cuerpo y se arroja lejos, y nuestra presencia en tan siniestro lugar perdió en parte su horror, sin que nuestra determinación se debilitase ni un solo instante. Cerramos nuevamente la puerta con llave, aldaba y cadena, y nos pusimos a explorar el resto de la casa. No encontramos nada especial, aparte de ingentes cantidades de polvo, que en todas las estancias estaba intacto, excepto por el rastro de mis pasos con ocasión de mi primera visita al lugar. Los perros no dieron muestras, en ningún momento, de la menor inquietud y aunque volvimos a la capilla, fueron de un lado a otro tan contentos como si estuviesen cazando liebres en pleno bosque en un día de estío.

El día empezaba a vencer a la noche cuando regresamos a la puerta principal. El doctor Van Helsing separó la llave de entrada de las demás. Cerró convenientemente la puerta y se metió la llave en el bolsillo.

—Bien —concluyó—, nuestras pesquisas han terminado por esta noche. No hemos tenido que enfrentarnos a ningún peligro, y sin embargo, ahora ya sabemos cuántas cajas faltan. Sobre todo me felicito de haber podido dar nuestro primer paso, tal vez el más difícil, el más aventurado, sin nuestra querida Mina, la cual habría perdido el sueño durante muchas noches de haber contemplado ese triste espectáculo, aspirado esos hedores, ensuciado su cuerpo con tanto polvo. Además, si es posible llegar a ciertas conclusiones a partir de una indagación particular, esta exploración nos ha demostrado una cosa: las espantosas criaturas que están a las órdenes del conde no obedecen a su poder espiritual, puesto que esas ratas que han acudido a la capilla a su llamada (como en el castillo acudieron los lobos cuando usted deseaba marcharse, Jonathan), han huido con gran confusión a la sola vista de unos perros. Cierto, estamos solo en el umbral de nuestras experiencias; con toda seguridad no es esta la primera noche que ese monstruo se ha servido de los animales para lograr sus fines. Por el momento, ha desaparecido y nosotros podemos proclamar su primer fracaso. Bien, volvamos a casa. Amanece y debemos estar satisfechos de nuestra primera noche de actuación.

Cuando llegamos al sanatorio no sucedía nada en él, aparte de oírse los gritos de un desdichado procedentes de la sala situada al fondo del pasillo, y unos gemidos procedentes de la habitación de Renfield. Este, sin duda, torturaba inútilmente su espíritu, cosa frecuente entre los enfermos mentales.

He entrado de puntillas en nuestro dormitorio; Mina dormía, respirando tan suavemente que he tenido que inclinarme sobre ella para cerciorarme de su respiración. Está más pálida que de costumbre. ¡Con tal que no la haya trastornado excesivamente nuestra reunión de anoche! Me siento muy feliz de saber que no tomará parte en nuestras deliberaciones ni en nuestras pesquisas. De saber ciertas cosas, se asustaría horriblemente; aunque, no obstante, podría serle aún más perjudicial ocultarle algo. Por el momento, es preciso que no sospeche nada de nuestras actividades, que nada sepa de nuestra misión... al menos hasta que llegue la hora de anunciarle que la Tierra se halla definitivamente libre del temible monstruo. Confieso que me costará guardar silencio, puesto que tenemos la costumbre de confiar plenamente el uno en el otro; pero sabré cumplir con mi parte, y cuando despierte no le contaré nada de cuanto hemos presenciado esta noche; si me interroga, me negaré a contestar. Me tenderé sobre el sofá para no molestarla en su sueño.

1 de octubre, más tarde. Sin duda, era normal que todos durmiésemos hasta bien entrada la mañana, puesto que el día anterior resultó cansadísimo y, por la noche, no gozamos de un solo instante de reposo. Mina debía de estar rendida porque, a pesar de lo tardío de la hora, se despertó después de mí; mejor dicho, tuve que llamarla un par de veces para despertarla. Se hallaba tan profundamente dormida que al abrir los ojos estuvo unos segundos sin reconocerme; me contempló con expresión aterrada, como si saliera de una pesadilla. Como se quejó de fatiga, le aconsejé que no abandonara aún la cama. Ahora sabemos que han desaparecido veintiuna cajas; si alguien se las ha llevado por encargo del conde, será fácil averiguar dónde están. Evidentemente, esto simplifica el asunto, y cuanto antes las encontremos, mejor para todos.

Hoy iré a visitar a Thomas Snelling.

DIARIO DEL DOCTOR SEWARD

1 de octubre. Era casi mediodía cuando me desperté; el profesor se paseaba por mi habitación. Su ardor resultaba visible..., un ardor poco corriente en él. Sin ningún género de dudas, lo que habíamos averiguado la noche anterior le había quitado un gran peso de encima. Comenzó por hablarme un poco de la aventura nocturna.

—Tu paciente me interesa mucho —declaró luego—. ¿No podríamos visitarle hoy? O, caso de hallarte muy ocupado, ¿podría verle yo solo? Esta experiencia es nueva para mí, me refiero a hallar un loco que hable filosóficamente y razone con tanto juicio y discreción.

Yo tenía trabajo, por consiguiente, le concedí permiso para que visitase solo a Renfield. Llamé a un celador, al que le di las instrucciones necesarias, y ambos se marcharon, no sin que antes pusiera en guardia a Van Helsing.

—Deseo —me respondió— hablar con él respecto a su manía, la que le impulsa a consumir seres vivos. Ayer leí en tu diario que se lo dijo a Mina. ¿Por qué sonríes, John?

—Perdone, pero la respuesta a su pregunta está aquí mismo —afirmé, señalando las cuartillas mecanografiadas—. Cuando nuestro loco razonable y culto habló del hábito que «antes» tenía de tragarse seres vivos, su boca, en realidad, todavía se hallaba casi llena de las arañas y las moscas que había ingerido unos instantes antes de que Mina penetrase en su habitación.

Van Helsing sonrió a su vez.

—Tienes buena memoria, amigo mío. Habría tenido que recordar este detalle. Sin embargo, son precisamente estos fallos de la memoria y el pensamiento los que hacen tan fascinante el estudio de las enfermedades mentales. Aprenderé más sobre la locura con este demente que con las enseñanzas procedentes de los hombres más ilustres. ¡Quién sabe!

Me marché a trabajar a mi despacho. El tiempo transcurrió velozmente. Cuando levanté por primera vez la cabeza, Van Helsing estaba de nuevo en mi despacho.

—¿Te molesto?

—En absoluto —contesté—. Pase. Ya he terminado lo más urgente y ahora podré acompañarle.

—Oh, no hace falta, ya le he visto.

—¿Sí?

—Temo que no tiene una opinión demasiado buena de mí. Nuestra entrevista ha sido breve. Al entrar en su habitación, estaba sentado en un taburete en medio de la misma, con los codos sobre las rodillas, la barbilla entre las manos y un descontento sombrío dibujado en el rostro. Me dirigí a él con el tono más alegre del mundo, aunque también con suma deferencia. No me respondió. «¿No me reconoce?», insistí. Su respuesta no resultó muy tranquilizadora. «Sí, te reconozco. ¡Eres ese viejo idiota de Van Helsing! Sería mejor que te fueses a paseo, junto con tu imbécil estudio sobre el cerebro humano... ¡Al diablo con todos los holandeses estúpidos!» —El profesor hizo una pausa, como rememorando la breve conversación—. No dijo más y volvió a su retraimiento, como si yo no estuviera. De este modo he perdido la ocasión de aprender algo por boca de ese loco tan inteligente. Para consolarme, he charlado un rato con Mina. Mi querido John, qué alegría experimento al verla libre de sufrimientos y peligros. Sin duda, echaremos en falta su ayuda, pero es preferible así.

—Estoy completamente de acuerdo con usted —asentí—. Es mejor que Mina no esté mezclada con todo este macabro asunto. La situación es ya demasiado arriesgada para nosotros... hombres que, no obstante, hemos conocido muchos períodos difíciles en el transcurso de nuestra existencia. De continuar ella colaborando con nosotros, su salud habría corrido peligro.

El profesor acaba de dejarme solo para ir a reunirse con el matrimonio Harker; Quincey y Arthur se han marchado en busca de las cajas que contienen la tierra... o al menos de su pista. Tenemos que reunirnos esta tarde.

DIARIO DE MINA HARKER

1 de octubre. Resulta para mí una extraña experiencia mantenerme en la ignorancia de todo lo que ocurre, como hoy. Jonathan me ha testimoniado tanta confianza desde que nos conocemos que me ha resultado penoso ver cómo eludía ciertos temas de conversación,

¡los más trascendentales! Esta mañana he dormido hasta muy tarde, pues ayer me fatigué mucho; Jonathan también se ha despertado hacia mediodía, ¡pero fue el primero en saltar de la cama! Antes de marcharme me habló con más dulzura, con más ternura que nunca, pero no pronunció ni una sola palabra referente a la visita nocturna en casa del conde. Sin embargo, debe de saber cuán ansiosa me siento sobre este asunto. ¡Pobre querido mío! Estoy segura de que su silencio le resulta más penoso a él que a mí. Todos se han puesto de acuerdo para evitarme los sinsabores inherentes a este caso. ¡Pero que mi marido tenga secretos conmigo…! ¡Oh, estoy llorando como una tonta cuando sé que su gran amor hacia mí es precisamente lo que le obliga a callar! Cuando sé que el afecto de los demás es asimismo la causa de su silencio.

Las lágrimas me han consolado. Algún día, Jonathan me lo contará todo. Por miedo a que no crea, ni un solo instante, que le oculto algo, seguiré anotándolo todo en mi diario. Si duda alguna vez de mi confianza, se lo daré a leer… y sus ojos tan queridos para mí leerán todos mis pensamientos. No sé por qué, hoy estoy triste y desalentada. Supongo que es la reacción a tantas emociones.

Ayer por la noche me metí en cama tan pronto como Jonathan y sus amigos se marcharon, solo porque me lo habían aconsejado. Estaba desvelada y terriblemente inquieta. Reflexioné sobre todo lo ocurrido desde el día en que Jonathan vino conmigo por primera vez a Londres; todo esto se parece a una tragedia cuyo destino avanza inexorablemente a su final. Todas nuestras acciones, aun realizadas con la mejor intención, tienen solo las peores consecuencias. De no haber ido yo a Whitby, tal vez la pobre Lucy aún estaría entre nosotros. Antes de mi llegada no subía jamás al cementerio y, de no haberme acompañado cierto día, no habría vuelto allí por la noche sonámbula y ese monstruo no la habría destruido como lo hizo. Oh, ¿por qué fue a Whitby? Vaya, ya vuelvo a llorar… ¿Qué me ocurre hoy? Jonathan no ha de saber que esta mañana he llorado dos veces. Jamás me he turbado por mi suerte, ni he vertido una sola lágrima por culpa de él. Si lo supiera, se atormentaría excesivamente. Si me siento triste cuando regrese, trataré de disimular lo mejor posible. Creo que en esto no tenemos muchas dificultades las mujeres.

No sé a qué hora me dormí ayer. Recuerdo haber oído aullar a unos perros, y otros rumores extraños procedentes de la habitación de ese Renfield, que se halla debajo de la mía. Luego, reinó un intenso silencio, que me hizo experimentar incluso cierta inquietud. Me levanté a mirar por la ventana. La oscuridad, junto con el silencio, confería a la noche un misterio que se acentuaba con las sombras proyectadas por la luz de la luna. Nada se movía ni agitaba, todo estaba lúgubre e inmóvil como la muerte o el destino, aunque una capa neblinosa, de color blanquecino, se deslizaba desde el césped con una lentitud que la tornaba casi imperceptible, en dirección a la casa. Era como si fuese la única cosa viva que me rodeaba. Sin duda, me sentó bien esta digresión de mis pensamientos, ya que al meterme en la cama comencé a amodorrarme. Estuve tendida en el lecho, sumamente tranquila. Sin embargo, no conseguía dormirme, por lo que volví a levantarme y me asomé a la ventana. La niebla estaba ya muy extendida y llegaba casi a las paredes de la casa; la vi, muy densa, contra el muro, como deseando trepar hasta las ventanas. El pobre Renfield estaba chillando y, aunque no entendía una sola palabra de lo que decía, intuí, por su tono de voz, que dirigía unas súplicas apasionadas a no sé quién. Luego tuve la impresión de que se producía una lucha; me pareció que el celador acababa de entrar en la habitación de Renfield y que ambos se estaban pegando. Me asusté tanto que volví a la cama, me tapé con la sábana hasta los ojos y traté de no oír nada. En aquel momento no tenía nada de sueño, o al menos eso creía. No obstante, debí de dormirme poco después, ya que, aparte de algunas pesadillas, no recuerdo nada hasta la mañana, cuando me despertó Jonathan. Tardé unos instantes en comprender dónde estaba y que era Jonathan quien se inclinaba sobre mí. Respecto a mi sueño, fue muy singular, demostrativo de hasta qué punto nuestros pensamientos conscientes se prolongan durante el sueño, donde se entremezclan confusamente. ¡Oh, mi sueño…!

Yo estaba dormida y aguardaba el regreso de Jonathan. Sumamente ansiosa por él, no podía levantarme y actuar como era mi deseo; mis manos, mis pies y mi cerebro se hallaban inmovilizados bajo un terrible peso. En mi sueño me encontraba mal y tenía que seguir pensando. Tuve la sensación de que el aire era muy pesado, húmedo y frío. Rechacé la ropa de la cama y vi con sorpresa que la habitación estaba sumida en la oscuridad. La luz de gas que no había apagado del todo para que Jonathan pudiese ver al regresar, solo era una lucecita rojiza, apenas visible en la niebla que penetraba constantemente en el dormitorio. Entonces recordé haber cerrado la ventana antes de meterme en la cama; quise asegurarme de ello, pero mis brazos se hallaban encadenados por un raro entumecimiento, así como mis piernas y mi voluntad. No me moví: ¿qué otra cosa podía hacer? Cerré los ojos, pero veía a través de los párpados. Los sueños suelen tener con frecuencia esas rarezas. La bruma continuaba espesándose, y descubrí que se había colado en la estancia, como el humo o mejor como el vapor del agua en ebullición, no por la ventana sino por los intersticios de la puerta. No tardó en semejar una columna de nubes elevándose en el centro del cuarto, en cuya parte más oscura brillaba la luz de la lámpara de gas, como un ojo rojo. De pronto, todo empezó a girar en mi cerebro, a medida que las nubes se arremolinaban en la habitación. Recordé unas palabras de la Biblia: «Columna de nubes durante el día, y de fuego por la noche». ¿Fue como un aviso en mi sueño? Pero la columna estaba compuesta por el elemento diurno y el nocturno, ya que era el fuego lo que brillaba en el ojo rojo, ojo que cada vez hallaba yo más fascinante; hasta el momento en que el fuego se dividió y, a través de la niebla, brilló encima de mi cama, semejante a dos ojos rojizos, como aquellos de que me habló Lucy en su extravío pasajero cuando, en los acantilados de

Whitby, los rayos del sol poniente incidieron en los ventanales de la iglesia de St. Mary. De repente, me estremecí de horror pensando que así era como Jonathan vio a aquellas tres mujeres infernales descender por los rayos de la luna donde se arremolinaba el polvo, hasta adoptar lentamente la forma femenina; debí de desvanecerme en mi sueño, ya que a mi alrededor no hubo nada más que tinieblas. En un último esfuerzo consciente de mi imaginación, creí distinguir un rostro lívido que, surgiendo de entre la niebla, se inclinaba sobre mí. Debo desconfiar de estos sueños pues, en caso de repetirse, resultarían peligrosos para mi razón. Tendría que pedirle al profesor Van Helsing o al doctor Seward algún somnífero, pero temo que se alarmen. Si les contase mi extraño sueño, se inquietarían. Esta noche intentaré dormir normalmente. Si no lo consigo, mañana por la noche les pediré un somnífero. Tomarlo una sola vez no me perjudicará, y gozaré de una noche de reposo bienhechor, puesto que la que acaba de pasar me ha dejado extenuada, como si no hubiese dormido en absoluto.

2 de octubre, diez de la noche. La noche pasada dormí, dormí sin soñar, y tan profundamente que Jonathan no me despertó cuando se metió en cama; no obstante, el sueño no me ha dejado descansada, y hoy me siento débil y abatida. Ayer pasé todo el día intentando leer… y dormitando. Por la tarde, Renfield quiso verme. El pobre estuvo muy amable y, cuando iba a dejarle, me besó la mano rogándole a Dios sus bendiciones para mí. Esto me conmovió profundamente. Lloro cada vez que pienso en ese desdichado. Una nueva debilidad que tengo que ocultar. Jonathan se sentiría muy infeliz si supiese que lloro. Él y los demás regresaron a la hora de cenar, muy fatigados. Hice cuanto pude para animarles y supongo que mi esfuerzo acabó por animarme a mí también, porque poco a poco olvidé mi cansancio. Después de cenar me aconsejaron que me acostase; según me dijeron, ellos pensaban salir el tiempo justo de fumar un cigarrillo, aunque me imaginé que deseaban conversar respecto a los resultados de la jornada. A juzgar por la expresión de Jonathan, adiviné que había descubierto algo de suma importancia. Comprendí que tardaría en dormirme y le rogué al doctor Seward que me diese un somnífero, tras contarle que había dormido muy mal la noche anterior. Me preparó uno ligero, asegurándome que era inofensivo... Lo tomé, pero sigo sin poder conciliar el sueño... Oh, no, siento que me invade el sueño. Ahora experimento un nuevo temor: ¿habré hecho bien tomando el somnífero? Quizá habría sido preferible estar desvelada toda la noche... Ahora, ya es demasiado tarde para rectificar... Me estoy durmiendo... ¡Buenas noches!

20

DIARIO DE JONATHAN HARKER

1 de octubre, por la tarde. Encontré a Thomas Snelling en su casa, mas por desgracia no se hallaba en estado de recordar nada. Ante el anuncio de mi visita, había empezado a beber cerveza sin esperarme, y no tardó mucho en estar ebrio. No obstante, su esposa, una mujer valerosa y honesta, me explicó que su marido no era más que empleado de Smollet. Entonces, me trasladé a Walworth, a casa del señor Joseph Smollet; llegué cuando se sentaba a la mesa, a tomar té, en mangas de camisa. Es un individuo de buen carácter, inteligente, con ideas. Recordó perfectamente el incidente que tuvo lugar cuando fue en busca de los cajones a Carfax y, tras consultar una libreta, me comunicó el destino de los aludidos cajones. Transportó seis de Carfax al número 197 de la calle Chicksand, Mile End, New Town, y otras seis a Jamaica Lane, Bermondsey. Por tanto, si el conde deseaba repartir por todo Londres sus horrendos refugios, eligió la calle Chicksand y Jamaica Lane como sus primeros almacenes, desde donde luego enviaría las cajas a otros lugares. Lo cual me hace pensar que no podría limitarse únicamente a dos distritos de Londres. Le pregunté a Smollet si se habían sacado otras cajas de Carfax.

—Oh, amigo —contestó—, usted está siendo muy generoso conmigo —acababa de entregarle medio soberano—, por lo que voy a contarle todo lo que sé. Hace cuatro tardes, en la taberna La

Liebre y los Perros, en Pincher Alley, oí contar, por boca de un tal Bloxam, que él y otro habían ido a una mansión de Purfleet a realizar un trabajo en el que habían tragado grandes cantidades de polvo. Como tal cosa no ocurre todos los días, ¿verdad?, creo que ese Bloxam tal vez podrá darle a usted algún otro detalle de lo que tanto le interesa.

Le respondí que, si conseguía facilitarme las señas de ese Bloxam, le entregaría otro medio soberano. De modo que, después de tragar apresuradamente el té, se levantó y declaró que iba en busca de Bloxam, a quien hallaría fuese como fuese. Una vez me hubo acompañado a la puerta, añadió:

—No hace falta que usted aguarde mi regreso aquí. Lo mismo puedo encontrar a Bloxam al momento que dentro de varias horas. De todos modos, no me dirá gran cosa esta tarde, porque sabe mantener la boca cerrada cuando quiere. Si usted me da sus propias señas, yo le enviaré todos los datos tan pronto se los haya sacado a Bloxam.

Su razonamiento era bueno; le regalé un penique a uno de sus hijos, pidiéndole que fuese a comprar un sobre y un sello, asegurándole que podía quedarse con la vuelta. Cuando regresó, yo anoté mi dirección en el sobre, pegué el sello y le rogué a Smollet que me lo enviara con los datos tan pronto los obtuviese. Después, emprendí el camino de vuelta.

Sea como sea, estamos sobre la pista. Esta noche me siento muy cansado y quisiera dormir. Mina está profundamente dormida y muy pálida, demasiado a mi entender, y a juzgar por sus ojos, creo que ha llorado. Pobrecita, desde que la hemos apartado de nuestras deliberaciones está inquieta, doblemente inquieta. Sin embargo, no podíamos adoptar otra decisión. Es mejor que se sienta un poco desanimada y ansiosa un tiempo que no que acabe con los nervios destrozados. Los dos médicos tenían razón al oponerse a que ella participase en nuestra empresa y, en lo que a mí concierne, sé que el peso de este silencio pesa sobre mí más que sobre nadie. Pero bajo ningún pretexto deseo abordar este tema delante de Mina; al fin y al cabo, no creo que resulte muy difícil, máxime cuando ella tampoco se refiere a él. Desde que le comunicamos nuestra decisión, no ha hecho la menor alusión al conde ni a sus monstruosidades.

2 de octubre, por la noche. Día fatigoso, excitante, como si nunca fuera a concluir. En el correo de la mañana recibí el sobre a mi nombre; contenía un pedazo de papel manchado, en el que habían escrito toscamente: «Sam Bloxam, Korkrans, 4, Poters Cort, calle Bartel, Walworth. Pregunte por el delegado».

Estaba aún en la cama cuando leí la nota y me levanté sin despertar a Mina. Se la veía muy pálida, cansada y bastante agitada. La dejé dormir; pero decidí que, a mi regreso por la noche, la convencería para que volviese a Exeter. Estará mucho mejor en nuestro hogar, ocupándose de sus quehaceres, que aquí entre nosotros, sumida en la ignorancia, presa de sus conjeturas. Solo vi un instante al doctor Seward; le dije adónde iba, le prometí regresar lo antes posible y ponerles a todos al corriente de lo que averiguase. Al llegar a Walworth tuve alguna dificultad para localizar Potter's Court. La ortografía de Smollet me indujo a equivocarme de calle. Sin embargo, una vez la encontré me dirigí sin vacilación a la casa de huéspedes Corcoran. Al hombre que abrió la puerta, le pregunté por el delegado.

—No sé quién es —meneó la cabeza—. Aquí no hay ningún delegado.

Saqué la carta de Smollet y, mientras la leía, comprendí que, tal como me había ocurrido con las señas, esta vez podía tratarse también de un error ortográfico.

—¿Quién es usted? —pregunté.

—El encargado —respondió.

Comprendí al momento que me hallaba en la buena pista.

Media corona bastó para enterarme de todo lo que sabía el encargado. Así supe que Bloxam, ya repuesto de una borrachera fenomenal, se había marchado a las cinco de la mañana a Poplar, donde trabajaba en ese momento. El encargado no pudo indicarme con exactitud la ubicación del almacén, aunque lo describió vagamente como «muy nuevo y moderno». Me puse en ruta hacia Poplar. Hacia mediodía logré enterarme del lugar aproximado donde estaba el almacén. Fue en una taberna, y el obrero que me dio las señas solo aludió a un «edificio nuevo, de reciente construcción». Fui hacia allí al momento. Una breve charla con el conserje, hombre de mal humor perenne, después con un contramaestre, de peor humor todavía, y por fin estuve sobre las huellas de Bloxam. Lo fueron a buscar cuando declaré que estaba dispuesto a abonarle el salario de un día al contramaestre si me permitía interrogar a su empleado respecto a un asunto que me interesaba personalmente. Bloxam es un tipo de aspecto rudo y franco. Cuando le prometí pagarle los informes que le pedía y tuvo pruebas de mis buenas intenciones, me contó que había efectuado, entre Carfax y cierta casa de Piccadilly, dos trayectos para trasladar nueve grandes cajas «muy pesadas» en un carromato tirado por un caballo alquilado con ese fin. Le pregunté si recordaba el número de la casa en Piccadilly.

—Bueno, caballero, olvidé el número, pero sé que solo hay una o dos casas más entre el edificio adonde llevé las cajas y una gran iglesia blanca… o algo que parece una iglesia… de aspecto bastante moderno. Se trata de una casa llena de polvo, aunque no tiene tanto como la de Carfax.

—¿Cómo entró usted en ambas mansiones si las dos estaban deshabitadas?

—El viejo que me contrató me esperaba en la casa de Purfleet. Me ayudó a levantar las cajas y a colocarlas en el carro. ¡Maldita sea! Es el viejo más fuerte que haya visto jamás, a pesar de su blanco bigote y su delgadez.

Me estremecí.

—Oh, sí, cogía las cajas como si fuesen paquetitos de té, mientras que yo jadeaba y bufaba... Y sin embargo, no soy ninguna señoritinga, que yo sepa.

—¿Cómo entró usted en la casa de Piccadilly? —insistí.

—Él también estaba allí. Debió de desplazarse en una gran velocidad, puesto que cuando llamé me abrió él en persona. Luego me ayudó a trasladar las cajas al corredor.

—¿Las nueve?

—Las nueve. Cinco en el primer viaje y cuatro en el segundo. ¡Vaya trabajo! ¡La sed que me dio! Aún no sé cómo llegué a mi casa.

—¿Dejó las cajas en el vestíbulo?

—Sí. Allí no había ningún mueble.

—¿No tenía usted una llave?

—No. El viejo abrió la puerta y volvió a cerrarla cuando me marché. Bueno, la última vez apenas recuerdo nada a causa de la cerveza...

—¿No se acuerda del número de la casa?

—No, pero la hallará fácilmente. Es un edificio alto, con fachada de piedra, una vidriera y un porche. Recuerdo el porche porque tuve que subir sus peldaños cargando las cajas a lomos, ayudado por tres mirones que acudieron con la esperanza de una generosa propina. El viejo les entregó unos chelines, y como se negaban a marcharse, agarró a uno por el hombro y lo amenazó con arrojarlo escalera abajo. Luego, huyeron todos.

Pensando que gracias a esta descripción reconocería la casa con facilidad, me dirigí a Piccadilly. Entre otras cosas, acababa de enterarme de un hecho desconcertante: el conde podía levantar por sí solo las cajas llenas de tierra. Por consiguiente, cada minuto era muy valioso. Puesto que ahora que las tenía repartidas en varios lugares, podía terminar la distribución final sin ayuda.

Descendí del taxi en Piccadilly Circus, y me dirigí hacia la parte oeste del distrito. Acababa de pasar por delante del club Junior

Constitutional cuando divisé la casa en cuestión. Sí, sin duda alguna se trataba de uno de los refugios de Drácula. La mansión parecía estar deshabitada desde largo tiempo atrás. Tenía los postigos abiertos, pero una espesa capa de polvo recubría las ventanas. El tiempo había ennegrecido todo el maderamen, y apenas había trazas de pintura en los adornos de hierro de los balcones. Al parecer, hasta poco antes había un cartel en un balcón, si bien alguien lo había arrancado de cualquier manera, dejando los cordeles que lo ataban a la balaustrada. Habría dado cualquier cosa por poderlo ver, puesto que así me habría enterado del nombre del propietario de la casa. Me acordé de la forma en que me había enterado de todo lo relativo a Carfax, y pensé que de saber el nombre de ese otro propietario podría entrar en la mansión.

De nada servía quedarme en Piccadilly. Rodeé la casa, pues era posible que por el otro lado viese algo interesante. En los establos había mucha animación. Hallé a un par de palafreneros, y les pregunté qué sabían de la casa vacía. Uno de ellos me contestó que acababa de ser adquirida, aunque ignoraba por quién. Añadió que un par de días antes todavía se veía en un balcón un cartel declarando que la casa estaba en venta, por lo que si yo me dirigía a la inmobiliaria Mitchell, Hijos y Candy, tal vez obtendría la información que deseaba.

No queriendo parecer excesivamente interesado en el asunto, me contenté con estos datos, di las gracias a mi informador y me alejé de allí. Como era ya tarde, no quise perder tiempo, y tras averiguar la dirección de la inmobiliaria, enseguida llegué a su oficina de Sackville Street.

El caballero que me recibió se mostró sumamente amable, aunque bastante lacónico. Me manifestó que la casa ya estaba vendida, por lo que consideró terminada la entrevista. Cuando le pregunté quién la había adquirido abrió unos ojos como platos, y me espetó con sequedad:

—Está vendida, caballero.

—Le ruego que me perdone —persistí cortésmente—, pero si deseo saber quién se ha quedado con la casa es porque, se lo aseguro, tengo buenas razones para ello.

Hubo una pausa más larga que antes, y por fin:

—La casa está vendida —repitió el empleado.

—Pero —repliqué— supongo que no le será difícil darme algunos detalles sobre el particular.

—Imposible, caballero. En Mitchell, Hijos y Candy las relaciones de la empresa con sus clientes son absolutamente confidenciales.

—Sus clientes pueden estar contentos por tener unos guardianes de sus confidencias tan firmes. Yo también pertenezco a la profesión —le entregué mi tarjeta—, y créame que no le hago estas preguntas por simple curiosidad. Vengo de parte de lord Godalming, y desearía algunos informes respecto a esa propiedad que, aún hace tan poco tiempo, estaba en venta.

Mis palabras cambiaron un poco el asunto.

—Señor Harker, le aseguro que si en mi mano estuviese le complacería gustosamente. En realidad, lord Godalming fue cliente nuestro en una ocasión, cuando todavía era solamente el honorable Arthur Holmwood. Si quiere usted darme la dirección de lord Godalming, consultaré el caso con la dirección y, sea cual sea la decisión, se la comunicaré a su señoría. Me sentiré muy dichoso de poder servirle, se lo aseguro.

Como necesitaba asegurarme un amigo y no crearme un enemigo, le agradecí su amabilidad y le di la dirección del doctor Seward, tras lo cual me marché. Era ya de noche, estaba agotado y tenía hambre. Tomé una taza de té antes de regresar a Purfleet en el primer tren.

Encontré a todos los demás en casa. Mina, muy pálida, se veía muy cansada, aunque hizo un visible esfuerzo por mostrarse animada. Me desgarraba el corazón tener que ocultarle información y que ello hiciera que su inquietud fuera en aumento. Gracias a Dios, es la última noche que asiste a nuestras reuniones con ese sentimiento, sin duda muy amargo, de no gozar ya de nuestra confianza. Por mi parte, necesitaré todo mi valor para llevar a buen término mi prudente resolución. Sin embargo, mi mujer acepta esta situación sin quejarse. ¿O será que todo el asunto le resulta repugnante? Cuando hacemos la mínima alusión al mismo se estremece visiblemente. Por suerte, tomamos nuestra decisión a tiempo, pues nuestros progresivos descubrimientos habrían acabado por ser una verdadera tortura para ella.

Tenía que esperar a estar a solas con el doctor Seward y los otros para notificarles todo lo que había averiguado. Así que después de cenar, y tras haber escuchado un poco de música para guardar las apariencias, incluso entre nosotros mismos, subí con Mina, y la ayudé a acostarse. Se comportó con más ternura que nunca, y me abrazó muy fuerte, como para impedirme que la dejara sola nuevamente; pero yo tenía que contar muchas cosas a mis amigos y no tuve más remedio que marcharme. ¡Gracias a Dios, a pesar del silencio que existe entre ambos respecto a ciertos temas, no ha cambiado nada en nuestras relaciones!

Cuando bajé, el doctor Seward y los demás estaban reunidos en torno al fuego, en el despacho del doctor. Les leí las páginas de mi diario redactadas en el tren donde relataba todo lo que había averiguado durante el día.

—Es un descubrimiento muy importante, amigo Jonathan —declaró Van Helsing cuando terminé—. Indudablemente, hallaremos todas las cajas. Si están en esa mansión de Piccadilly, nuestra tarea casi ha terminado. Por otra parte, si aún faltan algunas, tendremos que buscarlas y encontrarlas, a toda costa. Entonces, solo nos quedará asestar el golpe final y darle a ese monstruo la verdadera muerte.

Guardamos silencio un momento y de repente, Quincey preguntó:

—¿Cómo entraremos en esa casa?

—¡Como entramos en la otra! —replicó vivamente Arthur.

—Caramba, Arthur, no es lo mismo. En Carfax entramos descerrajando la puerta, y nos protegía la noche y el jardín. En cambio, nos costará mucho más entrar en una casa situada en pleno Piccadilly, de noche o de día. No sé cómo lo conseguiremos, a menos que el empleado de la firma Mitchell, Hijos y Candy nos procure una llave. Claro que tanto sobre esto como sobre otras cosas sabremos algo mañana, cuando tú recibas su carta.

Con el entrecejo fruncido, Arthur se levantó y empezó a pasearse por la estancia. De pronto se detuvo, y se volvió hacia nosotros.

—Quincey tiene razón. Este asunto del allanamiento se está poniendo serio; ya nos fue bien una vez, pero ahora nos enfrentamos con una dificultad auténtica, a menos que, de una forma o de otra, consigamos las llaves del conde.

Como no podíamos resolver nada hasta recibir la carta al día siguiente y lo más prudente era esperar, decidimos no tomar ninguna resolución hasta la hora del desayuno. Ahora he aprovechado este respiro para registrar en mi diario los últimos acontecimientos del día. Oh, estoy agotado y voy a acostarme.

Ah, sí, algo más aún. Mina duerme profundamente y su respiración es regular. Su frente muestra algunas arrugas, como si hasta en sueños la persiguiese su inquietud. Sigue muy pálida, aunque parece encontrarse mejor que esta mañana. Espero que mañana se ponga bien por completo cuando esté ya en nuestro hogar, en Exeter. ¡Oh, qué sueño tengo!

DIARIO DEL DOCTOR SEWARD

1 de octubre. De nuevo no sé qué pensar respecto a Renfield. Cambia de humor a cada instante, y apenas tengo tiempo de estudiar sus reacciones.

Esta mañana, cuando fui a verle, después de haber acogido tan mal al profesor, mostró el comportamiento del hombre que es dueño de su destino. En realidad, lo es, aunque subjetivamente. No se ocupa mucho de las cosas terrenas; vive en las nubes, y desde allá arriba nos juzga a nosotros, pobres mortales. Me propuse aprovechar la primera ocasión para enterarme de algo.

—¿Qué opina hoy de las moscas? —le pregunté.

Sonrió, contemplándome con ínfulas de superioridad, con una sonrisa digna de Malvolio, y contestó:

—La mosca, mi querido señor, posee una característica sorprendente: sus alas representan idealmente el poder aéreo de sus facultades psíquicas. Los antiguos tenían razón cuando representaban el alma humana en forma de mariposa.

Quise obligarle a continuar desarrollando una analogía tan brillantemente iniciada, por lo que repliqué vivamente:

—Ah, ¿entonces busca ahora un alma?

Su locura prevaleció sobre su razón, y leí en su semblante una gran perplejidad, al tiempo que sacudía la cabeza con una decisión rara en él.

—¡No, no, no! ¡No se trata de un alma! ¡Yo solo busco la vida! —Sus rasgos se distendieron una vez más antes de proseguir—: Además, por ahora me da igual. La vida es perfecta, y tengo cuanto deseo. Necesitará un nuevo paciente, doctor, si desea estudiar zoofagia.

—Bien, usted dispone de la vida. ¿Se cree un dios?

Nuevamente sonrió con superioridad.

—Oh, no, lejos de mí la idea de atribuirme la divinidad. Ni siquiera pienso discutir la espiritualidad del Señor. Si tengo que definir mi posición intelectual, diré que solo me ocupo de cosas terrenas, tal como Enoch se ocupaba del plano espiritual.

Esto me resultó muy confuso. Por el momento, no conseguí recordar el papel exacto de Enoch. Por tanto, me vi obligado a formular una pregunta, aun a sabiendas de que podía rebajarme a sus ojos.

—¿Enoch? ¿Por qué?

—Porque caminó con Dios.

No capté la analogía, pero no quise admitirlo. Preferí volver al tema anterior.

—Bien, de manera que usted se ocupa poco de la vida y nada del alma. ¿Por qué?

Hice la pregunta con un tono brusco para intimidarle. Lo conseguí ya que, por un momento, recobró su actitud humilde, se inclinó ante mí y contestó en un balbuceo:

—No, no me ocupo en absoluto del alma, esta es la pura verdad. No me serviría de nada un alma. No podría comérmela ni…

Calló, y de repente una expresión maliciosa volvió a su semblante.

—En cuanto a la vida, doctor, ¿qué es, al fin y al cabo? Cuando se goza de todo cuanto es preciso para vivir, cuando nada falta, ¿qué más cabe esperar? Yo tengo amigos, amigos tan excelentes como usted, doctor —al decir esto me miró de soslayo—, y sé que nada me faltará para vivir.

Creo que a pesar de la confusión de su espíritu, comprendió que no aprobaba su conducta; se refugió en un silencio obstinado, que es lo que siempre acaban haciendo tales enfermos. Convencido de que era inútil continuar la entrevista, salí de su habitación.

Un poco más tarde, vinieron a comunicarme que Renfield me llamaba. Solo le visito cuando tengo para ello un motivo determinado, pero, como me interesa mucho su caso, no quise rehusar su petición. Además, ¿en qué otra cosa podía pasar yo el tiempo? Jonathan ha salido, igual que Quincey y Arthur, y el profesor Van Helsing se halla en mi despacho estudiando una vez más los diarios de los Harker. Supongo que espera hallar alguna pista y no desea verse distraído en su labor, a menos que sea por algo muy grave. A decir verdad, me habría gustado que me acompañara a la celda de Renfield, aunque quizá se habría negado después de su última visita. Por otra parte, temí que Renfield se negase a hablar en presencia de un tercero. Lo encontré sentado en medio de la habitación, sobre su taburete, lo que en general indica su gran actividad mental. Apenas entré, me formuló una pregunta que, al parecer, tenía ya anticipadamente en sus labios:

—¿Qué opina usted del alma?

No me había equivocado: la cerebración inconsciente realizando su labor, incluso con un demente. No obstante, quise asegurarme.

—Y usted, ¿qué piensa?

Estuvo un momento callado, mirando a su alrededor, primero al techo, luego a las paredes, como si pidiese inspiración para responder.

—¡Yo no quiero ninguna alma! —contestó finalmente, con dulzura, como deseando disculparse por su respuesta.

Tuve la impresión de que se trataba de una idea fija y decidí servirme de ella, y «ser cruel solo para ser bueno».

—Usted ama la vida y quiere la vida, ¿verdad?

—¡Oh, sí, exactamente! ¡La vida es lo único que necesitamos!

—Pero ¿cómo obtener la vida sin conseguir también el alma? —Como esta pregunta le aturdió, continué—: Le deseo una buena diversión cuando usted se vaya de aquí, con las almas de los millares de moscas, arañas, pájaros y gatos, saltando, maullando y piando a su alrededor. Usted les tomó la vida, y ahora tiene que aceptar sus almas.

Algo cruzó por su cerebro, pues se tapó las orejas y cerró los ojos, con la misma fuerza del niño al que enjabonan la cara. Me sentí profundamente emocionado, y con este sentimiento se mezclaba la idea de tener ante mí a un niño; sí, un niño aunque sus rasgos fuesen los de un anciano, y su barba de tres días blanquease. Sin duda alguna, en aquel momento estaba hondamente perturbado, y sabiendo que en sus anteriores crisis había interpretado ciertas cosas que, al menos en apariencia, no le atañían, juzgué prudente penetrar en su mente todo lo que pudiera y dejarme llevar por él. Ante todo, era preciso devolverle la confianza en sí mismo. Así pues, le pregunté, hablando alto para que me oyese, a pesar de que todavía tenía tapadas las orejas:

—¿Quiere un poco de azúcar para cazar moscas?

—Oh, las moscas —contestó riendo y meneando la cabeza—, solo unos pequeños insectos. Pero —añadió tras una ligera pausa— no deseo que sus almas zumben a mi alrededor.

—¿Y las arañas?

—¡Me importan un comino las arañas! ¿De qué sirven? No tienen nada para comer ni… —Calló, recordando súbitamente que no debía tocar ese tema.

«Vaya, vaya —pensé—, es ya la segunda vez que calla antes de pronunciar la palabra "beber". ¿Por qué?»

Sin duda, también él se dio cuenta de su error y continuó hablando apresuradamente, para distraer mi atención:

—Todo esto ya no me interesa en absoluto: las ratas, los ratones y esos pequeños animales, como los llama Shakespeare, no son sino alimento de gallinas. Para mí, esas tonterías han terminado. Antes lograría convencer a un hombre para que comiera moléculas con palillos que conseguir interesarme en esos carnívoros inferiores, ahora que sé lo que me espera.

—Entiendo. Lo que usted quiere son animales a los que clavar una buena dentellada. ¿Le gustaría desayunar un elefante?

—Acaba usted de decir una necedad ridícula.

—¿Cómo será el alma de un elefante?

Obtuve el efecto deseado, ya que inmediatamente abandonó su actitud de superioridad y volvió a parecerse a un niño.

—¡No quiero el alma de ningún elefante! —chilló—. ¡No quiero ninguna alma!

Se quedó inmóvil un instante, silencioso y desanimado. Bruscamente, apartó de sí el taburete, y de pie, con las pupilas centelleantes, se mostró visiblemente exaltado.

—¡Váyase al diablo, usted con sus almas! —gritó—. ¿Por qué me atormenta hablándome de almas? ¿No hay ya bastantes cosas que me contrarían, que me torturan, sin que tenga que pensar en las almas?

Estaba tan furioso que temí que se abalanzase sobre mí, dispuesto a matarme. Por tanto, cogí el silbato para llamar a los celadores. Pero se calmó al punto y se disculpó:

—Perdone, doctor, me olvidé. No llame a nadie, es inútil. Hay tantas cosas que me preocupan que me irrito por nada. Si usted conociera el problema que debo resolver, se apiadaría de mí y perdonaría mis brusquedades. ¡Oh, le suplico que no me ponga la camisa de fuerza! Necesito reflexionar, y si tengo mi cuerpo prisionero no puedo hacerlo libremente. Sí, estoy seguro de que usted lo comprende, doctor.

En aquel momento era completamente dueño de sí, y cuando llegaron los celadores les ordené retirarse. Renfield les observó mientras salían de la celda y, cuando se hubo cerrado de nuevo la puerta, me dijo con semblante dulce y grave a la vez:

—Se comporta usted con grandes miramientos conmigo, doctor, y crea que se lo agradezco de veras.

Creí que era mejor dejarle en tan buena disposición de ánimo, y me marché. El caso de Renfield merece un estudio muy atento. Algunos puntos del mismo podrían constituir lo que los periodistas americanos denominan «una historia», si fuese posible considerarlos en el orden adecuado. Veámoslos:

No pronuncia nunca el verbo «beber».

Se estremece ante la sola idea de estar rodeado de almas, de cualquier clase.

No teme que le falte lo que él llama su «sustento vital».

Desdeña cualquier forma de vida inferior, «los pequeños animales», aunque tema verse acosado por sus almas.

Lógicamente, esto debería significar que tiene la certidumbre de que un día alcanzará una vida superior. Pero teme las consecuencias: el peso de un alma. ¡Por tanto, es una vida humana lo que desea!

¿Y la certidumbre?

¡Dios misericordioso! El conde lo ha atrapado. ¿Qué nuevo horror nos aguarda aún?

Más tarde. He puesto a Van Helsing al corriente de mis sospechas. También se ha mostrado meditabundo y, tras un momento de reflexión, me ha pedido que lo condujese a la habitación de Renfield. Al aproximarnos a su puerta, le oímos cantar alegremente, como solía hacer en otros tiempos, que ahora me parecen ya muy lejanos. Una vez dentro, vimos con suma extrañeza que había vuelto a esparcir azúcar por el antepecho de la ventana. Las moscas, menos numerosas en otoño, empezaban ya a zumbar por la habitación. Quisimos obligarle a reanudar la conversación anterior, pero fue en vano; continuó canturreando como si no nos viese. Tenía en la mano un pedazo de papel que dobló en varias partes y deslizó luego dentro de su libreta. Cuando salimos éramos tan ignorantes como cuando llegamos.

Esta noche estamos decididos a observar su comportamiento.

CARTA DE MITCHELL, HIJOS Y CANDY A LORD GODALMING

1 de octubre

Milord:

Nos complace poder prestarle ese servicio. Tenemos el honor de manifestarle a su señoría, según el deseo formulado por el señor Harker, los datos relativos a la venta y compra del inmueble situado en el número 347 de Piccadilly. Esta propiedad fue vendida por los ejecutores testamentarios del difunto Archibald Winter-Suffield a un caballero extranjero, el conde de Ville, que efectuó la adquisición personalmente, pagando al contado, si su señoría nos permite emplear una expresión tan vulgar. Aparte de esto, no sabemos absolutamente nada más de ese extranjero.

Como siempre, somos los más humildes servidores de su señoría,

Mitchell, hijos y Candy

DIARIO DEL DOCTOR SEWARD

2 de octubre. Ayer por la noche le di orden a un celador de quedarse en el corredor detrás de la puerta de Renfield. Si oía, si observaba algo inusitado, debía avisarme al momento. Después de cenar, cuando estuvimos todos reunidos en torno al fuego, en mi despacho (la señora Harker ya se había acostado), cada cual contó las experiencias del día, y los descubrimientos que había hecho. La verdad es que solo Jonathan había conseguido algún resultado, y todos estuvimos convencidos de que era de suma importancia.

Antes de meterme en la cama, fui a ver al celador. Yo mismo atisbé por la mirilla de la puerta: Renfield dormía profundamente y su respiración era regular.

Pero esta mañana el celador me ha contado que, algo después de medianoche, el paciente empezó a agitarse y se puso a rezar sus oraciones en voz alta. Cuando le pregunté si tenía alguna otra novedad, me contestó que no había oído nada más. Temí que se hubiera dormido y se lo dije sin ambages; lo negó, aunque después reconoció haberse «amodorrado» un poco. Para confiar por completo en otra persona es preciso vigilarla sin cesar.

Jonathan se ha marchado hoy para seguir la pista que descubrió ayer, en tanto que Arthur y Quincey han ido a buscar caballos. Arthur cree que los necesitaremos, porque cuando tengamos en nuestro poder los informes que esperamos no podremos perder un solo instante. Entre el amanecer y la puesta del sol tendremos que tornar ineficaz la tierra que contienen las cajas; de esta forma, podremos capturar al conde cuando se halle sin refugio y sin poder. Van Helsing se ha marchado al Museo Británico para consultar unas obras antiguas de medicina. Los médicos del pasado tenían en cuenta ciertas cosas que hoy día no se admiten, por lo que el profesor quiere descubrir algunos remedios contra la hechicería y los demonios que, tal vez, más tarde nos sean útiles.

A veces pienso que todos estamos locos y que cuando recobremos la razón nos encontraremos dentro de una camisa de fuerza.

Más tarde. Estamos reunidos de nuevo. Decididamente, la pista es buena y tal vez mañana se iniciará el principio del fin. Quizá el apaciguamiento de Renfield esté relacionado con esta situación. Su contradictoria conducta siempre ha estado estrechamente ligada a los movimientos del conde, y es posible que ahora tenga conciencia del próximo fin de ese monstruo. Si pudiéramos, por lo menos, saber lo que pasó en su espíritu entre el momento de mi discusión con él y aquel en que volvió de nuevo a atrapar moscas, quizá esto nos pondría en el buen camino. Por ahora está tranquilo. Aparentemente... Oigo gritos... ¿qué habrá pasado en su habitación?

El celador ha venido a mi despacho para comunicarme que Renfield ha sido víctima de un accidente. Le oyó gritar, y al entrar en su habitación lo halló tendido en tierra, boca abajo, y enteramente cubierto de sangre. Corro hacia allí inmediatamente.

21

DIARIO DEL DOCTOR SEWARD

3 de octubre. ¡Ojalá pueda relatar todo lo ocurrido, al menos lo que recuerdo, desde que narré los últimos acontecimientos! No debo omitir nada en absoluto.

Cuando entré en la celda de Renfield, seguía tendido en el suelo, ligeramente apoyado sobre el costado izquierdo, en medio de un charco de sangre. Quise levantarle y al momento vi que estaba gravemente herido, particularmente en la cara, de donde procedía la sangre que le cubría. Parecía haber golpeado su rostro repetidas veces contra el suelo. El celador, arrodillado a su lado, me puso al corriente de lo sucedido, mientras ambos tratábamos de poner al herido boca arriba.

—Creo que tiene rota la columna vertebral. Fíjese, doctor, hay parálisis en el brazo derecho, la pierna derecha y el lado derecho de la cara.

El celador ignoraba de qué forma se había producido el accidente.

—No me explico ni una cosa ni otra —declaró enarcando las cejas—. Sí, pudo herirse la cara golpeándose la cabeza contra el suelo. Un día, en el asilo de Eversfield, vi a una joven obrar de esta forma antes de que pudieran sujetarla. También pudo romperse el cuello cayéndose de la cama, si hizo un movimiento falso. Pero que se haya herido el rostro y la espalda a la vez, no lo entiendo. Con la espalda partida le era imposible golpearse la cabeza contra el suelo; y, de tener herida ya la cara antes de caer del camastro, habría sangre en las sábanas y la almohada.

—Vaya a buscar al profesor Van Helsing y ruéguele de mi parte que venga aquí inmediatamente. Necesito verle al momento.

El celador se marchó a la carrera y unos minutos más tarde apareció el profesor en batín y zapatillas. Vio a Renfield en el suelo y lo contempló un par de segundos con gran atención; luego, se volvió hacia mí. Creo que me leyó el pensamiento, pues dijo muy tranquilo, seguramente a causa del celador que nos escuchaba:

—¡Es un desdichado accidente! Habrá que vigilarle constantemente, y no dejarlo solo. Yo mismo me quedaré junto a él. Pero antes debo vestirme. Si se quedan ustedes aquí, volveré enseguida.

El paciente había empezado a respirar de forma estentórea, y estaba claro que había sufrido un gran daño. Van Helsing regresó casi al momento, con sus instrumentos quirúrgicos. Por lo visto, había llegado a una decisión pues, antes de mirar al enfermo, me susurró al oído:

—Que salga el celador. Cuando recobre el conocimiento, debemos estar a solas con Renfield después de la operación.

—Gracias, Simmons —le dije al celador—. Ya hemos hecho todo lo que podíamos. Ahora, solo cabe esperar. El profesor Van Helsing efectuará una operación. Vaya usted a vigilar a los otros pacientes. Si ocurre algo fuera de lo corriente, avíseme de inmediato.

El celador se marchó y nosotros procedimos a realizar un minucioso examen del enfermo. Las heridas del rostro eran superficiales. Más grave era la fractura del cráneo, que alcanzaba casi a toda la zona motriz. El profesor reflexionó un momento.

—Hemos de lograr que descienda la tensión arterial —dijo al fin—, y dejarla en condiciones normales, a ser posible; la rapidez de la afluencia de la sangre demuestra hasta qué punto es inquietante el caso; el cerebro quedará afectado, de modo que tenemos que trepanar inmediatamente, o pronto será demasiado tarde.

En aquel momento llamaron a la puerta. Abrí y en el umbral aparecieron Arthur y Quincey, ambos en pijama y zapatillas.

—Oí que el celador llamaba al profesor —explicó Arthur—, y que mencionaba un accidente. Desperté a Quincey; mejor dicho, le llamé, puesto que no dormía. Los acontecimientos se suceden de un modo demasiado extraño, y demasiado rápido, para que podamos dormir profundamente. Bueno, supongo que mañana por la noche todo cambiará. Entonces, echaremos la vista atrás… y hasta un poco más adelante de lo que hemos hecho hasta ahora. ¿Podemos entrar?

Mantuve la puerta abierta hasta que estuvieron dentro de la habitación y cerré. Cuando Quincey vio a Renfield y el charco de sangre, preguntó con un simple murmullo, bastante asustado:

—Dios mío, ¿qué le ha ocurrido a este desdichado?

Les puse a él y a Arthur al corriente del suceso, añadiendo que esperábamos que después de la operación recobraría el conocimiento por unos momentos, al menos. Quincey se acomodó al borde del camastro, y a su lado se sentó Arthur. Inmóviles, en silencio, ambos jóvenes se dedicaron a contemplar al herido.

—Hemos de aguardar un poco —anunció Van Helsing—; he de estudiar el punto exacto donde debo operar y hacer desaparecer el coágulo de sangre, pues es evidente que la hemorragia va en aumento.

Los minutos transcurrieron con una espantosa lentitud. Mi corazón palpitaba intensamente, y por la expresión de Van Helsing comprendía lo que se avecinaba. Yo temía las revelaciones de Renfield. No me atrevía a pensar en ello. La respiración del herido era entrecortada, y a cada instante daba la impresión de que iba a abrir los ojos y empezar a hablar, pero luego su respiración se volvía de nuevo estentórea y después caía en una inconsciencia total. Por muy acostumbrado que yo estuviese a hallarme a la cabecera de un moribundo, aquella espera angustiosa me resultó insoportable. Oía los latidos de mi corazón, y la sangre afluía a mis sienes sonando en mi interior como los golpes de un martillo. Contemplé a mis compañeros y adiviné, por sus semblantes lívidos y sus frentes perladas de sudor, que padecían el mismo suplicio. Era evidente que la muerte podía sobrevenirle de un momento a otro. Me volví hacia el profesor y ambos nos quedamos mirándonos un momento.

—No hay que perder ni un minuto —murmuró—. Lo que este hombre nos revele puede salvar muchas vidas. Tal vez, incluso, signifique la salvación de más de un alma. Le trepanaré por debajo de la oreja.

Sin más, empezó a operar. Durante unos instantes, el herido siguió respirando estentóreamente. Después, el paciente sufrió un estertor tan prolongado que creímos que se le desgarraba el pecho. De pronto, abrió los ojos… unos ojos extraviados; sin embargo, no tardamos en ver en su semblante una expresión sorprendida y dichosa, y una sonrisa de alivio entreabrió sus labios. En cuanto empezó a hablar sufrió unos movimientos convulsivos.

—Estoy sereno, doctor. Dígales que me quiten la camisa de fuerza. Tuve un sueño espantoso que me ha dejado totalmente agotado y no puedo moverme. ¿Qué me pasa en la cara? Creo que la tengo hinchada y me duele mucho…

Quiso girar la cabeza, pero no pudo; su mirada se tornó fija y vidriosa. Le incorporé suavemente.

—Cuéntenos su sueño, señor Renfield —le pidió Van Helsing con gravedad.

Cuando reconoció la voz del profesor, el rostro del herido, a pesar de su palidez, se tornó radiante.

—¡Ah, doctor Van Helsing! ¡Qué amable de haber venido! Por favor, deme un poco de agua… tengo los labios muy resecos. Luego, intentaré contarles… Sí, he soñado…

Calló de repente, presto a desmayarse.

—¡Pronto —le pedí a Quincey—, el coñac! ¡En mi despacho!

Regresó casi al momento con un vaso, la botella de coñac y una jarra de agua. Le humedecimos los resecos labios, y Renfield volvió en sí. Pero sin duda su pobre cerebro había trabajado en aquel intervalo, ya que al recobrar el conocimiento se volvió hacia mí con una mirada penetrante, pero tan triste que jamás la olvidaré.

—No debo hacerme ilusiones… No fue un sueño… ¡fue una espantosa realidad!

Paseó la mirada por la habitación y finalmente la posó en los dos jóvenes sentados al borde de la cama.

—Si aún lo dudase —añadió—, su presencia me confirmaría esta horrenda realidad.

Cerró un instante los ojos, no por el sufrimiento y la fatiga, sino para concentrarse. Cuando volvió a abrirlos, se apresuró a exclamar con más energía que antes:

—¡Deprisa, doctor, deprisa! Me estoy muriendo… Solo me quedan unos minutos… lo sé. Después… iré hacia la muerte… ¡o algo peor! Por favor, mójenme los labios con coñac. Tengo que declarar algo antes de morir, o antes de que mi pobre cerebro quede aniquilado… Gracias. Fue aquella noche, después de dejarme usted solo, doctor, después de que le implorara que me dejara salir de aquí… Entonces me estaba prohibido hablar, pero aparte de esta prohibición, estaba tan cuerdo como ahora. Después de irse usted, caí en la desesperación… creo que durante horas enteras. Luego, de repente, me calmé. Mi ánimo recobró su equilibrio, y comprendí dónde estaba. Oía a los perros ladrar detrás de nuestra casa, pero no donde estaba Él.

Mientras Renfield hablaba, Van Helsing le contemplaba atentamente sin traicionar sus pensamientos; sin embargo, en un momento dado, su mano buscó la mía y la apretó con fuerza.

—Siga, por favor —murmuró.

—Fue entonces —prosiguió Renfield— cuando él apareció por mi ventana, rodeado de bruma, como le había visto ya varias veces anteriormente; en aquella ocasión, no obstante, no era un fantasma y sus pupilas centelleaban con cólera. Sus rojos labios se abrieron y dejaron escapar una carcajada, y cuando se volvió hacia el lugar donde aullaban los perros sus afilados y puntiagudos dientes brillaron a la luz de la luna. Al principio, no le rogué que entrase, a pesar de saber que era esto lo que quería… siempre es esto lo que quiere. Entonces, empezó a hacerme promesas… no meras palabras, sino realizándolas al punto.

—¿Cómo? —inquirió el profesor.

—Lo que me prometía aparecía al instante; por ejemplo, cuando envió muchas moscas a mi habitación un día de sol; moscas enormes, de alas resplandecientes y azules, o por la noche, grandes polillas con calaveras y tibias cruzadas sobre sus espaldas.

Van Helsing le animó a seguir con un ademán, en tanto murmuraba a mi oído:

—La *Acherontia atropos* de la esfinge.

—Entonces comenzó a murmurar —siguió Renfield—: «¡Ratas, ratas, ratas, centenares, millares, millones de ratas… millones de vidas! Y perros para devorarlas y también gatos. ¡Todo vidas! Todo sangre roja, y muchos años de vida… No solo existen moscas en la Tierra». Me eché a reír, pues deseaba ver hasta dónde era capaz de llegar. Los perros volvieron a aullar, detrás de la arboleda, en su mansión. Me indicó con un ademán que me aproximara a la ventana, me levanté y fui hacia allí. Elevó las manos como convocando algo, sin pronunciar palabra. Por encima del césped se extendió una masa sombría, que se elevó hacia nosotros en forma de globo de fuego. Luego, él separó la niebla a ambos lados, y divisé millares de ratas, con sus ojillos rojos llameantes… como los de los perros, pero más pequeños. Volvió a levantar una mano y todas se detuvieron; tuve la impresión de que me decía: «Te entregaré todas estas vidas, y otras muchas, de mayor importancia, que serán tuyas a través de los siglos, si te postras ante mí y me adoras». Entonces, una nube roja, de color de la sangre, se formó ante mis ojos, y antes de tener conciencia de lo que hacía, abrí la ventana y exclamé: «¡Entra, Amo y Señor!». Las ratas desaparecieron, y él se deslizó por la ventana entreabierta, exactamente como se desliza a veces la luna por una abertura imperceptible, y se alzó ante mí en todo su esplendor.

La voz de Renfield se debilitaba por momentos; volví a mojarle los labios con coñac y reanudó su explicación; pero, arrastrado por sus recuerdos, apenas podía mantener la ilación de su relato. Quise obligarle a coger el hilo de su confesión, pero Van Helsing me murmuró:

—Déjale. No le interrumpas. No puede retroceder en sus recuerdos y tal vez no lográsemos enterarnos de lo más importante.

—Aguardé el día entero, pero Él no me envió nada… ni siquiera una mosca, y cuando se alzó la luna me enfurecí contra él. Cuando, sin llamar ya, se deslizó por la ventana, a pesar de estar cerrada, la cólera inundó mi espíritu. Se echó a reír, al tiempo que le relucían los ojos. Era como si estuviese en su casa y yo ya no existiese para él. Cuando pasó por mi lado, su olor era diferente del ordinario en él. No pude retenerle; me pareció que, en aquel momento la señora Harker había entrado en la habitación.

Arthur y Quincey saltaron de la cama y se colocaron detrás de Renfield, de modo que este no podía verles; sin embargo, ambos jóvenes le oían mejor. Estaban rígidos. El profesor, terriblemente inquieto, aguardaba escuchar el resto del relato, esforzándose por aparentar serenidad.

—Cuando la señora Harker me visitó por la tarde, no era ya la misma. Ni siquiera la reconocí hasta que habló. No, no parecía la misma. A mí no me gusta la gente pálida; prefiero la que tiene color de sangre, y ella parecía haberla perdido toda. Esto no me extrañó de momento, pero cuando se marchó me puse a meditar, y al pensar que Él le había succionado la vida, casi enloquecí. Por tanto, cuando vino esta noche, estaba ya preparado. Vi aproximarse la niebla y cuando entró en mi habitación me eché encima de ella dispuesto a destruirla. Creo que los locos poseen una fuerza sobrenatural y, como yo estoy loco, al menos en ciertos momentos, decidí emplear mis energías. Y él lo presintió, puesto que salió de la neblina para luchar conmigo. Resistí y pensé que iba a vencerle, ya que por nada del mundo podía consentir que volviese a atacar a esa pobre joven, cuando mi mirada tropezó con sus ojos. Sus rayos quemaron algo de mi interior, perdí las fuerzas, y mi sangre se tornó agua. Se me escapó, y cuando traté de asirle nuevamente, me levantó y me arrojó al suelo. Ante mí se formó una nube roja, oí una especie de trueno y la bruma comenzó a disiparse y a desaparecer por debajo de la puerta. —Su voz se iba debilitando por momentos y su respiración era cada vez más penosa.

—Ahora ya sabemos lo principal, lo más terrible —suspiró Van Helsing. Luego, añadió—: Drácula está aquí, y conocemos sus propósitos. Tal vez no sea demasiado tarde. Nos armaremos como la otra noche, pero no perdamos tiempo.

Era inútil expresar con palabras nuestros temores; no, nuestra convicción: todos la compartíamos. Apresuradamente, fuimos a nuestras respectivas habitaciones a buscar los diversos artículos que nos habían servido para entrar en la mansión del conde. El profesor llevaba ya todo lo necesario cuando volvimos a encontrarnos en el vestíbulo.

—Estas armas no me abandonan jamás —explicó—, ni me abandonarán un solo instante hasta que esta horrorosa pesadilla haya terminado. Y ustedes, amigos míos, tengan prudencia. Puesto que, nuevamente, tenemos que enfrentarnos con un enemigo astuto y extraordinario. ¡Ay, cuánto debe de sufrir la pobre Mina!

Calló, con la voz quebrada. Por mi parte, no sé si era la cólera o el espanto lo que me invadía. Nos detuvimos delante del dormitorio de los Harker.

—¿La despertamos? —preguntó Quincey.

—Sí, es preciso —repuso Van Helsing—. Y si la puerta está cerrada con llave, la derribaremos.

—¿No se asustará? ¡Entrar de esta forma en la habitación de una señora…! —objetó Quincey con seriedad casi cómica.

—Sí, tiene usted razón, mi joven amigo, pero se trata de una cuestión de vida o muerte. Un médico puede entrar en todas partes, cuándo y cómo quiera; y aunque esto no fuera verdad, esta noche lo es para mí. Amigo John, me serviré de la ganzúa y, si la puerta no se abre, empujaremos todos con los hombros, ¡Vamos!

La puerta no cedió. Nos arrojamos literalmente contra la hoja de madera. Entonces se abrió con gran estrépito y estuvimos a punto de entrar en la habitación rodando por el suelo. El profesor cayó y, mientras se incorporaba apoyándose en las manos y las rodillas, miré por encima de él. Lo que vi me asustó hasta el punto de que se me pusieron los pelos de punta y mi corazón cesó de latir.

La luna brillaba de tal forma que, a pesar del grueso cortinaje que cubría la ventana, se distinguía perfectamente hasta el menor detalle del dormitorio. Jonathan Harker, tendido en la cama situada junto a la ventana, tenía el rostro purpúreo y respiraba trabajosamente, sumido en una especie de sopor. Arrodillada en la otra cama, la más cercana a nosotros, casi al borde, se veía una figura blanca, su esposa, y junto a ella se alzaba un individuo alto y flaco, ataviado de negro. Aunque su rostro quedaba oculto para nosotros, reconocimos al momento al fúnebre conde. Con su mano izquierda tenía cogidas las dos de Mina, apartándoselas hacia atrás; con la mano derecha le sujetaba la nuca y la obligaba a inclinar el rostro hacia su pecho. El blanco camisón de noche estaba manchado de sangre, y un hilillo de sangre resbalaba por el pecho del conde, que permanecía descubierto a través de su camisa desgarrada. La escena recordaba a un niño forzando a su gato favorito a meter el morro en un platito de leche para obligarlo a beber. Cuando irrumpimos en la habitación, el conde volvió la cabeza y su pálido semblante adquirió aquella apariencia diabólica descrita por Jonathan en su diario. Sus ojos centellearon de cólera; se ensancharon las ventanas de su aguileña nariz, y los dientes, blancos y puntiagudos, que aparecían tras los gruesos labios, rojos como sangre, parecían prestos a morder como los de una fiera. Con un movimiento lleno de violencia, arrojó a su víctima sobre la cama, dio media vuelta y saltó hacia nosotros. Pero el profesor, ya de pie, tendió hacia él el sobre que contenía la Sagrada Forma. El conde se paró en seco, lo mismo que Lucy a la puerta de su tumba, y retrocedió. De este modo, fue retrocediendo sin cesar, disminuyendo de tamaño, mientras nosotros, con los crucifijos en alto, avanzábamos hacia él. De pronto, una enorme nube cubrió la luna, y cuando Quincey encendió la luz solo divisamos una leve bruma que desapareció por debajo de la puerta, que se había cerrado con la fuerza de retroceso provocada por nuestra violenta entrada. Van Helsing, Arthur y yo nos aproximamos a la cama de Mina, que estaba recobrando el aliento y exhaló un grito tal de desesperación que yo creo que resonará en mis oídos hasta el día de mi muerte. Mina estuvo postrada unos minutos. Tenía muy mala cara, y su lividez era acentuada por la sangre que manchaba sus labios, barbilla y mejillas; en sus ojos había una expresión aterrada. Luego, se tapó la cara con ambas manos, que estaban magulladas por donde el conde las había apretado, y desde detrás de ellas surgió un débil y doloroso gemido, y comprendimos que el chillido anterior era solamente la expresión de su tremenda desesperación.

Van Helsing la tapó dulcemente con las sábanas, en tanto Arthur, tras haber contemplado su semblante breves momentos, se vio obligado a salir de la estancia, profundamente conmovido.

—Jonathan está sumido en un estado de sopor semejante al que, según afirman los libros antiguos, pueden crear los vampiros —murmuró Van Helsing—. No podemos ayudar a la desdichada Mina hasta que recobre el conocimiento; pero a él tenemos que despertarle.

Mojó una toalla en agua fría, y con ella rozó varias veces las mejillas de Jonathan, mientras su joven esposa seguía con el rostro entre las manos, sollozando quejumbrosamente. Descorrí la cortina y miré hacia fuera. La luna brillaba de nuevo. De repente vi a Quincey Morris atravesando el césped a la carrera para ir a ocultarse tras un grueso tejo. ¿Qué ocurría? No entendía nada. En aquel mismo instante oí gritar a Jonathan, que recobraba el conocimiento, y volví hacia su cama. En su rostro se retrataba la mayor de las extrañezas; aturdido, tardó varios segundos en comprender dónde estaba, y por fin se incorporó en su lecho rápidamente. Mina, a quien este brusco movimiento distrajo un instante de su pesar, se volvió hacia él, con los brazos extendidos, dispuesta a abrazarle; pero de pronto, los retiró, volvió a ocultar el semblante entre las manos y empezó a temblar.

—En nombre de Dios —exclamó Jonathan—, ¿qué significa esto? Doctor Seward, profesor… ¿qué ocurre? ¿Qué ha pasado? Mina, querida, ¿qué tienes? ¡Sangre, Dios mío! ¡Oh, Señor, ayúdanos, y sobre todo ayúdala a ella! ¡Oh, ayúdala! —imploró cayendo de rodillas en su lecho.

Luego, saltando de la cama, se vistió apresuradamente, dispuesto a actuar tal como exigía la situación.

—¿Qué ha sucedido? ¡Cuéntenmelo todo! Doctor Van Helsing, usted es amigo de Mina… ¡Sálvela, por favor! Usted puede salvarla, lo sé, si aún no es tarde. Quédese a su lado, mientras yo persigo a ese monstruo.

Mina, a pesar del estado en que se hallaba, comprendió el peligro que su marido estaba dispuesto a correr y, olvidando sus propios sufrimientos, le cogió una mano.

—¡No, no, Jonathan! ¡Por nada de este mundo puedes abandonarme esta noche! ¡Bastante he tenido ya que padecer! No podría soportar el temor de que te convirtieras en su víctima. ¡Quédate conmigo! ¡Quédate con estos amigos que velarán por nosotros!

Se excitaba con sus propias palabras. Él la escuchaba solo a medias. Mina lo atrajo hacia sí, obligándole a sentarse al borde de la cama.

Van Helsing y yo hicimos cuanto pudimos para calmarles. El profesor enseñó su crucecita de oro, diciendo con admirable ponderación:

—No teman nada, amigos míos; nosotros estamos aquí, y mientras esta cruz esté a nuestro lado, ningún mal puede ocurrirnos. Por esta noche, al menos, estamos a salvo. Conservemos la calma y reflexionemos sobre lo que podemos hacer.

Mina continuó temblando, pero calló, con la cabeza apoyada en el pecho de su esposo. Cuando la levantó, vi que sus labios habían manchado de sangre la camisa de Jonathan, sangre que también procedía de la herida que la joven tenía en el cuello. Cuando ella se dio cuenta de ello, retrocedió y exclamó con voz gimiente, entre ahogados sollozos:

—¡Oh, impura, soy impura! ¡Nunca más podré tocarte ni abrazarte! ¡Oh, pensar que soy yo tu peor enemigo, que es a mí a quien más debes temer!

—No, Mina —objetó él firmemente—. ¿Por qué hablas así? Oírte me avergüenza, y no quiero que vuelva a surgir este tema entre nosotros. Que el Señor me juzgue y me haga sufrir pruebas peores que las pasadas si, por mi culpa, algún malentendido nos separa algún día.

Acto seguido, la estrechó fuertemente entre sus brazos. Ella no se movió de allí durante unos instantes y siguió sollozando. Jonathan nos contemplaba por encima de la cabeza de la joven, con los ojos arrasados en lágrimas, la nariz palpitante y los labios apretados. Finalmente, los sollozos disminuyeron y entonces Jonathan dijo, tratando de hablar con tranquilidad, una falsa tranquilidad que ponía a prueba su resistencia:

—Bien, doctor Seward, cuénteme ahora lo que ha pasado. Cómo ha empezado todo, porque, por desgracia, ya sé el resultado.

Le puse al corriente de todos los detalles y me escuchó sin interrumpirme ni una sola vez. Pero cuando le describí cómo las implacables manos del conde mantenían a su víctima en tan innoble postura, con la boca pegada al cuello de Mina, su nariz volvió a palpitar furiosamente y sus ojos, inflamados por un deseo de venganza, centellearon dolorosamente. Sin embargo, ni un solo momento dejó de acariciar la suave cabellera de su joven esposa.

Cuando terminaba mi relato, Quincey y Arthur llamaron a la puerta. Al entrar ellos, Van Helsing me lanzó una mirada inquisitiva; comprendí que deseaba aprovechar la presencia de ambos jóvenes para distraer al matrimonio de sus lúgubres pensamientos; le indiqué que tenía razón, y entonces el profesor preguntó a los dos amigos dónde habían estado y qué habían hecho.

—No le he visto en ninguna parte, ni en el corredor ni en las demás habitaciones —respondió Arthur—. Incluso he ido al despacho, pero, si ha estado allí, ya había desaparecido. Sin embargo, debió de…

De pronto se interrumpió y dirigió su mirada a la pobre Mina, reclinada sobre la cama otra vez.

—¿Qué iba a decir, mi querido Arthur? —preguntó Van Helsing—. Siga, siga… Es preciso que lo sepamos absolutamente todo; esta es nuestra única esperanza de salvación.

—Sin duda, debió de entrar en el despacho, pues allí todo está desordenado. Todos los manuscritos han ardido, y todavía se veían unas llamitas azuladas entre las cenizas. Los cilindros del fonógrafo, John, también han sido arrojados al fuego, y la cera ha alimentado las llamas.

—¡Dios mío! —exclamé apenado—. ¡La otra copia, afortunadamente, está en la caja de caudales!

Una sonrisa de alivio iluminó el semblante del joven lord, pero volvió a ensombrecerse súbitamente.

—Bajé, pero no hallé ninguna huella del monstruo… Entré en la habitación de Renfield… nada allí, aparte de…

—¡Vamos, siga! —le apremió Jonathan con voz ahogada.

—Aparte de que el pobre loco ha muerto —murmuró bajando la cabeza y tras humedecerse los labios con la lengua para poder terminar la frase.

Mina irguió la cabeza y, tras mirarnos a todos, exclamó con gravedad:

—¡Hágase la voluntad de Dios!

Pensé que Arthur nos ocultaba algo; pero como presentí que lo hacía a propósito, no dije nada.

Van Helsing se volvió hacia Quincey.

—¿Y usted, qué nos cuenta?

—Muy poco —fue la respuesta—. Tal vez más adelante sepamos algo más… es posible. A mi entender, sería necesario saber adónde fue el conde al abandonar el sanatorio. Yo no le vi; solamente avisté un murciélago que salía volando por la ventana de la habitación de Renfield en dirección este. Esperaba verle regresar a Carfax; pero, evidentemente, fue a refugiarse a otra de sus guaridas. Ya no volverá esta noche; está amaneciendo. Mañana, no obstante, tenemos que actuar.

Pronunció las últimas palabras con los dientes apretados. Hubo un silencio de varios minutos, durante los cuales me pareció escuchar los latidos de los corazones de todos mis amigos. El profesor colocó dulcemente una mano sobre la cabeza de Mina y le dijo con voz sumamente bondadosa:

—Ahora, Mina, mi querida, nuestra querida Mina, cuente lo que le ha ocurrido. Ojalá pudiese ahorrarle esta penosa declaración, pero es indispensable que lo sepamos todo. Ahora más que nunca hemos de obrar con premura. Nos estamos acercando al final, y solo conociendo todos los detalles lograremos triunfar.

La joven se estremeció y, mientras se abrazaba con más fuerza a su marido, me di cuenta de lo nerviosa que estaba. Luego, de repente, levantó la cabeza y tendió una mano al profesor. Este la cogió y la besó respetuosamente, manteniéndola entre las suyas. Con el otro brazo rodeó la espalda de Jonathan. Hizo una pausa antes de hablar; por lo visto, estaba poniendo en orden sus ideas.

—Tomé el somnífero que usted me dio, doctor Seward, pero durante no me produjo ningún efecto. Al contrario, cada vez me sentía más desvelada. En mi mente empezaron a amontonarse ideas relacionadas con la muerte, los vampiros, los sufrimientos, el dolor, la sangre.

Su marido profirió un sollozo involuntario, y ella se volvió hacia él.

—No te atormentes, querido, por favor. Tienes que ser valeroso y mostrar fortaleza, para ayudarme en este terrible trance. Si supieras cuánto me cuesta relatar lo de esta noche, comprenderías hasta qué punto necesito tu ayuda. Bien, comprendí que si quería dormir tenía que poner algo de mi parte para que la medicina sirviera de algo. Por tanto, intenté conciliar el sueño. Debió de sobrevenirme de pronto, porque no recuerdo nada más. No me desperté cuando Jonathan se acostó, aunque poco después le entreví tendido a mi lado. La leve y blanca neblina flotaba ya en la habitación. Oh, me olvidaba de que ignoro si saben ustedes a qué me refiero. Cuando lean mi diario, verán que allí hablo de la neblina. Experimenté un vago terror, que ya conocía, y la sensación de una presencia que desconocía. Me volví para despertar a Jonathan; fue en vano, no lo conseguí. Dormía tan profundamente que parecía haber tomado él el somnífero y no yo. Eso me asustó y miré a mi alrededor, preguntándome qué estaba ocurriendo. Entonces creí desfallecer; al lado de la cama, como surgido de la niebla, o mejor, como si esta se hubiese disipado, adoptando una forma humana, se hallaba un individuo alto y delgado, vestido de negro. Lo reconocí al momento, por las descripciones. El rostro lívido, la nariz aguileña, que se destacaba a la luz de la luna como una fina línea blanca, los labios rojos y entreabiertos, y los dientes puntiagudos y blancos, aparte de sus pupilas centelleantes que me pareció entrever cuando el sol poniente iluminó las vidrieras de la iglesia de St. Mary, en Whitby. Reconocí también en su frente el costurón rojo que Jonathan le había hecho. Quise gritar, pero el miedo me tenía paralizada. Aprovechó mi estupor para murmurar, al tiempo que señalaba a Jonathan: «¡Silencio! De lo contrario, él sufrirá. ¡Le aplastaré el cráneo delante de ti!». No tuve fuerzas para contestar ni hacer el menor movimiento. Sonriendo burlonamente, colocó una mano en mi espalda y, atrayéndome hacia sí, tomó mi garganta con la otra mano.

»"Ahora, mis esfuerzos se verán recompensados —declaró—. ¡Vamos, ten calma, querida! No es la primera, ni la segunda vez que la sangre de tus venas sacia mi sed."

»Yo estaba aturdida y, cosa extraña, no sentía el menor deseo de oponerme a sus siniestros planes. Supongo que esta es la consecuencia de la horrible maldición que pesa sobre sus víctimas. ¡Dios mío, apiádate de mí! Entonces, posó sus malolientes labios sobre mi garganta.

Jonathan volvió a gemir dolorosamente. Ella le abrazó con más fuerza y le contempló compasivamente, como si fuese él quien hubiese soportado tan terrible suplicio.

—Las fuerzas me iban abandonando. Estaba a punto de desmayarme. Ignoro cuánto duró todo esto; creo que transcurrieron largos... muy largos minutos, antes de que retirase su odiosa boca, de la que goteaba sangre fresca.

El recuerdo la conmovió hasta tal punto que, de no haberla sostenido su marido, la joven habría caído exánime en la cama.

—Entonces, siempre burlón —logró continuar Mina—, exclamó: «¡De modo que también tú deseas deshacerte de mí, como ese grupo de canallas que tratan de aniquilarme! Ahora ya sabes, como ellos lo saben en parte, el peligro que corre quien se cruza en mi camino. Mejor harían empleando sus energías en otros fines, más sencillos; porque mientras se esforzaban por darme caza (a mí, que he mandado pueblos y ejércitos enteros, durante siglos), yo no cesaba de destruir sus planes. Y tú, su querida aliada, tú eres mía ahora, carne de mi carne, sangre de mi sangre, y tú colmarás todos mis deseos y serás mi compañera y mi bienhechora. Llegará el tiempo en que también tú serás vengada, ya que ninguno de esos hombres podrá negarte lo que les exijas. Pero, por el momento, mereces un castigo por tu complicidad con ellos. Tú les has ayudado en sus esfuerzos por aniquilarme. Pues bien, a partir de ahora tendrás que contestar a mi llamada. Cuando, solo con el pensamiento, te convoque, atravesarás tierras y mares para unirte a mí. Pero antes…». Entonces, se desabrochó la camisa y, con sus largas y afiladas uñas, se arañó una vena del pecho. Cuando la sangre brotó, asió mis dos manos con fuerza y empujó mi cabeza, apretando mi boca contra la herida. Entonces… ¡oh, Dios mío!, tuve que tragar unas gotas de… ¡Dios todopoderoso! ¿Qué he hecho yo para sufrir esta humillación? ¡Piedad, piedad, Dios mío! ¡Ten piedad de mi alma, que se halla en un peligro extremo! ¡Ten piedad de los que me aman!

Mina se frotó los labios, como para quitarles toda impureza.

Mientras hablaba, el día iba iluminando la habitación. Jonathan estaba inmóvil y no decía nada; pero a medida que escuchaba el terrible relato, su semblante se ensombrecía. De pronto, vimos que sus sienes habían encanecido.

Hemos decidido que uno de nosotros, por turnos, estará de guardia junto al dormitorio de la infeliz pareja, a fin de poder acudir al primer grito. Pronto, sin embargo, volveremos a reunirnos para decidir nuestra acción inmediata.

De todos modos, estoy seguro de una cosa: es imposible que la luz del sol naciente ilumine hoy una casa donde el dolor y la desesperación sean mayores.

22

DIARIO DE JONATHAN HARKER

3 de octubre. Debo hacer algo o me volveré loco, así que escribo este diario. Son las seis; dentro de media hora nos reuniremos en el despacho del doctor Seward, trataremos de tragar algún bocado, pues necesitamos tener fuerzas para trabajar, según han aconsejado los dos médicos. Ya que hoy, Dios mediante, realizaremos nuestro mayor esfuerzo. Tengo que seguir escribiendo como sea, pues no me atrevo a pararme a pensar. Lo anoto todo, tanto lo importante como lo más nimio. ¿Quién sabe? Tal vez al final las cosas más insignificantes en apariencia serán las que nos enseñarán toda la verdad. En realidad, lo que hemos sabido hasta ahora de nada nos ha servido. ¿Acaso Mina y yo podríamos hallarnos en peor situación que hoy? A pesar de todo, hemos de tener confianza y esperanza. Mi pobre mujer me ha dicho que en el dolor es donde mejor se demuestra la fidelidad y el amor, y que no debemos desalentarnos, porque Dios nos protegerá hasta el final. ¡Hasta el final! ¿Hasta el final de qué…?

Cuando el profesor Van Helsing y el doctor Seward volvieron de la habitación del desgraciado Renfield, discutimos el plan que íbamos a seguir. Seward nos contó que cuando él y el profesor estuvieron en la habitación del difunto, lo hallaron tendido en el suelo, con el rostro lleno de heridas, y la columna vertebral rota.

El doctor Seward le preguntó al celador si había oído algo desde el corredor, y aquel contestó que se adormeció levemente y que, de pronto, oyó gritos dentro de la habitación. Renfield exclamó varias veces: «¡Dios mío… Dios mío… Dios mío!». Después oyó una caída y, al entrar en la habitación, lo halló en el suelo, tal como lo encontraron los doctores. Van Helsing quiso saber si era una sola o dos las voces que había oído el celador, pero este no supo contestar. Al principio, le pareció que Renfield no estaba solo, que había alguien con él, pero como al entrar en la celda no vio a nadie más, llegó a la conclusión de que todo había sido una ilusión de sus sentidos. Podría jurar, si era necesario, que era el loco quien había exclamado varias veces: «¡Dios mío!».

El doctor Seward afirmó que no deseaba llevar más lejos este asunto; inevitablemente, habría una investigación y de nada serviría declarar la verdad, puesto que nadie la creería. Pensaba que, con el apoyo del celador, podría firmar un certificado de defunción por accidente, debido a una caída de la cama. Si el juez de instrucción lo exigía, habría una investigación formal en la que se obtendría el mismo resultado.

Y entretanto, ¿qué haremos? Ha llegado la hora crucial. Todos hemos convenido en ello: Mina ha de formar parte de nuevo de nuestro grupo y estar al corriente de todas nuestras acciones. Ha asistido a nuestra reunión y lo ha aprobado todo con valor y entereza.

—No, no deben ocultarme nada —pidió—. ¡Ah! Demasiadas cosas ignoro. Además, por mucho que llegue a saber, jamás serán ya mayores mis sufrimientos. Al contrario, encontraré una razón para esperar, para sacar el valor necesario ante cualquier ocasión que se presente.

Van Helsing, que mientras Mina hablaba, la miraba fijamente, le preguntó tranquilo, aunque algo bruscamente:

—Pero, mi querida Mina, ¿no tiene miedo, después de lo ocurrido? No por usted, sino por otros.

Los rasgos de la joven se endurecieron; aunque sus ojos, como los de una mártir, expresaron la resignación del sacrificio aceptado.

—No, no…, ya que he tomado una decisión.

—¿Cuál?

En la estancia reinó un profundo silencio; todos sabíamos, más o menos, a qué se refería.

—Sí —prosiguió ella con firmeza—. Si alguna vez me doy cuenta, y me vigilaré atentamente, que deseo el mal de algún ser amado…, ¡moriré!

—¿Se… se refiere al suicidio? —preguntó el profesor roncamente.

—Sí… a menos que haya un amigo verdadero que desee evitarme realizar por mi mano un acto tan terrible.

Miró al profesor significativamente. Van Helsing estaba sentado, pero al oír esas palabras se puso de pie, se acercó a Mina y le puso una mano sobre la cabeza.

—Querida, puede contar con ese amigo —manifestó cálidamente—, que actuará en consecuencia si está usted en peligro. Dios es testigo de que no retrocederé ante tal acto, si es necesario. Mas, por ahora… —Unos sollozos reprimidos le impidieron continuar hablando. Luego, se dominó y siguió adelante—. Aquí hay un grupo de hombres valerosos que se situarán entre usted y la muerte. Usted no ha de morir. Ninguna mano le dará muerte, y menos la suya propia. Hasta el día en que aquel que la ha manchado esté realmente muerto, usted no debe morir. Ya que, mientras él siga no-muerto la muerte de usted la convertiría en un ser semejante a él. ¡Usted ha de vivir! Ha de luchar, ha de combatir por la vida, aunque le parezca que la muerte sería un bien inefable. Ha de vencer a la misma muerte, venga esta en momentos de alegría o de sufrimiento, de día o de noche, de paz o de peligro. Para la salvación de su alma, la conjuro a no morirse… Además, no hay que pensar en ninguna muerte hasta que hayamos aplastado a ese monstruo.

Mina estaba pálida como un sudario, y temblaba de pies a cabeza. Todos guardamos silencio, pues nada podíamos hacer. Se calmó poco a poco y, levantando el semblante hacia el profesor, murmuró dulcemente, aunque con tristeza y amargura:

—Le prometo, querido profesor, que si Dios lo quiere, viviré hasta que Él permita el final de estos horrores.

Su valor, su bondad, nos proporcionaron más coraje del que ya teníamos para afrontar toda clase de peligros, aceptando por anticipado los sufrimientos que estábamos dispuestos a arrastrar para poder salvarla. Le dije que le entregaríamos los documentos que estaban en la caja fuerte, así como los papeles, diarios y registros que tal vez necesitásemos más adelante. Añadí que, además de adjuntar a esos documentos los que aún podíamos reunir, ella debía continuar llevando su diario. La perspectiva de estar ocupada le resultó agradable, si puede emplearse este calificativo en un asunto tan siniestro.

Como de costumbre, Van Helsing había reflexionado sobre la actual situación, y había decidido lo que debíamos hacer a continuación.

—Después de nuestra visita a Carfax, obramos bien al no tocar las cajas de allí. De lo contrario, el conde habría adivinado nuestras intenciones, y habría sin duda adoptado ciertas disposiciones para impedirnos descubrir las demás. Mientras que ahora no sabe cuál es nuestro objetivo; seguramente ignora incluso que podamos volver estériles sus guaridas y refugios, impidiéndole guarecerse en ellos. Estamos tan bien informados de la distribución de las cajas que, cuando hayamos registrado la casa de Piccadilly, es posible que consigamos enterarnos del lugar donde están las restantes. Por tanto, este día será muy importante para nosotros, y de él depende seguramente la victoria final. Ojalá que el sol que nace y contempla nuestros pesares nos proteja durante su recorrido. En efecto, hasta que se oculte esta noche, el monstruo no puede cambiar de forma; ahora se encuentra arropado en su forma terrestre y le es imposible volatilizarse en el aire o desaparecer por cualquier grieta o hendidura. Si quiere franquear unas puertas, ha de hacerlo como los demás mortales. Por esto tenemos por delante el día entero para descubrir sus guaridas y destruirlas. De modo que, aunque no lo hayamos aún capturado y aniquilado esta noche, conseguiremos mantenerlo a raya en algún lugar de donde no pueda ya escapar.

Al oír esto no pude seguir callado; la idea de dejar transcurrir el tiempo, estando la vida de Mina y la nuestra en peligro, me resultaba insoportable. ¡Mientras hablábamos no actuábamos! Sin embargo, Van Helsing levantó una mano en señal de advertencia.

—Un momento, un momento, mi querido Jonathan. En este asunto el camino más rápido es el más largo. Cuando llegue el momento de actuar, actuaremos. Es probable que todo se alcance en esa mansión de Piccadilly. Es posible que el conde haya adquirido otras residencias; por tanto, tiene que poseer los contratos de alquiler, de compra, las llaves…, ¡qué sé yo! Allí ha de tener papel de escribir, su talonario de cheques… Todo esto ha de estar en alguna parte. ¿Por qué no en esa morada tan tranquila, en pleno corazón de Londres, de la que puede entrar y salir a cualquier hora por la puerta principal o por la trasera, sin que nadie repare en él en medio de la muchedumbre siempre numerosa en aquella zona? Exploraremos esa casa, y cuando sepamos qué contiene, podremos acosar al viejo monstruo hasta su último escondrijo, hasta su madriguera final.

—Entonces, ¡partamos al instante! —exclamé.

—¿Cómo entraremos en la casa de Piccadilly? —me detuvo el profesor, tranquilo y sin moverse.

—Poco importa —repliqué—. Si es preciso, forzaremos la entrada.

—¿Y la policía? ¿No habrá guardias por allí? ¿No dirán nada?

Callé aturdido; me di cuenta de que si el profesor no deseaba ir allá al momento, sus razones tendría.

—Bien, de todos modos —contesté más calmado—, no aguardemos más de lo necesario. ¡Usted sabe, profesor, el suplicio que estoy sufriendo!

—Sí, hijo mío, lo sé, y quisiera no aumentar su angustia. Pero reflexione; ¿qué podemos hacer mientras el mundo no se ponga en movimiento? Entonces, habrá llegado el momento. He meditado sobre esta empresa y he llegado a la conclusión de que el método más sencillo será el mejor de todos. Queremos entrar en esa casa, pero no tenemos las llaves. Este es el problema, ¿no es cierto?

Asentí.

—Bien. Suponga ahora que usted es el propietario de la casa y que, a pesar de ello, tampoco posee las llaves. ¿Qué haría?

—Iría a buscar un cerrajero y le pediría que descerrajase la puerta.

—Y la policía no intervendría, ¿verdad?

—No, si los agentes vieran que el cerrajero trabajaba a petición del dueño de la casa.

—Por tanto —replicó el profesor, mirándome fijamente—, lo único que hemos de evitar es que el cerrajero sospeche que usted no es el dueño del inmueble, y que los agentes sean poco crédulos. Ah, sí, la policía suele ser hábil y suspicaz... son tan hábiles en adivinar lo que ocurre en los corazones humanos que a veces se equivocan. No, no, mi querido Jonathan, puede usted hacer descerrajar las puertas de cien casas de esta ciudad, o de cualquier otra siempre que lo haga convenientemente y en el momento oportuno, sin sufrir la menor molestia. Escuche una historia que leí: un caballero poseía una elegante residencia en Londres. Aquel verano, al partir para Suiza, donde iba a pasar varios meses, la cerró completamente. Poco después, un ladronzuelo se introdujo en la casa por una ventana, tras romper el cristal, que daba sobre el jardín. Abrió todas las demás ventanas de la fachada y salió por la puerta principal, ante la mirada de unos agentes de policía. No tardó en anunciar la venta de todo el mobiliario de la vivienda, anunciándolo por medio de un enorme cartel que pegó al muro; y, en el día prefijado, vendió, por intermedio de un reputado subastador, cuanto poseía el caballero que se hallaba en Suiza. Luego, vendió la casa a un contratista de obras, y concertó con él que la derribaría en una fecha determinada. La policía y las autoridades municipales llegaron a facilitarle el asunto. Y cuando el verdadero propietario regresó de Suiza, halló un extenso solar donde antes se elevaba la mansión. Pero todo estaba en regla..., y así ocurrirá también en nuestra empresa. No iremos tan temprano como para que los agentes de policía, que por otra parte no tienen mucho en que pensar, consideren muy rara nuestra presencia allí; llegaremos hacia las diez, cuando hay más gente por las calles, y nos tomarán por los propietarios de la casa.

Tenía razón, y el semblante de Mina se iluminó con un nuevo fulgor; todos experimentamos una sensación de esperanza al escuchar los sabios consejos del profesor.

—Una vez dentro de la casa —continuó—, tal vez descubramos otras pistas; de todos modos, alguno de nosotros podrá quedarse allí, mientras los demás van en busca de las cajas que faltan..., a Bersmondsey y Mile End.

—Aquí podría ser más útil —intervino Arthur, poniéndose de pie—. Telegrafiaré a mi gente para que prepare coches y caballos.

—¡Es una idea excelente! —ponderó Quincey—. Pero ¿no temes, querido Arthur, que tus magníficos jamelgos, al pasar por los caminos de Walworth o Mile End, atraigan la atención indebidamente? Creo que sería mejor utilizar un coche de alquiler, y descender a cierta distancia del lugar adonde nos dirigiremos.

—El amigo Quincey tiene razón —dijo el profesor—. Nos disponemos a llevar a cabo una difícil tarea y cuanto menos se nos vea, tanto mejor.

Mina mostraba un creciente interés hacia todo, y me alegró comprobar que, momentáneamente, se olvidaba de sus angustias. Tenía pálido el semblante, casi lívido, y tan delgado que los labios parecían tirantes y dejaban al descubierto sus dientes. Todavía no he expresado mis pensamientos, pero estoy aterrado ante la idea de lo que la pobre Lucy padeció después que el conde le hubo chupado la sangre. Sin embargo, creo que a Mina no se le han afilado todavía los dientes; claro que han transcurrido muy pocas horas desde la horrible visita y aún puede ocurrir lo peor.

Decidimos que antes de salir para Piccadilly debíamos destruir la guarida más cercana del conde. En caso de que se diera cuenta demasiado pronto, todavía iríamos por delante de él en nuestra labor de destrucción; y su presencia en una forma puramente material, en su mayor debilidad, podría darnos una nueva pista.

El profesor propuso que, después de ir a Carfax, nos trasladásemos a la mansión de Piccadilly; los dos médicos y yo nos quedaríamos allí, mientras Arthur y Quincey irían a destruir las madrigueras de Walworth y Mile End. Era posible, insistió el profesor, que el conde Drácula apareciese por Piccadilly durante el día, en cuyo caso tendríamos que luchar con él. De todos modos, estaríamos juntos para perseguirle. Por mi parte, formulé una objeción a este plan: deseaba estar cerca de Mina para protegerla, pero ella no quiso escucharme. Declaró que yo sería mucho más útil si se presentaba algún problema legal; que, entre los papeles del conde, tal vez podría haber algunos puntos oscuros, y solo yo podría descifrarlos, por ser el único que le conoció en Transilvania; y que, aparte de estas consideraciones, teníamos que ser muy numerosos si queríamos vencer a la fuerza extraordinaria del conde. Se mostró inflexible y acabé por ceder.

—Yo nada temo —concluyó Mina—. La prueba más terrible ya pasó, y en todo cuanto pueda acontecer siempre habrá un rayo de luz y de esperanza. ¡Ve, amor mío! Si tal es la voluntad de Dios, Él me protegerá estando sola lo mismo que acompañada.

—Entonces, por favor —grité—, ¡partamos inmediatamente! El conde puede llegar a Piccadilly antes de lo que creemos.

—No, no —me refutó Van Helsing, con un gesto destinado a calmar mi impaciencia.

—¿Cómo lo sabe?

—¿Olvida, querido Jonathan, que esta noche pasada se dio un banquete —el profesor sonrió tristemente— y que dormirá hasta tarde?

¡Olvidarlo! ¿Cómo podría olvidarlo? ¿Lo olvidaré jamás? ¿Podrá alguno de nosotros olvidar nunca tamaño horror? Mina trató de conservar la serenidad, pero esas palabras avivaron su dolor y escondió el rostro entre las manos, y comenzó a gemir y a temblar nuevamente. Van Helsing no pretendía abrir de nuevo su herida. Al dejarse llevar por su razonamiento se había olvidado de Mina y de su implicación en el asunto. Cuando comprendió lo que acababa de decir, se quedó horrorizado ante su falta de tacto y trató de consolarla.

—¡Oh, Mina, mi querida Mina, perdóneme! ¡Qué estúpida cabeza la mía! Me perdonará, ¿verdad, Mina?

Mientras hablaba, se inclinó sobre ella; mi mujer le tomó una mano y le contestó, contemplándole a través de las lágrimas:

—No, no lo olvidaré; al contrario, es preciso que me acuerde de ello, y el recuerdo que conservaré de usted será tan grato que me ayudará a no olvidar lo demás. Ahora, pueden marcharse. El desayuno está preparado y tenemos que comer; necesitamos todas nuestras fuerzas.

Aquel desayuno fue para nosotros una extraña comida. Queríamos mostrarnos alegres, animarnos unos a otros, y fue Mina la que más lo consiguió.

—Hijos míos —declaró Van Helsing finalmente, poniéndose de pie—, se acerca la hora decisiva. ¿Vamos todos armados como la noche en que visitamos la primera guarida de nuestro enemigo? ¿Armados para resistir un ataque, tanto físico como espiritual?

Le aseguramos que así era.

—¡Estupendo! En este caso, querida Mina, usted está segura, al abrigo de todo peligro hasta que se ponga el sol, y para entonces ya habremos vuelto… ¡Oh, sí, volveremos! Sin embargo, es necesario que usted pueda detener al enemigo si otra vez intentara molestarla. Antes de desayunar he subido a su dormitorio a fin de dejar allí ciertos objetos, ya sabe usted cuáles, que impedirán la entrada del monstruo. Y ahora, solemnemente, toco su frente con este pedazo de la Sagrada Forma en el nombre del Padre, del Hijo y del...

Oímos un grito espantoso. La Hostia había quemado la frente de Mina como si se tratase de un hierro candente. Mi pobre mujercita comprendió claramente lo que ello significaba, incluso antes de experimentar el dolor, y su grito fue solo la expresión de la infinita desesperación en que se hallaba sumida. Todavía resonaba en nuestros oídos cuando se arrojó de rodillas ante nosotros, sollozando y escondiendo la frente con sus cabellos, como el leproso que esconde sus llagas con el manto.

—¡Impura! ¡Soy impura! ¡El mismo Dios todopoderoso rechaza mi cuerpo! ¡Hasta el día del Juicio Final llevaré en la frente este estigma!

Todos la contemplamos estupefactos. Yo estaba a su lado, tremendamente desesperado y, rodeando su talle con mi brazo, la apreté fuertemente contra mí. Durante unos instantes, nuestros corazones llenos de dolor latieron al unísono, en tanto nuestros amigos volvían la cabeza para llorar en silencio. Luego, Van Helsing se aproximó a nosotros y habló con un tono tan grave que creí que estaba recibiendo algún tipo de inspiración:

—Es posible que tenga usted que llevar esta marca hasta que Dios, en el día del Juicio Final, decida que ha llegado el momento de juzgar los pecados que sus hijos han cometido en la Tierra. ¡Oh, mi querida Mina, ojalá estemos nosotros entonces allí, todos cuantos la amamos, para ver cómo esa señal roja, este signo que recuerda su tormento, desaparece de su frente, que a la sazón se revelará tan pura como su corazón! Pues, no hay que dudarlo, esta señal se borrará cuando Dios quiera que nos liberemos de la carga que nos oprime. Hasta entonces, tenemos que soportar nuestra cruz, como Su Hijo llevó la suya para obedecer la voluntad del Padre. Quizá seamos nosotros los instrumentos de Su voluntad, y ascendamos hasta Él como lo hizo el Otro entre azotes y la vergüenza, cubierto de sangre y lágrimas, lleno de dudas y temores, y todo aquello que constituye la diferencia entre Dios y los hombres.

Sus palabras contenían esperanza; y contribuyeron a resignarnos con nuestra suerte. Mina y yo lo sentimos así, y tomamos a la vez sendas manos del profesor para besarlas. Después, todos nos arrodillamos y juramos permanecer fieles los unos a los otros. Los hombres hicimos el juramento de devolver la paz y la felicidad a la que, cada cual a su manera, amábamos, rogando al mismo tiempo a Dios que nos ayudara en nuestra misión.

Al fin llegó el momento de partir. Me despedí valerosamente de Mina. ¡Oh, ni ella ni yo olvidaremos jamás aquel instante!

He decidido lo siguiente: si alguna vez descubrimos que Mina puede convertirse en vampiro, ella no entrará sola en tan terrible y misteriosa condición. Supongo que era así como antaño un solo vampiro convertía a otros; igual que sus odiosos cuerpos no hallaban reposo más que en tierra sagrada, así se servían del más puro amor para engrosar sus siniestras filas.

No tuvimos ninguna dificultad para entrar en Carfax, donde lo hallamos todo exactamente igual que en nuestra primera visita. No descubrimos ningún papel ni documento, nada en absoluto que indicara que la casa estaba habitada; en la vieja capilla, las grandes cajas estaban igual que la última vez que las vimos.

—Amigos míos —proclamó Van Helsing—, aquí tenemos que cumplir nuestro primer deber. Esterilizaremos la tierra contenida en estas cajas, esta tierra santificada por piadosos recuerdos, que el monstruo trajo desde un país muy lejano para poder refugiarse en ella. Eligió esta tierra precisamente por estar santificada; de modo que sirviéndonos de sus propias armas lograremos derrotarle; esta tierra fue consagrada para el uso del hombre… y ahora nosotros la consagraremos a Dios.

Mientras hablaba, sacó de su maletín un destornillador y una palanca, y al momento hizo saltar la tapa de una de las cajas. La tierra desprendía olor a moho; pero no pareció importarnos, pues nuestra atención estaba fija en los manejos del profesor, el cual cogió un pedazo de Sagrada Forma y lo depositó respetuosamente en la tierra; tras lo cual colocó de nuevo la tapa, y nosotros le ayudamos a atornillarla de nuevo.

Abrimos las demás y repetimos una y otra vez la misma operación, y las dejamos aparentemente tal como estaban antes. Pero ahora la tierra estaba ya esterilizada.

Al cerrar la puerta de la siniestra mansión el profesor dijo solemne:

—Ya hemos hecho mucho. Si tenemos la misma suerte con las restantes cajas, cuando el sol se ponga esta tarde iluminará la frente blanca y pura de Mina Harker.

Al descender por la avenida, a fin de dirigirnos a la estación donde debíamos coger el tren, pasamos por delante del manicomio. Yo miré en dirección a la ventana del dormitorio y divisé a Mina. Agité la mano y le di a entender que todo había ido bien en Carfax. A su vez, me hizo unas señas que mostraban que había captado el significado de mi gesto. Siguió agitando la mano mientras nos alejábamos, hasta que desaparecimos de su vista. Llegué al andén con el corazón oprimido, en el mismo instante en que el tren iba a arrancar.

Estas páginas las he escrito en el tren.

Piccadilly, doce y media de la mañana. Estábamos a punto de llegar a la calle Fenchurch, cuando Arthur me dijo:

—Quincey y yo iremos en busca de un cerrajero; es mejor que nadie más nos acompañe, por si acaso surgieran dificultades. Tal vez entonces tengamos que forzar la entrada, y, como usted es abogado, es preferible que no se vea mezclado.

Quise protestar, pero él continuó:

—Además, cuantos menos seamos, menos llamaremos la atención. Mi título impresionará al cerrajero, como hizo con los agentes de fincas. Quédese usted con John y el profesor, esperándonos en Green Park, desde donde podrán distinguir la casa; cuando la puerta esté abierta y el cerrajero se haya marchado, vayan allá los tres. Nosotros estaremos al acecho y les facilitaremos la entrada.

—¡Excelente plan! —aprobó Van Helsing.

Nos separamos, pues. Arthur y Quincey subieron a un coche de alquiler, y nosotros a otro. En la esquina de la calle Arlington, descendimos del coche y fuimos a dar un paseo por Green Park. Sentí latir fuertemente mi corazón al divisar la casa en la que tantas esperanzas estábamos depositando y que, abandonada a su siniestro silencio, se alzaba entre otras mansiones alegres y animadas. Nos sentamos en un banco desde el cual podíamos verla con claridad, y esperamos la llegada de los otros, fumando sendos cigarrillos. Cada minuto nos parecía una eternidad.

Finalmente, vimos que un coche se detenía ante la casa. Del mismo bajaron Arthur y Quincey con perfecta desenvoltura, y detrás de ellos un tipo regordete con herramientas de trabajo. Quincey pagó al cochero, el cual se llevó una mano a la gorra y partió al instante, mientras los otros tres subían los escalones del porche. Arthur indicó lo que deseaba al cerrajero, y este empezó por quitarse la chaqueta, que colgó de la balaustrada, murmurando no sé qué a un agente de policía que pasaba. Este replicó algo, y el cerrajero se arrodilló, eligió las herramientas necesarias para su labor, y las dispuso ordenadamente a su lado. Luego, se incorporó, miró por la cerradura, sopló hacia dentro, y, volviéndose hacia Arthur y Quincey, formuló una observación; Arthur sonrió y el cerrajero cogió un manojo de llaves. Probó una en la cerradura, después otra, y otra más. Luego, dio un empujón a la puerta que se abrió al momento, y vimos cómo los tres penetraban en el corredor. Nosotros continuamos sentados inmóviles. Yo fumaba sin cesar, mientras el profesor mantenía su cigarrillo apagado. Esperamos con paciencia hasta que el cerrajero reapareció al fin y recogió sus herramientas. Después, arrodillándose, insertó una llave en la cerradura, volvió a sacarla, y se la entregó a Arthur, quien le puso en la mano unas monedas. El obrero saludó cortésmente, se puso la chaqueta, cogió sus trastos y se alejó. Nadie había observado todas esas maniobras.

Cuando el cerrajero se hubo perdido entre la muchedumbre, abandonamos el parque, cruzamos la calle y llamamos a la puerta. Quincey abrió inmediatamente; a su lado, Arthur encendía un cigarrillo.

—Aquí dentro apesta —comentó el joven lord.

En efecto, el olor era espantoso. La mansión de Piccadilly olía exactamente igual que la vieja capilla de Carfax y, gracias a nuestra experiencia, no dudamos ya de que se trataba de una guarida del conde. Comenzamos a explorar las habitaciones metódicamente, siempre juntos por si éramos atacados, puesto que el conde podía estar en la casa. En el comedor, al fondo del pasillo, vimos ocho cajas… ¡pero buscábamos nueve! Abrimos los postigos de las ventanas que daban a un patio estrecho, enlosado, al fondo del cual se hallaban los establos, que carecían de ventanas, por lo que no podíamos ser vistos. Sin perder un instante, abrimos las cajas y las esterilizamos de igual forma que las de Carfax. Se hizo evidente que el conde no estaba allí en aquel momento, por lo que continuamos nuestra inspección.

Seguros ya de no haber pasado por alto ningún rincón de la casa, desde el sótano hasta el ático, llegamos a la conclusión de que todas las pertenencias del conde se hallaban en el comedor. Volvimos allá para un nuevo registro, a fin de examinar detalladamente cada objeto. Todo estaba dispuesto sobre una mesa, con cierto desorden estudiado. Allí estaban las escrituras de compra de la casa de Piccadilly, así como las de las mansiones de Mile End y Bermondsey; papel de carta, sobres, plumas y tinta. Todo ello estaba cubierto por un papel de embalaje para protegerlo del polvo. También había un cepillo de ropa, otro de pelo, un peine, un cántaro y un cubo, este último estaba lleno de agua sucia y rojiza, como con sangre. Por fin, había varias llaves, de todas las formas y tamaños, pertenecientes probablemente a las demás casas. Después de examinarlas, Arthur y Quincey anotaron las direcciones exactas de Mile End y Bermondsey y, con las llaves en el bolsillo, partieron hacia allá para terminar nuestra obra de destrucción.

Ahora, solo nos cabe esperar su regreso… o la llegada del conde.

23

3 de octubre. El tiempo nos pareció sumamente largo mientras aguardábamos el regreso de Arthur y Quincey. El profesor trataba de distraernos, manteniéndonos ocupados. Yo adiviné su intención por las miradas de soslayo que, de cuando en cuando, dirigía a Jonathan. Este se hallaba sumido en una tremenda desesperación. Ayer era un hombre seguro de sí mismo, con su rostro juvenil desbordante de energía y vitalidad, y su cabello castaño oscuro. Hoy es un viejo maciento cuyos cabellos casi blancos armoniza con sus ojos hundidos y ardientes y las arrugas de su rostro, grabadas por el dolor. Conserva intacta su energía, que semeja una llama ardiente. Tal vez su salvación estribe en ella, pues, si todo marcha bien, esa energía le ayudará a triunfar sobre su desesperación y a despertar de nuevo a las realidades de la vida. ¡Pobre chico! Si mi propia inquietud es bastante penosa, ¿qué decir de la suya? El profesor lo comprendía e hizo cuanto pudo por distraerle. Lo que nos dijo era del mayor interés:

—Desde que llegaron a mis manos, he estudiado cien veces todos los documentos relativos a ese monstruo, y cuanto más los estudio más me convenzo de la necesidad de aniquilarlo. En todos ellos observamos las pruebas de sus progresos, no solo en su poder, sino en su conocimiento de poseerlo. Por lo que supe gracias a las investigaciones de mi amigo Arminius de Budapest, el conde fue en vida un personaje notable, guerrero, estadista y alquimista, y la alquimia representaba a la sazón el grado más elevado de la ciencia. Poseía una gran inteligencia, una cultura inusitada, y un corazón que no conocía el temor ni el remordimiento. Incluso tuvo la audacia de asistir a las lecciones de la Escolomancia, y ensayó todas las ramas del saber de su época. El poder de su inteligencia ha sobrevivido a la muerte física, aunque su memoria, al parecer, no quedó intacta. Para ciertas facultades del espíritu, no es más que un niño. Pero progresa y algunas cosas que antes eran para él pueriles, han llegado ya a la edad adulta en su interior. Se instruye por la experiencia, con gran éxito. De no habernos cruzado en su camino, sería ahora, y aún lo será si fracasamos, el padre o guía de una nueva raza de hombres y mujeres que seguirán su camino en la muerte y no en la vida.

Jonathan lanzó un doloroso gemido.

—¡Y ha desplegado todas sus fuerzas contra Mina! Pero ¿cuáles son sus experiencias? Saberlo puede ayudarnos a vencerle.

—Desde que llegó a Inglaterra no ha dejado de experimentar su poder, de forma lenta pero segura; esta inteligencia, a la vez poderosa y pueril, trabaja sin cesar. Es una suerte para nosotros que por el momento goce aún solo de una inteligencia infantil, puesto que si desde el principio se hubiese atrevido a emprender ciertas aventuras, haría tiempo que se hallaría fuera de nuestro alcance. Sin embargo, está resuelto a triunfar, y un hombre que tiene siglos por delante puede esperar y avanzar lentamente. *Festina lente*, «ve despacio», podría ser su lema.

—No lo entiendo muy bien —confesó Jonathan desalentado—. Explíqueme esto con más claridad: creo que el dolor y la angustia turban mi razón.

Con un gesto de amistad, el profesor le puso una mano en el hombro.

—Bien, hijo mío, seré claro. ¿No ve que en los últimos tiempos ese monstruo ha aumentado su sabiduría con la experiencia? Recuerde cómo se sirvió de nuestro enfermo zoófago para entrar en el sanatorio de nuestro amigo John. El vampiro que quiere entrar y salir de una casa cómo y cuándo quiere ha de hacerlo la primera vez por expresa invitación de un residente. Aunque esto no es lo más importante. Sabemos que al principio las cajas las transportaban otros y no él. Entonces, ignoraba que pudiera hacerlo él solo. Sin embargo, su gran inteligencia infantil se desarrolló poco a poco, y acabó por comprender que él mismo podía transportar las cajas. Empezó por ayudar a otros, y cuando vio que no le costaba nada trató de desplazarlas solo. Lo consiguió y así pudo dispersar sus turbas; ahora, solo él sabe dónde están escondidas. Tal vez tenga la intención de enterrarlas profundamente. Como solo las usa durante la noche o en los momentos en que puede cambiar de forma, le servirán igual, y nadie podrá conocer el emplazamiento de las cajas. Oh, no, amigos míos, no desesperen. Todas sus guaridas, salvo una, son ya ineficaces para él, y antes de que se ponga el sol, también lo será la última. Entonces, no tendrá ningún sitio adonde retirarse y esconderse. Esta mañana he tardado para estar seguro de ello. ¿No es cierto que nosotros tenemos mucho más en juego que él? Según mi reloj, es ya la una, y Arthur y Quincey se hallan de camino. Debemos seguir avanzando, aunque sea lentamente, sin dejar escapar ninguna oportunidad. ¡Cuando lleguen nuestros amigos seremos cinco contra él!

Mientras hablaba, una llamada a la puerta nos sobresaltó. Era un empleado de telégrafos. El joven le entregó un telegrama al profesor, el cual cerró la puerta. Echó una ojeada a la dirección y abrió el despacho. Luego, lo leyó en voz alta: «Cuidado con D. 12,45: acaba de salir apresuradamente de Carfax, y marcha a toda prisa hacia el sur. Tal vez vaya al encuentro de ustedes. Mina».

La voz de Jonathan rompió el pesado silencio.

—¡Ahora, gracias a Dios, nos veremos las caras con él!

Van Helsing se volvió rápidamente.

—Dios obrará a su modo y a su tiempo. Por el momento, no hay que alegrarse ni temer nada; lo que deseamos ahora tal vez nos lleve a nuestra perdición.

—No hay nada que importe más ahora —replicó Jonathan con brusquedad— que borrar a ese monstruo del universo, aunque yo tenga que perder mi alma.

—Vamos, vamos, hijo mío —murmuró el profesor—. Dios no compra las almas; y en cuanto al diablo, es un comprador desleal. Oh, Dios es justo y misericordioso; conoce sus sufrimientos y el amor que siente usted por Mina. En cuanto a ella, piense que sufriría doblemente si oyese estas palabras de extravío. No tema nada; todos estamos dedicados a esta causa, que hoy llegará a su desenlace. Es el momento de actuar. Durante el día, el vampiro tiene el mismo poder de un hombre y no puede cambiar de forma antes de la puesta del sol. Necesita tiempo para llegar hasta aquí; es la una y veinte, y aunque viaje con suma rapidez, aún tardará un rato. Seguramente, nuestros dos amigos llegarán antes que él.

Hacía media hora aproximadamente que habíamos recibido el telegrama de Mina cuando volvieron a llamar a la puerta, con tanta suavidad como firmeza. Aquella llamada hizo latir fuertemente nuestros corazones: nos miramos y juntos salimos al pasillo; estábamos dispuestos a emplear todas nuestras armas, llevando las espirituales en la mano izquierda y las materiales en la derecha. Van Helsing entreabrió la puerta, preparado para defenderse. La alegría de nuestro ánimo debió de reflejarse en nuestros semblantes cuando divisamos a Arthur y Quincey en el umbral. Entraron rápidamente y cerraron la puerta tras sí.

—Todo va bien —explicó el primero, mientras recorría el vestíbulo—. Hemos descubierto dos emplazamientos con seis cajas en cada uno. Ahora, las cajas ya no existen.

—¿No existen? —repitió el profesor.

—¡No para él!

Tras una pausa, fue Quincey quien habló.

—Solo nos queda esperar aquí. De todos modos, si no ha llegado a las cinco, tendremos que marcharnos para no dejar sola a Mina por la noche.

—No, no tardará en llegar —replicó Van Helsing tras consultar su reloj y su agenda—. Según el telegrama de Mina, iba hacia el sur desde Carfax, lo que significa que pensaba cruzar el río, lo cual no puede hacer más que cuando la marea baja, o sea, algo antes de la una. Si se dirige al sur, podemos deducir que por el momento solo sospecha, por eso va directamente desde Carfax al lugar donde le parece que nuestra intervención es menos probable. Ustedes dos han debido de estar en Bermondsey poco antes de que él llegara. Y como no ha llegado aún aquí, esto demuestra que después partió para Mile End. Esto le habrá retrasado bastante, pues había tenido que hallar un medio para cruzar el río. Créanme, amigos míos, ya no habremos de esperar mucho más. Debemos tener preparado un plan de ataque para no perder la menor oportunidad. ¡Chist! Ha llegado el momento. ¡Cojamos las armas!

En voz baja, levantó la mano a guisa de advertencia; en efecto, habíamos oído el rumor de una llave en la cerradura.

Aun en aquellos momentos tan dolorosos, tuve que admirarme ante la idea de cómo un espíritu superior se impone en las circunstancias más extremadas. En todas nuestras aventuras, Quincey siempre era quien organizaba los planes de acción, y Arthur y yo quienes obedecíamos implícitamente. A la sazón, recurrimos al mismo método. Tras una rápida ojeada en torno nuestro, Quincey nos indicó nuestros lugares respectivos. Val Helsing, Jonathan y yo nos colocamos detrás de la puerta, de forma que, al abrirse, el profesor pudiera protegerla, en tanto los demás avanzábamos hacia el conde para impedirle la retirada. Quincey y Arthur estaban escondidos, preparados para proteger la ventana. Esperamos, en medio de una angustia de pesadilla. Unos pasos resonaron en el comedor, lentos, prudentes. Evidentemente, el conde aguardaba un ataque... o al menos lo temía.

De repente, de un solo impulso, el conde entró en la estancia y pasó ante nosotros sin que pudiéramos alargar una sola mano para detenerle. En su salto hubo algo felino, poco humano, y fue esta irrupción la que nos sacó de nuestro estupor. El primero en reaccionar fue Jonathan. Con un rápido movimiento se arrojó ante la puerta que daba al vestíbulo. Cuando el conde nos vio se rió odiosamente, descubriendo sus caninos enormes y puntiagudos; pero pronto su fría carcajada cedió el sitio a un supremo desdén. Su expresión volvió a cambiar cuando todos juntos avanzamos hacia él. Todavía en aquel momento ignoraba lo que íbamos a hacer. No sabía si nuestras armas materiales nos servirían de algo. Jonathan quería hacer la prueba, ya que empuñaba su largo puñal, con el que asestó al conde un furioso tajo. Solo la rapidez diabólica del conde, que saltó hacia atrás, le salvó. Una fracción de segundo antes, la hoja le habría atravesado mortalmente el corazón. En cambio, solo cortó el tejido de su levita, por donde se deslizaron un fajo de billetes y varias monedas de oro. La expresión del conde era tan terrible que, por un instante, temí por Jonathan, aunque le vi blandir nuevamente el acero. Instintivamente, avancé para protegerle, con el crucifijo y la Sagrada Forma en alto. Sentí que una fuerza enorme animaba mi brazo y no me sorprendió ver que el monstruo se batía en retirada, cuando todos hicieron lo mismo que yo. Es imposible describir la expresión de odio y crueldad que se apoderó del rostro del conde, la diabólica furia que se pintó en su semblante. Su tez cerúlea se tornó verde, contrastando con su mirada de fuego; el costurón de su frente destacaba contra el fondo lívido como una herida recién abierta. Al instante siguiente, el conde pasó por debajo del brazo de Jonathan antes de que este pudiese herirle; recogió un puñado de dinero del suelo y atravesó la estancia a toda velocidad y se arrojó contra la ventana. A través de los vidrios rotos, cayó al patio. Junto al ruido de cristales, oí el tintineo del oro cuando rodaron por el suelo enlosado algunos soberanos. Corrimos hasta la ventana y vimos cómo el conde se incorporaba. Atravesó el patio y empujó la puerta de los establos. Entonces, se volvió hacia nosotros.

—¡Creéis haberme vencido! —gritó burlón—. ¡Vosotros, con vuestros rostros pálidos en fila como corderos en el matadero! ¡Lo lamentaréis! ¡Creéis haberme dejado sin refugio, pero aún me queda uno. Mi venganza acaba de empezar. Proseguirá a través de los siglos, y el tiempo es mi aliado. Las mujeres que amáis ya me pertenecen, y a través de ellas vosotros y otros también serán míos, mis criaturas, destinadas a ejecutar mis órdenes, de las que puedo servirme cuando necesito sangre…! ¡Bah!

Con un desprecio olímpico, cruzó el umbral y oímos rechinar el oxidado cerrojo cuando lo echó tras él. Mas lejos se abrió y cerró otra puerta. El primero en hablar fue el profesor que, dándose cuenta de la dificultad de perseguirle a través del establo, nos hizo regresar al pasillo.

—Nos hemos enterado de varias cosas —dijo—, de muchas, en realidad. A pesar de sus bravatas, nos teme. De lo contrario, ¿a qué se debe su huida? El mismo sonido de su voz le ha traicionado, si no me engañan mis oídos. ¿Por qué ha cogido el dinero? ¡Síganle deprisa! ¡Todos ustedes saben acosar a una fiera salvaje! En cuanto a mí me aseguré de que no quede aquí nada que pueda serle útil, por si acaso vuelve.

Mientras hablaba, se metió en el bolsillo el dinero restante, cogió los títulos de propiedad que Jonathan había dejado allí, amontonó los demás documentos en la chimenea y les prendió fuego.

Arthur y Quincey se habían precipitado al patio, y Jonathan descendió por la ventana para seguir al conde. Pero este había echado el cerrojo del establo; cuando hubieron forzado la puerta, no hallaron a nadie. Van Helsing y yo fuimos a investigar detrás de la mansión; pero los patios estaban desiertos. Nadie había visto al conde.

La tarde estaba muy avanzada y se acercaba al crepúsculo. Tuvimos que reconocer que habíamos perdido la partida y mostrarnos de acuerdo cuando el profesor observó:

—Tenemos que volver junto a Mina… nuestra pobre y querida Mina. Aquí nada podemos hacer ya, y allí al menos la protegeremos contra el monstruo. ¡No hay que desanimarse! Solo queda una caja y pondremos todo nuestro afán, toda nuestra inteligencia, para descubrirla. Si lo logramos, todavía triunfaremos.

Comprendí que trataba de animar a Jonathan. El pobre muchacho estaba desesperado y de cuando en cuando profería un sordo gemido, pensando en su mujer.

Regresamos a casa con el corazón entristecido. Mina nos aguardaba con una fingida alegría que honraba su valor y su generosidad. Cuando vio nuestro semblante, el suyo palideció. Durante un par de segundos cerró los ojos como rezando interiormente.

—¡Jamás se lo agradeceré bastante a todos! —exclamó calurosamente—. ¡Oh, querido mío! —Mientras decía esto, besaba a su marido en la frente—. Descansa aquí la cabeza. Todo saldrá bien, querido. ¡Dios nos protegerá!

Jonathan continuó sollozando tristemente. Su desesperación no podía expresarse con palabras.

Cenamos por rutina, por costumbre, aunque creo que los alimentos sirvieron para animarnos. Ignoro si fue el bienestar físico que la comida procura a los hambrientos (ya que desde el desayuno no habíamos tomado nada), o el sentimiento de nuestra solidaridad, pero después de la cena pudimos encarar el porvenir con más esperanza que antes.

Fieles a nuestra promesa, le contamos a Mina todo lo sucedido. Aunque se puso blanca como la nieve en los pasajes en que veía a su marido en peligro; aunque, en otros momentos, enrojeció al comprender el amor que Jonathan sentía por ella, continuó escuchando el relato con calma y serenidad. Cuando oyó contar con qué valor Jonathan había atacado al conde, asió el brazo de su marido, apretándolo contra sí como para protegerle de toda amenaza. Sin embargo, guardó silencio hasta el final de la narración. Entonces, sin soltar la mano de su marido, se puso de pie y nos habló. ¡Ah, si pudiese describir la escena! ¡El cuadro ofrecido por aquella joven digna y majestuosa, con todo el esplendor de su radiante juventud, con la señal roja en la frente, cuya presencia no olvidaba y cuya visión nos obligaba a apretar los dientes cuando pensábamos en cómo y cuándo se había producido; su amor y su ternura ante nuestro odio sombrío; su dulzura y su confianza ante nuestros temores y nuestras dudas; sabiendo nosotros que, si hay que creer en los signos, a pesar de toda su bondad, de toda su pureza, estaba apartada de Dios!

—Jonathan —dijo cálidamente, como si ese nombre fuese música en sus labios—, querido Jonathan, y vosotros, mis fieles amigos, quisiera que tuvieseis presente en vuestro espíritu una cosa en estos días terribles. Sé que debéis luchar, que tenéis que matar... como matasteis a la falsa Lucy para permitir que viviera la verdadera. Pero también sé que no se trata de una misión de odio y destrucción. El pobre ser que ha causado tantos sufrimientos es el más desgraciado de todos. Pensad en cuál será su gozo cuando, al destruir su maldad, sobreviva su parte buena, su alma inmortal. Debéis compadeceros de él, sin que esto impida que vuestras manos le hagan desaparecer de este mundo.

Mientras ella hablaba, vi cómo el semblante de su marido se contraía y ensombrecía, como si la cólera penetrase hasta la raíz de su ser. Sin darse cuenta, apretó con más fuerza la mano de su mujer, hasta blanquearse sus nudillos. Ella no retiró la mano a pesar del dolor que debía experimentar... que experimentaba visiblemente, y se limitó a contemplarnos a todos con ojos suplicantes.

—¡Que Dios le ponga en mi camino! —exclamó Jonathan cuando ella guardó silencio—. ¡Yo destruiré su vida terrenal! Pero si, además, pudiese enviar su alma a arder eternamente en el infierno, también lo haría.

—¡Oh, calla, calla, por favor! No digas eso, Jonathan, o moriré de horror y pesar. Piensa, querido... ¡oh, he meditado tanto en todo esto!, que... tal vez... yo también un día... necesitaré esta compasión y que habrá otros, como vosotros, con los mismos motivos de odio, que me la nieguen quizá. ¡Oh, mi querido Jonathan, seguramente no pensarás así cuando logre convencerte! Ruego al

Señor que no tenga en cuenta tus palabras, dignas de un cerebro trastornado por la pena. Dios mío, tus cabellos ya grises testimonian el sufrimiento de un hombre que jamás en su vida hizo el menor mal y que ha tenido que soportar pruebas muy duras.

Todos estábamos profundamente conmovidos. Algunos, lloramos sin rebozo. Mina también sollozó al ver que sus prudentes consejos nos habían convencido. Su marido cayó de rodillas ante ella, rodeó su talle con los brazos y ocultó su rostro entre los pliegues de su falda. A una señal del profesor, salimos de la estancia, dejando a aquellos dos corazones amantes a solas con Dios.

Van Helsing entró en el dormitorio de los Harker y procedió a los manejos de costumbre para impedir la entrada del vampiro; luego, se aseguró de que Mina pudiera dormir en paz. La joven, poco después, se esforzó por creerlo así, a fin de tranquilizar a su esposo. Fue un esfuerzo valeroso, que estoy seguro se vio recompensado. Van Helsing colocó al alcance de sus manos una campanilla, para que llamase en caso de peligro.

Cuando se retiraron, Quincey, Arthur y yo convinimos en velar, por turnos, para proteger a la desdichada muchacha. El primer cuarto de guardia le tocó al americano, y los demás decidimos acostarnos temprano. Arthur marchó rápidamente a su habitación, pues tenía asignado el segundo turno. Ahora que he concluido mi relato, voy también a acostarme.

DIARIO DE JONATHAN HARKER

3-4 octubre, casi medianoche. Creí que el día de ayer no iba a terminar nunca. Algo me impulsó a dormirme; una oscura confianza en que al despertar habría un cambio favorable. Antes de separarnos, discutimos nuestros próximos proyectos, sin resultado. Solo sabemos que queda una caja donde el conde puede esconderse, y que solo él sabe dónde se encuentra. De esta forma puede mantenernos en jaque durante muchos años, y mientras tanto… se trata de una perspectiva tan horrible que no me atrevo a contemplarla. Solo sé una cosa: que si ha existido una mujer dotada de todas las perfecciones, es mi querida Mina. ¡Cuántos sufrimientos ha tenido que soportar! La amo mucho más que ayer por la inmensa piedad de que dio pruebas anoche, una piedad que rebajó a un límite insospechado mi odio contra el conde. Seguramente, Dios no permitirá que el cielo se prive de tal ángel de bondad. Tengo puesta en ello mi más firme esperanza. Ahora vamos a la deriva, y solo tenemos un ancla: la fe. Mina duerme sin temor. Me asusta pensar cuáles podrían ser sus sueños, nacidos de unos recuerdos espantosos. Desde el crepúsculo no había estado tan tranquila. Fue entonces cuando, por un instante, contemplé en su rostro una serenidad que recordaba a la primavera después de las tormentas de marzo. En el mismo momento, he creído divisar la suave luz del sol poniente reflejada en su rostro, aunque ahora más bien creo que se trataba de una luz interior. No tengo sueño, a pesar de estar mortalmente fatigado físicamente. Sin embargo, trataré de dormir; debo pensar en el día de mañana; además, para mí no puede haber descanso hasta que…

Más tarde. Debo de haberme dormido, porque me ha despertado Mina, que estaba sentada en la cama. La vi con claridad, pues la luz estaba encendida. Me puso una mano en la boca.

—Escucha… hay alguien en el pasillo —murmuró.

Me levanté sin hacer ruido y abrí la puerta. Fuera, Quincey, despierto, estaba tumbado sobre un colchón. Levantó la mano para imponerme silencio y me confió en voz baja:

—Acuéstese de nuevo. Todo va bien. Velaremos durante toda la noche por turnos. No podemos correr el menor riesgo.

Su mirada y su gesto me impidieron discutir con él, y fui a repetirle aquellas palabras a Mina. Mi mujer suspiró y sonrió fugazmente, rodeándome con sus brazos.

—¡Doy gracias a Dios por la bondad y la valentía de esos hombres!

Con un nuevo suspiro se durmió. Estoy escribiendo esto ahora porque no tengo sueño; bien, trataré de dormir nuevamente.

4 de octubre, por la mañana. Durante la noche, Mina me despertó por segunda vez. Sin embargo, los dos habíamos dormido bien; el alba gris se filtraba por los resquicios de la ventana, y la llama del gas no era más que un punto casi invisible.

—Ve a buscar al profesor —me pidió Mina al momento—. Quiero verle inmediatamente.

—¿Por qué?

—Tengo una idea. Se me ha ocurrido esta noche, y ha debido de madurar en mi interior sin darme cuenta. El profesor tiene que hipnotizarme antes de que amanezca, para poder hablar. De prisa, querido, el tiempo apremia.

Salí del dormitorio. Vi al doctor Seward haciendo guardia, tumbado en el colchón, y se puso en pie de un salto.

—¿Qué ocurre? ¿Una nueva desgracia? —se asustó.

—No, pero Mina quiere ver inmediatamente al profesor.

—Voy a buscarlo —dijo mientras corría ya por el pasillo.

Un par de minutos más tarde, Van Helsing apareció con batín en el dormitorio, mientras Quincey y Arthur se agolpaban a la puerta e interrogaban al doctor Seward. Cuando Van Helsing vio a Mina, una sonrisa borró la inquietud de su rostro. Luego, se frotó las manos.

—¡Vaya cambio, mi querida Mina! Vea, amigo Jonathan, hoy vuelve a ser nuestra Mina, tal como era antes. —Hizo una pausa y se volvió hacia la joven—. ¿En qué puedo servirla? Porque supongo que no me habrá llamado porque sí, a semejante hora.

—Quiero que usted me hipnotice —le explicó ella—. Ahora, antes de que sea de día, puesto que presiento que de ese modo podré hablar… hablar con entera libertad. ¡Pronto, queda poco tiempo!

Sin decir palabra, el profesor la obligó a sentarse en la cama. Luego, la contempló fijamente y empezó a ejecutar una serie de pases ante sus ojos, desde lo alto de la cabeza hacia abajo, alternativamente con cada mano. Mina le miró con fijeza unos minutos. Mi corazón latía como un martillo, pues presentía que se acercaba un momento crítico. Poco a poco, los ojos de Mina fueron cerrándose y permaneció sentada, inmóvil. Solo el regular movimiento de su pecho indicaba que vivía. El profesor ejecutó algunos pases más y se detuvo; tenía la frente cubierta de sudor. Mina abrió los ojos, aunque parecía otra mujer. Su mirada estaba perdida y su voz tenía un tono triste y soñador, desconocido para mí. Levantando la mano para imponer silencio, el profesor me indicó que dejara entrar a los demás. Todos entraron de puntillas, cerraron la puerta a sus espaldas y se acercaron a los pies de la cama. Van Helsing fue quien quebró el silencio, en voz baja y uniforme, a fin de no turbar el curso de las ideas de la hipnotizada.

—¿Dónde está usted?

—No lo sé —repuso ella con voz neutra—. El sueño no posee ningún sitio que pueda llamarse suyo.

Se impuso el silencio. Mina estaba rígida, y el profesor de pie, contemplándola fijamente; los demás apenas nos atrevíamos a respirar. Empezaba a clarear y entraba luz en la habitación; sin separar la vista de Mina, el profesor me señaló las cortinas, que descorrí. Una luz rosada inundó la estancia.

—¿Dónde está usted en este instante? —insistió Van Helsing.

Mina reflexionó lentamente; parecía estar descifrando algo. Cuando leía sus notas taquigráficas hablaba en el mismo tono.

—No lo sé. Todo es tan extraño…

—¿Qué ve?

—Nada, todo está a oscuras.

—¿Qué oye?

Bajo el tono impaciente del profesor se adivinaba la tensión.

—Un rumor de oleaje... muy cerca... olas que vienen y van... las oigo fuera...

—Entonces... ¿está usted en un barco?

Nos interrogamos con la mirada, como queriendo captar algo en los rostros de los demás. nos daba miedo pensar.

—¡Sí! —contestó ella rápidamente.

—¿Qué más oye?

—Unos hombres que trabajan, por encima de mi cabeza. Rechina una cadena y una grúa.

—¿Qué hace usted?

—Estoy tranquila... oh, tan tranquila... Como una muerta.

Calló, exhaló un profundo suspiro y cerró los ojos. El sol había salido por encima del horizonte. El doctor Van Helsing puso sus manos en los hombros de Mina y posó suavemente la cabeza de la joven sobre la almohada. Estuvo unos instantes tendida como una niña dormida y, con un nuevo y prolongado suspiro, despertó y nos contempló, asombrada de vernos a todos rodeándola.

—¿He hablado? —preguntó únicamente.

Parecía comprender nuestro silencio, aunque ardiera en deseos de saber qué había dicho. El profesor le repitió la conversación.

—¡No hay un momento que perder! —gritó ella—. ¡Tal vez aún no sea demasiado tarde!

Quincey y Arthur corrían ya hacia la puerta cuando les detuvo la voz de Van Helsing.

—Calma, amigos míos. Ese barco, o lo que sea, levaba anclas mientras Mina hablaba. Hay muchos barcos que levan anclas, en ese momento, en el gran puerto de Londres. ¿Cuál es el que nos interesa? Agradezcamos a Dios el habernos puesto sobre esta pista, aunque ignoremos adónde nos conducirá. Oh, sí, hemos estado ciegos, ciegos como lo están los hombres en general, pues si echamos una ojeada al pasado veremos lo que hubiese sido claro para nosotros de haber sido capaces de descifrarlo. Esta frase es un verdadero rompecabezas, lo sé. Ahora podemos comprender con qué intención se agachó el conde a recoger el dinero, incluso bajo la amenaza del puñal de Jonathan. Quería escapar… ¡necesitaba escapar de Inglaterra! Solo le queda una caja de tierra y tiene varios hombres acosándole como perros detrás del zorro. Pues bien, embarcó su última caja en un barco y abandona el país. Cuenta con huir de nosotros… mas no será así, porque le perseguiremos. Nuestro viejo zorro es astuto, y tenemos que vencerle con nuestra propia astucia. Yo también poseo cierta malicia y conozco sus ideas. Mientras tanto, podemos descansar sin temor alguno; el conde no desea cruzar las aguas que nos separan de él. Tampoco podría hacerlo, aun queriendo, si el barco no toca tierra, y aún entonces, solo en pleamar o bajamar. Vamos, el sol ha salido ya; tenemos ante nosotros todo el día, hasta el crepúsculo. Tomaremos un baño, nos vestiremos, y desayunaremos tranquilamente, puesto que el conde no pisa ya la misma tierra que nosotros.

Mina le contempló con mirada suplicante.

—¿Por qué perseguirle si se aleja de nosotros?

El profesor le cogió una mano y se la acarició afectuosamente antes de contestar:

—No pregunte ahora. Después del desayuno responderé a todo lo que desee.

No quiso añadir nada más, y todos fuimos a vestirnos.

Tras el desayuno, Mina repitió su pregunta. Van Helsing la contempló unos instantes con gravedad, y respondió tristemente:

—Querida Mina, ahora más que nunca hemos de hallarle, aunque esta persecución nos condujese al infierno.

Mina palideció.

—¿Por qué? —insistió.

—Porque el conde puede vivir siglos enteros, mientras que usted aún es mortal. El tiempo es nuestro enemigo… desde que el conde dejó esta horrible señal en su pura frente.

Apenas tuve tiempo de cogerla entre mis brazos, ya que Mina cayó desvanecida.

24

DIARIO FONOGRÁFICO DEL DOCTOR SEWARD REGISTRADO
POR VAN HELSING

Lo que sigue va dirigido a Jonathan Harker.

Es preciso que se quede aquí con nuestra querida Mina. Nosotros partiremos para investigar, aunque no sea esta la palabra, puesto que ya sabemos aproximadamente dónde está el enemigo y solo deseamos obtener la confirmación. No se mueva de aquí y cuide hoy de ella. Es su más sagrado deber. Hoy el conde no está ya aquí, pero es preciso que le explique a usted lo que ya sabemos nosotros cuatro. Nuestro enemigo ha huido, camino de su castillo de Transilvania. Estoy tan seguro de ello como si una mano de fuego lo hubiera grabado en un muro. Lo tenía preparado y la última caja de tierra se hallaba dispuesta para ser embarcada en alguna parte. Por eso tomó aquel dinero y huyó en el último instante, temiendo que lo apresásemos antes de ponerse el sol. Era su última esperanza, salvo que pudiera ocultarse en la tumba que la pobre Lucy, creía él, le abriría. Pero no tenía ya tiempo. Después de ese fracaso, fue directamente a su última guarida. Es inteligente, oh, sí, por lo cual comprendió que la partida había terminado aquí, y decidió regresar a su país. Halló un barco que podía trasladarle hacia allí y lo tomó. Ahora nos resta descubrir de qué barco se trata; cuando lo sepamos, se lo comunicaremos a usted, Jonathan. Aún no se ha perdido, ni mucho menos, toda esperanza. El monstruo que perseguimos necesitó varios centenares de años para poder trasladarse a Londres, y un solo día, conociendo su plan, ha bastado para echarle fuera de la capital. Está perdido, aunque todavía conserve bastante fuerza para causar daños y no sufra como nosotros. Pero también nosotros somos fuertes y estamos resueltos a exterminarle. ¡Arriba el corazón, Jonathan y Mina! La lucha solo ha empezado y la victoria será nuestra. Dios siempre vela por sus criaturas. Esperen valerosamente nuestro regreso.

Van Helsing

DIARIO DE JONATHAN HARKER

4 de octubre. Cuando Mina escuchó el mensaje grabado en el fonógrafo por el profesor Van Helsing, se tranquilizó. Saber que el conde ha abandonado Inglaterra bastó para apaciguarla, y la paz de su espíritu la ha fortalecido. Respecto a mí, apenas puedo creerlo. Incluso mis propias experiencias en el castillo de Drácula son como un viejo sueño olvidado. Aquí, en este otoño esplendente, con un sol tan brillante… ¡Ay!, ¿cómo puedo dudar? Mi mirada se ha posado en la roja señal que mancha la nívea frente de Mina. Mientras esa señal esté allí, toda duda será imposible. Y más tarde, su recuerdo nos convencerá de que no hemos soñado. Mina y yo tememos tanto a la ociosidad que de nuevo nos hemos enfrascado en los diarios. Aunque la tremenda realidad crezca a cada instante, el miedo y los sufrimientos disminuyen. Actualmente, existe como un hilo conductor que nos reconforta. Mina asegura que somos los instrumentos elegidos por Dios para dar remate a una obra que, finalmente, será un bien. ¡Ojalá sea así! Quiero pensar como mi mujer. Hasta ahora, nunca nos hemos referido al porvenir. Es preferible esperar hasta que el profesor y los demás vuelvan de sus investigaciones.

El día transcurre con más rapidez de lo que creía posible. Son las tres.

5 de octubre, cinco de la tarde. Relación de nuestra conversación. Personas presentes: el profesor Van Helsing, Arthur, el doctor Seward, Quincey Morris, Jonathan Harker y Mina Harker.

El profesor Van Helsing contó cómo descubrieron el barco donde se embarcó el conde Drácula para huir, y el destino de la nave.

—Cuando supe que se disponía a volver a Transilvania, estuve seguro de que lo haría por la desembocadura del Danubio o algún puerto del mar Negro, ya que vino por allí. Frente a nosotros se extendía un lóbrego vacío. *Omne ignotum pro magnifico,* «todo lo desconocido parece maravilloso». Cuando partimos en busca de los barcos zarpados anoche para el mar Negro teníamos el corazón oprimido. Se trataba de un velero, según las declaraciones de Mina en sueños, y esos barcos a veces son demasiado insignificantes para figurar en la lista de salidas publicadas en el *Times*. Arthur nos aconsejó ir al Lloyd, donde consignan todos los buques que zarpan, por pequeños que sean. Hallamos allí que solo un navío partía hacia el mar Negro con la marea alta: el *Zarina Catalina*, anclado en el muelle de Doolittle, con destino a Varna y de allí a otros puertos remontando el Danubio. «Bien —me dije—, en él va el conde.» Por tanto, fuimos a Doolittle, donde encontramos a un tipo en un barracón tan pequeño que él parecía más grande que su oficina. Le pedimos noticias respecto a los viajes del *Zarina Catalina*. Es un hombre que maldice a cada momento, de rostro rojizo y voz atronadora, pero que no es más que un pobre diablo. Quincey extrajo del bolsillo un billete nuevo, crujiente, y nuestro interlocutor se lo guardó ávidamente dentro de la chaqueta, dispuesto a servirnos en todo y por todo. Nos acompañó e interrogó a varios individuos groseros e irascibles, que se suavizaron cuando hubieron apagado su sed.

»Hablaron mucho de sangre y flores,* y de cosas que yo no comprendía, aunque las adivinaba. Sin embargo, terminamos por enterarnos de todo cuanto queríamos. Ayer por la tarde vieron llegar hacia las cinco a un hombre muy apresurado. Un tipo alto, delgado, muy pálido, con una gran nariz aquilina, dientes muy blancos y puntiagudos y unos ojos que echaban chispas. Vestía completamente de negro, salvo un sombrero de paja que no se ajustaba ni a su personalidad ni a la estación. Distribuyó dinero en abundancia, informándose sobre los barcos que zarpaban para el mar Negro… y hacia un destino u otro. Lo enviaron a la oficina y después al barco; no quiso subir a cubierta, sino que se quedó en el muelle, al borde de la escalerilla de embarque, y le pidió al capitán que bajase a verle. El capitán descendió cuando supo lo que iba a pagarle y, después de varias maldiciones y juramentos, quedaron ambos de acuerdo. Entonces, el hombre delgado se marchó, tras enterarse de dónde podría alquilar un coche y un caballo. No tardó en regresar, conduciendo él mismo el carruaje, en el que transportaba una enorme caja que dejó en el suelo él mismo, aunque fue precisa la intervención de varios hombres para izarla a bordo. Le dio muchas explicaciones al capitán respecto al lugar y la forma de colocar la caja. Al capitán no le gustó esto y juró en todos los idiomas del orbe mientras decía que, en tal caso, él mismo vigilase la colocación del cajón. El otro se negó, pues tenía que atender otros asuntos. Tras esto, el capitán le aconsejó que se apresurase… ¡por la sangre…! ya que el barco zarparía… ¡por la sangre…! con la marea alta… ¡por la sangre! El hombre delgado sonrió. Naturalmente, el capitán debía zarpar en el momento que lo juzgase oportu-

* En el original *blood and bloom*, en lugar de *bloody* («ensangrentado», pero también «maldito», «puñetero») y *blooming* («condenado», «maldito»), expresiones ordinarias que el profesor Van Helsing no conoce.

no, aunque él se extrañaría de que fuese tan pronto. El capitán volvió a jurar de forma políglota, el hombre delgado le saludó y añadió que subiría a bordo antes de zarpar. Al final, el capitán, más colorado que nunca, y en los más variados lenguajes, declaró que ningún francés sería bien acogido a bordo... ¡ni por las flores ni por la sangre...! El hombre le preguntó si había por allí alguna tienda donde poder comprar los formularios y desapareció.

»Nadie sabía adónde había ido, puesto que tenían otras cosas en que pensar; tal vez en las flores y en la sangre, porque pronto se puso de manifiesto que el *Zarina Catalina* no podría zarpar a la hora prevista. Del río comenzó a subir una ligera bruma, que se espesó hasta convertirse en una niebla densa que rodeó el buque. El capitán continuó lanzando juramentos a diestro y siniestro en todas las lenguas... pero ¿qué podía hacer? El agua iba ganando altura. Y el capitán empezó a temer que la niebla le impediría partir, por lo que se hallaba de muy mal humor cuando, en el preciso instante de la pleamar, llegó el hombre delgado a la escalerilla de embarque y quiso saber dónde habían colocado su caja. El capitán le contestó que él y su caja podían irse al infierno. Pero el hombre delgado no se enfadó; descendió a la cala con el contramaestre, observó el sitio, subió a cubierta y estuvo unos instantes allí, en medio de la niebla. Creen que debió de bajar del barco, pues nadie volvió a verle; la niebla comenzó a aclararse y la atmósfera recobró su pureza.

»Mientras me hacían este relato entre flores y sangre, mis sedientos amigos reían, asegurando que los juramentos del capitán superaron su habitual poliglotismo cuando, tras preguntar a otros marineros que navegaban por el río en aquellos momentos, estos contaron que no habían observado ninguna bruma ni niebla, salvo la que apareció exclusivamente en aquel muelle. En fin, el barco zarpó con la marea alta y por la mañana se hallaba ya lejos. Cuando mis amigos nos contaron toda esta historia debía de encontrarse en alta mar.

»Por tanto, mi querida Mina —continuó el profesor—, gozamos ahora de unos momentos de respiro, ya que nuestro enemigo está en el mar, con la niebla a sus órdenes, en ruta hacia el Danubio. Por muy rápido que vaya un barco, necesitará bastante tiempo para llegar allá. Nosotros lo atraparemos por tierra. Nuestra mejor oportunidad consiste en atacarle cuando se halle dentro de su caja, entre el amanecer y la puesta de sol; en esos momentos no puede defenderse y estará a nuestra merced. Sabemos adónde va. Hemos visitado al armador, quien nos enseñó las facturas y otros documentos. La caja será desembarcada en Varna y entregada a un agente, un tal Ristics, quien presentará sus poderes y entonces nuestro capitán habrá cumplido su misión. En caso de que pregunte si hay algún error, pues en ese caso él podría telegrafiar a Varna para informarse, le diremos que no; lo que queda por hacer no es asunto ni de la policía ni de la aduana; nosotros lo ejecutaremos, con nuestros propios métodos.

Cuando el profesor Van Helsing calló, le pregunté si era seguro que el conde permaneciera a bordo.

—Poseemos la mejor prueba de ello —afirmó él—. Su propio testimonio, querida Mina, durante la sesión de hipnotismo de esta mañana.

Le pregunté si era verdaderamente necesario dar caza al conde, pues no me gustaba que Jonathan me abandonara y sabía que partiría si los otros lo hacían; el profesor me contestó con gran convicción, animándose a medida que hablaba, hasta el extremo de hacernos sentir su gran autoridad personal:

—¡Sí, es necesario, absolutamente necesario! Primero, por usted; luego, por toda la humanidad. Ese monstruo ya ha causado bastantes males en el estrecho círculo en que se mueve y durante el corto plazo en que no era más que un cuerpo ignorante tanteando sus posibilidades en la sombra, sin conocerlas aún. Ya les he contado todo esto a los demás. Usted, querida Mina, se enterará de ello por el registro fonográfico de John, o el diario de su marido.

Su decisión de abandonar su país estéril y poco habitado para venir a otro donde la vida humana se multiplica sin cesar, le ha llevado varios siglos. Si otro de entre los no-muertos hubiese intentado la misma empresa, ni con todos los siglos pasados ni con todos los venideros lo habría conseguido tal vez. Solo con él, el conjunto de fuerzas de la naturaleza, misteriosas, profundas, eficaces, han colaborado de modo casi milagroso. El lugar mismo donde ha vivido como no-muerto durante tantos siglos está lleno de rarezas geológicas y químicas; allí hay cavernas tenebrosas, fisuras que conducen a lugares ignorados, antiguos volcanes cuyos cráteres todavía expulsan aguas de propiedades extrañas, gases que matan o vivifican. Ciertamente, hay algo magnético o eléctrico en algunas combinaciones de las fuerzas ocultas que trabajan de manera sorprendente en beneficio de la vida física. Él también tuvo al principio grandes cualidades. En una época dura y guerrera, en otros tiempos de ambiciones locas, poseyó unos nervios de acero, un espíritu más sutil que el de sus semejantes, un corazón más valeroso que los demás. Un principio vital halló curiosamente en él su forma más extremada. Y así como su cuerpo continuó robusto, grande, vigoroso, lo mismo hizo su cerebro. Todo esto con independencia de la ayuda demoníaca que, con toda seguridad, cede ante las fuerzas del bien. Y ahora, he aquí lo que nos interesa. Él la señaló... ¡Oh, perdón, Mina!, la marcó de tal forma que, aunque él se aleje, al morir usted se convertiría, sin quererlo, en un ser semejante a él. Y es esto lo que hemos de evitar. Y hemos jurado que no será así. En esto, somos los ministros de la voluntad de Dios. ¡Que el mundo y la humanidad por los que murió el Hijo, no queden a merced de unos monstruos cuya sola existencia son la vergüenza del Padre! Ya nos ha permitido salvar un alma, una sola, y ahora partiremos como los antiguos cruzados para salvar las demás. Como ellos, partiremos hacia Oriente y, como ellos, si caemos será por una buena causa.

—Pero ¿no habrá conseguido el conde más experiencia gracias a su fracaso? —inquirí—. Tras haber sido arrojado de Inglaterra, ¿no se apresurará a evitarla como el tigre evita el poblado de donde lo han echado?

—Buena comparación —alabó el profesor—, y la adopto. El comehombres, como llaman en la India al tigre que ya una vez ha saboreado la sangre humana, no busca ninguna otra presa, sino que continúa rondando por el lugar en espera de que le caiga otra pieza semejante. El que nosotros hemos arrojado de aquí también es un tigre, que no cesará de rondar. No es de los que se apartan y humillan. Tal vez descanse una temporada, pero no se detendrá eternamente. Durante su existencia humana, terrena, pasó la frontera turca y atacó al enemigo en su propio terreno. Volvió a la carga una y otra vez. En eso vemos su obstinación, su tenacidad. Su joven cerebro concibió hace largo, larguísimo tiempo, la idea de vivir en una gran ciudad. ¿Qué hizo? Buscó el lugar que le ofrecía mejores promesas, y comenzó a preparar el viaje. Midió pacientemente el tiempo y sus fuerzas. Aprendió idiomas extranjeros; se inició en nuevas formas de la vida de sociedad, renovó sus antiguas costumbres, estudió política, finanzas, ciencias, los hábitos de un nuevo país, de un pueblo nuevo para él. Lo que ha entrevisto solo ha servido para aguzar su apetito y su deseo, para poner cierto diapasón en su ánimo, pues todo le ha demostrado que sus suposiciones eran exactas. Todo esto lo ha conseguido solo, a partir de una tumba en ruinas en un país olvidado. ¿Qué no hará ahora, que el mundo de las ideas se abrirá ante él? Es capaz de sonreírle a la muerte, como sabemos; puede vivir en medio de enfermedades que son el azote de razas enteras. ¡Ah, si un ser así procediese de Dios! ¡Cuál sería su fuerza benéfica para la humanidad! Pero nosotros hemos jurado liberar al mundo de ese monstruo, que no viene de Dios sino del diablo. Nuestro trabajo debe desarrollarse en silencio, en secreto. En esta época de las luces, en que los hombres solo creen en lo que ven y palpan por sí mismos, la incredulidad de los sabios constituiría su fuerza mayor. Le serviría para resguardarse, para acorazarse y, al mismo tiempo, como arma para destruirnos, a nosotros, que somos sus enemigos, y estamos dispuestos a arriesgar nuestras almas por la seguridad de los seres que amamos, por el bien de la humanidad, por el honor y la gloria de Dios.

Tras una discusión general, decidimos no hacer nada por el momento, y meditar los últimos acontecimientos, a fin de tratar de llegar a alguna conclusión. Nos reuniremos mañana a la hora del desayuno para intercambiar conclusiones y decidir un plan de acción.

Esta noche experimento un gran reposo, una maravillosa paz. Como si una presencia obsesiva se hubiese alejado de mí. Tal vez...

Mi esperanza no se ha hecho realidad... era imposible. En el espejo he observado la señal roja de mi frente y sé que continúo siendo impura.

DIARIO DEL DOCTOR SEWARD

5 de octubre. Nos hemos levantado temprano, tras un descanso reparador. Reunidos a la hora del desayuno, este ha sido más alegre que el de los días precedentes.

La naturaleza humana posee unas facultades extraordinarias de adaptación. Suprimamos el obstáculo, sea cual sea, y como sea, incluso mediante la muerte, y recobraremos nuestras primeras razones de esperar y regocijarnos. Más de una vez, mientras nos hallábamos sentados en torno a la mesa, me pregunté si los acontecimientos de los días anteriores fueron solo un mal sueño. Tuve que ver de nuevo la mancha roja de la frente de Mina para convencerme de la realidad de los mismos. Incluso en estos momentos, encuentro difícil, no obstante, admitir que la causa de todos nuestros males exista todavía. Durante largos momentos, hasta la propia Mina parece olvidarse de lo ocurrido y no se acuerda de su señal más que cuando algún incidente se la trae a la memoria. Dentro de media hora nos reuniremos en mi despacho y dispondremos un plan de acción. Solo preveo una dificultad inmediata, que me revela más el instinto que la razón: temo que una causa desconocida ate la lengua de nuestra querida Mina. Sé que ella ha sacado sus propias conclusiones respecto a todo el asunto y, después de cuanto ha ocurrido, creo que esas conclusiones pueden ser exactas y esclarecedoras. Pero ella no querrá, o no podrá, formularlas. Se lo he comentado a Van Helsing, y hemos acordado discutir esta cuestión a solas. Me imagino que dentro del cuerpo de Mina actúa una parte del veneno instilado en sus venas por el conde. Drácula tenía esa intención cuando le aplicó a Mina lo que el profesor denomina «el bautismo de sangre del vampiro». Podría tratarse de un veneno destilado de algo bueno. En una época en la que se conocen las ptomaínas, aun cuando su verdadera composición sea un enigma, ¿cómo pueden asombrarnos ciertas cosas? No obstante, si mi instinto no me engaña respecto a los silencios de la desdichada Mina, repito que en nuestra misión hay latente una terrible dificultad, un peligro desconocido. El mismo poder que la obliga al silencio puede obligarla a hablar. No me atrevo a llevar más adelante mis pensamientos, puesto que ello significaría la deshonra de una noble joven.

Aquí llega Van Helsing que viene a mi despacho un poco antes que los demás. Trataré de abordar este tema.

Más tarde. Comentamos la situación con el profesor. Sabía que él tenía una idea en mente, aunque vacilaba en comunicármela. Por tanto, después de algunos rodeos, me espetó bruscamente:

—Querido John, hemos de hablar de un asunto secreto entre los dos. Más adelante, lo pondremos en conocimiento de los demás.

Calló, y esperé a que continuara.

—Mina, nuestra querida Mina —añadió Van Helsing—, no es la misma de antes.

Sentí un escalofrío al ver confirmados mis peores temores.

—La triste experiencia de Lucy —continuó el profesor— nos impide esta vez permitir que el asunto vaya más lejos. En realidad, nuestra misión es ahora peor que nunca, cada hora que pasa es crucial para nosotros. Empiezo a ver que los rasgos del vampiro aparecen claramente en el rostro de Mina. Todavía se trata de meros síntomas, aunque visibles para cualquier persona sin ideas preconcebidas. Sus dientes son más afilados y su mirada más dura. Y hay algo más. Mina se mantiene en silencio durante largos momentos, lo mismo que le ocurría a Lucy. La pobre muchacha callaba, aunque después escribiera todo aquello que deseaba que fuese conocido por los demás. Lo que ahora temo es esto: si Mina, en estado hipnótico, puede revelarnos lo que ve y oye el conde, no es menos cierto que aquel que la hipnotizó antes, que bebió su sangre y la obligó a beber de la suya, puede forzarla a revelarle a él todo lo que ella sepa.

Asentí con la cabeza.

—En consecuencia, para evitar este riesgo, debemos mantenerla en la ignorancia de nuestras intenciones, a fin de que no pueda transmitirle al conde nuestros proyectos. Será una tarea muy penosa, tanto que se me parte el corazón. Cuando dentro de poco estemos todos reunidos, le manifestaremos que por una razón que no podemos revelarle aún no puede asistir a nuestras conferencias, aunque siempre seguirá gozando de nuestro afecto y de nuestra protección.

El profesor se secó la frente inundada de sudor al pensar en el sufrimiento que iba a infligir a Mina. Comprendí que sería para él un consuelo saber que yo había llegado a una conclusión idéntica, por lo que así se lo dije, y el resultado de ello fue el que ya esperaba.

Se acerca la hora de nuestra reunión. Van Helsing ha salido para preparar la conferencia y su doloroso preámbulo. En realidad, creo que solo quería estar a solas unos instantes para rezar en silencio.

Más tarde. Desde que empezó la reunión, Van Helsing y yo nos sentimos muy aliviados. Mina nos comunicó, por medio de su marido, que no estaría con nosotros, pues creía preferible que discutiésemos nuestros proyectos sin incomodarnos por su presencia. El profesor me dirigió una mirada de complicidad y alivio. Por mi parte, pensé que si la propia Mina se daba cuenta del peligro, nos evitaba con su ausencia un sufrimiento y un grave riesgo. De esta forma, el profesor y yo acordamos con una mirada de complicidad no comunicar nuestras sospechas e inquietudes a los demás por el momento. Entonces, nos dedicamos a estudiar el plan de campaña. El profesor Van Helsing resumió los hechos que conocíamos:

—El *Zarina Catalina* dejó el Támesis ayer por la mañana. A la máxima velocidad, necesitará unas tres semanas para llegar a Varna; por tierra, podemos estar allí en tres días. Si consideramos que el buque puede ganar tres días gracias a las condiciones atmosféricas que, según sabemos, es capaz de provocar el conde, si calculamos en un día y una noche nuestro propio retraso, tenemos aproximadamente un margen de dos semanas. Por esto, y a fin de estar completamente seguros, tenemos que partir de aquí el día diecisiete a lo sumo. De este modo, llegaremos a Varna un día antes que el barco, y podremos realizar todos los preparativos necesarios. Naturalmente, iremos armados... contra todo mal, tanto material como espiritual.

—Tengo entendido —intervino Quincey Morris— que el conde procede de una región poblada de lobos, y que puede llegar antes que nosotros. Por tanto, propongo que añadamos unos rifles a nuestro armamento. Yo poseo una gran fe en un buen rifle, cuando a mi alrededor hay cierta clase de alimañas. ¿Te acuerdas, Arthur, de aquella ocasión allí en Tobolck en que nos vimos atacados por una manada? ¿Qué no habríamos dado por un fusil de repetición?

—De acuerdo —convino Van Helsing—, habrá rifles. Quincey posee un cerebro a la altura de las circunstancias, particularmente en lo tocante a la caza, aunque mi metáfora sea más una vergüenza para la ciencia que los lobos un peligro para el hombre. Además, no tenemos nada que hacer aquí, y como ninguno de nosotros conoce Varna, ¿por qué no partir antes? Tan lento transcurrirá el tiempo aquí como allá. Entre esta tarde y mañana por la mañana tendremos tiempo bastante para ultimar todos los preparativos; por lo tanto, si no hay contratiempo, podremos partir inmediatamente los cuatro.

—¿Los cuatro? —repitió Jonathan, contemplándonos inquisitivamente.

—Cierto —replicó vivamente el profesor—. Usted debe quedarse a cuidar de su mujercita.

Jonathan permaneció en silencio unos instantes.

—Discutiremos esto mañana por la mañana —dijo al cabo—. Antes quiero consultarlo con Mina.

Pensé que había llegado el momento de que Van Helsing le rogara a Jonathan que no revelase nuestro plan a Mina, pero no lo hizo. Le dirigí una mirada significativa, junto con una tosecilla de advertencia. Pero, por toda respuesta, el profesor se llevó un dedo a los labios y salió del despacho.

DIARIO DE JONATHAN HARKER

5 de octubre, por la tarde. Después de la reunión de esta mañana, estuve algún tiempo con la mente en blanco. Los nuevos acontecimientos me han dejado sumido en el mayor estupor. He de reflexionar sobre la decisión de Mina de no querer tomar parte en nuestras deliberaciones. Y como no puedo discutir con ella este asunto, me veo obligado a forjar toda clase de suposiciones. De todas maneras, por el momento, estoy lejos de haber llegado a ninguna conclusión. Asimismo, me desorienta la forma en que los demás han aceptado la decisión de mi mujer. Cuando nos reunimos la última vez, quedó claro que no nos ocultaríamos nada entre nosotros. Mina está durmiendo, con el sosiego y la tranquilidad de una niña. Tiene los labios arqueados, en señal de felicidad. ¡Gracias a Dios que aún puede vivir momentos dichosos!

Más tarde. ¡Qué extraño es todo esto! Estaba sentado, contemplando a Mina dormida, sintiéndome casi dichoso. La tarde avanzaba, y la tierra se cubría de sombras; el silencio era cada vez mayor en el dormitorio. Bruscamente, Mina abrió los ojos y me miró con suma ternura.

—Jonathan —murmuró—, desearía que me prometieses una cosa, por tu honor. Una promesa hecha a mí, pero consagrada por Dios que nos escucha; una promesa que deberás cumplir, aunque yo te suplique de rodillas y con lágrimas en los ojos lo contrario. ¡Oh, por favor, necesito que me la hagas ahora mismo!

—Mina —repliqué—, no puedo hacer ninguna promesa a ciegas. Quizá no tenga derecho a hacerla.

—Querido —objetó ella con los ojos brillantes—, te la pido yo, no para mí misma. Pregúntale al profesor Van Helsing y él te dirá que tengo razón. De lo contrario, obra como te plazca. Además, si todos estáis de acuerdo, te devolveré la palabra más adelante.

—De acuerdo, te lo prometo —accedí.

Mina se mostró dichosa, si bien para mí no había felicidad posible mientras viera en su frente aquella marca roja.

—Prométeme —me pidió— que no me revelarás ningún detalle de vuestra campaña para exterminar al conde. Ni una palabra, ni una alusión, ni un susurro. Nada, mientras tenga esto en la frente.

Señaló solemnemente la señal. Comprendí la gravedad de sus palabras y repetí con toda solemnidad:

—¡Te lo prometo!

Tras estas palabras, tuve la impresión de que entre nosotros acababa de cerrarse una segunda puerta.

El mismo día, a medianoche. Mina se ha comportado toda la velada con gran alegría, de forma que todos nos hemos sentido animados. Incluso a mí, me ha parecido que la espesa capa de horrores que se abate sobre nosotros se aclaraba un poco. Nos hemos retirado todos muy temprano a descansar. Mina duerme tranquilamente. Resulta extraño que entre semejantes angustias haya conservado la facultad de dormir. Al menos, de este modo puede olvidar momentáneamente sus preocupaciones. Ojalá yo pudiera imitarla. ¡Ah, qué felicidad sería una noche de sueño sin pesadillas!

6 de octubre por la mañana. Otra sorpresa. Mina me ha despertado temprano, casi a la misma hora de ayer, y me ha pedido que fuese en busca del profesor. Creí que se trataba de otra sesión de hipnotismo y, sin interrogarla la obedecí. Evidentemente esperaba mi visita, pues le encontré vestido. Tenía la puerta entreabierta y seguramente oyó cómo se abría la nuestra. Me acompañó al momento y al entrar le preguntó a Mina si los demás podían estar presentes.

—No —objetó ella—, no es necesario. Usted podrá transmitirles el mensaje. Yo tengo que acompañarles en el viaje.

El profesor se sobresaltó, lo mismo que yo, y preguntó tras una pausa:

—¿Por qué razón?

—Es preciso. Con ustedes gozaré de mayor seguridad. Y ustedes también.

—Pero ¿por qué, mi querida Mina? Ya sabe que su seguridad es lo más importante para nosotros. Afrontamos un peligro al que usted tiene, o tendría, mayor propensión que nosotros, por lo ocurrido... por...

Calló, incómodo. Ella se señaló la frente.

—Lo sé. Y por esto debo partir. Ahora que sale el sol puedo hablar. Más tarde, me será imposible. Sé que cuando el conde lo ordena, he de obedecerle. Sé que si desea que vaya en secreto hacia él, tendré que obedecer, incluso recurriendo a cualquier estratagema, incluso engañando a Jonathan...

Me miró con ternura y desesperación a la vez. Le cogí una mano, y no pude decir nada, estaba demasiado emocionado para poder llorar incluso.

—Ustedes, los hombres —continuó mi mujer—, son valientes y fuertes. Poseen además la fuerza de su unión, que les permite desafiar peligros que quebrantarían la resistencia de uno solo. Además, yo podré prestarles un buen servicio, puesto que, hipnotizándome, sabrán lo que yo misma ignoro.

—Querida Mina —repuso Van Helsing con gravedad—, como siempre, es usted la prudencia en persona. Sí, nos acompañará y llegaremos al final de esta misión todos juntos.

Mina guardó un silencio tan prolongado que me volví para mirarla. Había vuelto a tenderse en la cama, y estaba dormida. Ni siquiera se despertó cuando descorrí las cortinas y el sol inundó la estancia. Van Helsing me indicó, en silencio, que le siguiera. Nos trasladamos a su habitación, donde no tardaron en reunirse Arthur, Quincey y el doctor Seward con nosotros. El profesor les comunicó su conversación con Mina.

—Hoy mismo saldremos para Varna —agregó—. Ahora, debemos tener en cuenta un nuevo elemento: Mina. ¡Ah, qué alma tan sincera! Para ella fue una agonía hacer esta confesión. Pero tiene razón, y hemos sido advertidos a tiempo. No podemos perder esta oportunidad y, en Varna, tenemos que estar prevenidos con la debida antelación antes de la llegada del barco.

—¿Qué haremos exactamente? —quiso saber Quincey.

El profesor reflexionó unos instantes.

—Primero, subir a bordo —explicó—. Luego, cuando hayamos

identificado la caja, depositar encima una rama de rosal silvestre, pues de este modo el monstruo no podrá salir de su encierro. Al menos, esto dice la superstición. Y tenemos que confiar en las supersticiones, toda vez que constituyen las primitivas creencias del hombre y son las raíces de todos los credos. Después, cuando llegue la ocasión que tanto anhelamos, cuando nadie pueda vernos, abriremos la caja y… todo irá bien.

—Yo no esperaré la ocasión —declaró Quincey—. Cuando vea la caja, la abriré y destruiré al monstruo, aunque mil individuos me contemplen y tengan que dar cuenta de mis actos al instante siguiente.

Instintivamente cogí su mano; estaba tan rígida como un pedazo de acero. Creo que comprendió mi mirada y mi gesto.

—¡Buen chico! —aprobó Van Helsing—. ¡Quincey es todo un hombre! ¡Que Dios le bendiga! Hijo mío, ninguno de nosotros retrocederá ante ningún peligro. Ahora me limito a señalar lo que podemos, lo que debemos hacer. Pero, en verdad, ¿cómo podemos saber lo que haremos? Pueden ocurrir muchas cosas, y las dilaciones pueden alterar el curso de los acontecimientos, por lo que no es posible anticipar nada. De todos modos, estaremos armados y cuando llegue el momento decisivo, nadie desfallecerá. Ahora tenemos que poner en orden todos nuestros asuntos. Dispongamos todo lo concerniente a nuestros seres queridos, a los que dependen de nosotros; nadie puede adivinar cuál será el resultado de nuestra empresa, ni cómo o cuándo sobrevendrá. Por mi parte, he tomado ya mis disposiciones y solo me resta la organización del viaje. Iré a sacar los pasajes y cuanto necesitamos para la marcha.

No había más que añadir, y seguidamente nos separamos. Voy ahora a poner en orden mis asuntos terrenales y a prepararme para lo que pueda acontecer.

Más tarde. He redactado mi testamento, y todo lo demás. Si Mina me sobrevive, será mi única heredera, de lo contrario, los que tan generosos han sido con nosotros gozarán de mis bienes.

Se aproxima el crepúsculo. La agitación de Mina atrae mi atención. En su espíritu, lo sé, ocurre algo en el mismo instante en que el sol se oculta. Estos momentos constituyen una terrible prueba para todos nosotros, porque cada salida, cada puesta de sol trae un nuevo peligro, un nuevo sufrimiento, que, ojalá, conduzca a un feliz desenlace. Anoto todo esto en mi diario, ya que mi pobre mujer no puede enterarse de nada por ahora; si algún día se halla libre de su señal roja, podrá leer todo lo que he escrito aquí.

Mina me está llamando.

25

DIARIO DEL DOCTOR SEWARD

11 de octubre, por la noche. Jonathan Harker me ha rogado que registre lo que sigue. Él solo no puede recordarlo todo y es preciso que queden consignados hasta los detalles más nimios.

Creo que ninguno se sorprendió cuando Mina nos invitó a reunirnos en su habitación poco antes del crepúsculo. Sabemos que la salida y la puesta del sol son para ella momentos de una extraña liberación, cuando se manifiesta su verdadero «yo» sin ninguna influencia extraña que le impida actuar o, por el contrario, la obligue a obrar en contra de su voluntad. Este estado de ánimo aparece media hora antes de que salga o se ponga el sol, y dura hasta que este ya está alto o mientras el sol del crepúsculo arrebola las nubes. Al principio, pasa por un estado negativo, como si se desatase un nudo, al que rápidamente sucede una absoluta libertad. Mas cuando esta queda en suspenso, el retroceso, la recaída, llegan muy deprisa, precedidos solo por un intervalo de silencio.

Cuando nos hemos reunido esta noche, Mina parecía un poco inquieta y presentaba todos los signos de una lucha interior. Atribuí esta tensión al esfuerzo violento que se exige a sí misma en el primer momento en que ella recobra la libertad. Sin embargo, unos minutos le bastaron para recuperar el control total sobre sí misma. Luego, tras indicarle a su marido que tomara asiento a su lado en el sofá, donde ella estaba tendida, nos rogó que nos acomodásemos en torno a ambos.

—Bien, estamos aquí reunidos, libres, tal vez por última vez —manifestó, cogiendo una mano de su marido entre las suyas—. Oh, querido, sé que tú estarás conmigo hasta el final. —Estas palabras iban dirigidas a Jonathan, cuya mano estrechaba entre las suyas—. Mañana por la mañana —prosiguió—, marcharemos a realizar nuestra misión y solo Dios sabe qué nos reserva. Ustedes tienen la bondad de llevarme consigo. Sé que todo lo que unos hombres valerosos harían por una débil mujer, ustedes lo harán por mí. Por mí, cuya alma está perdida... bueno, tal vez aún no, pero sí en grave peligro. Pero recuerden que yo no soy como ustedes. Hay veneno en mi sangre y en mi alma, y puedo morir por ello, a menos que ustedes me socorran. Ah, amigos míos, ustedes saben bien que mi alma está en peligro. Sí, sé que hay una puerta abierta aún ante mí, pero ni ustedes ni yo debemos, por ahora, trasponerla.

Nos miró inquisitivamente.

—¿Qué puerta? —preguntó Van Helsing con voz ronca—. ¿Cuál es la puerta que ni usted ni nosotros debemos trasponer?

—Morir al momento por mi propia mano o la de algún otro, antes de que se consume un mal mayor. Sé, y también lo saben ustedes, que si muriese ustedes querrían liberar mi espíritu inmortal, tal como hicieron con Lucy. Si solo se tratase de la muerte, o del miedo a morir, no vacilaría, hallándome como me hallo entre unos amigos tan queridos. Pero la muerte no lo es todo. No creo que muriendo ahora, con una esperanza tan grande y una misión tan inmensa por realizar, se cumpliese la voluntad de Dios. Por eso renuncio a la certidumbre del eterno descanso, y me dispongo a salir a la oscuridad donde acaso estén las cosas más negras que el mundo o el infierno encierra.

Todos callamos, comprendiendo instintivamente que tales palabras eran solo un preludio. Los rostros de los demás estaban graves, tensos, y el de Jonathan mostraba el color de la ceniza. Quizá adivinaba mejor que nosotros el resto de aquel discurso.

—Esta es mi aportación a la colación de bienes —no pude dejar de extrañarme de que empleara una expresión legal tan pintoresca en un momento como aquel y con la mayor seriedad del mundo—. ¿Cuál es la aportación de cada uno de ustedes? Lo sé, sus vidas —añadió ella misma—. No es difícil para unos hombres valientes. Dios les ha concedido la vida y ustedes se la restituyen. Pero ¿qué me darán ustedes a mí?

De nuevo paseó por todos nosotros su mirada interrogadora, aunque evitó los ojos de su esposo. Quincey entendió el sentido de sus palabras, pues asintió con la cabeza, y el semblante de Jonathan se iluminó.

—Bien, diré simplemente lo que espero de ustedes, puesto que en nuestro acuerdo no debe quedar nada en la sombra. Deben prometerme, todos y cada uno de ustedes, y hasta tú, mi querido esposo, que, llegado el momento, me matarán.

—¿Cuándo?

Quincey efectuó la pregunta en voz baja y ahogada.

—Cuando se convenzan de que he cambiado hasta tal punto que para mí la muerte es ya preferible a la vida. Cuando la carne esté muerta, sin perder un solo segundo, húndanme una estaca en el pecho y córtenme la cabeza; o hagan lo que sea necesario para concederme el eterno descanso.

Tras un silencio, Quincey fue el primero en ponerse de pie. Hincó una rodilla en tierra delante de Mina y le tomó una mano con solemne ademán.

—Yo solo soy un americano medio salvaje y tal vez no sea digno de tal distinción, pero le juro por lo más sagrado que si llega tal momento no vacilaré. Y le prometo asimismo que, si albergo la menor duda, me obligaré a asumir que ha llegado el momento.

—¡Oh, mi verdadero y buen amigo! —balbuceó ella ahogada por el llanto. Inclinándose hacia él, le besó la mano.

—Mina, yo me comprometo a lo mismo —declaró Van Helsing.

—Yo también —agregó Arthur y todos se fueron arrodillando ante ella e hicieron su juramento.

Su marido se volvió hacia ella, con la mirada perdida y el rostro de un color oliváceo que atenuaba la blancura de sus nevados cabellos.

—¿También debo hacerte la misma promesa?

—También, querido mío —respondió ella con inmensa compasión en la voz y la mirada—. No debes retroceder. Tú eres el que más próximo está de mí; tú eres todo mi mundo, todo mi universo. Nuestras almas se hallan fundidas una en otra, por toda la vida y toda la eternidad. Piensa, querido, que hubo una época en que los hombres valientes mataban a sus mujeres y a todas las de su familia para ahorrarles el dolor de caer en manos del enemigo. Sus brazos no desfallecieron, ya que eran ellas, quienes les amaban, las que les suplicaban que las matasen. Este es el deber viril de los hombres hacia las que aman, en los momentos de pruebas dolorosas. Ah, querido, si he de morir de la mano de alguien, que sea al menos de la mano de quien más quiero. Profesor, no he olvidado que cuando se trató de Lucy, usted testimonió una auténtica compasión hacia la persona que ella amaba —Mina enrojeció vivamente, calló y se corrigió apresuradamente—... hacia la persona que tenía derecho a procurarle la paz. Si vuelve a suceder lo mismo, cuento con usted para que le recuerde a mi marido que ha de ser su mano amante la que debe librarme del horrible yugo que soporto.

—¡Lo juro! —proclamó el profesor.

Mina sonrió, muy aliviada, y suspiró.

—Ahora, para que estén todos avisados —continuó—, una última advertencia que no deberán olvidar jamás: ese triste momento, si llega, puede sobrevenir de modo rápido e inesperado; en cuyo caso, no pierdan tiempo en aguardar una ocasión propicia. Ya que en tal momento, repito, si llega, yo he de estar aliada con nuestro común enemigo en contra de ustedes. Todavía una súplica —añadió con tono solemne—. Una súplica menos vital, menos urgente que la otra; se trata de un favor que les pido que me concedan.

Todos asentimos con la cabeza. Las palabras no eran necesarias.

—Les ruego que lean el oficio de difuntos.

Se vio interrumpida por un sordo sollozo de su esposo. Mina le cogió una mano y la posó sobre su corazón.

—Algún día deberán leerlo —agregó—. Y sea cual sea el resultado de esta aventura, ello será un bello recuerdo para todos nosotros. Espero, querido, que lo leas tú; de esta forma, será tu voz la que perdure en mi recuerdo para la eternidad… pase lo que pase.

—Pero, amor mío —objetó Jonathan—, la muerte todavía está muy lejos de ti.

—¡Oh, no! —exclamó ella, levantando una mano en señal de advertencia—. En estos momentos, estoy más enterrada que si estuviera en el interior de una tumba.

—Mina, ¿de veras quieres que lea el oficio de difuntos? —preguntó Jonathan con un hilo de voz.

—Oh, sí, esto me fortalecerá.

Jonathan cogió el libro de rezos y empezó a leer.

¿Cómo podría describir esa extraña escena con su solemnidad, su sombría tristeza, su horror y, a pesar de todo, su dulzura? Ni siquiera un escéptico, que solo viera una extraña parodia de amarga verdad en cualquier emoción sagrada, dejaría de experimentar una íntima sensación de ternura ante el pequeño grupo de amigos arrodillados en torno a esa joven gimiente y dolorida, escuchando la voz sensible y apasionada de su marido mientras leía el oficio de difuntos, con acento quebrado por la emoción y entrecortado por los sollozos… Oh, no puedo más… me faltan las palabras…

El instinto de Mina fue acertado. Por increíble que parezca, y nosotros fuimos los primeros sorprendidos, aquel íntimo momento nos consoló y fortaleció tremendamente. Y el silencio que, poco después, nos demostró que Mina volvía a perder su libertad de espíritu, no nos aterró ya tanto como habíamos temido.

15 de octubre, Varna. Salimos de la estación de Charing Cross el día 12 por la mañana, y llegamos a París aquella misma noche, donde nos instalamos en las plazas reservadas en el Orient Express.

Viajando sin descanso, llegamos a Varna a las cinco. Arthur fue al consulado para preguntar si había llegado algún telegrama para nosotros, mientras los demás nos acomodábamos en el hotel Odessa. El viaje no fue completamente satisfactorio, pues menudearon los incidentes, si bien yo tenía demasiada prisa por llegar a nuestro destino para reparar mucho en ellos. Hasta que el *Zarina Catalina* atraque en el puerto no habrá nada que despierte mi interés. Afortunadamente, Mina se encuentra bien, está más fortalecida; su semblante ha adquirido mejor color y duerme mucho; durante el viaje, estuvo dormida casi todo el tiempo. Sin embargo, en los instantes que preceden al alba y al crepúsculo, se muestra muy despierta y activa. A dichas horas, Van Helsing la hipnotiza todos los días. Al principio, el profesor experimentó algunas dificultades y tenía que hacer muchos pases; pero, ahora, Mina cede tan pronto como él comienza a hipnotizarla. Van Helsing la domina por completo estando ella dormida, obedeciéndolo ciegamente. El profesor le pregunta invariablemente qué ve y qué oye. Y la respuesta también es casi siempre la misma:

—Nada. Todo está negro.

Y a veces añade:

—Oigo las olas al chocar contra la quilla del barco. Chocar de cordajes, velas, mástiles que crujen y vergas que rechinan. Hay mucho viento; lo oigo en los obenques y en la proa que hiende la espuma.

Evidentemente, el *Zarina Catalina* sigue en alta mar, rumbo a Varna. Arthur acaba de llegar con cuatro telegramas que nos han sido enviados después de nuestra salida de Londres. Todos avisan que el Lloyd no ha sido advertido del paso del *Zarina Catalina* por ningún lugar. Arthur adoptó varias disposiciones antes de salir de Londres, para que su agente le telegrafíe todos los días y le informe si el buque ha sido avistado en alguna parte.

Hemos cenado, y nos hemos acostado pronto. Mañana veremos al vicecónsul para intentar obtener, si es posible, una autorización para subir a bordo tan pronto llegue el barco. Según Van Helsing, lo mejor sería poder hacerlo entre la salida y la puesta del sol. El conde no puede cruzar un curso de agua corriente por sus propios medios, ni siquiera transformado en murciélago. Por tanto, no podrá abandonar el barco. Como no puede adoptar la forma humana sin despertar sospechas —algo que debe evitar a toda costa—, tendrá que permanecer en su caja. Si, por consiguiente, nosotros podemos subir a bordo después de la salida del sol, estará a nuestra merced, porque podremos abrir la caja y asegurarnos de su existencia, como hicimos con la pobre Lucy, antes de despertarse. El conde no puede aguardar compasión por nuestra parte. Por suerte, en este país reina una gran corrupción y todo se consigue con dinero. Solo tenemos que asegurarnos de que el barco no pueda atracar entre la puesta y la salida del sol sin ser advertidos, o sea de noche, y estaremos a salvo. Supongo que Don Dinero lo solucionará todo.

16 de octubre. Mina sigue informando de lo mismo: olas que chocan contra el casco del buque, oscuridad y viento a popa. Hemos llegado a tiempo, y la arribada del *Zarina Catalina* nos encontrará preparados. Cuando el barco pase por los Dardanelos estamos seguros de que tendremos noticias suyas.

17 de octubre. Todo está dispuesto para saludar al conde al final de su viaje. Al contarles a los armadores que la caja contenía probablemente una colección de objetos robados a un amigo suyo, Arthur obtuvo una autorización oficiosa para abrirla, bajo su responsabilidad. El armador le entregó un documento dirigido al capitán del buque para que nos diera toda clase de facilidades, y otra autorización análoga para el agente de la compañía naviera en Varna. Ya hemos visitado a este agente, que está favorablemente dispuesto a ayudarnos por las atenciones de Arthur, y estamos convencidos de que nos ayudará en todo lo que pueda. Hemos adoptado las oportunas medidas por si conseguimos abrir la caja. Si el conde está dentro, Van Helsing y Seward le cortarán la cabeza, tras hundirle una estaca en el corazón. Quincey, Arthur y yo impediremos cualquier tipo de intromisión, aunque tengamos que utilizar las armas materiales de que iremos provistos. El profesor asegura que el cuerpo del conde, tratado de esta forma, se convertirá instantáneamente en polvo. En tal caso, no habrá ninguna prueba en contra de nosotros y no podremos ser acusados de asesinato. Si no ocurre esto, asumiremos las consecuencias de nuestros actos, y tal vez algún día este diario será la prueba que se interponga entre nosotros y el cadalso. Por mi parte, me sentiré muy feliz de aprovechar la ocasión si se presenta. Hemos decidido remover tierra y cielo para lograr el triunfo. Y hemos llegado a un acuerdo con varios oficiales del puerto a fin de ser advertidos con un mensaje especial tan pronto como el *Zarina Catalina* se halle a la vista.

24 de octubre. Una semana de espera. Un telegrama diario para Arthur, que repite lo mismo: «Aún sin noticias». La respuesta de Mina durante las sesiones de hipnotismo siempre es la misma:

—Chocar de olas, crujido de mástiles.

24 octubre. Zarina Catalina avistado esta mañana en los Dardanelos.

DIARIO DEL DOCTOR SEWARD

24 de octubre. ¡Cuánto lamento no tener aquí el fonógrafo! Nada me enoja tanto como tener que escribir mi diario a mano, pero Van Helsing afirma que es preciso. Cuando esta mañana Arthur recibió el telegrama hubo un momento de gran agitación. Ahora sé lo que experimentan los soldados cuando oyen la orden de ataque. De nosotros, solamente Mina carece de toda emoción, ya que no le hemos explicado nada, ni le dejamos entrever nuestra impaciencia. Antes, estoy seguro de que ella lo habría advertido todo, por mucho que hubiésemos querido disimular. De todos modos, en los últimos tres días ha cambiado mucho. Parece hallarse en estado letárgico permanente, aun cuando parezca gozar de buena salud y haya recobrado sus antiguos colores. Sin embargo, ni Van Helsing ni yo estamos satisfechos. Hablamos de ella a menudo, aunque no comunicamos nuestras observaciones a los demás; ello solo serviría para destrozar el corazón del pobre Jonathan, a la par que sus nervios. Van Helsing examina atentamente los dientes de Mina cuando está hipnotizada, y asegura que mientras no se tornen más afilados no existe el peligro urgente de una transformación. Si esta se presentase, habría que adoptar ciertas precauciones. Sabemos muy bien cuáles serían, aun cuando no queramos pensar en ellas. Ninguno de nosotros retrocedería ante la ingrata tarea, por espantosa que fuese. ¡Ah, la eutanasia es un término excelente y consolador en estos casos! Le estoy muy reconocido al que la ha inventado.

Hay unas veinticuatro horas de travesía desde los Dardanelos hasta Varna, a la velocidad que ha navegado el *Zarina Catalina* desde que zarpó de Londres. Por tanto, debería llegar mañana por la mañana. Como es imposible que llegue antes, hemos decidido acostarnos temprano y levantarnos pronto.

25 de octubre, a mediodía. Ninguna noticia sobre la llegada del barco. El mensaje de Mina, estando en trance, es el mismo que de costumbre, de modo que podemos enterarnos de alguna novedad de un momento a otro. Todos estamos muy excitados, excepto Jonathan, que sigue tranquilo. Sus manos parecen de hielo y hace poco lo encontré afilando el gran cuchillo Ghoorka, que no abandona jamás. Malas perspectivas para el conde, si la punta de ese cuchillo se hunde en su garganta empuñado por esa mano resuelta y glacial.

Van Helsing y yo estamos algo más inquietos respecto a Mina. Poco antes de mediodía ha caído en un profundo letargo, muy poco tranquilizador. No hemos dicho nada a los demás, pero estamos muy afligidos. Durante la mañana estuvo muy agitada, de forma que nos alegramos cuando supimos que descansaba. Sin embargo, cuando su marido nos contó que su sueño era tan profundo que no lograba despertarla, entramos en su dormitorio para juzgar por nosotros mismos. Mina respiraba con naturalidad y se la veía tan bien, tan apacible, que acabamos por pensar que se trataba de un sueño reparador. ¡Pobre pequeña, tiene tantas cosas que olvidar! No hay nada extraño en este sueño, según creo.

Más tarde. Nuestra intuición fue exacta, porque cuando Mina despertó, tras haber dormido varias horas, se mostró más animada que los días anteriores. Al crepúsculo, contestó como de costumbre durante la sesión de hipnotismo. Ya en el mar Negro, el conde corre hacia su perdición. Hacia su condena, espero.

26 de octubre. Muy raro. Ninguna noticia del barco. Mina, ayer noche y esta mañana, murmuró como siempre:

—Chocar de olas… que azotan el casco…

Luego añadió:

—Las olas son muy débiles.

«Nada que señalar», telegrafía Londres invariablemente.

Van Helsing está terriblemente inquieto, y acaba de decirme que teme que el conde se nos haya escapado.

—No me gusta el letargo de Mina —ha añadido de forma significativa. Tras una pausa ha agregado—: Las almas y los recuerdos pueden obrar de extraña manera cuando están en trance.

Iba a preguntarle algo más cuando, con la mano, me advirtió la presencia de Jonathan, que entraba en aquel momento. Intentaremos que Mina nos diga algo más cuando entre en estado hipnótico.

TELEGRAMA DE RUFUS SMITH, LONDRES, A LORD GODALMING, A LA ATENCIÓN DEL VICECÓNSUL DE S.M.B., VARNA.

28 de octubre. Zarina Catalina avisa de su entrada en Galatz, hoy, a la una.

DIARIO DEL DOCTOR SEWARD

28 de octubre. Cuando recibimos este telegrama anunciando la llegada del barco a Galatz, nos sorprendimos menos de lo que cabía esperar. Aunque no sabíamos cómo, cuándo ni de dónde vendría el golpe, ya aguardábamos algo parecido. El retraso de la llegada a Varna nos había convencido de que los sucesos no se desarrollaban conforme a lo previsto. Solo nos quedaba la esperanza de poder enterarnos del lugar hacia donde se había desviado. De todos modos, fue una sorpresa. Supongo que nuestra naturaleza se apoya tanto en una base de esperanza que nos incita a creer, a pesar de nosotros mismos, que las cosas ocurrirán tal como deben ocurrir y no como deberíamos saber que serán. El trascendentalismo es un faro para los ángeles, aunque solo sea una cerilla para el hombre. Fue una extraña experiencia para todos, y cada cual reaccionó a su manera. Van Helsing elevó los brazos al cielo, como rogando al Todopoderoso, y al cabo de un instante volvió a calmarse. Arthur palideció y tomó asiento, jadeando. Yo me quedé aturdido, paseando la mirada de uno a otro. Quincey estrechó más su cinturón con el movimiento rápido que conozco tan bien, y que en la época de nuestras cacerías y excursiones significaba: «¡Hay que actuar!». Mina se puso pálida como una muerta, y la señal de su frente se hizo más visible; luego, juntó dulcemente las manos como si rezara. Jonathan sonrió, sí, sonrió con la amarga sonrisa de quien ya no espera nada; mas, al mismo tiempo, su acción desmintió su expresión, puesto que sus manos buscaron instintivamente el mango del cuchillo.

—¿Cuándo parte el próximo tren para Galatz? —inquirió Van Helsing.

—Mañana por la mañana, a las seis y media.

Nos sobresaltamos, pues era Mina quien había respondido.

—¿Cómo lo sabe? —preguntó Arthur.

—Olvidan ustedes, o quizá nunca lo han sabido, que soy una maniática de los trenes. En Exeter me habitué a estudiar los horarios con el fin de ayudar a Jonathan. Y me pareció tan útil que lo he seguido haciendo. Sabía que si nos veíamos obligados a trasladarnos al castillo de Drácula, tendríamos que pasar por Galatz o, al menos por Bucarest, por lo cual me aprendí cuidadosamente los horarios. Por desgracia, resulta muy fácil; no hay más que un tren, el que ya he mencionado.

—¡Qué mujer tan asombrosa! —murmuró el profesor.

—¿No podríamos disponer de un tren especial? —inquirió Arthur.

Van Helsing sacudió negativamente la cabeza.

—Temo que no. Este país no es como los occidentales que conocemos. Aunque nos concediesen un tren especial, probablemente llegaría muy poco antes que el otro. Sin contar que tenemos preparativos que hacer. Hemos de reflexionar y organizarnos. Amigo Arthur, vaya a la estación, adquiera los pasajes y procure que todo esté listo para mañana por la mañana. Amigo Jonathan, vaya a la oficina marítima y obtenga unas cartas de presentación para su agente en Galatz, con el derecho de registrar el barco, exactamente como lo teníamos aquí en Varna. Usted, Quincey, visite al vicecónsul y pídale que nos ayude con su colega de Galatz, y que nos facilite la ruta, a fin de no perder tiempo en el Danubio. John se quedará con Mina y conmigo para deliberar. Poco importa que llegue al crepúsculo; yo estaré aquí con nuestra protegida y podré hipnotizarla nuevamente.

—Y yo —añadió la joven, alegremente, casi con su antigua personalidad recobrada—, trataré de ayudarles de diversas maneras, pensando y escribiendo para ustedes, según acostumbro. En mi interior, algo se modifica sensiblemente y me siento más libre que en estos últimos días.

Los tres hombres más jóveness parecieron alegrarse al comprender lo que significaban estas palabras, pero Van Helsing y yo intercambiamos una mirada grave e inquieta. Por el momento, no hicimos ningún comentario.

Cuando los tres se marcharon a cumplir con sus respectivas misiones, Van Helsing le rogó a Mina que examinase los ejemplares de los diarios, y que le entregase el que escribió Jonathan durante su estancia en el castillo de Drácula. La joven salió de la estancia y, tan pronto se hubo cerrado la puerta a sus espaldas, el profesor se volvió hacia mí.

—Tú tienes la misma idea que yo. ¡Habla!

—Hay algo extraño, algo ha cambiado. Es una esperanza que me oprime el corazón, ya que puede inducirnos a error.

—De acuerdo. ¿Sabes por qué le he pedido que fuese a buscar ese manuscrito?

—No, aparte de tener una ocasión para quedarnos a solas.

—Eso solo es verdad en parte, querido John. Solo en parte. Tengo que decirte algo. Amigo mío, voy a correr un riesgo grande, enorme, terrible. Cuando Mina ha pronunciado las palabras que tanto nos han desconcertado, he tenido una súbita inspiración. Hace tres días, durante la sesión de hipnotismo, el conde envió su espíritu a fin de leer la mente de ella; más exactamente, llevó el espíritu de ella para que Mina le viese en su caja de tierra del barco, en medio de las olas, en el momento en que queda libre en el amanecer y el crepúsculo. Entonces, él se enteró de nuestra presencia aquí. Ya que ella, que puede ir y venir en espíritu, que tiene ojos para ver y oídos para escuchar, puede enterarse de más cosas que él, confinado en su féretro. En estos instantes, Drácula realiza esfuerzos inimaginables para huir de nosotros. Por el momento, no necesita a Mina; está convencido de que la joven acudirá siempre a su llamada. Pero ha cortado la comunicación, ha roto su poder sobre ella para que Mina ya no pueda ir hacia él. Por eso espero que nuestros cerebros de hombres que han sido adultos durante mucho tiempo y que no han perdido la gracia divina, triunfen sobre ese cerebro infantil, encerrado desde hace siglos en una tumba, incapaz de alcanzar nuestro nivel y condenado a perseguir fines egoístas y, por consiguiente, mezquinos. Ah, aquí llega Mina. Ni una palabra respecto al trance; no sabe nada de todo esto, y se mostraría abatida y desesperada justo cuando más necesitamos su esperanza, su coraje, su cerebro, que ha sido instruido como el cerebro de un hombre, aunque se halle albergado en la cabeza de una mujer dulce, y que además está dotado de la fuerza transmitida por el conde, que no puede retirarle de repente, aunque Drácula crea lo contrario. ¡Silencio! Déjame hablar y lo comprenderás todo. John, amigo mío… nos hallamos en un tremendo y crucial momento de nuestras vidas. Y tengo miedo como nunca en mi vida. Solo podemos confiar en Dios. Silencio, aquí está ya.

Temí que el profesor sufriera una crisis nerviosa, como la que tuvo a raíz de la muerte de Lucy; pero se restableció haciendo un gran esfuerzo y cuando Mina, serena y dichosa, entró de nuevo en la estancia, se había recobrado. Al instante, la joven le entregó un fajo de cuartillas mecanografiadas, y el profesor las estudió atentamente. A medida que leía, se le iba iluminando el rostro.

—Amigo John —dijo después—, tú que ya tienes experiencia, y usted Mina, tan joven, he aquí una buena lección para los dos: nunca hay que tener miedo de pensar. Desde hace algún tiempo tengo una idea zumbando en mi cabeza, pero me daba miedo darle alas. Ahora, mejor informado, me remonto al lugar de donde me vino tal idea, y descubro que se trata de un verdadero pensamiento, bien formulado, aunque todavía sea demasiado pequeño para servirse de sus propias alas. Sí, se parece al patito feo de mi amigo Hans Christian Andersen; no se trata de una idea-pato, sino de una idea-cisne, que volará noblemente con sus blancas alas cuando llegue el momento de probarlas. Les leeré lo que escribió Jonathan:

»"…a uno de sus descendientes que, más tarde, cruzó el río con sus tropas para invadir Turquía. Y que tras haber tenido que replegarse, volvió varias veces a la carga, solo, y dejando atrás el campo de batalla, donde yacían sus soldados, sabedor de que al fin él solo triunfaría".

»¿Qué nos dice esto? ¿Muy poco? ¡No! ¡El pensamiento infantil del conde nada ve, y por esto se expresa con tanta libertad! El pensamiento adulto de ustedes tampoco ve nada, ni el mío, al menos hasta ahora. Ah, no; pero he aquí la palabra de otra persona que habla sin reflexionar porque tampoco entiende el significado, su posible significado. Asimismo, hay elementos que permanecen en descanso, pero que el movimiento de la naturaleza los arrastra y los pone en contacto, y ¡bum! se produce una explosión de luz, vasta como el cielo, que cegará y alumbrará, revelando leguas y leguas de tierra. ¿No es así? Bien, voy a explicarme. Ante todo, ¿han estudiado ustedes la filosofía del crimen? Sí y no. Tú, John, sí, ya que la misma entra en el estudio de la locura. Usted, Mina, no, puesto que el crimen no le atañe, salvo en lo que le ha correspondido padecer una sola vez. Pero su espíritu sigue directamente su camino y razona de lo particular a lo universal. En los criminales existe una particularidad tan constante, en todos los países, en todas las épocas, que hasta la policía, que poco sabe de filosofías, ha llegado a afirmarlo empíricamente. El criminal se obstina en un crimen único, al menos el verdadero criminal que está predestinado al crimen, y no persigue nada más. El criminal no posee un cerebro completamente adulto. Sí, el criminal es lúcido, hábil, lleno de recursos. Pero en cuanto a su cerebro, este no ha completado su crecimiento. En muchos aspectos, se halla en un estado infantil. El pajarito, el pececito, el animal pequeño, no se instruye en virtud de principios, sino con la experiencia. Y lo que aprenden les sirve de trampolín para aprender más. Dadme un punto de apoyo, pidió Arquímedes, y levantaré el mundo. El primer ensayo es el punto de apoyo gracias al que el cerebro de un niño se torna adulto; y hasta el momento en que se propone ir hacia delante, una y otra vez continúa realizando lo que ha hecho. Querida Mina, veo abrirse sus ojos y que el rayo de luz ilumina ante usted leguas y leguas.

En efecto, Mina estaba resplandeciente y palmoteaba de entusiasmo.

—Ahora, hable. Cuéntenos a nosotros, los sabios, qué ve con sus brillantes pupilas.

La cogió de la mano, mientras ella hablaba, sujetándole con el índice y el pulgar la muñeca como si le tomara el pulso, de un modo instintivo e inconsciente.

—El conde pertenece al tipo criminal —murmuró ella—. Nordau y Lombroso lo clasificarían en esta categoría y, en tanto que criminal, su espíritu es imperfecto. Por eso, si se le presenta una dificultad, busca la solución en la rutina. Su único recurso es su pasado. La única página que nosotros conocemos del mismo, por sus propios labios, nos enseña que ya una vez, en un mal paso, como diría Quincey, regresó a su país tras haber intentado invadir otro y que, sin renunciar a su objetivo, planeó un nuevo intento. Volvió a la carga, mejor preparado, y ganó la partida. Así es como llegó a Londres, a la conquista de un nuevo país. Fue vencido, y, al perder toda esperanza, con su misma existencia en peligro, huyó por mar para volver a su castillo, igual que antaño cruzó el Danubio al regreso de Turquía.

—Muy bien, jovencita inteligente —exclamó Van Helsing con entusiasmo e inclinándose a besarle la mano.

Un instante después, tan tranquilo como si hubiese concluido una consulta en la habitación de un enfermo, se volvió hacia mí.

—Setenta y dos pulsaciones, ni una más, y con toda esta excitación. Tengo esperanzas. —Luego, dirigiéndose nuevamente a ella, prosiguió con impaciencia—: Continúe, continúe. Si quiere, puede decirnos algo más. No tema nada, John y yo ya lo sabemos, y por mi parte, podré indicarle si está equivocada. ¡Hable sin temor!

—Lo intentaré, perdonen si parece que solo hablo de mí.

—No tema nada. Tiene que hablar de usted, porque es en usted en quien pensamos.

—Pues bien, como criminal, el conde es egoísta. Como su inteligencia es limitada y su acción se funda en el egoísmo, se limita a un solo objetivo, en el que no admite ningún remordimiento. Así como pasó el Danubio, dejando asesinar a sus hombres, ahora sueña con guarecerse, sin que le interese nada más. Por eso su egoísmo libera un poco mi alma de su aterrador poder, poder que adquirió sobre mí en aquella siniestra noche. ¡Gracias le sean dadas al Señor por su misericordia! Mi alma goza en este momento de más libertad que nunca desde aquella noche espantosa. Solo me atenaza un temor: en un trance, en un sueño, ¿pudo emplear para sus fines un conocimiento procedente de mí?

El profesor se puso de pie.

—Sí, así fue —replicó—. Por esto nos ha dejado aquí, en Varna, mientras el barco que lo transportaba se dirigía a través de la niebla a Galatz donde, no lo dudemos, lo tenía todo dispuesto para huir de nosotros. Pero su cerebro infantil no ha visto más allá. Es posible, como tantas veces lo dispone así la Divina Providencia, que lo que el malhechor considera su bendición se convierta en su maldición suprema. El cazador es cazado a su vez, como dice el gran salmista. En efecto, ahora que se cree libre de toda persecución por nuestra parte y ha huido con varias horas de adelanto, su egoísta cerebro infantil le aconsejará que descanse. Piensa, además, que, puesto que ha cortado ya sus lazos con usted, Mina, usted ya no sabe nada de él. Y ahí reside su error. El terrible bautismo de sangre que él le infligió le permite ir libremente hacia él en espíritu, tal como ya lo hace usted siempre que el sol sale o se pone. En estos momentos, usted obedece a mi voluntad, no a la del conde. Este poder, por bien nuestro y el de otros, usted lo ha conquistado sufriendo en manos de Drácula. Por tanto, es muy valioso que él lo ignore y que, para preservarse, haya prescindido de todo conocimiento respecto a nosotros. A cambio, nosotros no somos egoístas y creemos que Dios nos ayuda a través de toda esta negrura y tantas horas sombrías. Nosotros perseguimos a ese monstruo. No flaquearemos, aunque nos hallemos en peligro de convertirnos en algo semejante a él. Querido John, este ha sido un gran momento para todos nosotros, sumamente importante. Haz de escriba y consígnalo todo, para que cuando regresen los otros, concluida tu tarea, puedas dársela a conocer y sepan lo mismo que nosotros.

He escrito todo esto mientras les aguardo, y Mina lo ha pasado a máquina, al menos todo lo sucedido desde el momento en que ella nos ha traído el manuscrito de su marido.

26

DIARIO DEL DOCTOR SEWARD

29 de octubre. Escribo esto en el tren de Varna a Galatz. Ayer nos reunimos poco antes de anochecer. Cada uno había cumplido bien su misión. Si la reflexión, la audacia y la ocasión nos sirven, estamos preparados para el viaje que ha de conducirnos al castillo de Drácula y para la empresa que nos aguarda en Galatz. A la hora acostumbrada, Mina se dispuso a soportar la sesión de hipnotismo; Van Helsing tardó algo más en hacerla entrar en trance. Generalmente, empieza a hablar enseguida, pero el profesor, esta vez, tuvo que interrogarla de forma muy precisa, antes de que pudiéramos saber algo.

—No distingo nada. Estamos inmóviles. No hay oleaje, sino un rumor continuo y suave del agua contra las amarras. Oigo unas voces masculinas que gritan cerca y lejos, así como el deslizamiento de los remos de los toletes. En alguna parte suena un disparo; el eco viene de muy lejos. Sobre mi cabeza resuenan unos pasos. Hay arrastre de cuerdas, de cadenas. ¿Qué sucede? Ah, he aquí un rayo de luz. Siento brisa.

No dijo nada más. Se enderezó, como en un impulso, en el sofá donde estaba tendida y levantó ambas manos, con las palmas vueltas hacia arriba, como si sostuviera un fardo. Van Helsing y yo nos miramos, puesto que lo comprendíamos. Quincey enarcó ligeramente las cejas, mientras la mano de Jonathan se crispaba cerrándose sobre el mango del cuchillo. Hubo una larga pausa. Mina se levantó bruscamente, abrió los ojos y preguntó:

—¿Quiere alguno una taza de té? Deben de estar todos tan cansados…

Aceptamos unánimemente. Ella salió en busca del té, y fue entonces cuando el profesor dijo:

—Amigos míos, ya lo han entendido. El conde se halla cerca de una costa. Ha salido de su caja de tierra. Pero necesita llegar a la orilla. Durante la noche puede ocultarse en cualquier parte, pero si no le transportan a la orilla, o el barco no atraca, no podrá llegar a tierra. En tal circunstancia, puede cambiar de forma durante la noche, y saltar o volar hacia la orilla, como hizo en Whitby. No obstante, si amanece antes de tocar tierra, solo podrá escapar de nosotros siendo transportado. En cuyo caso, los aduaneros pueden descubrir qué contiene la caja. En conclusión, si no llega esta noche a tierra, perderá un día entero y nosotros tal vez lleguemos todavía a tiempo. Porque si no huye en plena noche, nos acercaremos a él de día, cuando estará encerrado en su ataúd a nuestra merced. El conde no se atreve a revelar su verdadero yo, despierto y visible, por miedo a verse descubierto.

No había nada más que añadir. Esperamos pacientemente la llegada del alba, momento en que Mina podría tal vez decirnos algo más.

Al despuntar el día, nos aprestamos a escuchar sus revelaciones, con gran ansiedad. El trance tardó en producirse más tiempo que la vez anterior. Y cuando sobrevino, nos separaban tan pocos minutos de la salida del sol que la desesperación se apoderó de nosotros. Van Helsing se esforzó todo lo que pudo. Por fin, Mina respondió, obedeciendo a la voluntad del profesor:

—Todo está oscuro. Oigo el oleaje a mi nivel, y madera que choca contra madera.

No dijo más y apareció un sol rojizo. Tendremos que esperar hasta esta tarde.

Nos dirigimos hacia Galatz con angustiosa expectación. Deberíamos llegar hacia las dos o las tres de la madrugada. Pero, desde Bucarest llevamos tres horas de retraso, de modo que, sin duda, llegaremos cuando haya salido ya el sol. Por tanto, es posible que aún obtengamos dos mensajes hipnóticos de Mina. Y quizá uno, al menos, arroje cierta luz sobre los futuros acontecimientos.

Más tarde. Otra puesta de sol que, felizmente, ha sobrevenido cuando nada nos distraía. De haber coincidido con la parada en una estación, no habríamos gozado de la calma y la soledad necesaria; Mina se hallaba menos dispuesta a someterse al trance que por la mañana. Temo que su habilidad para descifrar los movimientos y sensaciones del conde desaparezca cuando más falta nos hace. Hasta ahora, Mina se ha limitado, durante el trance, a describir los hechos más simples, lo cual, caso de prolongarse, podría inducirnos a error. Si creyera que el poder de Drácula sobre ella declina al mismo tiempo que su don de clarividencia, me sentiría feliz; pero dudo que sea así. Cuando por fin habló, lo hizo de una forma enigmática:

—Algo desaparece. Siento pasar sobre mí un viento glacial. Oigo a lo lejos ruidos confusos; como si unos hombres hablasen en un idioma extranjero; y una furiosa cascada y unos lobos que aúllan.

Calló, sacudida por un escalofrío que duró unos segundos, hasta quedar como paralizada. Ya no contestó a las demás preguntas imperiosas del profesor. Al despertar, estaba helada, agotada, postrada, pero dueña de su espíritu. No recordaba nada, pero quiso saber qué había dicho. Cuando lo supo, reflexionó profundamente en silencio.

30 de octubre, siete de la mañana. Estamos muy cerca de Galatz, y más tarde no tendré tiempo para escribir. Todos estuvimos acechando la llegada del alba. Sabiendo que cada vez le resulta más difícil conseguir la hipnosis, Van Helsing principió sus pases antes que de costumbre, aunque no obtuvo ningún resultado hasta el momento habitual, en que ella cedió con creciente pesar, un minuto antes de la salida del sol. Sin pérdida de tiempo, el profesor le formuló diversas preguntas a las que ella contestó con igual premura.

—Todo está negro. Oigo el rumor del agua al nivel de mis orejas, y de madera que choca contra madera. Más lejos, bala el ganado. También hay un rumor extraño, como…

Calló, palideciendo cada vez más.

—¡Siga! ¡Siga! ¡Se lo ordeno! —exclamó el profesor con tono imperioso. Miraba coléricamente hacia oriente, donde asomaba ya el refulgente sol.

Mina abrió los ojos y todos nos sobresaltamos cuando preguntó, sumamente inquieta:

—Profesor, ¿por qué me pide lo que sabe es imposible? ¡No me acuerdo de nada! —Luego, al leer la extrañeza de nuestras expresiones, añadió—: ¿Qué he dicho? ¿Qué he hecho? Oh, no sé nada, salvo que estaba dormida y he oído al profesor que gritaba: «¡Siga! ¡Siga! ¡Se lo ordeno!». Me ha resultado muy raro oírle gritar como si yo fuese una niña traviesa.

—Oh, Mina —repuso tristemente Van Helsing—, esto demuestra precisamente la amistad y el respeto que siento por usted. En efecto, una palabra pronunciada por su bien, con más seriedad que nunca, ha de parecerle necesariamente extraña, por el solo hecho de expresar una orden dirigida a la persona que con tanta prontitud obedecería yo.

Suenan los silbatos de la locomotora. Nos aproximamos a Galatz. Ardemos de ansiedad e impaciencia.

30 de octubre. Quincey me acompañó al hotel donde habíamos reservado habitaciones por telégrafo. Las fuerzas quedaron distribuidas como en Varna, aunque en esta ocasión fue Arthur quien fue a visitar al vicecónsul, pues su título podía servir de garantía ante un personaje de rango oficial, en un momento en que urge actuar. Jonathan y los dos médicos fueron a ver al consignatario para enterarse de alguna novedad respecto al *Zarina Catalina*.

Más tarde. Arthur ha regresado. El cónsul está ausente y el vicecónsul enfermo. Un empleado se ocupa de los asuntos rutinarios, aunque se ha mostrado bien dispuesto, ofreciéndose para ayudar en todo cuanto esté en su mano.

DIARIO DE JONATHAN HARKER

30 de octubre. A las nueve, el profesor Van Helsing, el doctor Seward y yo fuimos a la oficina de los señores Mackenzie y Steinkoff, agentes de la firma Hapgood de Londres. En respuesta a una petición de Arthur, recibieron un telegrama de Londres invitándoles a tener con nosotros las máximas atenciones. Se mostraron sumamente corteses, casi serviles, y nos condujeron al momento a bordo del *Zarina Catalina*, anclado en el puerto fluvial. Vimos al capitán, un tal Donelson, quien nos contó todo lo referente a la travesía. Afirmó que jamás había disfrutado de una mejor singladura.

—No es frecuente realizar la travesía desde Londres al mar Negro con un viento de popa como si el mismo diablo nos empujara. Y durante todo el viaje no divisamos nada. Siempre que nos aproximábamos a otro navío, un puerto o una península o cabo, nos envolvía una espesa niebla y cuando aclaraba no veíamos nada.

Atravesamos el estrecho de Gibraltar sin poder anunciar nuestro paso, y si no hubiera sido por que en los Dardanelos necesitábamos autorización para pasar, no habríamos visto a nadie en toda la travesía. Primero quise disminuir la presión de las máquinas y navegar al pairo hasta que se disipaba la niebla, pero al final reflexioné que, si el diablo se había propuesto conducirnos al mar Negro en un tiempo récord, lo lograría aun en contra de mi voluntad. Una travesía rápida no podía indisponerme con la compañía naviera ni fastidiar el negocio. Y el viejo Satanás que obtendría sus fines personales, nos agradecería no haberle contrariado.

Esta mezcla de llaneza y astucia, de superstición y malicia comercial, excitó al profesor.

—Amigo mío —exclamó este—, el diablo es más malo de lo que algunos creen, y sabe con quién se las tiene.

El capitán no entendió muy bien la frase.

—Después del Bósforo —continuó el lobo de mar—, los muchachos empezaron a quejarse y murmurar. Los rumanos vinieron a verme para pedirme que arrojara al agua una enorme caja que habíamos cargado por encargo de un maldito anciano, en el preciso momento de zarpar de Londres. Yo ya les había visto espantarse ante él, y levantar dos dedos cuando el hombre se aproximó a ellos, para protegerse contra el mal de ojo. ¡Qué ridículas son las supersticiones de esa buena gente! Naturalmente, me los quité de encima. Pero poco después nos envolvió otra vez la niebla, y ahora casi me pregunto si tendrían razón esos chicos, a pesar de que yo no tengo nada contra ese cajón. Bien, seguimos avanzando y, como la niebla no aclaró en cinco días, dejé que nos empujara el viento, ya que si el diablo quería llegar a alguna parte, tenía que dejarle maniobrar a su antojo. Y por si no lo quería, mantendríamos el ojo bien atento. Vaya, lo cierto es que tuvimos una buena travesía y agua profunda constantemente. Y anteayer, cuando el sol de levante penetró la niebla, nos encontramos en el río, delante de Galatz. Los rumanos se enfurecieron y se empeñaron en lanzar la caja al agua. Tuve que convencerles a fuerza de palos, y cuando el último de ellos desalojó el puente sujetándose la cabeza entre las manos, los había ya convencido de que… con mal de ojo o sin él, los bienes y las mercancías confiadas a mí por mis amos se hallaban en mis manos mejor que en el fondo del Danubio. He de añadir que los chicos habían subido la caja a cubierta, dispuestos a tirarla al mar, y que esta ostentaba la indicación: «A Galatz porVarna».Yo pensé que lo mejor era dejarla en Galatz, puesto que ya habíamos llegado, después de haber descargado en el puerto, para librarme de una vez por todas de la maldita caja. Pero aquel día no pudimos trabajar mucho, y tuvimos que pasar la noche fondeados. De madrugada, una hora antes del amanecer, subió a bordo un individuo investido con unos poderes enviados desde Inglaterra. Deseaba examinar una caja dirigida al conde Drácula. Oh, sí, todos los papeles estaban en orden. Me alegré de desembarazarme de aquel cargamento, puesto que empezaba a inquietarme también a mí. Si el diablo embarcó algo suyo en mi barco, fue sin duda aquella caja y nada más.

—¿Cómo se llamaba el caballero que se llevó la caja? —inquirió el profesor, dominando su impaciencia.

—Se lo diré enseguida…

Tras descender a su camarote, regresó con un recibo firmado por Emmanuel Hildesheim, Burgenstrasse, 16.

El capitán no pudo decirnos nada más y nos marchamos, tras darle las gracias.

Encontramos a Hildesheim en su despacho. Se trata de un judío con barba de chivo y fez. Su relato estuvo puntuado por varias vacilaciones, pero, después de haberle demostrado nuestra generosidad, nos contó lo que sabía, lo cual resultó poco complicado pero muy importante. Había recibido una carta del señor De Ville, de Londres, rogándole que tomara posesión, a ser posible antes de la salida del sol para evitar el pago de aduanas, de una caja que debía llegar a Galatz en el *Zarina Catalina*. Dicha caja debía entregársela luego a un tal Petrov Skinski, que estaba en relación con los eslovacos que traficaban en el río y el puerto. Por esa gestión recibió un billete inglés y en el Banco Internacional del Danubio se lo cambiaron por su valor en oro. El judío llevó a Skinski al barco y le entregó la caja, para evitar los gastos de acarreo. No sabía nada más. Después fuimos en busca de Skinski, pero no lo encontramos. Un vecino suyo, que al parecer no le tiene mucha simpatía, declaró que se marchó anteayer, aunque ignora adónde; la noticia fue confirmada por el propietario de la casa, a quien un mensajero le entregó las llaves de la misma y el dinero del alquiler en moneda inglesa. Esto sucedió entre las diez y las once de la noche pasada. Ahora, estamos en un punto muerto.

Mientras estábamos hablando con él, un hombre llegó a todo correr y sin aliento, gritando que se había encontrado el cadáver de Petrov Skinski en el cementerio de San Pedro, con la garganta abierta a dentelladas, como si hubiera sufrido el ataque de una fiera. Nuestros interlocutores corrieron a contemplar aquel horror, mientras las mujeres de la vecindad exclamaban:

—¡Esto lo ha hecho un eslovaco!

Nosotros nos marchamos, temiendo vernos implicados en el asunto, con el consiguiente retraso.

De vuelta al hotel, no conseguimos llegar a ninguna conclusión. Todos estamos convencidos de que la caja seguía viajando por el río pero ¿hacia dónde? Es esto lo que hemos de averiguar. Con el corazón oprimido fuimos al encuentro de Mina. Una vez reunidos, nos preguntamos si debíamos comunicarle las últimas noticias. La situación es cada vez más desesperada, y al menos eso es una oportunidad, aunque sea muy arriesgada. Como primer paso, se me liberó de mi promesa hacia ella.

DIARIO DE MINA HARKER

30 de octubre, por la tarde. Estaban todos tan cansados, tan agitados, tan descorazonados, que no pudimos conversar hasta que hubieron descansado. Les rogué que se tendiesen al menos media hora, mientras yo consignaba todo lo ocurrido hasta ahora. ¡Cuán reconocida le estoy al hombre que inventó la máquina de escribir portátil, y también a Quincey, que me la proporcionó! De haber tenido que servirme de una pluma habría perdido el hilo de mis ideas.

Todo ha terminado. Pobre Jonathan mío, cuánto ha sufrido y cuánto ha de sufrir todavía… Se ha acostado en el sofá, respirando apenas, con el cuerpo paralizado, el entrecejo fruncido y el semblante contraído por los padecimientos. ¡Pobre querido mío! Tal vez está pensando. Tiene el rostro muy arrugado, como si hiciera un esfuerzo de concentración. ¡Cómo me gustaría poder ayudarle en algo! Haría cuanto pudiese.

A petición mía, el profesor Van Helsing me ha entregado todas las notas que yo no conocía aún. Mientras ellos descansan, las leeré atentamente y tal vez llegue a alguna conclusión. Trataré de seguir el ejemplo del profesor y reflexionar sobre los hechos escuetos, sin prejuicios.

Creo que, con la ayuda de Dios, he efectuado un descubrimiento. Necesito examinar minuciosamente unos mapas.

Sí, ahora estoy más segura de no equivocarme. He llegado a una conclusión. Reuniré a mis amigos y se la comunicaré. Ellos juzgarán. Ah, cada minuto es muy valioso.

RECORDATORIO DE MINA HARKER INSERTADO EN SU DIARIO

Punto de partida para la investigación: El problema, para el conde Drácula, estriba en cómo regresar a su castillo.

a) Ha de ser transportado por alguien. Esto es evidente, ya que, si poseyera el poder de trasladarse a su antojo, podría hacerlo como hombre, lobo, murciélago u otro animal. Teme evidentemente ser descubierto o molestado, en el estado vulnerable en que se halla, encerrado en su ataúd entre la salida y la puesta del sol.

b) ¿Cómo puede ser transportado? Procedamos por sucesivas eliminaciones.

I. *Por carretera.* Esto comporta muchas dificultades, particularmente al salir de los pueblos.

1) Hay gente; la gente es curiosa y desea enterarse de todo. Una señal, una sospecha, una duda respecto al ataúd y el conde estaría perdido.

2) Tendría que habérselas con los empleados de aduanas y fielatos.

3) Sus perseguidores pueden seguirle el rastro. Este es su temor mayor, y, para evitar ser traicionado, se ha apartado incluso de su víctima, es decir, de mí.

II. *Por ferrocarril.* Por este sistema, nadie vigila el ataúd; el tren puede retrasarse, y cualquier retraso sería fatal para el conde, que tiene a sus enemigos pisándole los talones. Seguramente, podría escapar de noche, pero ¿qué haría si se hallaba en un lugar desconocido, sin refugio alguno? No es esta su intención, pues se trata de un riesgo que no puede permitirse.

III. *Por agua.* Es el medio más seguro en un sentido, y más peligroso en otro. En el agua no tiene poder, excepto de noche. Además, solo puede provocar la niebla, tempestades, y nevadas, aparte de atraer a los lobos. Si naufragase, las aguas se lo tragarían sin remedio y estaría perdido. Podría conducir el barco hacia la costa, pero, si el paraje le resultara hostil y no tuviese libertad de movimientos, su posición seguiría siendo desesperada.

Si se halla en un barco, tendremos que determinar en cuál.

Nuestro primer objetivo consiste en averiguar qué hace ahora, y esto nos iluminará respecto a sus movimientos futuros.

Primero debemos distinguir entre lo que hizo en Londres, como parte de su plan general de acción y lo que hizo cuando cada minuto era precioso para él y debía sacar partido de todo.

Después, a partir de los hechos que conocemos, trataremos de deducir lo que ha hecho aquí.

Para empezar, es evidente que quiso llegar a Galatz y solo envió una factura relativa a Varna para desconcertarnos si llegábamos a enterarnos de que había abandonado Inglaterra y deseábamos saber cuál era su destino. Su único objetivo, el más inmediato, es evadirnos. La prueba de ello reside en las instrucciones incluidas en la carta enviada a Emmanuel Hildesheim de recoger la caja antes de la salida del sol…, así como en la orden dada a Petrov Skinski. En este punto, solo podemos hacer conjeturas, puesto que debió de existir una carta o un mensaje, ya que el propio Skinski fue en busca de Hildesheim.

Hasta allí, que sepamos, sus planes han tenido éxito. El *Zarina Catalina* efectuó una travesía prodigiosamente rápida, hasta el punto de despertar sospechas en el cerebro bastante obtuso del capitán Donelson. Pero su mente supersticiosa, unida a su falta de inteligencia, ayudaron al conde; y el barco viajó viento en popa, a través de la niebla, hasta Galatz. Los preparativos del conde han resultado eficaces. Hildesheim recogió la caja, se la llevó y la entregó a Skinski. Este se encargó de ella… y aquí perdemos la pista. Si había una aduana o un fielato, los ha eludido.

Ahora, debemos preguntarnos qué ha hecho el conde desde que llegó a Galatz.

La caja le fue entregada a Skinski antes del amanecer. Al salir el sol, Drácula pudo aparecerse bajo su verdadera forma. Sin embargo, ¿por qué eligió a Skinski como auxiliar? Según el diario de Jonathan, Skinski tenía tratos con los eslovacos que mercadean por el río; el rumor de que el asesinato de Skinski es obra de un eslovaco, demuestra lo que en general se piensa de esa gente. El conde deseaba que nadie se le acercara.

He aquí mis conjeturas. En Londres, el conde decidió regresar a su castillo por vía marítima, la ruta más segura y más secreta. Los zíngaros le ayudaron a abandonar el castillo y, probablemente, lo entregaron a los eslovacos, que condujeron las cajas a Varna, donde fueron embarcadas para Londres. El conde conocía a las personas capaces de organizar este servicio. Cuando la caja estuvo en tierra, salió de ella antes del amanecer o después de ponerse el sol y le dio instrucciones a Skinski para que se asegurase del transporte de la caja río arriba. Hecho lo cual, cuando vio que todo iba sobre ruedas, creyó borrar sus huellas asesinando a su agente.

Después de examinar el mapa, llego al convencimiento de que el río más fácil de remontar para los eslovacos es el Pruth, o quizá el Sereth. Leo en las notas relativas a mis trances que he oído mugir unas vacas, y arremolinarse el agua al nivel de mis orejas, y entrechocar de maderas. Entonces, el conde, dentro de su ataúd, se hallaba en un río a bordo de una barcaza sin puente, probablemente impulsada por remos o pértigas, pues en el río hay bajíos y es preciso remontar la corriente. El ruido sería diferente si descenciera.

Naturalmente, quizá no se trate del Pruth ni del Sereth, pero esto puede averiguarse. Sin embargo, de los dos ríos mencionados, el Pruth es más fácil de navegar; en cambio, el Sereth recibe, al llegar a Fundu, al Bistritza, que discurre en torno al collado de Borgo. Este recodo es el lugar más cercano al castillo de Drácula si se va por vía acuática.

DIARIO DE MINA HARKER (CONTINUACIÓN)

Cuando terminé de leer estas notas, Jonathan me tomó entre sus brazos y me besó, y los demás me estrecharon las manos.

—Una vez más —declaró el profesor—, nuestra querida Mina es nuestra guía. Sus ojos han visto cuando los nuestros estaban ciegos. Hemos hallado la pista y si conseguimos aproximarnos a nuestro enemigo en pleno día, en el agua, nuestra tarea habrá concluido. Sí, nos lleva cierto adelanto, pero no puede apresurarse. No puede abandonar de ningún modo su ataúd. Los que conducen la caja sospecharían y arrojarían la carga al río, donde Drácula perecería. Él lo sabe y no se atreverá a correr el riesgo. Ahora hemos de celebrar un consejo de guerra; es preciso decidir lo que ha de hacer cada uno de nosotros.

—Yo adquiriré una lancha y le seguiré —afirmó Arthur.

—Yo compraré caballos para seguirle desde la orilla, por si su barcaza atraca —declaró Quincey.

—Bien —asintió el profesor—. Los dos tienen razón, pero nadie debe marchar solo. Necesitamos fuerza para reducir a la fuerza. Los eslovacos son fuertes y robustos y poseen buen armamento.

Todos sonrieron; ellos también poseían un buen arsenal.

—Yo tengo varios rifles —anunció Quincey—. Se trata de unas armas muy cómodas en caso de ataque en masa. Además, tal vez tengamos que luchar contra los lobos. Recuerden que el conde tomó ciertas precauciones. Formuló unas exigencias que Mina no logró oír o entender completamente. Debemos estar preparados para cualquier eventualidad.

—Yo pienso —intervino el doctor Seward— que lo mejor sería que acompañase a Quincey. Los dos estamos acostumbrados a cazar juntos y, bien armados, no hay razón para que temamos ningún ataque. Tampoco es preciso que Arthur vaya solo. Tal vez tendrá que combatir contra los eslovacos, y una puñalada, pues no creo que esos individuos posean fusiles, daría al traste con todos nuestros planes. Esta vez no hemos de dejar nada al azar, ni debemos suspender nuestra misión hasta que hayamos separado la cabeza del conde de su cuerpo y estemos seguros de la imposibilidad de su reencarnación.

Mientras hablaba, el doctor Seward miraba a Jonathan, y este me miraba a mí. Me di cuenta de que mi marido estaba atormentado por la indecisión. Sí, le habría gustado quedarse a mi lado; pero los que irían a bordo de la lancha tendrían todas las posibilidades de destruir al... vampiro. (¿Por qué he vacilado al escribir esta palabra?) El doctor Seward guardó silencio y fue el profesor quien continuó hablando.

—Mi querido Jonathan, por dos motivos, esta es su tarea. Primero, usted es joven y valiente, capaz de luchar, y necesitamos todas nuestras energías para el golpe final. Además, a usted le corresponde destruir ese... esa cosa que tanto les ha hecho sufrir, a usted y a Mina. Respecto a su esposa, no tema nada: yo cuidaré de ella. Soy viejo, sí. Mis piernas ya no son tan veloces como antaño, no estoy acostumbrado a largas galopadas ni a usar armas. Pero, si es preciso, soy capaz de morir igual que un joven. Y ahora tracemos todo el plan. Usted, Arthur, con el amigo Jonathan, remontarán el río con la lancha, en tanto que John y Quincey vigilarán la orilla en caso de desembarco; yo, mientras tanto, conduciré a Mina al corazón mismo del país enemigo. En tanto el viejo zorro se halla encerrado en su jaula, flotando a merced de la corriente sin poder alcanzar la orilla, sin atreverse a levantar la tapa del ataúd por temor a que sus portadores eslovacos se asusten y lo echen al agua, nosotros seguiremos la ruta que ya recorrió Jonathan, desde Bistritz a Borgo, abriéndonos paso hasta el castillo de Drácula. Seguramente, el poder hipnótico de Mina nos ayudará a localizar el camino, por muy oscuro y desconocido que sea, después de que amanezca en ese lugar fatífico. Tenemos mucho que hacer, y muchos parajes que purificar, para que ese nido de víboras quede borrado de la faz de la Tierra.

—¿Cómo, profesor? —le interrumpió Jonathan febrilmente—. ¿Tiene la intención de llevar a Mina, en su triste estado y presa de esa dolencia diabólica, hasta las fauces de esa trampa mortal? ¡Por nada de este mundo! ¡Ni por el cielo ni por el infierno! —Calló unos instantes, y continuó—: ¿Sabe cómo es ese lugar? ¿Ha visto tal conjunto de horrores? ¿Ha contemplado el claro de luna poblado de formas espantosas? ¿Ha observado los granos de polvo que se arremolinan con el viento formando el embrión de un monstruo devorador? ¿Ha sentido los labios del vampiro sobre su garganta?

Se volvió hacia mí y, al posar su mirada en mi frente, exclamó, elevando los brazos al cielo:

—¡Ah, Dios mío!, ¿qué hemos hecho para vernos atormentados de este modo?

Se dejó caer sobre el sofá, sin poder soportar ya más sus sufrimientos. Fue la voz del profesor la que nos tranquilizó, con su acento claro, dulce y vibrante.

—Amigo mío, si deseo ir a ese lugar es precisamente para salvar a Mina. ¿Llevarla al castillo? ¡Que Dios me guarde de ello! ¡Allí hay que ejecutar una tarea espantosa que ella no debe contemplar! Nosotros, salvo Jonathan, hemos visto lo que queda por hacer antes de que ese sitio pueda ser purificado... Fíjese en que nos hallamos en un callejón sin salida. Si el conde nos burla esta vez, y es fuerte, inteligente y astuto, tal vez decida dormir cien años; y entonces, nuestra querida Mina —me cogió una mano— deberá, a su vez, acompañarle y convertirse en algo semejante a las espantosas mujeres que usted describió en su diario. Usted vio sus ávidos labios, usted oyó sus abominables risas al apoderarse del saco lleno de vida que les arrojó el conde. Ah, ¿se estremece, Jonathan? Lo comprendo. Perdone que le hable de este modo, pero es necesario. Sin embargo, yo daré mi vida por salvar la de Mina. Y si alguien ha de ir a ese paraje y quedarse en él, es a mí a quien toca tal deber.

—De acuerdo, obre como guste —accedió Jonathan con un terrible sollozo—. ¡Estamos en las manos de Dios!

Más tarde. ¡Qué consolador resulta ver afanarse a esos hombres valerosos! Es imposible dejar de amar a unos caballeros tan serios, tan sinceros, tan valientes... Asimismo, me admira el poder del dinero. ¡Cuántas cosas puede realizar cuando está bien empleado! ¡Y cuánto mal puede hacer en el caso contrario! Le estoy muy reconocida a Arthur por su riqueza, así como a Quincey por el mismo motivo, ya que saben gastarlo con tanta largueza. A no ser por ellos, nuestra expedición no existiría, o al menos no habría sido tan rápida ni estaríamos tan bien pertrechados. La partida se ha fijado para dentro de una hora. Hace solo tres que empezamos a planearlo todo y Arthur y Jonathan tienen ya una magnífica lancha de vapor, preparada para partir a la primera señal. El doctor Seward y Quincey poseen media docena de hermosos caballos, bien enjaezados. Estamos provistos de todos los planos y mapas de la región, y todos los instrumentos necesarios. El profesor Van Helsing y yo partiremos esta noche, a las 23,40, hacia Veresti, donde buscaremos un carruaje que nos lleve al collado de Borgo. Llevaremos bastante dinero en efectivo, pues hemos de adquirir el coche y los caballos. Conduciremos nosotros; no queremos confiarle a nadie esta misión. El profesor conoce muchos idiomas y dialectos y en este sentido no hay nada que temer. Todos vamos armados. Yo llevo un revólver de gran calibre. Jonathan solo se ha quedado tranquilo cuando me ha visto armada como los demás. ¡Ah!, hay un arma que no puedo llevar como los demás, pues me lo impide la marca de mi frente. El profesor me ha consolado a este respecto, asegurándome que el revólver será muy útil si nos encontramos con lobos. Cada vez hace más frío y caen copos de nieve, en señal de advertencia.

Más tarde. He necesitado todo mi valor para despedirme de Jonathan. No sabemos si volveremos a vernos. ¡Valor, Mina! El profesor nos está mirando fijamente, su mirada es una advertencia. No es hora de llanto, a menos que Dios permita al final que lloremos de alegría.

DIARIO DE JONATHAN HARKER

30 de octubre, noche. Escribo esto a la luz que se filtra por la portilla de la caldera de la lancha. Arthur aviva el fuego. Él conoce este trabajo por haber tenido una lancha durante años en el Támesis y otra en los lagos de Norfolk. Tras haber estudiado mis mapas, hemos adoptado por fin las conclusiones de Mina; si existe un río navegable que conduzca clandestinamente al conde a su castillo es el Sereth, y después el Bistritza a partir de la confluencia. Hemos admitido, asimismo, que el mejor paraje para atravesar la región entre el río y los Cárpatos se halla cerca del grado 47 de latitud norte. Podemos, sin temor, forzar la velocidad por la noche. El agua es profunda y la distancia entre las riberas es suficiente. Arthur me ha aconsejado que duerma unos instantes; con uno que vele basta. Pero ¿cómo conciliar el sueño al pensar en el terrible peligro que amenaza a Mina, que se dirige ahora hacia la guarida del monstruo? Mi único consuelo consiste en pensar que estamos en las manos de Dios. Sin esta seguridad, sería preferible morir para verme libre de este tormento. Quincey y el doctor Seward se han marchado antes que nosotros, a caballo. Seguirán la orilla derecha, pero a una distancia suficiente como para evitar los meandros del río sin dejar de observarlo desde lejos. Llevan dos hombres que conducen los caballos de refresco, así que en las primeras etapas serán cuatro en total a fin de no llamar la atención. Cuando despidan a esos hombres, lo cual ocurrirá pronto, ellos mismos cuidarán de sus monturas. Tal vez llegue la ocasión en que debamos juntarnos a ellos, y entonces iremos todos a caballo. Una de las sillas posee un arzón móvil, que podría servir para Mina.

¡Terrible aventura esta nuestra! Navegamos en medio de la mayor oscuridad; asimismo, estamos horrorizados por el frío que sube del río y por las misteriosas voces nocturnas que nos rodean. Sin embargo, continuamos navegando hacia esos parajes desconocidos, hacia ese universo del espanto. Arthur ha cerrado el portón de la caldera.

31 de octubre. Seguimos persiguiendo al conde. Ha amanecido. Arthur duerme mientras yo velo. La mañana es helada, y el calor de la caldera nos reconforta, pese a que llevamos puestas nuestras grue-sas pellizas. Hemos avistado varias barcazas, mas ninguna lleva a bordo una caja tan grande como la que buscamos. Hemos asusta-do a los marineros enfocándoles con nuestra linterna eléctrica; caían de rodillas, rezando atropelladamente.

1 de noviembre, por la tarde. Sin novedad. No hemos descubierto lo que buscamos. Ahora seguimos por el Bistritza. Si nuestras supo-siciones son falsas, hemos perdido nuestra última oportunidad. Hemos examinado todos los esquifes, grandes y pequeños. Esta mañana, una tripulación nos ha tomado por una lancha del gobier-no, y nos ha tratado en consecuencia. Esto puede facilitar la tarea; así que, en Fundu, donde el Bistritza confluye en el Sereth, nos he-mos procurado una bandera rumana, que ahora llevamos izada. Este truco ha tenido éxito en todas las barcas que hemos registrado. Todas las tripulaciones nos han testimoniado el más profundo res-peto, y no han opuesto la menor objeción a nuestros interrogato-rios. Algunos eslovacos nos han hablado de una enorme barcaza que remontaba el río, a mayor velocidad de lo normal, con doble tripulación a bordo. Esto ha ocurrido antes de llegar a Fundu, de modo que no han podido decirnos si la barcaza ha continuado por el Bistritza o por el Sereth. En Fundu no había ninguna noticia de tal barcaza; habrá pasado durante la noche. Tengo sueño; tal vez es el frío que afecta a mi cerebro, y la naturaleza no exige un descanso de vez en cuando. Arthur insiste en vigilar durante el primer tur-no. ¡Que Dios le bendiga por sus bondades para con Mina!

2 de noviembre, por la mañana. Es de día. Mi buen compañero no quiso despertarme. Habría sido un pecado, me dijo, pues yo dor-mía plácidamente, olvidado de todos mis tormentos. Tengo la im-presión de haber sido un egoísta, durmiendo tanto. Pero él tiene razón. Esta mañana me siento otro hombre, capaz de vigilar la lancha, gobernarla y acechar el río. Vuelvo a recobrar mis energías. ¿Dónde estarán Mina y Van Helsing? Debieron de llegar a Veresti el miércoles a mediodía. Habrán tardado algún tiempo para conseguir un carruaje. Si han ido a buena marcha, habrán llegado ya al collado de Borgo. ¡Que Dios les guíe y les proteja! Tiemblo al pensar lo que pueda sucederles. ¡Lástima no poder ir más deprisa! Oh, no, los motores roncan y dan de sí todo lo que pueden. ¿Cómo les irá al doctor Seward y Quincey? Hay muchos riachuelos que descienden vertiginosamente hacia el río, pero ninguno parece importante, al menos por ahora. En invierno, después del deshielo, deben de ser temibles. No, los jinetes no deben de encontrar grandes obstáculos. Espero verles antes de llegar a Strasba. Si por entonces no hemos atrapado al conde, tendremos que celebrar otra reunión.

DIARIO DEL DOCTOR SEWARD

2 de noviembre. Tres días en camino, sin novedades, y aunque las hubiese habido tampoco habría podido transcribirlas al papel, pues no hay un minuto que perder. Solo nos paramos para que descansen las monturas; tanto Quincey como yo soportamos admirablemente la prueba. Nuestras aventuras de antaño nos son muy útiles ahora, ya que si no las hubiésemos vivido, ¿nos habríamos atrevido a emprender esta? Tenemos que continuar; solo nos sentiremos dichosos cuando avistemos de nuevo la lancha.

3 de noviembre. En Fundu nos han dicho que la lancha está remontando el Bistritza. ¡Si al menos hiciese menos frío! Parece que va a nevar y, si cae demasiada nieve, tendremos que detenernos. En ese caso, buscaremos un trineo y continuaremos al estilo ruso.

4 de noviembre. Hoy nos han informado de que la lancha se ha visto detenida por una avería ocurrida mientras remontaba los rápidos. Las barcazas eslovacas los remontan con facilidad, ayudadas por una cuerda y siendo gobernadas prudentemente. Algunas habían pasado poco antes. Arthur es mecánico por afición y, naturalmente, él es quien ha reparado la avería. Finalmente, han conseguido remontar los rápidos con la ayuda de la gente del país, y han reanudado la persecución. Los aldeanos nos han contado que cuando la lancha estuvo de nuevo en las aguas plácidas tuvo que pararse varias veces mientras estuvo a la vista. Tenemos que forzar la marcha. Tal vez necesiten nuestra ayuda.

DIARIO DE MINA HARKER

A mediodía hemos llegado a Veresti. El profesor me ha contado que esta mañana, al amanecer, le costó mucho hipnotizarme y que solo murmuré: «Oscuridad, calma». Ahora ha salido a comprar un coche y caballos. Más tarde piensa adquirir también caballos de refuerzo, para poder cambiarlos en la ruta. Nos quedan casi ciento cincuenta kilómetros por recorrer. La región es agradable y muy interesante. Si la situación fuese distinta... ¡qué estupendo sería visitar estos lugares! Ah, qué placer si Jonathan y yo pudiésemos visitarlos con toda tranquilidad! Detenernos por ahí, ver gente, aprender cómo viven, llenar nuestro espíritu y nuestra memoria con todo el colorido y el pintoresquismo de esta comarca salvaje y espléndida, de ese pueblo extraño... Mas, ¡ay...!

Más tarde. Ha regresado el profesor. Ha adquirido el coche y los caballos. Comeremos algo y dentro de una hora nos pondremos en camino. La dueña de la posada está preparando una enorme cesta con provisiones que podrían alimentar a todo un batallón. El profesor la ha animado a hacerlo así, y me ha notificado que tal vez estaremos toda una semana sin hallar comida adecuada. Por su parte, ha ido al mercado y ha comprado un surtido magnífico de mantas de viaje, y pieles. No pasaremos frío.

Partiremos al instante. Tiemblo al pensar en lo que nos aguarda. Sí, verdaderamente, estamos en manos de Dios. Solo Él sabe qué ocurrirá y le imploro con todas mis fuerzas que vele por mi esposo, pase lo que pase. Que Jonathan sepa que le he amado y honrado profundamente y que mis pensamientos, mis verdaderos pensamientos, siempre serán para él, solo para él.

27

DIARIO DE MINA HARKER

l de noviembre. Viajamos el día entero, a buen paso. Los caballos parecen comprender que están bien tratados y avanzan de buen grado lo más rápido que pueden. El hecho de haberlos cambiado varias veces, y de verles siempre animados de las mejores intenciones, nos anima a pensar que el viaje será fácil. El profesor Van Helsing no malgasta las palabras; dice a los aldeanos que tiene mucha prisa por llegar a Bistritz y les paga muy bien por el cambio de caballos. Tomamos una sopa caliente, o té, y volvemos a ponernos en marcha. La región es encantadora, con bellísimos paisajes, y la gente es animosa, robusta, simple, dotada de las mejores cualidades. Sin embargo, son muy, muy supersticiosos. En la primera casa donde paramos, cuando la mujer que nos sirvió observó la señal de mi frente, se persignó y alargó dos dedos hacia mí, para protegerse del mal de ojo. Creo que puso gran cantidad de ajos en nuestra comida, y yo no soporto el ajo. Desde entonces, procuro no quitarme el sombrero ni el velo, a fin de no despertar sospechas. Avanzamos con rapidez. Como no llevamos cochero para contar chismes en las etapas, dejamos el escándalo a nuestras espaldas; no obstante, me imagino que a lo largo de todo el camino nos acompañará el temor al mal de ojo. El profesor no parece cansarse nunca; no ha querido parar a descansar en todo el día, aunque a mí sí me ha obligado a dormir largo tiempo. Me hipnotizó al ponerse el sol, según costumbre, y yo contesté, también como siempre: «Oscuridad, oleaje, y crujido de tablas». Por tanto, nuestro enemigo sigue estando en el río. Me da mucho miedo pensar en Jonathan, aunque en este momento no temo nada ni a nadie. Escribo esto mientras espero en una granja a que cambien los caballos. El profesor está durmiendo por fin; el pobre hombre está agotado, envejecido, gris, si bien en su boca se adivina la resolución de los conquistadores, y hasta cuando duerme deja traslucir resolución. Cuando partamos, cogeré las riendas para que él descanse. Le diré que todavía queda más de una jornada de viaje y que no debe estar agotado en el instante en que más necesitará de todas sus energías. Todo está a punto. Reanudamos la marcha.

2 de noviembre, por la mañana. Lo he conseguido; nos hemos turnado toda la noche en el pescante. Ya es de día, un día brillante pero frío. El aire es sumamente pesado; digo «pesado» a falta de otro término más exacto; tanto el profesor como yo nos sentimos oprimidos. Hace mucho frío, y solamente tenemos nuestras mantas y pieles para calentarnos. Al amanecer, el profesor me ha hipnotizado, y yo le he respondido: «Oscuridad, crujidos de tablas, rumores del agua». Por tanto, el río cambia a medida que los portadores de Drácula remontan su curso. Espero que Jonathan no corra peligro… más de lo preciso. Sí, estamos más que nunca en manos de Dios.

2 de noviembre, por la tarde. Avanzamos sin descanso. El paisaje se ensancha. Los altos contrafuertes de los Cárpatos, que en Veresti nos parecían tan alejados y bajos sobre el horizonte, nos rodean por doquier, y nos impiden el paso. Entre nosotros reina el optimismo, aunque creo que más bien se trata de un esfuerzo por animarnos mutuamente. El profesor Van Helsing asegura que llegaremos al collado de Borgo cuando salga el sol.

En esta comarca hay muy pocos caballos, por lo que el profesor cree que los últimos que adquirimos tendrán que acompañarnos hasta el final, pues no podremos encontrar otros. Llevamos dos más; ahora podemos ir más deprisa. ¡Esos queridos caballos son tan pacientes y buenos...! No nos molestan otros viajeros, por lo que incluso yo puedo conducir. Llegaremos al collado de madrugada; no deseamos hacerlo antes. Por eso hemos podido descansar un poco. ¿Qué novedades nos traerá el nuevo día? Nos acercamos al sitio donde mi pobre marido sufrió tanto. ¡Que Dios nos permita encontrarlo! ¡Que se digne velar por mi marido y por todos los que amamos y corren un peligro tan espantoso! En cuanto a mí, no soy digna de sus miradas. ¡Ay, soy impura a sus ojos y lo seguiré siendo mientras permanezca la terrible señal en mi frente!

MEMORÁNDUM DE ABRAHAM VAN HELSING

4 de noviembre. Escribo esto para mi fiel amigo John Seward, en caso de que jamás volvamos a vernos. Le servirá de explicación. Escribo junto a una hoguera que he mantenido encendida toda la noche; con ayuda de Mina. El frío es horrible y parece haber afectado a Mina, pues todo el día ha tenido la cabeza muy pesada. ¡Duerme, duerme, duerme... no hace más que dormir! Ella, que antes escribía a cada momento libre, ha dejado de escribir en su diario. Sin embargo, esta noche está más animada. Creo que su largo sueño ha sido reparador.

Al ponerse el sol intenté hipnotizarla, pero no obtuve ningún resultado. El poder hipnótico ha disminuido día a día, y esta noche ha fallado por completo. ¡Que se cumpla la voluntad del Señor!

Llegamos al paso del Borgo ayer por la mañana, poco después de la salida del sol. Cuando observé señales del amanecer, me dispuse a hipnotizar a Mina nuevamente. Detuve nuestro carruaje y nos apeamos para que nada nos molestara. Tendí unas cuantas pieles, colocándolas como si se tratara de un camastro, y Mina se acostó, y cedió como de costumbre, aunque con mayor lentitud que nunca, al sueño hipnótico.

—Oscuridad y rumor de agua —repuso, como la última vez.

Se despertó radiante y reanudamos el viaje. La guía algún nuevo poder, ya que, señalando un camino, exclamó de pronto:

—Debemos ir por allí.

—¿Está segura de saberlo? —me admiré.

—Claro que lo sé —replicó, añadiendo tras una pausa—. ¿Acaso no lo recorrió Jonathan y yo pasé a máquina sus notas?

Tomamos aquel camino vecinal. Poco a poco, fuimos reconociendo los parajes que Jonathan había anotado en su diario. Al principio, le rogué a Mina que durmiese, cosa que hizo. Estuvo tanto tiempo dormida que me inquietó y quise despertarla, pero no lo conseguí. No quiero despertarla con demasiada brusquedad por temor a hacerle daño.

Al final, la desperté sin grandes esfuerzos e intenté hipnotizarla. Fue inútil, no lo conseguí, por mucho que me esforcé. Miró a su alrededor, viendo que el sol ya se había ocultado por completo. Mina se echó a reír. Ahora está completamente despierta y tiene tan buen semblante como no se lo había visto desde la noche que penetramos en la casa de Carfax por primera vez. Estoy asombrado e inquieto.

Encendí fuego, pues traje una gran provisión de leña. Mina preparó la comida, mientras yo procedía a desenganchar y dar de comer a los caballos. Fui a ayudar a Mina, pero sonrió y cuando la animé a comer repuso que ya lo había hecho. Esto no me gustó en absoluto; ah, sí, abrigo graves inquietudes, mas temo afligirla y he comido solo. Luego, nos hemos envuelto en nuestras pieles, y nos hemos tumbado junto a la fogata. Al poco rato me olvidé de vigilar y cuando, de repente, me acordé del inmenso peligro, la vi tendida, inmóvil, pero despierta y contemplándome con chispeantes pupilas. Esto sucedió en otras dos ocasiones. Luego, me quedé dormido hasta el amanecer. Al despertarme, intenté hipnotizarla, pero aunque cerró los ojos no entró en trance. Salió el sol y entonces se durmió, con un sueño tan pesado que no logré despertarla. Tuve que levantarla en vilo y meterla dormida dentro del carruaje; luego enganché los caballos y me dispuse a continuar nuestra aventura. Mina duerme todavía. Tengo miedo de todo, hasta de pensar, pero hemos de seguir adelante. Ahora más que nunca es cuestión de vida o muerte.

5 de noviembre, por la mañana. Quiero anotar con fidelidad todos los detalles porque, aunque juntos hayamos visto cosas espantosas e increíbles, tal vez pueda llegar a pensar que estoy loco, que los muchos horrores y la prolongada tensión han acabado por desquiciarme del todo.

Mina está aún dormida. No logré despertarla ni siquiera para comer. Empiezo a temer que el fatal sortilegio del lugar la mantenga encantada, contaminada como está con la sangre del vampiro. Mientras avanzábamos me dormí a mi vez. Al despertar, avergonzado de mi debilidad, hallé a Mina durmiendo todavía y el sol en el horizonte. Desperté a la pobre muchacha y traté de hipnotizarla. Inútil: era demasiado tarde. Desenganché los caballos y encendí un fuego. Preparé la comida, pero Mina se negó a comer, asegurando que no tenía apetito. No insistí, sabiendo que era inútil. Después, temiendo lo que puede suceder, tracé un círculo a nuestro alrededor y dispuse sobre el mismo varios trozos de hostia, distribuyéndola de forma que nos preservase por todas partes. Mina permaneció sentada, pálida como una muerta, casi lívida. No pronunció una sola palabra. Cuando me acerqué a ella, se asió del brazo. La pobre temblaba de pies a cabeza, de una forma que me dio pena.

Se mostraba muy inquieta.

—¿No quiere aproximarse al fuego? —le pregunté.

Se levantó obediente, pero al dar un paso se detuvo como herida por el rayo.

—¿Por qué se para? —la interrogué.

Sacudiendo la cabeza, volvió sobre sus pasos y se sentó en su sitio.

—¡No puedo! —repuso luego, como despertando de un sueño.

Me alegré, pues así comprobé que tampoco aquellos que tememos podrán acercarse a nosotros. ¡Aunque el cuerpo de Mina corra peligro, su alma aún está a salvo!

Al poco rato, los caballos comenzaron a dar muestras de inquietud. Durante la noche tuve que calmarlos varias veces, acariciándolos. La nieve empezó a caer en copos finísimos. Estaba algo asustado, pero de pronto me sentí seguro dentro del círculo. Imaginé que mis temores eran producto de la oscuridad de la noche, de la inquietud y la terrible ansiedad experimentada durante el día. Me turbaban los recuerdos de las espantosas experiencias que Jonathan había sufrido. Los copos de nieve y la neblina empezaron a arremolinarse y hasta creí divisar a las tres malditas jóvenes que le besaron. Cuando aquellas fantásticas figuras se aproximaron, temí por Mina. Al ir hacia el fuego para alimentarlo y reavivarlo, la joven me cogió del brazo, y me suplicó en voz baja:

—¡No, no salga del círculo! ¡Aquí está seguro!

Me volví hacia ella.

—¿Y usted? —repliqué, mirándola fijamente—. ¡Por quien temo es por usted, querida Mina!

Ella se echó a reír tristemente.

—¿Teme por mí? ¿Por qué? En el mundo, no hay nadie más a salvo de ellos que yo.

Estaba meditando sobre el oscuro sentido de sus palabras cuando una ráfaga de aire avivó las llamas y pude ver la roja señal de su frente. Entonces lo comprendí todo. Las vagas figuras empezaron a materializarse hasta que vi ante mí a las tres mujeres que Jonathan había visto también cuando pretendieron besar su garganta en el castillo de Drácula. Sonreían a la pobre Mina, y cuando sus risas profanas quebraron el silencio de la noche, entrelazaron los brazos y la señalaron. Entonces, con ese tono dulzón que Jonathan calificó de enloquecedor e impuro, exclamaron:

—¡Ven, ven, hermana nuestra! ¡Ven con nosotras!

Temeroso, me volví hacia Mina. Mi corazón dio un salto de alegría. El terror que leí en su mirada llenó de esperanza mi ánimo. ¡Gracias a Dios, aún no era una de ellas! Cogí un leño y, tendiendo un trozo de hostia, avancé hacia las tres mujeres. Retrocedieron, aunque sin dejar de reír. Oh, sí, mientras poseyéramos tales armas no podrían aproximarse a nosotros. Los caballos habían cesado de gemir y relinchar y estaban tumbados en el suelo, en tanto la nieve, cayéndoles encima, los convertía en un montículo blanco. Así permanecieron hasta el amanecer.

Al empezar a clarear, las horribles figuras se desvanecieron. No obstante, temía moverme. Por fin, fui a examinar los caballos. Están todos muertos.

Me aguarda una tarea abrumadora. Cuando el sol haya salido por completo me dedicaré a ella. Con el desayuno recobraré las energías; luego, iré a cumplir la terrible misión. Mina duerme tranquila.

DIARIO DE JONATHAN HARKER

4 de noviembre, por la tarde. El accidente de la lancha constituyó un tremendo percance. De no ser por ese contratiempo, habríamos alcanzado la barcaza del conde y Mina estaría ya fuera de peligro. Hemos adquirido caballos y seguimos el rastro de Drácula. Anoto esto mientras Arthur se prepara. ¡Ah, si Quincey y Seward estuviesen con nosotros! ¡No nos queda más remedio que conservar las esperanzas de nuestro triunfo! No escribo más. Arthur está dispuesto. ¡Adiós, Mina! ¡Que Dios te bendiga y te proteja!

5 de noviembre. Al despuntar el día divisamos el grupo de zíngaros, que se alejaban del río a toda prisa, conduciendo su carreta. La nieve cae suavemente. En el aire reina una extraña tensión. A lo lejos, oigo los aullidos de los lobos. Por lo visto, la nieve los ahuyenta de las montañas. Cabalgamos, lo sé, hacia la muerte de alguno de nosotros. Solo Dios sabe de quién.

MEMORÁNDUM DEL DOCTOR VAN HELSING

5 de noviembre, por la tarde. Por lo menos, aún conservo la razón. No estoy loco. Doy gracias a Dios por esa merced, aunque la prueba ha sido aterradora. Tras dejar a Mina durmiendo dentro del círculo sagrado, me dirigí al castillo. Recordando el diario de Jonathan, fui a la vieja capilla. Era allí donde tenía que realizar mi misión. El ambiente era opresivo y tuve la impresión de estar envuelto en humo o gases sulfurosos que me aturdían. A mis oídos llegaban los terribles y lúgubres aullidos de los lobos. Pensé entonces en Mina, porque los lobos constituían un peligro para ella, pues ellos sí podían cruzar el círculo que la protegía de los vampiros. Decidí concentrarme en mi trabajo y resignarme a la voluntad de Dios. ¡Era preferible que fuese devorada por los lobos a que descansara en la tumba del vampiro!

Sabía que hallaría al menos tres tumbas ocupadas. Registrando sin cesar, y después de arrancar los postigos de las ventanas a fin de asegurarme la salida, encontré una de ellas. En ella yacía una mujer, sumida en su sueño de vampiro, tan rebosante de vida y de voluptuosa belleza que me estremecí como si fuese a cometer un asesinato. ¡Ah, no dudo que en tiempos pretéritos, cuando existían tales horrores, a muchos hombres que partieron a ejecutar un trabajo como el mío les fallara el corazón y los nervios! ¡Y entonces quedaba allí otra víctima más en la guarida del vampiro, que engrosaba las pavorosas, crueles y fúnebres filas de los nomuertos!

Sin duda, debe de existir alguna fascinación poderosa, cuando me conmovió de tal modo la presencia de aquel vampiro femenino, que yacía en su tumba, corroída por el tiempo y cubierta del polvo de los siglos, aunque apestando con el nauseabundo olor característico de los refugios del conde. A pesar de mi entereza, del firme propósito que me animaba y del odio que experimentaba, me conmoví y vacilé.

Quizá la falta de sueño y la extraña opresión del aire empezaba a afectarme. Lo cierto es que me dormía, que me rendía al sueño, a pesar de tener los ojos abiertos. Pero, de pronto, a través del aire aquietado por la nieve, llegó hasta mis oídos un gemido, largo y débil, de angustia, que me despertó como el toque de un clarín. Era la voz de Mina implorando clemencia.

Realicé entonces un esfuerzo supremo y empecé mi horrible empresa, arrancando la losa de la tumba de otra de las hermanas, también morena. No me atreví a detenerme a contemplarla, sino que seguí buscando hasta que al poco rato hallé otra tumba más grande, la de otra rubia. Era tan hermosa, tenía una belleza tan radiante y voluptuosa, que el instinto me hizo vacilar, lleno de emoción. Pero, gracias a Dios, aquel sollozo de Mina todavía no se había extinguido en mis oídos; y, antes de que el encanto pudiese dominarme, hice otro esfuerzo sobrehumano para concluir mi labor. Había ya registrado todas las tumbas de la capilla, y como la noche anterior solo vimos tres fantasmas en torno a nuestra hoguera, supuse que no existían más. Luego descubrí una tumba grande y señorial, un verdadero mausoleo de vastas proporciones. Sobre la losa solo se leía una palabra:

DRÁCULA

Esa era, pues, la mansión del rey de los vampiros, a quien tantos se debían. El hecho de que estuviera vacía confirmó lo que yo ya sabía. En la tumba de Drácula coloqué un trozo de hostia bendita, y así le cerré para siempre la entrada en ella.

Temía dar comienzo a mi horrible labor. De tratarse solo de una mujer, habría sido relativamente fácil. ¡Pero tres...! Si fue terrible con la pobre Lucy, ¡qué no sería con aquellas tres mujeres, que habían sobrevivido siglos, fortaleciéndose con el transcurso de los años!

¡Ah, amigo John, fue un trabajo propio de un carnicero! Si no hubiera reunido coraje pensando en los otros no-muertos, y en los que vivían bajo un palio de espanto, no habría podido seguir. Temblé, y aún tiemblo, aunque, gracias a Dios, mis nervios resistieron. De no haber contemplado el dulce reposo en el primer rostro y la alegría que lo inundó poco antes de la disolución final, como prueba de que el alma había triunfado, no hubiese podido proseguir mi matanza. Habría huido aterrado, dejando mi tarea sin concluir.

¡Ya he terminado! Y sus pobres almas... Ahora las compadezco y lloro al pensar en el plácido sueño de la muerte que tenían, un instante antes de desvanecerse sus cuerpos. Antes de salir del castillo santifiqué sus entradas para que el conde, en su condición de no-muerto, no pueda entrar en él jamás.

Al penetrar en el círculo donde dormía Mina, esta despertó y, al verme, se echó a llorar y me dijo que yo ya había sufrido mucho.

—¡Vamos! —exclamó—. Alejémonos de este terrible lugar. Vamos a buscar a Jonathan: sé que se dirige a nuestro encuentro.

Estaba delgada, pálida y débil, pero sus pupilas resplandecían de pureza y brillaban de fervor. Me alegré al ver su palidez; pues yo aún tenía vivo el recuerdo de la rubicunda vampira dormida.

Ahora, llenos de confianza y de temor, a la par, partimos al encuentro de nuestros amigos —y de él—, pues Mina asegura saber que viene a nuestro encuentro.

6 de noviembre. Oscurecía cuando el profesor y yo echamos a caminar hacia oriente, por donde yo estaba segura que Jonathan se acercaba. No nos apresuramos, a pesar de que el camino era cuesta abajo, pues íbamos cargados con las pesadas mantas y pieles. No nos atrevimos a afrontar el frío y la nieve sin abrigo. Tuvimos que cargar también una parte de nuestras provisiones; ya que nos encontrábamos en medio de una llanura desolada y, hasta donde la cortina de nieve nos permitía divisar, no se veía el menor refugio. No habíamos caminado siquiera dos kilómetros cuando la dificultad de la marcha me obligó a pararme a descansar. Detrás de nosotros se destacaba contra el horizonte la silueta del castillo de Drácula. Nos hallábamos ya tan abajo de la colina donde se yergue, que parecía dominar los Cárpatos. Entonces lo contemplamos en toda su grandeza, encaramado a más de quinientos metros sobre una cumbre y separado de las montañas vecinas por un abismo. Aquel paraje poseía algo salvaje, enloquecedor. A lo lejos, oíamos los aullidos de los lobos. Todavía se hallaban a bastante distancia, pero sus gruñidos y sus aullidos, aunque amortiguados por la nieve que caía, nos llenaron de terror. Cuando vi que el profesor Van Helsing se ponía a explorar el lugar, comprendí que buscaba un punto estratégico en el que estuviéramos menos expuestos en caso de ataque. La senda seguía descendiendo, y podíamos distinguirla por debajo de la nieve.

Al cabo de un instante, el profesor me hizo una señal y me puse de pie para aproximarme a él. Había hallado un sitio admirable, una especie de excavación en la roca, con una entrada que parecía flanqueada por dos pilares. Me cogió de la mano y me obligó a entrar allí.

—Aquí estará usted más segura —murmuró—, y si vienen los lobos, yo podré hacerles frente de uno en uno.

Llevó nuestras pieles y mantas al interior, me acomodó un asiento, sacó varias provisiones y me forzó a comer. Pero me resultaba imposible; la comida me daba tanto asco que, a pesar de que deseaba complacerle, no lo logré. Pareció entristecerse, pero no me hizo el menor reproche. Luego, extrajo los prismáticos del estuche y, tras subirse a una roca, escrutó el horizonte.

—¡Fíjese, Mina, fíjese! —gritó de repente.

Di un salto y me situé a su lado. Me entregó los prismáticos. La nieve caía más densa y se arremolinaba con violencia, pues soplaba mucho viento. Las ráfagas, sin embargo, eran seguidas de momentos de respiro, durante los cuales yo podía ver a bastante distancia. Desde donde estábamos, divisaba un vasto panorama. En lontananza, más allá de la pradera nevada, podía distinguir el río que discurría como una cinta entre las curvas y meandros de su curso. Frente a nosotros, no muy lejos (en realidad, tan cerca que me asombró no haberlo visto antes), venía un grupo de jinetes que cabalgaban a buen paso. En medio del grupo iba una carreta, un carromato que traqueteaba, como el perro que mueve su cola, con cada bache del terreno. Aquel grupo se destacaba tan claramente sobre la nieve que reconocí perfectamente, por sus vestimentas, a varios campesinos o gitanos.

Sobre el carromato, divisé un gran cofre rectangular. Al verlo, mi corazón dio un salto, puesto que presentí el principio del fin. No tardaría en caer el día, y yo sabía que, a partir de la puesta del sol, la «cosa» que en aquel momento estaba encerrada recobraría su libertad, y bajo una forma cualquiera lograría eludir cualquier persecución. Aferrada, me volví para contemplar al profesor, pero advertí, consternada, que había desaparecido. Un instante después, no obstante, le vi a mis pies. Estaba dibujando en torno a la roca un círculo análogo al que nos había protegido la noche anterior. Cuando hubo terminado, se sentó a mi lado.

—Al menos aquí estará a salvo de él.

Cogió los prismáticos, que yo tenía aún en la mano, y, aprovechando un momento de calma entre las ráfagas de nieve, escudriñó el panorma que se abría ante nosotros:

—Fíjese, se están apresurando, azotando a los caballos, a fin de ir lo más deprisa posible. Van contrarreloj para ganar al sol —añadió tras una pausa, y con voz sorda—. ¡Tal vez lleguemos demasiado tarde! ¡Que se cumpla la voluntad de Dios!

Una nueva racha de nieve borró todo el paisaje, pero duró poco, por lo que una vez más los prismáticos escrutaron la pradera.

—¡Fíjese! —exclamó de pronto el profesor—. ¡Mire! ¡Allá abajo! Dos jinetes vienen a toda marcha, desde el sur. Seguramente, se trata de Quincey y John. Coja los prismáticos. Mire ahora, antes de que la nieve vuelva a espesarse.

Miré. En efecto, los dos jinetes podían ser el doctor Seward y Morris. De todos modos, estaba segura de que ninguno de los dos era Jonathan. Pero, al mismo tiempo, supe que mi marido no estaba lejos. Algo más al norte del sitio donde galopaban ambos jinetes, distinguí a otros dos que corrían a rienda suelta. Al momento reconocí a Jonathan y supuse, naturalmente, que su acompañante era Arthur. También ellos perseguían el carromato y a su escolta. Cuando se lo comuniqué al profesor, lanzó un «¡Viva!», y tras mirar atentamente, por los prismáticos, hasta que una ráfaga de nieve le obstaculizó la visión, colocó su rifle Winchester, a punto para disparar, junto a la entrada de la cueva.

—Todos convergen hacia el mismo punto —exclamó—. Ha llegado el momento. Pronto tendremos a los gitanos a nuestro alrededor.

Preparé mi revólver, puesto que, mientras hablábamos, los aullidos de los lobos se habían ido acercando. Una nueva calma nos permitió volver a mirar. Era un extraño espectáculo el de aquellos densos copos de nieve cayendo junto a nosotros, mientras el sol resplandecía a lo lejos, a medida que descendía por detrás de las cimas lejanas. Al barrer el horizonte con los prismáticos, distinguí por doquier unos puntos negros que se desplazaban en grupos de dos, de tres o más… eran los lobos que se reunían para atacar a sus presas.

Cada minuto de espera parecía durar un siglo. El viento soplaba a ráfagas violentas, azotando furiosamente la nieve y arremolinándola a nuestro alrededor. A veces no distinguíamos más allá de nuestro brazo extendido, y otras, en cambio, cuando el vendaval barría los aledaños gruñendo sordamente, el paisaje se despejaba, lo que nos permitía ver hasta mucho más lejos.

Hacía mucho tiempo que vigilábamos el amanecer y la puesta del sol, por lo que sabíamos que ya no tardaría en ocultarse. Si no hubiéramos llevado reloj jamás habríamos creído que apenas había transcurrido una hora desde que estábamos al abrigo de nuestro improvisado refugio, avizorando los tres grupos separados que avanzaban en nuestra dirección. El viento, procedente ahora del norte, había redoblado su intensidad. Parecía haber alejado las nubes de nosotros, pues ahora la nieve solo caía ya a rachas. Podíamos distinguir perfectamente a los componentes de cada grupo, a los perseguidos y a los perseguidores. Los primeros no parecían darse cuenta de que les estaban dando caza, o al menos no les importaba; y no obstante, forzaban la marcha mientras el sol descendía por detrás de las cumbres.

Mientras todos se aproximaban, el profesor y yo estábamos escondidos detrás de nuestra roca, con las armas a punto. Van Helsing se hallaba visiblemente decidido a no dejarlos pasar. Aunque nadie parecía sospechar nuestra presencia allí.

—¡Alto! —gritaron bruscamente dos voces.

Una era la de Jonathan, agudizada por la ira. La otra era de Morris, que dio la orden con serena resolución. Aunque no entendían las palabras, los gitanos no pudieron confundir el tono, que siempre es el mismo en todas las lenguas de la tierra. Instintivamente, frenaron a sus cabalgaduras y, tan pronto como Arthur y Jonathan se colocaron a un lado del carromato, el doctor Seward y Morris se situaron al otro. El jefe de los gitanos, un joven espléndido que parecía un centauro sobre su caballo, les hizo señas para que retrocedieran y, coléricamente, les ordenó a sus compañeros que siguieran avanzando. Los gitanos espolearon sus monturas, que dieron un salto adelante. Pero nuestros cuatro amigos apuntaron sus fusiles contra el grupo, ordenando que se detuvieran, de tal forma que ninguno pudo fingir no entender la orden.

En aquel momento, el profesor Van Helsing y yo salimos de nuestro refugio, y les apuntamos con nuestras armas. Al verse rodeados, los gitanos tiraron de las riendas, refrenando nuevamente a sus caballos. El jefe se volvió hacia los suyos y les dijo algo, tras lo cual todos empuñaron sus armas, pistolas y cuchillos, dispuestos al ataque. Todo sucedió en unos segundos.

El jefe, con un rápido movimiento, avanzó su montura y la condujo al frente del grupo, y, señalando al sol, que estaba ya rozando las crestas de los montes, y después el castillo, dijo algo que no logré comprender. En respuesta, nuestros amigos saltaron a tierra y avanzaron hacia el carromato. Ver a Jonathan rodeado de tanto peligro me hizo temblar, pero, por encima de mis temores, experimenté el ardor de la batalla. No sentía el menor temor, y sí solo el deseo salvaje, apasionado, de pasar a la acción. Ante nuestros rápidos movimientos, el jefe de los gitanos dio una nueva orden. Al momento, todos los suyos se agruparon en torno a la carreta, empujándose entre sí en su ansiedad por ejecutar la maniobra.

En medio de aquella confusión, distinguí a Jonathan por un lado, y a Quincey por el otro, abrirse camino hacia el carro; era preciso que concluyesen su tarea antes de la puesta del sol. Nada parecía capaz de detenerles, ni siquiera de molestarles. Con sus armas a punto, ni el reflejo de los cuchillos ni los aullidos de los lobos, cada vez más cercanos, parecían afectarles. La impetuosidad de Jonathan y su voluntad, visiblemente irreductible, parecieron intimidar a los gitanos que estaban delante, los cuales capitularon instintivamente y le cedieron el paso. Un segundo le bastó a Jonathan para saltar al carro, coger con un vigor increíble la caja y arrojarlo al suelo. Al mismo tiempo, Morris ya se había abierto camino por el otro lado. Mientras que, conteniendo el aliento, yo seguía con la mirada a Jonathan, vi, por el rabillo del ojo, cómo Quincey se abría paso a la fuerza. Los cuchillos de los gitanos le rodeaban con sus reflejos, mientras él iba avanzando, parando los golpes de las brillantes hojas con su cuchillo de caza. Al principio, creí que también él estaba a salvo. Pero cuando llegó junto a Jonathan, que ahora había saltado del carro, observé cómo su mano izquierda se crispaba al agarrarse el costado, y la sangre manaba a través de sus dedos. Pese a todo, continuó avanzando, y cuando Jonathan, armado con la energía de la desesperación, atacó un lado de la caja para desclavar la tapa con su cuchillo *kukri*, Quincey atacó ardorosamente el otro lado. Gracias al esfuerzo combinado de ambos, la tapa cedió poco a poco; de pronto, los clavos quedaron desgajados con un brusco gruñido, y la tapa fue arrojada al suelo.

Viéndose amenazados por los rifles, y a merced de Arthur y el doctor Seward, los gitanos se rindieron. El sol estaba ya muy bajo, y las sombras se agrandaban sobre la nieve. Vi al conde tendido en la caja, sobre un montón de tierra; al abrirse, unas astillas de madera cayeron sobre su cuerpo. El conde estaba mortalmente pálido, parecía una imagen de cera. Sus enrojecidos ojos poseían la espantosa mirada de la venganza, que yo tan bien conocía.

Mientras le contemplaba, sus ojos advirtieron el sol declinante, y su odiosa mirada lanzó un destello de triunfo. Pero, en el mismo instante, refulgió el cuchillo de Jonathan. Lancé un chillido cuando vi cómo segaba la garganta del conde. En el mismo momento, el cuchillo de Quincey le atravesó de pleno el corazón.

Fue como un milagro; sí, ante nuestros ojos y en el tiempo de un suspiro, todo el cuerpo del conde Drácula quedó reducido a polvo, desapareciendo por completo.

No olvidaré mientras viva que, en el momento de la disolución final, una expresión de paz se apareció en aquel semblante, una expresión que jamás había pensado que llegaría a ver.

El castillo de Drácula se destacaba sobre un cielo muy rojo, y la luz del ocaso dibujaba cada una de sus piedras en sus desvencijadas almenas.

Al ver que nosotros éramos la causa de la desaparición del difunto, los gitanos dieron media vuelta y, sin decir ni una palabra, huyeron como si les fuera la vida en ello. Los que no iban montados, saltaron al carromato y gritaron a los jinetes que no les abandonasen. Los lobos, que se habían retirado a gran distancia, se dispersaron y nos dejaron solos.

Quincey había caído a tierra, apoyado sobre un codo, y con la mano se apretaba el costado, por el que la sangre seguía manando entre sus dedos. Corrí hacia él, pues el círculo sagrado había dejado de aprisionarme. Los médicos hicieron lo mismo. Jonathan se arrodilló detrás de él, y el herido apoyó la cabeza en su hombro. Con un débil esfuerzo, tomó mi mano entre la suya, que no estaba manchada de sangre.

Mi angustia debió de reflejarse en mi expresión, puesto que sonrió y murmuró:

—Me siento muy dichoso por haber servido de algo. ¡Oh, Dios mío! —exclamó de repente, incorporándose penosamente para señalarme con el dedo—. ¡Vale la pena que yo muera! ¡Miren todos!

El sol se escondía tras las montañas y sus fuegos rojos iluminaban mi semblante. Con un movimiento espontáneo, todos cayeron de rodillas, y un grave amén brotó de sus labios, mientras que con la mirada seguían la dirección del dedo del moribundo.

—¡Gracias sean dadas a Dios, ya que todo esto no ha sido en vano! Fíjense, ni la nieve es tan pura como su frente. La maldición ha quedado borrada.

Y, ante nuestro inmenso pesar, Quincey Morris expiró. Siempre sonriente, silenciosamente, como el perfecto caballero que era.

NOTA

Han transcurrido siete años desde los últimos acontecimientos relatados. Y nos hallamos inmersos en una felicidad que, a nuestro entender, vale por todos los sufrimientos pasados. Nuestro hijo nació en el aniversario de la muerte de Quincey Morris, lo cual fue un mayor motivo de alegría para Mina y para mí. Sé que mi mujer tiene la secreta convicción de que una parte del espíritu de nuestro heroico amigo pasó a nuestro hijo. A este le impusimos los nombres de todos los de nuestro grupo de amigos, aunque siempre lo llamamos Quincey.

El verano pasado hicimos un viaje por Transilvania y atravesamos la región que estuvo y sigue estando tan llena de recuerdos inefables y terribles para nosotros. Apenas pudimos creer que todo lo que habíamos visto con nuestros propios ojos y escuchado con nuestros oídos hubiese sido algo vivo y real. Naturalmente, todas las huellas de nuestra aventura habían sido borradas. Pero el castillo de Drácula sigue en pie dominando un panorama de desolación.

A la vuelta, recordamos los tiempos pasados, que ya podemos considerar sin desesperación, puesto que tanto Arthur como el doctor John Seward se han casado y ambos son muy dichosos. He sacado los documentos de la caja de caudales donde permanecieron hasta nuestro regreso. Nos impresionó el hecho de que, en todo ese material de que se compone la terrible historia, apenas haya un documento auténtico. Solo está formado por un conjunto de cuartillas mecanografiadas, excepto los últimos cuadernos de Mina, John y los míos, y el memorándum de Van Helsing. Difícilmente, por tanto, podríamos exigirle a nadie que los aceptase como prueba irrefutable de una historia tan fantástica. El profesor Van Helsing, teniendo a nuestro pequeño sobre sus rodillas, resumió esto al exclamar:

—¡No necesitamos pruebas! ¡No le pedimos a nadie que nos crea! Este muchachito sabrá un día la mujer tan valiente que es su madre. Ahora conoce ya su dulzura y sus amorosos mimos; más adelante, comprenderá que algunos hombres la amaron y veneraron, arriesgándolo todo por su causa y su salvación.

JONATHAN HARKER

APÉNDICE

Primer capítulo original, luego eliminado, de Drácula

EL INVITADO DE DRÁCULA

Cuando partí de excursión, Munich se hallaba iluminado por un sol radiante, y el aire estaba lleno de la alegría de comienzos de estío. El coche se movía ya cuando Herr Delbrück (el propietario del hotel Las Cuatro Estaciones, donde yo me había alojado) corrió hacia mí para desearme un feliz paseo; luego, con la mano en la portezuela, se dirigió al cochero:

—Sobre todo, regresa antes del anochecer. Ahora luce el sol, pero tal vez el viento del norte nos traerá a pesar de todo una tormenta. Claro que es inútil recomendarte prudencia, amigo, puesto que tan bien como yo sabes que esta noche no hay que andar por los caminos. —Sonrió al pronunciar las últimas palabras—. *Ja, mein Herr* —asintió Johann con expresión de complicidad y llevándose dos dedos a la gorra.

Después, azuzó los caballos a toda velocidad. Cuando nos encontramos ya fuera de la ciudad, le pedí que parase.

—Dime, Johann —le pregunté—, ¿por qué el propietario del hotel se ha referido de forma tan especial a la noche que se avecina?

—*Walpurgis Nacht!** —respondió el cochero después de santiguarse.

* Noche de Walpurgis: es la del 30 de abril al primero de mayo, durante la cual, según una superstición alemana, las brujas celebran sus aquelarres en el Blocksberg. *(N. del T.)*

Sacó un reloj del bolsillo, un enorme reloj alemán de plata del grosor de un nabo; lo consultó frunciendo el entrecejo y se encogió de hombros ligeramente, con un movimiento de contrariedad. Comprendí que aquella era su forma de protestar respetuosamente contra aquel retraso inútil, por lo que volví a dejarme caer en mi asiento. Al instante, el carruaje volvió a ponerse en marcha a toda prisa, como si deseara recobrar el tiempo perdido. De vez en cuando los caballos enderezaban bruscamente la cabeza, relinchando, como si un olor que solo ellos podían percibir les inspirase cierto temor. Cada vez que les veía asustados de ese modo, yo, bastante inquieto también, a mi pesar, contemplaba el paisaje que me rodeaba. El camino se hallaba batido por el viento, ya que desde hacía un buen rato estábamos ascendiendo por una ladera en dirección a una especie de meseta. Poco después distinguí una senda que parecía muy poco frecuentada y que, según creí vislumbrar, descendía hacia un estrecho valle. Sentí un vivo anhelo de seguirla y, aun a riesgo de importunar a Johann, le pedí de nuevo que se detuviese, y cuando frenó le anuncié mis deseos de continuar por aquella senda. Buscando toda clase de pretextos, me contestó que era imposible; y mientras hablaba se persignó varias veces. Despertada de este modo mi curiosidad, le formulé numerosas preguntas, a las que respondió con evasivas, sin dejar de consultar su reloj a cada instante, a guisa de protesta. Por fin, no pude más.

—Johann —le comuniqué con firmeza—, yo descenderé por ese camino. No te obligo a acompañarme, pero quisiera saber por qué te niegas a ir por allí.

Por toda respuesta, con un brinco rápido, saltó del pescante. Una vez en tierra, cruzó las manos y me suplicó que no me internase por aquella senda. Como en a su alemán introducía bastantes expresiones inglesas, no pude equivocarme respecto al sentido de sus palabras. Continuaba dándome la sensación de que quería decirme algo... advertirme de algo, cuya sola idea, sin duda alguna, le atemorizaba enormemente, pero cada vez se reprimía y repetía simplemente tras persignarse:

—*Walpurgis Nacht! Walpurgis Nacht!*

Me habría gustado discutir con él, pero ¿cómo se puede discutir cuando se desconoce el idioma del interlocutor? Johann tenía una gran ventaja sobre mí, pues aunque trataba constantemente de emplear las pocas palabras inglesas que conocía, siempre acababa por excitarse y hablar solo en alemán… e invariablemente me enseñaba su reloj para darme a entender la hora. Los caballos también se mostraban impacientes y relinchaban; cuando ocurría eso, el cochero palidecía y miraba a su alrededor atemorizado. De pronto, cogiendo las bridas de los animales, los alejó varios metros. Lo seguí y le pregunté por qué había hecho eso. En respuesta, se persignó, me señaló el lugar del que acababa de alejarse e hizo avanzar un poco más el carruaje hacia la otra carretera y, con el dedo tendido hacia una cruz que se alzaba allí, me espetó, primero en alemán y después en mal inglés:

—Enterraban allí, al que se mató.

Me acordé entonces de la antigua costumbre de enterrar a los suicidas cerca de las encrucijadas.

—¡Ah, un suicida! —exclamé—. Sí, es muy interesante.

Pese a ello, seguía sin comprender por qué los caballos estaban tan asustados. Mientras hablábamos, oímos en lontananza un grito que era a la vez un ladrido y un aullido; sonó muy lejos, sí, pero los caballos comenzaron a encabritarse y Johann pasó grandes dificultades para apaciguarlos. Se volvió hacia mí con voz temblorosa:

—Parecía un lobo. Sin embargo, por esta región no los hay.

—¿No? ¿Hace mucho tiempo que los lobos no se acercan a la ciudad?

—Hace mucho tiempo, al menos en primavera y verano. Sin embargo, no hace tanto que se les vio en la nieve.

Acariciaba a los animales, intentando calmarlos. De repente, el sol quedó oculto por enormes nubarrones que, en muy pocos instantes, cubrieron todo el cielo. Casi al mismo tiempo, un viento helado comenzó a soplar… mejor dicho, hubo una sola racha de aire helado, que no debía de ser un signo precursor de tormenta ya que, casi al momento, el sol brilló de nuevo. Haciendo visera con la mano, Johann examinó el horizonte.

—No tardaremos mucho en tener una tormenta de nieve.

Volvió a consultar su reloj y, sosteniendo las riendas con más firmeza, ya que seguramente el nerviosismo de los caballos le hacía temer lo peor, subió otra vez al pescante, dispuesto a reanudar el viaje. En cuanto a mí, aún deseaba saber algunas cosas.

—¿Adónde conduce esa senda que te niegas a tomar? —pregunté—. ¿Adónde llega?

Se santiguó y murmuró una plegaria antes de contestar.

—Es un camino… prohibido.

—¿Prohibido? ¿Adónde va?

—Al pueblo.

—¡Ah! ¿Hay un pueblo allá abajo?

—No, no, hace siglos que nadie vive en él.

—Y sin embargo has hablado de un pueblo.

—Sí, lo hubo en tiempos.

—¿Qué pasó?

Acto seguido, Johann inició un relato muy largo en alemán con expresiones inglesas, tan embrollado que apenas pude seguirle. Creí comprender, sin embargo, que en otros tiempos, centenares de años atrás, murieron varios individuos de aquel pueblo, a los que enterraron; luego se oyeron ruidos extraños bajo tierra y, cuando abrieron las tumbas, aquellos individuos, hombres y mujeres, aparecieron llenos de vida, con los labios muy enrojecidos. Así, para salvar sus vidas y sobre todo sus almas, añadió Johann volviendo a hacer la señal de la cruz, los habitantes de la aldea huyeron hacia otros lugares, donde los vivos vivían y los muertos estaban muertos y no… Era evidente que al cochero le asustaban las palabras que estuvo a punto de pronunciar.

Durante su relación se fue excitando cada vez más, concluyendo en medio de un verdadero ataque de pánico, pálido como la misma muerte, sudando gruesas gotas y mirando a su alrededor como si temiese la manifestación visible de algo muy temible en aquella llanura donde el sol brillaba en todo su esplendor.

—*Walpurgis Nacht!* —repitió por fin, como un grito de desesperación. Después me señaló el coche, y me suplicó con un ademán que subiese a él.

Mi sangre inglesa se me subió a la cabeza y retrocedí un par de pasos.

—Tienes miedo, Johann, tienes miedo —le recriminé—. Bien, regresa a Munich; yo volveré solo. Creo que me sentará bien un paseo a pie. —Como la portezuela estaba abierta, solo tuve que inclinarme para coger mi bastón de madera de fresno que, en las vacaciones, llevaba siempre conmigo—. Sí, regresa a Munich —repetí—. La noche de Walpurgis no amedrenta a los ingleses, ni tiene nada que ver con nosotros.

Los caballos volvían a encabritarse y Johann apenas conseguía retenerlos por las riendas; sin embargo, seguía rogándome que no cometiera aquella insensatez. En mi interior me sentía apiadado de aquel pobre chico que se tomaba el asunto tan a pecho. Sin embargo, por otro lado, me burlaba de él. Su espanto le había hecho olvidarse de que debía expresarse en inglés, y continuó farfullando en alemán, lo que resultaba ya francamente enojoso. Con el índice, le indiqué el camino de Munich.

—¡A Munich! —le grité, y dando media vuelta me apresté a descender por el sendero hacia el valle.

Con un gesto de verdadera desesperación, Johann hizo girar el carruaje hacia Munich. Apoyado en mi bastón, seguí al coche con la vista; se alejó lentamente.

De repente, encima de la colina apareció la silueta de un hombre, un hombre alto y delgado, al que distinguí bien a pesar de la distancia. Al acercarse a los caballos, estos empezaron a relinchar y encabritarse, llenos de terror. Johann no consiguió dominarlos y se desbocaron. No tardé en perder de vista el carruaje. Entonces, volví la vista hacia el desconocido, pero me di cuenta de que también se había esfumado.

Con el corazón muy ligero eché a andar por el camino que tanto amedrentaba al pobre Johann. En realidad, no conseguía entender sus temores. Anduve tal vez dos horas sin darme cuenta del paso del tiempo ni de la distancia recorrida y, asimismo, sin tropezar con ningún ser viviente. Tampoco había por allí ningún edificio ni alquería, hasta donde podía divisar. La comarca estaba totalmente desierta. De esto, no obstante, no me di plena cuenta hasta que alcancé el lindero de un bosque de vegetación poco densa. Solo entonces comprendí la impresión que me había causado el desolado aspecto de aquella parte del país.

Me senté a descansar, y, poco a poco, fui observando todo cuanto me rodeaba. No tardé en notar que hacía más frío que al iniciar mi paseo, al tiempo que creía oír, de cuando en cuando, un largo y profundo suspiro entrecortado, seguido de una especie de mugido ahogado. Levanté la vista y percibí en el cielo unos gruesos nubarrones que desde el norte corrían hacia el sur. No tardaría en estallar la tormenta. Sentí un estremecimiento, pensando que había descansado demasiado rato. Por tanto, reanudé mi paseo.

El paisaje era realmente maravilloso. La mirada no se sentía atraída por tal o cual cosa notable, pero, dondequiera que mirase, mis ojos observaban una belleza imponderable. La tarde tocaba a su fin, y cuando empecé a preguntarme por dónde debería regresar a Múnich, caía el crepúsculo. La claridad diurna iba extinguiéndose, cada vez hacía más frío y las nubes que se acumulaban en el firmamento eran a cada instante más amenazadoras, y estaban acompañadas de un estruendo lejano, en medio del cual surgía, en ocasiones, el grito misterioso que el cochero había reconocido como el aullido del lobo. Vacilé un instante; sin embargo, estaba decidido a llegar a la aldea abandonada. Proseguí mi marcha y no tardé en alcanzar una vasta llanura rodeada de colinas con laderas totalmente arboladas. Seguí con la vista el camino sinuoso que desaparecía en un recodo tras un denso bosquecillo de árboles que crecían al pie de una loma.

Me hallaba aún contemplando aquel panorama cuando, de repente, sopló un viento helado y comenzó a nevar. Pensé en los muchos kilómetros que había recorrido por aquella campiña desierta, y fui a guarecerme bajo unos árboles que se alzaban frente a mí. El cielo se oscurecía cada vez más; los copos de nieve eran más gruesos y espesos, y caían con una rapidez vertiginosa, y la tierra, ante mí, no tardó en convertirse en una alfombra de blancura deslumbrante, cuyo final no lograba distinguir, ya que se perdía en una densa neblina.

Reanudé la marcha, pero la senda era muy mala; sus bordes se confundían con el campo o con el lindero del bosque, y la nieve entorpecía aún más mis pasos. No tardé en darme cuenta de que me había apartado del camino, ya que mis pies, bajo la nieve, se hundían cada vez más en la hierba y en lo que parecía una especie de musgo. El viento soplaba con violencia, el frío era intenso, y a pesar del ejercicio empecé a sufrir de verdad. Los torbellinos de nieve casi me impedían mantener los ojos abiertos. De vez en cuando, un relámpago desgarraba las nubes y durante un par de segundos veía ante mí unos árboles enormes, particularmente tejos y cipreses, recubiertos de nieve.

Al abrigo de los árboles y envuelto en el silencio de la campiña, solo oía silbar el viento por encima de mi cabeza. La oscuridad creada por la tormenta se fundió en la definitiva oscuridad de la noche. Poco después, la tormenta pareció alejarse; solo continuaron soplando algunas ráfagas de viento de una extremada fuerza y, de vez en cuando, me parecía oír el aullido misterioso, casi sobrenatural, del lobo, repetido por un eco múltiple.

En ocasiones, entre las enormes nubes negras, aparecía un rayo de luna que iluminaba todo el paisaje; de este modo, conseguí darme cuenta de que había llegado al borde de lo que parecía un bosquecillo de tejos y cipreses. Como había cesado de nevar, abandoné mi refugio para examinar más de cerca cuanto me rodeaba. Me dije que tal vez hallaría una casa, aunque fuese en ruinas, lo cual constituiría un refugio mucho más seguro. Mientras recorría la linde del bosquecillo, comprendí que estaba rodeado por un muro de poca altura, pero no muy lejos de allí descubrí una brecha. En aquel sitio, el bosque de cipreses se abría en dos filas paralelas que formaban una avenida que conducía a una mole cuadrada que debía de ser un edificio. Pero en el mismo instante en que lo distinguí, las nubes velaron la luna, por lo que recorrí la avenida en medio de una completa oscuridad. Mientras andaba iba temblando de frío, pero me esperaba un refugio y esta esperanza guiaba mis pasos. En realidad, avanzaba igual que un ciego.

Me detuve, extrañado del súbito silencio. La tormenta se había alejado y se habría dicho que en comunión con la calma de la naturaleza mi corazón había dejado de latir, al menos en apariencia. Esto solo duró un instante, ya que la luna volvió a surgir por entre las nubes y entonces vi que me hallaba en un cementerio y que el edificio cuadrado al fondo de la avenida era un gran sepulcro de mármol, blanco como la nieve que lo cubría casi por completo, lo mismo que al cementerio. El claro de luna amenazó con otra tormenta, ya que los ruidos sordos volvieron a dejarse oír y, al mismo tiempo, pude oír los aullidos lejanos de unos lobos o perros. Terriblemente impresionado, sentí que el frío empezaba a invadir mi cuerpo, hasta el mismo corazón. Entonces, mientras la luna seguía iluminando el sepulcro de mármol, la tormenta, con una violencia inusitada, pareció volver a la carga. Impulsado por cierta fascinación, me acerqué al mausoleo, que se elevaba en solitario; lo rodeé y leí, sobre su puerta de estilo dórico, esta inscripción en alemán:

CONDESA DOLINGEN DE GRATZ

ESTIRIA

BUSCÓ Y HALLÓ LA MUERTE

1801

Encima del sepulcro, aparentemente hincado en el mármol, ya que el monumento funerario se componía de varios bloques de esta piedra, había un gran palo o una estaca de hierro. Al otro lado del sepulcro logré descifrar las siguientes palabras, grabadas en caracteres rusos:

LOS MUERTOS VAN DEPRISA

Aquello era tan insólito y misterioso que estuve a punto de desmayarme. Y empecé a lamentar no haber seguido el consejo del cochero Johann. Entonces me asaltó una idea terrible: ¡era la noche de Walpurgis! *Walpurgis Nacht!*

Sí, la noche de Walpurgis en la que miles y miles de personas creen que el diablo surge entre nosotros, que los muertos abandonan sus tumbas y que todos los genios malignos de la tierra, del aire y de las aguas, celebran sus bacanales.

Me encontraba en el lugar que el cochero quiso evitar a toda costa, en aquella aldea abandonada desde muchos siglos atrás. Era allí donde habían enterrado a la suicida y yo me hallaba solo delante de su tumba, impotente, temblando de frío bajo un sudario de nieve, mientras una violenta tormenta me amenazaba nuevamente. Tuve que apelar a todo mi valor, a toda mi razón, a las creencias religiosas en las que me había educado, para no sucumbir al terror.

No tardé en verme envuelto en un verdadero tornado. El suelo temblaba como bajo el galopar de centenares de caballos; no se trataba ya de una tempestad de nieve, sino de granizo, que se abatió con tal fuerza sobre la tierra que las piedras heladas destrozaban las hojas de los árboles y quebraban de tal modo las ramas que, al cabo de un instante, los cipreses ya no pudieron protegerme del todo. Busqué el refugio de otro árbol, pero tampoco estuve largo tiempo guarecido allí, y empecé a buscar un sitio que pudiese realmente protegerme, es decir, la puerta del sepulcro que, por ser de estilo dórico, tenía un vano muy profundo. Allí, apoyado contra el bronce macizo, me hallé protegido contra el granizo, que solo me alcanzaba de rebote, tras haber caído sobre la avenida o las losas de mármol.

De pronto, la puerta cedió y se abrió hacia el interior. El refugio ofrecido por el sepulcro me pareció una suerte contra la implacable tormenta, y ya iba a entrar en él cuando un zigzagueante relámpago iluminó todo el firmamento. En aquel instante, y tan cierto como que vivo, divisé al volver los ojos hacia la oscuridad de la tumba a una mujer hermosísima, de mejillas redondeadas y labios carmíneos, dormida sobre un ataúd. Resonó un trueno y me vi asido como por la mano de un gigante que me arrojó hacia la tormenta. Todo esto pasó con tanta rapidez que, antes de poder darme cuenta de la sorpresa, tanto moral como física, recibida, volví a sentir el granizo cayendo sobre mi cuerpo. Al mismo tiempo, tuve la extraña impresión de no estar solo. Miré de nuevo hacia el sepulcro. Otro espantoso relámpago pareció caer sobre la estaca que coronaba la tumba y después abrirse paso hasta el interior de la tierra, destruyendo la magnífica sepultura. La muerta, en medio de terribles sufrimientos, se incorporó un momento, rodeada de llamas estremecedoras, pero sus gritos de dolor quedaron ahogados por el rugido de la tempestad.

Aquel concierto terrible fue lo último que oí, ya que de nuevo me asió la gigantesca mano, transportándome a través del granizo, mientras en el círculo de colinas que me rodeaba repercutían los aullidos de los lobos. Lo último que recuerdo es el espectáculo de una blanca y borrosa multitud en movimiento, como si todas las tumbas se hubieran abierto para dejar paso a los fantasmas de los muertos que se iban acercando a mí por entre las ráfagas del granizo.

Poco a poco fui recobrando el conocimiento, experimentando una fatiga tan enorme que me asusté. Necesité largo tiempo y un gran esfuerzo para recordar lo sucedido. Me dolían los pies de modo terrible y era incapaz de moverlos. Los tenía entumecidos. Mi nuca parecía helada, y toda mi columna vertebral y mis orejas, igual que mis pies, estaban a la vez entumecidos y doloridos. Sin embargo, noté en el corazón una sensación cálida realmente deliciosa, comparada con las demás impresiones. Era una pesadilla, una pesadilla física, si se me permite esta expresión, puesto que una terrible opresión me impedía casi respirar.

Estuve, me parece, largo tiempo en aquel estado semiletárgico, del que solo salí para caer en una modorra dulce, a menos que no fuese un desvanecimiento. Luego me sentí preso de náuseas, como cuando uno se marea en el mar; sentía en mi interior el intenso deseo de despojarme de algo... de algo desconocido. A mi alrededor reinaba un profundo silencio, como si el mundo entero durmiese o acabara de morir; un silencio roto únicamente por el jadeo de un animal que debía de estar junto a mí. Sentí algo caliente que me desgarraba la garganta, y fue entonces cuando descubrí la espantosa verdad. Un enorme animal estaba tendido sobre mí, con su hocico pegado a mi garganta. No me atreví a moverme, sabiendo que solo una prudente inmovilidad podía salvarme; pero la bestia comprendió, sin duda, que en mí se había producido un cambio, ya que levantó la cabeza. A través de mis pestañas, divisé los ojos grandes y llameantes de un gigantesco lobo. Sus colmillos grandes, largos y puntiagudos, brillaban en su boca rojiza, y su aliento cálido y acre llegaba hasta mi olfato.

De nuevo transcurrieron unos instantes de los que no tengo recuerdo alguno. Finalmente, percibí un sordo gruñido y una especie de ladrido, repetido varias veces. Luego, muy lejos, creí oír gritar:

—¡Hola! ¡Hola!

Levanté la cabeza con precaución, tratando de mirar en la dirección de la voz, pero el cementerio me obstaculizaba la visión. El lobo seguía aullando de modo extraño, y una luz roja empezó a contornear el bosque de cipreses, como siguiendo a la voz. Ahora eran varias las voces que se aproximaban, mientras que el lobo aullaba cada vez más fuerte. Temí más que nunca efectuar el menor movimiento, dejar incluso escapar el más leve suspiro. Y la luz rojiza se iba acercando por encima del blanco sudario que se extendía a mi alrededor en la noche. De repente, por detrás de los árboles, apareció un grupo de jinetes, al trote, provistos de antorchas. El lobo se incorporó rápidamente, se apartó de mi pecho y huyó hacia el cementerio. Uno de los jinetes (era soldado, ya que reconocí su uniforme militar) se echó la carabina al hombro y apuntó. Uno de sus compañeros le tocó el codo y la bala silbó por encima de mi cabeza. Seguramente me había confundido con el lobo. Otro soldado vio cómo el animal se alejaba, y disparó otro tiro. Después, todos los jinetes marcharon al galope, unos hacia mí, y los demás en persecución del lobo, que desapareció bajo los cipreses cargados de nieve.

Una vez llegaron a mi lado, traté de mover los brazos y las piernas, pero me resultó imposible. Carecía de fuerzas, a pesar de que no perdía detalle de cuanto ocurría, ni de lo que se decía, a mi alrededor. Dos o tres soldados echaron pie a tierra y se arrodillaron para examinarme. Uno me levantó la cabeza y colocó una mano sobre mi corazón.

—¡Aún hay esperanzas, amigos! —exclamó—. Su corazón sigue latiendo.

Me vertieron unas gotas de coñac en la garganta, lo cual me despertó por completo, y pude por fin abrir los ojos. La luz de las antorchas y las sombras se mezclaban en los árboles, y oía conversar a los jinetes. Sus gritos expresaban miedo, y los que habían ido a perseguir al lobo no tardaron en volver, excitados como unos posesos. Los que me rodeaban les interrogaron angustiados.

—¿Lo habéis encontrado?

—¡No! ¡No! —contestaron los otros precipitadamente. El temor anidaba aún en sus corazones—. ¡Vámonos de aquí! ¡Deprisa, por favor! ¡Qué idea tan rara esa de querer pasar por aquí, y precisamente esta noche!

—¿Qué era? —preguntó un soldado, cuya voz traicionaba su emoción.

Las respuestas fueron diferentes, particularmente indecisas, como si todos deseasen expresar lo mismo, si bien el miedo les impedía manifestar con claridad sus pensamientos.

—Era... era... ¡sí, lo era! —balbució uno, todavía estremecido.

—Un lobo... ¡pero no era un lobo! —repuso otro, temblando de horror.

—De nada sirve disparar contra él si no es con una bala bendecida —observó un tercero, algo más tranquilo.

—¡Vaya idea la de salir esta noche! —exclamó uno de ellos—. Verdaderamente, nos hemos ganado bien nuestros mil marcos.

—Había sangre sobre las losas de mármol —explicó alguien— y no a causa del rayo. ¿Y él? ¿No corre peligro? Fijaos en su garganta. Oh, amigos míos, el lobo se tumbó encima de su pecho, para chuparle la sangre.

El oficial se inclinó hacia mí.

—No es grave —declaró—. La piel apenas ha sido lacerada. ¿Qué significa, entonces, todo esto? Jamás lo habríamos hallado sin los aullidos del lobo.

—Y la bestia, ¿por dónde ha huido? —preguntó el soldado que me sostenía la cabeza y que, de entre todos, parecía el de más sangre fría.

—Ha vuelto a su guarida —respondió su camarada. Tenía el semblante lívido y temblaba de miedo, mirando a su alrededor. Luego añadió—: ¿No hay por aquí infinidad de tumbas donde puede guarecerse? ¡Vamos, muchachos! ¡Huyamos también nosotros de este lugar maldito!

El soldado me obligó a sentarme mientras el oficial daba unas órdenes. Entonces, varios jinetes me levantaron y me colocaron encima de una cabalgadura. El oficial saltó a la silla detrás de mí, me pasó un brazo en torno a la cintura, y dio la orden de partida. Dejando a nuestras espaldas el bosquecillo de cipreses, partimos al galope, en formación.

Como aún no había recuperado el uso de la palabra, no pude explicar nada de mi inverosímil aventura. Sin duda debí de dormirme, ya que lo único que recuerdo a partir de aquel momento es haber estado de pie, sostenido por dos soldados. Era de día y, hacia el norte, se reflejaba en la nieve un rayo de sol, semejante a un reguero de sangre. El oficial les ordenaba a sus hombres no decir nada de cuanto acababan de presenciar; solo explicarían que habían encontrado a un inglés atacado por un perro enorme.

—¡Un perro! —exclamó un soldado—. ¡Oh, no, no era un perro! ¡Yo sé distinguir perfectamente un lobo de un perro!

—He dicho un perro —repitió el oficial, tranquilamente.

—¡Un perro! —se burló el soldado.

Estaba claro que la salida del sol infundía valor a aquel cobarde, ya que, señalándome con el dedo, añadió:

—Mire su garganta, teniente. ¿Fue un perro el que hizo esto?

Instintivamente, me llevé la mano a la garganta y gemí de dolor. Todos me rodearon, algunos sin apearse, pero se inclinaron sobre las sillas para verme mejor.

—¡He dicho un perro! —exclamó de nuevo el oficial serenamente—. ¡Si contásemos otra cosa, todo el mundo se mofaría de nosotros!

Un soldado me hizo montar de nuevo en su caballo y proseguimos la marcha hasta llegar a los arrabales de Munich. Allí me hicieron subir a una carreta, que me condujo al hotel Las Cuatro Estaciones. El oficial me acompañó al interior, mientras un soldado vigilaba su caballo y los demás se dirigían al cuartel.

Herr Delbrück se apresuró de tal forma a acudir hacia nosotros que comprendimos que nos aguardaba con impaciencia. Me cogió ambas manos y no me soltó hasta haber entrado en el vestíbulo. El oficial me saludó, y ya iba a retirarse cuando yo le rogué que se quedase, insistiendo en que subiera con nosotros a mi cuarto.

Le invité a un vaso de buen vino, le expresé mi profundo agradecimiento, lo mismo que a sus hombres, por haberme salvado la vida, y él me contestó que solo había cumplido con su deber. Después me contó que era Herr Delbrück el que había tomado las medidas necesarias para buscarme, y que tal búsqueda, en definitiva, no había resultado excesivamente desagradable.

Al escuchar tan ambigua declaración, el propietario del hotel sonrió, mientras el oficial nos rogaba que le dejásemos partir, ya que el servicio le reclamaba en el cuartel.

—Herr Delbrück —pregunté—, ¿a qué se debe en realidad que esos soldados fuesen en mi busca? ¿Por qué?

El hombre se encogió de hombros, como dando muy poca importancia a su intervención en el asunto.

—El comandante del cuartel donde yo serví —repuso luego— me permitió pedir unos voluntarios.

—¿Y usted, cómo sabía que yo me había extraviado?

—El cochero regresó con los restos del carruaje, que quedó casi completamente destrozado cuando los caballos se desbocaron.

—Sin embargo, juraría que no fue solo por eso por lo que usted envió a los soldados en mi busca…

—Oh, no… Bien, antes de que regresara el cochero, recibí este telegrama del individuo del cual usted es su huésped.

Del bolsillo extrajo un telegrama que me entregó.

Bistritz

Vigile atentamente a mi futuro invitado; su seguridad es muy valiosa para mí. Si le ocurriese algo terrible o desapareciese, haga cuanto pueda para hallarle y salvarle la vida. Es inglés y, por tanto, ama la aventura. La nieve, la noche y los lobos podrían ser para él grandes peligros. No pierda un instante si siente alguna inquietud al respecto. Mi fortuna me permitirá recompensar su celo.

DRÁCULA

Tenía aún el telegrama en la mano cuando me pareció que toda la habitación giraba a mi alrededor, y, de no haberme sujetado el hotelero, habría caído al suelo.

Era todo tan extraño, tan misterioso, tan increíble, que lentamente tuve la sensación de ser el juguete y el envite de unas fuerzas opuestas... y esta sola idea sirvió para paralizarme. Cierto, me encontraba al amparo de una protección misteriosa: casi en el instante oportuno, un mensaje llegado de un lejano país acababa de salvarme del peligro de dormirme sobre la nieve, y de perecer bajo los ataques de un lobo sanguinario.

Nota sobre esta edición

Drácula se publicó por primera vez en la editorial Constable & Company, de Londres, en 1897. Antes de empezar a escribir, Bram Stoker había dedicado meses a investigar el folclore de Transilvania y sus personajes históricos, algunos de los cuales se han citado como inspiración directa del famoso conde, en particular el príncipe Vlad III de Valaquia. También leyó todas las obras que pudo en las que la trama gira en torno a un vampiro, como *Carmilla*, de Sheridan Le Fanu, o «El vampiro», de John Polidori.

La fascinante y exitosa novela que resultó de esa investigación y del proceso de escritura tardó en llegar a los lectores de nuestra lengua. Pasaron casi cuatro décadas hasta que *Drácula* se tradujo al español, solo después de la llegada a la gran pantalla de dos películas icónicas que colocaron la figura del vampiro en el centro de la narrativa de terror: *Nosferatu*, de F. W. Murnau, y *Drácula*, de Tod Browning, famosa por la interpretación que hizo Béla Lugosi del conde. La obra tuvo ciertas dificultades para sortear la censura franquista, pero el número de traducciones aumentó de manera considerable al final de la dictadura, en los años sesenta y setenta.

Una de esas traducciones, la completada en 1972 por Mario Montalbán, adquirió el estatus de canónica y es la que ha guiado al lector en la presente edición. Montalbán mantiene el estilo original de Bram Stoker y acerca a los hispanohablantes a un texto a la vez orgánico y polifónico, que conjuga los distintos registros del melodrama, la aventura y el erotismo. Esta edición especial de Penguin Clásicos aspira a renovar el interés en una obra que, desde su publicación, no ha dejado de reimprimirse ni de extender su influencia en la literatura, en el cine e incluso en las artes gráficas.

LOS EDITORES